STUART MACBRIDE

Knochensplitter

GOLDMANN
Lesen erleben

Buch

Alison McGregor und ihre kleine Tochter Jenny wurden durch ihre Teilnahme an der TV-Show *Britain's Next Big Star* in ganz Großbritannien berühmt. Mit ihrem Lied könnten sie womöglich sogar das Finale gewinnen, und ihre Heimatstadt Aberdeen liegt den beiden zu Füßen. Doch der Traum vom Ruhm verwandelt sich in einen Albtraum: Alison und Jenny wurden Opfer einer Entführerbande, die ihre Tat filmte und das Video ins Netz stellte. Nun fordern die Täter von der Öffentlichkeit Lösegeld. Logan McRae und seinen Kollegen läuft die Zeit davon, zumal es blutige Beweise gibt, dass die Entführer es ernst meinen …

Weitere Informationen zu Stuart MacBride
sowie zu lieferbaren Titeln des Autors
finden Sie am Ende des Buches.

Stuart MacBride

Knochensplitter

Thriller

Aus dem Englischen
von Andreas Jäger

GOLDMANN

Die Originalausgabe erschien 2011
unter dem Titel »Shatter the Bones«
bei HarperCollins*Publishers*, London

Dieses Buch ist auch als E-Book erhältlich.

MIX
Papier aus verantwortungsvollen Quellen
FSC® C014496

Verlagsgruppe Random House FSC® N001967
Das FSC®-zertifizierte Papier *Pamo House* für dieses Buch
liefert Arctic Paper Mochenwangen GmbH.

3. Auflage
Taschenbuchausgabe Juni 2014

Umschlaggestaltung: UNO Werbeagentur, München
Umschlagmotiv: Getty Images / Ian McKinnell;
FinePic®, München
Redaktion: Eva Wagner
AB · Herstellung: Str.
Druck und Einband: GGP Media GmbH, Pößneck
Printed in Germany
ISBN 978-3-442-48073-9
www.goldmann-verlag.de

Besuchen Sie den Goldmann Verlag im Netz

Für Phil

Sechs Tage danach

1

»Drei Minuten.«

»Scheiße.« DS Logan McRae bearbeitete die Hupe, deren schrilles *Tröööööt* im Heulen der Sirene und dem Gebrabbel des Radios fast unterging. »Aus dem Weg, verdammt!«

»*... um zu zeigen, dass wir alle an sie denken. Hier sind also Alison und Jenny McGregor mit* ›Wind Beneath My Wings‹ ...« Ein Crescendo von Geigen, und dann setzte der Gesang ein: *»Did ...«*

»O Mann, nicht schon wieder!« DC Rennie schaltete das Autoradio aus und fuhr sich durch die blonde, gegelte Igelfrisur. Sah noch einmal auf seine Uhr. »Wir schaffen's nicht, oder?«

Logan hupte noch einmal.

»Na endlich!« Der Trottel in dem Toyota Prius lenkte seinen Wagen an den Bordstein, Logan trat das Gaspedal durch und jagte den zivilen Einsatzwagen mit röhrendem Motor an dem Schleicher vorbei. Die linke Hand tat ihm schon weh, so fest hielt er das Lenkrad umklammert. »Zeit?«

»Zwei Minuten vierzig.« Rennie hielt sich am Griff über der Beifahrertür fest, als Logan mit dem verdreckten Vauxhall um den Hazlehead-Kreisverkehr kurvte. Die Reifen kreischten, und eine Kunststoff-Radkappe verabschiedete sich mit hohlem Scheppern von ihrem Rad. »Aaaah ...«

»Komm schon, komm schon.« Logan überholte den 215er Bus nach Westhill, und ein entgegenkommender Range Rover legte eine Vollbremsung hin. Der Fahrer riss erschrocken die Augen auf und fluchte.

Weiter über die rote Ampel, ohne auf den Gegenverkehr zu achten.

Logan riss das Steuer links herum, und das Heck des Einsatzwagens brach aus, als er an der Hazledene Road um die Kurve schlitterte.

Rennie quiekte und schloss die Augen. »O Gott …«

»Zeit?«

»Wir werden sterben …«

»ZEIT, DU IDIOT!«

»Eine Minute sechsundfünfzig.«

Eine Schar Schulkinder wuselte vor dem Eingang des Schwimmbads herum. Sie drehten die Köpfe, als das Auto vorbeiraste.

Logan schaltete runter und lenkte den Vauxhall genau auf eine rostrote Fahrbahnschwelle zu. Wenn er sie genau mittig träfe, würden die Räder links und rechts an dem ein Meter zwanzig breiten Hubbel vorbeigehen. Kein Problem … Der Wagen machte einen Luftsprung und landete mit einem Rumms auf dem mit Schlaglöchern übersäten Asphalt.

»Willst du uns *unbedingt* umbringen?« Rennie sah wieder auf seine Uhr. »Eins dreißig.«

Der Constable hatte recht: Sie würden es nicht schaffen. Logan nahm die nächste Bodenschwelle, ohne abzubremsen.

»Aaaaah! Eins zehn.«

Die Telefonzelle war noch nicht mal zu *sehen*.

»Komm schon!«

Der Wagen schlitterte um die nächste Ecke, und Splitt spritzte von den Rädern auf, als er mit schlingerndem Heck auf den Hazlehead Park zusteuerte. *Niemals* würden sie das schaffen.

»Neununddreißig, achtunddreißig, siebenunddreißig, sechsunddreißig …« Rennie stützte sich am Armaturenbrett ab. »Vielleicht warten sie ja?«

Logan drückte das Gaspedal mit aller Kraft durch und schaukelte auf seinem Sitz vor und zurück. »Los, komm schon, du Scheißteil!« Seine linke Hand, die das Lenkrad umklammert hielt, pochte schmerzhaft. Draußen huschten Büsche vorbei, dann eine Trockenmauer, kaum mehr als eine verschwommene Masse von grauen Knubbeln. Hundert Stundenkilometer. Hundertzwei. Hundertfünf…

»Fünf, vier, drei, zwo, eins.« Rennie räusperte sich. »Zwanzig nach.«

Im Funkgerät knackte es. *»Leitstelle an Charlie Delta 14: Ist sie –«*

Rennie schnappte den Handapparat. »Sind noch unterwegs.«

»Noch unter-…? Es ist zwanzig nach –«

»Das wissen wir selber!« Logan nahm den nächsten Hubbel mit hundertzehn Sachen, und der Wagen wurde mit einem Ruck in die Luft geschleudert. Diesmal gab es bei der Landung ein lautes metallisches Poltern, gefolgt von einem ohrenbetäubenden Dröhnen. Dann wurde der ganze Wagen durchgeschüttelt, man hörte ein kratzendes Geräusch, und die Hinterräder rumpelten über etwas hinweg.

Logan warf einen Blick in den Rückspiegel. Der Auspuff lag mitten auf der Fahrbahn, verbeult und verbogen. »Lasst sofort rund um den Park Straßensperren errichten – an sämtlichen Ausgängen!«

Noch eine Kurve. Der Motor brüllte wie ein wütender Bär. Und da war sie: eine Telefonzelle der British Telecom. Die Plexiglas-Haut mit Tattoos aus Sprühfarbe verziert, stand sie vor dem schmuddeligen Betonklotz einer öffentlichen Toilette. Keine Menschenseele zu sehen. Keine parkenden Autos. Keine Passanten.

Der Vauxhall kam schlitternd in einer hellen Staubwolke zum Stehen. Logan zog die Handbremse, befreite sich vom Gurt, sprang hinaus und rannte auf die Telefonzelle zu.

Alles still, bis auf den knirschenden Kies unter seinen Sohlen.

Er riss die Tür der Zelle auf, und sofort hüllte ihn beißender Uringestank ein und trieb ihm die Tränen in die Augen. Der Hörer hing in der Gabel, die glänzende Metallschnur war noch dran. Das Telefon war so ziemlich das Einzige hier drin, was nicht mutwillig zerstört worden war.

Aber es klingelte nicht.

»Zeit?«

Rennie bremste schwankend neben ihm ab. Sein sonnenverbranntes Gesicht war noch einen Tick röter als gewöhnlich, und er keuchte. »Zwei Minuten zu spät.« Er wirbelte um die eigene Achse. »Vielleicht haben sie ja noch nicht angerufen? Vielleicht sind sie aufgehalten worden. Oder so was …« Er starrte den gefütterten braunen Umschlag an, der anstelle des fehlenden Telefonbuchs auf der Ablage lag.

Logan kramte ein Paar blaue Nitrilhandschuhe aus der Tasche und streifte sie über. Dann griff er nach dem Umschlag, der an »Die Bullen« adressiert war.

Rennie wischte sich mit der Hand über den Mund. »Denkst du, der ist für –«

»Natürlich ist er das.« Der Umschlag war nicht verschlossen. Logan schlug die Lasche zurück und spähte hinein. »Mein Gott.«

»Was? Was haben sie …«

Logan griff hinein und zog ein zusammengeknülltes Stück weißes Papier hervor, das in der Mitte rot verfärbt war. Vorsichtig pulte er es auseinander.

In der Mitte lag ein kleines, längliches Stück Fleisch, mit einem pink lackierten Nagel an einem Ende und einem blutigen Stumpf am anderen. Der Zeh eines kleinen Mädchens.

Das Einwickelpapier war mit getrocknetem Blut verschmiert, aber Logan konnte die lasergedruckte Botschaft dennoch entziffern: »Das nächste Mal kommt ihr vielleicht nicht zu spät.«

2

»Hat Ihre Mutter Sie unter dem *Idiotenbusch* gefunden?« DCI Finnie zeigte mit dem Finger auf die graffitiverschmierte Telefonzelle, die eine einsame Kriminaltechnikerin in voller Tatort-Montur soeben mit Fingerabdruckpulver bestäubte. »Hielten Sie es *deswegen* für eine gute Idee, sämtliche Grundsätze der Spurensicherung über den Haufen zu werfen, indem Sie diesen Umschlag öffneten, wo doch jeder Schwachkopf –«

»Und wenn es nun Anweisungen gewesen wären? Eine Wegbeschreibung etwa?« Logan reckte das Kinn. »Hätten *Sie* ihn einfach liegen lassen?«

Finnie schloss die Augen, seufzte und fuhr sich mit einer Hand durch das Wallehaar. Mit seinen breiten, wulstigen Lippen und den Hängebacken glich der Chef der Kriminalabteilung von Jahr zu Jahr mehr einem frustrierten Frosch. »Wenn Sie pünktlich hier gewesen wären, anstatt –«

»Es war schlicht und einfach unmöglich, die Strecke von Altens hierher in sechs Minuten zu schaffen!«

»Sie sollten doch –«

»Wir waren *zwei Minuten* zu spät. Zwei Minuten. Und in dieser Zeit haben die Typen es fertiggebracht, eine Botschaft auszudrucken, einem kleinen Mädchen den Zeh abzuhacken, alles in einen Umschlag zu stecken, ihn an ›die Bullen‹ zu adressieren und spurlos zu verschwinden?«

»Aber –«

»Wenn sie die Amputation hier vorgenommen hätten, wäre alles voller Blut.«

Finnie blies die Backen auf und ließ die Luft in einem langen, feuchten Strom entweichen. »Verdammter Mist.«

»Wir *sollten* gar nicht rechtzeitig hier sein; das war alles geplant.«

Hinter ihnen rief eine Stimme: »Detective Superintendent? Hallo? Stimmt es, dass Sie Jennys Leiche gefunden haben?«

Finnie sackte einen Moment in sich zusammen, dann verengten sich seine kleinen Knopfaugen. »Sind diese Bastarde vielleicht *Hellseher*?«

Es war eine dickliche Frau, bekleidet mit einer Jeans und einer hellblauen Bluse, die unter den Armen und zwischen den Brusttaschen dunkelblau verfärbt war. Sie kam schwerfällig die staubige Straße entlanggestapft, das ergraute Haar aus dem verschwitzten Gesicht gekämmt und zu einem Knoten gebunden. Ein pickliger Typ trottete hinter ihr drein und hantierte dabei an einer riesigen Kamera herum.

Der Chef des CID straffte die Schultern, und seine Stimme war ein hartes Zischen, als er sagte: »Schaffen Sie diesen Umschlag ins Labor – die sollen jeden verdammten Test damit machen, den sie draufhaben. Und zwar nicht *morgen* oder *nächste Woche*, oder wann immer die da oben in Peterhead aufhören, das System mit ihren gottverdammten Bandenkriegs-Opfern zuzumüllen. *Heute* noch, und zwar so schnell wie möglich. Verstanden?«

Logan nickte. »Ja, Chef.« Er wandte sich ab und ging auf die Telefonzelle zu, just in dem Moment, als der picklige Kameramann sein erstes Foto schoss.

»Ist sie es? Ist es Jenny?«

Finnies Stimme dröhnte in den warmen Nachmittag hinaus. »DS TAYLOR, LASSEN SIE DEN VERDAMMTEN TATORT ABSPERREN!«

Die Kriminaltechnikerin war gerade damit beschäftigt, einen Abdruck von der gesprungenen Plexiglaswand der Telefonzelle abzunehmen, direkt unterhalb von ein paar mit schwarzem Filzstift gezeichneten pornografischen Strichmännchen.

Logan klopfte an den Metallrahmen. »Schon was gefunden?«

Sie sah zu ihm auf – zwischen den beschlagenen Gläsern ihrer Schutzbrille und der weißen Gesichtsmaske war nur ein dünner Streifen Haut zu sehen. »Kommt drauf an, was du damit meinst. Das Ding ist von oben bis unten voll mit Abdrücken, und ich wette zehn Pfund, dass keiner davon vom Täter stammt. Aber man muss auch das Positive sehen: Ich habe drei gebrauchte Kondome, einen Haufen fossile Hundekacke und zwei leere Coladosen gefunden. Hier drin ist es wie in einer Mikrowelle, und ich knie in getrockneter Pisse. Was will man mehr?«

»Kondome?« Logan rümpfte die Nase. In einer Telefonzelle, die wie ein Pissoir roch? Sollte noch einer behaupten, es gäbe keine Romantiker mehr. »Hast du den Umschlag da?«

Sie wies auf den Behälter neben sich. »Wenn du dafür unterschreibst, kannst du alles mitnehmen.«

»Du hast ihn in der *Sonne* liegen gelassen? Wieso ist er nicht in Eis gepackt?«

Die Kriminaltechnikerin wischte sich mit dem Ärmel ihres Schutzanzugs über die schweißglänzende Stirn. »Wo soll ich denn bitte schön das Eis herholen? Und außerdem werden sie das verdammte Teil wohl kaum wieder annähen, oder?«

»Kein Wunder, dass Finnie im Dreieck springt …« Logan öffnete den verbeulten Metallbehälter und fand einen zusammengefalteten Grampian-Police-Fleecepullover, der den transparenten Plastikbeutel mit dem Umschlag darin umhüllte. Immerhin war sie so schlau gewesen, das Ding von der Sonne abzuschirmen. Er füllte das Beweismittelformular aus und richtete sich auf. »Also gut, wenn du irgendetwas findest –«

»MCRAE!« Finnies Stimme war so laut, dass sie beide zusammenzuckten. »ICH SAGTE, SO BALD WIE MÖGLICH, UND NICHT, WENN IHNEN GERADE DANACH IST!«

Logan bog mit dem ratternden Vauxhall in die Queen Street ein. Sie hatten den verbeulten Auspuff in den Kofferraum geworfen, und jetzt heulte und dröhnte der Einsatzwagen wie die erste Knutschkugel eines Teenagers, während der erstickende Gestank von Abgasen den Innenraum verpestete.

Neben ihm schnalzte Rennie mit der Zunge: »Ts-ts – hätte gedacht, dass die inzwischen alle draußen in Hazlehead wären …«

Das Präsidium der Grampian Police ragte am Ende der Straße auf – ein hässlicher Siebzigerjahre-Klotz in Schwarz und Weiß, klobig und einschüchternd, das Flachdach mit Antennen und Sirenen übersät. Das Gerichtsgebäude nebenan war nicht viel besser, aber selbst das wirkte einladend im Vergleich mit der Menschenmenge, die sich auf dem Parkplatz vor dem Präsidium versammelt hatte.

Fernsehteams, Reporter, Fotografen und die unvermeidliche Schar empörter Bürgerinnen und Bürger, die ihre Spruchbänder und Plakate schwenkten: »WEHE, IHR KRÜMMT UNSERER JENNY EIN HAAR!« – »THE WIND BENEATH OUR WINGS!!!« – »WIR BEHTEN FÜR EUCH ALISON UND JENNY!« – »LASST SIE FREI!!!!!« Tränen für die Kameras. Grimmige Gesichter. Nach dem Motto: Wo soll das alles enden, und der Strick ist noch zu gut für diese Typen.

Ein paar von den Demonstranten drehten sich um, als der Vauxhall an ihnen vorbeiratterte.

Rennie zog die Nase hoch. »Wie kommt es eigentlich, dass ausgerechnet die Hässlichsten immer unbedingt ins Fernsehen wollen? Ich meine, versteh mich nicht falsch – das ist alles ganz tragisch und so, aber von den Leuten hier kennt doch kein Einziger die McGregors persönlich. Warum kommen die dann alle angerannt und heulen sich die Augen aus, als wäre ihre Mama gerade gestorben? Ist doch nicht normal, oder?«

Logan fuhr auf den Parkplatz hinter dem Gebäude und stellte den ramponierten Wagen neben den Polizeitransporter ab. »Schaff alles rauf in den dritten Stock.«

Rennie fischte die Beweismittelbeutel vom Rücksitz. »Ich meine, so eine öffentliche Zurschaustellung von Trauer um jemanden, dem man im Leben nie begegnet ist, das ist doch abartig – sie … Ist das Hundekacke?« Er hielt einen der Beutel hoch und betrachtete eingehend die graubraunen Klumpen darin. »Tatsache! Es ist Hunde–«

»Bring es einfach nur rauf ins Labor, ja?« Logan machte kehrt und steuerte auf den Hintereingang zu.

»Also, wie lange wird es dauern?«

»Uargh …« Der Mann in dem weißen Tyvek-Anzug schüttelte sich. Dann pflückte er den Zeh von dem blutbefleckten Papier und ließ ihn in einen Beweismittelbeutel gleiten. Seine Stimme drang gedämpft durch die Atemmaske. »Du Scheiße, ein kleines Mädchen …«

Das Labor im Präsidiumsgebäude war nicht annähernd so groß wie die Hauptstelle in der Nelson Street und erinnerte eher an eine unaufgeräumte Küche als an eine moderne kriminaltechnische Einrichtung. Es gab sogar einen Kühlschrank mit Gefrierfach, der neben der Tür vor sich hingluckerte, übersät mit bunten Magneten. Aus einem kleinen Digitalradio dudelte Northsound One, gerade laut genug, um das Pfeifen des Vakuumtischs zu übertönen, an dem jemand gerade ein Stück Metallrohr mit Fingerabdruckpulver einstäubte.

Logan zupfte am Schritt seines Schutzanzugs. Irgendein Scherzbold musste die Etiketten vertauscht haben – der hier war jedenfalls nie und nimmer Größe L. »Also, wie lange dauert's?«

»Gib uns halt 'ne Chance, wir haben das Zeug doch gerade mal fünfzehn Minuten hier.«

»Finnie will, dass alles so schnell wie möglich untersucht wird.«

»Ach nee.« Der Assistent beugte sich wieder über den zerknitterten Zettel, nahm mit einem Wattestäbchen ein Klümpchen von dem klebrigen dunkelroten Blut auf und ließ es in ein kleines Plastikröhrchen gleiten. »Wenn ich die DNS im Eilverfahren testen lasse, hast du das Ergebnis in einer Stunde –«

»Um sechs ist die Pressekonferenz!«

»– maximal anderthalb. Schneller geht's nicht.«

»Könnt ihr nicht –«

»Das hier ist kein Fernsehkrimi – ich kann nicht einfach rechtzeitig vor der Werbung ein DNS-Profil aus dem Hut zaubern. Aber eine Blutgruppenbestimmung kriege ich vielleicht noch hin.« Er nahm noch einen Abstrich und ging damit zu der Arbeitsfläche neben dem Kühlschrank. »Und was den Rest betrifft …« Er seufzte, rückte seine Schutzbrille zurecht und drehte sich um. »Sam? Wie lange brauchst du für die Fingerabdrücke?«

Nichts.

Logan nahm die Gestalt, die über den Vakuumtisch gebeugt stand, genauer in Augenschein. Der unförmige weiße Schutzanzug machte sie vollkommen anonym, selbst für ihn. »Samantha?«

Der Assistent versuchte es noch einmal. »Sam?«

Immer noch nichts.

»SAM! WIE LANGE DAUERN DIE ABDRÜCKE?«

Jetzt blickte sie von ihrem Metallrohr auf. Das eine Ende war in einen transparenten Plastikbeutel gehüllt, das Metall darunter dunkel und fleckig. Sie zerrte am Gummizug ihrer Kapuze, worauf ein feuerroter Haarschopf zum Vorschein kam, und nahm einen winzigen schwarzen Ohrhörer heraus. »Was?«

»Die Fingerabdrücke.«

»Oh.« Sie sah Logan an und lächelte … jedenfalls vermutete er es. Hinter der Schutzmaske war das schwer zu erkennen. »Bist du das da drin?«

Logan lächelte hinter seiner eigenen Maske. »Soviel ich weiß, ja.«

»Hab deinen Umschlag in die Sekundenkleber-Box gesteckt. Allzu viel Hoffnung hab ich allerdings nicht – er ist jetzt schon zehn Minuten drin, und noch ist rein gar nichts zu sehen.«

»Null, Rhesus-negativ.« Der Assistent hielt eine Karte hoch. »Hilft dir das weiter?«

Dieselbe wie Jenny McGregor.

»Obduktion?«

»Keine Ahnung.« Der Mann fasste den Beweismittelbeutel mit dem Zeh darin zwischen zwei Fingern, als wäre es eine dreckige Windel, und reichte ihn Logan. Dann wischte er sich die Handschuhe an seinem Schutzanzug ab. »Die Eiskönigin ist zu einer Konferenz nach Baltimore geflogen, und der Heini, der sie vertreten soll, ist wegen einer Magen-Darm-Geschichte außer Gefecht. Also …«

Logan versuchte nicht zu stöhnen. »Wann ist Ihre Hoheit wieder da?«

»Dienstag in einer Woche.«

Na super.

Er unterschrieb für den Zeh und machte sich auf den Weg zur Leichenhalle, diesem ruhigen und kühlen Plätzchen in einem unterirdischen Anbau gleich neben dem Parkplatz hinter dem Präsidium. Die diensthabende Rechtsmedizinische Assistentin saß in einem kleinen beigefarbenen Büro neben dem Sektionssaal. Sie hatte die Füße auf den Schreibtisch gelegt und las in einem Klatschmagazin.

Logan klopfte an den Türrahmen. »Ich hab einen sterblichen Überrest für Sie.«

»Ach, was Sie nicht sagen.«

Der Exklusivbericht über die »Sex-Eskapaden der Spielerfrauen!« verschwand in einer Schreibtischschublade, und die Assistentin schälte sich aus ihrem Stuhl. Hochgewachsen, dünn und insektengleich, mit einer Designerbrille in ihrem breiten, flachen Gesicht, die Finger ständig in Bewegung. »Steht der Leichenwagen an der Rampe?«

Logan hielt den Beutel mit dem winzigen Stückchen Fleisch und Knochen hoch.

»Oh …« Sie hob eine breite, dunkle Braue. »Verstehe. Tja, wir hatten hier einen hektischen Tag; ich denke, das da dürfte eine willkommene Abwechslung sein, wenn Mr. Hudson aus dem Krankenstand zurück ist.« Sie tigerte hinüber zum Kühlraum, öffnete nach kurzer Überlegung eine der Metalltüren und zog eine große Metallschublade aus der Wand.

Ein wachsgelbes Gesicht starrte zu ihnen auf. Geschwollene Golfball-Nase, zottiger grauer Bart, die Haut um Stirn und Wangen irgendwie ausgebeult, als wäre sie nicht ordentlich wieder drübergezogen worden.

Die Assistentin runzelte die Stirn. »Da stimmt doch was nicht. *Du* solltest in Nummer vier sein.« Sie seufzte. »Na, egal.« Dann zog sie die nächste Schublade in der Reihe auf. »So, da wären wir.«

»Die Obduktion muss so bald wie möglich durchgeführt werden. Wir haben –«

»Ich bedaure, aber da Dr. McAllister verreist und Mr.

Hudson … *unpässlich* ist, könnte es ein paar Tage dauern, bis wir dazu kommen.« Sie streckte die Hand nach ihm aus, und ihre langen Finger wackelten wie die Fühler eines Tausendfüßers. »Kann ich bitte die Überreste haben?«

Logan ließ sie die Übergabe quittieren und sah dann zu, wie sie den winzigen, bleichen Zeh feierlich in die Schublade bettete. Es sah ein wenig albern aus, wie der kleine Fleischstummel in seinem Beweismittelbeutel genau in der Mitte dieser weiten Fläche aus Edelstahl lag. Dann schob sie die Schublade wieder hinein und ließ die schwere Tür mit einem dumpfen Klacken ins Schloss fallen.

Aus den Augen, aber ganz bestimmt nicht aus dem Sinn.

3

»Rose Ferris, *Daily Mail.* Sie haben die Frage immer noch nicht beantwortet: Haben Sie nun Jenny McGregors Leiche gefunden oder nicht?« Die schlaksige Reporterin rutschte auf ihrem Stuhl vor, und ihre Nasenflügel bebten.

Vorne auf dem Podium machte DCI Finnie den Mund auf, doch der Mann, der neben ihm saß, kam ihm zuvor.

»Nein, Ms. Ferris, dem ist nicht so.« Chief Superintendent Bain strich seine Uniformjacke glatt. Die silbernen Knöpfe funkelten im Scheinwerferlicht mit seiner blank polierten Glatze um die Wette. »Und ich wäre dankbar, wenn gewisse Vertreter der Presse ihre Erregung im Zaum halten und aufhören könnten, solche unbegründeten Gerüchte zu verbreiten. Die Situation ist für die Betroffenen schon belastend genug. Haben Sie mich verstanden, Ms. Ferris?«

Logan, der an der Seitenwand stand, ließ den Blick über das Meer von Gesichtern schweifen, das den größten Veranstaltungssaal des Beach Ballroom füllte – den einzigen Raum in der näheren Umgebung des Präsidiums, der allen

Platz bot: Kamerateams, Pressefotografen und Journalisten von sämtlichen großen Nachrichtenmedien des Landes. Alle waren gekommen, um zuzuschauen, wie die Grampian Police wieder mal alles versiebte.

Da saßen sie in ordentlichen Reihen auf ihren Plastikstühlen, während auf dem kleinen Podium vor ihnen DCI Finnie, dessen Chef Brian der Haarlose sowie ein angefressen wirkender Pressereferent hinter einem Tisch thronten, über den ein schwarzes Tuch drapiert war. Den Hintergrund bildete eine Stellwand mit dem Wappen der Scottish Constabulary und dem Wahlspruch »Semper vigilo« – »stets wachsam«. Irgendwie bezweifelte Logan, dass auch nur ein Mensch ihnen das abkaufte.

Ein zerknautschter Mann hob die Hand – ein faltiger Geier in einem Supermarkt-Anzug. »Michael Larson, *Edinburgh Evening Post*. ›Unbegründet‹, ja? Sie wollen also behaupten, dass das alles nur ein schlechter Scherz ist? Dass die Produktionsfirma –«

Der Rest ging in Zwischenrufen unter: »Geht das schon wieder los …« – »He, Larson, dein Schwanz ist auch unbegründet!« – »Wichser …«

Larson drückte das Kreuz durch. »Ach, ich bitte Sie, das ist doch ganz offensichtlich ein ausgemachter Schwindel. Die machen das nur, um die Plattenverkäufe anzukurbeln, nicht wahr? Es *gab* nie eine Leiche, es ist alles –«

»Wenn es keine weiteren *vernünftigen* Fragen gibt, möchte ich …« Chief Superintendent Bain sah stirnrunzelnd in die Menge, als ein Reporter in der Mitte des Rudels aufstand. Alle Blicke richteten sich auf den kleinen, stämmigen Kerl in seinem teuer aussehenden grauen Anzug mit Seidenhemd und Krawatte. Dazu die tadellos gestylten Haare – er sah aus wie frisch aus der Plastikfolie gepellt.

Er wartete ab, bis alle Mikrofone und Kameras auf ihn gerichtet waren. »Colin Miller, *Aberdeen Examiner*.« Sein breiter Glasgower Akzent passte nicht so recht zu den schicken Klamotten. Der kleine Mann zog ein Blatt Papier in einer Klarsichthülle aus der Tasche. »Das hier ist vor einer halben Stunde auf meinen Schreibtisch geflattert. Ich zitiere: ›»Die Polizei nimmt die Sache nicht ernst. Wir haben denen einfache klare Instruktionen gegeben, aber trotzdem sind sie zu spät gekommen. Also blieb uns keine Wahl – wir mussten dem kleinen Mädchen den Zeh abschneiden. Sie hat noch neun Stück. Schluss mit den Spirenzchen.‹«

Im Saal brach die Hölle los.

»Ist es wahr? Haben Sie *wirklich* Jennys Zeh gefunden?« – »Warum nimmt die Grampian Police die Sache nicht ernst?« – »Wie können Sie es rechtfertigen, das Leben eines kleinen Mädchens aufs Spiel zu setzen?« – »Werden Sie den Fall jetzt an die SOCA übergeben?« – »Wann können wir den Zeh sehen?« – »... öffentliche Untersuchung ...« – »... Menschen haben ein Recht zu erfahren ...« – »... glauben Sie, dass sie noch lebt?«

Ein Blitzlichtgewitter erhellte den Saal wie ein Feuerwerk. Finnie, Bain und der Mann von der Pressestelle kamen nicht zu Wort.

Und da stand er und aalte sich im Glanz der Medienaufmerksamkeit: Colin Miller.

Das kleine Arschloch.

»Es reicht!« Vorne auf dem Podium schlug Chief Superintendent Bain mit der flachen Hand auf den Tisch, dass der Wasserkrug und die drei leeren Gläser nur so klirrten. »Geben Sie endlich Ruhe, oder ich lasse Sie alle rausschmeißen, haben wir uns verstanden?«

Allmählich legte sich der Tumult, ein Hintern nach dem anderen wurde wieder auf dem Stuhl geparkt, bis nur noch Colin Miller stand. Er hielt immer noch das Blatt Papier in der Hand. »Nun?«

Bain räusperte sich. »Ich glaube ...«

Der Pressereferent beugte sich zu Bain hinüber und flüsterte ihm etwas ins Ohr, worauf der Chief Superintendent eine finstere Miene aufsetzte, ebenfalls etwas flüsterte und dann nickte.

»Ich kann bestätigen, dass wir heute Nachmittag einen Zeh geborgen haben, der von einem kleinen Mädchen zu stammen scheint, doch solange nicht die Ergebnisse der DNS-Tests –«

Und im Saal brach wieder das Chaos los.

4

Hektische Rufe, klingelnde Telefone, Constables und Hilfskräfte, die mit Papieren in der Hand im CID-Großraumbüro hin und her rannten, dazu die bittersüßen Gerüche nach abgestandenem Kaffee und altem Schweiß, vermischt mit einem widerlich künstlichen Blumenduft. An einer Seite war eine kleine Fläche mit eingezogenen Wänden abgeteilt – hier hausten die sechs Detective Sergeants der Grampian Police. Das mit Blu-Tack an der Tür befestigte A4-Blatt sah schon etwas zerfleddert aus, und die Aufschrift »The Wee Hoose« war unter all den obszönen Post-it-Notizen und mit Kugelschreiber gekritzelten Pimmeln kaum noch zu entziffern. Logan marschierte hinein und zog die Tür hinter sich zu, um einigermaßen vor dem Lärm da draußen geschützt zu sein.

»O Mann…«

Er nickte dem Kollegen zu, der hier einsam die Stellung hielt – einer gebeugten Gestalt mit einer ausgedehnten kahlen Stelle am Hinterkopf, Segelohren und einer einzigen Augenbraue, die sich quer über seine Stirn zog wie ein Streifen Flokati. Biowaffen-Bob war der lebende Beweis, dass selbst die natürliche Auslese bisweilen einen schlechten Tag hat.

Bob Marshall fuhr auf seinem Stuhl herum. »Ich hatte hier gestern eine ganze Schachtel Zigaretten, und jetzt sind sie verschwunden.«

»Was schaust du *mich* an – ich hab vor vier Wochen aufgehört.« Logan sah auf seine Uhr. »Wie hast du's denn geschafft, dich um die Pressekonferenz zu drücken?«

»Unser geliebter Führer, *Interims*-DI MacDonald, meinte, irgendjemand müsste doch dafür sorgen, dass diese Abteilung nicht ganz gegen die Wand fährt, während ihr mediengeilen Weicheier euch dort die Ärsche breitsitzt.«

»Bist ja bloß neidisch.«

»Das kannst du laut sagen.« Er drehte sich wieder zu seinem Schreibtisch um. »Wart's nur ab – wenn sie mich erst zum DI befördern, werdet ihr alle den Zorn Bobs zu spüren bekommen.«

Logan setzte sich an seinen Schreibtisch und fuhr seinen Computer hoch. »Hast du die Nummer von diesem neuen Rechtsmediziner – Hudson?«

»Frag Ms. Dalrymple.«

Logan schüttelte sich. »Nie und nimmer.«

»Hmmm...« Bob kniff die Augen zusammen. »Spielt sie immer noch die unheimliche Leichenschauhaus-Assistentin?«

»Schon seit drei Wochen. Und jetzt macht sie auch noch so komische Sachen mit den Fingern, als hätte sie Spinnen als Hände.«

Bob nickte. »Gefällt mir, wenn jemand so engagiert ist.« Er rückte seinen Stuhl vor. »Hab ich dir mal die Geschichte erzählt, wie –«

Die Tür ging auf, und die Geräusche des mühsam beherrschten Chaos drangen von draußen herein. Sam stand auf der Schwelle; sie hatte den Schutzanzug abgelegt, der bis dahin das Green-Day-T-Shirt, die schwarze Jeans und den feuerroten Haarschopf mit dem an die Stirn geklatschten Pony verdeckt hatte. Ihr Gesicht glänzte rosig. Sie hatte das Metallrohr, das sie untersucht hatte, über die Schulter geworfen, dick in Beweismittelbeutel und silberfarbenes Klebeband eingewickelt. »Jemand interessiert an DNS-Resultaten?«

Bob grinste. »Wenn du eine Probe willst – ich hätte da gewisse Körperflüssigkeiten im praktischen Pumpspender.«

»Logan, sag Biowaffen-Bob, dass ich seinen Schwanz nicht mal mit einer Käsereibe anfassen würde.«

»Ach, komm schon – sag bloß, du bist immer noch beleidigt?«

Sie drehte sich um und warf einen kleinen Stoß Papiere auf Logans Schreibtisch. »Das Blut stammt von Jenny. Mit einer Wahrscheinlichkeit von neunundneunzig Komma neun acht Prozent.«

Logan blätterte gleich vor zur Zusammenfassung. »Mist ...«

»Tut mir leid.« Samantha schlang einen warmen Arm um seine Schultern. »Musst du heute Abend lange arbeiten? Vergiss nicht, morgen ist der große Tag.«

»Na ja –« Bob rieb sich mit dem Finger über seine borstige Monobraue. »Sieh's doch mal positiv: Stell dir vor, es wäre von jemand anderem – dann hättest du jetzt zwei vermisste Kinder.«

»Ja, stimmt wohl ...« Logan legte den Bericht auf seinen Schreibtisch. Jennys DNS. *Mist,* mistiger. »Hast du es Finnie gesagt?«

Samantha wich zurück und riss die Hände hoch. »O nein, vergiss es.«

»Bitte?«

»*Dein* Name steht auf dem Beweismittelformular – sag's ihm doch selbst.« Sie schwenkte das Metallrohr ein wenig. »Außerdem muss ich runter in die Asservatenkammer, ehe dieser Idiot Downie seinen Dienst antritt. Der wäre doch schon damit überfordert, seine eigenen Zehen der Größe nach zu sortieren – wie will er da Beweismittel korrekt archivieren?« Samantha errötete. Sie räusperte sich. »Sorry.«

Bob spitzte die Lippen und schnalzte missbilligend mit der Zunge. »Siehst du, das ist das Problem mit dem Hilfspersonal heutzutage – dauern tappen sie ins Fettnäpfchen. Witze über Zehen zu reißen, wo einem kleinen Mädchen gerade der Zeh –«

»Leck mich, Bob.«

Er grinste. »Siehst du, jetzt redest du wieder mit mir!«

Sie drückte Logan einen Kuss auf die Stirn und zeigte Bob im Hinausgehen noch rasch den Mittelfinger.

Bob deutete auf seinen Schritt. »Also … wenn du noch mal auf das Angebot mit der DNS-Probe zurückkommen möchtest …«

Samantha knallte die Tür zu.

Das CID-Großraumbüro war wie ein Viehstall in Boxen aufgeteilt, die brusthohen Stellwände über und über mit Memos, Telefonlisten und Karikaturen aus dem *Aberdeen Examiner* gepflastert. Irgendjemand hatte sich an dem Plakat an der Wand vergriffen, das gleich neben der kleinen Nische mit der Kaffeemaschine und dem Wasserkocher hing: In dem Satz »Terrorismus – ein Problem, das uns alle angeht!« war das Wort »Terrorismus« durchgestrichen und durch »Bobs Arsch« ersetzt.

Logan blieb vor den großen Weißwandtafeln im vorderen Teil des Raums stehen und überflog die hingekritzelten Fallnotizen. Angeblich waren Jenny und ihre Mama in einer Postfiliale in Peterhead gesichtet worden, außerdem in einem Pub in Methlick, in der Elgin-Bibliothek, im Schwimmbad von Inverurie, in der Kirche von Cults … Alles totaler Blödsinn.

Irgendjemand hatte den Countdown aktualisiert; jetzt stand da: »Noch 8 Tage bis zur Deadline!«

»Sarge?«

Logan sah nach links. PC Guthrie stand neben ihm, in der Hand einen dampfenden Kaffeebecher, aus dem ein bitterer Geruch wie nach verbranntem Toast aufstieg. Logan wandte sich wieder zur Tafel um. »Wenn du schlechte Nachrichten hast, kannst du dich gleich verziehen und jemand anders damit beglücken.«

Guthrie hielt ihm den Becher hin, das bleiche Gesicht zu einem beleidigten Ausdruck verzogen. Mit seiner milchweißen Haut, den rötlichen Haaren und den blonden Augenbrauen sah er aus wie ein Gespenst, das gerade eine Bäckerei geplündert hat. »Milch und zwei Stück Zucker.«

»Oh… 'tschuldigung.« Logan nahm den dargebotenen Kaffee.

Der Constable nickte. »Aber wo ich dich schon mal am Wickel habe – könntest du dich vielleicht ein bisschen um die Drogenrazzia morgen kümmern? McPherson ist als Einsatzleiter eingeteilt, und du weißt ja, was das bedeutet…«

Logan wusste es. »Wann ist der Zugriff?«

»Um halb vier.«

»Na, wenigstens ist es eine Nacht-und-Nebel-Aktion. Da werden die Mistkerle noch in den Federn…« Er sah, wie Guthries Gesicht sich zu einer hässlichen Maske verformte. »Was?«

»Nicht morgens, Sarge. Nachmittags.«

»Ihr macht die Razzia um halb vier *nachmittags*? Seid ihr wahnsinnig?«

»Meinst du nicht, dass du vielleicht mal – na ja, mit ihm reden könntest?«

»Die werden alle hellwach sein und sich nach Kräften wehren – Widerstand gegen die Festnahme leisten, sich aus dem Staub machen, Beweise vernichten –«

»Und ihre riesigen Mistköter auf uns hetzen – ja, ich weiß. Shuggie Webster hat sich gerade 'nen Rottweiler zugelegt, der ist ungefähr so groß wie ein Minibus.« Guthrie rückte näher an Logan heran. »Vielleicht könntest du mal mit Finnie reden? Und ihm verklickern, was McPherson da für einen Scheiß baut.«

Logan nahm einen Schluck Kaffee. »Buah…« Er gab Guthrie den Becher zurück. »Verdient hast du's ja nicht, bei dem Kaffee, den du da verbrochen hast.«

Guthrie grinste. »Danke, Sarge.«

Logan stieß die Tür auf und trat hinaus in den Flur. Vor Detective Chief Inspector Finnies Büro hielt er inne, holte tief Luft und klopfte – genau in dem Moment, als die Tür aufgerissen wurde.

Interims-DI Mark MacDonald erstarrte auf der Schwelle und zuckte zurück, als Logans Faust knapp vor seiner Nase abbremste. »Herrgott…«

Logan grinste. »Sorry, Mark – wollte sagen, Chef.«

MacDonald nickte, und die Haut um sein kleines Ziegenbärtchen herum verfärbte sich rot. »Tja, also, wenn ich mich entschuldigen dürfte… Sergeant.« Er schob sich an Logan vorbei, humpelte den Flur entlang zu seinem neuen Büro, schlüpfte hinein und knallte die Tür hinter sich zu.

Sergeant? Da hatte MacDonald den Posten gerade mal zwei Wochen, und schon führte dieser DI-Verschnitt sich auf wie ein Oberarschloch.

Logan spähte in Finnies Büro. Der Leiter des CID hockte hinter seinem Schreibtisch und zog eine finstere Miene. Colin Miller, der Starreporter des *Aberdeen Examiner*, saß in einem der ledergepolsterten Besuchersessel und strich die perfekten Bügelfalten seiner Hose glatt. In dem anderen Sessel fläzte ein Haufen Schmutzwäsche und gähnte, dass die Kiefergelenke knackten.

Detective Inspector Steel ließ noch einen kleinen Rülpser folgen, schüttelte sich und sackte noch weiter in sich zusammen. Ihr angegrautes Haar stand wild in alle Richtungen ab wie eine misslungene Einstein-Perücke. Sie rieb sich mit der Hand übers Gesicht, wobei sie die dunkelblau-grauen Säcke unter ihren Augen ganz außer Form zog. Dann ließ sie los, und die Falten übernahmen wieder die Herrschaft. Sie schniefte. »Wird das noch länger dauern? Ich mein nur, weil zu Hause ein kleines Würmchen mit Fieber auf mich wartet.«

Finnie trommelte mit den Fingern auf seinem Schreibtisch herum. Neben seiner Tastatur lag das Blatt mit der Botschaft in einem transparenten Plastikumschlag, das Papier makellos weiß und glänzend. Der DCI starrte Logan an. »Ja?«

Logan hielt den Bericht hoch, den Samantha ihm gebracht hatte. »Das Ergebnis der DNS-Analyse.«

Colin Miller setzte sich kerzengerade auf. »Ach ja?«

Logan sah Finnie an, dann den Reporter, dann wieder Finnie. »Sir?«

»Wäre nett, wenn Sie irgendwann heute noch damit rüberkämen, Sergeant, bevor wir alle den letzten Lebenswillen verlieren.«

»Ähm, ja, natürlich.« Er räusperte sich. »Das Ergebnis ist positiv. Die DNS stimmt mit der von Jenny McGregor überein.«

Finnie nickte, die wulstigen Lippen zusammengepresst, die Mundwinkel nach unten gezogen. »Sparen Sie sich den dramatischen Ton, Sergeant. Was hatten Sie denn geglaubt, wo die Kidnapper das Ding herhatten – von *Zeh und A* vielleicht? Natürlich ist es der von Jenny.« Er lehnte sich in seinem Stuhl zurück. »Was ist mit dem Umschlag und dem Brief?«

Steel hob die Hand. »Darf ich raten? Fehlanzeige.«

Logan ignorierte sie. »Genau wie bei allen anderen: keine Fingerabdrücke, keine DNS, keine Fasern, keine Haare, kein Staub – keine Spuren irgendwelcher Art. Nichts.«

»Eine Frau, ein Schuss, ein Treffer!«

»Inspector, das *reicht.*« Finnie sah auf das Blatt hinunter. »›Wir haben denen einfache klare Instruktionen gegeben, aber trotzdem sind sie zu spät gekommen. Also blieb uns keine Wahl – wir mussten dem kleinen Mädchen den Zeh abschneiden.‹« Er kniff die Lippen zusammen. »Mr. Miller, ich nehme an, dass wir diesen Text morgen in der Zeitung lesen werden.«

»Aye, ich hab die Titelseite schon fertig: Jenny gefoltert – Kidnapper hacken Zeh ab!«

»Verstehe …« Finnie formte die Finger zu einem Zelt. »Und sind Sie sicher, dass es *klug* ist, so etwas zu drucken? Die Menschen da draußen sind ohnehin schon sehr aufgebracht, und –«

»Nee, nee, Sie kennen doch den Deal – ich *muss* es drucken. So, wie ich es bei dieser blöden Pressekonferenz vorlesen musste. Glauben Sie, ich hätte das freiwillig gemacht? Herrgott noch mal, Mann, ich hätte es natürlich für mich behalten, bis morgen früh die Zeitung rauskommt. Jetzt habe ich keinen Exklusivbericht mehr, und jedes Käseblatt im ganzen Land, ob Boulevard oder Qualitätspresse, wird die Story bringen. Ganz zu schweigen davon, dass es wahrscheinlich schon längst in der verdammten Glotze läuft.« Der Reporter zuckte mit den Achseln. »Ich hab keine Wahl, ja? Wenn ich es nicht drucke, müssen Jenny und ihre Mama sterben.«

Finnie fuhr sich mit der Hand durch die braunen Strähnen. »Dann ist doch das *Mindeste*, was Sie tun können, die Dinge aus unserer Sicht zu schildern. Unter den gegebenen Umständen hatten wir einfach nicht genug Zeit, auf den Anruf zu reagieren. Und der Zeh war bereits lange vor unserem Eintreffen vor Ort abgetrennt worden.« Er blickte auf. »So war es doch, nicht wahr, Sergeant?«

Logan nickte. »Sie haben uns reingelegt.«

Der Reporter zückte schon seinen Notizblock. »Kann ich das zitieren?«

Finnie hüstelte. »Schreiben Sie: ›Wie aus gut informierten Quellen verlautet.‹«

»Und krieg ich auch ein paar Details?«

»DS McRae kann Sie auf dem Weg nach draußen informieren – es gelten die üblichen Einschränkungen. Nun, wenn sonst nichts mehr ansteht …« Der DCI wandte sich wieder zu seinem Computer um.

»Da wäre noch eine Sache, Sir.« Logan deutete mit dem Kopf in Richtung CID-Büro. »Ich müsste Sie mal kurz sprechen; es geht um eine andere Operation.«

Steel stemmte sich aus ihrem Sessel hoch und stand dann einen Moment tief vornübergebeugt da, ehe sie sich mit einem Seufzer aufrichtete. »Komm, kleiner Schreiberling, du kannst mit mir zum Ausgang gehen, während unsere Liebenden hier ihr kleines Rendezvous abhalten.« Sie senkte die Stimme zu einem Bühnenflüstern. »Das bedeutet, dass sie *pimpern.*«

»Danke, *Inspector*, das wäre *alles* für den Moment.«

Logan wartete, bis die Tür ins Schloss gefallen war. »Nichts für ungut, Sir, aber mir wäre es lieber, wenn unsere Beziehung platonisch bliebe.«

Finnie starrte ihn finster an. »Ich *erlaube* Steel gewisse Freiheiten, weil sie trotz *allem* eine erfolgreiche Ermittlerin ist. Sie hingegen …«

»Verzeihung, Sir.« Er sank in den Sessel, den Colin Miller soeben freigemacht hatte. »Es geht um DI McPherson – Sie wissen, dass er morgen eine Drogenrazzia hat? Er hat sie für den Nachmittag angesetzt.« Eine vielsagende Pause. »Zu einer Zeit, wo die Zielpersonen –«

»Ja, Sergeant, mir ist sehr wohl bewusst, was *Drogendealer* am Nachmittag tun.« Finnie lehnte sich zurück und tippte sich mit den Fingerspitzen an die dicken Froschlippen. »Und was gedenken Sie in dieser Sache zu unternehmen?«

»Nun ja, Sie könnten mit McPherson reden, ihm klarmachen …« Logan blinzelte. Leckte sich die Lippen, rutschte in seinem Sessel herum. »Entschuldigung – was *ich* zu unternehmen gedenke?«

»Nun, Sie wissen es ja ganz offensichtlich *besser* als ein DI mit neun Jahren Diensterfahrung. Wie werden *Sie* bei *Ihrer* Drogenrazzia vorgehen?«

Ach du Kacke.

»Ich … Also, eigentlich … angesichts der … Und es ist ja … Äh …« Logan sah auf seine Uhr. Kurz nach sieben. »Okay, also, am Freitag bin ich wieder da, und –«

»Ich bin immer dafür, das Eisen zu schmieden, solange es heiß ist, finden Sie nicht auch, Logan? Oder haben Sie Angst, sich die Finger zu verbrennen?«

»Aber ich … ich habe morgen schon etwas vor. Und es –«

»Wie sieht es mit der Obduktion des Zehs aus?«

»Ich habe mir nämlich extra den Tag freigenommen, um –«

»Würden Sie vielleicht wenigstens *versuchen*, beim Thema zu bleiben, Sergeant: die Obduktion?«

Logan merkte, wie ihm die Hitze in die Wangen stieg. »Ich habe den Rechtsmediziner angerufen, diesen Hudson – habe mit seiner Frau gesprochen. Angeblich ist er den ganzen Tag nicht von der Toilette runtergekommen. Sie benutzte den Ausdruck ›Zahnpastatube‹. Sie meinte, bis morgen früh wäre er entweder tot oder wieder im Dienst.«

»Gut.« Finnie drückte eine Taste, worauf sein Monitor zum Leben erwachte. »Und jetzt trollen Sie sich. Sie haben ja sicher noch eine *Menge* zu organisieren.«

5

»*... bestätige, sind in Position.* Over?«

Logan rieb sich den Sand aus den Augen und spähte durch die Scheibe zu der Doppelhaushälfte am Ende der ruhigen Sackgasse hinüber. Die Gegend wirkte ein wenig verwahrlost – das Gras in den Vorgärten war so lange nicht mehr gemäht worden, dass es schon aussamte. Eine ausrangierte Waschmaschine stand neben zwei verbeulten Mülltonnen, und ein Dutzend Natriumdampflaternen tauchten die Szenerie in monochromatisches Licht.

Logan drückte die Sprechtaste seines Airwave-Handys. »Okay, Leute, alle mal herhören: Wir haben da drin drei, möglicherweise vier erwachsene männliche Personen. Es muss alles schnell und sauber gehen – keine Schlampereien, niemand soll verletzt werden, weder auf unserer noch auf deren Seite. Und Shuggie Webster hat angeblich einen neuen Rottweiler, also haltet die Augen offen. Alles klar?«

»*Team 2, Roger.*«

»*Team 1, wuff!*«

»Sehr witzig – komm bloß nachher nicht angerannt und jammere, dass dir ein Riesenköter die Eier abgebissen hat, okay?« Logan zog den Ärmel seiner Jacke zurück und sah auf seine Uhr. »Also, es geht los in: acht, sieben, sechs –«

»*Uaah, wer hat da gefurzt?*«

»– drei, zwei, eins. GO!«

PC Guthrie rutschte auf dem Beifahrersitz hin und her. »Ich seh nicht ein, wieso ich hier –«

»Du wolltest, dass ich etwas unternehme, und ich habe etwas unternommen.«

»Aber –«

»Pass auf, was du sagst, Allan. Ohne dich würde ich mich jetzt daheim mit meiner Zukünftigen in den Federn wälzen.«

Hinten am Ende der Sackgasse leuchteten Taschenlampen auf und strichen über den Vorgarten eines unscheinbaren zweistöckigen Hauses. In der Einfahrt stand ein weißer 3er BMW.

Mit dumpfem Krachen schlug ein Mini-Rammbock gegen eine Hart-PVC-Tür.

»*Scheißteil …*«

Ein Hund bellte.

Wieder das Krachen.

Und noch einmal.

»*Verdammt, wieso dürfen wir keinen Sprengstoff benutzen?*«

In einem Schlafzimmer im ersten Stock ging das Licht an.

Noch ein Schlag.

»*Geh schon auf, du Mistding!*«

Irgendwo im Haus ertönte ein gedämpfter Schrei.

Guthrie drehte sich auf seinem Sitz um. »Ich hab da mal so ein Video im Internet gesehen. Die walisische Polizei hat zwölf Minuten gebraucht, um eine von diesen modernen Türen aus Hart-PVC aufzubrechen. Das verdammte Zeug ist härter als Stahl, das kannst du –«

Logan drückte den Daumen auf die Sprechtaste. »Geht durchs Fenster rein!«

Pause.

»*Wer hat das Halligan-Tool?*«

»*Ich dachte, du hättest es.*«

»*Wie kommst du darauf? Ich hab doch den großen roten Nachschlüssel, du Dödel!*«

Erneute Pause.

»*Sarge?*«

Logan drückte wieder die Taste. »Ich schwör's dir, Greg, wenn ihr mich zwingt, selber rüberzukommen …«

»*Es ist … äh … hinten im Transporter.*«

»Und so was will Spezialist für Einbruchsmethoden sein!«

Logan stieß die Tür des Einsatzwagens auf und kletterte hinaus in die milde Nachtluft.

Der nicht gekennzeichnete Polizeitransporter stand am Straßenrand unter einer kaputten Laterne. Logan rannte darauf zu. Irgendjemand hatte mit dem Finger die Worte »Michelle lutscht Schwenze!!!« in die Dreckschicht auf den Heckfenstern geschrieben.

Die Karre war nicht mal abgeschlossen.

Er zog die Hecktür auf und knipste seine Taschenlampe an. Leere Pizzakartons, eine Literflasche Cola – halb voll, mit Kippen, die in der braunen Brühe herumschwammen – und dann, mit einem Spinnennetz aus Expandern an der Seitenwand befestigt, das Halligan-Tool.

Logan löste die Haken und zog das Teil heraus: eine Metallstange von einem Meter Länge, mit einer Klaue an einem Ende und einer Kombination aus einem flachen Keil und einem spitzen Dorn am anderen Ende. Die funkensichere schwarze Beschichtung war gesprungen und blätterte schon ab. Er legte sich das Ding über die Schulter und rannte auf das Zielobjekt zu.

In den Fenstern der anderen Häuser gingen die Lichter an, als ein neugieriger Nachbar nach dem anderen aufwachte und sich hinter den Gardinen in Stellung brachte.

PC Greg Ferguson stand an der Spitze des kleinen, ineffizienten Häufleins von Polizisten, allesamt in Ninja-Schwarz gekleidet. Er ließ den großen roten Nachschlüssel ein weiteres Mal gegen die Kunststofftür krachen. Schweißtropfen rannen über sein knallrotes Gesicht. Er biss die Zähne zusammen und kniff die Augen zu, als der Mini-Rammbock mit dem rissigen Hart-PVC kollidierte. »Komm schon, du *Scheißteil*!«

Logan stapfte durch das kniehohe Gras auf das Wohnzimmerfenster zu. »Glas!«

Er packte das Halligan-Tool am hinteren Ende, gleich

oberhalb der Klaue, holte aus und schlug mit aller Kraft zu. Der große Metalldorn brach glatt durch die Doppelglasscheibe und verwandelte sie in einen Sprühregen aus kleinen, glitzernden Würfelchen. Logan schloss die Augen und hielt sich eine Hand vors Gesicht, als der Glasregen auf ihn niederging.

Das Halligan-Tool bohrte sich in den Fensterrahmen.

Ohne die linke Hand vom Gesicht zu nehmen, arbeitete er sich am Fensterrand entlang vor, genau wie er es im Lehrgang »Die Methoden der Einbrecher« gelernt hatte – und entfernte so viel wie möglich von den Resten des Sicherheitsglases.

»Steh nicht so blöd rum!«

PC Greg Ferguson ließ den großen roten Nachschlüssel fallen und schwang sich ungelenk auf den Fenstersims, wobei er es mit Müh und Not schaffte, den Bauch über die Kante zu hieven. Dann krabbelte er hinein und wackelte dabei mit den Beinen, als hätte er einen epileptischen Anfall. Schließlich verrieten ein dumpfer Schlag und ein paar Flüche, dass er auf dem Boden gelandet war.

»Au …«

Eines der nicht ganz so unbrauchbaren Teammitglieder lehnte sich mit dem Rücken an die Wand und verschränkte die Hände zu einer Räuberleiter, über die die anderen einsteigen konnten. Als alle drin waren, sah sie Logan an und deutete mit einem Nicken auf ihre behandschuhten Hände.

»Sarge?«

»Danke, aber ich warte lieber auf das Entwarnungssignal.«

»Von mir aus.« Sie machte kehrt und kletterte durch das eingeschlagene Fenster hinein.

Es lohnte sich nicht, zum Wagen zurückzugehen, also hockte Logan sich auf die Motorhaube des BMW und kramte in seinen Taschen nach der nicht vorhandenen Zigarettenschachtel. Vier Wochen, zwei Tage und … wie spät war es jetzt? Kurz nach halb drei morgens … acht Stunden. Keine schlechte Leistung.

Er unterdrückte ein Gähnen.

Von oben kam das Geräusch einer Toilettenspülung, fast übertönt von Stimmengewirr, Geschrei, Gebell und dem schrillen Heulen eines kleinen Kindes. Na prächtig – das bedeutete noch mehr Papierkram. Wenn es so weiterging, konnte er froh sein, wenn er vor Mittag zu Hause war. Und dann würde es verdammt knapp werden …

Dieser blöde PC Guthrie. *Kannst du nicht mal mit ihm reden, Sarge?*

Wenn man vom Teufel spricht …

Guthrie schlurfte durchs Gras heran, blieb neben Logan stehen und blickte zum Haus auf. »Wird das noch länger dauern, Sarge? Ich meine nur – ich muss nämlich noch –«

»Falls deine nächsten Worte nicht zufällig ›Bacon-Sandwichs für alle kaufen‹ sind, würde ich es an deiner Stelle nicht riskieren, verstanden?«

Guthries Pausbäckchen nahmen einen attraktiven Pinkton an. »Äh … ja, genau das wollte ich gerade sagen. Bacon-Sandwichs. Isst du denn wieder Fleisch?«

»Ruf beim Jugendamt an – wir brauchen jemanden, der sich um das Kind kümmert.«

»STELLEN SIE DAS VERDAMMTE DING WIEDER HIN!«, tönte es von drinnen. Dann kam ein tragbarer Fernseher durch ein Fenster im ersten Stock geflogen, begleitet von einem Halo aus Glassplittern. Das Gerät landete einen knappen Meter neben ihnen auf dem Rasen, und die Röhre platzte mit einem hässlichen *»Pop«*.

Logan boxte Guthrie in den Arm. »Vielleicht gehen wir lieber ein Stück weiter weg.«

Da kam auch schon ein ausgewachsener Mann aus dem oberen Fenster geflogen. Er schien einen Moment in der Luft zu schweben, als das Licht aus dem Schlafzimmer auf ihn fiel. Dann hörten sie einen dumpfen Schlag und ein widerliches Knacken, und der Mann lag vor ihnen auf dem Gras.

Pause.

Keine Bewegung. Nur gedämpftes Stöhnen und Fluchen.

»Mein Gott …« Guthrie ging neben der zusammengekrümmten Gestalt in die Hocke. »Haben Sie sich was gebrochen? Nicht bewegen!«

Ein Mitglied des Razziateams lugte über das Fensterbrett. »Alles okay da unten?«

»Mehr oder weniger.« Logan richtete sich auf und klopfte sich den Staub von den Händen. »Billy Dawson, du Dussel. Wann wirst du endlich lernen, dass schmierige kleine Drogendealer nicht fliegen können?«

»Urgh …« Billys Gesicht bestand hauptsächlich aus Bart und zusammengebissenen Zähnen. Die Augen waren weit aufgerissen, die Pupillen riesig und dunkel. »Ich glaub, mein Bein ist gebrochen …«

»Sei froh, dass es nicht der Hals ist. Also, raus mit der Sprache: Wie viel Stoff ist da im Haus?«

»Wie … Ich … Keine Ahnung, wovon Sie reden.«

»Wir werden das Zeug so oder so finden. Spuck's aus, dann sparen wir uns alle viel Zeit und Mühe.«

»Aaaaah, mein Bein … Ähm. Nicht wahr?«

Logan knuffte Guthrie wieder. »Wenn du mit dem Jugendamt gesprochen hast, ruf einen Krankenwagen.«

Der Constable oben am Fenster winkte ihnen zu. »Oder besser gleich zwei.«

Logan stieg über den stöhnenden Körper hinweg und ging auf das Haus zu. »Und hab ein Auge auf unseren Freund Billy hier – nicht, dass er wegrennt und sich am Ende noch wehtut.«

»Sie haben noch so viel wie möglich ins Klo zu spülen versucht, aber das ganze Bad ist voll von dem Zeug.« PC Ferguson deutete auf die vormals blauen Fliesen, die jetzt mit einer Schicht aus schmutzig braunem Pulver überzogen waren. Zwischen Spülkasten und Badewanne lag ein kleiner Haufen aus zerfetzter Plastikfolie und Paketband; weitere, ungeöffnete Päckchen stapelten sich auf dem schmuddeligen Linoleum.

Es roch scharf nach Ammoniak, ungeputzter Toilette und Raumspray mit Blumenduft… unterlegt mit einer undefinierbaren, prickelnden Note, von der Logan die Zähne kribbelten. War wohl besser, nicht zu lange hier herumzustehen und das Zeug einzuatmen. Er ging rückwärts zur Tür hinaus, zog Ferguson mit sich und schloss die Tür. »Überlassen wir das der Spurensicherung.«

Ferguson zog den Schal weg, den er sich ums Gesicht gewickelt hatte, und darunter kam ein Schnurrbart zum Vorschein, der ein bisschen wie selbstgebastelt wirkte. »Hör mal, wegen vorhin…«

»Du meinst, als du das Halli-Tool vergessen hast?«

»Äh… ja. Also, das müssen wir doch nicht unbedingt erwähnen, oder? Ich meine –«

»Und was soll ich dann sagen, wenn Finnie fragt, warum wir so lange gebraucht haben, um uns Zugang zu verschaffen, dass die Verdächtigen noch Zeit hatten, drei Päckchen Heroin ins Klo zu spülen?«

Der Constable starrte seine Stiefel an. »Unvorhergesehene Probleme bei der Umsetzung des Einsatzplans?«

»Greg, du bist eine Katastrophe, weißt du das?«

Er grinste. »Danke, Sarge.«

»Ich muss vollkommen bescheuert sein.« Logan wandte sich ab und schaute über das Geländer nach unten.

Die Textiltapete war zerrissen und wellig, und der unregelmäßige mattweiße Anstrich, den man darübergeklatscht hatte, machte die Sache auch nicht besser. Der abgetretene Teppich war mit braunen Flecken und Büscheln von Tierhaaren übersät. Kahle Glühbirnen an der Decke. Eine Schlafzimmertür mit einer tiefen Scharte im Holz, durch die man das hohle Innere sehen konnte.

In der warmen, stehenden Luft hing der bittersüße Geruch von Cannabis – was auch die Größe von Billys Pupillen erklärte.

»Wo sind die anderen?«

Ferguson deutete auf das Schlafzimmer mit der eingedellten Tür. »Zwei haben wir da drin; einen in der Küche – ist gefallen und hat sich den Kopf an der Arbeitsplatte aufgeschlagen, so zugedröhnt ist er. Dann noch eine im anderen Schlafzimmer… na ja, zwei, wenn man das Kind mitzählt; und –«

»Und einer, der im Vorgarten auf der Nase liegt?«

»Ich wollte eigentlich sagen, einer hinten im Garten, dem wir Handschellen angelegt haben.«

Logan steuerte das nächstbeste Schlafzimmer an. »Gut, dann bring ihn doch her.«

»Also, äh…«

Logan hielt inne, eine Hand auf dem Türknauf. »Greg, was hast du angestellt?«

»Ich war es nicht! Es war nur… Na ja, wir haben ihn erwischt, wie er über den Gartenzaun türmen wollte, und Ellen hat ihm gerade die Handschellen angelegt, und da kommt plötzlich dieser Hund aus den Büschen geschossen – ein Riesenviech, so was hast du im *Leben* noch nicht gesehen. Und wir mussten uns irgendwie in Sicherheit bringen. Haben es gerade so zur Hintertür geschafft, ehe er uns die Hose vom Arsch reißen konnte. Aber wir haben ihn an dieses Wäschespinnen-Dings gefesselt.«

»Himmelherrgott, steh mir…« Logan schloss die Augen. Zählte bis zehn.

»Sarge?«

»Wäschespinnen sind nicht im Boden verankert, Greg: Die Metallstange steckt nur in einem kleinen Loch. Er muss das Ding bloß rausziehen, und schon ist er auf und davon!« Logan riss die Schlafzimmertür auf.

Eine Frau kauerte in der Ecke, bekleidet mit nichts als einem BH und einer zerrissenen Jeans. Spindeldürr, mit spitzen Ellbogen und Rippen, die sich einzeln abzeichneten; tief eingesunkene Augen, glänzend wie schwarze Billardkugeln. Ihre Hände steckten hinter dem Rücken in Handschellen. Sie verzog die rissigen, fahlen Lippen und ließ ihre vergilbten Zähne sehen. »Wir haben nix getan!«

Ein kleines Kind – kaum älter als drei – saß auf ihrem Schoß, bekleidet mit einem schmuddeligen Bart-Simpson-Schlafanzug. Die Oberlippe des Jungen glitzerte silbrig vor Rotz, und sein Mund war mit etwas Braunem verschmiert.

Ein Mitglied des Razziateams stand vor den beiden und tippte auf einem Handy herum.

Logan schob sich an ihnen vorbei und trat ans Fenster. »Wehe, du aktualisierst da gerade deinen Twitter-Account, Archie.«

Der teiggesichtige Constable errötete und steckte das Telefon ein.

Logan starrte in den Garten hinunter. In der Mitte der wuchernden Wildnis stand ein Mann und kämpfte mit einer Wäschespinne, während ein schwarzer Hund um ihn herum durch das kniehohe Gras streifte. Der Mann war Shuggie Webster.

Immerhin war Ellen so schlau gewesen, ihn an das komplizierte Hebelgelenk zu fesseln, das die vier Arme mit der Stange verband.

Er wurde allmählich ein bisschen *übereifrig*… zog und zerrte und fluchte, versuchte mit aller Kraft, entweder die Handschellen oder die Wäschespinne kaputtzubekommen, und verhedderte sich dabei in der schmutzigen gelben Wäscheleine. Wie eine fette, hässliche Fliege, die in einem Spinnennetz aus Kunststoff festsaß. Jetzt stellte er sich auf den Kopf, stemmte beide Füße gegen die Arme der Wäschespinne und drückte mit aller Kraft.

Logan öffnete das Schlafzimmerfenster. »Er wird sich das Handgelenk verrenken, wenn er nicht aufpasst.«

PC Ferguson trat zu ihm. »Die Typen werden auch nicht heller, was?«

»He, Shuggie!«

Der Mann erstarrte, immer noch kopfüber in der Wäschespinne hängend.

»Lass gut sein. Wir haben dich am Wickel.«

Der Hund hielt im Herumschleichen inne, drehte sich um und bellte zu ihnen herauf.

Der Constable mit dem Handy stand plötzlich hinter Logan. »Meine Fresse … was für ein Mordsteil von einem Hund.«

Die spindeldürre Frau, deren Hände immer noch hinter dem Rücken gefesselt waren, rammte Archie mit der Schulter und stieß ihn gegen Ferguson. Die beiden Polizisten fielen der Länge nach auf den Schlafzimmerboden und fluchten im Chor.

Die Frau schob sich an Logan vorbei ans offene Fenster. »Shuggie! Zieh das Ding aus dem Boden, du blödes Arschloch!«

Logan packte sie, versuchte sie zurückzuzerren, doch sie versetzte ihm einen Stoß mit dem Knie.

Siedendes Öl flammte zwischen seinen Beinen auf, brodelte in seiner Magengrube und machte seine Knie zu Pudding. Er stützte sich an der zerfledderten Tapete ab. Oh *verdammt*, tat das weh.

»Shuggie! ZIEH DIE BESCHISSENE WÄSCHESPINNE AUS DEM BODEN!«

Jetzt schien Shuggie endlich zu kapieren. Er ging so tief in die Hocke, wie es die Handschellen zuließen, die sein Handgelenk an das Scharnier fesselten, packte mit der anderen Hand die Stange und riss das ganze Ding aus dem Boden. Einen Moment lang stand er schwankend da, dann drehte er sich um hundertachtzig Grad und fiel auf den Hintern, wobei er sich erneut in der Wäscheleine verhedderte.

»STEH AUF, DU BLÖDER SACK!«

Logan räusperte sich, biss die Zähne zusammen, packte die knochige Frau und warf sie aufs Bett. Sie federte von der Matratze hoch und kullerte auf der anderen Seite hinunter, wo sie mit einem dumpfen Schlag auf dem Boden landete.

Der kleine Junge heulte, Tränen und Rotz liefen ihm über das verquollene Gesicht.

PC Ferguson hatte sich wieder aufgerappelt und beugte sich aus dem Fenster. »KOMM SOFORT ZURÜCK, DU MISTKERL – DU BIST IMMER NOCH VERHAFTET!«

»Scheiß-Bullenschweine!« Die Frau hievte sich hoch, die Augen zwei dünne Schlitze, die gelben Zähne gebleckt, das Gesicht mit Blut von ihren aufgesprungenen Lippen verschmiert. Und dann ging sie zur Attacke über, den Kopf gesenkt wie einen fettigen Rammbock.

Logan wich ihr aus … oder versuchte es jedenfalls.

Sie traf ihn voll im Bauch. Der Schmerz blitzte durch seine Narben, bohrte sich tief in seine Eingeweide und schnürte ihm die Luft ab, als sie beide gegen die Schlafzimmerwand krachten und von dort auf den Teppich stürzten. Er konnte sich nur krümmen, den lichterloh brennenden Bauch halten und versuchen, sich nicht zu übergeben. Er spürte kaum, wie ihre scharfen Zähne sich durch den Stoff der Jacke in seinen Arm senkten, wie ihre Stirn dumpf krachend mit seinem rechten Ohr kollidierte.

Und dann war sie weg. Er hörte sie schreien: »Lass mich

los, du Schwein! Scheiße, lass mich los! VERGEWALTIGUNG! Scheiße… VERGEWALTIGUNG!«

Logan schlug ein tränendes Auge auf, sah sie einen halben Meter über dem Boden schweben und mit den Beinen strampeln. Archie stand hinter ihr; er hatte ihr die Arme um die Taille geschlungen und hielt sie hoch.

»Beruhigen Sie sich doch!«

»VERGEWALTIGUNG! VERGEWALTIGUNG!«

Und die ganze Zeit schrie das kleine Kind wie am Spieß.

6

»Was machen die Eier?« PC Ferguson reichte Logan noch eine Tüte tiefgefrorene Pommes frites aus der gurgelnden Truhe. Die Küche stank nach Cannabis und altem Fett; die Dunstabzugshaube über dem Herd war mit einem dunkelbraunen Schmierfilm überzogen.

Logan lehnte sich an die Arbeitsfläche und presste die eiskalte Pommespackung auf seinen schmerzenden Bauch. »Habt ihr ihn schon gefunden?«

»Sollen wir dich nicht vielleicht ins Krankenhaus fahren?«

»Greg: Habt – ihr – ihn – gefunden?«

Der Constable zog ein Gesicht wie ein verkniffener Hühnerarsch. »Also, das ist eine komische Geschichte; wir –«

»Ihr habt ihn entwischen lassen, stimmt's?«

»Es war nicht –«

»Warum zum Teufel habt ihr nicht jemanden die Rückseite sichern lassen? Ich hab doch *gesagt*, dass jemand die Rückseite sichern soll!«

»Aber es –«

»Herrgott noch mal, Greg, hast du etwa die komplette Vorbesprechung und die Gefahrenanalyse verschlafen? Zwei vorne, zwei hinten, um zu verhindern, dass irgendjemand abhaut!«

PC Greg Ferguson starrte seine Schuhe an. »Tut mir leid, Chef. Ich hab irgendwie ein bisschen den Überblick verloren …«

»Ein *bisschen*? Er war an eine verdammte Wäschespinne gekettet!«

»Es ist bloß … Ich hab zurzeit ziemlich viel Stress daheim – der kleine Georgie ist krank, und dann Liz mit ihren Tabletten, und jetzt zieht auch noch ihre Mutter ein … und ich kann nicht …« Er fuhr sich mit dem Finger unter dem Kragen seines schwarzen Fleecepullovers entlang. »Ich kann's mir nicht leisten, noch mal vor die Dienstaufsicht gezerrt zu werden. Bain denkt darüber nach, mich zum Sergeant zu befördern, und wir könnten die Kohle wirklich gebrauchen …«

Logan ließ den Kopf in den Nacken sinken und starrte zu einem merkwürdigen braunen Fleck an der Decke auf. »Also, wenn du mich fragst, haben wir drei Optionen. Erstens: Ich verpetz dich.«

»Bitte, Sarge, du –«

»Zweitens: Ich nehm's auf *meine* Kappe und lass mir von der Dienstaufsicht den Arsch versohlen.«

Ein zaghaftes Lächeln spielte um Fergusons Lippen. »Das würdest du wirklich für mich –«

»Nein, verdammt, das würde ich nicht. Drittens: Wir lassen uns irgendeine glaubwürdige Geschichte einfallen …« Logan richtete sich auf.

Ellen – die Polizistin, die den anderen per Räuberleiter durchs Fenster geholfen hatte – kam in die Küche geschlurft, das Gesicht knallrot und glänzend vor Schweiß. Sie schleppte sich keuchend und schnaufend zur Spüle, drehte das kalte Wasser auf und hielt den Kopf unter den Hahn. »Mannomann …«

Ferguson fuhr sich mit der Zungenspitze über die Zähne. »Hast du …«

Sie drehte sich zu ihm um und tropfte den ganzen Küchenboden voll. »Die sollten den echt … für Olympia 2012 … aufstellen. Wenn er mit … mit einer Wäschespinne am Arm … so schnell rennen kann … dann ist das 400-Meter-Hürdenfinale … ein *Spaziergang* für ihn …« Sie hielt den Kopf wieder unters Wasser. »Ich schwöre, ich hab mit eigenen Augen gesehen, wie er … über einen eins achtzig hohen Zaun gesprungen ist, als ob … als ob der gar nicht da wäre.«

»O Gott …« Ferguson hielt sich die Hand vors Gesicht. »Ich bin geliefert.«

»Ellen?« Logan zupfte an der Tüte Tiefkühlfritten herum. »Ich glaube, Greg möchte dich um einen Gefallen bitten.« Er räusperte sich. »Aber seht zu, dass ihr euch richtig abstimmt, damit ihr der Dienstaufsicht auch die gleiche Geschichte auftischt, ja?«

Ein Klopfen an der Küchentür.

Es war Guthrie, und er hatte ein Sortiment von weißen Papiertüten in der Hand, von denen die meisten vom Fett schon ganz durchsichtig waren. »Ihr glaubt ja nicht, wie schwer es ist, in Kincorth eine Bäckerei zu finden, die rund um die Uhr geöffnet hat.« Er reichte Logan eine Tüte.

»Bacon?«

»Spiegelei. Wir Vegetarier müssen doch zusammenhalten, nicht wahr?«

Logan biss in das weiche, mehlige Brötchen, und etwas von dem Eigelb rann ihm übers Kinn. »Was ist mit dem Krankenwagen?«

»Steht vor dem Haus. Billy Dawson haben sie schon reingeschoben; der andere Typ braucht angeblich nur ein paar Stiche.« Guthrie nahm sich ein Blätterteig-Teilchen und redete mit vollem Mund weiter, während kleine hellbraune Brösel auf seine schwarze Uniform herabrieselten. »Die

Frau vom Jugendamt ist auch schon da, Chef. Würde dich gerne sprechen.«

Die Sozialarbeiterin war im Wohnzimmer und stöberte gerade in einem in sich gedrehten CD-Turm herum. Schwarzes Haar mit grauen Strähnen, Tweedhose, gelbe Bluse, rote Weste, die über ihrem Bauch spannte – irgendwie erinnerte sie an eine Figur aus *Der Wind in den Weiden*. Sie drehte sich zu Logan um und rümpfte die Nase. Dann hielt sie ihm ein Klemmbrett hin. »Ich brauch ein Autogramm von Ihnen.«

Er überflog das Formular und kritzelte seine Unterschrift in das Feld, das mit einem X markiert war. »Es ist ein –«

»Ui, die hab ich auch.« Sie zog Annie Lennox' Album *Diva* aus dem Regal. »Haben Sie sie mal kennengelernt?«

»Äh, nein. Wir –«

»Ich bin in Torry geboren, genau wie sie. Wir sind sogar auf dieselbe Schule gegangen – die Harlaw Academy.« Die Sozialarbeiterin drehte die CD um und betrachtete sinnend die Rückseite. »Ist Trisha noch hier, oder haben Sie sie schon abtransportiert?«

»Trisha?«

»Trisha Brown, die Mutter. Suchtkrank, hat 'nen kleinen Jungen, ungefähr so groß.« Sie hielt die Hand auf die Höhe ihres angeschwollenen Bauchs.

»Sie ist oben.«

Die Frau nickte. »Ich weiß noch, wie ich früher immer gedacht habe: ›Wenn ich mal groß bin, werde ich auch so berühmt. Dann bin ich in *Top of the Pops* und in MTV und in allen Zeitungen.‹ Ich habe in verschiedenen Bands gesungen und sogar fast einen Plattenvertrag an Land gezogen.« Sie steckte die CD wieder ins Regal. »Dann ist mein Vater gestorben, meine Mutter ist völlig zusammengebrochen, und ich musste bei Asda an der Kasse jobben. Aus der Traum vom Popstar.«

»Wir legen ihr Drogenbesitz, Widerstand gegen die Festnahme und einen tätlichen Angriff auf einen Polizeibeamten zur Last.«

Die Sozialarbeiterin nahm das Klemmbrett von Logan entgegen und betrachtete eingehend seine Unterschrift. »Loren McRoy? Ist das nicht ein Mädchenname?«

»Logan – und außerdem heißt das McRae, nicht McRoy.«

»Mein Gott, Ihre Klaue ist ja noch schlimmer als meine. Lucy Woods, freut mich, Sie kennenzulernen.« Sie ging zur Treppe. »Na, dann bringen wir's mal hinter uns.«

»Trisha? Kannst du mich hören, Trisha?« Sie ging vor der spindeldürren Gestalt in die Hocke. »Trisha? Ich bin's, Lucy. Ich muss den kleinen Ricky in Obhut nehmen, während du bei der Polizei bist, okay?«

Trisha schwang den Kopf herum – wie einen fahlgrauen Betonklumpen an einer Kette. Pupillen wie winzige Käfer, schwere Lider, der Mund offen, ein Netz von Spuckefäden zwischen Ober- und Unterlippe. »Wsissn?«

»Ich sagte, wir müssen Ricky zu uns nehmen. Während du in Polizeigewahrsam bist.«

Trishas blasse Stirn zog sich in Falten. »Wer bis'n …«

»Lucy. Lucy Woods. Vom Jugendamt.«

Ein frostiges Lächeln spielte um Trishas Lippen. »Aber ich fühl mich wohl hier.«

Die Sozialarbeiterin seufzte und blickte zu Logan auf. »Heroin?«

»Wahrscheinlich. Als wir uns Zugang verschafft haben, wollten sie gerade die Toilette mit dem Zeug dekorieren.«

»Ach Trisha, du *weißt* doch, dass das nicht gut für dich ist. Du machst dann immer so schlimme Sachen.«

Trisha blinzelte. Es schien sie große Anstrengung zu kosten. »Ihr dürft Ricky nicht mitnehmen. Ihr dürft …« Sie deutete mit einem knochigen Finger auf die uniformierte

Gestalt, die in der Zimmerecke stand. »Er hat versucht, mich zu vergewaltigen!«

Ein Seufzer. »Wie viel hast du genommen, Trisha?«

»Aber es stimmt! Er hat versucht, mich zu vergewaltigen!«

»Das ist eine Frau, Trisha.«

Stirnrunzeln. »Oh …« Ein Sabberfaden trudelte auf ihre eingefallene Brust hinunter. »Jemand hat versucht, mich zu vergewaltigen …«

Logan verschränkte die Arme. »So ist sie schon seit einer Stunde. Davor war sie ganz normal.«

»Na ja, es dauert eben eine Weile, bis die Drogen vom Organismus aufgenommen werden, besonders bei jemandem mit so viel Übung wie Trisha.« Lucy Woods setzte sich auf die Fersen. »Wäre vielleicht nicht schlecht, sie für die eine Nacht in die Notaufnahme zu bringen, nur für alle Fälle.«

Das war zwar auch nervig, aber allemal besser, als zu riskieren, dass sie im Polizeigewahrsam an einer Überdosis starb. »Ich lasse sie hinbringen.«

»Gut.« Die Sozialarbeiterin stand auf. »Wir passen für dich auf Ricky auf, okay, Trisha?«

Blinzel, blinzel. Sie schmatzte mit den Lippen. »Nein …« Stirnrunzeln. »Mum. Mum nimmt ihn zu sich.« *Blinzel.*

»Deine Mutter? Ich dachte, die sitzt noch in Craiginches?«

»Jemand hat mich vergewaltigt …« Und als sie diesmal die Augen schloss, blieben sie geschlossen.

»Craiginches?« Logan sah zu, wie die Sozialarbeiterin den Kopf schüttelte, Trisha den Puls fühlte und sich dann hochhievte.

»Wo ist der Kleine?«

»Im anderen Schlafzimmer. Wird sie durchkommen?«

»Ich habe ihren Fall übernommen, als sie dreizehn war. Seitdem hatte sie im Schnitt zweimal pro Jahr eine Überdosis. Sie sollten ihr im Krankenhaus vorsichtshalber gleich den Magen auspumpen – wer weiß, was sie alles geschluckt hat.«

Der kleine Ricky kauerte in der Zimmerecke, und seine Augen zuckten hin und her, als Logan hinter der Sozialarbeiterin eintrat. Kleidungsstücke lagen auf dem schäbigen beigefarbenen Teppichboden verstreut; auf dem Nachttisch waren Spritzen und flammengeschwärzte Löffel aufgereiht.

Eine Beamtin des Razziateams lehnte an einer klapprigen Kommode. Sie hatte den schwarzen Schutzhelm neben sich gelegt und blätterte in einer Ausgabe von *Hello!*, die sie rasch auf einen Stapel anderer Promi-Klatschmagazine warf.

Selbst Drogendealer und Süchtige hatten ihre Träume.

»Sarge.« Sie deutete mit dem Kopf auf den Jungen. »Vorsicht – er beißt.«

Der Junge fletschte die Zähne, und ein leises Grollen stieg aus seiner Kehle auf, während seine schmutzigen Finger eine Buzz-Lightyear-Plastikfigur gepackt hielten wie einen Klauenhammer.

»Ricky?« Lucy Woods' Weste ächzte, als sie vor dem Jungen in die Knie ging. »Erinnerst du dich an mich, Ricky?«

Der Kleine starrte sie eine Weile an und nickte dann.

»Gut. Wir bringen dich zu deiner Oma, da kannst du heute Nacht bleiben, okay? So lange, bis es deiner Mama wieder besser geht.«

Logan lenkte den Wagen in den Abbotswell Crescent und durch ein Labyrinth aus gesichtslosen grauen Granithäusern, die im bleichen Licht der Morgendämmerung still dalagen.

Der kleine Ricky saß mit PC Guthrie auf dem Rücksitz, und der Constable schaute mindestens ebenso misstrauisch und besorgt drein wie der Dreijährige.

Lucy Woods tippte ans Beifahrerfenster. »Was glauben Sie, was das Zeug da wert ist?«

Die in Zellophan gepackten Blumensträuße bildeten einen Teppich, der den Gehsteig vor einem unscheinbaren Doppelhaus fast vollständig bedeckte. Teddybären waren an den kniehohen Gartenzaun gebunden, zusammen mit Engeln, Einhörnern und diversen anderen Stofftieren. Der Schein der Kerzen, die zwischen den Blumen in Einmachgläsern flackerten, verblasste schon im Licht der aufgehenden Sonne. Ein Spruchband mit der Aufschrift »Jenny, wir geben die Hoffnung nie auf!« war im Vorgarten zwischen zwei Pflöcken aufgespannt. Und einige der Plakate, die der Wochenendausgabe der *Scottish Sun* beigelegen hatten, klebten an Hauswänden oder waren an Holzpfosten festgetackert. »Alison und Jenny – niemals aufgeben!« stand darauf.

An einem Ende des Blumenmeers hockten eine Handvoll Menschen, in Schlafsäcke und dicke Parkas gehüllt. Zwei von ihnen waren noch wach; sie rauchten Zigaretten und tranken Tee aus einer Thermoskanne. Als der Einsatzwagen an ihnen vorbeikam, hielten sie inne und starrten ihm nach.

Eine der beiden Gestalten hob die Hand zu einem solidarischen Gruß und wandte sich dann wieder ihrer Mahnwache zu.

Die Sozialarbeiterin erwiderte den Gruß mit einem Nicken. »Sicher, damals, als ich jung war, gab es noch nichts in der Art von *X-Factor*, *Britain's Got Talent* oder *Big Brother*. Sonst hätte ich es vielleicht schaffen können. Und richtig berühmt werden.« Sie drehte den Kopf, als die öffentliche Demonstration der Trauer aus dem Rückspiegel verschwand. »Das hätte *ich* sein können …«

Um Gottes willen.

Logan warf ihr einen Seitenblick zu und starrte dann wieder auf die Straße.

Manche Leute sollten sich wirklich zweimal überlegen, was sie sich wünschen.

»Sind Sie sicher, dass das eine gute Idee ist?« Logan sah sich im Wohnzimmer um und suchte vergeblich nach einer halbwegs sauberen Sitzgelegenheit.

Das Geräusch von Hundekrallen, die von der anderen Seite an der Küchentür kratzten, wurde begleitet von tiefem Knurren und dann und wann einem zornigen Bellen.

»Meine Vorschrift lautet, ein Kind nur dann in Pflege zu geben, wenn es absolut keine andere Möglichkeit gibt.« Lucy Woods nahm eine CD von dem zugemüllten Couchtisch. Die Hülle funkelte im Deckenlicht, als sie das Cover betrachtete. »Wenn wir sie bei einem Familienmitglied unterbringen können, dann tun wir das. So gerät das Kind nicht in die Mühlen des Apparats.«

»Schon, aber …« Logan hob einen Fuß, aber der Teppich wollte ihn nicht loslassen.

»Trishas Mutter ist vielleicht nicht perfekt, aber immerhin ist sie eine Blutsverwandte.« Die Sozialarbeiterin rümpfte die Nase und ließ die CD wieder in dem Chaos versinken. »Fleetwood Mac.«

Eine Stimme ertönte von der Tür hinter ihnen. »Was ham Sie denn gegen Fleetwood Mac, hä?«

Lucy Woods setzte flugs ein Lächeln auf. »Hallo, Helen. Ist er schön eingeschlafen?«

»Was hat sie ’n diesmal ausgefressen?« Helen Brown kam mit ihrem steifen Knie ins Zimmer gehumpelt und genehmigte sich einen Schluck Tennent’s Super aus der Dose. Ihr Gesicht war genauso hager wie das ihrer Tochter, sie hatte die gleichen dunklen Ringe unter den blutunterlaufenen Augen, die gleichen vergilbten Zähne, die mit breiten Zwischenräumen aus dem blassen Zahnfleisch ragten. Dazu Pupillen wie Stecknadelköpfe.

Sie trug ein hellgraues langärmeliges T-Shirt, und jedes Mal, wenn sie in Logans Richtung sah, zupfte sie an den Ärmeln. Wahrscheinlich, um die Einstichstellen zu verbergen.

Er machte einen Schritt weg von der klebrigen Stelle. »Sie hilft uns nur bei einer Ermittlung.«

Trishas Mutter räusperte sich, griff sich einen schmutzigen Kaffeebecher und spuckte hinein. »Hurerei oder Drogen?«

»Ich kann Ihnen nicht –«

»Ihr Arschlöcher seid doch alle gleich.« Sie nahm noch einen Schluck von dem extrastarken Lagerbier. »Leute schikanieren, die wo keinem was getan haben.« Etwas von dem Bier rann ihr übers Kinn und tropfte auf das langärmelige T-Shirt, wo es einen lehmfarbenen Fleck hinterließ. »Geht euch doch ’n Scheißdreck an, ob sie sich unten am Hafen ’n paar Kröten dazuverdient! Is’ ja nicht so, als würd’ sie alten Omas die Sparstrümpfe klauen, oder?«

Die Sozialarbeiterin räusperte sich. »Na, Helen, wie geht’s denn so? Kommen Sie klar?«

»Ihr Ärsche solltet da draußen sein!« Sie zeigte mit dem Finger auf die geschlossenen Vorhänge. »Und nach diesem kleinen Mädchen und ihrer Mama suchen. Anstatt meine Trisha zu verhaften, bloß weil sie irgend ’nem Typ einen geblasen hat.«

»Es gab eine Drogenrazzia, und –«

»Was denn – hat euch wohl keinen Freischuss geben wollen, und da habt ihr sie verknackt, was? Ihr kotzt mich echt an! Dieses Scheißland geht vor die Hunde, und so Schweine wie ihr helfen dabei noch nach!« Sie setzte die Dose an die Lippen und ließ die letzten Schlucke durch ihre Kehle gluckern.

»– zur Beobachtung in die Notaufnahme gebracht.«

Helen Brown zerdrückte die Dose und warf sie quer durchs Zimmer. Sie prallte von Logans Brust ab. »Was denn, wollt ihr mich vielleicht auch verhaften? Das sieht euch ähnlich, echt, ey! Die *Opfer* verknackt ihr, und zwei Türen weiter hausen illegale Pakis, die auf die Straße scheißen und mir die Wäsche klauen!«

Logan wischte sich die blassgelben Tropfen von der Jacke. »Wir finden schon alleine raus.«

7

»Mmmpff…?« Logan lugte unter der Bettdecke hervor. Der Radiowecker starrte ihm vom Nachttisch entgegen. Er drückte auf den Tasten an der Oberseite herum, doch das Geräusch hörte nicht auf.

Er setzte sich auf.

Telefon.

Es war sein Handy. Es steckte in der Tasche der Jacke, die über dem Stuhl in der Ecke hing, und dudelte die *Danse macabre* vor sich hin.

Herrgott noch mal… Er kramte das Ding hervor und las blinzelnd das Display ab: »DI Steel.«

Logan hackte mit dem Daumen auf die Taste. »Was willst du?«

Es war einen Moment still. »*Weißt du, Laz, die schönsten Dinge im Leben sind doch umsonst: ein Lächeln, ein Dankeschön – oder ein Tritt in deinen Arsch von mir, du unverschämter –*«

»Was – willst – du?«

»*Na ja, angesichts der Tatsache, dass der kleine Zeiger auf der Neun steht und der große auf der Zwölf, will ich, dass du verdammt noch mal zum Dienst antanzt!*«

Er ließ sich aufs Bett fallen, alle viere von sich gestreckt wie ein bleicher Seestern. Die Narben auf Brust und Bauch waren gerötet und spannten. »Verdammte Scheiße, ich bin gerade erst vom Dienst *heimgekommen.*« Ein Gähnen übertönte Steels nächste Worte. Logan schüttelte sich.

»– wie ein Irrer rumbrüllen. Wann –«

»Ich musste eine Nachtschicht einlegen. Finnie hat mir McPhersons Drogenrazzien aufs Auge gedrückt; ich hab bis fast acht Uhr heute Morgen mit einem Junkie namens Shaky Jake im Vernehmungsraum gehockt. Und deshalb gehe ich jetzt wieder ins Bett.«

»Du hast heute Morgen noch nicht die Zeitungen gesehen, oder.« Es war keine Frage.

»Interessiert mich nicht.« Er zog die Bettdecke wieder zurecht. »Heute ist mein freier Tag.«

»Dein Kumpel Hudson ist nicht zum Dienst erschienen.«

»Wer zum Henker ist... Ach so.« Dr. Hudson – der Rechtsmediziner. »Und seit wann ist das meine Schuld?«

»Finnie dreht am Rad – er hat schon drei Constables zum Heulen gebracht, und dabei ist es noch nicht mal Mittag.«

»Dann lasst halt einen Rechtsmediziner aus Edinburgh kommen.« Logan schmiegte sich in sein weiches, kühles Kopfkissen und gähnte wieder.

»Hab ich schon versucht – der kann frühestens in sechs Stunden hier sein. Und inzwischen ist so ein Wichser von der SOCA hier aufgekreuzt, um sich einen ›Überblick über die Situation‹ zu verschaffen, und du weißt ja, was das bedeutet...«

Er legte einen Arm über die Augen. »Es ist mein freier Tag!«

»Das ist jetzt nicht der Zeitpunkt, den Deserteur zu spielen, Laz. Es sei denn, du bist scharf darauf, den Rest deines Lebens Betrugsfälle zu bearbeiten. Ich mein's ernst: Excel-Tabellen und dröge Buchhalter von jetzt an bis zur Pensionierung.«

»Aber ich habe heute schon was –«

»Und kauf unterwegs was Leckeres zum Mampfen, ja? Und zur Abwechslung mal 'nen anständigen Kaffee.«

Dann war die Leitung tot.

Die Sonne brannte von einem blassblauen Himmel herab – die wenigen dünnen, weißen Wolkenfetzen konnten gegen das grelle Licht rein gar nichts ausrichten. Logan schlappte die Marischal Street hinauf, die Hände in die Taschen gesteckt.

Diese elende Bagage. Eine Stunde – war das vielleicht zu viel verlangt? Eine Stunde in seinem eigenen verdammten Bett. Von so etwas wie richtigem Urlaub ganz zu schweigen.

Hoch oben am Himmel kreisten schimpfend und kreischend ein paar fette Möwen und verzierten einen rostigen Kleinwagen mit stinkigen weißen Flecken.

Oben an der Einmündung zur Union Street blieb Logan stehen und starrte über die Straße. Der Lodge Walk – die kleine Gasse, die zwischen dem Rathaus und dem Gericht verlief – war proppenvoll mit Journalisten, Fotografen und Fernsehteams. Und mittendrin steckte DI Bell fest – eine kleine haarige Insel in einem Meer von Nervensägen, die ihn mit Fragen bombardierten und ihre Kameras schwenkten. Die arme Sau war wahrscheinlich erwischt worden, als er versucht hatte, das Präsidium durch den geheimen Seitenausgang zu verlassen.

Tja, da musste er durch – Logan würde sich ganz bestimmt nicht durch die Menge kämpfen, um ihm beizustehen.

In der Fußgängerzone, gleich gegenüber dem Mercat Cross, gab es einen Zeitungsladen, dessen Schaufenster von einer dünnen Staubschicht verdunkelt war. Auf dem Kopfsteinpflaster davor stand einer dieser rot-weißen Plakatständer. »GEFOLTERTE JENNY VERLIERT ZEH – POLIZEI MACHTLOS« prangte da in dicken schwarzen Lettern über dem Logo des *Aberdeen Examiner*.

Logan zögerte einen Moment und trat dann ein. Sämtliche Boulevardblätter schrien ihm ähnliche Sensations-

Schlagzeilen entgegen. Die *Sport* titelte »HORROR-ZEHNARIO!«, die *Press and Journal* »GRAUSIGER FUND IN ENTFÜHRUNGSFALL«, der *Evening Express* »Hellseherin: ›ICH KANN JENNY FINDEN‹«… Er kaufte einen *Examiner* und eine *P&J*, um dann noch beim Bäcker nebenan zwei Bacon-Sandwichs und etwas für sich selbst zu holen.

Den Kaffee konnte Steel zur Abwechslung mal selbst besorgen.

Während er die Straße entlangtrottete, zog er das Handy aus der Tasche und erledigte noch rasch einen Anruf.

»Was zum Teufel frisst *du* denn da?« DI Steel hatte die Füße auf ihren Schreibtisch gelegt und hielt ein mehliges weißes Sandwich in der Hand, aus dem Fetzen von frittiertem Schwein hervorlugten.

»Ein Fischstäbchen-Sandwich. Und ich bin nur bis zwölf hier, verstanden?«

»Du bist ja nicht ganz richtig im Kopf, Laz – der Schinken ist doch das Beste am Sandwich.« Sie nahm einen gewaltigen Bissen und schmierte sich die Backen mit Tomatensauce voll. »Also, erzähl schon: Was hast du aus Shaky Jake rausgekriegt? Geht er immer noch auf Krücken?«

»Das ist mein Ernst: Punkt zwölf bin ich weg. Ich hab einen wichtigen Termin und darf nicht zu spät kommen, sonst –«

»Kannst du dich vielleicht mal fünf Minuten konzentrieren? Es ging um Shaky Jake.«

Logan sah sie stirnrunzelnd an. »Das ist doch McPhersons Fall.«

»Tu mir den Gefallen.«

»Ja, er geht immer noch auf Krücken. Sie mussten ihm die Knochen im Sprunggelenk zu einem einzigen großen Klumpen zusammenbacken, nachdem Wee Hamishs Jungs ihn mit einer Spitzhacke bearbeitet hatten. Jetzt watschelt er wie ein Pinguin. Kann froh sein, dass die ihm im Krankenhaus nicht gleich die Füße abgenommen haben.«

»Der Vollidiot hätte sich eben nicht an der Ware vergreifen sollen, oder? Wie viel Stoff habt ihr sichergestellt?«

»Drei Päckchen Heroin, zwei Päckchen Cannabis-Harz, ein bisschen Ecstasy und einen großen Koffer voll Mephedron, zwei nachgebaute Handfeuerwaffen und ein paar Porno-DVDs von zweifelhafter Herkunft.«

»Ach ja?« Steel setzte sich auf. »Irgendwas, was ich mir genauer anschauen sollte?«

»Ich hab schon alles an die Gewerbeaufsicht weitergeleitet.«

Sie ließ sich wieder nach hinten fallen. »Mist.« Noch ein Bissen Sandwich. »Und welcher von euch Vollpfosten hat Shuggie Webster entwischen lassen?«

Logan drückte den Inhalt eines weiteren Tütchens Remoulade auf seine Fischstäbchen und vermied es, Steel in die Augen zu sehen. »Steht alles im Bericht.«

»›Probleme bei der Umsetzung des Einsatzplans‹, da lachen ja die Moorhühner – es war dieser unfähige Hampelmann Ferguson, nicht wahr?«

»Wir mussten das Jugendamt holen, um –«

»*Aye*, Trisha Browns Kleiner. Ich lese die Dinger tatsächlich, ob du's glaubst oder nicht. Wie war ihre Mama denn drauf?«

»Was glaubst du denn?«

»Besoffen, versifft und rassistisch?« Steel nickte. »Ihre Oma war genauso. Trisha ist das Musterbeispiel einer Drogensüchtigen in der dritten Generation. Gibt Anlass zu den schönsten Hoffnungen für ihren kleinen Jungen, nicht wahr? Wenn die anderen Kinder sich noch hinter dem Fahrradschuppen gegenseitig in die Unterhosen gucken, wird er schon mit Crack dealen.« Sie lutschte sich die fettigen Fingerspitzen sauber. »Was steht sonst noch an bei McPherson?«

»Moment – erst sagst du mir, warum –«

»Laz, es lohnt sich immer, DI Desaster ganz genau auf die Finger zu gucken – man weiß nie, wann er das nächste Mal eins über die Rübe kriegt, sich ein Bein bricht, die Treppe runterfällt, vom Auto angefahren wird, eine Faust auf die Nase bekommt …« Sie runzelte die Stirn. »Hab ich irgendwas vergessen?«

»Er hatte mal Tollwut.«

»Genau. Und was glaubst du, wer seine Fälle aufs Auge gedrückt kriegt, während er krankfeiert? Natürlich meine Wenigkeit. Als ob ich nicht schon genug am Hals hätte.« Sie blies die Backen auf und sackte noch weiter in sich zusammen. »Ich bin ständig hundemüde; Jasmine schreit die ganze Zeit; Susan ist mit den Nerven am Ende und geht mir deshalb auf meine; niemand kriegt genug Schlaf …« Sie seufzte. »Versteh mich nicht falsch – Jasmine ist wirklich ein Goldschatz, aber *du meine Güte.* Jetzt versteh ich, warum manche Tiere ihre Jungen auffressen.«

Logan gähnte wieder. »Du bist wenigstens nicht nach nur einer Stunde Schlaf aus dem Bett gezerrt worden, weil eine schlecht gelaunte –«

»Ach ja, heul, schluchz, jammer. Ist alles nur zu deinem Besten, vergiss das nicht.« Sie schob sich den letzten Bissen ihres Sandwichs in den Mund und spülte mit Kaffee nach. »Und ich geh ein, wenn's mir nicht bald mal wieder jemand besorgt. Susan hat immer noch keinen Bock auf Sex – sie mussten sie da unten zusammennähen, und es –«

Logan hielt eine Hand hoch. »Ich *esse* gerade.«

»– wie ein Döner. Wenn ich nicht bald mal wieder zum Schuss komme, werd ich zur … Morgen, Chef.«

Logan drehte sich auf seinem Stuhl um. DCI Finnie stand in der Tür. Sein Gesicht war an den Rändern ganz zerknittert, als müsste es dringend mal wieder gebügelt werden.

»Inspector –« Der Leiter der Kriminalabteilung hielt eine

braune Aktenmappe hoch. »Warum gibt es im Fall Douglas Ewan *immer* noch keine Verdächtigen?«

Steel schniefte. »Sie haben mir gesagt, die McGregors hätten Priorität – erinnern Sie sich?«

»Verstehe …« Finnies wulstige Lippen wurden zu zwei dünnen Strichen. »Nun, es tut mir leid, wenn ich Ihnen den Eindruck vermittelt habe, Sie könnten alles stehen und liegen lassen und stattdessen hier ein gemütliches Kaffeekränzchen abhalten. Aber vielleicht könnten Sie ja mal zur Abwechslung etwas aufklären, wenn es Ihnen nicht *allzu* viel Mühe bereitet?«

Steel stellte ihren Becher ab. »Ist ja nicht so, als hätte ich keine Verdächtigen im Fall Ewan. Ich hab zu viele, das ist das Blöde. Dougy Ewan ist ein mieses Vergewaltigerschwein – in dieser verdammten Siedlung hat jeder Zweite einen guten Grund, ihn krankenhausreif zu prügeln. Bis jetzt haben wir zweiundfünfzig Leute vernommen, und die sind *alle* der Meinung, der Typ, der das gemacht hat, hätte 'nen Orden verdient. Also, ist ja schön und gut, wenn Sie hier reinkommen und mich ›motivieren‹ wollen, aber das bringt nicht so viel, wie Sie meinen.«

Finnie wurde stocksteif. »Ich finde das nicht besonders –«

»Scheiße, Mann – Andy, ich weiß doch, dass Ihnen die SOCA mit Stilettos auf den Eiern rumtanzt, aber das ist nicht meine Schuld, okay? Wir tun hier, was wir können.«

Schweigen.

»Und Sie …« Der DCI wandte sich an Logan. »Sagen Sie, Sergeant, habe ich mir das nur eingebildet, oder hatten Sie mir geschworen, dass Sie bei dieser Drogenrazzia *viel* bessere Arbeit leisten würden als DI McPherson? Aber was finde ich vor, als ich heute Morgen in die Arbeit komme? Etwa einen Satz unterschriebene *Geständnisse*, die alle miteinander übereinstimmen? Einen Haufen beschlagnahmter Drogen in der Asservatenkammer?«

Logan rutschte auf seinem Stuhl herum. »Also, es war so, Sir –«

»Nein – ich muss erfahren, dass die Hälfte des Beweismaterials in der Toilette irgendeines *Junkies* gelandet ist und dass Sie den Rädelsführer haben entkommen lassen!«

»Es war … äh … Wir waren –«

»Probleme bei der Umsetzung des Einsatzplans, Chef.« Steel tippte mit einem Fingernagel gegen ihren Becher. »McRae hat mir gerade von dem Vorfall Bericht erstattet. Ohne bewaffnete Verstärkung konnte er beim besten Willen nichts ausrichten – war wirklich ein verdammt großer Hund. Ist eigentlich erstaunlich, was er unter diesen Umständen geleistet hat. Bei McPherson wäre die Hälfte des Teams als Leichen zurückgekommen.«

Finnies finstere Miene geriet ein wenig ins Wanken. »Verstehe.« Er sah Logan einen Moment lang schweigend an, zog eine Braue hoch und wandte sich wieder Steel zu. »Wir müssen Superintendent Green Bericht erstatten.«

»Ach ja, und wie geht's dem netten Stilettotänzer von nebenan?«

»Sorgen Sie dafür, dass das Kernteam um halb zwölf im Besprechungsraum versammelt ist. Und schicken Sie um Himmels willen die hoffnungslosen Fälle irgendwo anders hin. Es wäre vielleicht ganz nett, wenn die Behörde zur Bekämpfung des Organisierten Schwerverbrechens nicht den Eindruck bekäme, dass die Reihen der Grampian Police *ausschließlich* mit Trotteln besetzt sind, finden Sie nicht?« Er wandte sich wieder an Logan. »Und *Sie* können sich mit den Kollegen von Lothian and Borders in Verbindung setzen. Ich will, dass dieser Rechtsmediziner mit der ersten Maschine nach Aberdeen kommt, und nicht erst dann, wenn es denen da unten gerade in den Kram passt. Verstanden?«

»Also, Sir, eigentlich –«

»Nein, ich will keine Ausreden hören, ich will einen verdammten Rechtsmediziner hier haben, und zwar auf der Stelle!«

»Aber ich –«

»Jetzt!«

Draußen auf dem Flur räusperte sich jemand.

Logan spähte über Finnies Schulter und erblickte einen kahlköpfigen Mann in einer zerschlissenen Strickweste. Der Neuankömmling blinzelte mit seinen wässrigen grauen Augen, und dann grinste er so breit, dass die grauen Haarbüschel, die aus seiner Knollennase wuchsen, sich aufstellten. »Morgen zusammen. Sergeant McRae sagte mir, Sie hätten hier die Überreste eines kleinen Mädchens, die obduziert werden sollen?«

8

Doc Fraser zog ein kariertes Taschentuch aus seiner Strickjacke, putzte die Gläser seiner Halbmondbrille und setzte sie auf. Im Sektionssaal war es kühl und dunkel; die Deckenleuchten flackerten und summten, während sie warmliefen. Etwas Klassisches tönte aus den Lautsprechern der neuen Stereoanlage, in die ein schwarzer iPod eingesteckt war. Die düster-melancholischen Geigen- und Celloklänge hallten von den blitzblanken weißen Kacheln wider.

Die Rechtsmedizinische Assistentin reichte Logan einen weißen Tyvek-Schutzanzug und deutete dann mit ihren Spinnenfingern auf eine Schachtel mit lila Nitrilhandschuhen. »Bitte, bedienen Sie sich aus unseren … Vorräten.«

Doc Fraser schlüpfte aus seinen Schuhen, ließ die Hose herunter, zog Strickjacke und Hemd aus und stieg dann in seinen eigenen Schutzanzug. Die Assistentin half ihm, den Reißverschluss über seine schlabbrige graue Unterhose und das Feinripp-Unterhemd zu ziehen.

Sie deutete eine Verbeugung an. »Soll ich die … *Überreste* holen?«

»Ja, warum nicht, ist ja …« Er sah auf die grauen Socken hinunter, die aus den Beinen seines Schutzanzugs hervorlugten. In einer war ein Loch. »Sie haben nicht zufällig noch meine OP-Latschen hier?«

Sie nickte, ließ ein wenig die Finger in der Luft kreisen, raffte seine Kleider vom Boden auf, machte kehrt und stakste hinaus.

Doc Fraser wartete, bis die Tür hinter ihr ins Schloss gefallen war. »Meine ich das nur, oder ist Ms. Dalrymple seit meiner Pensionierung ein bisschen seltsam geworden?«

Steel zog sich die Kapuze ihres Overalls über den Kopf. »Sie hat mit Biowaffen-Bob eine Wette laufen.«

Der Rechtsmediziner schüttelte den Kopf und blickte sich in dem niedrigen Raum um. »Können wir anfangen, oder erwarten wir noch Zuschauer?«

Logan streifte sich ein Paar Handschuhe über. »Nur Finnie.«

»Na, dann sollte er zusehen, dass er hier aufkreuzt, ich muss nämlich um Punkt drei Uhr zum Abschlag auf dem Golfplatz von Meldrum House sein, und wenn ich zu spät komme, gibt's richtig Ärger.« Er nahm sich eine Gesichtsmaske aus der Kiste in der Ecke, zog sich das Gummiband über den Kopf und ließ die Maske unter seinem Kinn baumeln. »Könnte mal jemand das Licht einschalten? Und legen Sie doch bitte andere Musik auf, man kommt sich ja hier vor wie in einem Beerdigungsinstitut.«

Die Spots über dem Sektionstisch flammten auf, und die Edelstahlfläche funkelte in ihrem grellen Schein. Die Luft war erfüllt vom Geruch nach Desinfektionsmittel, Chlorreiniger und Formaldehyd. Die Schüssel mit dem Duft-Potpourri neben der Stereoanlage hatte gegen diese Mischung nicht den Hauch einer Chance. Logan stöberte ein wenig in dem iPod und ersetzte Barbers *Adagio for Strings* durch *Move Away Jimmy Blue* von Deacon Blue.

»Schon besser.« Der Rechtsmediziner zog an einer Rolle mit grüner Plastikfolie, die an der Wand befestigt war, riss ein Stück von der Länge eines Müllsacks ab und entfaltete es zu einer Schürze. Als er sie umband, flog die Tür auf. »Ah, wurde aber auch Zeit.«

Finnie kam hereingestürmt und schnappte sich einen Schutzanzug für sich selbst sowie einen zweiten für den jüngeren Mann, der hinter ihm eintrat. »Meine Herren, darf ich vorstellen? Superintendent Green von der SOCA. Er wird als Beobachter dabei sein.«

Superintendent Green – welliges blondes Haar, kantiger Unterkiefer, ernste blaue Augen, breite Schultern, schmale Hüften: ein Typ wie ein Fernsehstar – setzte ein schmallippiges Lächeln auf und neigte den Kopf zur Seite. »Ich werde mir Mühe geben, nicht im Weg herumzustehen.« Er *klang* auch wie eine Figur aus einem Fernsehkrimi, mit seiner sonoren Baritonstimme und dem leichten Londoner Akzent.

Steel beugte sich zu Logan herüber und flüsterte ihm ins Ohr: »Verdammt leckeres Bürschchen, findest du nicht?«

»Nein. Und du bist verheiratet.«

»Laz, ich bin lesbisch, nicht tot…«

Der Leiter des DIC zog den Reißverschluss seines Anzugs hoch und machte dann die Vorstellungsrunde, wobei Steel Superintendent Greens Hand wesentlich länger als nötig oder angemessen festhielt. Als sie endlich losließ, wies Finnie über den Obduktionstisch hinweg auf den alten Mann. »Und, *last but not least*, Dr. Duncan Fraser, unser Rechtsmediziner.«

Doc Fraser winkte dem Superintendent zu. »Im Ruhestand.« Er schniefte. »Wer macht den zweiten Obduzenten?«

Finnie setzte eine Schutzmaske auf.

Steel wippte auf den Fußballen vor und zurück.

Logan räusperte sich. »Sie sind allein, Doc. Isobel ist auf irgendeinem Kongress, und der Neue, Hudson –«

»Ist unpässlich.« Sheila, die Rechtsmedizinische Assistentin, war wieder zur Tür hereingeglitten, in der Hand ein Tablett aus Edelstahl, auf dem ein Paar weiße Plastik-Clogs lagen – die Sorte mit den Luftlöchern drin. Plötzlich hielt sie inne und starrte zur Stereoanlage hinüber. »Ts, ts …«

Steel nickte. »Offenbar ein schwerer Fall von Magen-Darm-Virus. Scheißt sich die Seele aus dem Leib, wie man hört.«

Die Assistentin verdrehte die Augen und stellte dann die Clogs vor Doc Frasers Füßen auf den Boden. »Höchst … *bedauerlich.*« Sie marschierte zu dem iPod hinüber, und fünf Sekunden später lief wieder Barbers *Adagio*.

Ein Knistern und Knirschen war zu vernehmen, als Doc Fraser unter seinem Schutzanzug die Schultern kreisen ließ. »Tja nun, ich bin nicht gerade glücklich darüber, aber McRae sagte, es sei dringend, also nehme ich an, dass mir nichts anderes übrigbleibt.« Er trommelte mit den Fingern auf dem Sektionstisch herum. »Sheila, könnten Sie bitte die Überreste des kleinen Mädchens bringen? Und können wir *bitte* etwas Fröhlicheres hören? Ist ja so schon schlimm genug.«

Die Assistentin deutete mit einem Nicken auf das Tablett, dessen blank polierte Oberfläche das Licht reflektierte. Am Rand lag ein kleiner Beweismittelbeutel.

Der Rechtsmediziner sah die Assistentin an. »Was?«

Sie nahm den Beutel und platzierte ihn feierlich auf dem Tisch. »Die Überreste.«

Schweigen. Nur die schwermütigen Klänge der Geigen aus der Stereoanlage waren zu hören.

»Im Ernst?« Er öffnete den Beutel und ließ Jenny McGregors Zeh in seine Hand kullern. »Das ist *alles*?«

Womit er wahrscheinlich der einzige Mensch im ganzen Land war, der es *nicht* wusste.

Doc Fraser hielt den Zeh ans Licht, drehte ihn hin und her und begutachtete ihn von allen Seiten. »Unglaublich …«

Der Zeh war gereinigt worden, seit Logan ihn zuletzt gesehen hatte; man hatte das ganze getrocknete Blut für die diversen Analysen entfernt und ihn mit Klebeband bearbeitet, um eventuelle Faserspuren zu sichern. Nur noch Fleisch, Knochen und Nagel waren übrig.

Steel versuchte, die Hände in die nicht vorhandenen Taschen zu stecken. »Lesen Sie denn keine Zeitung?«

»Inspector, mit das Beste am Ruhestand – abgesehen von Golf, Gärtnern und Viagra – ist, dass man nicht mehr jeden Morgen mit den Widerwärtigkeiten der heutigen Gesellschaft überschüttet wird.« Er schob sich die Schutzbrille bis über die Stirn und musterte das blassgelbe Stückchen kleines Mädchen.

Finnie trat näher an den Tisch. »Was können Sie uns sagen?«

Es trat eine lange Pause ein. Dann legte der Rechtsmediziner den Zeh zurück auf die Stahlfläche.

»Sehen Sie, das ist der Grund, warum ich in Rente gegangen bin.« Doc Fraser schien einen Moment in sich zusammenzusacken. Er seufzte, dann schob er die Kapuze seines Overalls zurück. »Sheila, machen Sie die üblichen Analysen.«

»Ja, Dr. Fraser.«

Finnie beugte sich über den Sektionstisch. »Was ist denn nun?«

Doc Fraser schlurfte zu dem Tritteimer in der Ecke, streifte seine Handschuhe ab und warf sie hinein. »Wir sind hier fertig.«

Damit hatte er wohl den Rekord für die kürzeste Obduktion aller Zeiten aufgestellt.

»Dr. Fraser?« Finnie richtete sich auf. »Wo wollen Sie –«

»Sie ist tot.« Er nahm die Maske und die Schürze ab und warf beides den Handschuhen hinterher. »Ein kleines Mädchen …«

Steel stöhnte. Superintendent Green straffte die Schultern und reckte das Kinn. Finnie fluchte.

Logan starrte den abgetrennten Zeh an. Bleich, blutleer, beinahe durchscheinend. »Sind Sie sicher, dass sie nicht einfach nur –«

»Schauen Sie sich die Schnittfläche an.« Doc Fraser zog den Reißverschluss seines Schutzanzugs herunter. »Keine Blutergüsse, keine Verfärbung. Wenn Sie einem lebenden Menschen einen Zeh abschneiden, gibt es eine Riesensauerei: Das Gewebe entzündet sich, das Blut fließt zu der Verletzung hin, Kapillaren platzen, subkutane Blutungen färben die Haut um die Wunde herum dunkel.« Er kämpfte sich aus seinem Overall und stand da in Unterhemd und Unterhose, eine Socke auf den Knöchel heruntergerutscht. »Dieser Zeh wurde einer Leiche abgeschnitten. Ihr kleines Mädchen ist tot.«

Logan erklomm hinter DI Steel die Treppe, die vom Leichenschauhaus zu der sonnenbeschienenen Asphaltplattform hinaufführte. Auf einer Seite wurde der Parkplatz vom siebenstöckigen Klotz des Präsidiums begrenzt, auf zwei weiteren von den niedrigeren Gebäuden, in denen die Verwaltung und die Rechtsmedizin untergebracht waren; parallel zur vierten Seite verlief eine schmale Gasse, und dahinter erhoben sich die dunklen Granitmauern von Mietshäusern, die mit der Front auf die King Street gingen. Normalerweise war es hier kühl und schattig, aber heute war die Atmosphäre regelrecht mediterran.

Logan gab sich keine Mühe, ein herzhaftes Gähnen zu unterdrücken. Er schüttelte sich, blinzelte und vergrub die Hände tiefer in den Taschen.

Steel blieb neben einem zivilen Einsatzwagen des CID stehen, auf dessen Seite in zerlaufenen Sprühfarben-Buchstaben stand: »DRECKIGE BULLENSCHWEINE!!!« Sie zog ein kleines Plastikstäbchen aus der Tasche, das wie eine Zigarette gefärbt war, steckte es in den Mund und versuchte daran zu ziehen. Dann nahm sie es wieder heraus und beäugte es kritisch. Wieder zog sie, so fest, dass es ihre Wangen nach innen sog.

»Verfickte Affenkacke…« Sie drückte Logan die Zigarettenattrappe in die Hand. »Du – Mann – reparieren.«

Logan sah DCI Finnie durch den Hintereingang ins Präsidium stürmen. Superintendent Green folgte ihm mit geschmeidigen Bewegungen, wie eine Katze in einem preiswerten Anzug.

»Wenn die Presse erfährt, dass Jenny tot ist, sind wir im Arsch. Sie werden –«

»Reparieren, reparieren, reparieren!«

Logan drehte an dem Pseudofilter aus Kunststoff. Die E-Zigarette mache *klick*, und die Spitze leuchtete in einem künstlichen Rubinrot auf. Er gab sie ihr zurück. »Die SOCA wird die Ermittlungen übernehmen, wir müssen alle bei der Internen Dienstaufsicht antanzen, und jede Zeitung, jeder Fernsehsender und jeder dahergelaufene Idiot wird beim Grampian-Police-Bashing mitspielen.«

Steel sog an ihrer falschen Zigarette. Ein dünnes Rauchfädchen kringelte sich von der Spitze in die Luft. »*Aye*, das ist ja die eigentliche Tragödie, oder? Und nicht etwa, dass ein kleines Mädchen tot ist – ach, woher denn?«

Logan spürte, wie ihm die Röte in die Wangen stieg, und seine Ohren kribbelten.

Sechs Jahre alt, und sie hatten nicht mal genug von ihr für eine Beerdigung.

Er wandte den Blick ab. »Ja, tut mir leid.«

Scheiße.

So viel zum menschenfreundlichen Gesicht moderner Polizeiarbeit.

Steel tätschelte ihm den Arm. »Nur keine Panik. Ich wette, Finnie macht sich auch nicht ins Hemd, weil Jenny tot ist. Aber findest du nicht, dass irgendjemand sich noch daran erinnern sollte, was wirklich wichtig ist?« Sie nahm noch einen Zug. »Trotzdem, du hast recht – wir *sind* im Arsch.«

»Und was machen wir jetzt?«

»Tja, keine Ahnung, was *du* machst.« Steel marschierte auf den Hintereingang zu und steckte ihre Pseudozigarette wieder ein. »Ich hab jedenfalls nicht vor, freiwillig noch tiefer reinzukriechen.«

9

Sie stürmten durch die Doppeltür in den Gewahrsamstrakt – nackter Betonboden, Hohlblockwände, Fahndungsplakate, ein Geruch nach altem Schweiß und schimmligen Keksen.

Ein schriller, heiserer Schrei hallte durch den Flur: »Ey Scheiße, ich brauch 'n Arzt!«

Die Antwort hörte sich an, als würde sie zwischen zusammengebissenen Zähnen hervorgestoßen. »Wenn du nicht bald Ruhe gibst –«

»SCHEISSE EY, ICH VERRECK' HIER!«

Logan bog um die Ecke der Zellenflucht. Eine Gewahrsamsbeamtin starrte durch das Guckloch in der Tür von Nummer 5, die Hände in die Hüften gestemmt. Ihre weiße Bluse war hinten hochgerutscht, eine Schulterklappe halb abgerissen, die Frisur schief. »Du brauchst keinen Arzt, du brauchst höchstens einen kräftigen Tritt in den –«

»Morgen, Kathy.« DI Steel gab der Gewahrsamsbeamtin im Vorbeigehen einen Klaps auf den Hintern.

»He!« Kathy schoss ihr einen finsteren Blick zu, die Wangen hochrot, die Augen zu Schlitzen verengt. Dann entdeckte sie Logan. »*Sie!*«

Er wich einen Schritt zurück. »Was?«

»Das da« – sie schlug mit der flachen Hand gegen die Zellentür – »ist *Ihre* Schuld. Trisha Brown – das Krankenhaus hat sie vor einer halben Stunde rausgeschmissen, und sie hat –«

»VERGEWALTIGUNG! ICH BIN VERGEWALTIGT WORDEN! HILFE!«

»*Sehen* Sie jetzt, was ich mir hier alles gefallen lassen muss?«

»ICH STERBE!«

»Ruhe!« Kathy schlug noch einmal an die Tür. »Ich will, dass Sie sie *sofort* zur Vernehmung mitnehmen!«

Logan hob die Hände. »Das ist McPhersons Fall – er soll sie heute Nachmittag alle vernehmen.«

»Heute *Nachmittag*? Ich denke nicht daran –«

»ICH VERRECK' HIER DRIN, IHR SCHWEINE!«

»Herrgott noch mal!« Die Gewahrsamsbeamtin riss das Türchen auf. »Kannst du da drin vielleicht mal fünf Minuten die Klappe halten?«

Steel starrte auf den Boden. »Ich glaub, hier läuft jemand aus.«

Logan folgte ihrem Blick zu der Stelle, wo ein hellgelbes Rinnsal unter der Zellentür hervorkam und eine Pfütze um die zweckmäßigen Schuhe der Gewahrsamsbeamtin bildete.

»Uääh, du alte Sau!« Sie wich tänzelnd ein paar Schritte zurück und hinterließ dabei feuchte Fußabdrücke auf dem Beton.

Logan und Steel überließen sie ihrem Schicksal.

Im Sergeants-Kabuff roch es, als hätte jemand ein Eiersandwich zu lange in der Sonne liegen lassen, aber von Sergeant »Biowaffen-Bob« Marshall war weit und breit nichts zu sehen.

»Ich kann nicht – ich habe in einer halben Stunde eine Teambesprechung.« Logan hielt das Handy ans andere Ohr und ließ sich auf seinen Stuhl sinken – und dann erstarrte er, den Blick auf seine Schreibtischlampe gerichtet. Irgendjemand hatte drei Socken und eine hellgraue Damenunterhose mit Wäscheklammern an den metallenen Lampenschirm gehängt.

Haha, sehr witzig.

Der quengelige Ton von DI McPhersons Stimme erinnerte an einen kleinen Jungen, der im Supermarkt von seiner Mami am Süßigkeitenregal vorbeigezerrt wird. *»Aber ich weiß doch nicht, weswegen Sie sie verhaftet haben! Wie kann ich sie vernehmen, wenn –«*

»Es war *Ihre* Operation; lesen Sie halt den Bericht.« Logan riss die Socken von seiner Lampe und warf sie auf den Boden.

»Aber ich kann nicht –«

»Und außerdem bin ich heute Nachmittag gar nicht hier. Sie müssen das schon selbst machen.«

Er wollte nach dem Slip greifen – und dann hielt er inne, schnappte sich einen blauen Nitrilhandschuh aus dem großen Karton neben der Tür und zog ihn an, ehe er das Teil von der Klammer zupfte. Eine dicke braune Bremsspur zog sich über die ganze Länge des Zwickels. Er kräuselte die Oberlippe.

»Ihr alten Ferkel …«

»Was?«

»Nein, nicht Sie, Chef; ich rede von jemand anderem.« Er war schon im Begriff, die dreckige Unterhose in den Abfalleimer zu werfen, aber dann drehte er sich um und ließ sie in der obersten Schublade von Bobs Schreibtisch verschwinden. Mal sehen, wie *ihm* das gefiel.

McPherson jammerte noch ein bisschen herum, aber schließlich sah er es ein und legte auf. Logan lehnte sich in seinem Stuhl zurück und starrte zu den Deckenfliesen auf. Ein kurzes Nickerchen, das wär's jetzt. Natürlich dachte er nicht im Traum daran, ein solches Risiko einzugehen, solange Finnie wie ein tollwütiger Ochsenfrosch im Präsidium herumhüpfte.

Es blieb ihm also nichts anderes übrig, als zu versuchen, das eine oder andere zu erledigen. Er drückte den Startknopf seines klapprigen alten Computers und hörte, wie das Ding unter Piepsen und Ächzen und Surren hochfuhr. Dann ertönte plötzlich das tiefe, hypnotische Summen, mit dem sein Handy ankündigte, dass es gleich klingeln würde.

Verdammter Mist. Was denn *nun* schon wieder?

Doch als der Anruf kam, spielte das Telefon die Metal-Chicken-Version von »Lydia the Tattooed Lady«, die ihm Samantha einprogrammiert hatte, damit er immer wusste, wenn sie anrief.

»Hey, du.«

»Logan? Wieso bist du noch nicht zu Hause? Heute ist doch der große Tag – ich hoffe, du kriegst nicht noch im letzten Moment kalte Füße.«

»Zweimal darfst du raten.«

»Ach du … Du bist in der Arbeit, stimmt's? Du weißt schon, dass die Kirche für halb zwei gebucht ist?«

»Klar, aber –«

»Punkt halb zwei.«

»Ich musste die Obduktion von Jenny McGregors Zeh organisieren, und –«

»Zwing mich nicht, dich eigenhändig vom Schreibtisch wegzuzerren – das ist mein Ernst!«

»Doc Fraser sagt, sie ist tot.«

Schweigen. *»Scheiße … Tut mir echt leid.«*

»Ja, mir auch.« Logans Blick ging zu dem Plakat an der Wand: »Haben Sie sachdienliche Hinweise?« Das Foto zeigte Mutter und Tochter, wie sie lächelnd am Strand von Aberdeen standen, beschienen von einem goldenen Sonnenstrahl, hinter ihnen die kalte graue Fläche der Nordsee, aufgewühlt und mit weißen Schaumkronen gespickt. Jetzt war es nur noch eine Frage der Zeit, wann ihre Leichen auftauchen würden.

»Also, wie gesagt – halb zwei. Ich werde dort sein, okay?«

»*Gut. Ich liebe dich.*« Und dann war sie weg.

Er warf einen Blick auf die Uhr – kurz nach elf – und sah dann seine Mails durch. Memo, Dienstanweisung, Memo; die Gerichtstermine für sämtliche Personen, die sie letzte Nacht in Shuggie Websters Haus festgenommen hatten; Informationen zum aktuellen Stand der Jagd nach den Entführern von Jenny und Alison McGregor; Einzelheiten zu der kurzfristig anberaumten Pressekonferenz um halb vier; eine Einladung zu PC Hendersons Ausstand –

Es klopfte an der Tür.

Logan blickte vom Bildschirm auf und erblickte Interims-DI Mark MacDonald. Er hielt ein kleines Päckchen in der Hand, ungefähr so groß wie ein gebundenes Buch.

Logan nickte ihm zu. *»Chef.«*

MacDonald räusperte sich. »Du, ich habe echt eine beschissene Woche hinter mir …« Er zog die Tür hinter sich zu und hockte sich auf die Kante seines alten Schreibtischs, wo er mit einem Finger eine Acht auf die Pressholzplatte malte. Er hielt Logan das Päckchen hin. »Friedensangebot?«

Logan schlug das braune Papier zurück und fand ein Messingschild, das auf einem Sockel aus dunklem Holz montiert war: »The Wee Hoose«. Ein paar Schrauben und Dübel waren mit Tesafilm an der Rückseite befestigt.

»Ich dachte mir, du könntest es … draußen an der Wand aufhängen oder so.«

»Danke.«

MacDonald nickte. Dann sackte er in sich zusammen.

»O Mann, dieses DI-Spielen macht mich noch fix und fertig. Du hast nicht zufällig Lust zu tauschen?«

»Vergiss es.«

»Als Doreen dran war, was hat sie da gekriegt? Zwei Mordversuche und eine kleine Diebstahlsserie. Bill kriegt drei volle Monate lang nichts als Einbrüche. Und ich? Ich krieg die beschissenen *McGregors.*« Er zupfte an seinem Ziegenbärtchen. »Das ist verdammt noch mal nicht fair.«

Logan schaltete seinen Computer wieder aus. »Das ist es nie.«

»Bist du sicher, dass du nicht ein bisschen eher übernehmen willst?«

»Tut mir leid, Mark – ich muss jetzt zu einer Besprechung.«

»Dreimonatige Probezeit im Rotationsverfahren – so ein Scheiß!« Er nahm das Schild von Logans Schreibtisch und drückte es an seine Brust. »Weißt du noch, wie Insch die ganze Zeit seinen Puls gefühlt hat? Wie er sich zwei Finger an den Hals gehalten hat, jedes Mal, wenn er wieder rot angelaufen ist? Das ist bei mir gar nicht nötig – ich brauch nur auf das verdammte Hämmern in meinen Ohren zu hören.«

»Okay, das *reicht.*« Finnie stand mit erhobenen Händen vor der versammelten Mannschaft und wartete darauf, dass wieder Ruhe im Saal einkehrte. Alles, was irgendwie mit der Ermittlung befasst war, drängte sich in der Haupteinsatzzentrale – der größten im ganzen Präsidium: CID-Beamte, Uniformierte und Verwaltungspersonal hockten auf Stuhlen und Tischen und starrten vor sich hin. Vorne bei Finnie saßen die Lamettaträger und sahen aus, als hätten sie sich für eine Beerdigung fein gemacht: Chief Superintendent Bain, genannt »Brian der Haarlose«, der Assistant Chief Constable, der Deputy Chief Constable – und der Herrgott persönlich: Chief Constable Anderson, der Polizeipräsident.

Alle waren im vollen Ornat erschienen, und die silbernen Knöpfe an ihren Ausgehuniformen blitzten spiegelblank.

Eine der Verwaltungsbeamtinnen hob die Hand.

Finnie starrte sie einen Moment lang an. »Ja?«

»Sind Sie *sicher*, dass sie tot ist?«

Der Leiter der Kriminalabteilung schürzte die Lippen. »Nein, das hab ich mir nur so *ausgedacht*. Ich fand, das wäre doch ein *witziger* Vorwand, um alle zusammenzutrommeln, damit wir einander Zöpfe flechten können! Hat sonst noch jemand irgendwelche *dummen* Fragen?«

Die Verwaltungsbeamtin lief rot an und ließ die Hand sinken.

Finnie ließ seinen finsteren Blick durch den Saal wandern. »Wir haben es bei unserer Ermittlung jetzt mit der Entführung und *Ermordung* eines sechsjährigen Mädchens sowie mit der Entführung ihrer Mutter zu tun. Die Pressekonferenz ist um halb vier; Chief Superintendent Bain wird die Erklärung zu Jennys Tod abgeben. Ich bin mir sicher, dass die Medien sich wie üblich mit Ruhm bekleckern werden, indem sie in diesen *schwierigen* Zeiten zu Ruhe und Besonnenheit aufrufen, aber nur für den Fall der Fälle: Interims-DI MacDonald, Sie sind ab sofort für das Crowd Management verantwortlich. Ich will nicht, dass irgend so ein Journalistenheini diese Geschichte ausnutzt, um einen Volksaufstand anzuzetteln, verstanden?«

Logan sah, wie Mark sich auf seinem Stuhl wand.

»Jawohl, Sir.«

»Und ich will, dass sämtliche V-Mann-Führer ihre Quellen heranziehen – irgendwo muss doch irgendwer irgendetwas wissen. DI McPherson, das können Sie erledigen.«

Das war allerdings mehr als zweifelhaft – McPherson war ja schon damit überfordert, sich die eigenen Schuhe zuzubinden. Aber so würde er wenigstens nicht allzu viel Unheil anrichten können: V-Leute waren nützlich, wenn es um Einbrüche oder kleinere Drogengeschäfte ging, aber die Typen, die Alison und Jenny McGregor gekidnappt hatten, würden wohl kaum beim Bier im Dodgy Pete's damit prahlen, oder?

Finnie deutete auf das zerknitterte Etwas auf dem Stuhl neben Logan. »DI Steel wird die Koordination mit allen anderen Dienststellen im Vereinigten Königreich übernehmen. Dass die beiden in Aberdeen entführt wurden, bedeutet ja noch lange nicht, dass sie auch hier festgehalten werden.« Finnie wandte sich an seinen Chef, Chief Superintendent Brian Bain. »Sir?«

Brian der Haarlose erhob sich und hielt seine übliche Motivationsansprache, nach dem Motto: Wir müssen uns dieser Herausforderung gemeinsam stellen … die Bürgerinnen und Bürger zählen auf uns … Gerechtigkeit für Jenny etc. Dann wandte er sich um und nickte dem Neuankömmling zu, der bei den Größen der Grampian Police saß. »Und nun möchte ich unseren Gast begrüßen: Superintendent Green von der Serious Organized Crime Agency. Sie möchten doch sicher ein paar Worte sagen, Superintendent?«

»Danke.« Green stand auf und lächelte, wobei sein strahlend weißes Gebiss aufblitzte. Dann zog er die Stirn in Falten. »Bevor wir fortfahren, möchte ich Ihnen allen noch versichern, dass die SOCA nicht hier ist, um Ihnen zu sagen, wie Sie Ihre Arbeit zu machen haben, oder um der Grampian Police die Leitung der Ermittlungen zu entziehen. Ich bin nur gekommen, um mit unverbrauchtem Blick an die Sache heranzugehen, das Ganze auf Schwachstellen abzuklopfen und Ihnen im Übrigen alle erdenkliche Hilfe und Unterstützung anzubieten.«

Und jetzt war Interims-DI Mark MacDonald nicht mehr der Einzige, der sich auf seinem Stuhl wand. Aber niemand stand auf und nannte Green ein verlogenes Arschloch.

»Okay, also, wo ich schon mal hier stehe: Thema alternative Optionen – wie steht's mit Personenüberprüfungen?«

Finnies Lächeln wirkte gequält. »Sind im Gange. Ich habe sechs Teams auf Alison McGregors Kollegen und Nachbarn angesetzt. Wir haben bereits alle ihre Kommilitonen vernommen.«

»Verwandte?«

»Sie wurde im Alter von drei Jahren adoptiert. Die Adoptiveltern sind beide tot – Krebs beziehungsweise Herzinfarkt. Die Eltern des Ehemanns sind vor sieben Jahren bei einem Hausbrand ums Leben gekommen.«

Green nickte und kaute eine Weile auf der Innenseite seiner Wange herum. »Was ist mit der Produktionsfirma?«

Finnie sah Interims-DI MacDonald an.

Mark nestelte hektisch an einer blauen Aktenmappe herum und zog ein zitterndes Blatt Papier hervor. »Ich habe heute Morgen mit der Met telefoniert, und die Kollegen sagen, sie hätten Blue-Fish-Two-Fish Productions genauestens unter die Lupe genommen. Die Firma ist zwar berüchtigt für ihre bisweilen extremen PR-Aktionen, aber DI…« – Mark sah noch einmal auf dem Blatt nach – »DI Broddur meint, sie würden wohl nicht so weit gehen, ihre eigenen Künstler zu entführen. Und ganz bestimmt würden sie davor zurückschrecken, ein kleines Mädchen zu erm–«

»Okay.« Green nickte. »Gute Arbeit.«

Finnie räusperte sich. »Also, wenn sonst nichts ansteht –«

»Abgesehen von dem Offensichtlichen? Ein Täterprofil reicht nicht aus, wir brauchen auch ein Profil des Opfers.« Green drehte sich um und schwenkte die ausgebreiteten Arme in Richtung der vollgekritzelten Weißwandtafeln, der mit Notizen bedeckten Flipcharts und der überladenen Pinnwände, mit denen die Einsatzzentrale umstellt war. »Wir müssen zum Anfang zurückgehen und alles, was wir haben, noch einmal sichten. Es gibt da irgendeine Verbindung zwischen Jenny und Alison McGregor und den Mistkerlen, die sie entführt haben. Wir müssen sie nur finden.«

Interims-DI Mark MacDonald ging zum Fenster von DI Steels Büro, machte kehrt, marschierte zur Tür zurück und wiederholte das Ganze noch einmal. »›Es gibt da eine Verbindung, wir müssen sie nur finden.‹« Und noch mal von vorne. »Dieser Typ ist echt ein wandelndes Klischee. Ist doch wahr, oder?«

»Ach, nun parken Sie schon Ihren Hintern und hören Sie auf zu jammern.« Steel nahm die E-Zigarette aus dem Gesicht, legte den Kopf in den Nacken, formte die Lippen zu einem breiten O und blies. Aber statt eines perfekten Rauchkringels stieg nur eine Art missgebildete Amöbe zur Decke auf. »Sie sind ja bloß neidisch, weil er reich und sexy ist.«

»Er ist ein Arsch.« Mark ließ sich neben Logan auf den Besucherstuhl plumpsen und starrte grimmig vor sich hin. »Kommt hierher und will uns erzählen, wie –«

»*Sie* dürfen immerhin das Crowd Management machen, während *ich* mich bei jedem Officer Arsch von jeder verdammten Dienststelle im ganzen Land lieb Kind machen muss.« Sie versuchte noch einen Rauchring zu blasen, der aber ebenso misslang. »Laz, saug dir eine Presseerklärung aus den Fingern: Kooperation zwischen Dienststellen, abgestimmte Eingreifzeiten, Service-Levels, höchste Priorität für Ergreifung von Jennys Mörder, bla-bla-bla.«

»Geht nicht.« Logan knallte seinen Kaffeebecher auf Steels Schreibtisch und stand auf. Er ächzte, streckte sich und sackte zusammen. »Ich wollte eigentlich um zwölf weg sein, schon vergessen? Ich hab –«

»– ›einen wichtigen Termin‹, ja, ja. Schwafelst ja schon seit Wochen von deinem mysteriösen ›Termin‹. Ist es wirklich so viel wichtiger, als den Kerl zu finden, der ein kleines Mädchen umgebracht und ihr den Zeh abgehackt hat?«

»O nein, vergiss es – ich bin jetzt …« Er sah auf seine Uhr. »Ach du Scheiße – sage und schreibe dreißig Stunden ununterbrochen im Dienst.« Na ja, minus die eine Stunde Pause, in der er in sein leeres Bett gefallen war, nur um gleich wieder rauszumüssen – die zählte ja wohl kaum. Er unterstrich seine Worte mit einem Gähnen. »Fix und alle …«

Steel spitzte die Lippen und kniff die Augen zusammen. »Na *schön*, dann macht's eben Rennie. Jetzt zufrieden?«

»Ich muss los.«

Steel zeigte mit dem Finger auf ihn. Die Haut war gelb verfärbt, der kirschrote Nagellack abgeplatzt. »Morgen früh, Punkt sieben und keine verdammte Sekunde später. Und bring –«

Das Telefon auf ihrem Schreibtisch klingelte.

»Mist …« Sie warf einen Blick aufs Display und schnappte den Hörer auf. »Susan? Was … Nein … Susan, beruhig dich, es ist …« Steel krümmte sich zusammen, bis ihre Stirn auf der Schreibtischplatte auflag. »Nein. Nein, das sage ich doch gar nicht, Susan, es ist … Ja …«

Logan schlüpfte zur Tür hinaus.

10

»Bist du dir auch sicher, dass du das hier durchziehen willst?« Samantha drückte seine Hand.

Logan schluckte, blinzelte und zog seine Mundwinkel noch ein Stückchen nach oben. »Doch, ja. Alles easy. Ehrlich. Ich will es wirklich.« Er fuhr mit dem Finger an der Innenseite seines Hemdkragens entlang. »Ist bloß ein bisschen … du weißt schon.«

»Du … du tust das doch nicht nur für *mich*, oder?«

Natürlich tat er es für sie. Na ja, vielleicht. Ein bisschen jedenfalls.

Die Kirche war von Sonnenlicht durchflutet; die Wände leuchteten in kräftigen Farben; ein Blumenstrauß in einer Vase verbreitete einen lieblichen Duft.

»Nein, ich will es wirklich.«

»Ich meine nur, wenn du doch noch einen Rückzieher machen willst, kann ich das voll verstehen.« Sie sah weg. »Weil, du legst dich schließlich für den Rest deines Lebens fest …«

Ein Schatten fiel auf sie. Als Logan aufblickte, stand ein kräftiger Mann mit Glatze vor ihm und grinste ihn durch einen Grizzly-Adams-Bart hindurch an. »Sind wir so weit?«

Sam drückte noch einmal Logans Hand. »Er hat nur ein bisschen Lampenfieber.«

Der dicke Mann nickte. »Verständlich. Ist ja auch ein großer Schritt – aber ich bin schließlich hier, um es so leicht wie möglich zu machen.« Er tätschelte Logans Schulter. »Wollen wir?«

Tief durchatmen. Ein Blick zu Samantha – sie lächelte und runzelte zugleich die Stirn. Der silberne Ring in ihrer Nase funkelte im Sonnenlicht. Er wandte sich wieder dem Reverend zu. Nickte.

»Wunderbar.« Der dicke Mann legte die Fingerspitzen zusammen. »Also, dann bitte das Hemd ausziehen und hier auf dem Stuhl Platz nehmen, dann können wir loslegen. Es wird überhaupt nicht wehtun.«

11

03:07 Uhr, sieben Tage zuvor

Dunkelheit. Pechschwarz, wie die Katze, die auf der Mauer hinten im Garten schläft. Die immer so faucht und kratzt.

Das kleine Mädchen blinzelt.

Teddy Gordons Augen funkeln wie die einer Krähe. Er sitzt am Fußende des Betts und grinst sie an. Sie *hasst* Teddy Gordon. Hasst sein scheußliches blaues Fell, sein abscheuliches aufgenähtes Lächeln. Und sie hasst es, wie er nach Zigarettenrauch stinkt.

Teddy Gordon weiß, dass sie ihn hasst. Deswegen ist er ja ein Freund von dem Monster.

Wenn es nach ihr ginge, würde Teddy Gordon ganz unten in der Mülltonne wohnen, wo er ganz dreckig und stinkig würde von dem grünlich braunen Wasser, das aus den Mülltüten rausläuft. Aber Mami sagt, sie muss lieb zu Teddy Gordon sein, weil Teddy Gordon ein Geschenk von einem Mann ist, den Mami mag. Einem Mann, der ihr schöne Sachen schenkt. Viel schönere, als sie von ihrem Papa je gekriegt hat.

Papi würde Teddy Gordon nicht am Fußende ihres Betts schlafen lassen.

Ihr Zimmer riecht nach Bananen und Eiscreme, aber das kleine Plastikding, das neben dem Nachtlicht in der Wand steckt, kann den Altmännergeruch des blauen Teddybären immer noch nicht ganz überdecken. Das Fenster schimmert blassorange und lässt dichte Schatten zwischen dem Stuhl und der Wand wuchern, hinter dem Spielzeugschrank und an der Seitenwand ihres Kleiderschranks. Unter dem Bett kriechen sie hervor …

Sie versucht, ganz still und reglos dazuliegen, als wäre sie tot.

Sie ist nicht wach. Sie schläft, wie ein braves kleines Mädchen.

Nur böse kleine Mädchen wachen mitten in der Nacht auf.

Das ist die Zeit, wo das Monster rauskommt.

Sie erschaudert, obwohl sie weiß, dass sie sich nicht bewegen darf. Nicht mal ein klitzekleines bisschen.

Das Monster kann böse kleine Mädchen nicht leiden.

Das Monster mit seinen scharfen weißen Zähnen und den knallroten Krallen.

Lieg still. Rühr dich keinen Millimeter.

Sie kann es hören, draußen auf dem Flur. Da schleicht es auf seinen weichen pelzigen Pfoten, und die Dielen knarren unter seinen Schritten. Krrk, krrk.

Sie hält die Luft an.

Geh weg. Hier drin ist niemand wach. Hier gibt's nur brave kleine Mädchen, die fest schlafen und von Ponys träumen.

Bitte, geh weg …

Aber das Monster weiß Bescheid.

Ein Klirren. Ein Klacken. Und dann ächzt die Tür wie ein alter Mann.

Pause.

Sie hält die Luft an.

Geh weg. Geh weg. GEH WEG!

Braves kleines Mädchen. Schlaf, schlaf.

Das Monster raschelt, direkt neben ihrem Bett. Sie hört es atmen.

Pfffffhhh … *Zschhhhhhhhh.* Pfffffhhh … *Zschhhhhhhhh.*

Es steht direkt vor ihr. Im Dunkeln.

Nicht bewegen …

Aber ihr Brustkorb tut weh, wie ein einziger großer blauer Fleck. Und dann verrät ihr Körper sie und schnappt gierig nach Luft. Und jetzt ist es zu spät … es weiß, dass sie wach ist. Sie reißt die Augen auf …

Licht fällt durch die offene Tür herein. Teddy Gordon hockt grinsend am Fußende des Betts.

Aber das Monster ist anders. Sein Gesicht ist ganz glänzend, wie Wachs, und es ist nackt – seine weiße, runzlige Haut knistert, wenn es atmet. Pfffffhhh … *Zschhhhhhhhh.* Pfffffhhh … *Zschhhhhhhhh.* Ein Auge glimmt rot in der Dunkelheit.

Papi …

Nein …

Lass uns nicht allein …

Das Monster greift nach ihr, mit klebrigen lila Fingern.

Sie schreit.

12

Logan nahm noch einen Schluck Kaffee und klickte mit der Maus auf das kleine rote »Replay«-Symbol. Es war einen Moment dunkel, dann startete das Video noch einmal von vorn. Das vierte Mal hintereinander. Die Anzeige darunter registrierte 6 376 451 Aufrufe, seit die Lösegeldforderung vor acht Tagen hochgeladen worden war.

Die Qualität war nicht berauschend. Besser als vieles, was auf YouTube gepostet wurde, aber nichtsdestotrotz ziemlich verwackelt und grobkörnig. Das Licht war schlecht, und die Einstellung am Camcorder, die sie benutzt hatten, um mitten in der Nacht filmen zu können, ließ alle Farben verblassen. Und da war es – das bekannteste Haus im ganzen Land. Oder jedenfalls die Rückseite davon.

Ein schlichter, zweistöckiger Backsteinkasten, genau wie all die anderen schlichten, zweistöckigen Backsteinkästen in der Straße, mit einem mannshohen Holzzaun, der hinter den Gärten entlanglief.

Logan rückte den Kopfhörer wieder zurecht und drehte die Lautstärke voll auf, doch da war nichts zu hören. Nicht einmal ein Zischen. Vollkommene Stille. Zumindest an dieser Stelle …

»03:05:26«, blinkte die Anzeige in der unteren linken Ecke des Bildschirms.

Die Kamera schwenkte nach links, dann nach rechts – der schmale Fußpfad war leer –, und dann kam ein schwerer

Bolzenschneider ins Bild. Die Zange zermalmte den Bügel eines massiven Vorhängeschlosses, worauf eine blassgraue Hand erschien und das Tor aufstieß.

Das Bild wackelte, als der Kameramann den Gartenweg entlang zur Hintertür lief.

Jemand trat vor die Kamera, und einen Moment lang füllte eine grauweiße Fläche den Bildschirm aus – dann waren sie drin.

Laut dem Zeitstempel am unteren Bildrand waren noch keine zwei Minuten vergangen.

Die Küche: altmodische Schränke, der Kühlschrank mit Zeitungsausschnitten und Kinderzeichnungen bedeckt.

Dann der Flur: Blümchentapete, ein paar 08/15-Bilder in billig aussehenden Rahmen.

Auf halber Treppe ein Foto – Logan konnte nicht erkennen, was es zeigte.

Dann der obere Treppenabsatz, von dem drei Türen abgingen.

Mit einem weiteren Mausklick maximierte er das Fenster, sodass das Video den ganzen Bildschirm ausfüllte.

Die Kamera hielt direkt auf die Tür zur Rechten zu, an der ein kleines Holzschild hing: »JENNYS ZIMMER«. Weiter durch die Tür in ein Kinderzimmer: ein Berg Stofftiere auf einer kleinen Kommode; Bücher in einem Regal. Ein eingeschaltetes Nachtlicht neben dem Kleiderschrank. An der Wand ein Bett.

Ein kleines Mädchen lag unter der Decke – flach auf dem Rücken, die Augen geschlossen, das Gesicht ganz verkniffen, zitternd im verschwommenen Halbdunkel. Zu ihren Füßen saß ein Teddybär.

Die Kamera rückte näher.

Sie schlug die Augen auf und erschrak sichtlich. Den Mund zu einem stummen Schrei geöffnet, starrte sie in die Kamera.

Wieder kam eine graue Hand ins Bild. Eine rechte Hand, die Haut vollkommen glatt bis auf ein paar Fältchen zwischen Daumen und Zeigefinger, wo der Latexhandschuh nicht ganz richtig saß.

Jenny McGregor schrie. Es dröhnte in Logans Kopfhörern, und er zuckte zusammen. Und dann wurde das Video erneut zum Stummfilm.

Die behandschuhte Hand schnellte nach vorne, packte die Bettdecke und riss sie weg.

Das Mädchen wich panisch zurück, das Oberteil ihres Winnie-Pu-Pyjamas ganz verdreht; ihre nackten Füßchen zerwühlten die Bettdecke, als sie sich in die Ecke drückte. Und sich dabei die Lunge aus dem Leib schrie. In Logans Kopfhörer kam nichts davon an, nur das schwache Summen von voll aufgedrehter Stille.

Die Hand griff in den Stoff des Pyjama-Oberteils und –

Finger krallten sich in Logans Schulter.

Er zuckte so heftig zusammen, dass er fast vom Stuhl gefallen wäre. Während er sich den Kopfhörer herunterriss, funkelte er DS »Biowaffen-Bob« Marshall wütend an. »Wirklich verdammt komisch!«

Bob wich tänzelnd ein paar Schritte zurück, beide Hände erhoben, und grinste breit. »Wollte bloß fragen, ob du ’nen Kaffee willst.«

»Wie lange stehst du schon da?«

»Ungefähr von der Stelle an, wo sie die Treppe raufgehen. Nur gut, dass du den Kopfhörer aufhattest, sonst hättest du mich sicher glucksen gehört.« Bob warf sich auf seinen Drehstuhl, mit solcher Wucht, dass die Rollen beim Zurückfedern vom Boden abhoben. »Dein Gesicht war unbezahlbar!«

Logan starrte ihn an. »Ein kleines Mädchen ist *tot*, Bob.«

Schweigen. Bob seufzte. »Sie wurde vor einer Woche gekidnappt – wir wissen beide, dass sie schon seit Tagen tot ist. Kann von Glück sagen, wenn sie die erste Nacht überlebt hat… Okay, gut, ›Glück‹ ist vielleicht nicht ganz das richtige Wort.« Er schwenkte herum, schnappte eine Zeitung von dem Stapel auf seinem Schreibtisch und warf sie Logan zu. »Titelseite.«

Auf Logans Monitor zerrte eine andere Gestalt in einem weißen Overall, wie ihn die Spurensicherung benutzte – und wie man ihn in jedem Baumarkt kaufen konnte –, Alison McGregor die Treppe hinunter. Die Frau wehrte sich aus Leibeskräften. Mit Klebeband über dem Mund, die Hände hinter dem Rücken gefesselt und die Beine an den Knöcheln zusammengebunden, versuchte sie ihrem Entführer einen Kopfstoß zu versetzen. Wild flogen die blonden Locken hin und her.

Logan klickte auf »Pause« und griff nach der Zeitung. Es war die *Edinburgh Evening Post*, und die Schlagzeile lautete: »SAUBER VERLADEN: POLIZEI FÄLLT AUF MÄRCHEN VON JENNYS TOD HEREIN.«

»Du Scheiße…«

»Es wird noch besser. Lies mal den dritten Absatz.«

Logan überflog die ersten zwei, fluchte und las dann den dritten laut vor: »›Für jeden, der einigermaßen bei Verstand ist – Klammer auf, was zweifellos den größten Teil der Grampian Police ausschließt, Klammer zu –, ist es offensichtlich, dass Blue-Fish-Two-Fish Productions wieder mit seiner alten Masche arbeitet. Zur Erinnerung: Das ist die Firma, die letztes Jahr beim Musikfestival *T in the Park* gebrauchte Tampons verteilt hat; dieselbe Firma, die ein Nacktfoto von Benjamin Kerhill auf die Fassade des Big Ben projiziert hat; die Firma, die sich damit brüstet, auf dem Trafalgar Square ein lebendes Schwein tätowiert zu haben‹…«

»Lies weiter.«

»›Die Polizei muss endlich einsehen, dass sie nur einer

skrupellosen Firma bei dem Versuch hilft, die Werbetrommel für das neue Album der McGregors zu rühren. Was haben wir als Nächstes zu erwarten? Die HMS Ark Royal, gesponsert von Lamb's Navy Rum? Die Feuerwehr, präsentiert von Gaviscon gegen Sodbrennen?‹ ...« Logan knüllte die Zeitung zusammen und stopfte sie in den Papierkorb neben seinem Schreibtisch. Dann fischte er sie wieder heraus. »Wer hat das geschrieben?«

»Du hast ja gar nicht bis zu der Stelle gelesen, wo sie sich über ›Vergeudung von Steuergeldern‹ und ›blauäugige Behörden‹ echauffieren.«

»Dieser blöde Michael Larson.« Logan warf die Zeitung wieder in den Papierkorb.

»Wenn du mich fragst, dem Typen gehört mal so richtig der Arsch versohlt.« Bob streckte die Beine aus, schlug die Knöchel übereinander und verschränkte die Hände im Nacken. »Na, ihr kriegt wenigstens ein bisschen Aufmerksamkeit von den Medien. Ich versuche seit Tagen, sie dazu zu bringen, etwas über meinen Fall zu drucken. ›*Sexy Sergeant führt Suche nach vermisstem Alki an*‹. Oder ›*Der göttliche Bob Marshall (24) und die fieberhafte Jagd nach Stinky Tam, dem Tramp von der Holburn Street*‹.«

»Vierundzwanzig?«

»Klappe. Der arme alte Tam ist jetzt zwei Wochen verschwunden, und kein Mensch hat einen blassen Schimmer, ob er sich bloß für vierzehn Tage ins mondäne Stonehaven zurückgezogen hat oder ob er irgendwo tot hinter den Mülltonnen liegt. Rate mal, worauf ich wetten würde?« Bob schürzte die Oberlippe. »Und Stinky Tam war selbst an seinen besseren Tagen nicht gerade ein wandelndes Duftsträußchen.« Er schwenkte seinen Stuhl ein paar Mal knarrend hin und her und deutete dann auf Logans Bildschirm, wo die Gestalt im weißen Overall mit Alison McGregor zu sehen war. »Ich versteh nicht, wie du dir das immer wieder und wieder reinziehen kannst. Würde mich total fertigmachen.«

»Was bleibt mir anderes übrig? Wir haben null Sachbeweise. Das Labor sagt, es gibt im ganzen Haus keinen einzigen Fingerabdruck, der nicht von Alison, Jenny, der Babysitterin oder Alisons verstorbenem Mann stammt. Keine Haare, keine Fasern, keine DNS, keine Fußabdrücke… Nichts.«

»Pfff… was hast du denn erwartet? Schau dir die Typen doch an.« Er zeigte wieder auf den Bildschirm. »Klar gibt es keine Spuren – die sind schließlich nicht blöd, oder? Nein, sie tragen die gleiche Kluft wie wir: Overall, Handschuhe, Überschuhe, Gesichtsmasken. Das haben wir jetzt von den ganzen Krimiserien im Fernsehen – so kann jeder Idiot im Land in einem allwöchentlichen Fernkurs lernen, wie man mit Mord ungestraft davonkommt.«

Die einzige Spur, die die Täter hinterlassen hatten, war eine feine Schicht von Messing-Feilspänen, verursacht von dem Werkzeug, mit dem sie das Schloss der Hintertür geknackt hatten.

Bob schniefte. »Hast du mal bei YouTube auf den Busch geklopft?«

»Nichts. Sie können den Upload über ein paar Server in Bangladesch zurückverfolgen, aber danach…? Kann von weiß Gott wo gekommen sein.« Logan fischte den Bericht der Spurensicherung aus seinem Eingangskorb. »Sie haben alles untersucht – jeden Brief, jedes Kuvert, jedes Video… es ist, als wäre alles von Geistern in einem Vakuum zusammengestellt worden.«

Draußen im CID-Büro ertönte eine Reibeisenstimme, die einen Hit aus den Fünfzigerjahren massakrierte: *»Oh yes, I'm the great pudenda, pudendin' I'm doing well…«*

DI Steel platzte ins Sergeants-Kabuff, in der einen Hand einen riesigen Kaffeebecher, in der anderen einen Schokokeks. »Morgen, die Damen.« Sie steckte sich den Keks in die Gesichtsluke und stieß die Tür mit der Hüfte hinter sich zu.

Logan bedachte sie mit einem finsteren Blick. »*Punkt* sieben Uhr, hast du gesagt. Wo hast du gesteckt?«

»Ist dein Glückstag heute, Laz. Susan meint, sie wäre dieses Wochenende wahrscheinlich in der Stimmung für eine wilde Fahrt auf dem Orgasmus-Express, also will ich dir deine Unverschämtheit noch mal verzeihen, wenn du mir sagst, dass du diesen Brief abgeschickt hast.«

»Du hast gesagt, du würdest Rennie damit beauftragen.«

»Nein, hab ich nicht.«

»Hast du wohl! Bob, sag's ihr!«

»Aber, aber, Laz.« Bob grinste und drehte sich wieder zu seinem Computer um. »Es ist unfein, einer Dame zu widersprechen.«

»Du mieses –«

Es klopfte an der Tür, und PC Guthrie steckte seinen käsigen Kopf herein. »Chefin?« Er nickte DI Steel zu. »Das ist gerade reingekommen …«

Guthrie hielt einen transparenten Beweismittelbeutel hoch. Darin steckte ein Blatt Papier: A4, bekritzelt mit blauem Kugelschreiber, mit Falzlinien, als ob er auf Fensterkuvertgröße zusammengefaltet worden wäre.

Steel riss Guthrie den Beutel aus der Hand, musterte den Brief einen Moment mit zusammengekniffenen Augen und hielt ihn dann Logan hin. »Vorlesen.«

Es war alles in Blockbuchstaben, die Lettern schief und schludrig geschrieben, jeder einzelne mehrfach nachgezogen. Offenbar hatte der Schreiber seine Handschrift verstellen wollen. »Verdammter Mist …«

Steel rümpfte die Nase. »Und? Was steht da?«

»Es ist ein anonymer Hinweis. Angeblich sind Alison und Jenny von einem Pädophilenring gekidnappt worden.«

Bob drehte seinen quietschenden Stuhl herum und lugte

über Logans Schulter. »Sie haben ›Pädophile‹ falsch geschrieben. Und ›gekidnappt‹ …«

»Hier steht, sie würden Jenny versteigern – nachdem sie alle … Scheiße. Nachdem sie alle ›die Ware geprüft‹ haben. Sie werden ihre Mutter töten, sobald sie das Lösegeld haben.«

Guthrie nickte. »Ist heute mit der Post gekommen. Finnie hat gesagt, ich soll ihn euch zeigen und ihn dann rauf ins Labor bringen.«

Steel runzelte die Stirn, während sie ihren Keks mampfte. »Bisschen riskant, oder?«

Logan las den Brief noch einmal. »Könnte es ein schlechter Scherz sein?«

»Keine Ahnung.« Bob stupste den Beweismittelbeutel an. »Wenn jemand scharf auf kleine Mädchen ist, was könnte es für den Besseres geben, als die hübsche Sechsjährige aus dem Fernsehen zu vögeln? Ich kann mir lebhaft vorstellen, dass die Pädos im ganzen Land jede Folge von *Britain's Next Star* aufnehmen und sich jedes Mal grün und blau wichsen, wenn sie ihren Auftritt hat.«

Promi-Pädophilie – warum nicht? Das passte schließlich zum allgemeinen Promi-Hype … Logan gab Guthrie den Beutel zurück. »Steht sonst noch was auf dem Umschlag?«

»Nur die Adresse. War nicht mal 'ne Briefmarke drauf – können von Glück sagen, dass er überhaupt zugestellt wurde.«

»Na schön.« Steel parkte ihren Becher auf Doreens Schreibtisch. »Laz, setz dich mit Bucksburn in Verbindung: Die Heinzelmännchen sollen sämtliche Perverslinge antanzen lassen, mit denen sie jemals zu tun hatten. Und nicht bloß die aus der Kartei, auch die Ehemaligen. Wir fangen mit den Kinderfickern an, und anschließend versuchen wir unser Glück bei den Vergewaltigern. Und lass dich nicht mit faulen Ausreden abwimmeln, ich –«

»Wieso sollten Vergewaltiger –«

»Wenn einer noch nie als Kifi verknackt wurde, heißt das noch lange nicht, dass er nicht darauf abfährt. Wir können es uns nun mal nicht immer aussuchen, womit wir die dreckigen Widerlinge letztlich drankriegen.«

Logan klatschte den Stapel zusammengehefteter Bögen auf DI Steels Schreibtisch. »Dreihundertneununddreißig Sexualstraftäter mit Wohnsitz in der Region North-East. Hier sind sie nach ihren Vergehen gruppiert und nach der Nähe zu Alison McGregors Haus sortiert.«

Steel tippte mit einem nikotinverfärbten Finger auf den Stoß. »Sind das alle?«

»Alle aus der Kartei. Ingram sagt, die anderen lässt er noch bis Dienstschluss zusammenstellen.«

»Leck mich, das sind aber ein Haufen Perverse …«

»Wir können sie nicht alle nach Bucksburn oder ins Präsidium holen – früher oder später würde das irgendjemand spitzkriegen und die Presse informieren, deshalb habe ich ein paar Zimmer im Munro House Hotel angemietet. Ich hab denen erzählt, dass wir Bewerbungsgespräche für Hilfspolizisten führen; sie gewähren uns sogar einen Rabatt auf den Preis für Firmenkunden. Wenn wir da innerhalb von ein paar Tagen dreihundert oder mehr Leute rankarren, wird niemand stutzig werden.«

Sie kniff ein Auge zu und blätterte die Ausdrucke durch. »Schön, dann gehst du jetzt zu Gary vom Empfang; ich will –«

»Zwölfer-Team, alle für Vernehmungen zugelassen, sechs Videokameras und ein neutraler Minibus. Wartet alles nur noch auf dein Kommando.«

Es war einen Moment still.

»Du weißt schon, dass man sich als Streber nicht gerade beliebt macht?«

Das Hotel war ein riesiger viktorianischer Prunkbau im Pseudo-Scots-Baronial-Stil – ein abweisender Granitklotz mit Türmchen, Erkerfenstern und Treppengiebeln –, nur fünf Gehminuten von der Polizeiwache Bucksburn entfernt, wo das Dezernat Täterbegleitung untergebracht war.

Steel stapfte die ausladende graue Treppe hinauf, vorbei an zwei steinernen Löwen. »Wie viele nehmen wir uns vor?«

Logan sah auf der Liste nach. »So viele, wie wir schaffen. DI Ingrams Leute bringen sie ab halb zehn vorbei.«

»Alles Kifis?«

»Gemischt. Ich habe ihm gesagt, er soll sie danach sortieren, wie weit ihre Wohnung von Alison McGregors Haus entfernt ist.«

Der zivile Minibus kam auf den Parkplatz gehoppelt. Ein grimmig dreinschauender Rennie kämpfte mit dem Lenkrad. Mit einem Ruck kam der Wagen zum Stehen, und unter den Fahrgästen wurden vereinzelte Bravorufe laut.

»Na gut.« Steel schob die schwere Eichentür auf und platzte in die Rezeption, mit Logan im Schlepptau.

Der Teppichboden im Munro hatte ein dezentes blaues Tartanmuster, mit einem verblichenen, abgetretenen Streifen, der vom Eingang ins düstere Innere des Gebäudes führte. Die Wände waren holzgetäfelt und mit Aquarellen von Berglandschaften in schweren Goldrahmen geschmückt. Ein ausgestopfter Hirschkopf über der Rezeption starrte mit leicht verwundertem Ausdruck auf Logan und Steel herab.

»Kann ich Ihnen behilflich sein?« Ein Mann in einem anthrazitgrauen Anzug war an Steels Seite aufgetaucht. Er stand ein wenig gebeugt und x-beinig da, als ob seine Unterhose schreckliche Dinge mit seiner Männlichkeit anstellte.

Logan zückte seinen Dienstausweis. »Ich hatte angerufen – wir wollten hier einige Bewerbungsgespräche durchführen.«

»Ah ja, natürlich – die Hilfspolizisten.« Der Mann verschränkte die Hände vor der Brust. »Ihre zwölf Zimmer müssten in Kürze fertig sein, aber ich war so frei, zusätzlich im Crianlarich-Konferenzraum eine Operationsbasis einzurichten. Tee, Kaffee und Gebäck dürften schon bereitstehen – geht selbstverständlich alles aufs Haus.«

Steel legte dem Portier den Arm um die Schulter und lächelte ihn an. »Wenn Sie noch ein paar Steak Pies und eine Flasche Macallan drauflegen, kann es sein, dass Sie mich gar nicht mehr loswerden.«

Frank Baker (24) – Exhibitionistische Handlungen, Anstößiges und unzüchtiges Verhalten

»Ich sehe wirklich nicht ein, inwiefern das mich betrifft, Mr....?«

»*Sergeant* McRae.«

»Ah...« Frank Baker schlug die Beine übereinander, vergewisserte sich, dass die Bügelfalte seiner hellbraunen Chinohose *absolut* gerade war, und tat dann das Gleiche mit dem Scheitel in seinem fluffigen braunen Haupthaar. »Nun, Sergeant, Sie müssen nämlich wissen, dass ich der Dame noch nie begegnet –«

»Sie wohnen in derselben Straße.« Detective Constable Rennie schlug die Beine übereinander und fuhr sich ebenfalls durch die Haare. Kleine Hautschuppen rieselten von seiner Nase und seiner Stirn herab, deren Haut im Sonnenlicht glänzte. »Es muss Ihnen doch klar sein, warum wir uns mit Ihnen unterhalten wollen, Frank.«

»Tja, nun...« Er räusperte sich, dann ging sein Blick zu der kleinen Videokamera, die auf einem billigen Stativ in der Ecke montiert war. »Das Ganze ist wirklich nur ein alberner Irrtum, verstehen Sie? Es war ein Missverständnis, ich sollte eigentlich gar nicht in der Kartei sein, ich bin nur –«

»Sie haben sich *rein zufällig* am Zaun einer Grundschule

entblößt?« Logan konsultierte die Notizen auf seinem Klemmbrett. »Und dann noch einmal am Ententeich im Duthie Park.«

»Also …«

»Und dann haben Sie im Hazlehead Park einen kleinen Jungen dazu zu überreden versucht, mit Ihnen in die Toilette zu kommen, nicht wahr, Mr. Baker?«

Frank Bakers Wangen verfärbten sich feuerrot. Dann reckte er das Kinn. »Ich sehe nicht ein, wieso mich das zu einem Kidnapper machen soll!«

Rennie beugte sich vor und tätschelte Baker das Knie. »Ist schon okay, Frank, niemand behauptet, dass Sie irgendjemanden entführt hätten, wir –«

»Sie haben mich von der Arbeit weggezerrt, um mich hierherzubringen, verstehen Sie? Zwei haarige Gorillas von Polizisten, in meinem Betrieb!«

Logan sah auf seinem Notizzettel nach. »Hier steht, Sie seien Schweißer?«

»Sie sind in meinen *Betrieb* gekommen.« Er stellte die Beine gerade und schlug sie dann andersherum übereinander, und dann zelebrierte er noch einmal ganz akribisch die Prozedur mit der Bügelfalte. »Dort weiß niemand von … von meinem Missverständnis. Und ich würde mir wünschen, dass es so bleibt.«

»*Schweißer?*« Irgendwie fiel es schwer, sich den affektierten Softie, der hier vor ihnen saß, mit seinem Ordnungsfimmel und seinen langen, sauber gescheitelten Haaren bei einer so schmuddeligen Arbeit vorzustellen.

»Sie hatten nicht das Recht, mich in einen Streifenwagen zu verfrachten wie irgendeinen Kriminellen.« Baker bürstete sich ein imaginäres Staubkörnchen vom Ärmel. »Ich weiß, was Sie denken, und Sie liegen falsch. Ich würde *niemals* ein kleines Mädchen anrühren. Die sind nicht …« Er schauderte ein wenig. »Ich habe nie auch nur mit ihr gesprochen. Oder mit ihrer Mutter. Ich würde die beiden nicht mal erkennen, wenn ich ihnen auf der Straße begegnete.«

Rennie stellte das übergeschlagene Bein auf den Boden und legte das andere darüber. Dann bürstete er sich etwas vom Hosenbein. »Nicht einmal, nachdem sie im Fernsehen aufgetreten waren?« Er machte das schon, seit sie mit der Vernehmung begonnen hatten: Was immer Baker tat, Rennie imitierte es. Wie ein Spiegelbild mit Sonnenbrand.

»Mein Gott, das war der reinste Alptraum. Kaum hatten sie die ersten zwei Runden überstanden, da hat es in der Straße nur so von Reportern *gewimmelt.* Ich konnte nicht mehr vor die Tür treten, ohne dass gleich ein halbes Dutzend von diesen schmierigen Schmutzfinken mir ihre Kameras ins Gesicht hielten. ›Kennen Sie Alison und Jenny?‹ – ›Was essen die beiden so zum Frühstück?‹ – ›Gibt es einen Mann in Alisons Leben?‹ Und so weiter und so fort, jeden verdammten Tag.« Er atmete tief durch, und Logan beobachtete, wie Rennie genau das Gleiche tat.

Baker sah aus dem Fenster. »Es ist sehr… lästig für jemanden in meiner Position, so von den Medien bedrängt zu werden. Es ist mir unangenehm.«

Logan tippte mit seinem Kuli an das Klemmbrett. »Sie sagen also, dass Sie nie mit Alison und Jenny McGregor gesprochen haben, ihnen nie begegnet sind und auch sonst nie mit ihnen zu tun hatten?«

Baker schloss die Augen und schürzte die Lippen. »Ich kenne sie nicht. Ich habe sie nie gekannt. Ich *will* sie auch nie kennenlernen.«

»Sehen Sie viel fern, Mr. Baker?«

»Manchmal.«

»Dokumentarfilme, Nachrichten – oder stehen Sie eher auf *X-Factor* und *Britain's Next Big Star*?«

Baker seufzte theatralisch. »Okay, okay… Ich habe mir ihre Auftritte angeschaut. Jede Woche, wie sie da gesungen und getanzt haben und immer berühmter geworden sind. Wofür? Was war denn eigentlich so besonders an dieser blöden Alison McGregor und ihrem Töchterchen? Ach ja, Jennys Papa ist in Afghanistan gefallen – heul, schluchz.«

»Im Irak, Mr. Baker. James McGregor ist im Irak gestorben.«

»Wie auch immer.« Er starrte grimmig auf den Boden. »Ich habe die zwei nie angerührt. Ich habe sie nicht entführt. Ich habe weder sie noch ihr schreckliches kleines Töchterchen getötet. Ich würde mir doch nicht die Hände schmutzig machen …«

Darren McInnes (52) – Verletzung, Gefährdung/Vernachlässigung von Minderjährigen, Besitz anstößiger Fotos von Minderjährigen, Einbruchdiebstahl, Schwere Körperverletzung

»Nein, das behaupte ich ja gar nicht.« McInnes strich sich die langen, fettigen, gelblich grauen Haare aus dem Gesicht und band sie zu einem losen Pferdeschwanz. Er schürzte die Lippen, und die Falten um seine grauen Augen hinter den dicken Brillengläsern wurden tiefer. »Ich sage, ich hatte nichts mit ihnen zu tun.«

Der hier sah wenigstens aus wie ein Pädophiler. Baker hätte jederzeit als Bademeister durchgehen können, aber bei Darren McInnes war jeder Irrtum ausgeschlossen.

McInnes rutschte auf seinem Stuhl hin und her, und Rennie imitierte jede seiner Bewegungen. »Darf ich rauchen?« Er zog eine Tabakdose aus der Tasche.

Logan schüttelte den Kopf. »Das Rauchen im Hotel ist bei einer Strafe von hundertfünfzig Pfund verboten, Mr. McInnes. Wo waren Sie letzte Woche von Mittwochabend bis Donnerstagmorgen?«

»Scheißregierung. Wieso soll ich nicht rauchen dürfen, wenn mir danach ist – sind schließlich *meine* verdammten Lungen.«

Logan schlug mit der Faust auf die Armlehne seines Stuhls, und der dürre Mann zuckte zusammen.

»Wo – waren – Sie?«

»Ich weiß es nicht. Ich war zu Hause. Wahrscheinlich. Vor dem Fernseher. Vielleicht hab ich ein paar Bierchen getrunken; ist ja nicht verboten, oder?«

»Wie gut kennen Sie Alison und Jenny McGregor?«

»Das hatten wir doch alles schon. Ich kenne sie nicht, okay? Ja, ich hab's irgendwie mitgekriegt, aber ich tu mir diesen ganzen Reality-TV-Mist gar nicht an. Was ist nur aus den guten alten Zeiten geworden, hm? Als sie noch vernünftige Spielfilme und Komödien und Dokumentarfilme gemacht haben? Heute stellen sie doch bloß noch irgendwelche Nobodys vor die Kamera, und dann versuchen sie einem noch mit zwielichtigen Telefonaktionen das Geld aus der Tasche zu ziehen. Da wird einem doch kotzübel.« Er holte die Tabakdose wieder hervor, klappte den Deckel auf und nahm eine Packung Zigarettenpapierchen heraus.

»Hier wird nicht geraucht, hab ich gesagt.«

McInnes sah zu Logan auf. »Ich rauch ja nicht, ich dreh nur, okay? Ist das noch erlaubt im Vereinigten Nazireich?«

Rennie nahm einen Stift aus der Tasche und spielte damit herum. »Und Sie haben sich wirklich nie Alison und Jenny im Fernsehen angeschaut?«

»Na ja, im Radio hab ich sie schon gehört. Wo man hinkommt, läuft ja neuerdings das bescheuerte Lied von den beiden. Dabei haben sie's nicht mal selbst geschrieben. Coverversionen, was anderes kriegen die Leute heutzutage doch gar nicht mehr hin.«

Logan stand auf, ging um McInnes' Stuhl herum und baute sich drohend hinter ihm auf. Aus der Nähe roch der Mann nach ungewaschenen Haaren und altem Zigarettenrauch. »Kennen Sie jemanden, der ein kleines Mädchen verkauft?«

»Ah.« Der dürre Mann zog ein durchscheinendes Papierchen aus der kleinen Packung und griff dann in einen Beutel Tabak. »Na ja, man hört manchmal gewisse … *Gerüchte*. Internet-Chatrooms, Newsgroups und so was in der Art.«

»War da auch mal von Jenny McGregor die Rede?«

Er arrangierte die dünnen braunen Würmchen in der Mitte des Papiers zu einer Linie und befeuchtete dann den Rand mit seiner blassgelben Zunge. »So ein Promi-Kind wie die … Hmm … Das wäre schon ein zusätzlicher Kick, nicht wahr? Zu wissen, dass alle da draußen nach ihr suchen, und dabei gehört sie ganz dir. Und du kannst alles machen, was du willst …« McInnes drehte die Zigarette zu einem festen Zylinder und knipste den überschüssigen Tabak an den Enden ab. »Können Sie sich vorstellen, was die auf dem offenen Markt wert wäre?« Er räusperte sich. »Wenn sie nicht tot wäre.«

Logan starrte ihn an. »Sagen Sie's mir.«

McInnes legte die fertig gedrehte Zigarette in die Dose und zog das nächste Papierchen heraus. »Ich habe wirklich keine Ahnung. Und ehe Sie mich fragen: Jenny ist nicht mein Typ.« Er grinste und ließ dabei seine schiefen braunen Zähne sehen. »Viel zu alt.«

Sarah Cooper (35) – Anstößiges und unzüchtiges Verhalten, Entführung, Versuchter Mord

»Furchtbare Geschichte, das.« Sarah Cooper lehnte sich auf ihrem Stuhl nach vorne und gab dabei den Blick auf ihr üppiges, sommersprossiges Dekolletee frei. Die blaue Seidenbluse spannte sich eng über ihrem dicken Bauch und den schweren Brüsten. Ihre Wurstfinger malten einen Kreis auf ihren kurzen schwarzen Rock, mit einem Fingernagel, so scharlachrot wie ihre Lippen. »Ich kann nur ahnen, was die arme Alison jetzt durchmacht …«

Rennie zog wieder seine Spiegelnummer ab. »Können Sie

uns sagen, wo Sie letzten Mittwochabend und Donnerstagmorgen waren?«

Sie errötete und wandte den Blick ab. Das Pink ihrer Wangen biss sich mit dem Knallorange der Haare. »Ein Kind auf diese Weise zu verlieren …«

Logan sah auf seine Uhr. Es war schon halb zwölf, und sie hatten erst vier Personen auf der Liste vernommen. Wenn die anderen Teams auch in diesem Tempo vorankamen, würden sie noch mindestens drei weitere Tage brauchen, um die ganze Sexualstraftäter-Kartei duchzuarbeiten. Immer vorausgesetzt, dass DI Ingram und seine Heinzelmännchen sie alle ausfindig machen konnten. Und außerdem wurde es hier drin allmählich so heiß, dass sein Arm unter der Mullbinde juckte. »Sie haben Constable Rennies Frage nicht beantwortet, Ms. Cooper. Wo waren Sie in der Nacht, als Alison und Jenny entführt wurden?«

Nicht, dass sie irgendetwas mit der Entführung zu tun gehabt haben könnte. Ihr Hintern war viel zu ausladend, um in einen Overall zu passen. Er passte ja kaum in ihren Stuhl – wenn sie zu schnell aufstand, würde sie das Ding als Powärmer mit sich herumtragen.

»Ich war … bei einer Freundin.« Der Stuhl knarrte, als sie ihr Gewicht auf die andere Backe verlagerte.

Logan sah sie lächelnd an. »Bei wem?«

»Ich wüsste nicht, was Sie das an–«

»Es ist schon okay, Sarah.« Rennie rutschte auf seinem Stuhl herum und arrangierte sich zu ihrem perfekten Spiegelbild. »Wir müssen Sie nur aus dem Kreis der Verdächtigen ausschließen. Sie wollen uns doch helfen, diejenigen zu fassen, die Jenny das angetan haben, oder?«

Sie wurde noch röter. »Ich … Ich habe alles über die zwei gelesen, wissen Sie? Als sie in *OK!* diesen großen Bildbericht gebracht haben: Alison und Jenny zu Hause. So ein enges kleines Haus für so ein Riesentalent.«

»Wir brauchen einen Namen, Ms. Cooper. Und eine Adresse.«

»Ich kann nicht …« Sie fuhr sich mit der Hand über den Hals; Schweiß glänzte in dem tiefen Tal zwischen ihren Brüsten.

»Wo waren Sie?«

»Kommen Sie schon, Sarah, Sie können es uns doch sagen.«

Wieder wischte sie sich über den Ausschnitt. »Kann ich ein Glas Wasser oder so haben? Es ist sehr heiß hier.«

»Warum reden Sie es sich nicht von der Seele?«

Ihre Augen zuckten im Zimmer hin und her. Zur Tür, zum Fenster, zur Toilette. »Ich war … Ich war babysitten.« Die Hände fest im Schoß verschränkt. »Die Freundin einer Freundin hat mich gefragt, ob ich auf ihre kleinen Jungs aufpassen könnte. Ich hab sie nicht angerührt, falls Sie das denken. Ich hab gar nichts getan. Ich hab nur auf sie aufgepasst. Es ist nichts passiert.«

Lee Hamilton (32) – Vergewaltigung, Besitz einer Angriffswaffe

»Was zum Henker soll ich von einem kleinen Mädchen wollen? Die Mutter, ja, *vielleicht*, aber Scheiße noch mal, die Kleine war erst sechs!«

Duncan McLean (46) – Sexuelle Belästigung, Versuchte Vergewaltigung, Besitz von Drogen mit der Absicht des Verkaufs

»… würde so jemand niemals anrühren. Ich meine, das sind schließlich … *Weiber*. Wie abtörnend ist das denn?«

Logan hängte seine Jacke an den Haken in der Toilette, zog seine Krawatte aus und knöpfte dann das Hemd auf. Die Mullbinde, die mit Tape an seinem Oberarm befestigt war, leuchtete fast, so weiß war sie. Er löste eine Ecke ab und verzog das Gesicht. Die Haut war immer noch ganz rot und entzündet – so viel zum Thema *Es wird überhaupt nicht wehtun.*

Er fischte ein kleine Tube antibakterielles Gel aus der Jackentasche, drückte etwas davon in seine Handfläche und rieb die Haut vorsichtig damit ein, wobei er sich Mühe geben musste, nicht zusammenzuzucken. Wenigstens sah es nicht so aus –

Es klopfte an der Tür.

»Sarge?« Es war Rennie. »Der Nächste ist hier.«

Alastair McMillan (42) – Sexuelle Belästigung, Besitz unzüchtiger Bilder, Diebstahl

»›Ich möchte dieses Lied meinem Mann James widmen; du wirst immer unser Held sein …‹ Ich meine, wem wollte sie denn damit was vormachen? Als ob aus ihrem Arsch Regenbogen und kleine Hundebabys kämen und nicht Scheiße wie bei jedem von uns.« Schnief.

Alastair McMillan lehnte sich vor und tippte mit einem dreckigen, abgekauten Fingernagel auf Logans Knie. »Sie hat's verdammt noch mal nicht besser verdient, das sag ich Ihnen!«

Ross Kelley (19) – Sexuelle Belästigung

»Sie haben sehr schöne Augen, Constable …«

Shona Wallace (26) – Anfertigen und Verbreiten illegaler Abbildungen von Kindern, Anstößiges und unzüchtiges Verhalten, Versuchte Strafvereitelung

»… sollte uns eigentlich nicht wirklich überraschen, oder? Da draußen laufen schon ganz schön kranke Typen rum.« Shona Wallace schnippte sich eine blondierte Haarsträhne aus dem Gesicht. Sie hob die knochigen Schultern unter ihrem *Little-Miss-Naughty*-T-Shirt und senkte sie wieder. »Ich meine, ist doch so – wenn in diesem Land mal jemand was Besonderes leistet, dann hängen sich gleich diese ganzen Spinner an ihn dran, ist doch wahr, oder?«

Sie lächelte, wobei ihr fliehendes Kinn in der blassen Haut ihres Halses verschwand. Der Typ »Mädchen von nebenan«, den man nun wirklich nicht in seiner unmittelbaren Nachbarschaft haben wollte. »Ach, erinnern Sie sich noch an diese Frau? Wie hieß sie noch gleich – Sie wissen schon, diese fette, hässliche Kuh, die diese ganzen schrecklichen Sachen über Alison gesagt hat? In den Zeitungen und so?«

Rennie nickte. »Vicious Vikki?«

»Ja, genau, die mein' ich. Mann, was für 'ne Zicke. War ja bloß eifersüchtig, sonst nichts. Ich fand ja, Alison und Jenny waren mit Abstand die Besten bei *Britain's Next Big Star*. Ich mein', das sind sie doch wirklich, nicht wahr? Stars, mein ich. Ohne sie wird die Serie nur noch scheiße sein.«

Sie rutschte auf ihrem Stuhl vor, bis ihre Knie fast Rennies Beine berührten, die blauen Augen weit aufgerissen, die durch die dicke Mascaraschicht noch größer wirkten. »Wie ist ihr Haus denn so von innen? Ist es cool? Ist bestimmt total cool. Ich wette, die haben die ganzen coolen Sachen versteckt, ehe sie mit den Kameraleuten durchgegangen sind, bei diesen Aufnahmen für das *OK!*-Magazin, mein' ich, nicht wahr? Sie ist die ganze Zeit im Radio, da muss sie doch, ich weiß nicht, 'nen Whirlpool haben und Diamanten und Champagner und all so 'n Zeugs, oder?«

»Beschissen läuft's, wenn du's genau wissen willst.« Logan ließ sich auf einen der Stühle fallen, die um den langen Konferenztisch herum aufgestellt waren. »Was ist denn wegen Mittagessen geplant?«

Wie aufs Stichwort kam PC Guthrie im Rückwärtsgang zur Tür herein, beladen mit einem Pappkarton. Der Duft von frischen Backwaren breitete sich im Raum aus. »Greift zu, solange sie noch heiß sind.«

Steel schnupperte. »Sie haben sich aber Zeit gelassen.«

Der Karton wurde auf dem Tisch abgestellt. »Vierzehnmal Steak, sechsmal Hackfleisch, viermal Macaroni, vier Käse-Zwiebel-Pasties und ein Dutzend Sausage Rolls.«

»Wo ist mein Wechselgeld?«

»Und ungefähr eine Million Tütchen Tomatensauce.« Guthrie schob eine Hand in die Hosentasche und fischte einen Berg Münzen heraus, die klirrend auf dem Tisch landeten.

Das Vernehmungsteam drängte sich um den Karton, alle griffen nach den fettfleckigen Papiertüten, inspizierten den Inhalt und reichten weiter, was sie nicht mochten.

Logan rieb sich mit den Fingerspitzen die Augenlider und versuchte den Schlaf wegzumassieren. »Jede Menge Gerüchte darüber, dass Jenny für einen bestimmten Preis zu haben sei, aber niemand weiß, wer der Verkäufer ist. Oder sie wollen es nicht sagen.«

Rennie kam mit zwei Papiertüten auf ihn zu. Das grüngelbe Logo von *Chalmers of Bucksburn* war schon leicht durchscheinend. »Macaroni Pie oder Cheese and Onion Pasty?«

»Cheese and Onion.« Er nahm die Tüte, die Rennie ihm hinhielt, und krempelte sie als behelfsmäßige Serviette um die goldgelbe Blätterteigpastete herum. »Ich meine, was sollen wir denn machen? Niemand wird die Hand heben und eine Entführung und einen Mord gestehen, oder?«

Steel zuckte mit den Achseln, nahm einen vorsichtigen Bissen von ihrer Pastete und kaute. »Wart's ab, Laz. Wir haben noch eine Menge Perverse in der Warteschleife.«

»Ja, und bei dem Tempo, das wir vorlegen, werden wir dafür mindestens dreieinhalb Tage brauchen.«

»Oh.« Sie starrte eine Weile in das Loch in ihrer Pastete, dann riss sie ein Tütchen Tomatensauce auf und spritzte den Inhalt hinein.

Logan runzelte die Stirn. »Es sei denn, wir lassen die Spätschicht ein paar übernehmen?«

Ein Nicken. »Klär's mit Bell. Je eher wir eine Erfolgsmeldung kriegen, desto besser.«

»Warst du schon am Tatort?« Die herzhafte Füllung der Blätterteigpastete war so heiß, dass er sich fast den Mund verbrannte. Er kaute und wischte sich die Brösel von den Fingern. »Ich dachte, wir könnten nachher mal vorbeischauen. Um ein Gefühl für die Umgebung zu bekommen.«

Eine pausbäckige Polizistin steckte den Kopf durch die Tür des Besprechungsraums. »Chefin?« Sie winkte DI Steel zu. »Die nächste Busladung ist gerade unten angekommen – soll ich sie in die Zimmer bringen, oder lassen wir sie noch ein bisschen schmoren?«

»Ach, die können mich mal, wir essen noch.« Steel biss in ihre Pastete, wobei die ganze Tomatensauce, die sie so sorgfältig hineingedrückt hatte, wieder herausspritzte wie Blut aus einer Arterie und auf ihrer Hand landete. »Mistkacke …« Sie leckte sich das Handgelenk. »Wo sind die Servietten?«

»Ich meine, die müssen doch das Haus vor der Entführung ausgecheckt haben – sie sind schließlich schnurstracks in Jennys Zimmer gegangen und –« Logan fluchte – sein Handy klingelte. Er fischte es mit fettigen Fingern aus der Tasche und sah auf das Display: »UNBEKANNT«.

»Hallo?«

»*Hallo?*«

»Wer ist –«

»*Hallo? Können Sie mich hören?*« Doc Fraser tippte offenbar auf den Tasten seines eigenen Telefons herum, denn Logan vernahm eine Reihe von Piepstönen. Und dann: »*Logan? Sind Sie noch da? Ich habe gerade die Ergebnisse des Blutscreenings reinbekommen. Ich dachte mir, Sie wollen es vielleicht hören, ehe ich Finnie und die anderen Wichser informiere.*«

Logan machte den Mund auf und wieder zu. »Äh, Doc, sind Sie sicher, dass Sie –«

»Jetzt sperren Sie die Ohren auf: Wir haben jede Vene in diesem Zeh ausgekratzt, um an Blutzellen zu gelangen, und haben Spuren von Morphinen gefunden. Das Fettgewebe enthielt eine winzige Menge Thiopental. Und ich meine eine ganz, ganz winzige Menge. Wir können von Glück sagen, dass wir das Zeug überhaupt entdeckt haben.«

Logan zog sein Notizbuch aus der Tasche, klemmte das Telefon zwischen Ohr und Schulter und schrieb mit. »Möchten Sie eine Vermutung riskieren?«

»Ihr Kerle lernt doch nie dazu, wie? Also, wenn es unbedingt sein muss – aber das ist wirklich *nur eine Vermutung –, würde ich sagen, dass sie ihr Morphium verabreicht haben, um sie ruhigzustellen. Um sie gefügig zu machen. Es eignet sich sehr gut als Sedativum. Thiopental dagegen ist ein verbreitetes Anästhetikum. Sie hatten wahrscheinlich geplant, das Mädchen zu betäuben, ehe sie ihr den Zeh abnahmen, aber irgendetwas ging schief. Eine allergische Reaktion vielleicht, oder sie hatte kurz vorher etwas gegessen, übergab sich und erstickte daran … Wie auch immer, jedenfalls ging es schnell – falls das irgendein Trost ist –, sonst hätte sich schon mehr von dem Medikament im Fettgewebe abgelagert.«*

Logan schloss die Augen. »Wann?«

»Ist fast unmöglich zu sagen. Aber vom Aussehen her würde ich schätzen, dass der Zeh mindestens sechs Stunden nach Eintritt des Todes abgetrennt und dann in einem Kühlschrank aufbewahrt wurde. Vielleicht bis zu einer Woche?«

Bob hatte also richtiggelegen – Jenny war schon tot gewesen, ehe sie die erste Lösegeldforderung erhalten hatten.

»Die Amputation ist recht sauber gemacht, mit Sicherheit von jemandem mit medizinischen Vorkenntnissen. Er hat eine dünne, feine Klinge benutzt. Und Thiopental nimmt man, um Patienten vor einer OP erst mal auszuknocken, ehe dann die Gase

und Dämpfe zum Einsatz kommen. Sie sollten sich also auf die Krankenhäuser konzentrieren: OP-Säle, Krankenhausapotheken, Neurologie, Intensivstationen … Oder vielleicht ein Tierarzt? Ich glaube, bei Tieren wird es auch eingesetzt.«

»Was ist mit Arztpraxen – Hausärzte und so?«

»Die kriegen nichts Stärkeres als Lidocain. Und Zahnärzte genauso.«

»Danke, Doc.« Er atmete tief durch. »Können Sie mir einen Gefallen tun?«

»Kommt drauf an.«

»Wenn Sie es den ›Wichsern‹ sagen, nennen Sie sie nicht so, okay? Dass Sie im Ruhestand sind, heißt noch lange nicht, dass die es nicht an uns auslassen würden.« Logan trennte die Verbindung. Als er aufblickte, sah er, dass Steel ihn anstarrte.

»Und?«

Er erzählte ihr von den Medikamenten, und ein Lächeln breitete sich auf ihren Zügen aus.

»Schön.« Sie schlug mit der flachen Hand auf den Tisch. »He, ihr faulen Schwuchteln, hört mal alle her – wenn ihr heute Nachmittag eure Hirnis und Trottel vernehmt, will ich wissen, ob irgendjemand Verbindungen zu einem Krankenhaus oder einer Tierarztpraxis hat, okay? Über die Arbeit, ehrenamtliche Tätigkeiten, Freunde, Verwandte, was auch immer.« Sie hielt zwei Finger hoch. »Krankenhäuser, Tierärzte.«

Rennie runzelte die Stirn. »Und wieso?«

»Weil ich es sage. Laz, ruf Ingram an – sag ihm, er muss uns alle, die wir heute vernommen haben, morgen früh noch mal vorbeibringen.« Sie strahlte, und dann boxte sie Logan in den Arm. »Jetzt haben wir endlich –«

»Au!« Verdammte Scheiße, tat das weh! Er hielt sich den Deltamuskel, versuchte die Schmerzen wegzumassieren. »Wofür war das denn?« Die Haut unter dem Verband pochte und brannte.

»Ach, hör schon auf zu jammern, du Riesenweichei. Hab dich doch kaum angerührt. Jetzt werden wir die Schweine endlich drankriegen!«

»Das hat wehgetan!«

»Mein Gott, und ich dachte immer, Rennie wäre ein Jammerlappen.«

Der Constable, der gerade in sein Wurstbrötchen biss, hielt plötzlich inne. »He!«

Logan rieb sich den Arm. »Ich box dich ja auch nicht einfach so ohne Grund, oder?«

»Inspector?« Die pausbäckige Polizistin wies mit dem Daumen auf den Flur hinter sich.

»*Aye*, ich weiß.« Steel wischte sich die Finger an ihrer roten Satinbluse ab und hinterließ dabei fettige Schmierflecken auf dem Stoff. »Komm jetzt, Laz, *carpe pervertum*.«

13

Bruce Preston (46) – Besitz unzüchtiger Bilder, Tierquälerei, Behinderung, Belästigung oder tätliches Angreifen eines Polizeibeamten in der Ausübung seiner Dienstpflicht, Sodomie

»Na ja, kann schon sein …« Bruce Preston veränderte seine Sitzhaltung und schob seinen Hintern hin und her, als hätte er Würmer oder einen Juckreiz an einer Stelle, an die er nicht herankam. Er war ein wenig pummelig und ein wenig kahl; ein ganz und gar gewöhnlicher Mann – bis auf die umfangreiche Sammlung von Fotos, die das Team der Spurensicherung auf seinem Computer gefunden hatte – Fotos von Menschen beim Sex mit Hunden. Anscheinend tauchte in Bruce' selbstgemachten Schnappschüssen immer wieder der Cairn-Terrier von nebenan auf.

Er hob übertrieben die Schultern und spreizte dabei die

Arme im 45-Grad-Winkel ab. Der bittere Zwiebelgeruch von ungewaschenen Achselhöhlen verstärkte sich augenblicklich. »Aber das ist doch wirklich nicht dasselbe, oder? Außerdem sehe ich kaum noch fern. Nicht, seit sie auf Channel Five diese Tussi mit den ›Skandalösen Sexgeheimnissen der Briten‹ gebracht haben.«

»Und Sie sind sicher, dass Sie niemanden am Krankenhaus kennen, oder in einer Tierarztpraxis?«

Preston rieb mit den Fingern über seine Oberschenkel, und seine Wangen liefen pink an. »Wie ich schon sagte – ich darf mich keiner Tierarztpraxis und keinem Park, in dem Hunde ausgeführt werden, auf weniger als hundert Meter nähern.«

Logan trug das Ende der Vernehmung ein, dankte Bruce Preston für seine Zeit und entließ ihn.

Kaum war die Tür ins Schloss gefallen, sackte Logan auf seinem Stuhl zusammen, schob das Becken vor und ließ die Arme baumeln, bis die Fingerspitzen den Teppich berührten. »Das war vielleicht ein Spaß.«

Rennie würgte. »Leck mich … Was dagegen, wenn ich das Fenster aufmache?«

»O Gott, *bitte*!«

Klonk. Der Verkehrslärm von der nahen vierspurigen Schnellstraße wehte herein, das ferne Dröhnen eines Flugzeugs, das Piepsen und Zwitschern der Vögel.

»Glaubst du, dass Steel richtigliegt?«

Logan sah auf seine Uhr – gleich zwanzig vor vier. Er streckte sich und sank dann wieder in sich zusammen. »Diese Gerüchte über den ›Frischfleisch‹-Markt geistern schon seit Jahren umher. Kinder, Frauen, alle auf Bestellung gekidnappt und bei heimlichen Auktionen versteigert … Wir müssen nur mal *einen* von diesen Mistkerlen erwischen, dann fällt das ganze Kartenhaus zusammen.« Er hörte ein knarrendes Geräusch, und als er den Kopf hob, sah er Rennie zusammengesackt auf dem Stuhl gegenüber sitzen, die Arme über die Lehne gehängt, sodass die Fingerspitzen den Tartan-Teppich berührten.

»Könntest du das bitte lassen?«

Rennie zog eine Braue hoch. »Was?«

»Diese alberne Nachäfferei. Das geht mir allmählich auf die Nerven.«

»NLP, mein lieber Sergeant McRae. Hab ich letzten Monat im Kurs Vernehmungstechniken gelernt. Hab übrigens die Prüfung mit Bestnote bestanden. Das bringt den Gesprächspartner dazu, sich unbewusst zu entspannen; es suggeriert ihm, dass du auf seiner Wellenlänge bist, dass er einen Verbündeten im Raum hat.«

»In diesem Raum wird es bald eine Blutlache geben, wenn du nicht mit dem Scheiß aufhörst.«

Rennie setzte sich kerzengerade auf. »Wie hast du eigentlich abgeschnitten?«

»Geht dich nichts an.« Fünfundsechzig Prozent. »Wie viele stehen für heute noch auf der Liste?«

»Drei. Dann ist DI Bell an der Reihe.« Er lächelte. »He, vielleicht haben wir ja Glück und knacken den Fall noch vor Dienstschluss, hm? DS Rennie, der Vernehmungs-Superstar, und sein treuer Assistent Sergeant McRae.«

»Du bist ein Idiot, weißt du das?«

Henry MacDonald (24) – Körperverletzung, Besitz eines verschreibungspflichtigen Medikaments, Volltrunkenheit in der Öffentlichkeit, Ruhestörung, Erregung öffentlichen Ärgernisses

»Ja, aber nur im Fernsehen.« Henry saß vollkommen reglos auf dem Hotelstuhl, die Knie fest zusammengepresst, die Hände im Schoß verschränkt. Irgendjemand hatte ihn in seinen Sonntagsstaat gesteckt – einen glänzenden grauen Anzug, der wie ein Sonderangebot vom Wohltätigkeitsbasar aussah. Und passen tat er ihm eigentlich auch nicht. Die

Haare hatte er sich *hundertprozentig* selbst geschnitten, vermutlich mit einer Gartenschere.

Rennie verschränkte die Arme und nahm sie dann wieder auseinander, um sich erneut zu Henrys Spiegelbild zu arrangieren. Es waren keine hundert Punkte in Neurolinguistischer Programmierung nötig, um zu erkennen, dass die Technik diesmal nicht funktionieren würde.

Nicht, dass es einen Unterschied gemacht hätte. Niemand hatte bisher zugegeben, irgendjemanden im Aberdeen Royal Infirmary, im Albyn, im Woodend, im Cornhill oder in irgendeinem der übrigen Krankenhäuser im Nordosten zu kennen. Und das Gleiche galt für die achtundfünfzig Tierarztpraxen der Region.

Allerdings hatten sie erst ein Drittel der Sexualstraftäter-Kartei der Grampian Region abgearbeitet, ganz zu schweigen von den siebzig oder achtzig Personen auf DI Ingrams inoffizieller Liste.

Aber immerhin waren sie nicht untätig …

Schweigen.

Logan brauchte einen Moment, um zu merken, dass Rennie und MacDonald ihn beide anstarrten. »Hmmm …« Er räusperte sich. »Inwiefern?«

»Na ja –« Rennie rutschte auf seinem Stuhl hin und her. »Ich meine, es ist nicht sehr wahrscheinlich, oder?«

Nein, das half ihm auch nicht weiter.

Logan zuckte mit den Achseln. »Man kann nie wissen.« Er sah auf sein Klemmbrett. »Ähm … Ihr Sozialarbeiter sagt, Sie hätten einen Antrag auf chemische Kastration gestellt?«

MacDonald zuckte kaum merklich mit den Schultern. »Ich mag das Gefühl nicht, wenn ich … Ich …« Er runzelte die Stirn und starrte eine Weile vor sich hin. »Ich will nicht mehr so *sein*. Da drin …« Er schlug sich mit einer knochigen Hand an die Brust. »Verstehen Sie?«

Nicht so ganz.

Logan nickte. »Nun ja, wenn Sie sich sicher sind. Und Ihnen ist ganz bestimmt nichts über die McGregors zu Ohren gekommen?«

»Es ist, als wäre da ein großes Loch in mir drin.«

»Okay …«

Brian Canter (41) – Versuchte Kindesentführung, Besitz anstößiger Bilder von Kindern, Versuchte Strafvereitelung

»Es tut mir leid, wenn ich dadurch als unsympathischer Mensch rüberkomme.« Canter leckte sich die Lippen – es war, als sähe man eine Scheibe rohe Leber über ein Gummiband gleiten. »Aber mein Therapeut sagt, wenn ich jemals geheilt werden will, muss ich offen zu dem stehen, was ich bin.«

Rennie räusperte sich. »Sie sagen also, wenn Sie die Gelegenheit hätten –«

»Dann würde ich Jenny McGregor an einen Tisch fesseln und sie durchvögeln, bis es sie zerreißt, ja. Vielleicht würde ich sie sogar zwingen, es ihrer Mutter mit der Zunge zu besorgen. Nicht wahr – so als flotter Dreier?« Und das alles kam in einem Ton, in dem andere Leute allenfalls eine Pizza bestellten. »Wahrscheinlich würde ich es auch filmen. Sie wissen schon, um länger was davon zu haben. Ich meine, ich würde sie nicht *töten* oder so – macht ja keinen Spaß, wenn sie dabei nicht zappeln.«

Schweigen.

»… Okay …« Rennie sah Logan an; sein Adamsapfel hüpfte wild auf und ab. »Ähm, Chef?«

»Wie oft sind Sie bei Ihrem Therapeuten, Mr. Canter?«

Die dunkelviolette Zunge wanderte wieder über die dünnen roten Lippen. »Alle vierzehn Tage?«

»Ah ja. Verstehe …« Logan nickte, notierte *»Sofortige 24-Stunden-Überwachung erforderlich!!!«* auf das Formular, das in seinem Klemmbrett steckte, und unterstrich die Worte dreimal.

14

Logan kletterte hinaus in den sonnigen Abend und schlug die Autotür zu. Er schloss ab und folgte Steel über die Straße zum Haus der McGregors.

Es mussten dreißig oder vierzig Leute sein, die da am Gartenzaun Wache hielten. Männer, Frauen, Kinder; alle angezogen, als wären sie nur mal eben für einen kleinen Abendspaziergang vor die Tür gegangen, um die Sonne zu genießen. Auf der anderen Straßenseite bereitete gerade ein Fernsehteam eine Übertragung vor – wahrscheinlich rechtzeitig für die nächste Nachrichtensendung.

Steel bahnte sich einen Weg durch das Minenfeld aus Supermarkt-Blumensträußen und Teddybären zum Gartentor.

Die Menge drehte sich zu ihr um und starrte ihr nach, als sie den Riegel hob und hindurchmarschierte.

Ein uniformierter Constable saß auf der obersten Treppenstufe und las den *Aberdeen Examiner*, während die kahle Stelle auf seinem Kopf sich in der Abendsonne tomatenrot verfärbte. Er blickte auf, als Steel und Logan auf ihn zustapften. »He, ich sag's Ihnen nicht noch einmal – bleiben Sie gefälligst hinter der verdammten …« Dann sprang er hastig auf, versteckte die Zeitung hinter seinem Rücken und bückte sich noch einmal, um seine Schirmmütze aufzuklauben und sie sich auf den Kopf zu drücken. »'tschuldigung, Chefin. Dachte, es wäre schon wieder dieses Journalistenpack. Die Mistkerle versuchen schon die ganze Woche, an uns vorbeizukommen.« Er wies mit dem Daumen über die Schulter. »Wollen Sie rein?«

»Nein, Gardner, ich will nur ein paar Stunden wie ein Ködel hier rumstehen. Machen Sie die verdammte Tür auf!«

Constable Gardners Wangen erglühten knallpink. »Jawohl, Chefin.«

»Vollpfosten.« Steel wartete, bis er die Tür aufgerissen hatte, und schob sich an ihm vorbei. »Und wir bezahlen Sie auch nicht dafür, dass Sie auf Ihrem Arsch sitzen und Zeitung lesen. *Versuchen* Sie doch wenigstens, wie ein verdammter Polizeibeamter auszusehen!«

»Tut mir leid, Chefin …«

Logan wartete, bis sie beide im Haus waren und die Tür hinter ihnen ins Schloss gefallen war. »War das nicht ein bisschen streng?«

»Laz, was meinst du, was passiert, wenn er immer noch da hockt, nachdem diese Bagage von Channel Four ihre Kameras eingeschaltet hat? *›Bobbys machen sich faulen Lenz, während Jagd nach Jennys Mörder läuft.‹* Finnie wird *begeistert* sein.« Sie zog ihre Hose stramm. »Und außerdem ist Gardner der Arsch, der vor ein paar Wochen eine Todesnachricht im falschen Haus überbracht hat. Wenn einer es verdient hat, dann er.«

Der Hausflur sah mehr oder weniger genauso aus wie in dem Video, nur noch ein bisschen deprimierender. In der Luft hing der leicht muffige Geruch, den die Kollegen von der Spurensicherung immer hinterließen – eine Mischung aus Fingerabdruckpulver, ausgeleerten Staubsaugerbeuteln und heimlich aufgekochten Fünf-Minuten-Terrinen.

Logan zog ein Paar blaue Nitrilhandschuhe aus der Jackentasche, streifte sie über und öffnete die Wohnzimmertür. In der Ecke ein Fernseher auf einem Holzgestell, obendrauf ein DVB-T-Receiver, darunter eine Art DVD-Rekorder. Ein Stapel Hochglanz-Klatschmagazine. Ein Sofa, das sein Mindesthaltbarkeitsdatum längst überschritten hatte, mit einem bunten Überwurf, der den verblichenen braunen

Cordbezug notdürftig kaschierte. Über dem Kamin hingen drei gerahmte Buntstiftzeichnungen: ein Mann und eine Frau, Händchen haltend unter einer gelben Smiley-Sonne; ein unförmiger schwarzgrüner Klecks, darunter in krakeligen Kleinbuchstaben das Wort *»Blacky«*; eine glückliche Familie neben einem kastenförmigen Haus mit einem Schornstein, aus dem Rauch aufstieg – *»Mami, Papi, ich, Hundi.«*

Ein junger Mann mit kantigem Kinn starrte ihm aus einem silbernen Fotorahmen entgegen. Er trug ein schwarzes Glengarry-Schiffchen mit einem silbernen Abzeichen in Form eines Hirschkopfs an der Seite und einer kleinen blauen Bommel obendrauf. Seine blauen Augen ließen gerade eben den Ansatz eines Lächelns erkennen. Ein schwarzes Band, in dem ein kleiner getrockneter Heidekrautzweig steckte, war um eine Ecke des Rahmens geschlungen.

Steel steckte die Hände in die Hosentaschen und wippte auf den Fußballen vor und zurück. »Ziemlich bescheiden für jemanden, der im Fernsehen ist…«

In der Küche fanden sie Vorräte an Dosensuppen, Diät-Fertiggerichten und der Sorte Frühstücksflocken für Kinder, die besonders reich an E-Nummern und Zucker sind. In Kühlschrank stand eine angebrochene Flasche Weißwein.

»Kann man doch nicht verkommen lassen.« Steel zog die Flasche heraus, nahm sich ein Glas vom Abtropfbrett, spülte das Fingerabdruckpulver ab und goss sich einen kräftigen Schluck ein. »Schau mich nicht so an – du fährst schließlich, schon vergessen?«

Mit dem Glas in der einen Hand und der Flasche in der anderen folgte sie Logan von einem Zimmer ins andere und sah ihm zu, wie er zuerst die Hausapotheke im Bad durchsuchte, anschließend das Schlafzimmer.

Sie setzte sich auf die Bettkante und wippte ein paar Mal

auf und ab. »Gar nicht schlecht. Könnte man ’ne ganz gute Nummer drauf schieben.«

Das Zimmer war über und über mit Bildern behängt. Ein halbes Dutzend Hochzeitsfotos zierten die Wand über dem Bett – Alison McGregor in einem ausladenden weißen Kleid, in dem sie entfernt an einen schwangeren Federball erinnerte. Dann ein paar Urlaubsbilder, die sie mit dem verstorbenen Mann von unten in irgendwelchen sonnigen Gefilden zeigten. Und dann eine andere Version des Fotos, das die Presseabteilung für sämtliche Fahndungsplakate verwendet hatte: Alison und Jenny am Strand von Aberdeen, mit der Nordsee im Hintergrund, nur dass diesmal James McGregor neben ihnen stand. Eine glückliche Familie, die breit in die Kamera grinste.

Dann ein Bild von Jenny mit einem riesigen Mikrofon in der Hand, wie sie mit ihren zwei fehlenden Schneidezähnen inbrünstig ihr Liedchen schmetterte. Sie glich mehr ihrer Mutter als ihrem Vater – lange blonde Locken, eine lange, gerade Nase, in die sie nun nie würde hineinwachsen können, Apfelbäckchen …

Steel kippte den letzten Schluck Wein und goss sich den Rest aus der Flasche ins Glas. »Wühl doch mal ein bisschen in den Nachttischen rum.«

»Wieso?«

»Tu mir halt den Gefallen.«

Logan zog die oberste Schublade heraus. Ein wenig Schmuck – nichts Teures, das meiste Bernstein –, ein Stapel gebügelte Taschentücher, ein paar Halstücher. Die nächste Schublade: Unterhosen – luftige Spitzenhöschen und riesige, robuste Liebestöter, alles bunt durcheinander. Die unterste Schublade schien voller Socken zu sein. Logan schob die oberste Schicht zur Seite, um dann einen dicken Stapel Briefumschläge hervorzuziehen, zusammengehalten mit einem roten Gummiband.

Er hielt sie hoch. »Ist es das, wonach du suchst?«

Steel ließ die Mundwinkel hängen. »Schau mal unter dem Bett nach.«

Logan warf die Briefe auf die Bettdecke, ließ sich auf Hände und Knie nieder und spähte ins Halbdunkel. »Nichts.«

»Nichts?«

»Nicht mal eine einsame Staubmaus.« Im ganzen Haus sah es so aus. Hätte die Scottish Police Services Authority nicht bei der Suche nach Spuren alles mit Fingerabdruckpulver eingestäubt, es wäre überall blitzblank gewesen.

»Hmm… Dann muss sie wohl eine Handwerkerin gewesen sein.« Steel griff in einen der Umschläge und zog einen Brief heraus – blassblaues Papier, dunkelblauer Kugelschreiber.

»Was?«

»Überleg doch mal, Laz: eine Witwe, hockt hier ganz allein mit einem kleinen Kind und einem toten Mann. Was soll die machen, wenn sie im Bett mal ein bisschen Spaß haben will? Ich hatte eigentlich einen dicken fetten Dildo erwartet… oder wenigstens einen Vibrator.«

»Ach du lieber Himmel –«

»Ich habe einen, der im Dunkeln leuchtet – irgendwie abartig, aber man braucht keine Taschenlampe, wenn mal der Strom ausfällt. Jedenfalls war Alison offenbar eine Anhängerin der Zwei-Finger-Rubbelmethode.« Steel hielt ihm den Brief hin. »Lesen.«

»Du weißt schon, dass ihre Leiche wahrscheinlich irgendwo verscharrt liegt?«

»Na und? Dass sie jetzt tot ist, muss doch nicht heißen, dass sie nie *lebendig* war, Laz. Und jetzt lies.«

Es war ein Liebesbrief, adressiert an Alison McGregor. Logan überflog ihn: Liebe meines Lebens – bla-bla-bla –, Mond und Sterne verblassen vor dem Licht, das aus deinen Augen strahlt – bla-bla-bla –, kann kaum schlafen, spüre immer noch Deine Berührung auf meiner Haut… Wer hatte denn dieses Gesülze verzapft? Logan blätterte weiter zur letzten Seite; der Brief war unterschrieben mit: ›*In ewiger Liebe, Dein Sergeant James George McGregor.*‹

Er runzelte die Stirn. »*Sergeant*? Ich dachte, Doddy war bloß ein einfacher Soldat?«

»Na los, lies schon vor.«

»Lass dir 'ne Brille verschreiben, dann kannst du ihn selber lesen.« Logan warf den Brief aufs Bett. »Wer unterschreibt denn einen Liebesbrief mit seinem vollen Namen und einem falschen Dienstgrad?«

»Ach, du bist ein Spielverderber.« Sie ließ sich zurücksinken, bis sie flach auf dem Rücken lag, und starrte an die Decke.

Logan ließ sie allein und ging über den Flur zu Jennys Zimmer. Das Fenster war mit der allgegenwärtigen Schicht von Amido Black überzogen, was den Garten düster und grau wirken ließ.

Pinkfarbene Tapete, eine Spielzeugkiste voll mit Plüschtieren. Die komplette Harry-Potter-Reihe, vom ersten bis zum letzten backsteingroßen Band.

Das Pferd auf der Tagesdecke war eigentlich ein Einhorn… Er hielt inne. Runzelte die Stirn. Versuchte sich an das Video zu erinnern. Da war etwas am Fußende des Betts gewesen. Ein Teddybär? Er war nicht mehr da; lag auch nicht irgendwo auf dem Boden herum.

Vielleicht hatten sie ihr erlaubt, ihn mitzunehmen? Vielleicht hatte er ihr ein wenig Trost gespendet, während sie sie mit Morphium und Thiopental vollgepumpt hatten, damit sie ihr den Zeh abhacken konnten.

Vielleicht hatten sie ihn sogar mit ihr begraben. Irgendwo in der Pampa gammelte er jetzt vor sich hin, in einen schwarzen Plastiksack gepackt. Und leistete ihr beim Verwesen Gesellschaft.

Mann, welch ein aufmunternder Gedanke.

»Du siehst aus, als wärst du in Hundescheiße getreten.« Steel stand in der offenen Zimmertür.

Logan drehte sich zu ihr um. »Hier ist nichts.«

Nur das Zimmer eines toten Mädchens in einem leeren Haus.

Ein dünner Strich aus Sonnenlicht liegt auf den kahlen Bodendielen, und darüber glitzern kleine Staubfitzelchen wie tanzende Feen. Alles ist verschwommen. Und es riecht. Sie wischt sich mit dem Ärmel ihres Schlafanzugs über die Augen. Rutscht mit dem Po ein Stück über den Boden, um näher an der Sonne zu sitzen.

Es riecht nach alten Leuten hier drin. Nach alten Leuten wie Mrs. McInnes von nebenan, mit ihrem haarigen Muttermal und der dicken Brille und ihrem Atem wie eine Wurst, die zu lange im Kühlschrank gelegen hat.

Sie wischt sich wieder mit dem Ärmel übers Gesicht, und Winnie Pu wird ganz nass von den Tränen. Sie versucht sich noch näher ranzuschieben, aber die Kette, die um ihren Hals und ihre Brust geschlungen ist, zieht sich fest zu. Früher haben sie Blacky immer im Garten an die Kette gelegt. Die war an einem großen Metallstab festgemacht, damit er immer im Kreis rumlaufen konnte. Bis er dann in den Himmel musste.

Aber sie ist kein Hund, der an einen Metallstab im Garten gekettet ist. Sie ist ein kleines Mädchen, das in einem dunklen, staubigen alten Haus an ein Bett gekettet ist.

Sie streckt einen blassen kleinen Fuß aus, bis dieser winzig kleine Sonnenstrahl drauffällt, und wackelt mit den Zehen. Aber sie macht dabei kein Geräusch.

Sonst kommen nämlich die Monster zurück.

Hinter sich hört sie ein Stöhnen.

Sie dreht sich um, spürt die kalte Kette an ihrem Kinn. Mami redet wieder im Schlaf.

»Nein … Nicht … Ich will nicht …« Dann zuckt ihr Mund, geht auf und zu und macht dabei leise Schmatzgeräusche. Mami dreht sich auf die Seite. Die Kette an ihren Fußknöcheln klirrt gegen das Metallbett. »Nein …« Dann atmet sie wieder ganz langsam und gleichmäßig ein und aus.

Teddy Gordons Augen funkeln in dem dunklen Zimmer. Er liegt auf dem Bett, auf der Seite wie Mami, und starrt sie an.

Schnell dreht sie den Kopf wieder nach vorne. Sieht ihn nicht an. Sieht nicht in diese glänzenden Augen. Einmal hat sie beobachtet, wie eine Krähe ein zerquetschtes Kaninchen gefressen hat, auf einem Parkplatz, während Papa hinter einem Baum Pipi gemacht hat. Die Krähe hatte Augen wie Teddy Gordon: schwarz und glänzend und schrecklich.

Schau geradeaus. Beweg dich nicht. Mach kein Geräusch. Sei ein braves kleines Mädchen.

Da – ein Klacken. Sie zuckt zusammen, und ein kleiner Quiekser entweicht durch ihre Lippen.

Ein dumpfer Schlag.

Dort drüben in der dunklen Ecke, wo irgendwo die Tür ist.

Ein Klirren.

Augen nach vorne. Keine Bewegung. Sie beißt sich so fest auf die Lippen, dass es wehtut und nach glänzenden neuen Pennys schmeckt.

Klomp-klomp-klomp.

Ein Schatten schiebt sich vor den dünnen Sonnenstrahl und macht die glitzernden Feen tot.

Die Stimme des Monsters ist ganz metallisch und summend, wie bei einem Roboter. »Hallo, Schnuckelbärchen …«

Sie macht die Augen zu.

15

»– Gedenkgottesdienst morgen um zwölf Uhr mittags. Sarah Williamson ist jetzt für uns in der Kirche. Gibt es etwas Neues, Sarah?«

Das Fernsehbild wechselte zu einer Frau in einem schwarzen Mantel. *»Vorläufig wissen wir nur, dass der Gedenkgottesdienst definitiv für alle offen sein wird, die kommen wollen, um Jenny ihre Reverenz zu erweisen. Ich kann Ihnen auch sagen, dass Robbie Williams dabei sein wird, ebenso wie Katie Melua und eine ganze Reihe weiterer Stars, die anschließend alle nach London zurückfliegen werden, um an einer Live-Sonderausgabe von* Britain's Next Big Star *zu Ehren von Jenny teilzunehmen.«*

»Ui…« Samantha rückte auf der Couch vor. »Du musst den Rekorder programmieren.«

Logan nahm noch einen Schluck Wein, um den letzten Bissen der Pasta, die es zum Abendessen gegeben hatte, herunterzuspülen. »Wieso müssen wir den Apparat mit dieser Scheiße zumüllen?«

Es war einen Moment still. »Du bist echt ein unmöglicher Fernseh-Snob.«

»Ich *bin* kein Snob.«

»Bloß weil du es nicht magst, ist es noch lange nicht scheiße.«

»– werden Gaststars mit den Songs auftreten, die Jenny und ihre Mutter –«

»Es *ist* Scheiße. Bloß wieder eine von diesen blöden Reality-TV-Geschichten, wo irgendwelche Idioten sich zum Affen machen, nur um in die verdammte Glotze zu kommen.«

»Geht das schon wieder los.« Ihre schwarze Lederjeans quietschte auf dem Couchbezug, als sie die Knie an die Brust zog. »Als ob das, was *du* glotzt, so wahnsinnig intellektuell wäre.«

»– eine Benefiz-Single, die schon als die neue Nummer eins gehandelt wird. Darüber sprachen wir mit Gordon Maguire, dem Geschäftsführer von Blue-Fish-Two-Fish Productions –«

»Wenigstens schaue ich –«

»*Die Simpsons* sind wohl neuerdings ein politisches Magazin, wie?«

Auf dem Bildschirm erschien ein Mann in mittleren Jahren mit T-Shirt und Jackett. Er hatte modische Koteletten mit ausrasierten Stellen, ein Unterlippenbärtchen, einen Dundee-Akzent und eine kahle Stelle am Hinterkopf.

»– nicht vergessen, dass die Kidnapper immer noch Alison in ihrer Gewalt haben, und wir alles daransetzen müssen –«

»Ich sag ja nur, dass es Ausbeutung ist, okay? Es –«

»Hast du es dir überhaupt mal angeschaut?«

»– müssen wir weiterhin möglichst viel Geld sammeln, solange noch die Chance besteht, sie heil nach Hause zu holen.«

»Was? Ich *muss* mir das gar nicht anschauen –«

»Siehst du!« Sie rammte einen schwarz lackierten Fingernagel in die Armlehne der Couch. »Du hast nicht den leisesten Schimmer, wovon du redest!«

»– danke Ihnen. Und jetzt geht's weiter mit Gail und den Wetteraussichten.«

Logan sank noch tiefer in die Couchkissen. »Können wir vielleicht –«

»Abgesehen von allem anderen ist das doch gerade der Grund, weshalb Jenny und Alison entführt wurden. Wenn sie nicht im Fernsehen gewesen wären, dann wären sie nicht berühmt. Und wenn sie nicht berühmt wären, wären sie nicht gekidnappt worden.« Samantha ließ von der Armlehne ab und bohrte stattdessen Logan den Fingernagel ins Fleisch. »Du hast also gar keinen Grund, dich wie ein snobistisches Arschloch aufzuführen – das hier betrifft unmittelbar deinen Fall.«

»– werden arktische Luftmassen auf den Nordosten Schott-

lands treffen; für die nächsten Tage müssen wir also mit ungewöhnlich kaltem Wetter für diese Jahreszeit rechnen –«

Logan kippte den Rest seines Weins in einem Schluck hinunter. »Okay, okay, ist ja schon gut. Ich programmier den Rekorder.«

Sie drehte sich nicht zu ihm um, starrte nur auf den Fernseher, wo die Karte von Schottland ein wüstes Durcheinander von blauen und grauen Flecken war. »Danke«, stieß sie zwischen den Zähnen hervor.

Er wuchtete sich hoch. Versuchte ein Lächeln in seine Stimme zu zwingen. »Willst du noch einen Schluck Wein?«

Schweigen.

»Sam?«

»Was macht dein Arm?«

Logan sah auf seinen Hemdsärmel hinunter, mit dem dicken Polster aus Verbandmull darunter. »Ist okay.« Nein, das war er nicht. Er pochte und brannte jedes Mal, wenn er irgendwo dagegenstieß. Der Boxhieb von dieser blöden Kuh von Steel hatte den Heilungsprozess auch nicht gerade beschleunigt.

Sam warf ihm einen Seitenblick zu. »Du bist ein miserabler Lügner.« Dann starrte sie wieder auf den Fernseher. »Und wir schauen uns morgen *Britain's Next Big Star* an, ob es dir passt oder nicht.«

»Fffff?« Logan setzte sich im Bett auf, blinzelte ein paar Mal und atmete dann wieder aus. Schielte nach dem Wecker. Viertel nach zwei.

Er ließ sich wieder aufs Kissen zurückfallen. Wer zum Teufel rief denn um Viertel nach *zwei* an?

Neben ihm nuschelte Samantha im Schlaf vor sich hin.

Das Telefon klingelte und klingelte.

Logan wälzte sich aus dem Bett, griff nach seinem Handy

und drückte auf die Verbindungstaste. »Wehe, es ist nicht wichtig!«

»Hallo? Hallo?« Breiter Dialekt und eine Stimme, die er nicht erkannte. *»Is' da DS McRae?«*

»Wer ist da?« Er rieb sich mit dem Handballen die Augen.

»PC Gilbert, ich ruf' vom Präsidium an. Hab hier 'ne Frau, die schreit Zeter und Mordio und sagt die ganze Zeit, sie wär' vergewaltigt worden.«

Logan gähnte.

»Hallo? Sarge?«

»Gilbert, ich werde Ihnen jetzt ein sehr böses Schimpfwort an den Kopf werfen, und dann werde ich auflegen. Dann können Sie sich mit Ihrem Problem an jemanden wenden, der verdammt noch mal im Dienst ist! Ich habe Tagschicht, Sie –«

»Momentchen, DI Bell will Sie kurz sprechen …«

Gedämpftes Gemurmel, und dann tönte DI Bells Stimme schrill in Logans Ohr. *»McRae? Schaffen Sie Ihren Arsch hierher!«*

»Es ist Viertel nach zwei –«

»Und wenn es der Jüngste Tag ist – ich hab hier eine durchgeknallte Tusse, die droht, die Leute zu kastrieren, und die Drohung ist an Sie persönlich adressiert.«

»Nichts für ungut, Sir, aber –«

»Ich meine das wörtlich. Ihr Name steht auf ihrem Körper. Mit schwarzem Marker geschrieben. Und wenn Sie nicht gleich als Erstes bei der Internen Dienstaufsicht antanzen wollen, dann sollten Sie verdammt noch mal tun, was ich Ihnen sage!«

Um halb drei am Samstagmorgen herrschte in den Straßen die übliche alkoholisierte Trance nach Schließung der Pubs. Inzwischen war die Sperrstunden-Gewalt weitgehend abgeebbt; sie würde erst wieder aufflackern, wenn die Nachtclubs ihre Ladung volltrunkener Idioten auf die

Straßen hinausspien. Männer und Frauen, spärlichst bekleidet, prügelten sich dann um einen Platz in der Warteschlange am Taxistand oder an der Dönerbude. »Glotzt du meine Alte an, ey?« – »Lass stecken, Tracy, sie ist's nicht wert …«

Logan überquerte die Union Street und musste auf halbem Weg stehen bleiben, um einen verbeulten Toyota mit einem Taxischild auf dem Dach vorbeirumpeln zu lassen. Gleich hinter der Einmündung des Lodge Walk, der üblichen Abkürzung zum Hintereingang des Präsidiums, standen zwei Typen. Der eine stützte sich mit einer Hand an der Hauswand ab, während er sich auf die Schuhe pinkelte, der andere gab würgende Geräusche von sich.

Logan nahm stattdessen den Umweg um die Verwaltungsgebäude herum und die Queen Street entlang.

Vor dem Bezirksgericht blieb er stehen.

Die Menge, die sich auf dem Vorplatz des Präsidiums versammelt hatte, war wesentlich kleiner geworden – vielleicht vierzig oder fünfzig Mann. Alle hatten sich untergehakt und wiegten sich rhythmisch hin und her. Sie hatten improvisierte Laternen dabei – Teelichte in alten Marmeladen- und Gurkengläsern. Die flackernden Flammen verbreiteten einen warmen, gelblichen Schein und ließen die Schatten tanzen, während die Menschen sangen.

Es dauerte eine Weile, bis Logan die Melodie erkannte: *Wind Beneath My Wings.* Natürlich, was sonst? Nur hatte irgendjemand den Text so umgeschrieben, dass er sich auf Jenny und Alison McGregor bezog. Mensch, das war ja schnell gegangen.

Und so bewegend … oder gruselig? Schwer zu entscheiden.

Ein paar uniformierte Polizeibeamte standen in einiger Entfernung herum; die einen beobachteten die Menge, während der Rest das kleine Häufchen von besoffenen Idioten beobachtete, die in der Nähe herumtorkelten und mitzusingen versuchten.

Logan steuerte auf den erstbesten Officer zu – ein kleines Männchen mit dicken, buschigen Augenbrauen und hängenden Lefzen. »Was ist das denn?«

Constable Knautschgesicht rümpfte die Nase und deutete mit einem Nicken auf die Menge. »Mahnwache mit Lichterkette, Chef. Keine Ahnung, was das bringen soll. Vor dem Haus oder vor der Kirche, wo dieses Gedenkdingens stattfindet, ja, *vielleicht*, aber hier?« Er lutschte einen Moment an seinen Zähnen herum. »Die ganze Stadt ist vollkommen übergeschnappt.«

Die Gewahrsamsbeamtin blies die Backen auf und warf Logan einen bösen Blick zu. Ein roter Fleck, der sich schon zu einem lila Bluterguss auszuwachsen begann, zog sich über ihren halben Unterkiefer. Sie wies den Korridor hinunter und nuschelte mit zusammengebissenen Zähnen: »Da lang.«

DI Bell humpelte vor der kleinen Zellenflucht auf und ab, die für die weiblichen Gefangenen reserviert war. Er bewegte sich wie ein Bär, der das Gehen nach dem Winterschlaf erst mühsam wieder lernen muss, und wackelte mit seinen massigen runden Schultern hin und her. Jetzt blieb er stehen, schenkte Logan den zweiten bösen Blick für diese Nacht und winkte ihn dann mit einer haarigen Pranke heran. »Wo haben Sie gesteckt?« Seine Stimme war kaum mehr als ein Flüstern.

»Ich dachte, Sie wären für die Spätschicht eingeteilt? Wie sind Sie denn mit Steels Sexualstraftätern klargekommen – irgendwas –«

»Möchten Sie mir das vielleicht erklären?« Bell zeigte auf die Zellentür, vor der er stand.

Logan las, was auf die kleine Schiefertafel neben der Tür

gekritzelt war: Name, mutmaßliches Vergehen und Zeitpunkt der letzten Kontrolle. »Trisha Brown – Widerst. gg. Festn. – 02:30 Uhr«. Was bedeutete, dass sie vermutlich einkassiert worden war, weil sie auf irgendeinen bedauernswerten Constable losgegangen war.

»Und?«

DI Bell zog die Luke auf, und Logan spähte in die kleine Zelle.

Trisha Brown lag auf der blauen Plastikmatratze, die Knie bis zu den dürren Rippen hochgezogen. Ihr knappes, schulterfreies Top ließ einen Streifen erschreckend blasse Haut sehen, die im grellen Schein der Neonröhren fast leuchtete, verziert mit ein paar Blutergüssen und einem Tattoo. Nackte Füße mit langen Zehen, wie ein zweiter Satz Finger.

Logan zuckte mit den Achseln. »War sie heute Nacht anschaffen?«

Der Inspector schloss die Luke wieder. »Sie sagt, Sie hätten sie vergewaltigt.«

»Sie …?« Logan wich einen Schritt zurück. »Wollen Sie mich auf den Arm nehmen? Die würde ich nicht mal mit dem Gerät von Biowaffen-Bob anfassen, geschweige denn mit meinem eigenen! Sie lügt!«

Bell packte ihn am Ärmel und zog ihn zur Treppe. »Das will ich schwer hoffen … Aber Sie wissen, was passiert, sobald sie sich offiziell über Sie beschwert – die Interne Dienstaufsicht wird Ihnen den Arsch mit Suchscheinwerfern ausleuchten. Bei so einer Geschichte können Sie damit rechnen, vom Dienst freigestellt zu werden, während die Ermittlung läuft.«

»Aber es ist –«

»Es spielt keine *Rolle*, ob es erstunken und erlogen ist – es kommt in Ihre Personalakte.«

»Nein. Verdammte Scheiße, nein.« Logan machte kehrt und marschierte zur Zelle zurück, um mit der flachen Hand gegen die Stahltür zu schlagen. Bong, bong, bong. Er riss die Luke auf. »Trisha Brown! AUFGEWACHT!«

Die Gestalt auf der Matratze zuckte, rollte sich auf den Rücken und klappte einen Arm vor die Augen. Ihre Hüftknochen zeichneten sich unter der fahlen Haut ab, die Unterarme waren voll mit wunden Stellen, und die Rippen konnte man zählen. Wie konnte nur *irgendjemand* auf die Idee kommen, dass er mit einer wie der unter die Decke schlüpfen würde?

Bong, bong, bong. »TRISHA!«

Aus der Nachbarzelle kam eine gedämpfte Stimme. »Ey, Schnauze! Hier gibt's Leute, die schlafen wollen …«

Bong, bong, bong. »TRISHA BROWN!«

Eine zweite Stimme aus dem Off: »Um Himmels willen, wecken Sie sie nicht auf – die blöde Zicke hat gerade erst aufgehört rumzuschreien!«

Die Gestalt auf dem Bett bewegte die Beine, setzte sich auf … blinzelte … drehte sich zur Seite und spie einen gelben Schwall mit orange- und pinkfarbenen Bröckchen drin auf den dunkelroten Terrazzo-Boden. Nachdem sie noch ein paar Mal gewürgt hatte, wischte sie sich mit einer zitternden Hand über die aufgesprungenen Lippen. »Durst …«

Logan schlug wieder mit der Hand an die Tür. »Wissen Sie, wer ich bin?«

Sie musterte ihn mit zusammengekniffenen Augen. »Verpiss dich.« Dann ließ sie sich wieder auf die Matratze fallen. »Mir is' schlecht …«

Bong. »Wer bin ich, verdammt noch mal?«

»Lass mich in Ruhe!«

Logan drehte sich zu DI Bell um. »Sehen Sie? Sie hat keinen blassen Schimmer.«

Der Inspector schob Logan beiseite und rief durch die Luke: »Trisha? Erinnern Sie sich daran, wie wir Sie hergebracht haben? Was Sie da gesagt haben?«

Ein lauter Seufzer. Dann hievte sie sich von der dünnen Matratze hoch und patschte barfuß durch die Pfütze von Erbrochenem zur Tür. Der bittere, stechende Gestank schlug ihnen entgegen. »Ich bin vergewaltigt worden. VERGEWALTIGT!« Mit einem dumpfen *Klonk* ließ sie den Kopf gegen das Metall kippen. »Bin vergewaltigt worden.«

Logan schlug wieder mit der Hand gegen die Tür, und sie zuckte zurück. »Von wem?«

Trisha zog ihr Top hoch und entblößte ihre winzigen, runzligen Brüste, die mit pfenniggroßen Blutergüssen übersät waren. »DS LOGAN MCRAE« war in schwarzen Blocklettern auf ihren klapperdürren Brustkorb geschrieben. Trisha betrachtete die Schrift stirnrunzelnd, während ein Spuckefaden sich von ihrem Kinn abseilte.

»Der da. Der hat mich vergewaltigt …«

Logan starrte seinen eigenen Namen an. Verlogene Schlampe. Er knallte die Klappe wieder zu und drehte sich zu DI Bell um. »Sie hat nicht den leisesten Schimmer. Haben Sie einen Abstrich machen lassen?«

»Ich habe Ihnen doch gesagt, es spielt keine Rolle, ob –«

»Haben Sie oder haben Sie nicht?«

Bell riss beide Hände hoch. »Es ging nicht, okay? Sie hat die ganze Bude kurz und klein geschlagen. Hätte mir fast die Eier abgerissen!«

»Schaffen Sie sie in einen Vernehmungsraum, dann bringen wir sie dazu, die Anschuldigung –«

»Nein, nein, nein, nein, nein. So läuft das nicht, und das wissen Sie auch. Es kommt überhaupt nicht in Frage, dass Sie an der Vernehmung eines Vergewaltigungsopfers teilnehmen, das *Sie* angeblich vergewaltigt haben!«

Logan stapfte bis zum Ende des kleinen Zellentrakts und machte wieder kehrt. »Na schön, dann machen Sie's.«

Bell fuhr sich mit einer pelzigen Pranke durchs Haar. Sah in die andere Richtung. »Ich kann nicht.«

»Doch, Sie können sehr wohl. Stecken Sie sie in Nummer drei und finden Sie raus, wer sie dazu angestiftet hat.«

»Warum sollte jemand –«

»Mein Name steht auf ihrer Brust! Meinen Sie vielleicht, die Graffiti-Feen sind bei ihr eingebrochen und haben ein bisschen mit dem schwarzen Marker rumgespielt?«

Bell zuckte mit den Achseln. »Vielleicht hat sie es ja selbst geschrieben?«

Trottel.

»Wenn sie es selbst geschrieben hätte, würden die Buchstaben auf dem Kopf stehen, oder?«

»Na ja, vielleicht … keine Ahnung, ein Spiegel?« Er musste Logans Gesichtsausdruck registriert haben, denn er entwickelte plötzlich ein auffälliges Interesse an seinen eigenen Händen. »Okay, okay, jemand anders hat es geschrieben. Scheiße.« Der Inspector zupfte an einem Niednagel herum. »Ich werde mit ihr reden. Aber merken Sie sich: Wenn die Interne Dienstaufsicht dahinterkommt, dass ich das hintenrum gedeichselt habe, dann sind Sie dran, verstanden?«

16

Auf dem kleinen Monitor sah man DI Bell ein Blatt Papier über den zerkratzten Tisch des Vernehmungsraums schieben. *»Ich zeige Ms. Brown eine Auswahl von Fotos, Aktenzeichen 150501. Können Sie den Mann identifizieren, von dem Sie sagen, dass er Sie vergewaltigt hat?«*

»Nein, kann sie natürlich nicht.« Logan nahm noch einen Schluck von seinem Kaffee. Bitter und dunkel, was irgendwie verdammt passend war. Das Koffein zischte durch seine Arterien und juckte in seinen Augen.

Trisha Brown, die Bell gegenübersaß, schaukelte auf ihrem Stuhl vor und zurück und kaute dann an ihrem Daumen herum. Für den Identifizierungsbogen hatten sie willkürlich ein paar Fotos aus der Kartei zusammengestellt – zwei Vergewaltiger, ein paar Einbrecher und ein Pädophiler – und diese um die Konterfeis von Logan, George Clooney und dem derzeitigen Vorsitzenden der British National Party ergänzt. Neun Gesichter, aus denen Trisha Brown ihre Auswahl treffen sollte.

»Trisha? Können Sie mir den Mann zeigen?«

Logan beugte sich vor, bis seine Nase nur noch Zentimeter vom Bildschirm entfernt war. Das Gerät stand auf einem klapprigen alten Tisch in dem Raum, der sich lachhafterweise »Nachgeschalteter Beobachtungsraum« schimpfte. Vor der letzten Renovierung war er eine Besenkammer gewesen, und er roch immer noch nach Reinigungsmittel mit Tannenduft.

»Trisha?«

Sie nahm den Daumen aus dem Mund, hielt ihn über den Identifizierungsbogen, drehte ihn nach unten wie ein römischer Kaiser in der Arena und senkte ihn auf eines der Gesichter.

DI Bell kratzte sich das haarige Gesicht. *»Okay … Alles klar. Sind Sie sicher?«*

Ein Nicken.

»Sie müssen es laut sagen, für das Tonband.«

»Aye, *der da war's. Nummer fünf.«*

Ein Weile war es still. Dann schob der Inspector seinen Stuhl geräuschvoll vom Tisch zurück. *»Gut, also dann – Vernehmung beendet um …«* Er sah auf seine Uhr. *»… drei Uhr neununddreißig. Constable Gray wird Sie jetzt für eine kleine Untersuchung nach unten zur Polizeiärztin bringen, okay?«*

Logan sah zu, wie die beiden hintereinander das Vernehmungszimmer verließen, und schaltete das Gerät aus.

Eine Minute später kam DI Bell zur Tür herein und ließ sich gegen die Wand sinken. Er verschränkte die Arme, und

Logan sah die Haarbüschel, die unter den Manschetten seines Hemds hervorlugten. Bells Miene war ernst.

»Und?«

»Schlechte Nachrichten.«

Ach… du Scheiße. Sie hatte ihn ausgesucht. Neun Gesichter zur Auswahl, und Trisha Brown hatte sich für seines entschieden. Sie hatte ihn nur deswegen wiedererkannt, weil er der Idiot war, der sie durch die Luke in ihrer Zellentür angebrüllt hatte. Wie dumm von ihm. Dummer, saudummer Idiot.

»Ich bitte Sie, Sir, Sie wissen doch selbst, dass es nicht –«

»Wir müssen George Clooney festnehmen. Seine Fans werden schwer enttäuscht sein.«

»Sarge? Sarge, sind Sie wach?«

Logan schnellte hoch und hielt sich am Schreibtisch fest, um nicht das Gleichgewicht zu verlieren. Er saß da und starrte den verschwommenen Bildschirmschoner auf seinem Computermonitor an. »Wie viel Uhr ist es?«

Ein schlaksiger junger Bursche in der Uniform eines Constables mit einem Teint wie durchwachsener Frühstücksspeck und wässrigen Augen fingerte an dem Airwave-Handy herum, das an seiner stichfesten Weste befestigt war. Die Zahlen auf seinen Schulterklappen wiesen ihn als einen der neuen Rekruten dieses Jahrgangs aus. Der Himmel wusste, wie er in der Nachtschicht gelandet war – er sah aus, als ob ein kräftiger Furz ihn von den Beinen holen könnte. »DI Bell sagt, die Ärztin ist fertig mit Ihrer Fixerin. Er meint, Sie können sich nach Hause trollen, wenn Sie möchten.«

Logan gähnte und streckte sich auf seinem Stuhl, schüttelte sich und sackte wieder zusammen. »Wo ist er?«

»Wurde zu einem Einsatz gerufen – irgendein Typ ist mit einer Gerüststange auf Vicious Vikkis Ford Fiesta losgegangen.«

»Hat sie gesagt, was dabei rausgekommen ist?«

Der Constable nickte. »Der Wagen ist total im Eimer.«

»Nicht das Fenster, Sie Idiot, ich meine den Abstrich.«

»Keine Ahnung, Sarge.«

Logan erhob sich aus dem knarrenden Drehstuhl, legte die flachen Hände ins Kreuz und versuchte die Knoten in seinem Rückgrat zu lösen. Dann ließ er die Luft aus seiner Lunge mit lautem Zischen entweichen.

Constable Speckgesicht stand immer noch da.

»War sonst noch was?«

Achselzucken.

»Dann machen Sie sich gefälligst wieder an die Arbeit.«

Dr. Donna Delaney blickte von dem *Aberdeen Examiner* auf, der aufgeschlagen vor ihr auf dem Schreibtisch lag und die Tastatur eines ramponierten Laptops verdeckte. »HIESIGE HELLSEHERIN APPELLIERT AN POLIZEI.« Eine Teekanne aus weißem Porzellan, mit dazu passender Tasse und Untertasse, verbreitete den an Zitronen-Spülmittel erinnernden Duft von Earl Grey in dem winzigen Büro, das für den diensthabenden Polizeiarzt vorgesehen war.

Sie beäugte Logan über den Rand ihrer schicken Brille hinweg und lächelte. »Was macht Ihr Bauch?«

»Haben Sie bei Trisha Brown einen Abstrich gemacht?«

»Ja... *Entzückende* junge Dame. Angeblich habe ich versucht – wie hat sie es noch mal ausgedrückt –, sie ›anzubaggern‹. Lassen Sie mich mal Ihre Hände sehen.«

Er streckte sie beide aus, worauf sie ihren Stuhl auf quietschenden Rollen näher rückte, seine linke Hand nahm und sie eingehend betrachtete. Zwei kleine Narben waren genau in der Mitte des Handtellers zu erkennen, im Abstand von gut einem Zentimeter; die Haut an diesen Stellen glänzte rosig. Sie drehte die Hand um und inspizierte den Rücken. Noch mal zwei Narben.

»Machen sie Ihnen immer noch Kummer?«

Er zuckte mit den Achseln. »Hängt vom Wetter ab.«

»Also, sagen Sie mir Bescheid, wenn es anfängt zu pochen oder wenn die Hände anschwellen oder die Finger sich beim Bewegen steif anfühlen. Wollen ja nicht, dass Sie Zysten bekommen.«

»Was ist mit dem Abstrich?«

»Hmm? Ach so, ja. Also, es sind Hämatome im Vaginalbereich zu erkennen, die auf erzwungenen Geschlechtsverkehr schließen lassen, ebenso Analrisse und weitere Blutergüsse an den Brüsten und den Innenseiten der Oberschenkel.«

»Sperma?«

Dr. Delaney biss sich auf die Oberlippe. »Auch.«

»Aber?«

»Tja, wissen Sie, Suchtkranke wie Trisha müssen sich nun mal irgendwie Geld beschaffen. Und deswegen sage ich, es sieht in der Tat so aus, als sei sie vergewaltigt worden, aber es ist nicht heute passiert, und das Sperma, das ich ins Labor schicken werde, stammt vermutlich von einer ganzen Reihe ihrer jüngsten Freier. Sie hält offenbar nicht viel von Safer Sex.«

»Hat sie irgendwas gesagt?«

»Sie meinen, außer ›Lass die Finger von mir, du dreckige Lesbenschlampe‹? Nein, eigentlich nicht.« Die Polizeiärztin rollte ihren Stuhl an den Schreibtisch zurück. »Es wäre schön, wenn man glauben könnte, dass sie sich Hilfe suchen wird – dass sie es schafft, die Finger von den Drogen zu lassen und in irgendeiner netten Gegend mit ihrem kleinen Jungen ein neues Leben anzufangen. Aber ich habe das Gefühl, dass wir alle nur zu genau wissen, wo sie enden wird.«

»M-hm.« Früher oder später würde Trisha Brown von Dr. Delaneys Patientin zu Doc Frasers Leiche werden.

»Schsch… Es wird alles gut, Schätzchen. Es wird alles gut…«

Mamis Stimme klingt wie etwas Klebriges mit Glasscherben drin. Die Arme um ihr braves kleines Mädchen geschlungen, wiegt sie es auf ihrem Schoß hin und her. Manchmal, wenn man Angst hat, ist es nirgendwo so warm und kuschelig wie bei Mami…

Manchmal.

Sie zieht die Nase hoch und wischt sich mit dem Ärmel über die Augen. Und dann kann sie sich gerade noch beherrschen, ehe sie sich den Daumen in den Mund steckt. Daumenlutschen ist böse, davon kriegt man ganz schiefe Zähne, wie eine fiese Ratte.

Teddy Gordon beobachtet sie vom Fußende des Betts, seine schwarzen Plastikaugen funkeln.

Er hat Augen wie eine Ratte.

Wie eine Krähe, die Fleischstücke aus einem zerquetschten Kaninchen reißt.

Wie das Auge einer Videokamera.

»Schschsch… Schschsch…« Mami zittert krampfhaft.

Etwas landet in ihren Haaren und rinnt dann ihre Kopfhaut hinunter, warm und feucht. Mami weint nie. Nicht mehr, seit sie Papa in einer Kiste in die Erde gelegt haben, damit er bei den Engeln sein konnte.

Mami streichelt ihr übers Haar. »Es tut mir leid, Schatz, es tut mir so leid… Es wird nur ganz kurz wehtun, das verspreche ich dir.«

Wenn die Monster zurückkommen, um ihr die Zehen wegzunehmen.

17

Trisha Brown schniefte. Ihre Augen waren barbiepink, ihre Pupillen zwei winzig kleine Pünktchen, als sie durch die Luke in ihrer Zellentür spähte. Das Zittern hatte früh eingesetzt, und ihre Haut war mit einem Schweißfilm überzogen. Der durchdringende Gestank von ungewaschener Haut und altem Erbrochenen strahlte in Wellen von ihr ab.

Logan versuchte es noch einmal: »Wer hat ›DS Logan McRae‹ auf Ihre Brust geschrieben?«

»Mir geht's nicht gut …«

»Trisha, es ist Viertel vor fünf Uhr morgens, in etwas mehr als zwei Stunden fängt meine Schicht an, und ich war die ganze verdammte Nacht auf den Beinen wegen Ihnen. Also, wer hat meinen Namen auf Ihre Brust geschrieben, raus mit der Sprache!« Er gab sich große Mühe, nicht zu brüllen.

Sie blinzelte. Dann gruben sich plötzlich kleine Fältchen in ihre glänzende Stirn. »Du bist das, oder?«

»Wer hat es geschrieben?«

Sie legte eine knochige Hand auf ihre Brust und rieb die Stelle, wo ihr Top Logans Namen verdeckte. »Du bist der, der die Razzia bei Billy gemacht hat, stimmt's? Ihr habt Ricky mitgenommen und ihn bei Mum abgegeben?«

»Was hat das damit zu tun?«

Sie befeuchtete ihre bleichen, rissigen Lippen. »Ihr habt den ganzen Stoff mitgenommen, stimmt's?«

»Wir –«

»Du hast ihn noch, stimmt's? Ich meine, irgendwo, wo du rankommen kannst?«

»Trisha – hören Sie mir zu. Wer hat meinen Namen auf Sie geschrieben?«

»Du musst ihn mir nämlich zurückgeben. Alles, was du hast.«

»Vergessen Sie's.« Logan schlug die Klappe zu.

»Nein, du *musst*! Die Typen, von denen Shuggie den Stoff hat, wollen ihr Geld – wenn wir ihn nicht verkauft haben, müssen wir ihn zurückgeben!«

Logan öffnete die Klappe wieder. »Ihr habt sechs Päckchen Heroin und einen Koffer voll Mephedron in *Kommission* genommen?«

»Wenn wir das Geld nicht zusammenkriegen, machen sie ihn fertig …« Sie trat näher an die Luke heran, und ihr säuerlicher Atem schlug Logan ins Gesicht. »Was ist, wenn sie noch mal kommen, um sich an mir und Ricky zu rächen? Er ist doch noch ein kleines Kind.«

»Folgender Deal: Sie nennen uns Ihre Lieferanten, Shuggie stellt sich und gesteht die Drogendelikte, und ich sorge dafür, dass Sie und Ihr kleiner Junge Polizeischutz bekommen.«

Trisha sah einen Moment lang weg. Und als sie sich wieder zu ihm umdrehte, machte sie einen Schmollmund. Sie steckte sich einen Finger in den Mund, schob ihre andere Hand unter ihr Top und rieb ihre schrumpelige Brust. »Wie wär's, wenn du den Stoff rausrückst, dann kannst du *alles* von mir haben, was du willst – okay? Ich mache *alles*. So grob, wie du's nur magst. Du kannst auch deine Kumpels mitbringen, wenn du willst?«

Logan wich von der Luke zurück. »Lieber nicht.«

»Ich wette, so ein starker Kerl wie du könnte mir einen Orgasmus nach dem anderen verschaffen. Mmmmmmh … O ja. Ich mach's dir total versaut –«

Logan knallte die Luke zu, solange Trisha noch die Einzige war, die hier nach Kotze stank.

Davey »English« Robertson alias Daniel Roberts (69) – Vergewaltigung, Sexuelle Nötigung, Versuchter Mord

»… und deshalb konnt' ich ja gar nix dafür, versteh'n Sie? Der Scheißtyp is' in der Dusche auf mich los, mit so 'nem

Ständer – was sollt' ich denn machen? Mich bücken und die Arschbacken spreizen? Ich bin doch nich' blöd.«

Davey Robertson straffte die Schultern unter der zerschlissenen Anzugsjacke und reckte das mit grauen Stoppeln übersäte Kinn. »Hat die dreckige Schwuchtel sich selber zuzuschreiben!«

Logan unterdrückte ein Gähnen. Mann, war das heiß hier. Selbst bei offenem Fenster war das Hotelzimmer der reinste Backofen. Er rieb sich die Augen. »Können wir bitte beim Thema –«

»Und noch was – wie kommt ihr eigentlich drauf, dass ich nix Besseres zu tun hätt', als hier mit euch Däumchen zu drehen? Ist schließlich Samstagvormittag, da sollt' ich mich eigentlich schon aufs Spiel vorbereiten.«

»Alison und Jenny McGregor, Mr. Robertson. Haben Sie –«

»Ich hab ihren Mann im Fernsehen geseh'n, nachdem dieser turbantragende Schwanzlutscher ihn in die Luft gejagt hatte. Is' 'ne Schande, echt, mit diesen Sprengfallen… Jeder Vollidiot bastelt heutzutage seine eigenen Bomben aus Waschmittel und Knetgummi. Wofür geben die eigentlich Millionen für Panzer aus, wenn schon jeder Depp mit dem Zeug, das er unter seiner Spüle findet, Löcher in die Scheißdinger jagen kann? Sollen das ganze Moslempack mit Atombomben zuschmeißen, dann wär' endlich Ruhe im Karton.«

Logan schlug mit der flachen Hand auf die Stuhllehne. »Zum letzten Mal – kennen Sie Alison und Jenny McGregor persönlich, oder kennen Sie sie nicht?«

Robertsons Kinn schnellte wieder in die Höhe. »Ich bin kein junger Mann mehr, Bürschchen, aber ich kann Ihnen immer noch 'n Arschtritt versetzen, dass Sie von hier bis Rhynie und zurück fliegen!«

Logan rieb sich die Handfläche – beide Narben brannten und pochten wie Schnittwunden, in die man Tabasco gerieben hatte. Er biss die Zähne zusammen. »Beantworten Sie einfach nur die Frage, Mr. Robertson, dann können wir alle gehen.«

»Ich hab die zwei bei diesem Bürgerdings gesehen, das die Stadt für den Besuch von diesen Franzmännern organisiert hat. Hab sogar 'n bisschen mit den beiden plaudern können, und ich sag's Ihnen: Alison, die war zu allen nett. Anders als diese hochnäsigen Weiber, die man sonst so im Fernsehen sieht. Gar nich' abgehoben.«

Logan nickte. »Und worüber haben Sie geredet?«

Davey Robertson grinste. »Hat mich auf 'ne Dose Bier und 'n Blowjob zu sich eingeladen.«

Schweigen.

»Was glauben Sie denn, worüber wir geredet haben? Das Wetter, ihre Fernsehauftritte, mein Hexenschuss. Das Übliche.«

»Nicht viel besser als gestern. Und bei dir?« Logan pumpte sich eine Tasse Kaffee aus der Thermoskanne im Konferenzzimmer des Hotels. Die übrigen Teammitglieder saßen – oder vielmehr hingen – um den Tisch herum und unterhielten sich halblaut, während DI Steel grummelnd die Vernehmungsprotokolle durchging, die DI Bells Team am Abend zuvor ausgefüllt hatte. Sie wollte sehen, ob welche darunter waren, die es sich auf Video anzuschauen lohnte.

DS Doreen Taylor verzog das Gesicht. »Ein netter junger Mann hat sich erboten, mir ›die Scheiße aus dem Leib zu prügeln‹.« Statt ihres gewohnten Outfits aus Twinset und Perlenkette trug sie heute Jeans und einen pinkfarbenen Kapuzenpulli, auf dem hinten mit Pailletten das Wort »Angel« aufgenäht war. Wie eine Mutter, die sich selbst davon überzeugen will, dass sie immer noch mit den coolen Kids mithalten kann. »Ich sag's dir, wenn man einen ganzen Vormittag lang Vergewaltiger und diverse andere Sexkrüppel vernommen hat, gewinnt DI Steels Lebensweise plötzlich enorm an Attraktivität. Ihr Männer seid einfach widerlich.«

Steel blickte nicht von ihren Papieren auf. »Das hab ich gehört.«

»Niemand mit irgendeiner Verbindung zu Krankenhäusern oder Ärzten?«

»Ein Zahnarzt, der verurteilt wurde, weil er die kleine Tochter seiner Schwester sexuell belästigt hat; aber dem haben sie die Approbation entzogen.« Doreen nippte an ihrem Kaffee. »Hast du in letzter Zeit mal mit Mark gesprochen?«

Logan zog eine Grimasse. »Mit Interims-DI MacDonald? Ja.«

Noch ein Schlückchen. »Die ersten vierzehn Tage bin ich immer nach Hause gekommen und hab mir erst mal die Augen aus dem Kopf geheult – jeden Abend. Mit Finnie klarzukommen, war das Schlimmste. Du findest, er ist schon unerträglich, wenn du DS bist? Dann wart' nur ab, bis du im September an der Reihe bist.«

»Ja, ja, diese aufmunternde Rede hab ich auch schon von Mark zu hören bekommen.«

Eine Biene summte vorbei und dotzte mit dem Kopf gegen das Fenster. Sichtlich benommen drehte sie ein paar schlingernde Loopings, um dann gleich noch einmal mit voller Wucht an die Scheibe zu knallen. Dann waren sie also wenigstens nicht die Einzigen.

In Logans Tasche dudelte das Handy. »McRae?«

»Hallo? Sind Sie das, Logan?« Doc Fraser. *»Hallo?«*

»Doc, was kann ich für Sie –«

»Erinnern Sie mich doch noch mal: Wieso habe ich mich eigentlich von Ihnen überreden lassen, aus dem Ruhestand zurückzukommen?«

»Es –«

»Wir haben gerade die DNS-Ergebnisse für den Zeh reinbekommen, den Sie uns gebracht haben.«

Ein lange Pause trat ein.

»Doc?«

»BBC One.«

Logan hielt das Telefon an seine Brust. »Wer hat die Fernbedienung?«

Allgemeines Achselzucken. Dann hob Rennie die Hand. »Hab sie gefunden.«

»BBC One.«

Der Flachbildfernseher an der gegenüberliegenden Wand erwachte zum Leben – es lief irgendein Kinderprogramm. Dann klickte es, und man sah den Presseraum des Präsidiums. DCI Finnie, DCS Bain, der Saftsack Green von der SOCA und der Pressesprecher saßen wie die Hühner auf der Stange hinter einem Tisch mit Mikrofonen darauf.

Die Einblendung am unteren Bildrand verkündete: »BREAKING NEWS – UNTERSUCHUNGEN BEWEISEN: ABGETRENNTER ZEH STAMMT NICHT VON JENNY MCGREGOR.«

Steel sprang so hektisch von ihrem Stuhl auf, dass die Vernehmungsprotokolle wild durch die Gegend flogen. »Scheiße …«

»Wieso habe ich mich von Ihnen dazu überreden lassen?« Doc Fraser raschelte mit irgendetwas herum. *»Muss wohl verrückt gewesen sein …«*

Im Fernsehen stieß DCS Bain mit zusammengebissenen Zähnen hervor: *»Das habe ich nicht gesagt; ich stelle lediglich fest: Die DNS-Untersuchung beweist, dass der Zeh von einer unbekannten Person stammt.«*

»Was ist passiert, verdammt noch mal?«

»Ich habe Sheila gesagt, sie soll die üblichen Analysen durchführen – darauf hat sie Proben ans Toxikologielabor geschickt, und auch die DNS. Das ist die normale Praxis.«

Eine spindeldürre Reporterin mit brauner Wuschelfrisur hob die Hand. *»Chief Superintendent, wieso hat die Grampian Police gestern behauptet, der Zeh stamme von Jenny?«*

Doc Fraser fuhr fort: *»Wir haben die verflixte DNS erst heute zurückbekommen. Wer immer das Blut von dem Erpresserbrief ins Labor geschickt hat, hat sich nicht die Mühe gemacht, auch eine Gewebeprobe beizulegen.«* Ein gedehnter Seufzer drang an Logans Ohr. *»Das Blut stammt von Jenny, aber nicht der Zeh.«*

»Oh, verdammter Mist.«

Rennie zeigte mit der Fernbedienung auf den Apparat. »Aber das ist doch gut, oder nicht? Es heißt, dass Jenny gar nicht tot ist – sie lebt noch.«

»Chief Superintendent, wird der Gedenkgottesdienst für Jenny dennoch stattfinden?«

»Dazu kann ich wirklich nichts sagen.«

Doc Fraser schniefte. *»Logan, Ihr Chef tobt wegen dieser Sache wie ein abgebrochener Godzilla, und wenn er mich noch ein Mal einen Idioten nennt, dann übernehme ich keine Verantwortung mehr für mein Tun, verstanden?«*

»Ich weiß, Finnie kann manchmal ein bisschen –«

»Ich habe den Dienst quittiert, um von so einem Scheiß künftig verschont zu bleiben!« Der Rechtsmediziner legte auf.

»Ich kann leider keine weiteren Fragen beantworten –«

»Michael Larson, Edinburgh Evening Post: *Sind Sie jetzt bereit zuzugeben, dass das Ganze nur ein schlechter Scherz war, der auf das Konto der Produktionsfirma von* Britain's Next Big Star *geht?«*

»– Pressekonferenz hiermit für beendet.«

»Beantworten Sie die Frage, Chief Superintendent!«

Die vier auf dem Podium standen auf und marschierten davon, angeführt von einem vor Wut zitternden Finnie.

»Chief Superintendent!«

»Wow …« Rennie rieb sich den Nacken und löste dabei eine

kleine Lawine von Hautschüppchen aus, die in der Sonne glitzerten. »Finnie scheint ja wirklich *stinksauer* zu sein.«

Logan sah zu, wie die Tür am hinteren Ende des Presseraums zufiel, worauf die Journalisten und Kameraleute sich sofort hastig für ihre Livereportagen in Position brachten. Ein Mann mit teigigem Teint und überkämmter Glatze erschien auf dem Bildschirm, in der Hand ein Mikrofon. *»Sie haben es mitbekommen, meine Damen und Herren. Die Grampian Police räumt ein, dass der Anfang der Woche gefundene abgetrennte Zeh nicht von –«*

Der Bildschirm wurde schwarz.

DI Steel warf die Fernbedienung auf den Tisch. »Okay, ihr Drückeberger, ab an die Arbeit. Das ändert rein gar nichts – wir müssen nach wie vor den Mörder eines kleinen Mädchens finden.«

Die Zweierteams drängten sich zur Tür hinaus und unterhielten sich aufgeregt über Jenny McGregors wundersame Rückkehr von den Toten.

»Du nicht, Laz.«

Logan erstarrte auf der Schwelle.

»Rennie!«

Der Constable kam zurück und steckte den Kopf zur Tür herein. »Madame haben geläutet?«

»Teilen Sie Laz' Anteil an Pädos und Vergewaltigern unter den anderen Teams auf; wir gehen ein bisschen gedenken.«

18

»Nein, es ist definitiv kälter geworden.« Rennie trat von einem Fuß auf den anderen, legte den Kopf in den Nacken und ließ die Luft in einem langen Strom entweichen. Ein dünnes weißes Wölkchen stieg von seinen Lippen auf. »Seht ihr! Was hab ich gesagt?«

»*Aye*, sehr clever.« Steel kniff die Augen zusammen und spähte zu der Schlange von Honoratioren hinüber, die sich durch die Tür der St. Nicholas Kirk schob. Dabei hielt sie ihr Handy ans Ohr gedrückt. »Nein, nicht Sie, Sir … Ja, das denke ich auch …«

Der Friedhof war ein einziges Meer von Gesichtern – Schulter an Schulter standen die Menschen von der Kirche bis zu der Kolonnade, die das Areal zur Union Street hin abschloss. Eine Reihe von orangefarbenen Verkehrskegeln und ein Polizeiband hielt die Menge von dem breiten Fußweg zur Kirche fern. Es mussten mindestens tausend Menschen hier versammelt sein, wahrscheinlich mehr. Kamerateams und Fotografen standen in kleinen Grüppchen beisammen und richteten ihre Objektive auf die wogende Menge.

Rennie wippte auf den Fußballen auf und ab. »Schon jemand Berühmtes entdeckt?«

Logan ignorierte ihn. Fast alle trugen Schwarz, manche hielten knallbunte Teddybären in den Händen, andere Blumensträuße, an denen noch die Preisschilder von Asda, Tesco oder der Tankstelle um die Ecke klebten.

»Vielleicht hatten sie ja keine Zeit, heimzugehen und sich umzuziehen, was meinst du?« Rennie nickte, wie um sich selbst zuzustimmen. »Ich wette, die Hälfte von denen ist richtig enttäuscht, dass Jenny plötzlich nicht mehr tot ist. Wie soll man auch um ein kleines Mädchen trauern, wenn es noch am Leben ist?«

»Alter Zyniker.« Steel hielt sich das Handy an die Brust. »Ui, ist das nicht der Dings aus dem Fernsehen? Was war's noch mal – *EastEnders*?«

»Wo?« Rennie hüpfte auf und ab. »Boah, tatsächlich! Wie cool ist das denn? Und seht mal, er hat Melanie von *Coronation Street* dabei! MELANIE! MELANIE, DU BIST FANTASTISCH!«

»Herrgott noch mal!« Logan schlug ihm auf den Arm. »Wann wirst du endlich erwachsen? Und so was will Polizeibeamter sein …«

Rennie grinste. »Ob wir sie nach dem Gottesdienst vielleicht treffen können?«

Steel steckte sich einen Finger ins Ohr, um ihr Telefonat fortzusetzen. »*Aye*, Sir, ist ein bisschen laut hier – im Fernsehen wird gerade der Gedenkgottesdienst übertragen … Wer kümmert sich darum herauszufinden, wo der Zeh herkam? … Oh.« Sie ließ ein wenig den Kopf hängen. »Nein, nein, ich bin sicher, Sie wissen, was Sie tun …« Sie klappte ihr Handy zu.

»Wundert mich, dass sie es trotzdem noch durchziehen.« Logan lehnte sich an einen mit Flechten überzogenen Grabstein. Der Name war auf dem verwitterten Granit kaum noch zu entziffern. »Was hat es für einen Sinn, einen Gedenkgottesdienst abzuhalten, wenn sie nicht mal tot ist?«

»Ist zu spät, jetzt noch einen Rückzieher zu machen. Schau dich doch um …« Steel deutete mit einem Schwenk ihrer Hand auf die wuselnde Menge, die den Friedhof ausfüllte, die Fernsehteams, die riesigen Leinwände und Lautsprecher. »Eine Hommage an das Leben eines kleinen Mädchens – und endlich schauen diese ganzen Berühmtheiten auch mal in Aberdeen vorbei. Sie sind sowieso schon hier – was sollen sie denn sonst machen? Auf den Rummelplatz gehen und ein paar Runden Autoscooter fahren?«

»Ui, boah! Guck mal, da ist Robbie Williams!« Rennie hüpfte auf und ab und rief »ROBBIE!« – es fehlte nur noch, dass er dabei in die Hände klatschte.

»Das nächste Mal boxe ich dich nicht – dann kriegst du mein Knie in die Eier!«

Rennie zog einen Flunsch. »Inspector …?«

»Führ dich nicht so arschig auf, Laz. Rennie, laufen Sie

los und machen Sie sich von mir aus in Ihr promigeiles Höschen.«

»Danke, Chefin!« Rennie bahnte sich einen Weg durch die Menge auf die Prozession von VIPs zu. »O Mann, da ist der Typ aus *Cash in the Attic*!«

Logan sah ihm nach. »Wenn wir das nächste Mal beim Tierarzt sind, lass ich ihn kastrieren.«

»Ach, lass dem kleinen Lümmel doch seinen Spaß.« Sie zog ihre Pseudozigarette aus der Tasche, schaltete sie ein und paffte ein wenig. »Finnie lässt ein Team sämtliche Vermisstenanzeigen von Kindern durchgehen, um vielleicht eins zu finden, zu dem der Zeh passt. Irgendwo müssen die Schweine ihn ja herhaben.«

Logan stieß sich von dem Grabstein ab, dessen Kälte durch seine Anzugsjacke zu dringen begann. »Wenn es tatsächlich ein Pädophilenring ist, dann haben sie das Kind vielleicht schon seit Jahren in ihrer Gewalt…« Welch tröstlicher Gedanke. »Vielleicht ist sie auch gar nicht von hier – sie könnten sie ja bei den Osteuropäern gekauft haben.« In diesem Fall würden sie vermutlich nie erfahren, wer sie war. »Wer leitet die Ermittlungen?«

Steel zog die Mundwinkel herunter und sog lange und kräftig an ihrer Plastikzigarette. »McPherson.«

»Du machst *Witze* – die lassen McPherson die Ermittlung leiten? Ausgerechnet DI Desaster?«

»Er muss ja nur die Vermisstenberichte durchgehen und DNS-Proben einholen. Das kann nicht mal ein McPherson versemmeln.« Sie nahm noch einen Zug. »Hoffe ich jedenfalls…«

Rennie hatte sich inzwischen bis zur Absperrung vorgearbeitet und winkte jemandem zu, den Logan irgendwie schon mal im Fernsehen gesehen hatte.

»Ich glaub's einfach nicht, dass sie *McPherson* die Leitung einer Mordermittlung anvertraut haben.«

»Jetzt krieg dich mal wieder ein, ja?« DI Steel kratzte sich ein wenig unter dem Arm. »Mit ein bisschen Glück haben wir den Kerl längst einkassiert, bevor McPherson irgendwas verbocken …« Sie spitzte die Lippen. »Da ist er.«

»Wer?«

Sie deutete auf einen Glatzkopf mit lächerlichen Koteletten und einem Unterlippenbärtchen in Form eines Klovorlegers. Gordon Maguire – der Geschäftsführer von Blue-Fish-Two-Fish Productions. Schicker schwarzer Anzug und teuer aussehendes T-Shirt mit einem Totenkopf drauf. Sonnenbrille, breites Zahnpastagrinsen.

Er winkte in die Menge, während er auf die Kirche zuschlenderte, und verteilte hier und da Autogramme.

»Willst du ihn befragen?«

»Alternative Ermittlungsansätze, Laz. Schau zu und lerne.«

»Du denkst, er …« Logan riss die Augen auf. Jemand war unter dem blau-weißen Band hindurchgeschlüpft und stand jetzt auf dem Weg – ein zerknittertes, kinnloses Knochengestell mit einer gewaltigen Hakennase. Michael Larson, der Idiot von der *Edinburgh Evening Post.*

Ein Fotograf stolperte hinter ihm auf den Weg. Klick, blitz, surr, klick …

»Mr. Maguire, ist es wahr, dass Sie sich den Zeh eines toten Mädchens besorgt haben, um die Leute dazu zu bringen, Ihre sogenannte ›Benefiz-CD‹ zu kaufen, während –«

»Vollkommener Quatsch, wir sind hier, um die Tatsache zu feiern, dass Jenny noch am Leben ist.« Maguire drehte sich um und stieß die Fäuste in die Luft. »JENNY LEBT NOCH!«

Jubel brandete auf.

»Mr. Maguire, Ihre Firma –«

»Ich finde es absolut widerlich, wie Sie diese furchtbare Tragödie ausbeuten, um Ihr Gossenblatt zu verkaufen. Sie sollten sich *schämen.* WIR ÜBRIGEN KONZENTRIEREN

UNS LIEBER DARAUF, JENNY UND IHRE MUTTER LEBEND WIEDERZUBEKOMMEN! STIMMT'S?«

Wieder laute Jubelrufe.

Der Blick des Reporters ging zu seinem Fotografen, der immer noch hektisch knipste, und wieder zurück. »Geben Sie einfach zu, dass Sie ein skrupelloser –«

»NICHTS IST MIR WICHTIGER ALS JENNYS UND ALISONS SICHERHEIT!«

Jubel.

Jemand streckte die Hand aus und schubste Michael Larson so fest, dass er auf der anderen Seite des Wegs über einen Plastikkegel stolperte, ehe er von einer anderen Hand wieder zurückgestoßen wurde.

»Lassen Sie die Finger von mir!«

Gordon Maguire legte dem Reporter die Hand auf die Brust und schob sich an ihm vorbei. »WIR HABEN KEINE ZEIT FÜR SOLCHE SCHMIERFINKEN, ODER?«

Ein donnerndes »NEIN!« hallte von den Grabsteinen wider.

Logan trat von einem Fuß auf den anderen und tastete nach der kleinen Pfefferspraydose in seiner Tasche. »Chefin?«

»Pah, ist ja nicht so, als ob Larson unbedingt alle seine Zähne braucht. 'ne kleine Tracht Prügel würde dem Burschen ganz guttun.«

Der Reporter wurde erneut gestoßen, diesmal so fest, dass er zu Boden ging. Dann ein Ächzen, als ein Stiefel in seinen Rippen landete. Und noch einer. Jetzt brach eine kleine Gruppe aus der Menge aus, trat auf den Weg, ohne auf das straff gespannte Absperrband zu achten, und zerrte den Reporter mit sich zwischen die Gräber. Schläge prasselten auf seinen Kopf und seinen Brustkorb nieder.

»DU SCHWEIN!«

»SO TYPEN WIE DU MACHEN MICH KRANK!«

»LOS, MACH IHN FERTIG!«

Steel seufzte und drehte am Filter ihrer E-Zigarette. »Wir sollten wohl etwas unternehmen.« Sie schob die Hände in die Taschen. Und starrte zu den Wolken hinauf.

»Na schön …« Logan zückte das Pfefferspray und schob sich durch die Menge. »POLIZEI! AUS DEM WEG!«

Bis er sich zum Fußweg durchgekämpft hatte, war Gordon Maguire schon wieder grinsend und winkend weitergegangen.

Logan stürzte sich in die Menschenmenge auf der anderen Seite. »AUSEINANDER!«

Füße trampelten auf Brust und Kopf des Reporters herum. Er lag zusammengekrümmt auf der Seite, hielt sich schützend die Arme vors Gesicht und kreischte: »HILFE!«

»AUSEINANDER, HAB ICH GESAGT!« Die Menge teilte sich vor Logan. Schwarze Anzüge, Jeans, Röcke und Cargohosen bildeten einen kleinen Ring um die stöhnende, geschundene Gestalt am Boden. Blut rann aus Larsons Ohr, strömte aus seiner Nase. Sein Gesicht begann schon anzuschwellen.

»Elendes Pack …« Logan beugte sich über den Reporter. »Sind Sie okay?«

Stöhnen. Husten. Ein Schwall Blut ergoss sich auf das zertrampelte Gras, ein Zahn schimmerte rosa inmitten der dunkelroten Lache.

Logan fasste das als ein Nein auf.

»Sie sind alle verhaftet …« Er blickte auf, doch die Gesichter um ihn herum waren nicht mehr dieselben. Sie waren in der Menge untergetaucht, waren mit all den anderen schwarz gekleideten Gestalten verschmolzen. »Okay, wer war das?« Logan starrte die Mauer aus Menschen an, die Michael Larson umringte. Sie starrten auf den Boden oder auf die Großbildwände. Scharrten mit den Füßen. Nicht einer sah Logan oder den zusammengeschlagenen Reporter an.

Ein Getrappel von schweren Stiefeln auf dem Pflaster, und dann stand ein uniformierter Constable neben Logan. »Mein Gott, ist er okay?«

»Stehen Sie nicht so rum, verdammt, rufen Sie einen Krankenwagen!«

»O mein *GOTT*!« Eine füllige Frau in einem schwarzen Minirock schlug sich die Hand vor den Busen. »Ist das Ewan McGregor? EWAN! WIR LIEBEN DICH!« Sie hüpfte auf der Stelle wie ein Labrador auf Speed, während ein Mann blutend vor ihren Doc-Martens-Schuhen im Gras lag.

Als Larson endlich auf einer Krankentrage davongerollt wurde, hatte der Gottesdienst längst begonnen.

Die Organisatoren hatten auf dem Friedhof von St. Nicholas vier Großbildwände aufstellen lassen, die alle das Geschehen im Inneren zeigten. Ein unscheinbarer Mann im vollen Ornat der Church of Scotland predigte über Frieden und Verständigung, während draußen alle nur daran interessiert schienen, einen Blick auf die Promis zu erhaschen.

Logan arbeitete sich durch die Menge zurück zu dem Grabmal, wo er DI Steel zurückgelassen hatte. Sie lehnte an dem flechtenüberzogenen Granitblock und rauchte ihre künstliche Zigarette.

»Na, hast du die Situation gerettet?«

Logan blickte über die Schulter zurück. »Die Sanitäter sagen, er wird schon wieder: Gehirnerschütterung, Kieferbruch, gebrochene Rippen. Vielleicht eine ausgerenkte Schulter.«

»Hätte keinen Sympathischeren treffen können.« Sie blies ein kleines Dampfwölkchen in den Himmel, wo graue Wolken sich ausbreiteten wie Tintenkleckse auf Löschpapier.

»Wo ist Rennie?«

Sie wedelte mit der Hand in die ungefähre Richtung der

Kirche. »Betet wahrscheinlich gerade am Altar der Heiligen Wieheißtsienochmal von Girls Aloud.«

»Dieser Drückeberger –«

»Ach, nun entspann dich mal.« Sie drehte sich zum nächsten Großbildschirm um, wo der Pfarrer jetzt die Bühne räumte. »Wie oft kriegst du so was in Aberdeen schon zu sehen?«

»Meine Damen und Herren, Mr. Robbie Williams und Ms. Katie Melua werden jetzt für uns singen …«

Es knackte in den Lautsprechern, dann ertönte die Kirchenorgel – und spielte das Intro von *Wind Beneath My Wings.*

»O Gott, nicht schon wieder!«

Und dann in Großaufnahme Mr. Williams und Ms. Melua mit ihren Mikros in der Hand.

Auf dem Friedhof war es totenstill. Die Menge schien während der ersten zwei Strophen den Atem anzuhalten, doch sobald der Refrain einsetzte, fielen sie alle ein.

Logan beobachtete, wie die Frau, die vorhin lautstark ihre Liebe zu Ewan McGregor bekundet hatte, inbrünstig mitträllerte, die Hände in Operndiven-Manier über dem gewaltigen Busen verschränkt. Die Tränen strömten ihr über die Wangen, und sie war nicht die Einzige. Die Hälfte der Anwesenden schien sich vor Ergriffenheit fast in die Hose zu machen.

Dann begann jemand die alternative Textfassung zu singen, und sofort verbreitete sie sich wie ein Geschwür.

»Ist es denn zu fassen …« Logan drehte sich zu Steel um, doch sie sang auch mit.

Waren denn jetzt alle total durchgeknallt?

Als der Gottesdienst beendet war, schob Steel sich nach vorne, ihren Dienstausweis in der Hand. »Na los, aus dem Weg – Polizei!«

Kaum war Gordon Maguire aus der Kirchentür getreten, rammte sie Logan den Ellbogen in die Rippen. »Aufgepasst.«

Der Produzent marschierte breitbeinig den Weg entlang, die Arme über dem Kopf, die Finger zum Victory-Zeichen geformt. Wie ein kahlköpfiger Richard Nixon. »YEAH! COME ON, ABERDEEN!«

Jubelrufe.

Logan hob das Absperrband an, Steel schlüpfte darunter durch und baute sich direkt vor Maguire auf. »Tut mir leid, junge Frau, ich habe jetzt keine –«

»Wir möchten Sie kurz sprechen.« Sie hielt ihm den Dienstausweis unter die Nase.

»Ah, okay …« Er wich ein paar Schritte zurück. »Kann das nicht warten? Ich bin gerade wirklich sehr –«

»*Jetzt*, Mr. Maguire.«

»Aber ich muss meinen Flieger erreichen, es –«

»Wollen wir?« Logan fasste Maguire am Ellbogen und steuerte ihn zurück in die Kirche, wo sie einen kleinen, mit schwarzem Holz getäfelten Raum gleich neben dem Eingang in Beschlag nahmen. Es roch nach altem Wachs und noch älteren Zigaretten, die einzige Beleuchtung war eine nackte Neonröhre an der Decke. In einer Ecke waren Pappkartons gestapelt, und eine Vitrine gegenüber der Tür enthielt Spinnweben und verstaubtes Silberzeug.

»Hören Sie, wird das lange dauern? Ich muss, wie gesagt, meinen Flieger –«

»Sie gehen nirgendwohin, bis ich es Ihnen sage.« Steel lächelte ihn an. »Sie müssen sich ja eine goldene Nase verdienen, bei der ganzen Publicity?«

Maguire zuckte mit den Achseln. »Ich kann mich nicht beklagen.«

»*Aye*, kann ich mir vorstellen. Wie viel ist denn inzwischen im Topf?«

Er zog eine Schachtel Silk Cut aus der Tasche. »Ich verstehe nicht, was das damit –«

»Rauchen verboten.« Logan nahm ihm die Zigaretten ab. »Beantworten Sie die Frage.«

Maguire sah ihn finster an. »Zwei und ein paar Zerquetschte. Millionen. Aber es ist ja nicht so, als ob ich irgendwas davon zu sehen kriege, okay? Es sind alles Downloads. Jeder Penny fließt auf ein gekennzeichnetes Konto, und es ist für das *Lösegeld.* Ich kann überhaupt nicht darauf zugreifen.«

Steel schürzte die Lippen. »Und was passiert denn, wenn wir Jenny und ihre Mutter gesund und munter aus den Händen der Entführer befreien? Was passiert dann mit Ihren zwei Millionen plus?«

Maguire räusperte sich, fuhr sich mit der Hand über den Nacken. »Ich *nehme an*, es würde für wohltätige Zwecke gespendet werden … oder so … Nach Abzug der Verwaltungskosten.«

»*Aye*, ganz bestimmt.«

»Sie können nicht einfach –«

»Ist das alles eine einzige große PR-Aktion?« Logan warf die Schachtel Silk Cut von einer Hand in die andere. »Haben Sie das Ganze inszeniert?«

Maguire nahm seine modische Brille ab und kniff sich in die Nasenwurzel. »Jetzt hören Sie mir mal zu, ja? Okay, die Vorbestellungen für das Album sind gigantisch, aber ohne Alison und Jenny kann ich das verdammte Ding nicht zu Ende produzieren. Wir haben rund die Hälfte der Tracks in der Kiste, und ich habe nur noch drei Wochen, um den Rest aufzunehmen.«

»Lenken Sie nicht –«

»*Drei Wochen* – danach fordert die Bank meinen Überziehungskredit zurück. Alles, was wir besitzen, steckt in der Produktion von *Britain's Next Big Star.* Orchester, Backgroundchöre, klassische Partituren, Lizenzgebühren, Kameras, Crews, Sets … Die Kosten sind erdrückend. Aber wir können keine halben Sachen machen, weil wir gegen die Konkurrenz von *X-Factor* und *Britain's Got Talent* und *England sucht Andrew Lloyd Webbers nächsten Weißderteufelwas* antreten. Wenn wir Erfolg haben, machen wir einen Haufen Kohle, aber im Moment schlittert die ganze Produktionsfirma auf einer Messerklinge in die Liquidation und muss den eigenen Sack als Bremse benutzen.«

Maguire fuhr sich mit der Hand über den kahlen Schädel. »Und Sie denken sicher, dass meine Investoren sich angesichts der ganzen Publicity die Hände reiben, nicht wahr? Aber *nein*, das elende Räuberpack wartet nur darauf, dass wir baden gehen, damit sie sich hundert Prozent unter den Nagel reißen können. Dann lassen sie die nächste Staffel von einer litauischen Billigfirma produzieren und streichen die Differenz ein. Ihr von der Polizei könnt froh sein – die gewöhnlichen Diebe haben wenigstens noch so was wie Ehre im Leib. Fernsehproduktionsfirmen sind wirklich das Allerletzte.«

Steel spielte mit ihrer E-Zigarette herum. »Sie sind also nicht derjenige, der uns einen abgetrennten Zeh geschickt hat?«

Er schloss die Augen. »Nein, ich habe Ihnen keinen Zeh geschickt. Wo bitte soll ich einen *Zeh* hernehmen?«

»Sie haben für ein bisschen Publicity schon Schlimmeres gemacht – wie die Sache mit den Tampons –«

»Das war nicht mal echtes Blut! Wir haben sie in so künstliches Zeug getunkt, das wir im Internet bestellt hatten, okay? Wir sind eine kleine Firma, wir tun alles, um ins Gespräch zu kommen. Alison und Jenny haben das nicht *nötig* – sie werden *Britain's Next Big Star* gewinnen … Sie *hätten* es gewonnen. Weiß der Geier, was jetzt passiert.« Er kniff sich wieder in die Nase. »Hören Sie, ich will sie wiederhaben. Wenn sie wiederkommen, werden die Einschaltquoten in den Himmel schießen, wir können das Album fertigstellen, Blue-Fish-Two-Fish muss nicht Konkurs anmelden, alle machen ein Schweinegeld und leben glücklich bis ans Ende ihrer Tage.«

Steel starrte ihn finster an. »Ach ja? Wissen Sie, was ich denke? Ich denke –«

Die Tür flog mit einem Knall auf.

DCI Finnie betrat den kleinen Raum. Hinter ihm konnte Logan Superintendent Green und Interims-DI Mark MacDonald sehen, die sich im Korridor drängten.

»Inspector Steel.« Finnies gummiartige Züge verformten sich zu einem halben Lächeln. »Ich dachte, Sie sollten nach einem Pädophilenring fahnden. Habe ich mir das nur *eingebildet*? Oder haben Sie es auf irgendeine wundersame Weise geschafft, sämtliche Sexualstraftäter in der Grampian-Region zu überprüfen und trotzdem noch Zeit für einen kleinen Stadtbummel zu finden? Hmmm?«

19

»Tagchen, Chef. Wenn Sie auf ein Autogramm von Kylie Minogue spekuliert haben, kommen Sie zu spät – die ist schon abgezogen. War beleidigt, weil ich nicht mit ihr in die Kiste hüpfen wollte.«

»Muss ich Sie *wirklich* daran erinnern, *Inspector*, dass ein kleines Mädchen bereits tot ist und dass wir nur noch fünf Tage Zeit haben, um zu verhindern, dass Alison und Jenny McGregor das *gleiche* Schicksal ereilt?«

Sie standen da und starrten einander an.

Steel schniefte und steckte ihre E-Zigarette wieder ein. »Ich bin sowieso fertig mit Mr. Maguire.«

»Interims-DI MacDonald.« Finnie richtete sein falsches

Lächeln auf Mark. »Seien Sie doch so freundlich und *eskortieren* Sie Mr. Maguire aufs Präsidium.«

»Oh, ich bitte Sie!« Der Produzent warf die Hände in die Luft. »Ich muss den verdammten Flieger erwischen! Unsere Live-Übertragung der Tribute-Show beginnt in –«

»Denn er will *ganz bestimmt* nicht den Eindruck erwecken, er verweigere zu diesem heiklen Zeitpunkt die Zusammenarbeit mit der Polizei. Nicht wahr, Mr. Maguire?«

»Herrgott … Okay, okay.« Er schob sich an ihnen vorbei in den Korridor. »Bringen wir's hinter uns.«

»Hervorragend.« Finnie beäugte Logan mit gekräuselter Oberlippe. »Wenn Sie nichts dagegen haben, Sergeant, würde ich gerne *unter vier Augen* mit DI Steel sprechen. Vielleicht könnten Sie die Zeit nutzen und kurz bei der Internen Dienstaufsicht vorbeischauen? Wie ich höre, möchte man sich dort gerne mit Ihnen über gewisse Vergewaltigungsvorwürfe unterhalten.«

Mist. Das war's dann wohl mit Plan A.

»Ja, gut.« Logan zwängte sich zur Tür hinaus, und Finnie schloss die Tür.

Ein gedämpfter Wortwechsel war zu hören.

Draußen im Korridor nickte Superintendent Green, als wären sie sich gerade über etwas einig geworden. »So, so, Detective Sergeant …?«

»McRae. Logan. Sir.«

Wieder ein Nicken. »Aha.« Er legte den Kopf schief und starrte Logan an, während sich zwischen seinen Augenbrauen eine kleine Falte bildete. »Vergewaltigung?«

»Bloß die Lügengeschichten einer Fixerin. Sie meint, sie könnte mich erpressen, damit ich die Drogen rausrücke, die wir bei ihrem Freund beschlagnahmt haben.«

»Aha … Und haben Sie schon einmal in einem Entführungsfall ermittelt, Sergeant? Ich rede von *echten* Entführungen, nicht bloß von Drogendealern, die sich gegenseitig von der Straße weg kidnappen: Lösegeldforderungen, Körperteile in der Post und dergleichen mehr?«

Nein, aber du schon, du selbstgefälliges Arschloch, wie? »Nicht so richtig, Sir. Entführungen sind bei uns im Nordosten nicht gerade an der Tagesordnung.«

Wieder nickte Green, und dann klopfte er Logan auf die Schulter. »Gehen Sie doch ein Stückchen mit mir, Sergeant.«

Der Superintendent drehte sich um und trat hinaus auf den Friedhof, der sich allmählich leerte. Jetzt, da die Fernsehkameras ausgeschaltet und die ganzen Promis abgezogen waren, wollten alle nur ganz schnell nach Hause und nachsehen, ob der DVD-Rekorder auch alles aufgenommen hatte. Und ob sie es geschafft hatten, ins Fernsehen zu kommen.

Green sah auf seine Füße hinunter, während sie von der Kirche in Richtung Tor gingen, über große graue Steinplatten, die zu einem breiten, mäandernden Fußweg ausgelegt waren. Vor einem großen, rechteckigen Granitblock blieb er stehen. Es war ein Grabstein, der mit der Vorderseite nach oben mitten auf dem Weg lag, der Name des Verstorbenen von Generationen schlurfender Füße fast ausgelöscht. »Als ich klein war, ist mein Vater jeden Sonntag mit mir in die Kirche gegangen, nachdem Mutter …« Er zog die Stirn in Falten. »Na, jedenfalls, eines Tages sagte er zu mir: ›Siehst du das? Dieser Name da unter deinen Füßen? Wir gehen gerade über tote Menschen.‹ Und ich hätte mir fast in die Hose gemacht. Ich war ungefähr fünf, glaube ich. Danach hatte ich monatelang Alpträume.« Green machte einen Schritt und stand jetzt genau auf dem Grabstein. »Warum nennt Inspector Steel Sie ›Laz‹?«

»Kleiner Scherz unter Kollegen.«

Green hob das Kinn, straffte die Schultern und blickte über den sich leerenden Friedhof hinweg. »Bei diesem Fall müssen wir alle Register ziehen, Sergeant. Es ist von entscheidender Wichtigkeit, Jenny freizubekommen, ehe ihr irgendetwas zustößt.«

Ach *nee.* »Ja, Sir.«

»Normalerweise würde ich erwarten, dass die Entführer ein reiches Kind kidnappen und den Eltern eine Lösegeldforderung schicken, verbunden mit der Warnung, die Polizei aus dem Spiel zu lassen, weil das Kind sonst stirbt. Und einer Aufforderung, das Geld an einem geheimen Ort zu übergeben. Alles in strengster Verschwiegenheit.« Seine Augen verengten sich. »Aber das hier …«

Er sah aus, als rechnete er damit, dass jeden Moment die dramatische Filmmusik einsetzte.

»Sie entführen zwei Menschen vor den Augen der Öffentlichkeit – zwei Menschen, die sonst keinerlei Verwandte haben –, und anstatt ihr schäbiges Geschäft im Verborgenen abzuwickeln, schicken sie ihre Lösegeldforderungen an die Zeitungen. Sie *wollen*, dass die Polizei eingeschaltet wird.«

Na los, sag's schon …

»Wir haben es hier nicht mit gewöhnlichen Entführern zu tun, Logan.«

Ta-taaa, ta-taaa, ta-taaa!

»Nein, Sir.«

Als ob sie nicht schon von selbst auf diese Perle der Weisheit gekommen wären.

NEIN! NEIN! NEIN! NEIN! Sie versucht sich loszuwinden, aber das Monster in Weiß hält sie ganz fest, schlingt seine raschelnden Papierarme um sie und hebt sie hoch.

»Stillhalten, du kleine Rotzgöre!« Seine Stimme ist ganz komisch – hart und metallisch wie bei einem Roboter, wie die silbernen Monster bei *Doctor Who*, wie ein Cyberman.

Ihr Absatz stößt in etwas Weiches, Knautschiges.

Ein Summen, ein Knistern. »Scheiße, Mann…« Und die Arme lassen sie los.

Sie fällt auf die blanken Bodendielen. Das Monster taumelt, stützt sich mit einer Hand an der mit Farbe besprühten Wand ab und hält sich mit der anderen den Pimmel.

Sie rappelt sich auf und rennt zur Tür. Schnell rüber zu Mami, wo das Bett ist, wo –

Urgs…

Ihre Füße fliegen unter ihr weg, als die Kette um ihren Hals sich strammzieht.

»Komm sofort zurück, du kleine Mistgöre!«

Mamis Stimme ruft aus dem Nebenzimmer: »Tut ihr nicht weh! Ihr habt versprochen, ihr nicht wehzutun!«

»Hat mir voll in die Eier getreten!«

Sie wird über die Holzdielen rückwärtsgeschleift und rudert wild mit Armen und Beinen.

»MAMI!«

»IHR HABT ES VERSPROCHEN!«

Rumms. Sie liegt auf dem Bauch, mit einem schweren Gewicht auf dem Rücken, warm und raschelig. Das Monster packt sie am Handgelenk, wickelt etwas darum und zieht. Es macht *Zzzzzipp*, dann kommt die andere Hand dran, und dann sind ihre Arme beide hinter dem Rücken gefesselt.

»MAMI! MAMI! SIE –«

Eine lila Hand hält ihr den Mund zu. Sie riecht wie Fahrradreifen an einem heißen Tag.

»Tom, steh nicht rum wie ein Ölgötze!«

Noch so ein schweres Gewicht, das ihre Beine auf den Boden drückt.

Zzzzzipp. Zzzzzipp. Und jetzt sind auch ihre Füße zusammengebunden. Ein kratziges, ratschendes Geräusch, dann wird die Hand von ihrem Mund weggenommen, und ein klebriger Streifen wird draufgeklatscht. Sie kriegt nicht mal mehr die Lippen auseinander. Sie kann nur noch schnaufen und brummeln und winseln.

Dann lassen die Monster von ihr ab.

Sie zappelt so wild, wie sie nur kann, flappt herum wie ein Goldfisch auf dem Badezimmerboden. So ergeht es bösen kleinen Mädchen …

»Verdammter Mist. Sieht aus, als ob sie einen Anfall hat.«

Sie rutscht hin und her, windet sich. Sackt zusammen … bäumt sich wieder auf … zuckt. Liegt keuchend auf den Bodendielen, während Tränen von ihrer Nase tropfen.

Ein anderes Monster kommt herein und schlägt die Tür hinter sich zu. »Hört ihr zwei vielleicht mal auf mit dem Scheiß?« Eine Monster-Frau – an der Cyberman-Stimme kann man es schlecht erkennen, aber sie hat einen Busen. An ihrer weißen, knitterigen Brust steckt ein Schildchen, darauf steht oben »Hallo, mein Name ist«, und darunter WILLIAM.

Alle Monster haben solche Schildchen. »TOM« und »SYLVESTER« treten einen Schritt zurück und starren auf Jenny herab.

WILLIAM verschränkt die Arme. Jede Bewegung macht so ein raschelndes Geräusch. Es ist keine Haut, wie sie gedacht hat, als sie in ihr Zimmer kamen, um sie zu holen, sondern dieses Zeug, das die Polizisten im Fernsehen immer anhaben, wenn etwas Schlimmes passiert ist. Klebrige lila Handschuhe, blaue Duschhauben an den Füßen. So Plastikmasken, die ihre Gesichter verdecken und sie wie Roboter aussehen lassen. Das passt zu den scheußlichen Schepperstimmen. »Wo ist Colin?«

TOM zuckt mit den Schultern. Dann deutet SYLVESTER hinter sich. »Musste kotzen.«

»Herrgott noch mal …« Sie nickt. »Hol ihn her.«

»Aber –«

»Jetzt!«

Roboter, die sich streiten.

»Okay, okay…« SYLVESTER läuft hinaus, seine Füße schlurfen über den Boden.

»Leg sie auf den Tisch.«

TOM packt sie am Kragen und am Bund ihrer Schlafanzughose und hebt sie hoch. »Wehe, du zappelst wieder – dann lass ich dich auf den Kopf knallen, kapiert!«

Sie hält sich ganz still.

»Braves Mädchen.«

Braves kleines Mädchen.

Rumms – Tom schmeißt sie auf den Tisch. Legt ihr eine schwere Hand auf den Rücken und hält sie damit fest.

WILLIAM, die Monster-Frau, stellt sich vor sie. »Hör auf zu heulen – wenn du brav bist, ist es ganz schnell vorbei.«

Die Tür knallt.

Jenny blinzelt die Tränen weg. Es ist SYLVESTER, der mit dem anderen Monster zurückkommt. Das hat »COLIN« auf der Brust stehen und eine kleine Plastikbox in der Hand.

WILLIAM schaut ihn nicht an. »Los, mach schon.«

COLIN räuspert sich. »Ich… ähm… Also, es ist nur… Ich meine, müssen wir das wirklich tun? Können wir nicht einfach noch ein Foto an die Zeitungen schicken oder so?«

»Du hast gehört, was sie in den Nachrichten gesagt haben.«

»Aber ich hab so was noch nie… Sie ist doch noch ein kleines Mädchen.«

»Ich *weiß*, was sie ist. Und jetzt mach verdammt noch mal deine Arbeit. Oder soll ich David sagen, dass du dich weigerst? Willst du das wirklich?«

»Aber ich –«

WILLIAM packt ihn vorn an seinem knittrigen weißen Anzug. »Wozu bist du denn überhaupt gut, wenn du nicht mal so eine simple Operation hinkriegst?«

»Aber eine Amputation ist nicht bloß… Denk an das

Infektionsrisiko. MRSA, Sepsis, Blutgerinnsel, Schock – Was ist, wenn –«

»Mach – deinen – verdammten – Job!«

Sie lässt ihn los und tritt zurück. Starrt auf seine blauen Füße hinunter. Und nickt.

»Du musst ihr den Ärmel hochkrempeln.«

Ihre Schultern brennen wie Feuer, als TOM ihr den Arm verdreht und den Ärmel ihres Schlafanzugs bis zur Achselhöhle hochzieht.

Bitte nicht. Bitte nicht. Bitte nicht.

COLIN stellt die Plastikbox auf den Tisch. Macht sie auf. Sie sieht glänzende, spitzige Sachen darin funkeln. Dann nimmt er ein kleines Döschen und eine große Nadel raus. Er kramt wieder in der Box und greift nach einem kleinen Alutütchen. Reißt es auf und nimmt ein kleines Tüchlein heraus. Er wischt ihr damit über die Ellenbeuge, und es fühlt sich ganz kalt an auf der Haut.

Dann zieht er die Spritze auf.

»Es tut mir leid …«

Es fühlt sich zuerst kratzig an, dann piekst es, wie von einem Bienenstich.

Noch einmal drübergewischt.

»Wir müssen es eine Minute wirken lassen.«

Sie blinzelt.

Der Bienenstich tut nicht mehr weh.

»Ich denke trotzdem, dass es nicht –«

»Niemand hat gesagt, dass du *denken* sollst, Colin.«

Blinzel, blinzel.

Sie ist auf dem Spielplatz, dreht sich auf dem Karussell, schneller und schneller, immer im Kreis herum, Bäume und Häuser und Monster sausen vorbei. Verschwommene Plastikgesichter; verzerrte, dröhnende Cybermen-Stimmen. Eine wuschelige Wärme breitet sich zwischen ihren Ohren aus.

Sie blinzelt noch einmal, aber ihre Augen bleiben zu.

20

»Also, warum *stand* denn nun Ihr Name auf ihrem Körper?« Chief Inspector Young lehnte sich auf seinem Stuhl zurück und musterte Logan über seinen geräumigen Schreibtisch hinweg. Sie hatten das Büro der Internen Dienstaufsicht für sich: drei Schreibtische, gerahmte Diplome und Fotos von händeschüttelnden Menschen an den Wänden, ein Regal mit juristischen Lehrwerken und Polizei-Handbüchern – und ein hartnäckiger Pfefferminzgeruch.

Young hatte die Ärmel hochgekrempelt, sodass seine kräftigen, stark behaarten Arme zu sehen waren. Er war überhaupt sehr kräftig gebaut, wie ein Rugbyspieler oder ein Profiboxer. Oder ein Mafia-Vollstrecker. Seine Knöchel waren von weißlichem Narbengewebe überzogen. Definitiv kein Typ, mit dem man sich ohne Not anlegte.

Logan blies die Backen auf. »Ich kann nur raten – vielleicht dachte jemand, sie würde sonst vergessen, nach wem sie fragen soll. Aber diese Idioten haben nicht mal dran gedacht, es verkehrt herum zu schreiben, damit sie es überhaupt lesen kann. Obwohl, so zugedröhnt, wie die war …«

Der Chief Inspector trommelte mit den Fingern auf der Schreibtischplatte herum und ließ dabei die Sehnen und Muskeln unter dem Pelz auf seinen Unterarmen tanzen. »Und verraten Sie mir doch, Sergeant, wieso sie glaubte, Sie würden ihr die Drogen aushändigen?«

»Weil sie genauso eine Idiotin ist?« Logan zuckte mit den Achseln. »Sie ist überzeugt, dass die Leute, von denen ihr Freund den Stoff gekauft hat, ihm etwas antun werden, wenn er nicht mit dem Geld rüberkommt. Was soll sie sonst machen?«

»Hmm …« Young stellte sein Trommelsolo ein. »Und haben Sie irgendetwas in die Wege geleitet?«

»Nun ja, Shuggie wird aufgrund der Razzia vom Donnerstagmorgen wegen Drogendelikten gesucht, und es ist ziemlich offensichtlich, dass er noch in Kontakt mit Trisha ist. Ich habe daher DI McPherson geraten, sie überwachen zu lassen.« Wieder ein Achselzucken. »Es ist sein Fall.«

»Tja, hoffen kann man ja immer …« Young begann wieder zu trommeln. »Wir haben Sie schon länger nicht mehr hier oben gesehen, Logan. Ich glaube, Superintendent Napier vermisst Sie.«

»Tatsächlich, Sir?« Er spähte über die Schulter zum Schreibtisch des Oberarschlochs. Alles blitzsauber aufgeräumt und exakt symmetrisch angeordnet.

Der Chief Inspector starrte ins Leere. »Sagen Sie mal … wie macht sich Interims-DI MacDonald denn so?«

Schweigen.

Logan rutschte auf seinem Stuhl hin und her. »Inwiefern, Sir?«

»Hat er sich schon gut eingewöhnt? Kommt er mit den Kollegen klar? Kann eine ziemliche Belastung sein, so von heute auf morgen vom DS zum DI aufzusteigen.« Young vermied jeden Blickkontakt.

»Ich bin sicher, er kommt damit gut zurecht.«

»Gut. Gut.« Eine Pause. »Auch mit dem McGregor-Fall und so weiter …?«

»Keine Probleme. Könnte nicht besser laufen. Er macht einen hervorragenden Job.«

Wieder eine Pause.

»Tja, dann will ich Sie mal nicht länger von Ihren Sexualstraftätern fernhalten.«

Das Dodgy Pete's war nicht gerade das, was man ein Szenelokal für die Jeunesse dorée der Stadt nennen würde. Eher schon so etwas wie ein Hospiz – eine Palliativstation für Alkoholiker auf dem Weg zum Dauerdelirium. Aber es war nur zwei Minuten Fußweg vom Munro House Hotel entfernt, und für Steel reichte das als Argument.

Das abgenützte Linoleum machte ratschende Geräusche und versuchte sich an Logans Sohlen festzuklammern, als er Steel zum Tresen folgte. Ausnahmsweise war im Pub richtig was los: Ein Dutzend Gäste verteilten sich paarweise in dem niedrigen Raum und starrten zu dem Breitbildfernseher an der Wand auf. Es lief Fußball: Aberdeen zu Gast beim VfB Stuttgart. Die Heimmannschaft führte zwei zu null.

Der Wirt stand geduckt am hinteren Ende der langen Hartholztheke und unterhielt sich halblaut mit einer mageren jungen Frau in Cargohose und einem Kapuzenshirt in Tarnfarben. Auf der Fläche zwischen den beiden lag etwas, aber Logan hatte keine Zeit zu erkennen, was es war, ehe sie es schnappte und in dem schwarzen Rucksack zu ihren Füßen verschwinden ließ.

Steel schlug mit der Faust auf den Tresen und kletterte auf einen Hocker, dessen roter Kunstlederbezug von grauem Isolierband zusammengehalten wurde. »Eh, Pete, hör auf, das junge Sexbömbchen da anzubaggern, und lass lieber mal was zu trinken rüberwachsen.«

Der hünenhafte Mann schniefte. Dann drehte er sich um und kam herbeigestapft. Sein rotes Aberdeen-University-Sweatshirt war über dem Bauch zum Zerreißen gespannt. Pete strich sich mit einer Hand über seinen zotteligen Weihnachtsmann-Bart und beäugte die drei Gäste. »Das Übliche?«

Steel nickte. »Und noch zwei doppelte Grouse.«

»Bezahlen Sie dafür?«

Steel schob die Unterlippe vor. »Pete, ich bin schockiert. Willst du etwa andeuten, dass deine Freunde und Helfer von der Grampian Police hierherkommen und Drinks aufs Haus erwarten?«

»Das will ich sehr wohl andeuten.« Er holte zwei Pintgläser unter dem Tresen hervor, schob eines unter den Stella-Zapfhahn und das zweite unter den mit Deuchars IPA. Dann blickte er naserümpfend in Rennies Richtung. »Und was kriegt der Knabe mit dem Sonnenbrand?«

Der Constable schob die Brust raus. »Ich bekomme ein Pint –«

»Er kriegt 'ne Cola Light.« Steel holte ihre Pseudozigarette hervor. »Muss schließlich fahren.«

»Aber Chefin –«

»Gib ihm noch 'ne Tüte Krabbenchips.«

Dodgy Pete stellte das IPA auf einen welligen Bierdeckel, nahm dann zwei Whiskygläser und ließ in jedes einen doppelten Famous Grouse laufen, wobei er demonstrativ wartete, bis der kleine Plastik-Messbehälter unter dem Flaschenhals sich ganz gefüllt hatte. »Sonst noch 'n Wunsch?«

Das Mädchen in dem Tarnfarben-Pulli nahm seinen Rucksack und schlich lautlos zur Tür hinaus.

Steel drehte sich um und starrte ihr nach. »Du wirst doch hier nicht irgendwelche zwielichtigen Geschäfte abwickeln, Pete?«

»Meine Tochter. Nicht dass *Sie* das irgendwas anginge.« Er klopfte mit den Knöcheln auf die verklebte Theke. »Also, bezahlen Sie jetzt dafür oder nicht?«

»Entspann dich, Pete, hm? Kann ja auch nichts dafür, dass die Kollegen von der Gewerbeaufsicht dich wegen betrügerischen Einschenkens drangekriegt haben, oder?«

Sie gingen mit ihren Gläsern in den Nebenraum – kaum mehr als ein begehbarer Schrank, in dem gerade eben ein Tisch und zwei Sitzbänke Platz hatten. Steel ließ sich aufs Polster fallen, seufzte und nahm einen gewaltigen Schluck von ihrem Pint. »Ich kann heute Abend nicht ewig machen, Jungs – hab versprochen, dass es nicht zu spät wird.«

Logan nahm die Protokolle aus der Tasche und legte sie auf den Tisch. »Sechsundneunzig Mehrfach-Sexualstraftäter haben wir heute vernommen… Bis jetzt waren drei darunter, die eventuell Zugang zu Tierarztpraxen hatten. Keine Krankenhäuser – anscheinend hat der Staatliche Gesundheitsdienst es nicht so gerne, wenn registrierte Sexualstraftäter auf den Stationsfluren rumschleichen.«

Steel kratzte sich ein Weilchen. »Wer fragt bei den Tierärzten nach?«

Der Whisky schmeckte wie Torffeuer, brannte auf Logans Zunge und ließ sein Zahnfleisch kribbeln. Offenbar verzichtete Dodgy Pete neuerdings auch darauf, den Schnaps zu verdünnen. »DI Evans. Angeblich ist nirgendwo Thiopental abhandengekommen.«

Rennie schob sich eine Handvoll Chips in den Mund. »Was ist, wenn sie es im Internet gekauft haben?«

Steel starrte ihn an. »Trinken Sie Ihre Cola Light. Die Sache ist so schon kompliziert genug.« Dann wandte sie sich wieder an Logan. »Bist du sicher, was die Krankenhäuser betrifft?«

»McPherson sagt –«

»Ach du lieber Gott – sag bloß, das macht er auch noch? Wie war das noch mal mit dem sinkenden Schiff? Ich red mal mit Finnie, vielleicht können wir ja jemand anders…« Sie zog ein Gesicht. »Scheiße mit Vanilleeis – er redet ja nicht mehr mit mir.«

Logan runzelte die Stirn. »Ja, apropos – wieso haben wir Maguire denn nun eigentlich so getriezt? Er ist nicht in der Kartei, ich hab nachgeschaut.«

»Weil…« Sie drehte sich um und sah Rennie an. Dann fischte sie eine Handvoll Kleingeld aus der Tasche. »Da, kaufen Sie sich noch eine Tüte Chips.«

»Aber ich will gar –«

»Dann stellen Sie sich an den Spielautomaten oder was auch immer.« Pause. »Hauptsache, Sie verpissen sich mal für fünf Minuten.«

Rennie angelte sich zwei Pfundmünzen aus dem Haufen, nahm sein Glas und seine Chips und stand auf. »Na schön, von mir aus.«

Sie wartete, bis sie die kleine Nische für sich hatten. »Wir haben Mr. Glatzkopf so zugesetzt, weil unser Interims-DI MacDonald für diesen Teil der Ermittlungen zuständig war. Und ich vertraue ihm nicht. Okay?« Sie hob eine Hand. »Nicht, dass er nicht sauber wäre – es ist nur, dass er so verdammt hoffnungslos überfordert ist. Und ich weiß, dass Finnie genauso denkt, sonst wäre er nicht dort in der Kirche gewesen, um ihm die Hand zu halten.«

»Verstehe …«

»Laz, ich weiß, ihr Sergeants dort in eurem Kabuff haltet zusammen wie Pech und Schwefel, aber hier steht das Leben eines kleinen Mädchens auf dem Spiel. Da verstehe ich keinen Spaß mehr.«

Wo sie recht hatte … »Und was ist nun mit McPherson?«

Steel verzog das Gesicht und nahm einen Schluck von ihrem Whisky. »Überlass das wandelnde Desaster nur mir, wir werden –«

Der Rest ging unter in dem aufgeregten Stimmengewirr, das aus dem großen Raum drang: »LOS, JUNGE, AUF GEHT'S!« – »LAUF, DU FAULE SOCKE!« – »LOS, WEITER, WEITER!«

Der Ton am Fernseher wurde aufgedreht, und die Anfeuerungsrufe der Zuschauer im Stadion dröhnten aus den Lautsprechern. *»Hansson auf Paton, der an der Außenlinie durchstartet … Flanke auf Gibson … Gibson schießt und –«*

Plötzlich Stille.

»AAAH! SCHEISSE, MANN! NICHT JETZT!« – »PETE, WAS IST MIT DER VERDAMMTEN GLOTZE?« – »HAT ER IHN REINGEMACHT?«

Logans Handy klingelte. Er zog es aus der Tasche und sah aufs Display: Colin Miller.

»Colin?«

Der Fernseher plärrte wieder los: *»– unterbrechen wir das Programm für eine wichtige Meldung …«*

DI Steels Telefon klingelte jetzt ebenfalls. »Kann man nicht mal in Ruhe ein Gläschen trinken …?«

»… doch nicht zu glauben, oder?« Colin war bei dem ganzen Lärm kaum zu verstehen.

Logan steckte sich einen Finger in das andere Ohr. »Hallo? Colin?«

»Ich sagte, sie haben gerade wieder ein Päckchen geschickt – und zwar an die BBC! Ein Kumpel von mir arbeitet da, er hat mich eben angerufen.«

Verdammter Mist.

»Was ist es? Was haben sie geschickt?«

»Ich meine, wieso haben sie es nicht hierher geschickt? Sie schicken doch sonst immer alles zuerst hierher.«

»Colin! Was – haben – sie – geschickt?«

Steel war schon aufgesprungen. »Mist …« Sie hielt sich das Handy an die Brust. »Sie haben noch mehr Zehen an die BBC geschickt.«

Rennie kam wieder in die Nische geplatzt. »Ihr müsst unbedingt rüberkommen und sehen, was da grade im Fernsehen läuft!«

»Hab ich denn nicht alles getan, was sie verlangt haben? Nennt man das vielleicht fair?«

Alle Augen im Dodgy Pete's waren auf den großen Fernsehbildschirm gerichtet, wo ein Reporter mit militärisch strammer Haltung in eine Kamera sprach. *»… erst vor fünf Minuten hereinbekommen.«* Man sah eine gestochen scharfe Aufnahme von zwei winzigen Zehen. Hellrosa Haut, die Enden angeschwollen, die Schnittränder dunkel verfärbt. Anders als der große Zeh, der im Leichenschauhaus auf Eis lag, waren diese hier eindeutig einem lebenden Menschen abgeschnitten worden.

Colin meldete sich wieder: *»Laz? Laz, bist du noch da?«*

»Sei mal einen Moment still.«

»Die Zehen wurden ans Aberdeener Büro von BBC Scotland zugestellt, zusammen mit einer DVD und Anweisungen, den Film im Fernsehen zu senden. Die folgenden Aufnahmen enthalten drastische Szenen, die manche Zuschauer als schockierend empfinden könnten …«

Steel hielt ihr Handy wieder ans Ohr. »*Aye*, wir sehen es gerade.«

Der Bildschirm wurde schwarz, dann sah man ein Zimmer mit graffitiverschmierten Wänden, blankem Holzboden und zwei mit Brettern vernagelten Fenstern. Durch ein paar Ritzen in den Brettern drang Sonnenlicht herein. Die Kamera schwenkte herum, und der Autofokus brauchte eine Weile, um sich auf das neue Bild einzustellen: zwei winzige Füße, an den Seiten orangebraun verfärbt, der rosa Nagellack teilweise abgeplatzt.

Die beiden kleinen Zehen fehlten; die Stümpfe waren rot und geschwollen, die Haut über den Schnittflächen zusammengezogen und mit schwarzem Garn vernäht. Die Knoten sahen aus wie Spinnen, die aus dem entzündeten Fleisch hervorkrabbelten.

»Heilige Scheiße …« Irgendjemand in der Kneipe ließ sein Pintglas fallen, und man hörte das Klirren von splitterndem Glas.

Die Kamera schwenkte nach oben. An der Identität des kleinen Mädchens, das da auf dem Rücken lag – auf einem weißen Plastiklaken, wie es aussah –, konnte es keinen Zweifel geben. Die blonden Locken; die lange, gerade Nase; die Apfelbäckchen. Sie hatte die Augen halb geschlossen, und ein glitzernder Speichelfaden rann ihr aus dem offenen Mund. Ein Infusionsschlauch war mit Klebeband an der Innenseite ihres linken Handgelenks befestigt.

Sie stöhnte und zuckte.

Eine Hand kam ins Bild, die in einem lila Handschuh steckte und ein Exemplar der *Edinburgh Evening Post* hielt. »ZEH STAMMT NICHT VON JENNY – POLIZEI GLAUBT DENNOCH NICHT AN SCHERZ.« Die Kamera zoomte das Datum heran. Es war die Zeitung von heute.

Das Bild wurde wieder schwarz, und dann durchbrach die bekannte künstliche Stimme das betroffene Schweigen im Pub.

»Dies ist kein Scherz. Sie haben noch vier Tage Zeit. Wenn Sie genug Geld auftreiben, bleiben die beiden am Leben. Wenn nicht, werden sie sterben. Lassen Sie Jenny und Alison nicht im Stich.«

Eine Pause, und dann erschien der Nachrichtensprecher wieder auf dem Bildschirm. *»Erschütternde Bilder, die wir da gerade gesehen haben. Wir schalten jetzt live zu unserer Korrespondentin Sarah Williamson vor dem Präsidium der Grampian Police. Sarah, was können Sie uns sagen?«*

21

»… Mann ist ein totales Arschloch.« Biowaffen-Bob rümpfte die Nase. Die Tür des Sergeants-Kabuffs war geschlossen, sodass die Geräusche aus dem CID-Großraumbüro nur gedämpft hereindrangen: Telefone klingelten, Constables und Verwaltungsangestellte rannten hin und her und versuchten der plötzlichen Flut von Anrufen Herr zu werden. Ununterbrochen riefen Zuschauer an, die die Ausstrahlung gesehen hatten. »Ihr glaubt ja nicht, was er gestern zu mir gesagt hat – hält mir da einen langen Monolog über den Fall McGregor, und dann –«

»›Eines ist sicher‹ – Rennie warf sich in Pose – ›wir haben es hier nicht mit gewöhnlichen Entführern zu tun!‹ Als ob er denkt, er wäre im Fernsehen.«

Bob zog seine buschige Monobraue hoch. »Zu dir hat er das auch gesagt?«

Logan nickte. »Und zu mir.«

DS Doreen Taylor seufzte. »Und ich hab schon gedacht, ich wäre was Besonderes.«

Die Geräuschkulisse aus Telefonklingeln und anschwellender Panik wurde lauter, als die Tür aufging. DI Steel kam hereingeschlappt. »Okay, alle mal herhören, ich hab nämlich keinen Bock, alles zweimal zu sagen.« Sie stieß die Tür mit dem Absatz zu und starrte dann Rennie an. »Na, was ist? Husch, husch!«

Der Constable stand auf und schwang sich auf die Kante von Bobs Schreibtisch.

Steel ließ sich ächzend auf dem frei gewordenen Stuhl nieder. »Angesichts der jüngsten Entwicklung wurde eine kleine Umstrukturierung beschlossen. McPherson versucht das tote Kind zu finden, von dem der erste Zeh stammte; Interims-DI McDonald übernimmt die Nachforschungen in den Krankenhäusern; Evans macht die Tierärzte, und ich bleibe bei den Sexualstraftätern.«

Rennie hob die Hand. »Heißt das –«

»Ich sag's nicht noch einmal.«

Er ließ die Hand wieder sinken.

»Die Presse spielt verrückt. Der Chief Constable macht sich ins Hemd, die SOCA reibt sich die dreckigen Flossen. Und Bain hat beschlossen, Superintendent Green eine ›aktivere Rolle in den Ermittlungen‹ zuzuweisen.«

Nicht schon wieder.

»Wie's scheint, hat er *Erfahrung* mit Entführungsfällen.«

Aber auch *jedes* Mal.

»Also« – Steel schob eine Hand in ihre Achselhöhle und wühlte darin herum – »müssen wir jemanden finden, der Green bei seinen ›Interaktionen unterstützt‹, was immer das nun wieder heißen mag. Logan –«

»Warum? Warum trifft es *immer* mich? Warum muss ich für jeden Wichser, der nach Aberdeen kommt, den Babysitter spielen?«

»Wenn du nur zehn Sekunden lang mit dem Gejammer aufhören und mich *zu Ende reden* lassen könntest … Logan, du bist vom fröhlichen Perversenquiz freigestellt – nachdem Bell die Spätschicht übernimmt, sind wir sowieso fast durch mit denen. Ab sofort bist du beim Kommando Absicherung. Geh noch mal alles durch, was wir bis jetzt gemacht haben: Opferprofil, Anwohnerbefragungen, alles – und sieh zu, dass sie uns bei einer eventuellen öffentlichen Untersuchung keine Klöpse nachweisen können. Nimm dir einen Sklaven.« Sie ließ von ihrer Achselhöhle ab und begann stattdessen an ihrem BH herumzuzupfen. »Doreen: Superintendent Green hat Sie zur Händchenhalterin erkoren. Versuchen Sie, einigermaßen auf dem Boden zu bleiben, ja? Wir wissen ja, wie ihr notgeilen geschiedenen Weiber drauf seid.«

Bob streckte die Hand aus und tätschelte Doreen die Schulter. »Siehst du, du bist doch was ›Besonderes‹.« Dann grinste er Steel an. »Und was ist mit mir, Chefin?«

Steel schniefte. »Haben Sie Stinky Tam schon gefunden?«

»Na ja … nicht direkt.«

»Dann sollten Sie vielleicht mal in die Gänge kommen, meinen Sie nicht?«

Logan hielt den Film an. Fluchte. Fischte sein klingelndes Handy aus der Tasche und drückte die Taste, um *Lydia The Tattooed Lady* zum Verstummen zu bringen. »Sam?«

Ihre Stimme drang schneidend an sein Ohr. *»Wir haben wohl was vergessen, wie?«*

»Nein, hab ich nicht. Ich bin in ein paar Minuten zu Hause.«

»Wo bist du? – Nicht, dass ich fragen müsste …«

Er blickte sich in dem düsteren Raum um. Es war ein schäbiges Büro im vierten Stock; eins von denen, die demnächst renoviert werden sollten – wohl der einzige Grund, weshalb es überhaupt zur Verfügung gestanden hatte. Die Hälfte der Deckenfliesen fehlte, graue Kabel schlängelten sich um die Betonträger des Stockwerks darüber. Eine kleine Insel von schmutzig grünen Teppichbodenquadraten klebte an einer Stelle noch auf dem grauen Boden, und dort hatte Logan den Schreibtisch aufgestellt, den er den Gebäudetechnikern abgeluchst hatte.

Ein Schreibtisch. Ein Stuhl. Ein Laptop. Und zwei schwere braune Kartons voll mit Akten.

»Ich bin bald zu Hause, okay?«

»Halb acht, McRae – ich verlass mich drauf. Ach ja, ich hab 'ne Palette Stella und zwei Packungen Lasagne von Markies besorgt. Wir können uns einen gemütlichen Abend machen.«

»Dauert nicht mehr lange, ich versprech's.« Pause. »So, jetzt muss ich aber Schluss machen.«

»Halb acht, nicht vergessen!«

Und dann war sie weg.

Logan klickte wieder auf »Abspielen«.

Auf dem Monitor des Laptops wurde Alison McGregor die Treppe hinuntergeschleift. Sie strampelte und trat wild um sich, während sie dem Typen im Overall, der sie trug, einen Kopfstoß zu versetzen versuchte. Durch den Flur ging es in die Küche. Der Typ trug eines dieser Namensschildchen zum Anstecken, wie sie auf Tagungen ausgegeben wurden. Es war fast unmöglich zu entziffern, aber die BBC-Sendung *Crimewatch* hatte nur so mit dem Geld der Gebührenzahler um sich geworfen, und eine Firma für Digitale Bilderfassung hatte schließlich den Namen »TOM« ermittelt.

Ein kleines Mädchen in einem Winnie-Pu-Schlafanzug kauerte in der Ecke beim Kühlschrank. Man hatte ihr eine

Art Kissenbezug über den Kopf gezogen und ihr die Hände vor dem Körper zusammengebunden. Sie zitterte.

Alison McGregor erstarrte – und dann explodierte sie. Ihre Beine flogen hin und her, kickten wild in die Luft, während sie zappelte und sich wand und ihre Augen über dem Knebel aus Isolierband fast aus dem Kopf traten.

Dem Typen, der sie hielt, war es irgendwann zu dumm. Er knallte sie gegen den Kühlschrank, legte sie über die Arbeitsplatte und umwickelte ihre Fußgelenke mit dicken schwarzen Kabelbindern. Er zog ihr eine Tüte über den Kopf. Dann kam eine weitere Person ins Bild und versetzte ihr mit einer Art Totschläger einen Schlag auf den Hinterkopf.

Alison sackte zusammen.

Und alles spielte sich in vollkommener Stille ab.

Der Typ, der sie bewusstlos geschlagen hatte, bückte sich und hievte sie mit einem Feuerwehr-Rettungsgriff über die Schulter. Zwei volle Einstellungen lang war sein Namensschild ganz deutlich zu sehen: »DAVID«. Fünfzehn Sekunden später waren sie weg, durch die Küchentür hinaus in den dunklen Garten.

Der Bildschirm wurde schwarz.

Dann die künstliche Stimme:

»SIE WERDEN GELD BESCHAFFEN, UM SICHERZUSTELLEN, DASS ALISON UND JENNY HEIL NACH HAUSE KOMMEN. SIE HABEN VIERZEHN TAGE ZEIT, SONST WERDEN SIE GETÖTET. SIE WERDEN DIE POLIZEI INFORMIEREN, SIE WERDEN DIE FERNSEHANSTALTEN INFORMIEREN. SIE WERDEN DIE ÖFFENTLICHKEIT INFORMIEREN. SONST WERDEN SIE GETÖTET. WENN SIE INNERHALB VON VIERZEHN TAGEN GENUG GELD BESCHAFFEN, WERDEN JENNY UND ALISON AUF FREIEN FUSS GESETZT. WENN NICHT, WERDEN SIE GETÖTET.«

»Immer noch hier?«

Logan drehte sich um. DI Bell stand in der Tür, eine

Scheibe Toast in der einen Hand, einen Becher mit irgendetwas drin in der anderen. Ein warmer, würziger Geruch ging davon aus. »Bin gerade auf dem Sprung, Chef.«

Bell trat ein, ging zum Fenster, steckte sich den Toast in den Mund – es sah aus wie ein eckiger Entenschnabel – und spähte durch die Schlitze der Jalousie.

Logan fuhr den Laptop herunter. »Ich dachte, Sie übernehmen für die Spätschicht die Vernehmungen?«

Der Inspector ließ die Jalousie los und nahm den Toast aus dem Mund. Er kaute. »Trisha Browns Mutter hat in der Notrufzentrale angerufen – vollkommen zugedröhnt – und erzählt, jemand wäre mit einem Kricketschläger bei ihr aufgekreuzt und hätte ihre kostbaren Erbstücke zerdeppert.« Er biss noch einmal in seinen Toast. »Das waren nicht zufällig Sie, oder?«

»Sehr witzig, Sir.«

»Wer sagt denn, dass ich Witze mache?«

Logan starrte ihn nur an.

DI Bell zuckte mit den Achseln. »Jedenfalls, als McHardy und Butler dort vorbeigeschaut haben, war die Bude ein noch größerer Schweinestall als sonst. Und sie selber hat auch ziemlich was abgekriegt.«

»Drogen?« Logan klappte den Rechner zu und schob ihn in seine Tragetasche.

»Die arme alte Helen hat wahrscheinlich versucht, sie mit einem Freischuss zu bestechen, aber als vernünftige Menschen mit untadeligem Lebenswandel haben sie es vorgezogen, ihr die Scheiße aus dem Leib zu prügeln. Und die Antwort auf Ihre nächste Frage lautet Nein: Ihre Freundin Trisha war nicht dort.«

Logan schlang die Laptoptasche über die Schulter. »Hat irgendwer inzwischen Shuggie gefunden?«

»Wenn der Kerl einen Funken Verstand hat, ist er inzwischen in Dundee oder in Glasgow untergetaucht. Da wird er sich unter die Fixer aus den Sozialsiedlungen mischen, bis die Aufregung sich ein bisschen gelegt hat.«

Logan stand auf. »Ich bin dann mal weg.«

»Okay… Alles klar.« Bell steckte sich das letzte Stück Toast in den Mund und spülte mit dem Inhalt des Bechers nach. »Ich werde Sie doch nicht noch einmal um drei Uhr morgens aus den Bett klingeln müssen, oder?«

»Das will ich schwer hoffen.«

Logan steckte den Kopf durch die offene Tür der großen Einsatzzentrale. Sie war ein bisschen schicker als die, die er im vierten Stock für sich requiriert hatte – das fing schon damit an, dass bei Finnie keine Teppichfliesen fehlten. Der Raum war mit Whiteboards und Flipcharts gesäumt und verfügte über jede Menge Schreibtische – insgesamt rund dreißig Arbeitsplätze –, einen eigenen Kopierer sowie ein kleines gläsernes Büro in einer Ecke, aus dem der Chief Inspector seine Truppen im Auge behalten konnte.

An der Wand gegenüber der Tür hatten sie eine Leinwand aufgebaut, und ein an der Decke montierter Projektor flackerte in dem abgedunkelten Raum vor sich hin. Es lief das jüngste Video von Jennys und Alisons Entführern.

Finnie, Superintendent Green, Doreen und eine Handvoll Uniformierte sahen zu, wie die Kamera zu Jennys Füßen schwenkte.

Green hob eine Hand. »Stopp – ein Stück zurück…«

Der Film hielt an und lief dann rückwärts.

»Okay, anhalten!« Er stand auf, ging auf die Leinwand zu, zog einen klobigen Stift aus der Tasche und richtete ihn auf das Bild. Klick, und ein kleiner roter Punkt erschien auf der graffitiverschmierten Wand der Bruchbude. Er beschrieb einen Kreis um den Zeitstempel in der unteren rechten Ecke. »Elf Uhr zweiunddreißig. Und nun achten Sie auf die Lichtmuster auf dem Boden.«

Der kleine rote Punkt fuhr die Schatten und Lichtflecken nach, die sich auf den blanken Bodendielen abzeichneten. »Ich habe ein paar *sehr* clevere Experten in Edinburgh, die die genaue Stellung der Sonne um elf Uhr zweiunddreißig an diesem Morgen ermitteln können, bezogen auf Aberdeen. Das kombinieren wir mit dem Einfallswinkel des Lichts, der sich aus den Schattenmustern ermitteln lässt, und das gibt uns eine recht genaue Vorstellung davon, wo das hier gefilmt wurde.«

Einer der Uniformierten stieß einen Pfiff aus. »Ja leck mich doch…«

Green drehte sich zu ihm um, ein Lächeln auf den Lippen, eine Augenbraue hochgezogen. »Ich weiß – ganz schön beeindruckend, nicht wahr? Es wird uns keine exakte Adresse liefern, aber wir werden ungefähr wissen, auf welchen Stadtteil wir uns konzentrieren müssen. Und dann durchsuchen wir jedes leerstehende Gebäude in dem betreffenden Viertel.«

Logan runzelte die Stirn.

Finnie nickte. »Hervorragend.«

Greens Brust wölbte sich noch ein bisschen mehr. »Ich werde die Jungs darauf ansetzen.«

»Äh, Sir?« Logan rückte den Riemen seiner Laptoptasche zurecht. »Sind Sie sicher?«

Der Leiter des CID drehte sich auf seinem Stuhl um und verzog die gummiartigen Züge zu einem missbilligenden Blick. »Verraten Sie uns denn auch, ob Sie eine *bessere* Idee haben, Sergeant McRae?«

»Es ist nur, weil –«

»Sie haben sich jetzt gerade einmal eine Stunde und…« – er sah auf seine Uhr – »…zehn Minuten mit den Akten befasst, und Sie haben den Fall *schon* gelöst, ganz allein und ohne Hilfe?«

Logan spürte, wie ihm die Hitze in die Wangen stieg.

»Nein, Sir. Ich finde nur, dass wir uns den Film noch einmal genau ansehen sollten, ehe wir damit zum technischen Dienst der SOCA laufen.«

»Tatsächlich?« Superintendent Green lehnte sich an einen Schreibtisch, während sein Fernseh-Lächeln allmählich verflog. »Und was genau veranlasst Sie zu diesem Einwand?«

»Die Entführer achten immer sorgfältig darauf, dass wir keinerlei Spuren finden. Warum sollten sie es bei dem Video nicht auch so machen?«

Green kniff sich mit Daumen und Zeigefinger in die Nasenwurzel. Seufzte. Schüttelte den Kopf. »Es ist ein *Video*, Sergeant – sie können nicht den Winkel und die Position der *Sonne* beeinflussen. Also, können wir uns jetzt wieder dem Film zuwenden?«

»Aber sie können sehr wohl den Zeitstempel der Kamera manipulieren.«

Green hatte sich schon zur Leinwand umgedreht und erstarrte in der Bewegung. »Was?«

»Man muss die Zeit nach jedem Akkuwechsel manuell neu einstellen.« Er deutete auf die kleine Digitalanzeige. »Elf Uhr zweiunddreißig – die Pressekonferenz hat aber doch erst um elf Uhr *angefangen*. Und was ist mit der Zeitung?«

»Es ist die von heute, also verstehe ich nicht –«

»Die Schlagzeile der *Edinburgh Evening Post* lautete, dass der Zeh nicht von Jenny stammt. Wie sollen sie es geschafft haben, den Artikel zu schreiben, die Zeitung zu drucken, sie nach Aberdeen zu bringen und dort in einem Laden zu verkaufen, und alles in weniger als zweiunddreißig Minuten? Die Zeitung geht sogar erst mittags in Druck – ich habe mich erkundigt.«

»Ah …« Green nickte. »Verstehe. Nun, das ist ein sehr stichhaltiger Einwand.« Er wandte sich wieder zur Leinwand um. »Vielen Dank, Sergeant.«

»Ja, und übrigens …« – Logan deutete auf den mit Graffiti verschmierten Raum, der an die hintere Wand projiziert wurde – »ich wollte eigentlich nur eine Kopie von dem Video mitnehmen, falls noch eine übrig ist?«

»Hier ist eine.« Doreen zog eine CD in einer Klarsichthülle aus einer Mappe auf dem Schreibtisch neben ihr und reichte sie Logan. »Du hast ihn wie einen Vollidioten aussehen lassen«, flüsterte sie dabei. Dann drückte sie Logans Hand. »Danke.«

Es regnete – erbsengroße Tropfen lauwarmen Wassers, die das Pflaster dunkelgrau färbten.

Den Vorderausgang konnte er gleich vergessen – trotz des scheußlichen Wetters belagerten die Massen wieder einmal das Präsidium. Sie drängten sich unter Schirmen, auf die der Regen herabtrommelte, und trugen für die zahlreichen Kamerateams ihre Empörung zur Schau. Der Ausgang zum Lodge Walk war keinen Deut besser – hier hatten sich die Journalisten untergestellt und lauerten nur darauf, sich auf jeden zu stürzen, der das Präsidium verließ. Also steckte Logan die Laptoptasche unter seine Jacke, damit das Gerät nicht nass wurde, und lief die Rampe vom Parkplatz hinunter, um durch die kleine Passage hinter dem Arts Centre zu schlüpfen.

Heute Abend stand auf dem Plakat vor dem Zeitungsladen in der King Street: »*EVENING EXPRESS*: JENNYS MARTYRIUM – KRIEGEN WIR GENUG ZUSAMMEN, UM SIE ZU RETTEN?« Das weiße Papier war vom Regen schon so durchtränkt, dass es fast durchscheinend wirkte.

Auf der anderen Seite war zu lesen: »*ABERDEEN EXAMINER:* ZEHEN-TERROR FÜR TAPFERE JENNY – ENTFÜHRER BEWEISEN: ES IST KEIN SCHERZ.« Er ging hinein und kaufte beide Zeitungen, mit denen er sodann die Marischal Street hinuntereilte.

Es wurde kälter; der Regen spülte die Hitze weg, die auf

der Stadt gelegen hatte. Logans Atem hüllte seinen Kopf in eine Dampfwolke, als er die Haustür aufschloss und tropfend die Stufen zur Wohnung hinaufstapfte.

»Bist du zu Hause?«

Samanthas Stimme kam aus dem Wohnzimmer. »Beeil dich, es fängt gleich an.«

Juchhu.

Logan hängte seine Jacke über einen Stuhl in der Küche, schob den Stuhl vor den heißen Backofen, griff sich eine Dose eiskaltes Stella aus dem Kühlschrank und schaffte es gerade rechtzeitig zum Vorspann ins Wohnzimmer.

ALISON UND JENNY MCGREGOR
BRITAIN'S NEXT BIG STAR! – TRIBUTE SPECIAL
MIT STARGÄSTEN ...

Er ließ sich neben Samantha aufs Sofa fallen. »Draußen schüttet's wie aus Eimern.«

»Auf den letzten Drücker, wie?«

Logan kämpfte mit seinen klatschnassen Schnürsenkeln und kickte seine Schuhe weg. »Ist die Lasagne drin?«

Sie hob ihre Bierdose. »Prost.«

Aus dem Fernseher tönte donnernder Beifall, als die Kamera über ein begeistertes Publikum hinweg zu einer großen, schwarzen, dreieckigen Bühne schwenkte, spiegelblank poliert und von roten, grünen und blauen Neonreifen umgeben. Auf drei Leinwänden über der Bühne blinkte zuerst eine rote Totenkopfflagge und dann ein grüner Haken auf; darunter leuchteten in weißen Plexiglas-Buchstaben die Namen »MARTINE«, »CHRIS« und »SOPHIE«.

Logan zog seine feuchten Socken aus, als die Kamera bei zwei jugendlich wirkenden Typen in schwarzen Anzügen und schwarzen Krawatten stehen blieb. »Wer sind denn die beiden?«

»Der Linke hat früher die Kindersendung *Blue Peter* moderiert, und der Rechte macht irgendeine Comedy-Sendung auf Channel Four.«

»Na, kein Wunder, dass ich die nicht kenne …«

»Schhhh … Jetzt kommt das Intro.«

Es war ein absurdes Konzept – eine Fernseh-Talentshow produzierte eine Sonderausgabe zu Ehren zweier ihrer Teilnehmer, indem sie Prominente dazu einlud, Coverversionen der Coverversionen zum Besten zu geben, die Alison und Jenny gesungen hatten, um in die Show zu kommen und dadurch zu der Art von Promis zu werden, die zu solchen Tribut-Shows eingeladen wurden …

Die ersten paar Nummern waren okay. Aber nach jedem Song zoomte die Kamera auf die Bank mit den Juroren, die ihre Kommentare abgeben sollten.

Logan nahm noch einen Schluck Stella. »Was soll das denn? Ist ja nicht so, als könnten die irgendwas Fieses sagen, oder?«

Und dann sprang eine wohlbekannte Gestalt auf die Bühne: Gordon Maguire, der Boss von Blue-Fish-Two-Fish Productions, im gleichen *Reservoir-Dogs*-Outfit wie die beiden halbprominenten Moderatoren. Er wartete, bis der Applaus sich gelegt hatte. *»Danke, Leute. Das war vielleicht eine Achterbahn der Gefühle. Zuerst dachten wir, Jenny sei tot. Dann sagte uns die Polizei, sie hätten sich geirrt und sie sei doch noch am Leben!«*

Die Zuschauer jubelten.

»Und dann haben wir alle heute Nachmittag dieses schreckliche Video gesehen.«

Damit erntete er keinen Jubel.

Der Plattenproduzent nickte. *»Ich weiß, ich weiß. Sie haben uns gesagt, wir hätten vierzehn Tage Zeit, um das Leben von Jenny und Alison zu retten … tja, nun bleiben uns nur noch vier Tage. Ich möchte Sie alle daran erinnern, dass Sie die Benefiz-*

Single auf iTunes, Amazon und BritainsNextBigStar.com kaufen können, und natürlich auch im Handel. Der gesamte Erlös fließt in die Zahlung des Lösegelds …«

Samantha rutschte auf dem Sofa hin und her, und eine kleine Falte erschien zwischen ihren säuberlich gezupften Augenbrauen. »Er ist ein schmieriger kleiner Widerling, nicht wahr?«

»Mmmmh …« Logan zerdrückte die leere Dose.

»Ach übrigens, ich hab heute den Reverend getroffen. Er hat ein neues Halsband – schwarzes Leder mit silbernen Nieten. So eins hätte ich auch gern, falls du mal in Spendierlaune bist.«

Auf dem Bildschirm hatte Maguire seine aufrüttelnde Rede inzwischen beendet und bekam dafür Standing Ovations. Es folgten ein paar zustimmende Kommentare von den Juroren, und dann sang Lily Allen die McGregor-Version von *Sergeant Pepper's Lonely Hearts Club Band.*

»Und, liebe Zuschauerinnen und Zuschauer, heute Abend können Sie darüber abstimmen, wer von unseren prominenten Gästen am Ende der Sendung Wind Beneath My Wings *singen wird.«*

»Ja, und vergessen Sie nicht: Jeder Anruf von Ihnen ist ein Beitrag zum Befreit-Alison-und-Jenny-Spendenfonds …«

Samantha drehte den Ton lauter. »Er will wissen, ob du die Lotion benutzt?«

»Was ist das hier – Das Schweigen der Lämmer?«

»Du musst die Lotion benutzen. Willst du unbedingt eine Infektion kriegen?«

»Ich benutze die Lotion.« Logan stand auf. »Willst du noch ein Bier?«

Sie hielt ihm ihre Dose hin. »Schaust du gleich mal nach der Lasagne?«

Sie sah mehr oder weniger so aus wie jede vegetarische Fertig-Lasagne, die er je gesehen hatte, wie sie da in ihrer kleinen feuerfesten Plastikform vor sich hin blubberte. Riechen tat's jedenfalls lecker. Er nahm noch zwei Dosen aus dem Kühlschrank.

Der Befreit-Alison-und-Jenny-Spendenfonds – wer hatte sich *das* denn ausgedacht? Das hörte sich ja an, als wären sie Terroristinnen …

Er öffnete das Fach über dem Kühlschrank und suchte nach Chips. Und dann stöhnte er – sein Handy klingelte irgendwo in den Tiefen seiner dampfenden Jacke. Logan zog den Stuhl zurück und durchwühlte die Taschen, bis er es schließlich gefunden hatte. Die Rufnummer war unterdrückt.

Dann eben nicht. Sollte derjenige doch noch mal anrufen, wenn er im Dienst war.

Außer, es wäre vielleicht wichtig.

Vielleicht rief ja Superintendent Green an, um ihm zu sagen, wie leid es ihm tat, dass er sich so scheiße benommen hatte. Dass ihm nicht klar gewesen sei, was für ein detektivisches *Genie* Logan doch war. Dass er sich wünschte, er hätte sich nicht Doreen als Babysitter ausgesucht.

Nicht, dass Logan eifersüchtig gewesen wäre. Der Mann *war* schließlich ein Arschloch. Aber was hatte Doreen, das er nicht hatte? Von den Brüsten mal abgesehen. Und einem Exmann, der mit einem Sozialarbeiter namens Steve durchgebrannt war.

Er drückte die Hörertaste. »McRae?«

Eine Pause. Dann drang eine verwaschene, undeutliche Stimme an sein Ohr. *»Musst uns den Stoff zurückgeben, okay?«*

Es dauerte einen Moment, bis er die Stimme zugeordnet hatte. »Trisha? Trisha Brown? Sind Sie das?«

»Sie waren bei meiner Mum im Haus und so. Haben ihr das Bein gebrochen, echt so.«

»Der Deal gilt nach wie vor, Trisha. Sagen Sie mir, wer es war, und wir sorgen dafür, dass sie hinter Gitter kommen.

Wir wollen doch nicht, dass diese Kerle, die Ihre Mutter verprügelt haben, ungestraft davonkommen, oder?«

Hinter einer Dose Salzstangen, die noch von Weihnachten übrig war, versteckte sich eine große Tüte Bacon Frazzles. Logan zog sie heraus und klappte die Schranktür wieder zu.

»Trisha?«

»Shuggie sagt, sie bringen uns um, wenn sie uns finden.«

»Umso mehr Grund für Sie, die Typen zu verpfeifen, oder nicht?«

Schweigen.

Logan klemmte das Handy zwischen Schulter und Ohr und griff nach den Bierdosen und den Chips. »Ich lege jetzt auf, Trisha.«

»Er sagt, ihr müsst den Stoff zurückgeben, sonst benutzt er das nächste Mal ein Teppichmesser, verstehst du?«

»Bei Ihrer Mutter?«

»Um deinen Namen auf meine Brust zu schreiben …«

Samantha erschien in der Küchentür. »Was ist, musst du das Bier erst brauen?« Sie hatte die Arme vor ihrem T-Shirt mit der Aufschrift »One of the Beautiful People« verschränkt, und diese Falte zwischen ihren Augenbrauen war wieder da.

Er hob die Hand und formte mit den Lippen das Wort »Sekunde …«

»Ich geh mal pinkeln – du hast Zeit bis zum Ende der Werbepause.«

»Trisha, Sie müssen mir sagen, wo Sie sind.«

»Du musst den Stoff zurückgeben.«

»Wer ist es? Wer will Sie mit dem Messer verletzen?«

Aber sie hatte aufgelegt.

22

Ein alter Mann schleppte sich keuchend und schnaufend die Treppe hinauf, eine Hand an dem schwarzen Geländer, während die andere einen zusammengerollten *Hello-Kitty*-Regenschirm in Barbie-Pink umklammerte.

»Morgen, Doc.« Logan lehnte sich an die Wand. »Na, wieder da?«

Doc Fraser zog die buschigen Brauen zusammen und funkelte ihn böse an. Das Wasser tropfte von der Spitze seines Schirms auf den Boden. »Das ist alles *Ihre* Schuld. Ich hätte meinen Ruhestand genießen können, schön zu Hause bleiben und Mildred in Unterhosen durch den Wintergarten jagen, aber *nein* …« Der Rechtsmediziner schüttelte sich, und ein kleiner Platzregen prasselte auf die Stufen zu seinen Füßen. »Ihr Freund Hudson hat sich wieder krankgemeldet. Heißt im Klartext: Wenn ich Depp es nicht mache, macht's niemand.«

»Die Zehen?«

»Ja, die *Zehen*. In letzter Zeit sind es immer verdammte Zehen.«

»Ähm …« Logan blickte die Treppe hinauf, dann hinunter. Niemand zu sehen. »Wie wär's mit einem Kaffee?«

Logan klickte auf die Schaltfläche und startete das Video erneut.

Doc Fraser lehnte sich auf seinem Stuhl vor, bis seine Nase fast den Bildschirm berührte.

Dr. Dave Goulding hielt die einzige andere Sitzgelegenheit im Raum besetzt. Er hatte den Stuhl umgedreht, sich breitbeinig daraufgepflanzt und die Arme auf die Rückenlehne gelegt. Den Kopf zur Seite geneigt, betrachtete er den Rechtmediziner beim Betrachten des Videos. Goulding trug seine kleine Brille mit den rechteckigen Gläsern und dazu einen nagelneuen Sechzigerjahre-Beatles-Schnauzbart, passend zu seiner fellartigen Haarpracht. Er fuhr sich mit einem Finger über den Rücken seiner Hakennase. »Es ist eine interessante Wahl, finden Sie nicht?« Der Akzent war reinstes Liverpool.

Doc Fraser zuckte mit den Achseln. »Die Leute haben offensichtlich Ahnung von der Materie. Die Naht ist gut gemacht – nicht *umwerfend*, aber gut … Welches war noch mal die Pausetaste?«

Logan klickte mit der Maus darauf.

»Danke. Also, sie haben eindeutig Zugang zu Medikamenten und medizinischem Gerät. Das braune Zeug, mit dem ihre Füße eingeschmiert sind, ist Videne – ein Desinfektionsmittel auf Jodbasis, das bei der Vorbereitung von Patienten für die OP verwendet wird. Das Mädchen hängt am Tropf, also nehme ich an, dass ihnen kein PCA-System zur Verfügung steht –«

»PCA?« Logan klappte sein Notizbuch auf.

»Patientenkontrollierte Analgesie. Sie wissen schon, diese Apparate, wo man nur einen Knopf drücken muss, um mehr Morphium zu bekommen. Also, jedenfalls so lange, bis das Ding findet, dass Sie genug haben – dann macht es dicht, damit Sie sich keine Überdosis verabreichen können.«

»Verstehe.« Goulding deutete auf den Bildschirm. »Sie wollen Jenny also keine Schmerzen bereiten.«

Logan versuchte nicht zu lachen. »Sie haben ihr die *Zehen* abgeschnitten, Dave.« Da konnte man mal sehen, was ein Psychologiediplom wert war.

Die Reaktion war ein Achselzucken. »Aber das heißt nicht, dass sie sie leiden sehen wollen. Zuerst versuchen sie uns alle mit einem großen Zeh abzuspeisen, der einem anderen Kind abgeschnitten wurde – das funktioniert nicht, also bleibt ihnen keine Wahl, sie müssen amputieren. Das zeigt, dass es ihnen ernst ist, wenn sie sagen, sie werden sie töten.«

Doc Fraser nickte. »*Aye*.«

»Und ich glaube, wenn sie sie am Ende tatsächlich töten, werden sie es so tun, dass sie nicht leiden muss.«

Logan lehnte sich an die Fensterbank. »Entführer mit Gewissen.«

»Lassen Sie es noch mal laufen.«

Er klickte auf die Schaltfläche.

»DIES IST KEIN SCHERZ. SIE HABEN NOCH VIER TAGE ZEIT. WENN SIE GENUG GELD AUFTREIBEN, WERDEN DIE BEIDEN AM LEBEN BLEIBEN. WENN NICHT, WERDEN SIE STERBEN. LASSEN SIE JENNY UND ALISON NICHT IM STICH.«

Ein Handy klingelte.

Doc Fraser seufzte. »Das ist sicher Finnie. Ist vermutlich ein bisschen stinkig, weil die Obduktion schon vor …« – er sah rasch nach – »vor zehn Minuten hätte beginnen sollen.« Er streckte sich übertrieben, wie ein Pantomime, der einen Zu-Bett-Gehenden darstellen will. »Sind noch Kekse da?«

Logan schob ihm die Packung hin.

»Also, was ich interessant finde …« – Goulding schlug eine hellblaue Mappe auf und nahm fünf oder sechs Blatt Papier heraus, die er auf den Schreibtisch legte –, »… ist die Sprache, die sie verwenden. Die Stimme in dem Video ist präzise – keine Verschleifungen, keine umgangssprachlichen Ausdrücke – aber die Briefe …« Er las den letzten vor. »›Die Polizei nimmt die Sache nicht ernst. Wir haben denen einfache klare Instruktionen gegeben, aber trotzdem sind sie zu spät gekommen. Also blieb uns keine Wahl – wir mussten dem kleinen Mädchen den Zeh abschneiden. Sie hat noch neun Stück. Schluss mit den Spirenzchen.‹«

Goulding strich mit den Fingerspitzen über das Papier. »Sie schreiben ›*denen*‹ anstatt ›ihnen‹ … ›einfache klare Instruktionen‹ – da fehlt das Komma – ›neun *Stück*‹ … ›keine *Spirenzchen*‹.«

»Verschiedene Personen?« Doc Fraser nahm sich noch ein Marmeladenplätzchen.

Goulding schüttelte den Kopf. »Nein … verschiedene Medien. Wenn sie schludrig wären, würden sie einen Stimmenverzerrer benutzen, wie man sie im Spielwarengeschäft in Iron-Man- oder Dalek-Helmen findet. Aber das tun sie nicht. Sie wissen, wenn wir den Konversions-Algorithmus haben, können wir auch die Stimme dekodieren, und ohnehin bleiben Sprechmuster und Sprechrhythmus immer gleich. Also bedienen sie sich beim Schreiben der Briefe eines aufgesetzten Idioms, um uns auf die falsche Fährte zu locken.«

Der Psychologe hielt das Blatt hoch. »Aber trotzdem benutzen sie Fremdwörter wie ›Instruktionen‹, und sie setzen einen korrekten Gedankenstrich – nicht etwa, wie man es heute so häufig sieht, einen Bindestrich. Und die meisten Leute würden ›keine *andere* Wahl‹ sagen, was logisch nicht ganz korrekt ist.«

Doc Frasers Handy klingelte erneut. »Ach … leck mich doch.« Er seufzte tief. »Ich sollte wohl wirklich langsam runtergehen und mit der Obduktion anfangen.« Aber er machte keine Anstalten aufzustehen.

»Das mit den Zehen gibt mir allerdings zu denken …« Goulding schob die Maus hin und her und startete das Video von Neuem.

Doc Frasers Telefon verstummte. Und legte fast sofort wieder los. »Ja, ja, ist ja schon gut. Leute gibt's …« Er hievte sich hoch und schob die Hände in die Taschen seiner beigefarbenen Strickjacke, die er dabei ganz verzog. »Also, wenn Sie mich brauchen – ich bin unten auf der Suche nach Spuren von Morphium, Thiopental und rosa Nagellack.«

»Danke, Doc.« Die Tür fiel ins Schloss. Logan stellte sich ans Fenster und schaute auf die graue Stadt hinaus.

Der Regen trommelte gegen die Scheibe, Windböen beutelten die paar kümmerlichen Bäumchen, die zwischen dem Präsidium und dem Marischal College gepflanzt worden waren, und zerrten die winzigen grünen Knospen hin und her. Von hier aus konnte er die Menge nicht sehen, die sich vor dem Haupteingang versammelt hatte, aber er hatte einen ungehinderten Blick auf die Übertragungswagen, die auf der anderen Straßenseite im Halteverbot parkten.

Die Medien waren bestimmt hellauf begeistert – bot der Fall ihnen doch die Chance, moralische Entrüstung zu schüren und zugleich die schlüpfrigsten und verstörendsten Bilder und Texte zu senden und zu drucken, alles mit der Entschuldigung, dass die Entführer Alison und Jenny McGregor töten würden, wenn sie es nicht täten … »Was ist denn nun mit den Zehen?«

»Wie kommen Sie so zurecht?«

Er drehte sich um, sah, dass der Psychologe ihn anstarrte, und wandte sich wieder zum Fenster um. »Mir geht's gut.«

»Sie sind seit fünf Wochen nicht mehr zur Therapie gekommen, Logan.«

Unten eilte ein Mann über die Straße, vorbei an einem grauen Transporter mit einer Satellitenantenne auf dem Dach, während er mit einem Regenschirm kämpfte, der wild entschlossen schien, einen Ausbruchsversuch zu unternehmen.

»Halten Sie es für bedeutend, dass sie Zehen schicken und nicht etwa Finger?«

Goulding seufzte. »Der große Zeh – das ist ein schwerer Verlust für einen Fuß, nicht wahr? Er ist entscheidend für die Balance – schneidet man ihn ab, braucht es viele Monate Physiotherapie, um wieder gehen zu lernen. Aber der kleine Zeh …« Eine Pause. »Nicht nur einer, sondern beide kleinen Zehen …«

Der Schirm riss sich los und kullerte die Queen Street hinunter. Der Besitzer rannte blind hinterher – genau vor ein vorbeifahrendes Taxi. Der Fahrer reagierte mit Vollbremsung, Lichthupe und vermutlich auch ein paar erlesenen Schimpfwörtern.

»Logan, eine Therapie ist keine Schnellreparatur. Sie müssen –«

»Ich habe gestern Fleisch gegessen.«

»Ach – tatsächlich?«

»Lasagne. Nicht vegetarisch, sondern mit richtiger Rindfleischsauce.« Also, wenn man seinen Therapeuten nicht anlügen konnte, wen dann?

Der Schirm tauchte in einem Gebüsch ab.

»Und wie haben Sie sich dabei gefühlt?«

»Können wir bitte bei den Zehen bleiben?«

»Das ist ein wirklicher Durchbruch, Logan. Ich meine es ernst – gratuliere, ich bin stolz auf Sie.«

Und da waren wieder die Schuldgefühle.

»Die Zehen?«

»Ich glaube nicht, dass sie es wirklich durchziehen werden. Ich glaube, ganz egal, wie viel Geld sie bekommen, sie werden sie nicht töten.«

»Warum sollten sie sie töten, wo sie doch auf dem Frischfleischmarkt für Pädophile ein Vermögen wert ist?«

»Ah… Sie denken, es wäre besser für sie, wenn sie tot wäre, anstatt herumgereicht, verkauft und missbraucht zu werden?«

Logan drehte sich nicht um. »Sie etwa nicht?«

Die künstliche Stimme drang wieder aus den Lautsprechern des Laptops.

»Dies ist kein Scherz. Sie haben noch vier Tage Zeit. Wenn Sie genug Geld auftreiben, werden die beiden am Leben bleiben. Wenn nicht, werden sie sterben. Lassen Sie Jenny und Alison nicht im Stich.«

Der Mann zerrte seinen Regenschirm aus dem Gebüsch

und hantierte mit dem Mechanismus herum. Der Schirm blieb hartnäckig umgestülpt. Der Mann rammte den kaputten Schirm wieder ins Gebüsch, zeigte ihm noch den Stinkefinger und stapfte durch den Wolkenbruch davon.

Logan wandte dem Regen den Rücken zu.

»Das andere Problem ist, dass hier ein Präzedenzfall geschaffen wird.« Goulding lehnte sich mit verschränkten Armen zurück. »Die Täter haben zwei Menschen entführt, die jeder kennt. Sie verlangen Geld von den Fernsehzuschauern, sagen aber nicht, wie viel es sein muss, damit sie ihre Opfer am Leben lassen. Jeder leistet einen Beitrag, und am Donnerstagmorgen streichen sie dann – na ja, wie viel wohl – vier, fünf Millionen ein?«

»Ich weiß – wie soll man verhindern, dass nächste Woche irgendjemand das Gleiche versucht?«

»Wie hat Ihre Lasagne geschmeckt?«

»Tja ...« Logan biss sich auf die Unterlippe. »Gut. Würzig. So, wie ich es in Erinnerung hatte.«

»Nicht wie Menschenfleisch?«

Warmer Speichel füllte seinen Mund. Sein Magen ruckelte zwei Schritte nach rechts. Schwindel erfasste ihn, sein Schädel schien von heißem Dampf erfüllt. Er schluckte krampfhaft. Wandte den Blick ab. »Nein. Überhaupt nicht wie Menschenfleisch.«

Wuschelig. Warm und wuschelig. Sie liegt auf dem Rücken und starrt an die Decke, sieht, wie sie sich ein bisschen nach links dreht, dann an die Stelle zurückspringt, wo sie vorher war, und sich wieder dreht, und wieder und wieder und wieder ...

Jenny McGregor blinzelt. Davon dreht sich das Zimmer nur noch schneller.

Mamis Gesicht taucht über ihr auf, groß und pink. Die Nasenspitze knallrot, wie eine Kirsche, die Augen ganz rosa. Der Mund ein zittriger Strich. »Ist ja gut, mein Schatz, schsch… Es wird alles wieder gut, ich versprech's dir… Schsch…«

Eine kühle Hand streichelt ihren Kopf.

»Hab Durst…«

Eine Plastikflasche drückt gegen ihre Lippen, und etwas Nasses läuft ihr übers Kinn. Jenny trinkt. Kriegt etwas in den falschen Hals. Sie prustet, würgt, hustet. Es ist, als hätte sie Stacheldraht geschluckt.

Mami hilft ihr, sich aufzusetzen.

»Ist es wieder gut?«

Sie kann die Verbände sehen, die um ihre Füße gewickelt sind, mit blassen gelbrosa Flecken drauf. Sie spürt ein Kribbeln und Stechen und Jucken in ihren kleinen Zehen… was aber Quatsch ist, weil sie ja gar keine kleinen Zehen mehr hat. Sie hat gesehen, wie sie in den Umschlag gewandert sind, zusammen mit der glänzenden CD-Scheibe.

Dieses kleine Schweinchen ging zum Markt,
Dieses kleine Schweinchen blieb zu Haus,
Dieses kleine Schweinchen aß Roastbeef,
Dieses kleine Schweinchen ging leer aus.
Und diese kleinen Schweinchen sind weg…

Die Monster sind wieder da. Sie stehen in der Ecke des kreiselnden Zimmers mit ihren Namensschildchen an der Brust und ihren metallischen Stimmen. Vielleicht sind sie gekommen, um sich noch mehr Zehen zu holen?

»Ich sag's ja nur, okay? Ich seh einfach nicht ein, dass ich ›Sylvester‹ sein muss.«

»Mein Gott, nicht schon wieder…« Der, der ›TOM‹ heißt, schüttelt sein glattes Plastikgesicht hin und her.

»Ich will ›Tom‹ sein.«

»Tja, dein Pech. *Ich* bin Tom.« Er lehnt sich mit dem Rücken an die Wand und verschränkt seine weißen Papierarme. »Und außerdem: Könnte schlimmer sein, könntest ja auch ›Christopher‹ sein – das ist wie ›Mr. Shit‹.«

»He!« COLIN boxt ihn in den Arm. »Er war ein großartiger Doktor!«

»Von wegen! Nach nur einer Staffel das Handtuch zu werfen. Er *scheint* nur besser zu sein, weil sie so einen Haufen Geld in die Spezialeffekte gesteckt haben.«

»Genau.« SYLVESTER nickt. »Sylvester McCoy wäre ein toller Doktor gewesen, wenn sie ihm bloß ein anständiges Budget gegeben hätten.«

Schweigen.

»Du bist ja so was von *schwul*!«

»Ja, mehr *Gaylord* als Timelord.«

»Ach, haltet doch die Klappe, alle beide …«

Die Tür geht auf, und alle hören auf zu reden. Sie stehen stramm da wie käseweiße Soldaten. DAVID kommt ins Zimmer.

Er sieht sich um, atmet zischend ein und aus. Dann sagt er mit derselben toten Roboterstimme wie all die anderen Monster: »Hat sie schon ihr Antibiotikum bekommen?«

COLIN sieht die zwei anderen an und tritt dann einen Schritt zurück. »Ich … äh … wollte gerade eben anfangen –«

»Was stehst du dann noch rum?« Er kommt so nahe heran, dass Jenny fast die Hörner unter seinem weißen Knisteranzug sehen kann. Aber den Schwanz kann sie ganz deutlich sehen – lang und rot, mit einem gabelartigen Ding am Ende, schwingt er hin und her, wie bei einer nervösen Katze.

COLIN nimmt seine kleine Plastikbox und kommt angelaufen. Er macht sie auf und nimmt eine neue Spritze heraus. Füllt sie mit Milch. »Ich …« Er sieht zu DAVID herüber, dann kniet er sich neben das Bett.

Mami zuckt zurück. »Tu ihr nicht weh!«

COLIN streckt die Hand aus und streichelt Jennys Haare

mit seinen lila Gummifingern. »Brauchst keine Angst zu haben. Ich… ich muss dir bloß eine kleine Spritze geben, damit du nicht krank wirst. Ist das in Ordnung? Ich kann dir keine Tabletten geben, weil es sein kann, dass du die gleich wieder rausspuckst.«

Jenny sieht ihn an. Sein Gesicht sieht aus wie bei einem Toten. Wie Papa in der Kiste. Wie der Goldfisch auf dem Badezimmerboden.

Sie streckt die Hand aus, ihre kleinen Finger krallen sich in seinen Ärmel. »Bitte… bitte nimm mir nicht meine Zehen weg…«

»Scheiße…« COLIN senkt seinen Kopf auf die gestreifte Matratze. »Das tu ich nicht, okay? Es passiert dir nichts. Es ist nur ein ganz kleiner Piekser.« Er hält die Nadel an ihre Haut. »Es tut mir leid…«

Sie spürt die spitze Nadel kaum, als sie sich in die Haut bohrt. Spürt den Bienenstich nicht. »Ich will nach Hause.«

»Ich weiß, Schätzchen. Ich weiß.« COLIN starrt eine Weile auf den Boden, dann steht er auf. Zieht die Schultern nach hinten und reckt den Kopf, um sich größer zu machen. Er dreht sich um und geht durch das wirbelnde Zimmer auf DAVID zu. Dann lässt er die Schultern hängen. »Ich kann das nicht mehr machen.«

Mami streichelt ihr die Stirn. »Schsch… Bald ist alles vorbei, dann können wir nach Hause. Hab keine Angst.«

»Du weißt ganz genau, worauf du dich hier eingelassen hast, Colin.«

»Es… Das ist jetzt was *anderes*, okay?«

»Sei kein Idiot, wir –«

»Du hast ja auch nicht einem kleinen Mädchen die Zehen abschneiden müssen!«

»Hier, schau mal, da ist Teddy Gordon.« Mami hält ihr dieses schreckliche aufgenähte Grinsen vors Gesicht. Wackelt mit seinem Kopf hin und her, als ob er einen Anfall hätte.

Wie dieses Mädchen aus der dritten Klasse, bei dem sie immer aufpassen müssen, dass es sich nicht die Zunge abbeißt.

»So, du willst also kneifen?« DAVID stößt COLIN den Finger in die Brust.

»Ich …« Er schaut auf seine Füße. »Weißt du was? Es stimmt, ich *will* kneifen. Mir reicht's. Ich hab die Schnauze voll von dieser ganzen verpfuschten Scheiß–«

DAVID bewegt sich blitzschnell wie ein Tiger. Er packt COLIN und knallt ihn gegen die vollgekritzelte Wand. BONG – das Zimmer dreht sich ein paar Mal nach rechts.

»Jetzt hörst du mir mal zu, du stinkender kleiner Wichser: Du kannst nicht kneifen. Du tust verdammt noch mal, was man dir sagt, kapiert?«

»Du kannst mich nicht zwingen –«

DAVID knallt ihn wieder gegen die Wand. Und noch einmal. Und dann boxt er ihn in den Bauch.

»HAST DU'S JETZT KAPIERT, MANN?« DAVIDs Roboterstimme britzelt und knackt.

Er lässt los, und COLIN fällt wimmernd auf die Knie. Hält sich den Kopf mit den lila Händen.

DAVID tritt einen Schritt zurück. »Mach deinen Job.«

TOM zuckt, dann geht er auf COLIN zu und legt ihm den Arm um die Schulter. »Komm, du brauchst nur ein bisschen frische Luft, okay? Ja, klar. Wir gehen raus, holen dir 'ne Dose Cola oder so was, okay?«

Er hilft COLIN auf und geht mit ihm zur Tür hinaus. Sie knallt zu wie eine Faust.

DAVID lässt seine Schultern kreisen, dann kommt er auf sie zu, bis er direkt vor Mami steht, und schaut auf sie beide herunter. Sein Atem geht zischend.

Mamis Stimme ist wacklig. »Bitte, es geht ihr nicht –«

»Die Antibiotika werden das Fieber senken. Es wird ihr nichts passieren.« DAVID legt den Kopf schief. »Solange ihr beide tut, was man euch sagt.«

»Aber sie –«

»Benehmt euch daneben, und ich exekutiere euch alle beide. Hast du verstanden?«

»Wir –«

»Verdammt, müssen wir jetzt schon wieder darüber diskutieren, wie das hier läuft?« Schweigen. »Müssen wir das wirklich?«

Er lässt einen Arm zur Seite schnellen; er hinterlässt ölige Schlieren in der Luft. »Sylvester: den Schlüssel.«

SYLVESTER scharrt mit den Füßen. »Willst du –«

»Gib mir den Scheißschlüssel!«

SYLVESTER hält ihm ein kleines Metallding hin, und DAVID schnappt es, packt dann Mamis Knöchel und schließt das Vorhängeschloss auf, mit dem die Kette an ihrem Bein festgemacht ist.

»Ich wollte doch nicht –«

»Du bist hier nicht im Fernsehen.« Er packt ihren Arm und zerrt sie aus dem Bett. »Das hier ist *mein* Haus, und in meinem Haus machst du verdammt noch mal, was ich dir sage.«

Das Zimmer dreht sich.

Teddy Gordon lächelt sein schreckliches Lächeln.

Jennys fehlende Zehen pochen.

»O ja.« DAVID zieht Mami weg. »Das wird mir ein *Vergnügen* sein.«

»Bitte! Ich will nicht –«

Die Tür knallt zu. Wie der Deckel auf Papas Kiste.

Jenny spürt, wie ihr warme Tränen über die Wangen rinnen.

SYLVESTERs Kinn sinkt ihm auf die Brust. »Scheiße …«

Das Zimmer schwankt wie ein betrunkener Mann.

23

»Und?« Finnie verschränkte die Arme und ließ seinen stechenden Blick durch den Raum wandern.

Logan riss noch ein Stück Tesafilm von der Rolle und heftete das letzte A3-Blatt an. »An der Wand dort drüben« – er wies auf die staubigen Plastikplanen, die über die bloßen Hohlblocksteine und die freiliegende Verkabelung gespannt waren – »sind sämtliche Aktennotizen und Abschriften zu den Videos. Da drüben« – er deutete auf die Pinnwände, die er aus der Schuttmulde hinter dem Gebäude gerettet hatte – »sind alle Protokolle der Anwohnerbefragungen. Daneben finden Sie die Vernehmungen von Alisons Freunden, Kollegen und Kommilitonen von der Uni. Dann folgen die Fernsehleute …«

Er trat zwei Schritte zurück und breitete die Arme weit aus. »Und *das* ist der Zeitstrahl. Also jedenfalls, soweit wir ihn rekonstruieren konnten. Er fängt da drüben unter dem Fenster an, drei Wochen vor der Entführung, und endet gestern mit der Zustellung der Zehen an die BBC.«

Superintendent Green wies auf das Whiteboard, das neben der Tür an der Wand lehnte. »Und das da?«

»Die Entführer. Aufgrund des ersten Videos wissen wir, dass es mindestens drei sein müssen – einer an der Kamera, einer, der Alison die Treppe runterschleift, und dann noch ein Dritter, der ihr den Schlag auf den Hinterkopf versetzt hat. Ich nehme an, dass noch ein vierter dazukommt, der den Fluchtwagen fährt. Wir müssen sämtliche Meldungen über gestohlene Fahrzeuge in der vergangenen Woche durchgehen – ich kann mir nicht vorstellen, dass sie so dumm sind, ihren eigenen Pkw oder Bus zu benutzen. Vielleicht haben wir ja Glück.«

Logan deutete mit dem Kopf zu dem Whiteboard, das in vier Spalten aufgeteilt war, überschrieben mit »DAVID«,

»TOM«, »Nr. 3« und »Nr. 4«, mit jeweils einer kleinen Kolumne von Aufzählungspunkten darunter. »Einer der Entführer hat eine medizinische Ausbildung und Zugang zu einem Krankenhaus oder einer Tierarzt-Apotheke. Einer ist wahrscheinlich Hacker oder Spezialist für IT-Sicherheit – deswegen können sie E-Mails schicken und Videos auf YouTube hochladen, ohne Spuren zu hinterlassen. Einer ist sehr versiert in Forensik, weshalb wir bis jetzt weder DNS noch Fingerabdrücke oder andere Materialspuren haben.«

Green verschränkte die Arme vor seiner breiten Brust. Die Fingerspitzen seiner rechten Hand streichelten das Grübchen in seinem Kinn, während er die Strichliste unter Nr. 4 anstarrte. »Wer ist ›Ralph‹?«

Logan tippte auf die Tafel. »Nicht wer, sondern was. ›Ralph‹ ist eine der Stimmen des Text-to-Speech-Programms, das zum Softwarepaket des Macintosh-Betriebssystems gehört. Das ist die Stimme, die sie in den Videos benutzen.«

»Verstehe …« Green rümpfte die Nase. »Und mehr haben Sie nicht getan?«

Logan knirschte mit den Zähnen. »Als Nächstes werde ich die genannten individuellen Fertigkeiten mit sämtlichen registrierten Sexualstraftätern abgleichen, die –«

»Sehen Sie, das ist genau das Problem, wenn man noch nie einen Entführungsfall bearbeitet hat. Diese ganze ungerichtete Energie, die wild in alle Richtungen ausschlägt.«

Logan starrte Finnie an, doch der Leiter des CID verdrehte nur die Augen. Gute Miene zum bösen Spiel machen, hieß das. Nur ja keinen Ärger machen. Nur ja nicht zu Superintendent Green sagen, dass er sich einen Aktenschrank hinten reinschieben könne.

Logan räusperte sich. »Und was würden *Sie* tun, Sir? Mit Ihrem *reichen* Erfahrungsschatz?«

Entweder war Green nicht besonders gut im Erkennen

von Sarkasmus, oder es war ihm einfach egal. »Ich würde an den Anfang zurückgehen.«

Was?

»Bei allem Respekt« – du aufgeblasener Wichser – »genau das haben wir doch getan.«

Ein Lächeln. »Nein, Sergeant, nicht zum Anfang der Ermittlungen, sondern zum Anfang des *Verbrechens*. Sehen Sie sich ähnliche Vorfälle an – nicht nur in Aberdeen, sondern auch in Glasgow, Edinburgh, Newcastle. Stellen Sie Zusammenhänge her – wo haben die Entführer von Alison und Jenny sich ihre Anregungen geholt? Haben sie schon einmal einen Probelauf gemacht? Hatten sie den ersten Zeh vielleicht daher?«

Schweigen.

»Durchsuchen Sie die Archive.« Er klopfte Logan auf die Schulter. »Zehn Jahre plus/minus sollten genügen.«

Arschloch. Das war nur Greens Rache dafür, dass Logan ihn gestern Abend wie einen Idioten hatte aussehen lassen.

Logan wandte sich wieder an Finnie. »Das kann doch nicht Ihr Ernst sein – das wäre eine komplette –«

»Und im Übrigen habe ich gehört, dass Sie drei Sexualstraftäter mit Zugang zu Tierarztpraxen identifiziert haben. Ich nehme doch an, dass Sie der Sorgfaltspflicht genügen wollen, indem Sie sicherstellen, dass diese Personen gründlichst überprüft wurden?«

»Aber DI Steel ist doch schon –«

»Na, na.« Finnie hielt einen Finger hoch. »Superintendent, würden Sie uns einen Moment entschuldigen. Ich muss etwas mit Sergeant McRae *besprechen*.«

»… weil er ein Arschloch ist, *deswegen*. Sekunde.« Logan steckte sein Airwave-Handy in die Lücke zwischen Lenkrad und Armaturenbrett, schaltete runter und lenkte den Einsatzwagen durch den Kreisverkehr auf die Mugiemoss

Road. Die Scheibenwischer mussten Schwerstarbeit leisten. »Hörst du mich noch?«

DS Doreen Taylors Stimme tönte scheppernd und verzerrt aus dem voll aufgedrehten Apparat. *»Ich bin gar nicht sicher, ob ich das will.«*

»Alle noch ein zweites Mal vernehmen – das *kann* doch nur die reinste Zeitverschwendung sein! Gar nicht zu reden davon, wie stinkig Steel sein wird, wenn sie erfährt, dass wir uns ihre Perversen noch mal vorknöpfen. Als ob ich ihre verdammten Hausaufgaben kontrollieren würde!«

Der Regen trommelte auf Motorhaube und Dach und bildete einen Dunstschleier zwischen Logan und dem dreckstarrenden Schwerlaster, hinter dem er herfuhr. In einiger Entfernung wälzte sich der Don grau und trübe dahin, wie eine riesige feuchte Nacktschnecke. Die Straßenlaternen waren eingeschaltet, und das mitten am Vormittag.

Und sein linker Handteller tat weh, als ob jemand mit einer heißen Nadel im Fleisch herumbohrte. Das Wetter würde also definitiv schlechter werden. So eine Narbe machte einem doch immer wieder Freude.

»Also, das hast du dir doch wohl ganz klar selbst zuzuschreiben. Musstest ja gestern auch unbedingt seine schöne Sonnenschein-Theorie zerlegen. Ich sag's dir, wenn du auf Mitleid aus bist, hast du die falsche Nummer gewählt. Während du dich da draußen rumtreibst, sitze ich hier fest und muss mir seine aufgeplusterten egomanischen Monologe anhören.«

Wieder ein Kreisel. Der Grove-Friedhof auf der einen Seite, auf der anderen der kleine Wohnwagenpark, wo Samantha immer noch ihr riesiges Baucontainer-Gerät stehen hatte. Wozu, wusste der Himmel – sie war seit Monaten nicht mehr dort gewesen.

Schwere graue Wolken verdeckten den Himmel und schütteten Unmengen von Wasser auf die Stadt.

»Und weißt du, was Finnie gesagt hat?«

»Logan, hast du mich nur angerufen, um zu jammern? Weil –«

»Er sagte, wir müssten Green bei Laune halten, damit er nicht seine ganzen Arschlochkollegen von der SOCA herbringt und die Ermittlung an sich reißt.« Logan imitierte Finnie, indem er den Mund ganz weit aufmachte und die Mundwinkel nach unten zog, wie ein enttäuschter Frosch. »›Können Sie sich *vorstellen*, was passieren würde, wenn der Grampian Police der Fall *entzogen* würde? Würden die Medien begeisterte Artikel über unsere *geniale*, hochintelligente Truppe schreiben? Hmmm?‹« Er schaltete runter und folgte dem riesigen, verdreckten Laster über die Brücke und vorbei an der Kläranlage. »Und noch etwas –«

»Ich werde jetzt auflegen, Logan.«

»– mir vielleicht mal erklären, warum immer ich –«

»*Ciao.*«

Er betrachtete stirnrunzelnd den Handapparat. »Doreen? Doreen, kannst du mich hören?«

Die Scheibenwischer klackten und ächzten.

»Hallo?«

Sie hatte einfach aufgelegt. Unglaublich.

Er fuhr auf den Parkway, um Danestone herum und weiter in den Stadtteil Bridge of Don. Laut DI Ingrams Notizen arbeitete Frank Baker – der Typ mit der fluffigen Frisur und dem Ordnungsfimmel, den sie am Freitagmorgen vernommen hatten und der wie ein Bademeister aussah – in einer Fertigungshalle im Industriegebiet Bridge of Don. Er war der erste Sexualstraftäter auf Greens Liste.

Logan gab Gas, um an der Steigung an dem Laster vorbeizukommen, musste aber gleich wieder dahinter einscheren, als ein Range Rover mit Lichthupe auf ihn zukam.

Und dann meldete sich sein Handy mit dem kurzen Zwitscherton, der den Eingang einer SMS anzeigte. Er schaltete die Scheibenwischer auf die höchste Stufe, fischte das Telefon aus der Tasche und drückte mit dem Daumen auf das kleine Kuvert-Symbol. Dann hielt er den Apparat ans Lenkrad, um gleichzeitig lesen und fahren zu können.

»ICH WEIS WO SIE SIN – JENNY UND IHRE MAMA. WEN SIE WOLLEN DAS SIE AM LEBEN BLEIBEN SOLLTEN WIR UNS TREFEN.«

Nicht gerade eine sehr ansprechende Mitteilung.

Logan tippte auf dem Display herum, um sich die Nummer des Absenders anzeigen zu lassen –

Eine Hupe ertönte.

Mist!

Er riss das Steuer herum und lenkte den Einsatzwagen auf seine eigene Spur zurück. Der Fahrer des entgegenkommenden Busses zeigte ihm im Vorbeifahren den Finger.

Logan bog in die Einfahrt eines kleinen grauen Hauses ein. Sein Herz hämmerte wie wild in der Brust. Mann, das war knapp.

Er griff wieder nach seinem Handy und ließ sich die Nummer des Absenders anzeigen. Sie kam ihm nicht bekannt vor. Er drückte auf Antworten und tippte: »Wo?«

»WO SIN SIE?«

Na schön, wenn der Typ es so wollte. Warum sollte er quer durch halb Aberdeen latschen, um sich mit irgendeinem Spinner zu treffen, der ihm nur die Zeit stahl? Er tippte die Antwort: »DANESTONE. DIESES TOBY-PUB AM PARKWAY. HALBE STUNDE.«

Superintendent Green mit seiner »Sorgfaltspflicht« konnte ihn mal kreuzweise.

Eine halbe Stunde später war er schon bei seinem zweiten Kaffee und seinem ersten süßen Teilchen. Das Buckie Farm Pub gehörte zu einer Kette, und man konnte dort für ein paar Pfund ein Mittagessen vom Buffet bekommen. Ganz nett, wenn auch ein bisschen seelenlos.

Logan sah wieder auf seine Uhr und spähte durchs Fenster auf den Parkplatz. Keine Spur von dem mysteriösen

Simser. Er zog das Airwave aus der Tasche und rief Rennie an.

»Hey, Chef. Du rätst nie, was dieser Arsch von Green gesagt hat –«

»Du musst für mich eine Inverssuche machen. Ein Mobiltelefon …« Er rief die Nachricht auf seinem Handy wieder auf und las die Nummer vor. Dann wartete er, während Rennie sie in den Computer eingab.

»Also jedenfalls, er hat wieder mal eine von seinen Reden geschwungen und behauptet, Entführer würden von der Angst der Leute leben, genau wie Terroristen, und da –«

»Hast du schon einen Namen?«

»… Ja. Ist ein T-Mobile-Handy, angemeldet auf einen Mr. Liam Weller, Gordon Terrace, Dyce.«

»Nie gehört, den Namen. Ist er in der Sexualtäter-Kartei?«

»Äh …« Pause. *»Nein. Aber hier heißt es, er hätte sein Handy letzte Woche als gestohlen gemeldet. Also jedenfalls, Green zieht da seine große Show ab, und da platzt Steel rein und …«*

Logans Handy erzitterte in seiner Hand und gab wieder dieses kleine Zwitschern von sich.

»NEUER PLAN. TREFPUNKT FAIRVIEW STREET BEI DEN UNISPORTPLÄZEN. ICH WATE.«

»… und Green sagt: ›Wir dürfen niemals unterschätzen, wozu Menschen in einer ausweglosen Situation fähig sind.‹ Und Steel sagt –«

»Muss los.« Logan trennte die Verbindung, bezahlte seinen Kaffee, steckte sich das Teilchen in den Mund und eilte hinaus in den Regen.

Zur Fairview Street waren es keine zweihundert Meter. Lohnte sich kaum, den Wagen zu nehmen … wenn es nicht so geschüttet hätte. Die Sportanlagen der Universität lagen zur einen Seite der Straße – eine breite, dunkelgrüne Rasenfläche, zum Teil verdeckt von einer Baumreihe. Fluoreszierende grüne Blätter und rosa-weiße Blüten, die im prasselnden Regen zitterten.

Die andere Seite wurde von einer weitläufigen Wohnanlage eingenommen, die aus beigefarbenen Kästen mit braunen Ziegeldächern bestand. Mittendurch marschierte eine Kolonne riesiger Strommasten, deren Spitzen an den tiefhängenden grauen Wolken kratzten, auf das gegenüberliegende Flussufer zu.

Logan spähte durch die Frontscheibe und versuchte zu erkennen, ob da irgendwo jemand herumlungerte.

Niemand zu sehen.

Die Straße machte einen 90-Grad-Knick nach rechts und führte in die Wohnsiedlung hinein.

Logan lenkte den Einsatzwagen an den Bordstein, als sein Handy eine neue SMS ankündigte.

»KANN DICH SEHN.«

Parallel zur der Straße verlief eine kleine grasbewachsene Böschung, dahinter ein holpriger Fußpfad, dann kam ein Maschendrahtzaun und hinter diesem die Sportanlagen. Auf der anderen Seite des Zauns entdeckte er eine Gestalt, die zwischen den Bäumen hindurchspähte und ihm zuwinkte.

Logan stellte den Motor ab und stieg aus. Der Regen hämmerte ihm ins Gesicht und auf die Ohren, seine Haare waren im Nu klatschnass. Er betätigte die Zentralverriegelung, steckte den Schlüssel ein und versuchte die Muskeln in seiner schmerzenden linken Hand zu lockern. Faust ballen – öffnen. Faust ballen – öffnen. Verdammt, es wurde immer noch schlimmer.

Er kletterte die Böschung hinunter, stapfte über den Fußweg und watete durch das nasse, kniehohe Gras auf –

MIST.

Ein riesiger Hund stürzte auf ihn zu, das Maul weit aufgerissen, knurrend und geifernd. Er krachte in den Maschendrahtzaun, der sich nach außen durchbog …

Logan wich ein paar Schritte zurück.

Mann, war der Hund groß.

»Ey, Uzi, reg dich ab.« Der Typ zog einmal kräftig an der Leine, die er in der Hand hielt, worauf der bullige Rottweiler noch einen Moment lang dastand und Logan anfunkelte, sich dann aber brav setzte. »Sorry. Er is' ja praktisch noch 'n Welpe. Findet alles immer so aufregend.« Der Mann schniefte und wischte sich mit einer bandagierten Hand über die schiefe Nase. Zwei Finger und der Daumen lugten aus dem schmuddeligen Verband hervor. Seine Augen waren im Schatten einer New-York-Yankees-Baseballkappe verborgen, die er unter seinem grauen Kapuzenpulli trug. Darüber hatte er noch eine Lederjacke gezogen, die im Regen glänzte.

»Shuggie?« Logan trat einen Schritt vor, und Uzi knurrte. Wäre vielleicht keine schlechte Idee, *genau* da stehen zu bleiben, wo er war. Er schob seine schmerzende Hand in die Tasche. »Shuggie Webster?«

»Gibst du uns jetzt den Stoff zurück, oder was?«

»Jetzt spitz mal die Ohren und hör mir zu: Ich – gebe – dir – keine – Drogen. Okay? Keine Drogen.«

Der kräftige Mann senkte den Kopf und kaute auf einem abgebissenen Fingernagel herum. An seinem Handgelenk baumelten Handschellen; das glänzende Metall hob sich deutlich von dem schmutzigen Verbandstoff ab. »Scheiße.«

»Was hast du denn erwartet? Ich bin Polizist.«

»Du *musst* aber. Sonst tun sie Trisha wieder weh. Sie haben ihre Ma verdroschen, ihr Haus kurz und klein geschlagen … Und was ist, wenn sie sich ihren Kleinen schnappen?«

»Komm schon, Shuggie, es ist vorbei. Wir haben dich am Donnerstag verhaftet, das gilt immer noch. Komm mit aufs Präsidium, mach eine Aussage, und wir sorgen dafür, dass die Leute, die euch bedrohen, aus dem Verkehr gezogen werden.«

Shuggie hob das Kinn, und jetzt konnte Logan endlich sein Gesicht sehen: ein blaues Auge, verkrustetes Blut um beide Nasenlöcher herum, ein beigefarbenes Heftpflaster quer über den schiefen Nasenrücken geklebt. »Ich bin doch nicht blöd, okay? Was passiert wohl, wenn ihr mich einbuchtet? Meinst du, ich will mit 'ner Zwanzig-Zentimeter-Klinge im Bauch enden? Nee, danke.« Shuggie Webster richtete sich auf. »Was tätst du denn dazu sagen, wenn so ein Dreckskerl dir die Bude stürmen und deine Alte bedrohen tät? Tätst du dich freiwillig stellen?«

»Na ja, ich würde –«

»Glaubst du doch selber nicht.« Er wandte sich vom Zaun ab. »Komm, Uzi.«

»Du bist immer noch verhaftet, Shuggie!«

Shuggie zeigte ihm den Stinkefinger. Auf seinem Verband waren Blutflecken zu sehen.

»Shuggie!« Logan zückte das Pfefferspray und hebelte den Deckel ab. Im Zaun war ein Loch, keine vier Meter entfernt. Er musste nur durchschlüpfen und Shuggie festnehmen.

Pfefferspray wirkte doch bei Hunden … oder nicht?

Er sah das Spiel der Muskeln unter dem glänzenden schwarzen Fell des Rottweilers.

Schluck.

Okay, der ganze Trick bestand darin, sicher und souverän aufzutreten.

Logan stapfte durch das nasse Gras auf das Loch im Zaun zu, zwängte sich durch und rannte hinter Shuggie her. »Ich sag's dir nicht noch einmal: Du bist verhaftet!«

Sicher und souverän.

Shuggie blieb stehen. Drehte sich um. »Verpiss dich. Ich hab's dir schon mal gesagt: Ich geh nirgendwo hin.«

»Ich mein's ernst, Shuggie: Du kommst jetzt mit mir.«

»Ach ja?« Er grinste und präsentierte Logan eine charmante Zahnlücke. Dann ließ er die Leine los. »Uzi – RAN AN DEN SPECK!«

Der Hund blickte zu Shuggie auf und folgte dann der Richtung, in die der Finger zeigte – auf Logan. Er fletschte die Zähne.

»Oh… verflucht…« Pfefferspray. Er hatte doch das Pfefferspray! Kein Grund zur Panik. Sicher und souverän. Sicher und –

Der Hund machte einen Satz auf ihn zu.

Scheiß auf »sicher und souverän«. Logan machte kehrt und rannte los.

Hinter sich hörte er das Monstrum bellen und knurren, hörte die riesigen Pfoten durch die Pfützen platschten.

Die Geräusche kamen näher.

Schnell, zum Zaun und durch das Loch geschlüpft, und… Nie im Leben würde er einen Rottweiler abhängen können. Er warf einen Blick über die Schulter.

Direkt hinter ihm, das Maul weit aufgerissen, triefend vor Geifer und blutrot wie ein Höllenschlund…

SCHEISSE!

Logan schlug einen Haken nach rechts, und Uzi flog vorbei, versuchte kehrtzumachen, schlitterte mit den kräftigen Hinterläufen durch das regennasse Gras, dass das Wasser nur so aufspritzte.

Du lieber Himmel, das verdammte Viech war groß wie ein Bär.

Ein Baum! Logan sprang auf den erstbesten zu, schlang die Arme um einen Ast und zog sich hoch. Oder wollte sich hochziehen. Etwas riss ihn ruckartig nach hinten, etwas bohrte sich wie Messerklingen in seinen Knöchel, und dann gab sein Hosenbein mit einem reißenden Geräusch nach. »AAAAghhhh…«

Der Boden versetzte ihm einen Schlag in den Rücken, dass ihm die Luft aus der Lunge wich; und dann war der

Riesenköter auf ihm, und seine Zähne blitzten Zentimeter vor Logans Gesicht auf.

Mist – er hatte das Pfefferspray fallen lassen.

Shuggies Stimme drang durch das Knurren. »UZI – halt fest!«

Ein tiefes Grollen.

Das Gewicht des Hundes drückte Logan in das feuchte Gras, das Wasser drang ihm durch Jacke und Hemd, kalt und nass, und – o Gott, er würde sterben …

Donner grollte vom schiefergrauen Himmel herab, aber der Rottweiler zuckte nicht einmal mit den Ohren, stand nur da mit den Vorderpfoten auf Logans Brust, knurrend und zähnefletschend. Sein Atem stank nach gammligem Fleisch und bitteren Zwiebeln, der Sabber troff Logan auf Wangen und Stirn, schleimig und warm im Kontrast zum Regen.

Eine Silhouette tauchte am Rand seines Gesichtsfelds auf. Es war Shuggie, der über dem knurrenden Hund stand, die verbundene Hand an die Brust gedrückt. »Halt bloß ganz still, Mann, sonst beißt er dir die Kehle durch.«

Logans Augen zuckten zur Seite und wieder zurück. Der Hund bellte, die Zähne blitzten auf, Geifer spritzte Logan ins Gesicht. »Gaah … ruf ihn zurück!«

»Rückst du jetzt meinen Stoff raus? Bevor diese Yardie-Schweine mir mit 'ner Machete die Hände abhacken?«

»Ich … ich *kann* nicht. Ich bin Polizeibeamter … Ich kann nicht. Jetzt ruf schon den Hund zurück!«

Ein Schniefen. »Nee, er kann dich haben.«

Uzi bellte wieder.

Ein Tropfen Speichel landete in Logans Auge. Er zuckte zusammen, blinzelte. »Verdammte Scheiße, Shuggie, ich *kann* nicht!« Seine Stimme war schrill und zitterte.

Das einzige Geräusch war das Prasseln des Regens um sie herum.

»Gib mir deinen Autoschlüssel.«

»Ich bin nicht –«

»Uzi …«

Wieder ein Donnergrollen, näher diesmal, fast direkt über ihnen. Der massige Rottweiler grollte zurück, und seine Zähne blitzten im stärker werdenden Regen.

O du beschissene Scheiße …

Logan quiekte.

»Jetzt rück schon den Schlüssel raus.«

Er steckte die Hand in die Tasche und fischte den Schlüssel des Vauxhall heraus. »Da.«

Shuggie schnappte ihn sich.

»Und jetzt ruf den verdammten Köter zurück!«

Shuggie drehte sich um und humpelte auf den Zaun zu.

Logan riss sich vom Anblick der Hundezähne los und sah zu, wie Shuggie sich durch das Loch im Maschendraht zwängte. Wie er den holprigen Pfad überquerte, die Böschung hinaufkletterte und auf die Fairview Street lief.

Der Hund legte den Kopf schief. Seine Schnauze war ganz faltig und runzlig, die schwarzen, gummiartigen Lefzen von den dolchartigen Zähnen zurückgezogen.

Logan blinzelte sich den Regen aus den Augen. »Bitte …«

Die Scheinwerfer des Vauxhall durchschnitten die Düsternis, und für eine Sekunde war das Aufheulen des Motors zu hören, ehe es von einem neuerlichen Donnerschlag übertönt wurde.

Wieder ein Bellen; die Krallen der Vorderpfoten bohrten sich in Logans Brust.

Hagelkörner prasselten nieder, prickelten auf seinen Händen und seinem Gesicht, rissen die Blüten von dem Baum über ihnen ab, die in Zeitlupe auf sie niederregneten.

Dann das Knarren einer Autotür, die aufgerissen wurde. »UZI! UZI!«

Der Riesenhund erstarrte, sein Kopf schwang in die Richtung des Autos, beide Ohren aufgestellt.

»UZI! KOMM ENDLICH HER, DU BLÖDES VIEH!«

Noch ein letztes Mal knurrte er Logan an, scharrte mit den Hinterpfoten im matschigen Gras und sprang davon.

Oh, Gott sei Dank…

Logan lag flach auf dem Rücken und hielt sich die Arme über den Kopf, während er hörte, wie die Tür des Vauxhall wieder ins Schloss fiel, wie das Motorgeräusch des Einsatzwagens, mit dem Shuggie davonfuhr, allmählich im Rauschen des Regens erstarb.

Wie zum Teufel sollte er *das* irgendwem erklären?

24

»Wurde aber auch langsam Zeit.« Logan knallte seinen Kaffeebecher auf den Tisch, als DC Rennie zur Pubtür hereingeschlappt kam, sich suchend umschaute und schließlich winkte.

Idiot.

Logan drückte die Sendetaste seines Handys – »SHUGGIE, ICH WARNE DICH: BRING MIR MEINE VERDAMMTE KARRE ZURÜCK!«

»Morgen, Sarge. Warst du schwimmen?« Rennies perlweißes Grinsen blitzte in seiner künstlichen Bräune auf.

Logan steckte sein Handy wieder ein. »Bist du wirklich so scharf auf einen Arschtritt?«

»Okay… sind wohl gerade nicht so toll drauf.« Er wies mit dem Daumen über die Schulter. »Hab das Auto draußen stehen. Soll ich dich ins Präsidium zurückbringen, oder –?«

»Wo ist es?«

Ein fragender Blick. »Äh… vor dem Lokal. Bei den Behindertenparkplätzen.«

Logan kniff die Augen zu und knirschte mit den Zähnen. »Nicht dein Auto, Mann – *mein* Auto!«

Rennie scharrte mit den Füßen. »Das war doch nicht dein Ernst, oder?«

Eine junge Frau kam mit einer Kanne Kaffee an den Tisch. Ihre Zahnspange blitzte auf, als sie lächelte. »Möchten Sie noch ein paar Eiswürfel? Oder darf ich Ihnen noch mal nachschenken?«

Logan rang sich ein Lächeln ab. »Nein, danke, wir wollten gerade gehen.« Er bückte sich und wickelte das feuchte Geschirrtuch von seinem linken Knöchel ab. Ein paar halb geschmolzene Eisbröckchen fielen auf den Boden. Die Haut war rot und entzündet, und die vier parallelen dunkelroten Striche, wo Uzis Zähne sein Hosenbein zerfetzt und das Bein aufgeschlitzt hatten, brannten und schmerzten. Wenigstens hatte es aufgehört zu bluten.

Er reichte der jungen Frau das Geschirrtuch. »Danke.«

Rennie sah ihr nach, als sie durch die Tür mit der Aufschrift »NUR FÜR PERSONAL« verschwand. Er fuhr sich mit der Hand durch die blonde Igelfrisur. »Knackiger Arsch.«

»Ich hab dir doch gesagt, du sollst eine GPS-Ortung machen!«

»Ich dachte, du machst Witze. Ich meine, wieso solltest du dein eigenes Auto orten wollen? Wie kann es sein, dass du nicht weißt, wo dein eigenes Auto ist?«

»Umgeben von Idioten …« Logan humpelte mit quatschenden Schuhen zur Tür hinaus, und Rennie eilte hinterher.

»Was ist denn mit deinem Bein passiert?«

Es war nicht allzu schwierig, den CID-Einsatzwagen des Constables vor dem Pub zu entdecken – es war der schrottige Vauxhall, dessen Ablage mit Burgerverpackungen und leeren Chipstüten übersät war. Hagelkörner prasselten auf den schmutzigen Lack herab und bildeten kleine weiße Verwehungen über den Scheibenwischern.

Drinnen roch es wie in allen CID-Fahrzeugen – diese

Mischung aus altem Schweiß, Zigarettenrauch und Essensresten, die unter den Sitzen vor sich hin gammelten.

Rennie schwang sich hinters Steuer. »Wohin soll's gehen?«

»Jetzt mach erst mal den verdammten Anruf.«

Eine kurze Pause, dann zog der Constable sein Airwave-Handy heraus und tippte die Nummer der Leitstelle ein. »Ja, hallo Jimmy, ich brauch 'ne GPS-Ortung für Charlie Delta Sieben … Äh, nein. Er geht nicht an sein Telefon … Und an sein Airwave auch nicht.« Rennie drehte sich zu Logan um, registrierte den finsteren Blick und drehte sich wieder nach vorne. »Hör zu, jetzt mach halt einfach die GPS-Ortung, okay? … *Was?*« Der Constable setzte sich kerzengerade auf. »Nee, Jimmy, wehe, du stellst mich zu ihm –« Ein Hüsteln. »Chief Inspector Finnie – ja, ich habe gerade … DS McRae? Äh …« Rennie starrte Logan an, dass ihm die Augen aus dem Kopf traten, den Mund zu einem krummen Strich verzogen.

Logan formte die Lippen zu einem »Nein!«, hob abwehrend beide Hände und schüttelte den Kopf.

»Einen Moment …« Rennie hielt ihm den Apparat hin. »Es ist für dich.«

Mistkerl.

Logan nahm das Airwave. »Sir?«

»Sagen Sie mir, Detective Sergeant, habe ich Ihnen vielleicht aus Versehen *den Tag freigegeben und es irgendwie vergessen?«*

»Nein, das nicht, aber –«

»Dann möchten Sie mir vielleicht *erklären, wieso Sie nicht in diesem Moment damit beschäftigt sind, Frank Baker zu vernehmen, wie ich es Ihnen aufgetragen habe?«*

Logan spähte durch die mit Hagelkörnern übersäte Windschutzscheibe. Woher zum Teufel wusste Finnie, dass er nicht –

»Superintendent Green sagt mir, dass er schon geschlagene fünfzehn Minuten auf Sie wartet.«

»Er sagt *was*? Hören Sie, es ist ja schon schlimm genug, dass wir –«

»Es wäre nett, Sergeant, wenn ich ausnahmsweise einmal davon ausgehen könnte, dass einer meiner Mitarbeiter sich professionell verhält. Es ist mir egal, ob Sie es für Zeitverschwendung halten oder nicht – fahren Sie hin, vernehmen Sie Baker, und führen Sie sich nicht auf wie ein bockiges kleines Kind!«

Der Rest war Schweigen.

Logan nahm den Apparat vom Ohr und las die kleine grauschwarze LCD-Anzeige: »ANRUF BEENDET.«

Na super.

Echt – total – super.

Logan klopfte ans Beifahrerfenster.

Superintendent Green blickte von dem Laptop auf, auf dem er herumtippte, und starrte Logan einen Moment lang an. Dann breitete ein Lächeln sich langsam über seine untere Gesichtshälfte aus, hielt aber einen gebührenden Sicherheitsabstand zu den Augen. *Bzzzzzzz* – die Scheibe fuhr ein paar Zentimeter herunter. »Haben wohl ein bisschen Urlaub gemacht, wie, Sergeant?«

Warme Luft strömte in den kalten Morgen hinaus. Der Hagel hatte sich verzogen, ersetzt durch einen kalten Nieselregen.

Logan nötigte sich ebenfalls ein Lächeln ab. »Nein, alternative Ermittlungsrichtungen verfolgt, *Sir*.«

»Ja …« Green wandte sich zu dem uniformierten Constable um, der auf dem Fahrersitz saß. »Warten Sie auf mich.« Er klappte den Laptop zu und schob ihn in ein überdimensionales Lederfutteral. Dann stieg er hinaus in den ungemütlichen Morgen. Er musterte Logan von Kopf bis Fuß und zog eine Braue hoch. »*Soll* der Anzug so aussehen?«

Logan sah auf sein linkes Hosenbein hinunter. Es war zerrissen und zerfetzt, der Stoff dunkelgrau verfärbt von

Blut, Regen und Erde. Schmutzige Pfotenabdrücke zierten seine Brust. »Ich dachte, Sie hätten es eilig?«

»Nach Ihnen.«

Die Fertigungsanlage, in der Frank Baker arbeitete, bestand aus einer riesigen Fabrikhalle mit einem kleinen Büroanbau, von der Straße geschützt durch einen hohen Maschendrahtzaun, gekrönt mit Stacheldraht. Als ob irgendjemand auf die Idee käme, hier einzubrechen und sich mit einem zwei Tonnen schweren Stück Bohrgestänge aus dem Staub zu machen. Die Dinger waren um das Gebäude herum gelagert, gesichert mit Holzkeilen und Ratschenspanngurten.

Green marschierte auf eine Tür zu, auf der stand: »ALLE BESUCHER MÜSSEN SICH AM EMPFANG ANMELDEN!«

»An seiner Pünktlichkeit erkennt man den erfolgreichen Polizeibeamten, Sergeant.«

Wichser. Wie konnte Logan zu spät kommen, wenn überhaupt kein Termin vereinbart worden war?

»Tatsächlich, Sir? Ich dachte immer, es ginge darum, Kriminelle zu fangen und Verbrechen zu verhindern?«

Green hielt einen Moment inne und stieß dann die Tür zu einem kleinen Raum auf, in dem es nach Schmierfett und Kaffee roch. Eine füllige Frau mit Topffrisur sah von einem Stapel Papiere auf und starrte sie über den Rand ihrer Brille hinweg an. Kein »Hallo«, kein »Was kann ich für Sie tun?«

Der Superintendent blickte sich im Raum um – Plakate mit Hinweisen zum Arbeitsschutz, ein gerahmtes Foto einer Bohrinsel, ein Kalender mit kleinen Kätzchen, Regale, die unter der Last von Aktenordnern ächzten. »Ich möchte Frank Baker sprechen.«

Sie spitzte die Lippen. »Der ist bei der Arbeit.«

Green hielt ihr seinen Dienstausweis unter die Nase. »Jetzt.«

Die weitläufige Halle war vollgestopft mit Maschinen, Gabelstaplern und noch mehr Bohrgestänge. Aus einem Radio dröhnte irgendetwas Poppiges, untermalt vom Hämmern, Scheppern und Stampfen schwerer Maschinen und dem MG-Geknatter einer Schweißpistole.

Ohne seinen schicken sauberen Anzug war Frank Baker kaum wiederzuerkennen. Jetzt trug er stattdessen einen schmutzigen orangefarbenen Overall mit einer gefütterten grünen Jacke darüber, deren Brust- und Schulterpartie mit punktförmigen Brandlöchern übersät war. Die Hände steckten in dicken Lederhandschuhen, die Füße in Sicherheitsstiefeln mit Schutzkappen aus Stahl. Von der Schweißmaske, die er gerade auf ein rostiges Stück Rohr geknallt hatte, blieb ein dicker roter Streifen auf seiner Stirn zurück. »Es passt mir gar nicht, dass ihr *Schweine* jeden verdammten Tag hier aufkreuzt.«

»Dann beantworten Sie endlich die Frage!« Green verschränkte die Arme, die Füße schulterbreit auseinander, das Kinn in die Höhe gereckt.

Baker sah Logan finster an. »Ich hab das doch alles schon durchgekaut – mit Ihnen, mit dieser runzligen alten Frau und –«

»Wir hätten da nur noch ein paar –«

»Und jetzt werden Sie alles noch einmal mit *uns* durchkauen.« Green trat näher, und Baker zuckte zusammen.

»Ich habe hier zu tun.«

»Oh. Oh, ich *verstehe.*« Der Superintendent zwinkerte. »Ihre Kollegen wissen nicht, dass Sie ein Perverser sind. Dass Sie gerne kleine Jungs beläs–«

»Nicht so laut!«

»Ein mieser, pädophiler Kinderschänder, der –«

»RUHE! HALTEN SIE IHR DRECKIGES MAUL!« Baker packte den Griff seines Lichtbogenschweißgeräts.

Green lehnte sich vor. »Sonst… *was*, Frank?«

Tränen glitzerten in Bakers Augenwinkeln.

Ein hünenhafter Mann in einem verdreckten Blaumann kam herbeigeschlendert, eine umgedrehte Baseballkappe auf dem massigen Schädel, das Gesicht schwarz vor Schmutz, mit einer sauberen Stelle um die Augen herum, wo seine Schutzbrille gesessen haben musste. »Alles in Ordnung, Frankie?«

Baker biss sich auf die Lippe. »Ja, klar … Danke, Spike.«

Spike starrte sie einen Moment lang an. »Wenn's irgendwelche Probleme gibt, sag mir einfach Bescheid.« Dann machte er kehrt und stapfte davon.

Baker wartete, bis Spike sicher außer Hörweite war. »Ich hab's denen doch schon *gesagt*: Ich helfe jeden Samstag freiwillig bei einem Tierarzt in der Stadt aus. Das ist schließlich nicht verboten, okay? Das verstößt nicht gegen meine Verbotsverfügungen. Ich habe nichts verbrochen. Also verschwinden Sie endlich und lassen Sie mich in *Ruhe*!«

»Nein, nein, nein, Frank – so läuft das nicht.« Green lächelte. »Sie sagen mir alles, was ich wissen will, sonst sorge ich dafür, dass jeder verschwitzte Arsch in diesem Betrieb Ihr schmutziges kleines Geheimnis erfährt.«

»Sir?« Logan räusperte sich. »Das ist aber nicht –«

»Wollen Sie das, Frank? Wollen Sie, dass alle hier zu hören bekommen, was Sie mit kleinen Jungs anstellen?«

»Das ist nicht fair!«

»Finden Sie es etwa fair, was mit Alison und Jenny passiert?«

Baker schloss die Augen und sackte in sich zusammen. »Bitte – ich will doch nur in Ruhe gelassen werden …«

25

Green lehnte sich ans Dach von Rennies Einsatzwagen. Das Kinn in die Höhe gereckt, starrte er ins Leere. Seine typische Pose – wieder einmal. »Nun, das war … interessant.«

Logan zog die Tür auf und warf sein Notizbuch auf den Fahrersitz. »Das ist *nicht* die Art, wie wir bei Ermittlungen vorgehen.«

Der Regen hatte aufgehört, allerdings ließ die dunkelgraue Wolkenschicht über der Stadt befürchten, dass die Unterbrechung nicht von langer Dauer sein würde. Und eiskalt war es nach wie vor.

Superintendent Green kräuselte die Oberlippe. »Ach ja? Welch ein Schock – noch etwas, was die Grampian Police *nicht* tut. Verraten Sie mir doch eins, Sergeant – was *tun* Sie denn eigentlich?«

»Frank Baker ist ein registrierter Sexualstraftäter – haben Sie eine Ahnung, was mit ihm passieren wird, wenn seine Kollegen dahinterkommen?«

»Das ist ja wohl nicht mein –«

»Sie prügeln ihn krankenhausreif, er wird gefeuert, und er *verschwindet*! Wie sollen wir ihn kontrollieren, wenn wir gar nicht wissen, wo er ist?«

Greens Augen verengten sich. »Sergeant McRae, sind Sie eigentlich immer so renitent?«

»Das war vollkommen daneben, da reinzuplatzen wie ein verdammter Rambo!«

Der Superintendent trommelte mit den Fingern auf dem Autodach herum. »Als Chief Inspector Finnie mir sagte, Sie seien ›eigensinnig‹, habe ich nicht mit unverhohlener Gehorsamsverweigerung gerechnet.«

Logan knirschte mit den Zähnen. »Wir sollten doch eigentlich auf derselben Seite stehen, hätte ich gedacht.«

»Ach ja?«

»Ja, *Sir.*« Logan blickte zu der riesigen Fabrikhalle. Spike, Bakers hünenhafter Freund, stand in der Tür und starrte zu ihm herüber. Dann drehte er sich um und verschwand im dunklen Inneren des Gebäudes. »Sonst noch was?«

Green schwieg einen Moment. Dann lächelte er kalt. »Also, dann sollte ich besser mal ins Präsidium zurückfahren und nach dem Team sehen. Wir brauchen eine Strategie für Donnerstag – die Geiselübergabe ist erfahrungsgemäß oft der Moment, wo es die eine oder andere Leiche gibt.« Green trat vom Wagen zurück. »Wir sehen uns.«

Logan stieg auf der Beifahrerseite ein und knallte die Tür zu. »Nicht, wenn ich deine Fresse zuerst sehe.«

Rennie blickte von seinem Buch auf. »Sarge?«

»Nichts.« Er schnallte sich an. »Ich will die GPS-Ortung von Charlie Delta Sieben *sofort.*«

»Schon dabei.« Rennie legte das Buch auf die Ablage und kramte sein Airwave-Handy hervor.

Logan legte den Kopf schief und las stirnrunzelnd den Titel. *»Einmal Sodom und zurück?«*

»Das ist Literatur – das Buch ist in der engeren Auswahl für den diesjährigen Booker-Preis. Emma sagt, ich muss meinen Horizont erweitern, und – Moment mal. *Aye*, Jimmy, ich hatte dich doch gebeten, nach Charlie Delta Sieben zu fahnden, wie sieht's aus? … M-hm … Nein. Hab immer noch nichts von ihm gehört … Ja, wenn's dir nichts ausmacht …« Rennie legte die Hand über die Sprechmuschel und deutete mit einem Nicken auf das Buch in Logans Hand. »Kannst es dir ausleihen, wenn ich es durchhabe. Es geht da um einen Konzertpianisten von Orkney, der nach Edinburgh zieht, weil er in seine Cousine verliebt ist, und sich am Ende in einer Orgie mit einem Haufen total durchgeknallter … Ja? Echt? Alles klar, danke, Jimmy!«

»Und?«

Rennie drehte den Zündschlüssel um. »Wir haben einen Treffer.«

»Da drüben … bei den Bäumen.«

Logan spähte durch die regengesprenkelte Frontscheibe. »Wo? Da sind doch überall nur Bäume.«

Gairnhill Wood lag rund fünf Kilometer westlich der Stadt und gehörte zu einer kleinen Gruppe zusammenhängender Waldgebiete der Nationalen Forstverwaltung. Schön ruhig und abgeschieden.

Graue Wolkenfetzen hingen an den Wipfeln der Kiefern und Fichten und tauchten alles in ein fahles, lebloses Licht, während der Unterwuchs im leichten Nieselregen glänzte.

Die Scheibenwischer schwangen wieder quietschend über das Glas.

»Da.« Rennie zeigte mit dem Finger auf einen kleinen Parkplatz rechts von der Straße. Ganz hinten in der Ecke, unter einem tiefhängenden Ast, stand Charlie Delta Sieben, auch bekannt als Logans klappriger blauer Vauxhall.

Weit und breit war kein anderes Auto zu sehen.

Rennie grinste. »Hast du ihn da abgestellt?«

»Du bist ein Idiot, das weißt du schon, oder?« Logan schnallte sich ab. »Park ihn zu, dann gehen wir mal nachschauen.«

Der Constable leckte sich die Lippen. Sein Blick ging von Logan zu dem abgestellten Wagen. »Willst du mir vielleicht verraten, was hier läuft? Nur so für alle Fälle?«

»Shuggie Webster, hat ein Riesenviech von Hund dabei. Wenn du den Mistkerl siehst, nimm ihn fest. Und pass auf, dass du nicht gebissen wirst.«

»Okay …« Rennie lenkte seinen Wagen vorsichtig den unbefestigten Waldweg hinauf und parkte ihn quer vor Charlie Delta Sieben.

Logan öffnete die Tür und stieg hinaus in den Regen.

Die feinen Tröpfchen benetzten sein Gesicht, und der Atem hüllte seinen Kopf in eine Dampfwolke. Sommer in Aberdeen – immer wieder ein Genuss.

Er zückte sein Pfefferspray, schlich langsam um Charlie Delta Sieben herum zur Fahrertür und spähte durchs Fenster.

Niemand da.

»Meinst du, er hat sich aus dem Staub gemacht?« Rennie tauchte auf der anderen Seite auf. »Vielleicht ist er nur mal rasch zum Pinkeln in den Wald?«

»Falls er nicht einen Haufen auf den Fahrersitz gemacht hat…« Logan ging in die Hocke und inspizierte von unten den Zwischenraum zwischen Griff und Tür. Dann zog er einen Kuli aus der Tasche und klackerte damit in der Lücke hin und her.

Ein schwacher Schatten fiel auf ihn. Dann hörte er Rennie schniefen. »Nichts für ungut, Sarge, aber das sieht voll behindert aus.«

»Als ich beim CID anfing, gab's da einen DI, der war ein richtiges Arschloch, hat immer rumgetobt und alle angebrüllt. Und dann musste er eines Tages eine Todesnachricht an die Familie eines Drogendealers überbringen – der Sohn hatte es fertiggebracht, in der U-Haft an seiner eigenen Kotze zu ersticken.« Logan richtete sich auf. »Und während DI Cole drin bei den Eltern ist und ihnen die schlechte Nachricht beibringt, schleicht ihr anderer Sprössling sich raus und klebt einen Batzen Kaugummi unter den Türgriff, wo man ihn nicht sieht.«

Der Constable zuckte mit den Achseln. »Könnte schlimmer sein – wenn's jetzt Hundekacke gewesen wäre –«

»Und dann hat er eine dreckige Rasierklinge in den Kaugummi gesteckt. DI Cole hat zwei Fingerkuppen eingebüßt und sich im Tausch dafür Hepatitis C eingefangen.« Logan öffnete die Tür. »Kann nie schaden nachzuschauen.«

Drinnen sah Charlie Delta Sieben noch genauso versifft aus, wie Shuggie ihn geklaut hatte. Nur dass es jetzt auch noch nach nassem Hund stank.

»Also, denkst du, dass er sich noch irgendwo in der Nähe rumdrückt?« Rennie fuhr seinen Teleskop-Schlagstock aus. »SHUGGIE! SHUGGIE WEBSTER! KOMMEN SIE MIT ERHOBENEN HÄNDEN HERAUS!«

Logan richtete sich wieder auf und legte eine Hand auf die Motorhaube. Sie war kalt. »Das Auto steht schon mindestens eine Stunde hier.« Er drehte sich um und ließ den Blick über die feuchte braune Erde des Parkplatzes wandern. »Er muss hier noch ein Ersatzfahrzeug gehabt haben… Oder vielleicht hat er irgendwelchen Leuten, die gerade einen Waldspaziergang gemacht haben, den Wagen geklaut. Oder er hat sich mit jemandem getroffen…«

Rennie schob den Schlagstock wieder zusammen. »Soll ich es melden?«

»Was – damit alle wissen, dass Shuggie Webster meinen Einsatzwagen geklaut hat? Nein, danke. Was die Interne Dienstaufsicht nicht weiß, macht sie auch nicht heiß.« Logan trat unter dem Schutzdach aus grünen Nadeln hervor. Der Regen wurde wieder stärker und pladderte auf das Unterholz. »Riechst du das auch?«

»Was ist, wenn Shuggie irgendein altes Muttchen k.o. geschlagen hat oder so?«

Er hielt einen Finger an die Lippen. »Schsch…« Der Parkplatz war von dichtem Farn umstanden, dessen lange, gefiederte Wedel im Regen schwankten. Jemand hatte eine Schneise hindurchgetrampelt, im Winkel von dreißig Grad zu dem offiziellen Wanderweg, der in den Wald führte.

Logan umkurvte eine Pfütze. Der Matsch um die niedergedrückten Farnpflanzen war dunkel verfärbt. Logan trat zur Seite, um nicht auf irgendetwas Wichtiges zu treten, während er behutsam näher rückte.

»Sarge?«

Er bedeutete Rennie zurückzubleiben. »Sekunde noch.«

Wenn er sich auf die Zehenspitzen stellte, konnte er gerade eben eine kleine Lichtung erkennen, kaum mehr als anderthalb Meter im Durchmesser, wo der Unterwuchs niedergetrampelt und Farn und Grashalme glänzend schwarz verfärbt waren.

Und da lag etwas am Rand der Lichtung: ein dunkles Etwas, wie ein geplatzter Sack, aus dem rote, lila und weiße Teile hervorquollen. Verschlungene graue Schläuche glitzerten im dunklen Gras.

»Was ist?« Rennie spähte ihm über die Schulter. »Was hast du… Ach du Scheiße. Ist das ein Hund?«

Es war ein Hund. Ein massiger Rottweiler, nach dem zu schließen, was von seinem Kopf übrig war.

Irgendjemand hatte Shuggie Websters Hund massakriert.

Der Kollege von der Wildschutzpolizei lehnte sich in der Hocke zurück und schüttelte den Kopf. »So ein Dreckskerl…« Der Regen trommelte langsam, aber stetig auf die Kapuze seines weißen Tatort-Overalls; seine Hände steckten in lila Handschuhen, die Füße in blauen Plastik-Überschuhen. »Wer tut einem armen Hundchen so etwas an?«

Der grelle Blitz einer Kamera ließ die Regentropfen im Fallen erstarren. Ein Kriminaltechniker brachte sich in Position für die nächste Aufnahme. Logan deutete mit dem Kopf auf den Kadaver. »Was denken Sie?«

»Ich denke, dass irgendjemand dringend an die Wand gestellt gehört, wenn Sie mich fragen. So ein prächtiger Hund.« Der Wildschutzbeamte streckte die Hand aus und streichelte das dunkle Fell am Rücken des massigen Tiers. »Viele Leute glauben ja, Rottweiler wären so schrecklich aggressive Hunde, dabei sind sie im Grunde sanfte und gutmütige Riesenbabys…«

Aber sicher.

Genauso sanft wie Uzi, als er versucht hatte, Logan die Kehle zu zerfetzen. »Ich meinte, ob Sie irgendetwas dazu sagen können, was ihn getötet hat?«

Ein tiefer Seufzer ließ den Papier-Overall knistern. »Nun ja, ich bin kein Rechtsmediziner, aber wenn ich mir die Größe der Schnitte so anschaue … die meisten an Rücken und Schultern …« Wieder ein Seufzer. »Ein Schwert? Heutzutage kaufen sich doch viele von diesen kranken Idioten solche Samurai-Schwerter im Internet. Oder vielleicht ein sehr großes Messer? So ein richtiges Rambo-Gerät. Wie lang dürfte es gewesen sein?« Er sah zu dem Kriminaltechniker auf, den er mitgebracht hatte. »Vierzig, fünfundvierzig Zentimeter?«

Der Kollege von der Spusi ließ seine überdimensionale Digitalkamera sinken. »So um den Dreh.«

Ungefähr so lang wie eine Machete.

Das erklärte wohl, was aus Shuggie Webster geworden war und warum er den Einsatzwagen zurückgelassen hatte. Verdammter Mist. Jetzt *musste* Logan den Vorfall melden.

»Was ist mit Fingerabdrücken, Fasern und so weiter?«

Der Kriminaltechniker schlang sich den Tragegurt seiner Kamera über die Schulter. »Wollen Sie die komplette CSI-Nummer?«

Logan drehte sich zu dem niedergemetzelten Rottweiler um. Undenkbar, dass Shuggie Webster einfach so davonspaziert war – nicht, nachdem jemand seinem Hund *das* angetan hatte. Gut möglich, dass schon bald seine verstümmelte Leiche auftauchen würde. Wenn sie nur irgendeine winzige Spur hätten, würde das schon weiterhelfen. Aber so beschissen, wie dieser Tag bisher gelaufen war … »Alles, was Sie mir bieten können, ohne dass Finnie wegen der Kosten einen Tobsuchtsanfall bekommt.«

»Sie können froh sein, wenn wir überhaupt etwas finden –

im Freien, bei strömendem Regen, und dann auch noch an einem öffentlichen Ort… Versprechen kann ich gar nichts.« Er klopfte dem Wildschutzbeamten auf die Schulter. »Ist gut, Dunc, du kannst ihn abtransportieren, wenn du willst. Ich bin fertig hier.«

Während Dunc die Überreste des massakrierten Rottweilers in einen weißen Leichensack in Kindergröße zu packen begann, stellte der Kriminaltechniker seinen Spurensicherungskoffer neben zwei Tesco-Plastiktüten ab, die ausgebreitet auf der Erde lagen, die Ecken mit Steinen beschwert. Er nahm einen der Steine weg und zog eine Ecke der Plastikabdeckung zurück. Darunter kam ein mit Gips ausgegossenes Rechteck zum Vorschein – reinweiß in der Mitte, schon etwas angegraut an den Kanten. Er steckte einen Finger in die Masse und wischte ihn seufzend an seinem Overall ab. »Ich glaube ja immer noch nicht so recht, dass wir damit was anfangen können…«

»Was ist mit Fingerabdrücken?«

»Ich meine, die Schuhabdrücke waren von Anfang an nicht so toll, nicht wahr? Dass es die ganze Zeit in Strömen schifft, macht die Sache auch nicht gerade besser.«

»Sie könnten doch den Wagen einstäuben, während der Gips trocknet – vielleicht hat der Täter ja den Lack angefasst?«

Er deckte den Gipsabdruck wieder ab und legte noch ein paar Steine drauf. »Ich meine, Matsch ist ideal, wenn es um das *Aufnehmen* von Schuhabdrücken geht, aber sobald es wieder anfängt zu regnen, zerläuft alles zu einem einzigen Brei –«

»Ernie – der Wagen?«

»Seien Sie doch nicht albern.« Er nahm seine Gesichtsmaske ab, unter der ein rotes Ziegenbärtchen und ein lächelnder Mund voller schiefer Zähne zum Vorschein kamen. »Was glauben Sie denn, was passiert, wenn Sie Fingerabdruckpulver auf nasses Metall pinseln?«

»Ah …« Mist.

»Genau.« Ernie schob die Kapuze seines Tatort-Overalls zurück und ließ einen kahlen Schädel mit einem schütteren, ebenfalls fuchsroten Haarkranz sehen. »Wir müssen den Wagen mitnehmen und ihn erst mal noch ein paar Stunden zum Trocknen in die Garage stellen.«

»Okay …«

Rennie saß in seinem Einsatzwagen und hatte die Nase wieder in *Einmal Sodom und zurück* gesteckt.

Logan klopfte an die Scheibe.

Er musste noch warten, bis der Intellektuelle ein Lotterielos als Lesezeichen zwischen die Seiten gesteckt hatte, dann surrte die Scheibe herunter. »Chef?«

»Steel sagt, ich soll mir einen Sklaven nehmen – ich nehm' dich.«

Rennie grinste. Dann zog er eine Schulter hoch, schnitt eine Grimasse und sagte mit lächerlich verstellter Stimme: »Ja, Massaaaaa …?«

»Schaff deinen krüppligen Arsch ins Präsidium – ich will eine Analyse sämtlicher Entführungen im ganzen Land aus den letzten zehn Jahren.«

Der Constable hielt inne, Kuli und Notizbuch gezückt. »Zehn *Jahre*?«

»Du hast mich gehört.« Logan sah zu, wie der Wildschutzbeamte zum Parkplatz zurückstapfte und den weißen Leichensack hinter sich herschleifte. »Finde raus, wer diese Woche die Ermittlungen gegen die Drogenbanden koordiniert – ich suche nach Yardies mit einer Vorliebe für Macheten.«

Rennie schrieb sich alles auf. »Zehn Jahre …«

»Und« – Logan deutete auf seinen Einsatzwagen – »du bringst mir den da zum Präsidium zurück. Zieh Handschuhe an. Trag ihn *nicht* wieder ein, lass niemanden sonst an ihn ran. Park ihn in der Garage und lass ihn trocknen, bis

Ernie ihn auf Fingerabdrücke untersuchen kann. Wenn der dicke Gary Stress macht, sag ihm, der Wagen ist Beweismaterial.«

»Sonst noch was?«

»Ja, falls jemand fragt...« Was? Wie zum Teufel sollte er das hier erklären? Gestohlener Wagen, toter Hund, mutmaßliche Entführung, eventuell Mord. »Falls jemand fragt, sagst du, ich hätte die ganze Zeit schon so konfus gewirkt, als ob ich eine Gehirnerschütterung hätte.«

Rennie nickte. »Na, Gott sei Dank – und ich dachte schon, du würdest von mir verlangen, dass ich lüge...«

26

»Ja, ja, ich weiß schon...« Logan ließ den Oberkörper seitwärtskippen, bis er mit dem Kopf gegen das Fahrerfenster dotzte.

Finnies Stimme dröhnte aus dem Airwave. *»Und was* genau *haben Sie sich dabei gedacht, Sergeant? Dass die wundersamen* La-La-Feen *auftauchen und Ihnen den gestohlenen Einsatzwagen zurückbringen würden?«*

»Ich habe nicht... Es... Ich wurde von einem Hund angegriffen, als es passierte. Und dann haben Sie gesagt –«

»Sie können froh sein, wenn der Hund der Einzige ist, der Sie heute in die Mangel genommen hat. Interne Dienstaufsicht, fünfzehn Uhr dreißig.«

Logan knallte noch einmal mit dem Kopf gegen die Scheibe. »Ja, Sir.«

»Wo sind Sie?«

Logan spähte durch die von Regenschlieren überzogene Frontscheibe auf ein schäbiges Haus mit vernagelten Fenstern. »EIFERSÜCHIGE TUSSE!!!« war mit zerlaufener lila Farbe auf die Wand und die Haustür gesprüht.

Ein klappriger, verbeulter Ford Fiesta stand am Bordstein, alle Fenster eingeschlagen oder herausgebrochen, die Karosserie übersät mit Dellen und Kratzern.

»Vor Victoria Murrays Haus.«

»Aha …« Pause. *»Sagen Sie, Sergeant, glauben Sie* ernsthaft, *dass Sie von ›Vicious Vikki‹ Informationen bekommen werden, die Ihnen helfen, den Fall im Handumdrehen zu lösen? Und dass Sie auf die Weise um Ihr Gespräch mit der Internen Dienstaufsicht herumkommen? Wenn dem nämlich so ist, dann habe ich schlechte Nachrichten für Sie: Sie* werden *um halb vier wieder hier im Präsidium sein. Und nachdem Sie mit Superintendent Napier gesprochen haben, werden wir beide uns mal ein bisschen unterhalten.«*

Yippie. Logan schloss die Augen. Superintendent Ninja, der Rothaarige Rächer.

»Denn ich glaube, wir haben da ein klitzekleines Kommunikationsproblem, finden Sie nicht, Sergeant? Ich bin nämlich der Meinung, ich hätte Ihnen gesagt: ›Treten Sie dem Mann von der SOCA nicht *auf den Schlips.‹ Und aus irgendwelchen unerfindlichen Gründen haben Sie offenbar verstanden: ›Beleidigen Sie Superintendent Green und nennen Sie ihn einen Idioten.‹ Ist das nicht merkwürdig?«*

Irgendetwas roch hier nach Scheiße. Logan inspizierte seine Schuhsohlen – alles sauber. Er schnupperte wieder. Der Gestank wurde schlimmer, je näher er Victoria Murrays Haustür kam. Auf keinen Fall würde er die Klingel anfassen.

Stattdessen klopfte er an das Holz, direkt neben dem lila T in »TUSSE«.

Und wartete eine Minute.

Und klopfte noch einmal.

Vielleicht war sie ja nicht zu Hause? Vielleicht hatte sie den ganzen Vandalismus und die Hassbriefe satt und war untergetaucht?

Noch ein letztes Mal, dann würde er zum Wagen zurückgehen.

Eine Stimme auf der anderen Seite der Tür: »Verpissen Sie sich, ich bin nicht da.«

»Mrs. Murray?«

»Wenn Sie sich nicht verpissen, ruf ich die Polizei! Ich kenn meine Rechte.«

Logan zog seinen Dienstausweis aus der Tasche und hob die Klappe am Briefschlitz hoch. »Detective Sergeant – Was zum …?« Da klebte etwas an seinen Fingern. Er ließ die Klappe wieder fallen.

Braun.

Seine Fingerspitzen waren mit einer klebrigen braunen Pampe verschmiert. »Ach du … Sch–«

Dreckige *Schweine.*

Er wischte die Finger an der Tür ab und hinterließ einen schokoladenbraunen Regenbogen. »Ich *bin* von der Polizei, verdammt!«

Er hörte ein Klacken, dann ging die Tür einen Spaltbreit auf, und ein blutunterlaufenes Auge lugte hindurch. »Beweisen Sie's.«

Logan hielt ihr seinen Dienstausweis unter die Nase. »Da ist *Scheiße* in Ihrem Briefkasten.«

Sie nickte. »Hat immerhin verhindert, dass die blöden Schweine reinglotzen und versuchen, Fotos von mir in der Unterhose zu schießen, nicht?« Die Tür knallte zu, man hörte eine Kette rasseln, und dann ging sie wieder auf. »Geschieht ihnen recht.«

Victoria Murray verschränkte die Arme unter dem durchhängenden Frontspoiler ihres Busens. Laut dem Artikel im *Aberdeen Examiner* von letzter Woche hatte »›Vicious‹ Vikki (22), Exstripperin und Callgirl, sich mit zwei Stadträten gleichzeitig vergnügt.«

Mein Gott, die beiden mussten ja wirklich verzweifelt

gewesen sein. Von der Zigarette, die in ihrem Mundwinkel glomm, kringelte sich Rauch um ihre zusammengekniffenen Augen. Ihr Kinn ging nahtlos in den Hals über, die blasse Haut war um Nase und Mund herum mit Pickeln gesprenkelt, was ihren Kopf wie ein gebrauchtes Kondom voll Milch aussehen ließ.

Sie wuchtete ihren Vorbau hoch. »Was wollen Sie?«

»Ich muss mir die Hände waschen.«

»Weiter nichts?«

»Sie können von Glück sagen, dass ich Sie nicht verhafte. Scheiße in seinen eigenen Briefkasten zu füllen, ist –«

»Ach, als ob *die* so was nie gemacht hätten. Was glauben Sie denn, was mit meinem Teppich passiert ist?« Sie deutete mit dem Kopf auf den Boden.

Die blanken Holzdielen waren mit einer Fußmatte aus Zeitungen bedeckt. »Pisse, Scheiße, gammliges Gemüse, alles … sogar überfahrenes Viehzeugs. Alles haben sie mir reingeschmissen. Also erzählen Sie mir nicht, dass ich es denen nicht auch mal heimzahlen darf, okay?« Ihr Kopf ruckte nach links. »Zum Klo geht's da lang, erste Tür links.«

Er schob sich an ihr vorbei, worauf sie die Tür zuknallte, die Kette wieder vorschob und den Schlüssel im Schloss umdrehte. An der Innenseite des Briefschlitzes war mit Klebeband eine Plastiktüte befestigt, randvoll mit einer dunklen Masse.

Als er fertig war, wartete sie in der Küche auf ihn. Seine Finger rochen jetzt nicht mehr nach Scheiße, dafür stanken sie nach Lavendel, nachdem er sie wieder und wieder im heißen Wasserstrahl gewaschen hatte, bis seine Hände ganz rot und geschwollen waren. Victoria Murray hatte ein KitKat Chunky in der einen Hand und einen Kaffeebecher in der anderen. »Wenn Sie Tee wollen, können Sie sich selber einen machen.«

»Ich muss mit Ihnen über Alison und Jenny McGregor reden.«

Ihre Miene wurde säuerlich. »Aber klar doch, was sonst? Wär ja noch schöner, wenn Sie gekommen wären, um mir zu sagen, dass Sie die Scheißkerle geschnappt haben, die mein Auto demoliert haben. Oder die, die mir das Fenster eingeschmissen haben. Oder diese ganzen Lügen an meine Hauswand geschmiert!« Sie knallte ihren Becher so heftig auf die Arbeitsplatte, dass der schwarze Kaffee überschwappte. »Gestern bin ich angespuckt worden. Jawohl, angespuckt! Irgend so ein alter Knacker hat einen Mundvoll Rotz hochgezogen und mir voll ins Gesicht gespuckt! Diese verdammten Zeitungen.«

Logan füllte den Kocher mit kaltem Wasser. »Die waren allerdings nicht sehr nett –«

»Ich hab denen ja nicht mal die *Hälfte* von dem erzählt, was diese arrogante Zicke so getrieben hat, als wir jünger waren. Aber *nein* – wie *kann* ich es wagen anzudeuten, dass die heilige Alison McGregor sich nach der Schule immer zugesoffen und bekifft hat. Und das war in der siebten Klasse. Als sie gerade mal elf war, hat sie schon den Jungs einen geblasen – für Zigaretten!«

Das letzte Stück KitKat verschwand, hinuntergespült mit einem Schluck Kaffee. »Da war diese eine Familie, die ist bei uns in der Nachbarschaft eingezogen, und der Junge von denen, der war ein Mongo. Also, Down-Syndrom und so, Sie wissen schon – und Alison hat den Kleinen die ganze Zeit nur verarscht, aber echt je-den-Tag. Und eines Abends, da haben wir eine Flasche Wodka gekillt, die sie im Paki-Laden an der Ecke geklaut hatte, und dann ist sie hin und hat denen sämtliche Fenster eingeschmissen.« Sie schniefte. »Klar habe ich *versucht*, sie dran zu hindern, aber sie hat ja nicht auf mich gehört, nicht wahr? Aber *mich* nennen sie alle ›Vicious Vikki‹, oder wie?«

Victoria nahm eine Schachtel Zigaretten aus einer Küchenschublade und steckte sich eine an. Dann hielt sie Logan die Schachtel hin und schüttelte sie.

»Hab aufgehört.«

Achselzucken. »Auch recht.« Sie blies eine Rauchwolke in Richtung Dunstabzug. »Klar, wir waren mal wie Pech und Schwefel. Die dicksten Freundinnen. Sie hat mir immer alles erzählt. Wir waren damals was ganz *Besonderes* – sechzehn Jahre alt, sexy wie sonst was, die Männer sind nur so über uns hergefallen.« Ein Lächeln schlich über Victorias Züge und verschwand wieder. »Und jetzt schauen Sie mich an.«

Das Wasser im Kocher brodelte. Logan goss es in einen Becher und fischte den Teebeutel mit dem Griff einer Gabel heraus. »Und was ist dann passiert?«

Ein langer, rauchgeschwängerter Seufzer. »Doddy McGregor ist passiert. Sie dachte, er wäre bloß so ein hirnloser Muskelprotz, aber der Mann hatte echt Geschmack.« Victoria rubbelte mit zwei Fingern an ihrer Wange auf und ab, wodurch sie die Haut in Falten schob. »Und eines Tages platzt sie rein und erwischt uns zusammen. Doddy sagt, er hätte sich bloß noch mal richtig austoben müssen vor der Hochzeit. Sagt zu ihr, sie soll doch einfach mitmachen, das wäre doch geil. Und sie steht da, im siebten Monat schwanger. Scheiße, ich hab echt gedacht, jetzt bringt sie ihn um.« Victoria lachte. »Und mich gleich mit. Seitdem reden wir nicht mehr miteinander.«

Logan goss die letzten Tropfen halbfette Milch in seinen Tee. »Sie haben die zwei also schon länger nicht mehr gesehen?«

»Klar hab ich sie gesehen.« Sie schürzte die Oberlippe und ließ eine Reihe kleiner brauner Zähne sehen. »Die sind ja praktisch *überall* – in der Glotze, in den Zeitungen; kannst nicht mal das Radio einschalten, ohne dass gerade ihr blöder Song läuft. Sie kriegt 'ne Show mit Robbie Williams, und was krieg ich? 'n Scheißdiabetes.«

Viertel vor drei. Noch fünfundvierzig Minuten. Logan trommelte mit den Fingern auf das Lenkrad. Einen Sexualstraftäter hatte er im Rahmen der »Sorgfaltspflicht« schon vernommen, zwei standen noch aus. Eigentlich sollte er bei dem Tierarzt vorbeischauen, in dessen Praxis Frank Baker ausgeholfen hatte, und sich vergewissern, dass DI Steel der Sache ordnungsgemäß nachgegangen war. Wie ein braver kleiner Polizist.

Er ließ die Kupplung durchgedrückt, während er auf den Kreisverkehr zurollte, und reihte sich in die Schlange ein, die sich vor der King George VI Bridge gebildet hatte.

Superintendent Napier… Warum musste es ausgerechnet er sein? Bei Chief Inspector Young bekam man wenigstens eine faire Chance, seine eigene Sicht der Dinge darzulegen.

Die Schlange rückte zwei Autolängen vor. Ein riesiger Sattelschlepper mit dem Logo des Baxter-Konzerns auf der Seite rumpelte zischend vorüber und bog in die Great Southern Road ein. Ein Taxi hupte ein fettes SUV an, und dann war Logan an der Reihe.

Er gab Gas, schlug das Lenkrad nach rechts ein… und fuhr einfach weiter, einmal um den Kreisel herum und wieder zurück in die Richtung, aus der er gekommen war. Scheiß auf Superintendent Green und seine bescheuerte Sorgfaltspflicht.

Fünf Minuten später stand Logan vor dem Haus, in dem sie Trisha Browns kleinen Jungen abgeliefert hatten, damit er die Nacht bei seiner drogenabhängigen Oma verbringen konnte. Einen Versuch war es wert.

Die Haustür war verschrammt, das Holz eingedrückt, als ob jemand dagegengetreten hätte. Es war keine schlechte

Gegend; nur eine Ansammlung gesichtsloser Granitfassaden, ein paar Blocks von Alison und Jenny McGregors Haus entfernt. Logan klingelte an der Tür. Keine Antwort. Dann drehte er den Knauf, und die Tür schwang auf.

Der Hausflur der Browns war ein Minenfeld aus zertrümmerten Möbeln. Ein schäbiges lila Sofa klemmte schräg in der Wohnzimmertür. Die Glasplatte eines Couchtischs lag als glitzerndes Scherbenmosaik auf dem Teppich.

Als Shuggie ihm erzählt hatte, seine jamaikanischen Freunde hätten die Bude kurz und klein geschlagen, hatte er keine Witze gemacht …

»Hallo?« Logan drückte noch einmal auf die Klingel, und irgendwo am Ende des Flurs ertönte ein dumpfes, ratterndes Summen. »Jemand zu Hause?«

Glas knirschte unter seinen Sohlen. »Hallo?«

Er spähte ins Wohnzimmer. Noch mehr Chaos: der Fernseher zertrümmert, die Sessel demoliert, der Boden mit CDs übersät. Das Fleetwood-Mac-Album lag in der Nähe der Tür, die Hülle war gesprungen.

Der Küchenboden war mit zerbrochenen Gläsern und Flaschen übersät, aus denen sich eine klebrige Pampe über das verdreckte Linoleum ergossen hatte. Silberzwiebeln mischten sich mit dem Inhalt eines Glases Rote Bete, wie kleine Augen, die in einem See aus Blut schwammen. Die Türen der Küchenschränke waren herausgerissen, der Kühlschrank verbeult und verbogen.

Das war keine willkürliche Verwüstung, das hatte System.

Die Stufen knarrten, als er hinaufstieg.

Zuerst das Bad: die Toilettenschüssel zerschlagen, der grau-rosa Vorleger klatschnass. Sprünge im Waschbecken, die Verkleidung der Badewanne eingetreten, der Brauseschlauch aus der Wand gerissen.

Dann das erste Schlafzimmer: die Matratze aufgeschlitzt, ihre Innereien über den blanken Spanplattenboden verteilt.

Zerfetzte Kleider. Eine Kommode zu einer Picasso-Skulptur umgemodelt. Ein Kleiderschrank, der wie betrunken am Kopfteil des Betts lehnte. Die Vorhänge heruntergerissen.

Das zweite Schlafzimmer sah gar nicht so schlimm aus. Im Gegenteil, man hatte fast den Eindruck, dass hier jemand aufgeräumt hatte. In einer Ecke lag ein kleiner Haufen Kleider; davon abgesehen war der Boden relativ sauber. Gut, der Schrank legte beredtes Zeugnis von den wundersamen Kräften silberfarbenen Isolierbands ab, und die Matratze lag auf dem Boden statt auf dem Bett, aber es war ein Laken darauf, und der Bettbezug war sogar einigermaßen sauber… Am Fenster waren vier Schubladen übereinandergestapelt, aus denen BHs, Socken und Unterhosen quollen.

Logan trat an das gesprungene Fenster und blickte über die Straße zu den Häusern auf der anderen Seite. Die Nachbarn mussten ja hellauf begeistert sein. Da sparst du eisern, bis du dir das städtische Häuschen, in dem du wohnst, kaufen kannst – und dann zieht gegenüber Helen Brown ein. Und ehe du dich's versiehst, hast du drei Generationen von Drogensüchtigen als Nachbarn, die in dein Haus einbrechen, in den Schuppen, in die Garage und ins Auto, wo immer sie irgendetwas klauen können, was sich zur Finanzierung ihrer Sucht verticken lässt.

Und dann tauchen ein paar Yardies auf und machen aus der Bude Kleinholz. Und zwar gründlich.

Nun ja…

Hätte ja sein können. Shuggie Webster hatte sich also nicht bei der Mutter seiner Freundin verkrochen. Er versteckte sich wahrscheinlich in irgendeinem leerstehenden Haus und leckte seine Wunden. Falls die Yardies ihn nicht schon umgebracht hatten.

Logan sah wieder auf seine Uhr. Es blieben ihm noch fünfundzwanzig Minuten, ehe er sich im Präsidium seinen

Anschiss abholen musste. Er machte kehrt – und hielt inne. Runzelte die Stirn.

Der Kleiderschrank – ein billiges Selbstbauteil aus Furnierplatten, zugekleistert mit zerfledderten Fotos aus *Hello!* und *Heat* und *Bella* –, der Kleiderschrank knarrte. Und er bewegte sich. Nicht viel, nur ein leichtes, zitterndes Hin-und-Her – aber er bewegte sich eindeutig.

Ein Lächeln stahl sich auf Logans Gesicht. Shuggie Webster, du berechenbarer kleiner Mistkerl …

Zeit für dein Coming-out.

27

Logan zog sein Pfefferspray aus der Tasche und schnippte den Deckel auf. Dann schlich er auf den wackelnden Kleiderschrank zu und riss die Tür weit auf. »Na, wie gefällt's dir in Narnia, Shug–«

Etwas traf ihn mit voller Wucht in den Bauch, und er taumelte ein paar Schritte rückwärts, dann seitwärts. Das Zimmer drehte sich um neunzig Grad, und – *rumms*. Er lag flach auf dem Rücken. Ein kalter, scharfer Schmerz, als ob sich mehrere Sechs-Zoll-Metallschrauben in seine Eingeweide bohrten.

Ein kleiner nackter Fuß huschte an Logans Nase vorbei. Eine Hand, ein blauer Ärmel. Der ranzige Uringestank von schmutzigen Klamotten, die zu lange in der Waschmaschine gelegen hatten. Scharren, Fluchen, dann das klatschende Geräusch nackter Sohlen auf Holzdielen.

Logan streckte blitzschnell die Hand aus und griff zu – ins Leere. Er rollte sich auf die Seite, zwang sich mit letzter Kraft in die Senkrechte und wankte zur Tür. Von unten kam ein Zischen und Rascheln, als ob es im Hausflur von Schlangen wimmelte. Er blieb am oberen Treppenabsatz stehen und legte eine Hand auf die tapezierte Wand, um sich abzustützen.

Am Fuß der Treppe saß ein kleiner Junge in einem verdreckten Bart-Simpson-Schlafanzug und hielt sich mit beiden Händen die Füße.

»Ricky?«

Der Junge stand auf, humpelte ein Stück und fiel gegen das umgekippte Sofa, das aus der Wohnzimmertür ragte. Hinter ihm zog sich eine Spur aus blutigen Fußabdrücken über den scherbenübersäten Teppich.

»So, bitte.« Logan stellte eine Dose Irn-Bru auf die blanken Dielen neben der Matratze.

Ricky Brown schlang die Arme um die Knie, und sein grimmiger Blick war noch härter als die zwei verkrusteten Rotzbahnen unter seiner Nase. Er drehte den Kopf weg.

»Was machen deine Füße?«

Die Antwort war nur ein unverständliches Genuschel.

Logan zog sein zerfetztes linkes Hosenbein hoch und zeigte auf die drei parallelen Schorfstreifen. »Siehst du, du bist nicht der Einzige.«

Ricky zupfte einen losen Faden aus dem Handtuch, das Logan um die nackten Füße des Jungen gewickelt hatte. An den Sohlen begannen sich schon glänzende rote Flecken zu zeigen.

»Wo ist deine Mama, Ricky?«

Ein Achselzucken. »Weggegangen.«

Aha, er konnte also doch sprechen. »Weißt du, wohin sie gegangen ist?«

Er schüttelte den Kopf – es war kaum mehr als ein Zucken. »Sie hat gesagt, jemand hat Papas Hund totgemacht.«

»Shuggie Webster ist dein Papa?«

»Diese Woche.« Ein weiterer Faden wurde aus dem improvisierten Verband gelöst.

»Weißt du, wo er ist?«

»Mama wollte einkaufen gehen, Essen und so.« Eine Pause. »Verhaftest du mich jetzt?«

Logan lachte gequält. »Wieso sollte ich das tun?«

»Oma sagt, das macht ihr Bullenschweine so. Ihr verhaftet Leute, die wo gar nix gemacht haben.«

»Nein, Ricky, ich verhafte dich nicht.« Er hielt ihm die Limodose hin. »Hat deine Mama gesagt, wann sie wiederkommt?«

»Oma sagt, ihr verhaftet die Leute, und dann fickt ihr sie in den Arsch. Weil, ihr seid alle Pädos und Schwuchteln.«

»Tja, deine Oma scheint ja ein richtiger Scherzkeks zu sein.« Logan zog den Ringverschluss ab und nahm einen Schluck aus der Dose. »Deine Mama und dein Papa sind mit ein paar sehr bösen Leuten aneinandergeraten, Ricky. Ich kann ihnen helfen, aber dazu muss ich wissen, wo sie sind.«

Schweigen.

»Willst du nicht, dass deine Mama und dein Papa keine Angst mehr haben müssen?«

Ricky zog seine Füße ein Stück zur Seite und hinterließ einen roten Streifen auf dem Bettzeug.

»Okay, gut, wenn du dir ganz sicher bist.« Logan kippte noch einen Schluck Irn-Bru und stellte die Dose wieder auf den Boden. »Also, ich kenne da einen netten Doktor, der kann dich wieder gesund machen, und dann wollen wir mal sehen, ob wir jemanden finden, der sich um dich kümmert.«

»Sie kommt wieder und holt mich.«

»Ich hab ja gar nicht behauptet, dass sie das nicht tut.«

»Hat sie mir gestern Abend gesagt.«

»Tja, also, wir …« Er runzelte die Stirn. »Gestern Abend? Du bist seit gestern Abend allein hier? Im Kleiderschrank?«

»Sie hat gesagt, sie kommt wieder, wenn es nicht mehr gefährlich ist.«

Und die Kandidatinnen für den Titel »Mutter des Jahres« sind…

Logan stand auf. »Meinst du, du kannst gehen, oder soll ich dich huckepack nehmen?«

Ricky schaute zu ihm auf und drehte sich gleich wieder weg. Seine Finger krallten sich in den Bettbezug. »Fickst du mich dann auch in den Arsch?«

»Hatte ich nicht unbedingt vor, nein.«

Ein Nicken. »Also, kannst du mich dann tragen?«

Logan klopfte an den Türrahmen. Der Lack war rissig und blätterte ab, und ein dicker grauer Strich in halber Höhe markierte die Stelle, wo unzählige Rollbahren beim Durchfahren dagegengerumpelt waren. »Bedienung!«

Das Leichenschauhaus war fast doppelt so groß wie das im Keller des Präsidiums und wirkte mit seinen blitzblanken blau-weißen Fliesen wie ein Schwimmbad. Auf einem Regal bei den Kühlfächern stand eine kleine Stereoanlage, und die Klänge von Dr. Hooks *Sexy Eyes* hallten leicht in dem antiseptischen Raum.

»Hallo?« Ein Kopf erschien in einer Tür am anderen Ende des Raums, und rote Locken wippten, als die zugehörige Frau einen Mopp und einen Eimer in den Sektionssaal rollte. Ihre weißen OP-Clogs quietschten auf dem Fliesenboden. »Sergeant McRae – lange nicht gesehen. Abholung oder Lieferung?«

»Müssen Sie jetzt schon selbst den Boden wischen? Sind Sie dafür nicht ein bisschen überqualifiziert?«

»Fred ist krankgeschrieben, also müssen wir alle mit anpacken.« Die Rechtsmedizinische Assistentin zog den Mopp aus dem Eimer und klatschte ihn auf die Fliesen. Kleine Rinnsale bildeten sich in den Fugen. »Was macht Sheila? Beschwört sie immer noch den Geist von Vincent Price?«

»Noch drei Wochen.« Er humpelte auf sie zu. »Ich wollte Sie etwas fragen.«

»Was ist denn mit Ihrem Bein passiert?«

»Ein Rottweiler. Hören Sie, ich habe nicht viel Zeit – haben Sie in letzter Zeit irgendwelche Kinderleichen reinbekommen? Mädchen, so zwischen vier und acht Jahre alt?«

»Ich hatte eine Nachbarin mit einem Rottweiler; ein richtiger Kaventsmann, aber total lieb. Hat ihr das Herz gebrochen, als er Krebs bekam.« Die RMA steckte den Mopp wieder in den Plastikeinsatz des Eimers und drückte das Schmutzwasser aus. »Schwingen Sie sich auf den Tisch, dann schau ich's mir mal an.«

Logan betrachtete den Edelstahltisch mit den Ablaufrinne an den Seiten und der Brause zum Abspülen des Bluts. »Ich … Nee, lassen Sie mal. Ist nichts weiter.«

»Ach, nun stellen Sie sich nicht so an.« Sie lächelte. »Ich hab noch nie einen Patienten verloren.«

»Schon mal einen gerettet?«

Ein Seufzer. »Guter Einwand.« Sie lehnte den Mopp an die Wand und ging zu einem Laptop, der ganz allein auf einer blitzblanken Arbeitsfläche stand. »Kleine Mädchen zwischen vier und acht …« Ihre Finger klackerten über die Tasten. »Darf ich wissen, warum Sie fragen?«

Sparen Sie sich den dramatischen Ton, Sergeant. Was hatten Sie denn geglaubt, wo die Kidnapper das Ding herhatten – von Zeh und A vielleicht?

»Ich hab da oben gesessen und gewartet, während Ihre Kollegen die Füße eines kleinen Jungen mit einem Dutzend Stichen genäht haben, und ich habe mich gefragt: Wo könnte man wohl an den Zeh eines toten kleinen Mädchens herankommen?«

»Entzückend.« Sie schüttelte den Kopf, dass die orangefarbenen Locken flogen. »Wenn Sie also an tote kleine Mädchen denken, falle ich Ihnen als Erstes ein?«

»Hatten Sie welche hier? In den letzten zwei, drei Wochen? Sie müssten Morphium und Thiopental bekommen haben.«

Sie beugte sich vor und starrte auf den Monitor des Laptops. »Das grenzt es ein bisschen ein … Hier haben wir eine: weiblich, fünf Jahre alt, wurde mit Unterleibsschmerzen eingeliefert. Ist auf dem OP-Tisch gestorben.« Ein Seufzer. »Armes kleines Ding.«

Auf der Stereoanlage lief jetzt *All the Time in the World.*

Logan humpelte auf sie zu. »Könnten wir einen DNS-Test machen? Um festzustellen, ob es ihr Zeh war, den sie uns geschickt haben?«

»Jetzt erinnere ich mich an sie. So ein hübsches kleines Mädchen. Als wir sie aufgeschnitten haben, war sie voller Zysten und Krebsgeschwüre … Fünf Jahre alt.«

»Sie haben doch sicher noch Gewebeproben, nicht wahr? Wir könnten –«

»Sie ist es nicht.«

»Aber wenn wir überprüfen –«

»Sie ist es nicht.« Die RMA trat zurück und deutete auf den Bildschirm.

Ein Foto füllte den Raum neben einer Auflistung von Obduktionsergebnissen aus: ein kleines Mädchen, das auf dem Sektionstisch lag, die Augen mit Klebeband verschlossen, den Beatmungsschlauch noch im Mund. Ihre Haut hatte die Farbe staubigen Schiefers, ausgelaugt und blutleer.

Die RMA klappte den Laptop zu. »Ausgeschlossen, dass die Entführer einen Zeh von ihr als den eines weißen Mädchens ausgegeben haben könnten.«

»So habe ich das nicht gemeint.« Tief durchatmen. Ruhig bleiben.

»Und wie *haben* Sie es gemeint, Sergeant?« Superintendent Napier formte die Finger zu einem Zelt und stützte das Kinn auf die Spitzen. Er lächelte, die dunklen Augen hinter den Brillengläsern weit aufgerissen. Sein Schreibtisch war so aufgestellt, dass er mit dem Rücken zum Fenster saß, was bedeutete, dass der für Besucher, Bittsteller und Menschenopfer vorgesehene Stuhl zur Sonne hin ausgerichtet war. Das Licht verwandelte Napiers roten Haarschopf in einen feurigen Heiligenschein, während sein schwarzer Dienstanzug sich als dunkle Silhouette vor dem strahlend blauen Himmel abzeichnete.

Logan kniff die Augen zusammen. »Es fand sich einfach keine Gelegenheit, den Vorfall zu melden. Nachdem ich mir den Kopf angeschlagen hatte …« Er hob die Hand und rieb sich eine Stelle hinter dem Ohr, um die Lüge zu untermauern.

»Ah ja. Natürlich. Detective Constable Rennie erwähnte … wo haben wir es denn?« Der Superintendent nahm ein Blatt Papier aus seinem Eingangskorb und peilte es an seiner langen, spitzen Nase vorbei an. »›Als ich ihn abholte, wirkte er sehr verwirrt und hatte Probleme, die Sätze richtig zu Ende zu bringen. Ich kann mir vorstellen, dass er vielleicht eine Gehirnerschütterung hatte.‹« Das Blatt wanderte wieder in den Korb. »Jemand, der sehr zynisch veranlagt ist, könnte meinen, dass Sie beide sich das ausgedacht haben, um von Ihrer Schuld abzulenken, finden Sie nicht, Sergeant?«

»Wann sind Sie das letzte Mal von einem Rottweiler angefallen worden?« Oder mit Ihrem eigenen Bürostuhl erschlagen?

»Und ich nehme an, es lag an dieser angeblichen ›Gehirnerschütterung‹, dass Sie zwanzig Minuten zu spät zu Ihrem Termin erschienen sind?« Napier schwenkte seinen Stuhl hin und her, und grelles Sonnenlicht blitzte in Logans Augen: hell, dunkel, hell, dunkel. »Wir hatten jetzt mehrere Monate lang nicht mehr mit Ihnen zu tun, Sergeant, aber wie ich Chief Inspector Youngs Notizen entnehme, waren

Sie erst gestern hier. Zweimal in zwei Tagen. Soll das eine Art Rekordversuch sein?«

»Da ging es um frei erfundene Anschuldigungen von –«

»Von einer Person, die Sie angeblich zur Herausgabe von Drogen nötigen wollte. Ja, ich lese tatsächlich die Fallakten der Beamten, mit denen ich zu tun habe, Sergeant. Und ein kleines Vögelchen hat mir gezwitschert, dass es zwischen Ihnen und Chief Inspector Green von der SOCA zwischenmenschliche Probleme gibt?«

Hatte der Typ jetzt einen PR-Berater? »Wir hatten einen freimütigen Meinungsaustausch, ja.«

»Ach ja, tatsächlich?« Napier spielte wieder Karussell mit seinem Stuhl.

»Wir waren unterschiedlicher Meinung darüber, was als akzeptables Verhalten bei der Vernehmung von Sexualstraftätern gelten kann, und was nicht. Green findet es in Ordnung, sie das Fürchten zu lehren und ihnen damit zu drohen, ihren Kollegen alles zu erzählen.«

»Verstehe…« Er beugte sich vor und verdeckte mit seinem Oberkörper die Sonne. »Würden Sie also sagen, dass Superintendent Green sich sehr wenig empfänglich für die gründliche und rigorose Herangehensweise der Grampian Police im Umgang mit registrierten Straftätern gezeigt hat? Dass er die bewährte Praxis ignoriert hat? Dass er sich geradezu verächtlich darüber geäußert hat?« Da war wieder dieses Lächeln – das Lächeln eines Hais, der auf ein Planschbecken voller Waisenkinder losgelassen wird.

»Äh…« Der Mann wollte ihn doch in irgendetwas reinreiten. »Es war… eine ungewöhnliche Situation, die… *möglicherweise* zu einer gewissen Verwirrung seinerseits geführt hat.«

Napier zog eine Augenbraue hoch. »Ich werde mich natürlich bemühen, alle etwaigen Kommunikationsprobleme zu beseitigen. Es ist wichtig, dass wir alle gut mit unseren

Kollegen von der Serious Organized Crime Agency auskommen, finden Sie nicht?«

»... Ja?«

Der Superintendent nahm einen silbernen Kugelschreiber von seiner Schreibunterlage und rollte ihn zwischen den Fingern hin und her wie einen Joint aus Metall. Dann legte er ihn an seinen Platz zurück, exakt an der Kante eines Tischkalenders ausgerichtet. »Nun denn ...« Er hielt Logan die Hand hin. »Danke, dass Sie sich herbemüht haben, Sergeant. Es war äußerst ... informativ.«

Das war's – er saß in der Scheiße.

Nur dass er noch ein Weilchen brauchen würde, um herauszufinden, warum und wie tief.

»Wenn Sie vielleicht mal zwei Minuten stillhalten würden, dann müsste ich auch nicht so fest zupacken, okay?« Dr. Delaneys Hand rutschte ein Stück an Logans Knöchel hinauf. Sie hatte Finger wie Beißzangen, die sich in Haut und Muskeln gruben, und die lila Nitrilhandschuhe rissen ihm bei jeder Bewegung ein paar Beinhaare aus.

»Au!«

»Ach, nun seien Sie doch nicht so empfindlich.« Sie wischte noch einmal mit einem in Desinfektionsmittel getränkten Wattebausch über die dunkelroten Bissmale und rieb den Schorf ab. Schon fing es wieder an zu bluten. »Wann hatten Sie Ihre letzte Tetanusimpfung?«

»Keine Ahnung.«

»Nicht sehr schlau von Ihnen. Seien Sie froh, dass wir in Schottland praktisch keine Fälle von Tollwut haben – die Spritzen sind riesig.«

Ein scharfer, stechender Schmerz schoss ihm durch das Bein. Er biss die Zähne zusammen und gab sich Mühe, nicht zu zucken.

»Wenn Sie nicht stillhalten, kriegen Sie Wundbrand, und

Ihr Fuß fällt ab. Wollen Sie das vielleicht?« Sie rieb ihm noch mehr Desinfektionsmittel in die Wunden.

»Haben Sie Ricky Brown schon untersucht?«

»Reichen Sie mir mal den Verbandmull.« Sie riss die Plastikpackung mit den Zähnen auf. »Ich habe schon kooperativere Patienten erlebt als ihn.«

Dr. Delaney legte ein quadratisches Stück Verbandmull über die tiefen Wunden in Logans Knöchel. »Die paar Kratzer, ich weiß gar nicht, was Sie da so jammern müssen.«

»Was fehlt ihm denn?«

»Nichts, was man mit einer vernünftigen Mahlzeit und einem Vollbad nicht beheben könnte. Das Krankenhaus hat bei den Stichen hervorragende Arbeit geleistet. Ich habe zu Hause Kostüme, die schlechter genäht sind.« Sie schlang einen Verband um den Knöchel, den sie mit einem gezahnten Metallclip am Ende eines Gummibands befestigte. »Und ich wette, er hat sich längst nicht so angestellt wie Sie.«

»Danke, Doc.« Logan sprang vom Schreibtisch herunter und hob seine blutgetränkte Socke und seinen feuchten Schuh auf.

»Eines noch.« Sie nahm ihre Brille ab und kniff sich in die Nasenwurzel. »Ich empfehle, ihn dauerhaft in Pflege zu geben. Eine Familie von Drogensüchtigen ist ja schon schlimm genug, aber wenn seine Mutter und dieser … Shuggie sich mit Yardies eingelassen haben …«

Logan humpelte an seinen Schreibtisch zurück, zog die oberste Schublade auf, stellte seinen frisch gespülten Kaffeebecher samt Löffel hinein und sperrte ab. Das war das Problem, wenn man in einem Polizeirevier arbeitete – man war von Diebespack umgeben.

Biowaffen-Bob schwenkte seinen Stuhl herum, bis er in die Mitte des Zimmers blickte. »Zeit fürs Pub?«

»Kann nicht.« Doreen blieb über ihren Schreibtisch gebeugt. »Superintendent Green will Details von jeder Entführung in der Region in den letzten fünf Jahren.«

»Logie-Bogie?«

Logan schaltete seinen Computer aus. »Green gehört an die Wand gestellt. Mir hat er gesagt, ich soll die gleichen Infos für die letzten *zehn* Jahre beibringen. Ich hab's Rennie aufs Auge gedrückt.«

Doreen zog die Schultern hoch und stieß zwischen zusammengebissenen Zähnen hervor: »Wieso hast du mir das nicht vor drei Stunden gesagt?«

Bob drückte die Austaste seines Computers. »Also, ich bin jedenfalls nach einem weiteren Tag Fahndung nach dem Phantom Stinky Tam mehr als reif für ein Bierchen.« Er griff nach dem Berg Papiere auf seinem Schreibtisch, schob sie halbwegs ordentlich zusammen und stopfte sie in seinen Zu-erledigen-Korb. »Hat jemand meinen Hefter gesehen?«

Er riss seine oberste Schublade auf. »Was ist denn *das*?« Bob fischte die Unterhose heraus, die Logan letzte Woche dort deponiert hatte – nachdem ihm irgendjemand das Ding zusammen mit ein paar Socken an die Schreibtischlampe gehängt hatte.

Bob drehte die Unterhose hin und her und entdeckte die braunen Streifen am Zwickel. »Na, na, da ist aber jemand ein kleines Schweinchen gewesen, was?«

Doreen richtete sich auf, und die Röte schoss ihr in die Wangen. »Was schaust du da *mich* an?«

Die Tür flog auf, und DI Steel kam grummelnd ins Sergeants-Kabuff geschlappt. »Sergeant Marshall, warum sind Sie nicht …« Sie runzelte die Stirn. »Was machen Sie denn da?«

Bob ließ die schmutzige Unterhose um seinen Finger wirbeln. »Ich unterhalte mich gerade mit DS Taylor über persönliche Hygiene. Superintendent Green wird ihr niemals an die Wäsche gehen wollen, wenn sie so eklige Bremsspuren hinterlässt –«

Doreen boxte ihn. »Detective Sergeant Robert Marshall, ich warne dich!«

»Benehmt euch, alle beide.« Steel warf Bob einen braunen Umschlag zu. »Die General Enquiries Division hat gerade in der Gairn Terrace eine Leiche gefunden.«

»Ach ja?« Er zog die Papiere heraus und blätterte sie durch. »Ich kümmere mich gleich morgen früh drum, Chefin, es wird …« Ein Seufzer. »Scheiße.« Er hielt ein Foto hoch – das Gesicht eines Mannes: eine Nase wie ein pockennarbiger Golfball, zottiger Bart mit Essensresten drin, wirres Haar, schmutzige rote FC-Aberdeen-Bommelmütze. »Stinky Tam.«

»*Aye*, also setzen Sie Ihren dreckigen schlüpferschwingenden Arsch in Bewegung und bringen Sie die arme Sau her.«

Bob wurde rot. »Ja, Chefin.« Er eilte zur Tür hinaus, den Umschlag in der Hand.

»Und was dich betrifft« – sie drehte sich um und schwenkte einen Finger in Logans Richtung – »was zum Teufel hast du dir dabei gedacht?«

Doreen stand auf. »Also, ich muss dann wirklich mal los –«

»Nicht so schnell.« Steel klatschte die flache Hand auf den Türrahmen und versperrte ihr den Weg. »Sagen Sie Ihrem neuen Freund Green, ich hab's nicht nötig, dass jemand mir nachläuft und meine Arbeit kontrolliert, als ob ich 'ne verdammte Praktikantin wäre. Und wenn ich ihn noch mal dabei erwische, wie er über irgendwen aus meinem Team Scheiße erzählt, dann ramm ich ihm die Faust so in den Arsch, dass ich mit ihm Kasperltheater spielen kann. Verstanden?«

Doreen nickte. Steel ließ die Hand sinken, und Doreen schlüpfte hinaus.

Steel zog die Tür ganz langsam und lautlos zu. Jetzt war sie mit Logan allein.

»Wenn du gekommen bist, um mich anzubrüllen, spar dir den Atem.« Logan nahm seine Jacke von der Stuhllehne und zog sie an. »Ich bin von Napier und Finnie schon mehr als reichlich bedient. Ich dachte, ich könnte das Auto wiederkriegen, ehe irgendjemand was merkt.«

Sie zielte wieder mit dem Finger auf ihn. »Wenn du Dödel es gemeldet hättest, dann hätten wir den Wagen aufspüren und Shuggie Webster schnappen können, ehe die Yardies ihn in die Finger bekamen. So haben sie inzwischen wahrscheinlich Hackfleisch aus ihm gemacht!«

»Ist ja nicht so, als hätte ich ihm die Schlüssel von der Scheißkarre in die Hand gedrückt und gesagt: ›Nee, ist schon okay, Kumpel, kannst ihn dir ruhig ausleihen, ich lieg lieber noch ein bisschen hier im strömenden Regen rum!‹ Sein Hund hätte mir fast das Gesicht weggebissen!«

»Ja, siehst du, solche Typen wie Shuggie muss man halt ständig beobachten. So einen musst du unter Kontrolle halten. Da kannst du nicht den Kopf in den Sand stecken und erwarten, dass er sich schon benehmen wird. Das sagt einem doch schon der gesunde Menschenverstand. Hast du es mit einer GSM-Ortung versucht?«

»Natürlich hab ich das. Er schaltet sein Handy immer nur für ein paar Minuten ein und verändert dann wieder seinen Standort.«

»Ist halt nicht so blöd, wie er aussieht.« Sie lutschte eine Weile an ihren Zähnen und starrte ins Leere. »Besorg uns einen Wagen.«

»Aber die Schicht ist doch schon seit –«

»Wir bügeln jetzt deinen Patzer wieder aus, bevor alles noch schlimmer wird.«

28

Logan zog die Handbremse an. »Wie viele denn noch?«

»So lange, bis wir ihn gefunden haben. Und sei nicht so verdammt undankbar.«

Logan stöhnte. »Meine Schicht ist seit zweieinhalb Stunden zu Ende, und ich hatte seit Wochen keinen freien Tag mehr. Was ist denn aus der Arbeitszeitverordnung geworden?«

»Pah – die Arbeitszeitverordnung ist was für Warmduscher.« Steel knüllte den Stadtplan zusammen und stopfte ihn in das ohnehin schon übervolle Handschuhfach. »Mich hörst du ja auch nicht jammern, oder?« Sie stieg aus und fummelte im schwindenden Tageslicht an ihrer künstlichen Zigarette herum. »Und meinst du nicht, Jenny und Alison McGregor würden sich vielleicht auch mal einen freien Tag wünschen?«

»Ich dachte, du hättest gesagt, dass Susan wieder Lust auf Sex hat – wieso bist du dann nicht –«

Damit erntete er einen bösen Blick. »Werd' bloß nicht zu persönlich.« Sie drehte sich um und stapfte auf das Gebäude zu.

Es war eine Wohnsiedlung in Hayton; eine lange Reihe vierstöckiger Mietshäuser: gesichtslose graue Fassaden, nur die Treppenhäuser mit einem Streifen roter oder blauer Farbe hervorgehoben. Als ob das den Gesamteindruck retten könnte. Ein paar Hochhäuser ragten hinter den Dächern auf – rostbraune Klötze mit Balkonen und Satellitenschüssel-Akne. Im ersten Block feierte jemand eine Party; wummernde Musik dröhnte aus den Fenstern, und ein roter Luftballon schwebte durch den feinen Nieselregen davon.

Typisch – wenn er bei Napier hockte oder sich einen Anschiss von Finnie abholte, war strahlender Sonnenschein, aber sobald er einen Fuß vor das Präsidium setzte, fing es wieder an zu schiffen.

»Willst du hier nur rumstehen und blöd aus der Wäsche gucken?« Steel stieß die braune Haustür auf und ging hinein. »Na los, husch-husch!«

Im Treppenhaus roch es nach gebratenen Zwiebeln, und Logans Magen grummelte, als er Steel nach oben folgte. »Ich habe heute Victoria Murray vernommen.«

»Ach ja – und was sagt Vicious Vikki zu dem Thema?«

»Offenbar ist Alison McGregor nicht der Ausbund an Tugend, für den alle sie halten. Sie hat nämlich –«

»Randaliert? Gesoffen? Rumgevögelt, als sie noch in der Schule war?«

»Oh.« Logan blieb auf dem Treppenabsatz stehen, doch Steel ging einfach weiter. »Du hast sie auch vernommen, stimmt's?«

»Nee.«

Logan eilte ihr nach. »Hast du ganz bestimmt. Es –«

»Tu doch nicht blöder, als du bist, Laz – das stand alles in den Zeitungen. Was glaubst du denn, wie Vicious Vikki zu ihrem Spitznamen gekommen ist – indem sie das Haushaltsgeld veruntreut hat? Nein, sie hat ihre schmutzigen Kindheitsgeschichten an die *Daily Mail* verkauft. Ein Aufschrei der Empörung. Dann hat das *OK!*-Magazin einen doppelseitigen Artikel gebracht – ›Alisons dunkles Schulmädchen-Geheimnis: »Ich hab's als Teenager richtig krachen lassen«, gesteht BNBS-Halbfinalistin.‹ Oder so. Kannst du nicht wenigstens *versuchen*, mit der Popkultur Schritt zu halten?«

Steel blieb im dritten Stock stehen und paffte ein bisschen an ihrer E-Zigarette. »Okay, gleiches Vorgehen wie beim letzten Mal. Aber versuch mal, nicht so zu gucken, als ob du dir gerade in die Hose gemacht hättest, ja?«

»Ist doch nicht meine Schuld, dass Susan nicht mit dir vögeln will.«

»Jetzt klopf schon an die verdammte Tür.«

Logan zog ein kleines Kügelchen Blu-Tack aus der Tasche und drückte es auf den Türspion. Dann trat er einen Schritt zur Seite und klopfte.

Nichts.

Logan schlug mit der flachen Hand gegen das Holz, dass die ganze Tür erzitterte.

Pause.

»Vielleicht sind sie nicht…«

Von drinnen kam eine Stimme. »Okay, okay, nun mach mal halblang, ey!« Einen Moment lang hörte man nur leises Füßescharren. Vermutlich spähte der Sprecher gerade durch den Spion und sah, dass er rein gar nichts sehen konnte. »Wer ist da?«

Logan legte ein Zittern in seine Stimme. »Dave… Dave sagt, du könntest… weißt schon. Was besorgen und so?«

Wieder eine Pause.

»Wie viel?«

Ganz egal, wer es war – irgendeinen Dave kannten sie *immer*. »Fünfzig Pfund?«

Man hörte das Klacken und Rasseln von Riegeln und Ketten. Dann ging die Tür auf, und ein kleiner, stark behaarter Mann stand vor ihnen. Seine Jeans hing ihm fast auf den Oberschenkeln und gab den Blick auf seine Calvin-Klein-Unterhose frei. Ein Muscle-Shirt spannte sich über den stattlichen Bierbauch, und ein dichter Pelz wucherte auf seinen Schultern. Goldkettchen um den Hals und ein weißes Pulver in seinem dichten Schnauzbart. »Was darf's denn sein? Wir haben…« Seine Augen weiteten sich. »Scheiße.«

DI Steel schob ihren Fuß in den Türspalt. »'n Abend, Willy, wie geht's der Gattin und den Kinderlein?«

Der Zwiebelgeruch wurde stärker.

»Scheiße, verdammte.« Willy rieb sich mit der Hand über den Schnauzer und versuchte das Pulver wegzuwischen. »Es ist nicht das, wonach es aussieht, ich hab bloß … ich backe grad ’nen Kuchen, also ’ne Quiche, wollt ich sagen, und … Äh …«

»Ist dein Glückstag heute, Willy: Mich juckt weder, ob du gegen deine Bewährungsauflagen verstößt, noch deine Dealerei – ich will bloß mit Shuggie reden. Weißt du, wo er steckt?«

Die Augen des kleinen Mannes zuckten nach links. »Ich … hab ihn nicht gesehen. Schon ewig nicht mehr.«

Steel lächelte. »Dann nehm ich alles zurück. Ist doch nicht dein Glückstag heute.«

Logan zog seine Handschellen aus der Tasche. »William Cunningham, ich verhafte Sie wegen des Verdachts –«

»Er ist mein Kumpel, ich kann ihn doch nicht einfach –«

Steel nickte. »Verstehe, Willy, sehr nobel von dir. Sergeant?«

»– des Besitzes illegaler Drogen mit der Absicht des Verkaufs –«

»Ich bitte Sie, Inspector, Molly bringt mich um. Nun seien Sie doch vernünftig.«

»Willy, Willy, Willy – hast du mich schon jemals vernünftig erlebt?«

Er starrte auf den Boden. »Shuggie ist in der Küche. Könnten Sie nicht wenigstens die Wohnung stürmen oder so? Damit es so aussieht … Sie wissen schon?«

»Nix da.« Steel tätschelte ihm die haarige Schulter. »Nach dir, hm?«

Es war eine hübsche Wohnung. Nicht besonders groß, aber gut geschnitten und ordentlich aufgeräumt, in gedeckten Farben gestrichen, mit Fotos und Drucken an den Wänden. Als sie den Flur entlanggingen, zog Willy rasch die Wohnzimmertür zu, aber vorher erhaschte Logan noch einen Blick auf ein kleines Kind in einem Spiderman-Kostüm mit rosa glitzernden Feenflügeln am Rücken, das auf steifen, speckigen Beinchen herumhopste.

Willy hielt inne, die Klinke der Küchentür in der Hand. »Geben Sie mir 'ne Sekunde, okay?«

Steel versetzte ihm einen Stoß. »Los, rein mit dir.«

Er wankte mit erhobenen Händen in die Küche. »Shuggie, tut mir echt leid. Hatte keine Wahl …«

Shuggie Webster saß über einen kleinen Tisch gebeugt, der die Lücke zwischen Spüle und Wand ausfüllte. Aus einer Bratpfanne auf dem Herd stieg der süßlich-würzige Duft von gedünsteten Zwiebeln auf.

Shuggie schien eine Ewigkeit zu brauchen, um den Kopf zu heben und sich umzusehen. Seine Augen sahen aus wie zwei schwarze Knöpfe, die an sein teigiges Gesicht genäht waren. An Wange und Kinn hatte er Blutergüsse. Seine rechte Hand war mit einem schmuddeligen Verband umwickelt; nur der Daumen lugte aus dem mit roten und gelben Flecken gesprenkelten Gefängnis hervor. Ein getrockneter Blutspritzer zierte Shuggies Kapuzenshirt.

Er blinzelte. Runzelte die Stirn. Blinzelte noch einmal. Und schüttelte dann den Kopf.

Willy drückte sich an den Herd und rührte seine Zwiebeln um. »Kann sie ja nicht verbrennen lassen.« Auf einem Schneidbrett neben der Herdplatte lag ein heller Mürbeteigboden.

Logan trat in den kleinen Raum, wo es allmählich eng wurde. »Komm schon, Shuggie. Wir müssen jetzt aufs Präsidium.«

Es war unangenehm warm in der Küche, aber Shuggie zitterte. »Sie haben meinen Hund umgebracht …«

»Deswegen musst du uns sagen, wo sie sind.«

Shuggie barg seine blutige Hand an der Brust. »Armer kleiner Uzi …«

Willy schüttete seine Zwiebeln in den Quicheboden und

legte die Bratpfanne in die Spüle. »Er ist ein bisschen weggetreten. Hat was gegen die Schmerzen genommen, nicht wahr?«

»Shuggie, die Typen werden dir keine Ruhe lassen. Denk nur dran, was mit Trishas Mutter passiert ist.«

»Trisha …« Wieder runzelte er die Stirn und schaukelte vor und zurück, als säße er auf einem dieser Kinderspielautomaten, wie sie vor Supermärkten herumstehen. »Was ist, wenn sie ihr wieder wehtun, oder ihrem Kleinen?«

»Mach dir keine Sorgen um Ricky, der ist in Sicherheit, okay? Jetzt musst du nur –«

»Was ist mit Trisha?« Er hielt im Schaukeln inne. »Ist sie auch in Sicherheit?«

»Also …« Logan blickte sich zu DI Steel um. Von dort war keine Hilfe zu erwarten. »Ja, ihr geht's gut.«

Willy schlug Eier auf und ließ sie in eine Pyrex-Schüssel gleiten.

Shuggie wuchtete sich von seinem Stuhl hoch. »Dreckiger Lügner.«

»Wissen Sie, das Verhältnis von Eiern zu Sahne muss genau stimmen, sonst –«

Shuggie ließ seine nicht bandagierte Hand auf den Küchentisch krachen. Eine Dose Special Brew flog durch die Luft und landete auf dem Linoleum, Schaum spritzte heraus. »Ist – sie – in – Sicherheit?«

»Ach Mensch, Shuggie! Jetzt ist der ganze Boden versaut.«

Logan wich einen Schritt zurück. »Es geht ihr wahrscheinlich gut –«

»Wo ist sie?«

»Wisch's doch wenigstens mit einem Geschirrtuch auf.«

»Sie hat Ricky gestern im Haus ihrer Mutter zurückgelassen. Bis jetzt ist sie nicht zurückgekommen, aber ich bin –«

Wieder sauste die Faust herab. »Scheiße, die haben sie vergewaltigt!«

»*He*, ist ja gut, Mann!« Willy hielt die Gabel hoch, mit der er die Eier verrührt hatte. »Jetzt reg dich mal ab, ja? Mein kleines Mädchen ist nebenan.«

Shuggie nickte und vergrub sein Gesicht in der hohlen Hand. »Tut mir leid, es ist bloß …« Seine Schultern zitterten. Schweigen. Dann ein tiefer Atemzug.

Okay, jedenfalls würde das hier wesentlich einfacher werden als letztes Mal.

Logan trat vor, legte Shuggie die Hand auf den Arm und drückte leicht zu. »Es wird schon wieder.«

Der kräftige Mann blickte auf. Tränen quollen aus seinen geröteten Augen. »Einen SCHEISS wird es!«

Ein Stoß, und Logan taumelte rückwärts. Dann schnappte Shuggie sich einen Milchkarton von der Arbeitsfläche und warf damit nach Logan. Das Geschoss verfehlte sein Ziel, knallte gegen die Fliesen und verspritzte seinen Inhalt über den Kühlschrank.

»Herrgott noch mal, Shuggie, jetzt krieg dich –« Eine Faust landete krachend in Willys Gesicht, und er wurde gegen den Herd geschleudert.

Ein Karton Schlagsahne flog durchs Zimmer.

Logan duckte sich, und das Ding segelte über seinen Kopf weg.

Ein Stuhl folgte.

Logan kramte in seiner Tasche nach dem Pfefferspray.

Zu langsam.

Shuggie packte den Tisch mit seiner unversehrten Hand, kippte ihn um und rammte Logan die Resopalplatte in die Brust, dass er gegen den Küchenschrank geworfen wurde. Etwas knirschte unter seiner Sohle – die Bierdose –, er ging zu Boden und schlug mit dem Ellbogen auf dem Linoleum auf.

Ein scharfer, krampfartiger Schmerz durchzuckte seinen Arm. »Mistkerl!«

Shuggie warf sich auf ihn … oder vielmehr auf den umgestürzten Tisch. Die untere Kante knallte auf Logans Schienbein, die obere bohrte sich in seine Brust. Shuggie holte mit seiner massigen Faust aus und schlug zu.

Logan hielt die Arme vor den Kopf und duckte sich dahinter wie ein Boxer. Er kniff die Augen zusammen, als der Schlag seinen rechten Bizeps traf. Der nächste landete in seiner rechten Achselhöhle.

»Aaaargh, lass mich los, du –«

Noch ein Schlag gegen seinen rechten Ellbogen, und er knallte mit dem Hinterkopf gegen den Küchenschrank.

»Das ist alles deine Schuld!« Noch ein Schlag. »Ich will die verdammten Drogen wiederhaben!«

Der nächste Hieb krachte wieder in Logans Arm.

Immer auf der rechten Seite – Shuggie benutzte seine linke Faust, schonte die rechte …

Logans Kopf federte von der Schranktür zurück, doch diesmal ließ er die Deckung fallen und packte den blutigen Verband, schlang die Finger um Shuggies rechte Hand und drückte mit aller Kraft zu.

29

»AAAAAAAAAAAAAA!« Shuggie wurde weiß im Gesicht.

Logan riss Shuggies Hand zur Seite und grub seine Fingernägel hinein.

»FUCK!« Der kräftige Mann schlug mit der anderen Hand nach Logans Handgelenk, wich zurück und versuchte sich loszureißen. »FUCK!« Seine Augen weiteten sich, ein Spuckefaden seilte sich aus seinem offenen Mund ab. Und dann warf er sich nach vorne und trat gegen den Tisch, sodass Logan wieder mit voller Wucht aufs Linoleum krachte.

»Fuck…« Shuggie wankte zur Tür hinaus und hielt seine blutende Hand an die Brust gedrückt.

Logan hörte, wie er durch den Flur stolperte und gegen die Wand stieß. Ein Scheppern und Klirren von Fotos und Bildern, die er im Vorbeigehen von der Wand wischte. Dann fiel die Wohnungstür ins Schloss.

Und da hatte Logan schon geglaubt, es wäre diesmal einfacher.

Auf. Aufstehen und ihm nach. Er würde den Mistkerl auf der Treppe zu Fall bringen und ihn mit der Rübe gegen die Wand knallen. Ihm die Handschellen anlegen. Und ihm dann in die Eier treten…

Logan sank auf das nasse Linoleum zurück.

Vergiss es.

Erst mal noch ein bisschen liegen bleiben. Und zu Atem kommen.

Sein rechter Arm pochte vor Schmerzen.

Willy Cunninghams haariges Gesicht tauchte über ihm auf. Sein eines Auge hatte sich schon von grellpink nach feuerwehrrot verfärbt, die Haut ringsum war dunkel und geschwollen. »Sind Sie okay?«

»Nein.« Er stieß den Tisch weg und rappelte sich mühsam auf. Dann stand er eine Weile da und hielt sich an der Arbeitsplatte fest.

»Verdammt…« Willy drehte sich einmal im Kreis und breitete die Arme aus. »Schauen Sie sich *das* bloß an. Molly wird mich umbringen!«

DI Steels Reibeisenstimme kam aus dem Flur. »Kann mir mal jemand helfen?«

Logan hielt sich den lädierten Arm. »Wo zum Teufel hast du gesteckt?«, zischte er wütend.

Ein einzelner, mit einem schwarzen Schuh bekleideter Fuß erschien in der Tür, ungefähr einen halben Meter über dem Boden, die Zehen in die Höhe gereckt. Es folgten ein kurzes Stück verrutschte Socke, dann blitzte etwas nackte Haut auf, und schließlich kam ein zerknittertes graues Hosenbein. »Argh.«

Er tappte vorsichtig über das von Bier und Milch glitschige Linoleum zur Tür.

Sie lag auf dem Rücken, verheddert in dem Stuhl, mit dem Shuggie Logan hatte köpfen wollen, neben ihr der aufgerissene Sahnekarton, dessen Inhalt sich über sie ergossen hatte.

Steel wischte sich die Augen und schnipste dickflüssige weiße Tröpfchen an die Wände. »Verdammte Hacke... Pffffff... Uah...« Sie betrachtete ihre Hände, ihre Arme, ihre Brust – alles voll mit Schlagsahne. Sie schmierte sich noch eine Handvoll von den Wangen und dem Kinn. »Jetzt weiß ich, wie man sich als Pornostar fühlt...«

Logan half ihr auf die Beine. »Du warst ja wirklich eine große Hilfe.«

Sie funkelte ihn an. »Er hat mit einem Stuhl nach mir geworfen! Was hätte ich denn tun sollen?«

»Wie war das noch mal? ›Leute wie Shuggie muss man im Auge behalten... Da kannst du nicht einfach den Kopf in den Sand stecken und erwarten, dass er sich benehmen wird... Das sagt einem doch schon der gesunde Menschenverstand‹?«

»Ach... halt die Klappe.«

»Und eine Orangenlimo für unseren kleinen Milchbubi hier.« Der dicke Gary knallte das Pintglas vor Rennie auf den niedrigen Tisch.

»Ich muss fahren, okay?« Der Constable nahm einen kleinen Schluck.

Für einen Sonntagabend war im Athenaeum recht wenig los, und sie hatten sich zwei der großen, weichen Sofas sichern können, von denen aus man das Geschehen auf dem

Castlegate verfolgen konnte: Ein Pärchen versuchte sich in einem Buswartehäuschen fortzupflanzen, von irgendwoher kam trunkenes Gejohle, und ein einsamer Idiot marschierte mit einem Schild auf und ab, das verkündete: »JESUS WIRD ALISON UND JENNY RETTEN, WENN IHR DEN GLAUBEN HABT!«

Logan griff nach seinem Pint Stella, zuckte zusammen und versuchte es dann noch einmal mit der linken Hand. Sein ganzer rechter Arm war verkrampft und wahrscheinlich schon voller blauer Flecken. Dieser Dreckskerl von Shuggie Webster …

Das Sofa ächzte, als Gary seinen gewaltigen Hintern darauf parkte und sein Guinness-Glas hob: »Auf Superintendent Green, unseren Mann von der SOCA – möge er noch viele Jahre leben … geplagt von Hämorrhoiden.«

Doreen stieß mit ihrem Weißweinglas an Garys Bierhumpen. »Und von Warzen.«

Steel stimmte ein: »Impotenz.«

Logan: »Stuhlinkontinenz.«

Rennie: »Vorzeitiger Samenerguss.«

Steel boxte ihn. »Wie kann er vorzeitigen Samenerguss haben, wenn er impotent ist, du Dödel?«

»Aua! Das soll doch bloß heißen, *wenn* er ihn jemals hochkriegt, wird er gar nichts davon haben.«

Der dicke Gary nickte. »Der Knabe hat nicht unrecht.«

»Pah.« Steel probierte ihren Whisky und schüttete einen kräftigen Schluck Ale hinterher. »Okay, bevor wir alle breit wie die Flundern sind: Wie finden wir Alison und Jenny McGregor?«

Doreen stöhnte und ließ den Kopf in den Nacken fallen, bis sie zur Decke aufstarrte. »Ich hab den ganzen Tag nichts anderes gemacht!«

»Erzähl das mal einem kleinen Mädchen, das seine kleinen Zehen vermisst.«

Rennie riss eine Tüte Cheese-and-Onion-Chips auf. »Was ist denn mit dieser Forensik-Schiene? Ich meine, die hinterlassen nie eine einzige Spur – das ist doch nicht normal, oder?«

»Und?«

Achselzucken. »Na ja, vielleicht sollten wir uns ja auf Polizeibeamte konzentrieren? Oder Kriminaltechniker? Vielleicht jemand, der schon im Ruhestand ist oder gefeuert wurde oder so?«

Doreen nickte. »Klingt plausibel. So jemand hätte ein Motiv – nämlich uns alle wie Idioten aussehen zu lassen.«

Steel ließ die Kinnlade herunterklappen und riss die Augen weit auf. »Das ist ja fantastisch! Rennie, Sie sind ein Genie!«

Der Constable setzte sich kerzengerade auf. »Na ja, manchmal ist es –«

»Warum ist da bis jetzt *kein Mensch* drauf gekommen? Eine ganze Truppe von hocherfahrenen Kriminalbeamten, und keiner ist auf die Idee gekommen, die Sache mal über die Forensik-Schiene anzugehen. Sie sind ja so was wie ein *Gott* des detektivischen Scharfsinns!«

Rennies ließ ein wenig die Schultern hängen. »Was?«

»Wir haben ja auch *ganz bestimmt* nicht schon seit über einer Woche ein Team darauf angesetzt!«

»Oh …«

Steel boxte ihn wieder. »Dödel.«

Logan nahm sich von Rennies Chips. »Was ist mit ihren Kommilitonen im Psychologie-Seminar?«

Steel lutschte eine Weile an ihren Zähnen. »… McPherson kümmert sich darum, glaube ich. Also entweder er oder Evans. Aber irgendwie kann ich mir nicht vorstellen, dass ein Haufen picklige Faulenzer so was durchzieht, was meint ihr? Da müssten sie ja morgens aufstehen. Die sind doch viel zu sehr damit beschäftigt, sich gegenseitig bis in die hintersten Darmwindungen zu analysieren.«

»Nein, ich geh jetzt heim.« Logan stand auf. Der Friedhof aus leeren Gläsern klirrte, als er mit den Schienbeinen gegen den niedrigen Tisch stieß. »Samantha wartet auf mich.«

Das Pub hatte sich inzwischen gefüllt, und mit dem Alkoholkonsum war der Lärmpegel gestiegen.

Eine Gruppe von Frauen mittleren Alters, alle viel zu jugendlich gekleidet, sang ungefähr zum sechsten Mal »Happy Birthday to You«, untermalt mit schrillem Gelächter. Sie hatten Rennie hingeschickt, um sich zu beschweren, und er war mit einem Berg Schokoladenkuchen auf einem Pappteller und einem knallroten Lippenstiftfleck auf der Wange zurückgekommen.

»Ach, komm.« Der Constable schwenkte sein drittes Pint Tennent's vor Logans Nase. »Noch einen Absacker!«

»Ich dachte, du musst fahren?«

Rennie schüttelte den Kopf. »Emma hat gesagt, sie holt mich ab.« Grins. »Ist sie nicht super?«

Doreen goss sich den letzten Rest Weißwein ins Glas und ließ die Schultern hängen. »Auf jeden wartet zu Hause jemand, nur ich ...«

DS Bob Marshall tauchte gerade aus dem Gedränge auf, in der Hand ein frisches Pintglas mit etwas Dunklem drin. »Kannst mit mir kommen, wenn du magst, Doors, hm? Du und ich und Deborah – wir lassen die Swinging Sixties wieder aufleben!« Er zwinkerte ihr anzüglich zu.

»Uargh ...« Doreen schüttelte sich. »Ich glaube, ich habe mich gerade ein bisschen übergeben.«

»Sehr charmant.« Er zog sich einen Stuhl heran. Dann hielt er inne, verzog den Mund und schnupperte. »Wieso riecht es hier nach Käse?«

Logan zog seine fleckige Jacke an. »Keine Sorge, ich bin schon weg.«

Bob ruckelte seinen Stuhl näher an den Tisch heran. »Ist eigentlich erstaunlich, dass ich überhaupt was riechen kann – Stinky Tam war wie … Also, das wollt ihr gar nicht wissen. Aber *du meine Fresse*, was für ein Gestank. Sie haben ihn im Gebüsch am Straßenrand gefunden: total aufgedunsen, schon halb zerbröselt und ausgelaufen. Bin ziemlich sicher, dass die Ratten auch schon an ihm dran waren.«

Doreen sah ihn böse an. »Du hattest recht, das wollten wir lieber *nicht* wissen.«

»Wie kann es sein, dass einer mitten in der Stadt tot umfällt, und keine Sau kriegt's mit, hm?« Er schlürfte an seinem Bier. »Ich wäre ja schon viel eher hier gewesen, aber diese Idioten von der GED haben mich zu so einem armen Schwein geholt, das sich die Kugel gegeben hat. *General Enquiries Division*, wenn ich das schon höre – Ganz Erbärmliche Deppen, das trifft's eher.« Noch ein Schluck. »Aber jetzt klärt mich mal auf – wer ist denn die Tussi da bei Steel?«

»Mit den dunklen Haaren?« Der dicke Gary spähte über Doreens Kopf hinweg zum Tresen.

Logan blickte sich um. DI Steel war gerade so inmitten des Gedränges zu erkennen. Sie hatte die Hand auf das Kreuz einer anderen Frau gelegt: lockiges dunkles Haar mit grauen Strähnen, Jeans und enge Seidenbluse, Brille über die Stirn hochgeschoben, das Partyhütchen schief aufgesetzt.

Steel beugte sich vor und sagte etwas. Die Frau lachte, und ihre imposanten Brüste bebten.

Logan zwängte sich vom Tisch weg in Richtung Ausgang. Dann blieb er stehen. Machte kehrt und kämpfte sich durch die Menge zum Tresen. Er tippte Steel auf die Schulter. »Also, ich bin dann weg.«

Sie drehte sich um, und ihre Augen verengten sich einen Moment. »Schön für dich.« Dann wandte sie sich wieder ab, um ihrer neuen Freundin etwas ins Ohr zu flüstern.

Die Frau warf den Kopf in den Nacken und brach wieder

in busenerschütterndes Gelächter aus. »Ach, Honey, du bist einfach *köstlich.*« Amerikanischer Akzent.

Logan lächelte verkrampft und packte Steels Arm. »Entschuldigen Sie uns einen Moment.« Er zog sie in die nächstbeste Nische. »Was tust du da?«

Steel riss sich los. »Wonach sieht's denn aus, hm? Ich –«

»Du bist *verheiratet*, hast du das vergessen?«

Steels Mund wurde zu einem harten, dünnen Strich. »Seit wann geht es dich einen Dreck an, was –«

»Muss ich diese Frage *wirklich* beantworten?«

Die Röte schoss ihr in die Wangen. Dann sah sie weg. »Ich amüsier' mich bloß ein bisschen, okay? Ist ja nicht so, als würd ich sie vögeln oder so.« Steel legte beide Hände auf die Stirn und zog die Falten glatt. Dann seufzte sie. »Susan sagt, sie ist *immer* noch nicht so weit. Es ist jetzt bald ein Jahr. Ein *Jahr*, und sie will immer noch nicht … Scheiße, Mann, ich bin auch nur ein Mensch, Laz.«

»Tja, also … dann tu wenigstens nichts, was du hinterher bereust.«

»Okay.« Sie tätschelte seinen Arm. »Danke.«

Logan trat hinaus auf die belebte Union Street: Busse rumpelten vorbei, Möwen kreischten, und dieser Idiot mit dem »JESUS!«-Schild sang mit heiserer Falsettstimme eine Art Choral. Der Asphalt war noch nass vom letzten Wolkenbruch und glänzte im abendlichen Lichterschein.

Er umkurvte ein junges Mädchen, das ein kleines Kind im Buggy vor sich herschob, Zigarette im Mundwinkel, Handy am Ohr.

»M-hm … ja, ich weiß, aber er ist ein totales Arschloch, was willst du da machen?« Sie klackerte auf ihren zu hohen Absätzen vorbei.

Logan warf noch einen Blick durch die Fenster des Athenaeum und sah DI Steel hinten am Tresen stehen, den Arm um das kurvenreiche Partygirl gelegt.

Herrgott noch mal …

Aber andererseits – er war nicht ihre Mutter. Wenn sie unbedingt alles vermasseln wollte, sollte sie nur machen.

»Jetzt stell dich mal nicht so an – man sieht ja gar nichts.« Samantha ließ sich auf das Sofa zurücksinken.

»Bist du sicher?« Logan betrachtete seinen rechten Arm. »Da, das ist doch ein Bluterguss.«

»Das ist Dreck.« Sie klatschte einmal in die Hände. »Na los, zeig mal den anderen her.«

Er zog das Hemd ganz aus und drehte sich um. Das kleine Verbandmull-Quadrat war ausgefranst, das Klebeband löste sich und war an den Rändern verschmutzt. »Sollte ich das nicht drauflassen –«

»Ich glaub's nicht, dass du immer noch damit rumläufst.« Sie sprang vom Sofa auf, packte den Verband und riss ihn mit einem Ruck ab.

Ein jäher Schmerz, als die Haare am Klebeband hängen blieben. »Au!«

»Na bitte.« Sie nickte. »Sieht gut aus – hab dir doch gesagt, dass der Reverend ein Künstler ist. Freust du dich drüber?«

»Steel sagt, sie ermitteln jetzt in Kriminaltechniker-Kreisen, für den Fall, dass einer von euch Alison und Jenny entführt hat.«

»Steht dir. Sehr minimalistisch.«

»Ich kann mir das ja nicht vorstellen. Ihr und kriminalistische Superhirne? Die Hälfte von eurem Team kann sich ja nicht mal ohne Aufsicht eines Erwachsenen die Schuhe zubinden.«

»Lass es ein bisschen atmen, dann geht die Rötung schneller zurück. Und nur damit du's weißt: Euch Flachwichser vom CID stecken wir noch allemal in die Tasche.«

Er setzte sich auf die Sofalehne. »Hast du gewusst, dass

Alison McGregor als junges Mädchen der Schrecken der Nachbarschaft war?«

»Ach nee, wirklich? Das weiß doch jedes Kind. Und dann hat sie Doddy kennengelernt, er hat sie im Sturm erobert, sie wurde schwanger und hat geschworen, ihrem Gatten und ihrem kleinen Mädchen zuliebe auf den Pfad der Tugend zurückzukehren. Sehr romantisch.«

»Wir haben einen dicken Stoß Liebesbriefe gefunden, als wir am Freitag ihr Haus durchsucht haben.« Logan zupfte an einem Faden, der sich aus einer Sofanaht gelöst hatte. »Findest du das eigentlich schlimm?«

»Was?«

»Dass ich … na ja, dass ich *dir* nie welche geschrieben habe?«

»Ach du lieber Gott, nein. Ich hab den ganzen Mist gelesen, als Bruce die Briefe letzte Woche ins Labor gebracht hat.«

»Du hast sie *gelesen*?«

»Was glaubst du denn, wer sie wieder in die unterste Schublade gelegt hat? Irgendjemand musste doch ihre Post auf Drohbriefe oder heimliche Liebhaber durchsuchen.« Sie schlug sich theatralisch die Hände vor die Brust. »›Oh, wie die Glut meines Herzens mit der Hitze einer *Million Sonnen* brennt!‹ Pah … ›Eine Million Sonnen.‹ Ich hätte mehr Respekt vor dem Mann, wenn er gesagt hätte, dass er mit der Hitze eines Sommertags in Banchory brennt. Oder einer Tüte Pommes.« Samantha legte den Kopf schief und starrte ihn an. »Wenn du mir *jemals* so einen Quark schreibst, tret ich dir in die Eier und geh. Kapiert?«

»Ja, schon gut, ich hatte auch nicht vor –«

»Das da jedenfalls« – sie deutete auf seinen Arm – »das bedeutet mir viel, viel mehr als irgendein Herz-Schmerz-Gesülze.«

Sie schnallte den dicken Ledergürtel ihrer Jeans auf, öffnete den obersten Knopf, zog den Reißverschluss herunter und ihr T-Shirt hoch. »Also …« Auf ihrem Bauch, direkt neben dem Nabel, klebte ein Stück Verbandmull, nicht viel größer als ein Bierdeckel. Sie zog das Klebeband ab. »Wie findest du es?«

Es war die Zahl 23 in Negativschrift, inmitten eines Kreises aus verschlungenen Linien. Die Tinte war schwarz, die Haut ein wenig angeschwollen und entzündet, wobei das Rot schon wieder zu käsigem Schottenweiß zu verblassen begann. Das Tattoo saß nicht weit von den obersten Ausläufern des spinnenartigen Tribals, das bis hinunter an ihr Knie reichte, ungefähr gleich weit entfernt von einem Teddybären mit einer Axt in der Brust und einer Art Rosengesträuch.

»Dreiundzwanzig?«

»Genau. Nennen wir's eine Antwort auf das Liebesbriefchen auf deinem Arm. Siehst du –« Sie deutete auf die Kringel. »Jetzt hab ich dreiundzwanzig kleine Narben. Genau wie du.«

Logan legte die Hand auf seinen Bauch. Und zog ein schiefes Gesicht. »Danke … muss ich da wohl sagen.«

Sie zog ihr T-Shirt wieder herunter. »Es gefällt dir nicht.«

»Nein, das ist es nicht … Ich …« Er runzelte die Stirn. »Ich kann … Ich kann mich einfach nicht entscheiden, ob ich es total süß finde oder eher ein bisschen beunruhigend.«

Samantha grinste. »Kann eine Frau nicht beides sein?«

»Ich weiß nicht, sie sieht irgendwie nicht gut aus.«

»Natürlich nicht – sie hat ja auch Fieber, du Idiot.«

Heiß. Viel zu heiß. Jenny zwingt sich, die Augen aufzuschlagen. Kalt. Und heiß. Und das Licht bohrt sich in ihren Kopf wie ein angespitzter Bleistift. Das Zimmer fängt an, sich zu drehen. Schmutzige Decke, vollgekritzelte Wände, eine nackte Glühbirne, die über einem schmutzigen Himmel schwimmt …

So durstig.

»Und? Was sollen wir denn machen, verdammt noch mal?«

Die Monster stehen alle in der Ecke, ganz knittrig und weiß.

»Also, rufen wir jetzt einen Arzt, oder was?«

Ihre Lippen sind rissig und brennen. »Mami …«

»Sei kein Idiot, Tom.«

»Wen nennst du hier ›Idiot‹, *Sylvester*?«

»Mami …?« Ihr Kopf hämmert und wummert.

»Es ist alles gut, Schätzchen, Mami ist da. Schsch …«

Eine kühle Hand streichelt Jennys Stirn. »Durstig.«

»Benutzt doch euren Verstand.« Dieses Monster ist anders als die anderen. Es hat spitze Hörner und einen roten Schwanz, der hin und her wedelt. Und wenn er auf den Holzboden tritt, flackern kleine feurige Kreise auf. »Wie zum Teufel sollen wir das einem Arzt erklären? ›Ach, Sie kennen doch diese beiden aus dem Fernsehen, die entführt wurden? Also, stellen Sie sich vor, was wir gefunden haben …‹«

»Wo ist denn dieser Idiot von Colin, wenn man ihn mal braucht?«

Mami sagt mit lauterer Stimme: »Sie braucht Wasser.«

Die Monster hören auf, sich zu streiten. »Ja, okay. Sylvester, hol ihr mal 'ne Flasche Wasser oder so …«

»Er geht nicht an sein Telefon. Wieso geht er nicht an sein verdammtes Telefon? Ich hab doch gesagt, dass er ein einziger großer Unsicherheitsfaktor ist, oder, David? Hab ich's nicht gesagt?«

»Da – es ist ziemlich kalt. Vielleicht solltest du sie nicht alles auf einmal trinken lassen, sonst muss sie kotzen.«

Mamis Gesicht taucht verschwommen über ihr auf. Ihre Augen sind rot, genau wie ihre Nase. Sie schnieft, wischt mit dem Handrücken einen Tropfen ab. »Hier, Schätzchen, versuch, in kleinen Schlucken zu trinken.«

Das harte Plastikteil drückt auf Jennys Lippen, und sie schluckt gierig. Kalt und nass und wohltuend, so breitet es sich in ihr aus. Wie ein eisiger Tintenfisch, der seine Arme bis in ihre Ellbogen und Knie ausstreckt.

»Wir müssen irgendwas tun – was ist, wenn sie stirbt?«

»Verdammt, sie wird nicht sterben.« DAVID hinterlässt feurige Fußstapfen auf dem Boden. »Hier – dieser hoffnungslose Versager hat seine Arzttasche dagelassen. Sie braucht bloß ein bisschen mehr Antibiotika oder so.«

Das Wasser ist wieder weg. Jenny greift nach der Flasche, aber ihre Hände zittern und wackeln. Wie zwei Luftballons mit Würstchen dran …

»Schsch … Es wird alles gut, Schätzchen, es wird alles gut. Mami verspricht's dir.«

»Ich hab hier was gefunden – Fluc… – Fluc-lox-acillin.« Er spricht es stockend aus. »Das ist doch richtig, oder nicht?«

»Wie viel sollen wir ihr geben?«

»Keine Ahnung. Kann man Antibiotika überdosieren?«

»Mein Gott, Tom.« DAVID seufzt und zieht die Schultern hoch. »Du hast doch ein iPhone – googel's halt.«

»Okay … Mach ich. Also – da haben wir's doch schon. Flucloxacillin … Wie viel wiegt sie?«

»Was spielt denn das für 'ne Rolle?«

»Es hängt davon ab, wie schwer sie ist. Dreißig Milligramm pro Kilo. Was wird sie wiegen – neunzehn, zwanzig Kilo?« Er hantiert mit einer Nadel und einer kleinen Glasflasche herum und spritzt dann einen kleinen Bogen in die Luft, genau wie im Fernsehen. »Also gut … wer macht's?«

SYLVESTER weicht zurück. »Nee, das ist Colins Job.«

»Schon, aber Colin ist nicht hier, oder?«

»Gib schon her, das Scheißding.« DAVID streckt die Hand aus. »Spritzt man es in eine Vene oder in den Muskel?«

»Äh…« Er schaut wieder auf das glänzende flache Ding in seiner Hand. »Ist egal.«

Mamis Stimme zittert. »Bitte, tut ihr nicht weh…«

»Hat dir die eine Lektion nicht gereicht, hä?«

Sie zuckt zurück.

»Hab ich mir's doch gedacht. Halt den Arm von der Kleinen fest.«

Jenny beobachtet die glänzende Spritze. Sie funkelt und blitzt im Sonnenschein. Draußen am Meer – ein Picknick mit Eiersandwichs und Würstchen und Papi. Er hebt sie auf seine Schultern und rennt lachend ins Wasser. Mami steht am Strand und winkt.

Die stachlige Biene sticht.

30

Der Bär schürzte die Oberlippe. »Was ist? Seh ich etwa aus wie deine verdammte Mutter?« Sein Gesicht war halb Fell, halb Narbengewebe, die Haut verzerrt zu einem höhnischen Dauergrinsen.

Logan sah unauffällig zum Kühlschrank. »Ich weiß nicht, wo es ist.«

Ein Lächeln. Kein *freundliches* Lächeln, sondern ein Ich-beiß-dir-deine-verdammte-Fresse-weg-Lächeln… »Ich will doch schwer hoffen, dass das –«

Der Bauch des Bären begann zu singen. »Scheiße…«

»Jennys Zeh muss wieder in den Kühlschrank.« Logan blinzelte. Dunkel. Blinzelte wieder. Das blassgrüne Leuchten des Radioweckers tauchte das Schlafzimmer in ein unwirkliches Licht. Eine Art postkoitaler Mief erfüllte den Raum, wie eine Mischung aus Gewürzen, Knoblauch und Reinigungsmittel, und überall lagen Socken und Unterhosen herum wie nach einer römischen Orgie.

»Urgh …« Haben die Römer eigentlich unter ihren Togen Unterhosen getragen?

Sein Handy klingelte.

»Verdammter …« Erst beim zweiten Versuch bekam er das Ding zu fassen.

Samantha grummelte und wälzte sich im Schlaf, den Mund leicht geöffnet, sodass man ihre Zungenspitze und die oberen Schneidezähne sehen konnte. Ein Schnarcher. Schmatz, schmatz. Murmel.

Logan drückte die Taste. »Was gibt's?«

Er gähnte, bohrte sich die rechte Faust in die Augenhöhle.

Schweigen.

Typisch – das hatte er jetzt davon, dass er jedem hergelaufenen Junkie und Fixer im Nordosten seine CID-Visitenkarte in die Hand gedrückt hatte.

»Ich betreibe hier keine Sex-Hotline für Pantomimen. Jetzt sag endlich was, oder ich leg auf. Noch fünf Sekunden – vier, drei, zwei –«

»Ich hab dir die Chance gegeben, ey …«

Logan nahm das Handy vom Ohr und fixierte mühsam das kleine Display. »UNBEKANNTE NUMMER.«

»Wer ist da?«

»Konsequenzen, ja? Alles hat seine Konsequenzen, Mann.«

»Ja, sehr witzig. Also, jetzt mal raus mit der Sprache: Wer …« Er runzelte die Stirn. »Shuggie Webster. *Du* bist das, hab ich recht? Das nächste Mal werd ich –«

Die Verbindung brach ab.

»Bitte …« Trisha Brown lässt sich kraftlos gegen den Heizkörper sinken. »Bitte …«

Allein diese kleine Bewegung lässt scharfe Schmerzblitze durch ihr linkes Bein schießen, als ob irgendein brutales Schwein ihr Schrauben in den gebrochenen Knochen bohrt.

Nicht hinschauen.

Aber es ist wie bei einem Autounfall, verstehst du? Muss man einfach hinschauen. Muss es unbedingt sehen, das Blut und alles.

O Gott… Zwischen Knie und Knöchel ist alles ein einziger riesiger Bluterguss, und an der Seite eine Beule, groß wie ein Hühnerei. Sie will die Hand ausstrecken und es befühlen, will an den schorfigen Bissmalen an ihren gespenstisch weißen Oberschenkeln herumknibbeln. Aber das geht nicht, er hat ihr die Hände über dem Kopf mit Handschellen gefesselt. Nackt und angekettet, wie Fleisch in einer Metzgerei.

Sie schaut weg.

Es ist ein Keller oder eine Garage, irgendwas in der Art. Ein Kessel für die Zentralheizung, eine große Gefriertruhe. Eine Waschmaschine. Regale mit Dosen und Krempel drin. Keine Fenster, nur diese beschissene summende Neonröhre, die er nie ausschaltet.

Ihr ganzer Körper *schmerzt* und *sticht* und *brennt*. Kalt und heiß zugleich. Irgendetwas tief in ihr drin, zerrissen und blutend. Schmutzig.

Sie blinzelt eine Träne weg. Die ganze Zeit unten an der Shore Lane, wo sie sich ein bisschen Kohle verdient hat, um sich Stoff kaufen zu können – und ihrem kleinen Jungen diese Mini-Tiefkühlpizzas, die er so mag –, die ganze Zeit hat sie sich nie schmutzig gefühlt. Nicht so wie jetzt.

Wie soll Ricky jetzt zurechtkommen? Dazu verdonnert, bei seiner blöden Junkie-Oma zu bleiben. Trisha schlägt noch einmal mit dem Kopf gegen den Heizkörper. Das kühle Metall klingt wie eine gedämpfte Glocke oder so was. Sie macht es noch einmal. Fester. Beißt die Zähne zusammen. Knallt mit dem Kopf gegen das Ding – wenn sie sich k.o. schlägt, wird es wenigstens nicht mehr wehtun.

Es funktioniert nicht.

»Vielleicht sollte ich mich krankschreiben lassen?« DS Doreen Taylor starrte in ihren Kaffee und breitete die rotsilberne Alufolie ihres Schokokusses auf dem Kantinentisch aus, um sie mit den Fingerknöcheln glattzustreichen.

»Ah…« Bob nickte. »Frauenprobleme, hm?«

Sie blickte nicht auf. »*Nein.* Ich weiß bloß nicht, wie ich auch nur einen weiteren Tag mit diesem scheinheiligen Schleimscheißer Superintendent Green durchstehen soll.« Sie setzte sich gerade auf. »So, jetzt hab ich's gesagt.«

Logan lächelte. *»Schleimscheißer?«*

»Na, er ist doch einer.« Das Aluquadrat war jetzt spiegelglatt. Sie knüllte es zu einer Kugel zusammen. »Ihr wisst ja, dass Finnie und Bain befürchten, die SOCA könnte die McGregor-Ermittlungen an sich reißen?«

Bob nickte. »Die werden bei uns wüten wie Gary Glitter in einem Waisenheim.«

»Sei nicht so eklig.« Sie warf die Alukugel in seine leere Tasse. »Und sie haben gar nicht vor, die Ermittlungen zu übernehmen. Ich habe gestern ein Handy-Telefonat von Green mitgehört – sie würden diesen Fall nicht mal mit der Beißzange anfassen. Wir haben keinerlei Anhaltspunkte: keine Indizien, keine Zeugen, keine Sachbeweise. Wenn sie sich einschalten, werden sie genauso aufgeschmissen sein wie wir.«

»Ah…« Logan stellte seinen Becher auf den Tisch und zuckte leicht zusammen. Sein rechter Arm schmerzte – dort, wo Shuggie Websters Faust auf ihn eingeschlagen hatte, war alles blau und lila und grün. »Und wenn das Ultimatum am Donnerstagmorgen abläuft und wir keine andere Wahl haben, als das Lösegeld zu übergeben, wollen sie nicht dafür verantwortlich sein.«

Doreen sackte über ihrem Kaffee zusammen. »Genau – dann zeigen sie mit dem Finger auf uns, weil wir es vermasselt haben, wir stehen am Pranger – und sobald wir Alison und Jenny wiederhaben, übernehmen sie das Ruder.«

»Diese Schweine.« Bob pochte mit dem ausgestreckten Finger auf den Tisch. »Wir machen die ganze Drecksarbeit, und dann kommen sie reinspaziert und vernehmen die einzigen Zeugen, die wir wahrscheinlich je bekommen werden.« Er hob eine Pobacke vom Stuhl, kniff ein Auge zu und seufzte dann. »Also, ich bin dann mal weg.«

Sprach's und verschwand kichernd.

Als der Gestank oben ankam, war es, als bekäme man einen vergammelten Kolostomiebeutel um die Ohren geschlagen.

Rennie wartete in ihrem kleinen behelfsmäßigen Büro auf Logan. Er saß an dem geliehenen Schreibtisch und starrte auf den Bildschirm des Laptops, während seine Finger über die Tastatur klackerten.

»Wehe, du treibst dich in irgendwelchen Porno-Chats rum.« Logan stellte einen Pappbecher neben die Maus. »Kaffee. Als Dank dafür, dass du mich bei der Internen Dienstaufsicht nicht reingeritten hast.«

»Ui, danke, Sarge!« Er hebelte den Plastikdeckel ab und deutete mit dem Kopf auf einen kleinen Stapel Papiere. »Ich sichte die Entführungsfälle – sieben Jahre hab ich schon durch.«

Logan nahm die Ausdrucke aus dem Nationalen Polizeicomputer und blätterte sie durch. »Was gefunden?«

»Nichts, was auch nur *annähernd* Ähnlichkeit mit dem McGregor-Fall hätte. Es gibt gar nicht so viele echte Entführungen, wie man meinen könnte – mit richtigen Lösegeldforderungen und allem Drum und Dran –, meistens sind es Drogendealer, die von Rivalen einkassiert werden, ein paar Idioten, die sich gegenseitig entführen, um Aufmerksamkeit zu erregen, und ungefähr ein Dutzend Tiger.«

Er zog eine Augenbraue hoch. Wahrscheinlich wartete er auf die Frage, was denn ein Tiger sei.

Sein Pech.

Logan warf den Stapel auf den Tisch. »Was ist mit älteren Fällen?«

»Du weißt schon – das ist, wenn du die Angehörigen von jemandem entführst, damit derjenige dir hilft, eine Bank auszurauben oder so.«

»Willst du, dass ich dir den Kaffee wieder wegnehme?«

»Ich versuch ja nur –«

»Rennie!«

Ein Seufzer. »Ich habe um zehn einen Termin mit der Polizeihistorikerin. Sie hat einen Haufen Material für eine geplante Ausstellung ausgeliehen.«

»Gut. Und wenn du schon mal da bist, sieh zu, ob du nicht noch weitere zehn Jahre zurückgehen kannst, nur um auf der sicheren Seite zu sein.« Was auch immer Napier zusammen mit der SOCA ausheckte, um sie in die Scheiße zu reiten – niemand würde Logan vorwerfen können, er sei nicht gründlich genug gewesen.

Der Constable stöhnte. »Können wir den Kram hier nicht noch ein bisschen zurückstellen? Ich meine, ich könnte dir stattdessen helfen, Alisons Studienkollegen zu vernehmen? Vielleicht können wir den Fall ja knacken – und Alison und Jenny raushauen, ehe Superintendent Flachwichser ihn uns wegnimmt?« Er warf sich in Pose, eine Hand auf die Brust gelegt, die andere zu den gammligen Deckenfliesen emporgereckt. »Rennie und McRae reißen's raus!« Er grinste. »Hey, ein Stabreim – cool!«

Logan kaute auf der Innenseite seiner Lippe herum. »Du willst helfen, alle Studenten aus Alison McGregors Seminar zu vernehmen?«

Ein Nicken.

»Okay, kannst du machen.«

»Yeah!« Rennie stieß die Faust in die Luft. »Danke, Sarge!«

»Und zwar, sobald du mit dem Sichten des Archivmaterials fertig bist.«

»Nee.« Sergeant Eric Mitchell blickte von seinem Computerbildschirm auf und fuhr sich mit dem Finger durch seinen überdimensionalen Schnauzbart, während sein kahler Schädel im Sonnenlicht blitzte. »Alles ausgebucht.«

»Wie kann es sein, dass alles ausgebucht ist?« Logan versuchte einen Blick auf den Monitor zu erhaschen, doch Eric drehte ihn weg.

»Finnie hat alles losgeschickt, um sämtliche Ärzte und Tierärzte noch einmal zu vernehmen. Nehmen Sie halt den Bus wie jeder normale Mensch. Oder ein Taxi.«

»Ja, klar. Ein Taxi. Haben Sie schon mal versucht, eine Taxirechnung als Spesen geltend zu machen?«

»Dann gehen Sie eben zu Fuß.«

»Nach Hillhead?«

»Ahem …«, sagte eine Stimme direkt hinter Logans Schulter. »Vielleicht kann ich behilflich sein, junger Logie? Zufällig führt mich mein Weg auch dorthin.«

Logan schloss die Augen. »Ich setz mich nicht mit dir in ein Auto, Bob.«

»Und wenn ich dich fahren lasse?« Bob hielt ihm einen Schlüsselbund unter die Nase und klirrte damit. »Na, komm schon, was ist denn das Schlimmste, was passieren kann?«

Logan kletterte hinaus in die kühle Morgenluft, knallte die Tür des Einsatzwagens zu und sog die frische Luft tief in seine Lunge.

Bob stieg auf der anderen Seite aus. »Was hast du denn? Ich hab doch das Fenster aufgemacht, oder nicht?«

»Du brauchst ärztliche Hilfe, Mann. Oder besser noch einen Korken.«

»Besser draußen als drin, wie meine Oma immer sagte.« Er stand da und starrte zu der seelenlosen Ansammlung von stalinistisch anmutenden Betonklötzen hinauf. Dann biss er sich auf die Oberlippe. »Möchtest du nicht zufällig mit mir reingehen? Ich hasse Selbstmorde, echt.«

»Ich dachte, ihr hättet die Leiche gestern schon abgeholt?«

»Schon, aber …« Er zog die Schultern unter seinem glänzenden grauen Jackett hoch. »Mord ist eine Sache – etwas Schreckliches ist passiert, und wir schnappen den kranken Mistkerl, der es getan hat. Wir sorgen dafür, dass dem Opfer Gerechtigkeit widerfährt. Aber bei Selbstmord sind Mörder und Opfer ein und dieselbe Person.« Er schniefte. »Erzähl mir nicht, dass das nicht unheimlich ist. Und auch verdammt deprimierend.«

Das Zimmer war nicht sehr groß – gerade genug Platz für ein Einzelbett, einen Einbauschrank, einen kleinen Tisch und einen Stuhl. Die zwei Regalbretter über dem Schreibtisch waren mit zerfledderten Medizin-Lehrbüchern beladen, die Wände mit den üblichen Monet-, Klimt- und *Star-Wars*-Postern geschmückt. Auf dem Boden neben dem Bett lag ein Exemplar des *For Men Magazine*. »KAREN ZIEHT BLANK! IST ZUFÄLLIG EIN ARZT ANWESEND?«

Durch das kleine Fenster konnte man den nächsten Block des Studentenwohnheims sehen. Graubraun und eintönig und leblos.

»Bruce Sangster, einundzwanzig. Hat sich mit Highland Park vollaufen lassen, sich anschließend eine Überdosis Morphium gespritzt und dann eine Plastiktüte über den Kopf gezogen. Ist nicht mehr aufgewacht.« Bob vergrub die Hände in den Achselhöhlen. »Einundzwanzig Jahre alt, und dann tut er sich so was an. Was für eine elende Vergeudung.«

Whisky, Opiate und Erstickung. Das war kein Hilfeschrei – wovor Bruce Sangster auch immer davongelaufen war, er hatte mehr als sichergestellt, dass es ihn nicht einholen würde. Wie konnte das Leben eines Menschen *so* schlimm sein, dass er es einfach wegwarf?

Bob schauderte. »Er wollte Arzt werden …«

Medizinische Fachbücher und Männermagazine waren nicht die einzige Lektüre im Zimmer. Es gab auch einen kleinen Stapel mit *Heat*, *Hello!*, *Now* und *OK!*: »ALISONS DUNKLES SCHULMÄDCHEN-GEHEIMNIS: ›ICH HAB'S ALS TEENAGER RICHTIG KRACHEN LASSEN‹, GESTEHT BNBS-HALBFINALISTIN.«

DI Steel hatte die Schlagzeile wortwörtlich zitiert. Irgendwie beunruhigend.

Logan griff nach der Zeitschrift und überflog all die Fotos von Menschen mit Zahnpastalächeln und Studiobräune, von Velourstapeten und Kronleuchtern, bis er zu dem von Alison McGregor kam. Sie saß in ihrem Wohnzimmer und starrte ins Leere, in der Hand das gerahmte Portrait von Doddy in seiner Uniform. Makellose Frisur, perfektes Make-up, bekleidet mit einem Seidentop, das es fertigbrachte, zugleich seriös und freizügig zu wirken.

Kein Zweifel, sie war eine sehr attraktive Frau. Sehr, *sehr* attraktiv.

Der Artikel schien sich darum zu drehen, dass sie alles, was Vicious Vikki ihr vorgeworfen hatte, einräumte. Und noch mehr. Sie hatte über die Stränge geschlagen, weil ihre Pflegeeltern auf der emotionalen Ebene nicht an sie herankamen, was auch immer das nun wieder heißen sollte. Dann hatte sie Doddy kennengelernt und endlich begriffen, dass sie eigentlich gar nicht so schrecklich war und dass das Leben mehr zu bieten hatte als Saufen, Rauchen und Buswartehäuschen Demolieren. Dann wuchs das kleine Wunder namens Jenny in ihrem Bauch heran, dann kam die Tragöde mit Doddys Eltern, eine Märchenhochzeit, die Geburt …

Jugendliche Rabaukin krempelt ihr Leben um, verwandelt sich in liebende Ehefrau und treusorgende Mutter, Doddy stirbt im Irak, Alison nimmt an *Britain's Next Big Star* teil, um sein Andenken zu ehren, und der Rest ist Geschichte.

Noch mehr Fotos von Alison und Jenny zu Hause, und dann… Logan runzelte die Stirn. Die nächsten zwei Seiten klebten zusammen. Sie lösten sich mit einem reißenden Geräusch voneinander, und er erblickte eine Aufnahme von Alison am Strand. Sie trug einen Bikini und lächelte in die Kamera, eine Hand hinter dem Kopf, während Jenny zu ihren Füßen eine Sandburg baute. Kleine Fetzen der gegenüberliegenden Seite klebten an Alisons Bauch, Brust und Gesicht.

Bob tauchte hinter Logan auf. »Da ist wohl jemand ein bisschen in Wallung geraten…«

Logan warf die Zeitschrift in den Papierkorb. »Was geht bloß in den Köpfen von diesen Leuten vor?«

»Nun sei mal nicht so streng mit dem Jungen. Als ob du dir nie mit einem Foto von irgendeiner halbnackten Tussi einen von der Palme gewedelt hättest.«

»Da war ein kleines Mädchen auf dem Foto, Bob.«

Er zog den Mund schief. »*Aye*, da hast du auch wieder recht.«

Vielleicht war es das, wovor er davongelaufen war?

»Hat Sangster einen Abschiedsbrief hinterlassen?«

»Ja, das Übliche. Es tut mir leid, ich hab es nicht mehr ausgehalten, ich habe alle enttäuscht…« Bob schüttelte den Kopf und setzte sich auf die Bettkante. »Hast du eine Vorstellung davon, wie oft die Leute *haargenau* dasselbe schreiben? Die letzten Worte, die sie im Leben von sich geben, und es tut ihnen leid, dass sie alle enttäuscht haben. Wie verkorkst ist das denn?« Er fuhr sich mit der Hand durch die Haare, bis er zu der kahlen Stelle am Hinterkopf kam. »Wenigstens muss ich diesmal nicht die Todesnachricht überbringen – irgendeine arme Sau in York darf Bruce' Eltern sagen, dass er ihren Erwartungen nicht gerecht werden konnte ... Ich hasse Selbstmorde, echt.«

Logan sah sich im Zimmer um. »Also, jetzt sag schon – warum bist du *wirklich* hier? Wir haben keine verdächtigen Umstände – wieso kümmert die GED sich nicht um den Fall?«

»Tut sie ja. Ich bin nicht hier, weil Bruce tot ist; das interessiert Finnie angeblich gar nicht. *Was* Finnie interessiert, ist die Frage, wo Bruce das Morphium herhatte. Verschreibungspflichtige Droge. Muss jemand sein, der auf dem Campus dealt.« Bob hob das Kinn. »Und jetzt muss ich also allen Kommilitonen von Bruce sagen, dass er tot ist, und sie fragen: ›Sind Sie ein Drogendealer?‹« Er zog ein Blatt Papier aus der Jackentasche und reichte es Logan. »Die hab ich aus den Kontakten in seinem Handy und seinem Laptop. Du hast nicht zufällig Lust, mir zu helfen?«

Träum weiter.

Logan überflog die Namen. »Diesen Liam Christie hab ich, glaube ich, letztes Jahr wegen Diebstahls von Schaufensterpuppen verhaftet. Der Idiot hat erklärt, er sei dabei, eine Plastikarmee aufzubauen, um die reptiloide Rasse zu besiegen, die uns beherrscht. Diese verdammten Medizinstudenten sind immer die Schlimmsten ...« Er hielt inne, dann zog er eine andere Liste aus seiner eigenen Tasche. Verglich noch einmal die Namen und Adressen. »Du hast Glück, Bob – ich spreche heute sowieso mit einigen von diesen Leuten.«

»Dann tu mir doch den Gefallen und frag sie, ob sie nebenbei ein bisschen dealen, um ihr Studium zu finanzieren, ja?«

Logan warf Bob dessen Liste wieder zu. »Wir können später darüber reden, was dich das kostet.«

31

»Ich meine, man fragt sich echt: *Kann* es überhaupt noch schlimmer kommen?« Wieder so ein enges, kleines Zimmer, diesmal gepflastert mit *Twilight*-Postern, dazu eine lebensgroße Pappfigur von diesem Vampirtypen mit den fettigen Haaren als Blickfang. Tanya Marsden trocknete ihre geröteten Augen, schniefte und zerrupfte dann das Papiertaschentuch mit ihren knochigen Fingern zu kleinen Fetzen. »Zuerst Alison, und jetzt der arme Bruce. Es ist echt, als würde irgendein böser Fluch auf der ganzen Universität lasten …« Sie starrte Logan aus dem Schatten eines langen, dunklen Ponys an.

»Wie gut kannten Sie Bruce, Miss Marsden?«

»Bitte, sagen Sie doch Tiggy zu mir. Wir haben zusammen Rollenspiele gespielt, AD&D, da haben wir im ersten Jahr eine Gruppe zusammengekriegt. Es hat sich dann irgendwie verlaufen … Aber Bruce ist bis Weihnachten letztes Jahr dabeigeblieben – dann wurde es ihm auch zu viel neben dem Studium. Ich mag Bruce. Wir waren gute Freunde, wissen Sie?«

»Und hat er je mit Ihnen über Drogen gesprochen?«

»Ernsthaft? Nie-*mals.* Bruce will Arzt werden …« Sie sah auf das geschredderte Papier in ihren Händen hinunter. »*Wollte* Arzt werden. Er war superintelligent, und er hätte niemals riskiert, zwangsexmatrikuliert zu werden.«

»Hat er in den letzten Wochen irgendetwas zu Ihnen gesagt? Irgendetwas, was vielleicht erklären könnte, warum er es getan hat?«

Ihre Schultern bebten. »Ich hätte etwas tun sollen. Ich meine, wozu studiert man denn Psychologie, wenn man nicht mal einem Freund helfen kann? Er hat immer gearbeitet, verstehen Sie? Hat immer über irgendeinem Lehrbuch gebrütet und ist nie ins Pub gegangen …« Sie biss sich auf die Unterlippe, blinzelte und rieb sich die Augen. »Es tut mir leid…«

Logan lehnte sich auf dem Plastikstuhl zurück und sah ihr beim Schniefen zu. Das war das Problem mit Psychologiestudenten – die Typen bekamen ja *beigebracht*, wie man andere Leute manipulierte. Natürlich nannten sie es nicht so – sie benutzten Ausdrücke wie »Neurolinguistische Programmierung« oder Ähnliches. Die gleiche Masche, die Rennie bei den Sexualstraftätern probiert hatte.

»Sie kannten also Alison McGregor, ja? War ja sicher nicht einfach für sie – alleinerziehende Mutter mit einer kleinen Tochter, das Studium, und dann die Proben und die Fernsehauftritte?«

Sie rollte mit den Augen und lachte – ein kurzes, sprödes Bellen. »O Gott, ja. Aber sie war fantastisch, im Ernst, *total* das Vorbild. Wir waren wie Pech und Schwefel, Alison und ich, echt die allerbesten Freundinnen. Haben einander immer unsere Vorlesungsmitschriften zum Abschreiben gegeben, wenn eine mal nicht konnte.«

»M-hm.« Logan schrieb das Wort »Lügnerin« neben Tanya Marsdens Namen in sein Notizbuch. Sämtliche Studentinnen und Studenten, mit denen er gesprochen hatte, schworen, dass sie Alison McGregors allerbeste Freunde seien. Alle sprangen auf den D-Promi-Zug auf und stritten sich um die Plätze: Schau mich an – ich kenne die entführte Frau und ihre gefolterte Tochter persönlich!

»Ich kann's nicht glauben, dass das passiert ist…« Die Tränen flossen wieder. »Die werden sie doch freilassen, nicht wahr? Alison und Jenny? Ich meine, inzwischen sind doch bestimmt Millionen im Fonds – das *muss* doch reichen.«

»Sie war einfach der beste Mensch, den ich je gekannt habe.« Jade Shepley seufzte. »O Mann. Ich meine, allein die *Vorstel-*

lung, was sie jetzt gerade durchmachen muss.« Sie zog die Stirn in Falten. Gerade mal neunzehn, und sie trug schon ein Twinset mit Perlenkette, dazu eine seriöse Bobfrisur und eine strenge Hornbrille.

Auch ihr Zimmer war mit einer Postersammlung dekoriert: Audrey Hepburn in *Frühstück bei Tiffany*; ein Kätzchen auf einem Baum – »MANCHMAL IST DIE GANZE WOCHE MONTAG«; und ein paar Plakate von Amateur-Musicalproduktionen.

»Es ist wirklich furchtbar, was da passiert ist. Arme Alison …« Jade beugte sich vor und senkte die Stimme zu einem Flüstern. »Wir waren die besten Freundinnen, müssen Sie wissen.«

»O nein, mir fällt wirklich *niemand* ein, der ihr Böses wollen könnte.« Philippa McEwan blinzelte, biss sich auf die Unterlippe und starrte ihre Hände an. »Alison ist einfach der *tollste* Mensch auf der ganzen Welt. Sie hat immer mal vorbeigeschaut, um zu erzählen, wie ihr Tag gelaufen war, oder um sich ein Buch oder so auszuleihen.« Poster: *Harry Potter und der Orden des Phönix*; Zebulon aus der Kinderserie *Das Zauberkarussell*; Einstein, wie er die Zunge rausstreckt. »Es vergeht kein Tag, an dem ich nicht für sie bete.«

»Also, wenn Sie's genau wissen wollen: Sie war ein richtiges Miststück.« Stephen Clayton lümmelte sich auf dem einzigen Stuhl im Zimmer, sodass Logan stehen musste. Poster: Coldplay; Yoda; U2; David Tennant als Doctor Who, wie er seinen Schall-Schraubenzieher aus der Tasche zieht, mit der Zeitmaschine TARDIS im Hintergrund – das Ganze signiert; und das klassische *Jurassic-Park*-Logo. Auf dem Boden stand ein ferngesteuerter Dalek neben einem Papierkorb, der von leeren Käseflipstüten überquoll.

Clayton riss eine Dose Red Bull auf und trank gluckernd.

Rülpste. Ohrring mit Totenkopf, T-Shirt mit Cannabisblatt-Motiv, Nasenpiercing, blonde Haare, die ihm bis zur Mitte des Rückens reichten.

Schaut mich an, ich bin ja so was von rebellisch.

»Und wieso?«

Clayton kräuselte die Oberlippe. »Was glauben Sie denn? Aufgeführt hat sie sich, als ob sie mit der Queen verwandt wäre.« Seine Stimme sprang eine Oktave nach oben. »›Oh, ich bin im Fernsehen, ich bin ja so was Besonderes, so viel *besser* als der Rest von euch gewöhnlichen Prolls.‹ Miststück.« Er schob sich die Haare aus dem Gesicht. »Arrogantes, überhebliches, verlogenes, hinterhältiges Miststück.«

Sehr durchsichtig.

»Sie hat Ihnen einen Korb gegeben.« Logan versuchte nicht zu lächeln.

»Als ob *sie* so 'ne Wahnsinnspartie gewesen wäre, mit 'nem kleinen Balg am Bein. Wer will sich das denn antun?« Er nahm noch einen Schluck Zuckerwasser mit Koffein. »Ich hab ihr 'nen Gefallen getan.«

Ja, klar, du Westentaschen-Macho.

»Also, was diese Entführung betrifft – denken Sie, dass sie nur bekommen hat, was sie verdient?«

Clayton zog eine säuerliche Miene. »Sie machen Witze, oder? Wenn die sie freilassen, wird es schlimmer sein als je zuvor. Die Leute werden sich darum reißen, ihr in den Arsch zu kriechen, als ob sie Robbie Williams und die olle Prinzessin Di in einer Person wäre. Entführt zu werden war doch das Beste, was diesem berechnenden Weibsstück überhaupt passieren konnte.«

»Nein, ich wusste nicht, dass Bruce sich umgebracht hat. Das … Das ist ja einfach furchtbar.« Craig Peterson setzte sich ans Fußende des Betts und strich sich über das kleine Büschel Barthaare, das ihm am Kinn hing. Zusammen mit der großen Nase, den langen braunen Locken und den sorgenvoll zusammengezogenen Augenbrauen ergab sich der Gesamteindruck einer leicht enttäuschten Ziege. Poster: *Reservoir Dogs*; Hitchcocks *Der unsichtbare Dritte*; *Krieg der Welten* – die Orson-Welles-Version, nicht die mit Tom Cruise; *La Cité des enfants perdus* von Marc Caro und Jean-Pierre Jeunet. »Na ja, ich wusste schon, dass er in letzter Zeit ein bisschen Stress hatte – er war mit seiner Seminararbeit im Rückstand, und dann hat Tanya auch noch mit ihm Schluss gemacht – aber *Selbstmord*? Warum ist er nicht gekommen und hat mit mir geredet? Er muss doch gewusst haben, dass ich ihm würde helfen können.«

»Tanya?« Logan blätterte in seinem Notizbuch ein paar Seiten zurück. »Tanya Marsden?«

Der Bart bekam noch ein paar Streicheleinheiten. »Nennt sich aus irgendeinem Grund gerne ›Tiggy‹. Ich habe Bruce klarzumachen versucht, dass sie nicht sein Typ ist, aber *›l'œil de l'amoureux est aveugle à tout défaut.‹*«

So jung und schon so eingebildet.

Dann waren Tanya Marsden und Bruce Sangster also ein Paar gewesen – davon hatte sie kein Wort gesagt.

»Verstehe …« Logan unterstrich das Wort »LÜGNERIN« neben ihrem Namen noch ein paar Mal.

»Das ist Molière – es bedeutet: ›Das Auge des Liebenden ist blind für alle Fehler.‹«

»Ach, tatsächlich?« Er blätterte ein paar Seiten weiter und notierte neben Petersons Namen »ÜBERHEBLICHES ARSCHLOCH«. »Hat er Ihnen gegenüber je etwas über Drogen gesagt?«

»Nun ja … im Vertrauen?«

Logan lächelte. »Nein.«

»Ich will nicht, dass seine Eltern ein falsches Bild bekommen; sie hatten große Hoffnungen in ihn gesetzt.«

»Aber?«

»Wie stehen Sie zum Thema Cannabis, Sergeant?«

Logan starrte ihn nur an und ließ die Stille anwachsen.

Ein tiefer Seufzer. »Also gut, Bruce hat vielleicht mal etwas erwähnt von einer Frau, die er letztes Jahr bei einem dieser Dungeons-and-Dragons-Treffen in Dundee getroffen hat. Diese Person – Bruce nannte sie immer ›Stumpy die Zwergenkönigin‹ – hat ihm Cannabis besorgt, Amylnitrit – also Poppers, vielleicht auch mal Speed, wenn es auf die Prüfungen zuging und Bruce büffeln musste. Und Bruce musste immer büffeln.«

»Stumpy die *Zwergenkönigin*?«

Peterson verschränkte die Arme und schlug dann die Beine übereinander. »Hören Sie, es ist mir wirklich nicht wohl dabei, über einen toten Freund zu reden, der sich nicht mehr wehren kann; wenn Sie sich also den sarkastischen Ton sparen würden, bis Sie wieder auf Ihrem Revier sind, wäre ich Ihnen sehr verbunden, Sergeant.«

»Den sarkastischen Ton, Mr. Peterson? Sie sollten sich vielleicht klarmachen, dass ich lediglich versuche, einem verdächtigen Todesfall auf den Grund zu gehen. Das ist doch wohl ein paar gekränkte Gefühle wert.«

Der Student hob die Nase noch ein paar Zentimeter höher. »Gefühle kann man nicht ›kränken‹, nur ›verletzen‹.«

Logan lächelte. »Also gut, wenn Sie unbedingt wollen: Wo waren Sie gestern Nachmittag zwischen zwölf und siebzehn Uhr?«

»Was?« Seine Augen weiteten sich. »Mein Gott, Sie meinen es wirklich ernst. Sie glauben, Bruce wurde *ermordet*?«

»Und wenn Sie mir die Namen und Adressen eventueller Zeugen nennen könnten, die Ihr Alibi bestätigen können, wäre das eine große Hilfe.« Du arrogantes kleines Arschloch.

Peterson brauste auf und tat recht empört, doch schließlich gab er klein bei und nannte Logan die Namen und

Kontaktdaten zweier Freunde, die den größten Teil des Tages mit ihm DVDs angeschaut und hochintellektuelle Gespräche geführt hatten. Logan notierte sich alles. »Und jetzt erzählen Sie mir von Alison McGregor.«

Peterson machte den Mund auf, zog die Stirn in Falten und presste dann die Lippen aufeinander. »Verzeihung?«

»Sie waren mit ihr zusammen in der Psychologie-Vorlesung.«

»Ja, schon … Aber das habe ich doch alles schon Ihrem Inspector McPherson erzählt –«

»Und jetzt erzählen Sie es eben noch einmal.« Logan rückte auf seinem Stuhl vor, so dicht an Peterson heran, dass der sich fast mit dem Rücken an die Wand drücken musste.

»Ich kenne sie eigentlich gar nicht richtig. Ich meine, ich wusste, wer sie ist – na ja, war ja auch nicht allzu schwierig, bei den ganzen Paparazzi, die immer den Hörsaal belagert haben – aber ich habe nie richtig mit ihr geredet. Ich habe meinen Lebensmittelpunkt mehr oder weniger hier auf dem Campus, und sie wohnte am anderen Ende der Stadt, also habe ich sie praktisch nie gesehen. Außerhalb der Vorlesungen und Tutorien, meine ich. Vielleicht ab und zu mal in der Bibliothek.« Er rieb sich eine Stelle unter dem Ohr. »Es ist wirklich furchtbar, was passiert ist, aber ich habe sie eigentlich gar nicht gekannt. Sie war offenbar sehr beliebt …?«

Logan saß einfach nur da und starrte ihn an.

»Na ja, sie hatte eine Menge Freundinnen. Besonders, wenn Fotografen in der Nähe waren. Ich glaube, manche von den Mädchen hatten Wetten laufen, wer es schafft, am häufigsten in die Zeitung zu kommen. Sie wissen schon, indem sie gerade mit ihr redeten, wenn sie fotografiert wurde …«

Noch mehr Schweigen.

»Ähm …« Er leckte sich die Lippen. »Hören Sie, ich kenne sie wirklich kaum, okay?«

»Verstehe.« Logan rührte sich nicht.

»Und ich muss jetzt lernen. Also, wenn es sonst nichts –«

Die *Danse macabre* tönte aus Logans Tasche. Er zog das Handy heraus und drückte die Taste. »McRae.«

»Sarge?« Es war Rennie. *»Wo bist du? Ich bin auf dem Parkplatz.«*

Logan sah zu Peterson auf. Es konnte nicht schaden, den arroganten Schnösel ein bisschen von seinem hohen Ross herunterzuholen. »Ja, ich spreche gerade mit ihm.«

»Hä? Bist du schon im Pub?«

»Nein, er behauptet –« Logan sah in sein Notizbuch und verkniff sich ein Grinsen. »– er habe sie ›eigentlich gar nicht richtig gekannt.‹«

»Gekannt… ? Ah, verstehe. Okay.«

»Genau. Er sagt, er habe auch ein Alibi für den Zeitpunkt des Todes von Bruce Sangster.«

Peterson verlagerte sein Gewicht von einer Pobacke auf die andere.

»Ich hab das ganze Archivmaterial besorgt, das du haben wolltest, also bin ich nach Hillhead rausgefahren, um den McGregor-Fall zu knacken!«

Logan starrte Craig Peterson so lange an, bis der Student den Blick abwandte. »Nein, ich denke, darum werde ich mich persönlich kümmern.«

»Wo soll ich anfangen?«

»Bleib, wo du bist.« Logan legte auf und schob das Handy wieder in die Tasche. Dann stand er auf. »Wir melden uns bei Ihnen, Mr. Peterson.« Er beugte sich vor und baute sich bedrohlich über dem Studenten auf, der noch einmal ein Stück zurückwich. »Verlassen Sie nicht die Stadt; und vergessen Sie nicht: Ich habe Sie im Auge.«

Rennie lehnte an einem verdreckten Vauxhall, das gerötete Gesicht in die Sonne gereckt, die Hände in den Hosentaschen. Kleine weiße Kabel hingen ihm aus den Ohren, und er hatte die Augen geschlossen.

Logan stupste ihn an. »Wie hast du es geschafft, einen Wagen zu kriegen?«

»Hä?« Rennie nahm seine Ohrhörer heraus. »Oh, hi, Sarge! Hat er gesungen? Der Typ, den du gerade in die Mangel genommen hast?«

»Dieser Trottel von Eric hat mir erzählt, es wäre alles ausgebucht!«

»Echt? Also, ich hatte keine Probleme. Vielleicht –«

»Was hast du im Archiv gefunden?«

»Nicht viel. Zwei Idioten entführen die Tochter eines Juweliers; radikale Tierschützer schnappen sich die Mutter von irgendeinem Typen, um ein Ende der Tierversuche im Rowett-Forschungslabor zu fordern; eine Bande kidnappt Frau und Kinder eines Bankdirektors in Ellon, damit der ihnen den Tresorraum aufsperrt…« Rennie starrte über Logans Schulter hinweg. »Oha, halt die Luft an – da kommt Biowaffen-Bob.«

Bob kam gerade aus dem Wohnheimblock gegenüber gelatscht, die Jacke über die Schulter geworfen, die Hemdsärmel hochgekrempelt. Seine Unterarme waren so stark behaart, dass es aussah, als trüge er einen Pullover aus Pelz. Er winkte und kam dann auf sie zugeschlendert.

Logan drehte sich um und blickte zu dem Block auf, vor dem sie standen. Mit einem bisschen Glück machte Craig Peterson sich da drin gerade in die Hose. »War also reine Zeitverschwendung.«

»Tut mir leid, Sarge.« Rennie rieb sich die Hände. »Also, jetzt sag schon – wen hast du gerade bearbeitet?«

»Mann, ich hasse dieses Studentenpack. Alles Tiere…« Bob kratzte sich ein bisschen den Pelz und nickte dann

Rennie zu. »Constable, welch glückliche Fügung! Ich habe eine lange Liste von Sackgesichtern, die alle vernommen werden müssen.«

Rennie schüttelte den Kopf. »Tut mir leid, aber ich bin offiziell bis Freitag McRaes Sklave. Wir fühlen Alison McGregors Kommilitonen auf den Zahn. McRae und Rennie, bereit zum Dienst!«

Bob hob die Arme gen Himmel und ließ sie dann mit einem theatralischen Seufzer wieder fallen. »Logie, du leihst mir den Knaben doch aus, nicht wahr?«

»Nix da. Wenn wir hier fertig sind, müssen wir erst mal die Ergebnisse einer landesweiten Suche nach alten Entführungsfällen durchackern.«

»Ach, komm schon – wir können uns doch Bruce' Kumpel aufteilen. Zu dritt sind wir damit doch in null Komma nichts fertig.«

»Mach's gut, Bob ...« Logan tat einen Schritt, blieb dann stehen, drehte sich um und ging zum Wagen zurück. »Vielleicht solltest du mal eine gewisse Tanya Marsden, auch ›Tiggy‹ genannt, ins Visier nehmen. Laut Craig Peterson war sie Bruce' Freundin, aber sie behauptet, sie seien nur gute Bekannte gewesen.«

Bob zog eine Hälfte seiner Monobraue hoch. »Aha – versucht sich also im Nachhinein zu distanzieren? Glaubst du, dass sie die Dealerin ist?«

»Ich bezweifle es.« Logan erzählte ihm von Stumpy der Zwergenkönigin.

Bob zog eine Grimasse. »Das nützt uns gar nichts ...« Die Grimasse verwandelte sich in ein Lächeln. »Aber damit liegt die Quelle außerhalb unseres Zuständigkeitsbereichs – ich kann es Tayside aufs Auge drücken. Eigentlich wollte ich das Angebot mit dem Bier zurücknehmen, aber ich hab's mir anders überlegt. Wenn du mir den Knaben hier ausleihst, leg ich sogar noch eine Tüte Chips drauf.«

Logan blickte sich wieder zu dem Wohnheimblock um. Jemand starrte zu ihnen herunter – Craig Peterson, der am Fenster stand und sich über sein Ziegenbärtchen strich. Logan formte Daumen und Zeigefinger zu einer Pistole, zielte auf Peterson und schoss ihm ins Gesicht.

32

Logan ließ es sich nicht nehmen, Petersons Alibi zu überprüfen. Adrian Kerr: Master-Studiengang E-Commerce Technology; Poster von der *Muppet Show*, *Chinatown* und einer halbnackten Frauen-Fußballmannschaft. Nicholas Tawse: Psychologie; *Citizen Kane*, Che Guevara, Monty Python's Flying Circus.

Beide bestätigten Petersons Geschichte – natürlich taten sie das –, aber es machte trotzdem Spaß, die eingebildeten kleinen Scheißer sich winden zu sehen. Kleinkariert, aber irgendwie befriedigend.

Auf dem Parkplatz traf er sich wieder mit Rennie.

»Was erreicht?«

»Zwei von den Typen kamen mir ein bisschen suspekt vor – der eine hat versucht, eine selbstgebaute Bong zu verstecken, die andere hat jedes Mal einen regelrechten Kuhblick bekommen, wenn ich Alison und Jenny erwähnt habe. Ich schwör's dir, die hatte einen richtigen Altar über ihrem Bett, mit Zeitungsausschnitten, Zeitschriftenartikeln, signierten Fotos von den beiden und so weiter. Ich glaube, da war sogar eine Haarlocke.«

»Haare?«

»Na ja, also kein Skalp oder so was.«

»Sonst noch jemand?«

»Nee, die meisten sind einfach nur Studenten. Ein bisschen Hasch, ein bisschen Alk, ein bisschen Studieren, ein bisschen auf ihrer Bude hocken und schmollen, weil niemand mit ihnen vögeln will.«

»Gut, dann wollen wir doch mal Alisons und Jennys größtem Fan einen Besuch abstatten.«

Du liebe Zeit... Rennie hatte nicht übertrieben – da war tatsächlich eine Art Altar über Beatrice Eastbrooks Bett. Genau in der Mitte der Wand hing ein amateurhaftes Wasserfarben-Portrait von Alison McGregor mit Jenny auf dem Knie. Auf Alisons Kopf schimmerte ein Heiligenschein aus Stanniolpapier im Licht zweier großer Kirchenkerzen, die zu beiden Seiten eines kleinen gläsernen Schreins mit einer blonden Locke darin arrangiert waren. Die Haare waren mit einem schwarzen Band zusammengebunden, in dem ein Heidekrautzweig steckte. Genau wie der an dem Foto von Alisons verstorbenem Mann.

Um das Heiligtum herum wucherten Zeitungs- und Zeitschriftenartikel wie ein Tumor. »MEINE HEIMLICHE ANGST UM JENNY – WIRD DER RUHM IHRE KINDHEIT ZERSTÖREN?« – »JUNGE MUTTER AUS ABERDEEN ERREICHT BNBS-HALBFINALE« – »ALISONS DUNKLES SCHULMÄDCHEN-GEHEIMNIS: ›ICH HAB'S ALS TEENAGER RICHTIG KRACHEN LASSEN‹, GESTEHT BNBS-HALBFINALISTIN« – »SIE IST KEIN ENGEL – DIE LEICHEN IN ALISON MCG.'S KELLER«...

Zum letzten Artikel gehörte ein Foto von Victoria Murray alias Vicious Vikki. Es war so heftig mit rotem Kugelschreiber übermalt, dass das Papier schon ganz aufgeschlitzt und zerfetzt war. Kreuz und quer über den Artikel war wieder und wieder das Wort »LÜGNERIN!!!« gekritzelt.

Und als Umrahmung eine Reihe von Hochglanzfotos, wie man sie sich heutzutage fast in jedem Supermarkt ausdrucken lassen konnte.

Keine Poster – dafür war kein Platz.

Vor einem Jahr hatte Beatrice Eastbrook wahrscheinlich

noch wie eine ganz normale junge Frau ausgesehen. Aber … Sie hatte die Haare blond gefärbt und sich Locken drehen lassen, die denen von Alison McGregor genau glichen. Ihr Make-up war genau wie das von Alison McGregor, ihre Kleider waren genau wie die von Alison McGregor, einschließlich der Schuhe.

Wahrscheinlich hatte sie auch irgendwo einen mit Stanniolpapier beklebten Hut herumliegen.

Sie zwirbelte an einer Strähne hinter ihrem Ohr. »Natürlich habe ich ihnen nichts angetan – warum sollte ich ihnen etwas antun? Ich liebe sie doch.« Der Akzent war schwer einzuordnen; eine seltsame Mischung aus Birmingham und Aberdeen – offenbar genügte es ihr nicht, wie Alison McGregor auszusehen, sie musste auch noch versuchen, genauso zu klingen. »Alison war … *ist* – eine ganz tolle Frau. Ein Superstar. Ich meine, das muss man sich mal vorstellen: So jemand wohnt in Aberdeen, und ich *kenne* sie. Sie hat mit mir *geredet*, wie ein ganz normaler Mensch.«

»Und Sie haben keine Ahnung, wer sie entführt haben könnte?«

Beatrice' Augen verengten sich. »Wenn ich das wüsste, würde ich die Typen umbringen. Ich mache keine Witze – ich würde sie *wirklich* umbringen. Mit meinen eigenen Händen erwürgen würde ich sie. Sie haben Jenny die Zehen abgeschnitten! Was ist das für ein mieses Schwein, das einem kleinen Mädchen die Zehen abschneidet?« Sie ließ sich auf das Bett sinken und rutschte nach hinten, die Füße auf der Bettdecke, die Knie an die Brust gezogen. »Wissen Sie was, wenn Sie die Typen schnappen, sollten Sie *denen* die Zehen abschneiden, genau wie in der Bibel. Einfach alle abschneiden – mal sehen, wie *denen* das gefällt.«

»Sind Ihnen irgendwelche verdächtige Personen aufgefallen, die sich in Alisons Nähe aufhielten, bevor sie entführt wurde? Die sie vielleicht anzusprechen versuchten?« Natürlich abgesehen von dir, du durchgeknalltes Huhn.

»Ich kann mich nicht erinnern. Mir ist jedenfalls nichts aufgefallen. Na ja, es war immer ziemlich viel los, wissen Sie; die ganze Zeit waren die Fotografen hinter ihr her, und dann diese ganzen Weiber, die sich als ihre Freundinnen ausgegeben haben, nur um in die Zeitung zu kommen. *Ich* hab so was nie gemacht…«

Logan nickte. »Was hat sie denn zu Ihrem neuen Look gesagt?«

Stirnrunzeln. »Na ja, sie fühlte sich natürlich geschmeichelt. Ich sähe fantastisch aus, meinte sie. Sie ist ein sehr großzügiger und warmherziger Mensch.«

»Und hat sich nicht daran gestört, dass Sie ihr nach Hause gefolgt sind?«

Rennie stand in der Tür und hatte schon den Mund aufgemacht, doch Logan hob die Hand.

»Ich…« Beatrice errötete. »Ich weiß nicht, was Sie –«

»Die Fotos dort um Ihr Wandbild herum.« Er deutete auf die Hochglanzabzüge. »Das ist das Haus von Alison und Jenny in Kincorth. Sehen Sie, da ist Alison, wie sie den Müll rausbringt.«

»Ich… Es war nur ein einziges Mal.«

»Und da sieht man sie, wie sie Jenny zur Schule bringt. Und auf dem da trägt Jenny ein Tutu. Auf dem Weg zum Ballettunterricht?«

Beatrice senkte den Kopf auf die Knie und sprach in die dunkle Lücke zwischen ihren Beinen und ihrer Brust hinein. »Ich habe niemandem etwas getan.«

Logan legte sein Notizbuch auf den Schreibtisch. »Haben Sie gesehen, wer Alison und Jenny entführt hat?«

Als sie wieder aufblickte, glitzerten Tränen in ihren Augen. »Ich wollte doch nur ihre *Freundin* sein. Eine echte Freundin, nicht wie diese falschen Schlangen.«

»Haben Sie gesehen, wer sie entführt hat, Beatrice?«

»Sie ist ein ganz besonderer Mensch. Sie ist berühmt – sie wird Spuren hinterlassen, die immer an sie erinnern werden. Ich werde *nie* berühmt sein. Dann ist es doch egal, ob ich lebe oder tot bin, oder? Es wäre auch egal, wenn ich nie geboren worden wäre. Ich dachte, wenn sie nur sehen könnte, dass wir so viel gemeinsam haben, dann könnten wir Freundinnen sein. Ich wollte nur, dass sie mich mag ...«

»Es ist schon gut, Beatrice, ich verstehe Sie.« Logan nahm sein Notizbuch und stand auf. »Also, wenn Sie nichts dagegen haben, würden wir jetzt gerne Ihr Zimmer durchsuchen. Ist das in Ordnung?«

Sie wischte sich die Augen und blickte zu der Haarlocke in ihrem kleinen Glasschrein auf. Fuhr sich mit der Zungenspitze über die Lippen. »Was glauben Sie, was jetzt mit Jennys Zehen passiert?«

»Natürlich sind mir diese Fotos gleich beim ersten Mal aufgefallen.« Rennie klappte den Kofferraumdeckel des Einsatzwagens auf und legte eine Handvoll Plastikbeutel hinein, allesamt mit Beweismitteln gefüllt, datiert, etikettiert und quittiert. »Ich wollte nur, dass du einen unvoreingenommenen ersten Eindruck bekommst.« Er schlug den Kofferraumdeckel zu.

»Red keinen Scheiß.« Logan stieg auf der Beifahrerseite ein.

»Na schön.« Rennie schwang sich hinters Lenkrad. »Man kann's ja mal versuchen.« Er grinste. »Zurück ins Präsidium?«

»Ja, und dann gehst du jedes einzelne Foto auf dieser Kamera und auf diesem Laptop durch. Wir suchen nach jemandem, der Alison McGregors Haus beobachtet.«

»Du meinst, außer Beatrice der Wahnsinnigen.« Er ließ den Motor an. »Wie die es wohl geschafft hat, auf die Uni zu kommen? Psychologin will die werden? Da müsste sie sich erst mal verdammt gründlich selbst therapieren.«

»Vielleicht ist sie gut bei Prüfungen. Achte bloß darauf – Ach, Mist.« Logans Handy klingelte. Er zog es heraus. »McRae.«

»Hab dir doch gesagt, das wird Konsequenzen haben.« Es war Shuggie Webster, und er klang komplett zugedröhnt. *»Biste jetzt zufrieden? Hm?«*

»Shuggie, du musst dich stellen. Stell dich, und dann reden wir darüber.«

»Das ist deine Schuld!«

Logan warf einen Blick aufs Display – es war nicht dieselbe Nummer wie beim ersten Mal. »Wo bist du?«

»Konsequenzen.« Und dann legte Shuggie auf.

Rennie sah ihn an. »Sarge?«

»Zurück ins Präsidium.« Logan zog sein Airwave heraus, wählte die Nummer der Leitstelle und forderte eine GSM-Ortung von Shuggies neuem Handy an. Wenn Richter McNab ihnen die Genehmigung gab und die Telefongesellschaft nicht zu sehr trödelte, würden sie noch vor Dienstschluss wissen, wo der konsequente Mr. Webster steckte.

Er steckte den Apparat wieder ein und sah zu, wie die Studentenwohnheime im Rückspiegel immer kleiner wurden. Konsequenzen ... Dann fing sein Handy wieder an zu klingeln. Es war Colin Miller vom *Aberdeen Examiner. »Wir haben wieder einen Brief bekommen.«*

Logan klammerte sich am Haltegriff fest, als Rennie über die Kreuzung rumpelte und in die King Street einbog. »Willst du mir *unbedingt* die Füllungen aus den Zähnen schütteln?«

»Laz?«

»Ja, tut mir leid, Colin. Was schreiben sie denn? Lass mich raten: Ihr habt noch zwei Tage Zeit, dann muss Jenny sterben?«

»Nein, er ist nicht von denen. Weißt du, wir kriegen hier jeden Tag Dutzende von fingierten Lösegeldforderungen, seit diese Sache läuft, verstehst du? Alles von irgendwelchen Spinnern, die wollen, dass wir ein paar Hunderttausend in einem Müllsack verpackt in Torry abliefern oder so 'n Mist. Aber heute, da haben wir einen gekriegt, in dem es gar nicht um Jenny und Alison geht.«

Schweigen.

»Wartest du darauf, dass ich dich frage, was drinsteht, Colin?«

»Okay, okay. Da steht drin: ›Trisha Brown hat einen kleinen Jungen namens Ricky. Wenn ihr wollt, dass er seine Mutter jemals lebend wiedersieht, dann fangt jetzt an, Geld zu beschaffen. Wenn ihr es für diese Showbusiness-Schlampe könnt, dann könnt ihr es auch für mich.‹ Der letzte Satz ist kursiv gedruckt, mit nicht weniger als drei Ausrufezeichen.«

Ach … du Scheiße. »Steht da auch, wie viel und wo?«

»Ja: ›Ich will hundertfünfzigtausend. Ein Taschengeld im Vergleich zu dem, was diese Schlampe kriegt – nehmt es meinetwegen aus ihrem Pott. Ist mir egal. Fünf Tage. Sonst stirbt sie.‹ Auf dem Brief ist Blut.«

Logan klopfte mit den Knöcheln gegen das Autofenster.

»Bist du noch dran?«

»Was machst du damit? Druckst du es?«

»Also, da kommen wir jetzt zu deiner Rolle bei dem Ganzen. Der Examiner *will sich nicht vorwerfen lassen, dass wir ›Nachahmungstäter ermuntern‹, wie euer Chef es der Presse so gerne vorwirft. Das Letzte, was wir gebrauchen könnten, ist noch so ein Zusammenstoß mit den Arschlöchern vom Presserat wie nach diesem SM-Gate-Fiasko.«*

Konsequenzen.

Shuggie Webster, du dummer, dummer Idiot. Glaubte er ernsthaft, dass sie darauf hereinfallen würden? Seine eigene Freundin entführen, einen Lösegeldbrief an die Presse schicken und für ihre »Freilassung« so viel kassieren, dass sie ihre Drogenschulden bezahlen und beide die nächsten paar Jahre an der Costa del Sol Urlaub machen konnten.

»Laz?«

»Ich schicke jemanden zu euch, um den Brief abzuholen.«

»Aye, *aber sollen wir ihn jetzt drucken oder –«*

Logan legte auf.

»Chef?«

Logan blickte von seinen Vernehmungsprotokollen auf. PC Guthrie stand in der Tür seines kleinen Büros, eine Hand hinter dem Rücken, während die andere sein Hosenbein streichelte, als sei es nervös und brauche Trost. Logan wandte sich wieder seinem Papierkram zu. »Du wirst noch blind, wenn du nicht damit aufhörst.«

»Ich hab hier den Erpresserbrief vom *Aberdeen Examiner* – willst du ihn haben?« Guthrie hielt einen transparenten Plastikbeutel hoch.

Logan schloss die Augen. »Nein, ich will ihn *nicht* haben. Ich will, dass du ihn in den dritten Stock bringst und ihn von der Kriminaltechnik –«

»Schon erledigt. Die Kollegen haben vom Umschlag und vom Brief selbst Fingerabdrücke genommen. Bill jagt sie gerade durch den Computer. Das Blut ist auf dem Weg ins Labor zur Analyse.«

»Schon?«

Ein Nicken. »Rennie meinte, du brauchst die Ergebnisse so schnell wie möglich, also …?«

»Und sie haben Fingerabdrücke gefunden?«

»Drei partielle und ein richtiges Prachtstück auf dem Briefpapier – Bill sagt, es ist ein fast perfekter rechter Daumen.«

Tja, das war eben der Unterschied zwischen Profis – wie denen, die Alison und Jenny entführt hatten – und idiotischen Trittbrettfahrern wie Shuggie Webster und Trisha Brown.

»Gut – danke, Allan. Tu mir doch bitte den Gefallen und hak wegen der GSM-Ortung von Shuggie Websters Handy nach. Wer weiß, vielleicht landen wir ja ausnahmsweise mal einen Treffer.«

Nachdem Guthrie davongewatschelt war wie ein zufriedener Pinguin, tippte Logan seine Vernehmungsprotokolle fertig ein. Dann verglich er sie mit denen von DI McPherson. Wie es aussah, hatte McPherson die Mensa in Beschlag genommen und Alisons Mitstudenten in alphabetischer Reihenfolge von einem Team von DCs abarbeiten lassen. Was bedeutete, dass, wer immer Beatrice »Alison-Klon« Eastbrook vernommen hatte, von dem Stalker-Altar an ihrer Zimmerwand nichts wissen konnte.

Eines hatte McPhersons Team allerdings gut gemacht: Sie hatten von der Universität Informationen über die Leistungen aller vernommenen Studentinnen und Studenten eingeholt, dazu Statements vom Leiter des Fachbereichs sowie einigen der Dozenten. Was Beatrice betraf, so war sie offenbar leidlich engagiert, allerdings neigte sie ein wenig zum Tagträumen und war nicht gerade die originellste Denkerin der Welt. Eine mittelmäßige Studentin, die vielleicht gerade so ein »Befriedigend« schaffen könnte, wenn sie sich viel Mühe gäbe.

Logan las die Kommentare bis zum Ende und drehte das Blatt dann noch einmal um. Offenbar hatte McPhersons Team nicht nach Vorstrafen gefragt.

Logan loggte sich in den Nationalen Polizeicomputer ein und gab Beatrice’ Namen in die Suchmaske ein. Nur für alle Fälle.

Drei Verwarnungen wegen Vandalismus, eine wegen Verschickens von Drohbriefen. Laut der West Midlands Police hatte Beatrice es einer Mutter von zwei Kindern übelgenommen, dass diese sie aufgefordert hatte, ihre Familie nicht länger zu belästigen. Man hatte ihr mit einem Kontaktverbot gedroht, und damit schien die Sache erledigt zu sein. Beatrice war also kein Neuling auf dem Gebiet des Stalking.

Vielleicht hatte sie sich gedacht, es wäre doch einfacher, Alison und Jenny zu entführen, anstatt ihnen ständig auf Schritt und Tritt zu folgen? Und Alison würde berühmter denn je sein, wenn sie schließlich freigelassen würde ... Vielleicht war das alles ja ein verquerer Versuch, ihr zu helfen?

Beatrice Eastbrook wirkte nicht gerade wie die geniale Drahtzieherin und Bandenchefin, aber Logan griff dennoch nach dem Telefon und ordnete an, dass sie mit einem Streifenwagen abgeholt werden sollte, um ihnen »bei ihren Ermittlungen behilflich zu sein«. Vielleicht sollte er Goulding zu den Vernehmungen hinzuziehen, für eine kleine Runde »Psychologe gegen Psychologin«?

Dann wandte er sich wieder der Liste von Alison McGregors Kommilitonen zu.

Tanya Marsden hatte zwar über ihre Beziehung zu Bruce nicht die Wahrheit gesagt, doch der Polizeicomputer wusste nichts über sie zu berichten.

Laut seinen Dozenten war Stephen Clayton ein Einserstudent, doch er war mit einer ganzen Liste kleinerer Vergehen registriert, begangen im Alter von acht bis vierzehn Jahren. Nichts Ernstes, wahrscheinlich gerade genug, um Mami und Papi ein bisschen Herzklopfen zu verursachen und so ihre Aufmerksamkeit zu bekommen. Das würde auch sein sorgfältig gepflegtes Rebellen-Image erklären.

Logan überprüfte noch die restlichen Studierenden aus Alisons Seminar und fügte die Ergebnisse seinen Vernehmungsprotokollen hinzu.

Rennie wuchtete den Stehordner ächzend auf den Stapel. »So, das ist alles …« Er runzelte die Stirn. »Ach, Mist.« Er versuchte sich die graue Staubschicht von Hemd und Hose zu bürsten. »Emma bringt mich um.«

Ihr kleines behelfsmäßiges Büro sah allmählich schon ein wenig professioneller aus – wenn man die staubigen Plastikplanen ignorierte, die über die nackten Wände, Rohre und Kabelkanäle gespannt waren. Sie hatten jetzt drei Schreibtische und einen Tapeziertisch, der sich unter der Last von Rennies Stehordnern bog. Drei Telefone, zwei Laptops und ein Drucker, der ein Geräusch wie eine knarrende Bodendiele machte, wenn sie eine Datei an ihn abschickten.

Logan schwenkte seinen Stuhl herum. »Entführungen?«

»Von vor fünf Jahren.« Er deutete auf einen kleinen Stapel jungfräulicher Aktenordner. »Zehn Jahre, fünfzehn, und diese dreckigen alten Schwarten sind zwanzig Jahre alt. Aber das ist nur der Nordosten – bis wir die ganzen alten Fälle aus allen anderen Regionen beisammenhaben, können Monate vergehen.«

»Ist wahrscheinlich sowieso mehr, als wir brauchen. Und jetzt frag mal nach, ob sie die GSM-Ortung schon gemacht haben.«

Der Constable schlappte zu seinem Schreibtisch, sank auf seinen Stuhl und griff nach dem Telefon.

»Sergeant?«

Logan blickte von seinem Bildschirm auf. Finnie stand in der offenen Tür, die wulstigen Lippen nach unten gebogen, die Augen zu Schlitzen verengt. Er sah aus wie ein Frosch mit Verstopfung.

Green hatte sich wohl wieder mal beschwert.

»Guten Tag, Sir – ich wollte Sie gerade suchen gehen, wir –«

»Wie ich höre, ist eine neue Lösegeldforderung eingegangen.«

»Trisha Brown – das ist die Frau, die mit Shuggie Webster unter einer Decke steckt. Wie es aussieht –«

»Und dürfte ich fragen, warum Sie es nicht für nötig hielten, mich zu informieren?«

»Das habe ich getan.«

Finnie runzelte die Stirn. »Ich denke doch, dass ich es mitbekommen hätte, wenn –«

»Ich habe Ihnen eine E-Mail geschickt, sobald wir wieder im Präsidium waren. Ich glaube, Sie waren da gerade bei Superintendent Green. Die Entführung ist wahrscheinlich fingiert – Shuggie und Trisha haben sich das ausgedacht, um sich ihre Drogenschulden vom Hals zu schaffen.«

»Oh.« Finnie nahm die Aktenmappe, die er mitgebracht hatte, und klemmte sie sich unter den anderen Arm. »Tja, nun, wenn das so ist …« Er hielt Logan die Mappe hin. »Ich wollte diese Ermittlung eigentlich Interims-DI MacDonald übertragen, aber Sie können sie behalten.«

»Danke, Sir.« Logan nahm die Mappe und warf einen Blick hinein. Es war der Bericht über die Fingerabdrücke. »Ich habe ein bewaffnetes Einsatzteam angefordert. Wenn Sie Ihr Okay geben, können wir Shuggie Webster einkassieren, sobald wir das Ergebnis der GSM-Ortung haben. Er ist nicht gerade –«

»Sorgen Sie nur dafür, dass ich eine vollständige Risikoanalyse auf dem Tisch habe, ehe Sie irgendetwas unternehmen. Und alles streng nach Vorschrift, verstanden? Fehlt uns gerade noch, dass Green den Eindruck bekommt, wir könnten *gar nichts* richtig machen.«

»Ich arbeite schon dran, Sir.«

»Und apropos Superintendent Green.«

Jetzt war es so weit.

Finnie schürzte die Lippen und starrte auf einen Punkt über Logans linker Schulter. »Wie ich von der Internen Dienstaufsicht höre, hat Green bei der Vernehmung eines

Sexualstraftäters den starken Mann markiert? Angeblich denken Sie darüber nach, offiziell Beschwerde einzulegen.«

»Ich?« Logan wich einen Schritt zurück. »Sir, ich habe nicht –«

»Ich denke, es wäre klug, alles in schriftlicher Form festzuhalten, Sergeant.«

»Wissen Sie, Sir, eigentlich habe ich es mir inzwischen anders –«

»Ich denke, es wäre *klug*, alles in *schriftlicher* Form festzuhalten, Sergeant.«

Er räusperte sich. »Ja, Sir.«

Ein Lächeln. »Und wie kommen Sie mit der Erfüllung Ihrer Sorgfaltspflicht voran?«

»Nun ja, Sir, es –«

»Und je eher Sie es zu Papier bringen, umso besser.«

Rennie nahm den Hörer vom Ohr und hielt eine Hand über die Sprechmuschel. »Sarge? Die GSM-Ortung hat einen Treffer gebracht. Webster ist in Tillydrone.«

»Hervorragend.« Finnie ging zur Tür. »Wissen Sie was, Sergeant: Lassen Sie uns doch diesmal einfach spaßeshalber versuchen, ihn *nicht* entwischen zu lassen. Okay?«

Haha, sehr witzig.

Logan wartete, bis die Tür zu war, ehe er den Bericht aus der Mappe zog: Wirbel, Deltas, Übereinstimmungen, rechter Daumen …

Da stimmte doch etwas nicht.

Er drehte das Blatt um und betrachtete dann noch einmal die Vorderseite. »Ist das auch ganz bestimmt der Fingerabdruck von der Lösegeldforderung?«

Rennie zuckte mit den Achseln.

Laut Datenbank gehörte der Daumen nicht Shuggie Webster, sondern einem gewissen Edward Buchan.

33

»Noch Fragen?« Der Schweiß rann Logan über die Rippen. Der zivile Mannschaftstransporter war wie ein Backofen, vollgepackt mit bewaffneten Polizeibeamten in den traditionellen Ninja-Outfits aus schwarzen Hosen, Stiefeln, Jacken, schusssicheren Westen, Helmen, Schutzbrillen, Handschuhen und Schals.

Rennie hob die Hand. »Dürfen wir auf ihn schießen?«

»Nein.« Logan streckte den Finger aus und ließ ihn im Kreis durch die stickige Blechkabine wandern. »Niemand schießt auf irgendwen, verstanden? Das wird eine saubere Operation – wir gehen rein, wir überwältigen Edward Buchan, wir retten Trisha Brown und gehen wieder nach Hause. Kapiert?«

Alles nickte.

»Gut. Team eins und Team zwei gehen vorne rein, Team drei und Team vier durch den Hintereingang. Eins und drei bleiben unten, zwei und vier übernehmen das Obergeschoss. Waffenkontrolle.«

Das harte Klick-Klack der Schlitten, die zurückgezogen und wieder losgelassen wurden, erfüllte das Innere des Transporters. Logan warf das Magazin seiner Heckler&Koch MP5 aus, vergewisserte sich, dass alle Patronen, für die er unterschrieben hatte, noch da waren, steckte das Magazin wieder ein und verfuhr dann ebenso mit der kleinen, gedrungenen Glock.

Er blickte auf. »Alles bereit?«

Wieder allgemeines Nicken.

»Türen auf.«

Die beiden Ninjas, die ganz hinten saßen, entriegelten die Hecktüren, und alles schwärmte hinaus in den Abendsonnenschein. Es war halb sechs; der Himmel trug ein zartes Saphirblau, durchkreuzt von einem weißen Kondensstreifen, der einem Flugzeug auf seinem Weg nach Westen folgte.

Ein kleiner Junge auf einem Roller blieb am Ende des Gehsteigs stehen und sah mit offenem Mund zu, wie das bewaffnete Einsatzteam sich in Position brachte. Edward Buchans Haus war das dritte in einer Reihe von sechs zweistöckigen Gebäuden: unten Rauputz, oben Holzverschalung. Während die Obergeschosse und Dächer von einem Ende des Ensembles bis zum anderen eine geschlossene Front bildeten, führte unten nach jedem zweiten Haus ein schmaler Durchgang nach hinten zu den Gärten.

Team drei und vier stapften die Stufen hinauf und verschwanden in der Passage. Das Geräusch ihrer schweren Stiefel hallte als verzerrtes Echo von den Mauern wider. Logan führte die Teams eins und zwei die Stufen zur Haustür hinauf und bedeutete ihnen, sich zu beiden Seiten flach an die Wand zu drücken.

Von hier waren es zu Fuß keine zwei Minuten zum Haus von Trisha Browns Mutter.

Rennies Stimme ertönte in Logans Kopfhörer. *»Sarge? Bist du sicher, dass wir nicht vielleicht die Straße sperren und die Leute evakuieren sollten oder so?«*

Logan blickte sich zu dem Jungen auf dem Roller um. »Es geht um das Überraschungsmoment, schon vergessen? Wir wollen ja hier keine Geiselnahme provozieren.«

Er winkte eine kräftige, schwarz gekleidete Gestalt heran.

PC Caldwell ließ die Sporttasche von ihrer Schulter gleiten. »Der große rote Nachschlüssel?«

»In fünf Sekunden. – Ferguson.« Logan deutete auf den zweiten Constable in der Reihe. »Hast du diesmal das Halligan-Tool dabei?«

Der Constable hob das Teil über den Kopf. »Hier ist es, Sarge.«

Es geschahen doch noch Zeichen und Wunder.

Logan drückte die Sendetaste, die die Verbindung zu allen vier Teams herstellte. »Auf mein Kommando: fünf, vier –«

PC Caldwell legte die Spitze des Rammbocks an die Haustür, genau gegenüber dem Schloss. Sie sah über die Schulter. »Schau her, dann kannst du noch was lernen, Greg.«

»– eins. GO!«

RUMMS – der große rote Nachschlüssel krachte in das Hart-PVC. Die ganze Tür bebte und wackelte. Der zweite Schlag landete in Zweidrittelhöhe, und diesmal brach die obere Hälfte aus dem Rahmen heraus. Der dritte Schlag war auf Knöchelhöhe angesetzt – und jetzt flog die Tür krachend auf. Nur noch die kaputten und verbogenen Angeln hingen am Rahmen.

»Wir sind drin.«

Logan sprang durch die Bresche in die Diele, dicht gefolgt vom Rest der Teams eins und zwei. »BEWAFFNETE POLIZEI! HINLEGEN, ABER SOFORT!« Links eine Treppe, rechts eine offene Tür, am Ende eine geschlossene Tür, hinter der vermutlich die Küche lag. Kein Mensch zu sehen.

Hämmernde Geräusche waren hinter dem Haus zu hören. Dann ein Krachen, und jemand schrie: »POLIZEI! KEINE BEWEGUNG!«

Logan stürmte durch die offene Tür, PC Caldwell direkt hinterher. Das Wohnzimmer: roter Teppich, zwei rote Sofas, gelbe Wände. Eine Art Studie in Rhabarber und Senf.

Ein Mann saß auf der Couch vor dem Fernseher, einen Teller auf dem Schoß, Besteck in der Hand, und starrte sie an. Eine weiße Bohne in Tomatensauce fiel von dem Toaststück, das er mit der Gabel aufgespießt hatte, und hinterließ einen kleinen Blutfleck auf seinem weißen T-Shirt.

Das Getrappel von Stiefeln im Treppenhaus – PC Ferguson und PC Moore waren schon auf dem Weg nach oben.

PC Caldwell zielte mit ihrer Maschinenpistole genau zwischen die Augen des Bohnenessers. »DAS MESSER FALLEN LASSEN!«

Der Mann quiekte und ließ das Messer fallen. Es prallte vom Rand seines Tellers ab, überschlug sich und landete auf dem Teppich. Ein riesiger Adamsapfel tanzte in seinem dürren Hals auf und ab, als er schluckte. »Ich … Ich …«

»DIE GABEL AUCH!«

Edward Buchan war ein bisschen gealtert, seit sie ihn für die Kartei fotografiert hatten. Vor sieben Jahren war er im Mondeo seiner Firma mit Alkohol am Steuer erwischt worden. Sein dunkles Haar lichtete sich bereits, graue Strähnen zeigten sich an den Schläfen, und die Stoppeln an seinem spitzen Kinn unter der langen Nase waren fast weiß.

Von oben kamen die Geräusche eines Handgemenges. *»AU! MIST …«* Und dann: *»AUF DEN BODEN, ABER DALLI!«*

Buchan blickte in die Richtung, aus der der Lärm kam. »Wir haben nicht –«

Logan zerrte ihn von der Couch. Der Teller fiel herunter, der Inhalt verteilte sich über den Teppich. »AUF DIE KNIE! HÄNDE HINTER DEN KOPF!«

Schlotternd nahm er die vorgeschriebene Haltung ein. »O Gott, o Gott, o Gott …«

Caldwell packte Buchans linkes Handgelenk, drehte es nach hinten, klickte einen Ring der Handschellen fest und verfuhr dann ebenso auf der anderen Seite.

Logan baute sich über ihm auf. »Wo ist sie?«

»O Gott …«

»TRISHA BROWN! WO IST SIE?«

Buchan starrte zu ihm auf. Ein Tropfen formte sich an seiner Nasenspitze. »Ich … Ich weiß nicht … O Gott …«

Rennie erschien in der Tür. »Das Haus ist gesichert, Sarge. Wir haben seine Alte oben – hat Henderson das Knie mitten in die Unterhaltungsabteilung gerammt. Dachboden und Schuppen haben wir auch durchsucht – keine Spur vom Opfer.«

»Ich sagte: Wo – ist – sie?«

»Ich weiß es nicht, ich weiß es wirklich nicht.« Er biss sich auf die Unterlippe. »Bitte.«

»Sie haben eine Lösegeldforderung an den *Aberdeen Examiner* geschickt – und kommen Sie gar nicht erst auf die Idee zu leugnen: Das Papier ist voll mit Ihren Fingerabdrücken.«

Buchan starrte auf den bekleckerten Teppich. »Es war nicht so gemeint.«

»Es war nicht …? Sie haben hundertfünfzigtausend Pfund verlangt!« Logan stieß ihm den Lauf seiner H&K in die Schulter. »Wo ist sie?«

»Ich weiß es nicht! Jemand hat sie mitgenommen.«

»Wer? Wer hat sie mitgenommen?«

»Ich war im Garten und hab gesehen, wie sie die Straße entlanggetorkelt ist. Und dann war da dieses Auto. Es hat neben ihr angehalten, und vielleicht hat der Typ ja so getan, als wollte er nur nach dem Weg fragen, keine Ahnung; jedenfalls ist sie hingegangen, und der Fahrer macht die Beifahrertür auf, und sie steigt ein. Ich weiß nicht – vielleicht kannte sie ihn ja?« Buchan zog die Schultern hoch. »Sie hat dann ungefähr eine Minute lang dringesessen, und sie haben sich gestritten oder so. Und dann boxt er ihr plötzlich ohne ersichtlichen Grund ins Gesicht, so richtig fest, verstehen Sie? Sie will aussteigen, aber er zerrt sie zurück. Schlägt sie noch ein paar Mal und fährt davon …«

Logan starrte ihn an. »Und das haben Sie nicht *gemeldet*?«

Er schniefte. »Linda meinte – na ja, wenn wir eine Lösegeldforderung schicken, ehe jemand anders es macht … Ich bin letztes Jahr entlassen worden, und seitdem …«

»Auf dem Brief war Blut.«

»Es war auf der Straße, nachdem er weggefahren war.

Muss passiert sein, als sie aus dem Auto fliehen wollte. Ich … hab das Papier ein bisschen darin gerieben.«

»Sie haben gesehen, wie eine Frau geschlagen und entführt wurde, und anstatt zu versuchen, ihr zu *helfen* oder die Polizei zu rufen, haben Sie sich hingesetzt und sich überlegt, wie Sie aus der Sache Geld schlagen könnten?« Logan rümpfte die Nase. Du widerliches, opportunistisches, mieses Mängelexemplar auf zwei Beinen. »Wie hat er ausgesehen?«

»Das kann ich Ihnen nicht so genau –«

»Was für einen Wagen hat er gefahren?«

»Es war so eine Art blaue Limousine, aber ich kann nicht –«

»WANN IST ES PASSIERT?«

Buchan zuckte zusammen. »Es war nicht meine Schuld, okay? Die Frau war ein Alptraum – sie und ihre verdammte Mutter, dauernd haben sie Sachen geklaut, um sich Drogen kaufen zu können. Sind besoffen oder vollkommen zugedröhnt durch die Gegend gewankt. Haben die Leute angebrüllt und rumgeflucht. So was sollte nicht in der Nähe von anständigen Leuten wohnen dürfen!«

PC Caldwell packte die Handschellen und zog Buchan hoch. »Sie *sind* keine anständigen Leute. Ihretwegen musste der kleine Junge von der Frau ganz allein in einem Kleiderschrank schlafen, in einem leeren Haus! Sie ist vielleicht schon tot!« Caldwell zog noch einmal ruckartig an den Handschellen. »Und jetzt beantworten Sie endlich die Frage: Wann?«

»Au! Sie tun mir weh! Am Samstag, es war Samstagabend, nach dieser Benefizshow für Alison und Jenny.« Er starrte auf den Teppich mit den Blutspritzern aus Tomatensauce. »Da … Da sind wir quasi auf die Idee gekommen.«

Logan konnte seinen Anblick nicht länger ertragen. »Schaff ihn hier raus.«

PC Caldwell schob den zitternden Mann auf die Wohnzimmertür zu. »Edward Albert Buchan, ich verhafte Sie wegen des Verdachts auf Strafvereitelung und Irreführung der Behörden …«

»Sarge?« Rennie schwenkte seine MP5 am Riemen. »Es könnte immer noch Shuggie sein, nicht wahr? Vielleicht fand sie den Plan nicht so toll, und deshalb hat er ihr ein paar gelangt. Wäre nicht das erste Mal.« Er hielt inne und legte den Kopf schief. »Oder vielleicht war es ja alles inszeniert, verstehst du? Sie sorgen dafür, dass ein paar Zeugen in der Nähe sind, und führen ein kleines Drama auf. Die Zeugen rufen die Polizei, und wenn die Zeitungen die Lösegeldforderung kriegen, wirkt alles vollkommen plausibel!«

Logan sah auf den bekleckerten Wohnzimmerboden hinunter. Alison McGregors Gesicht blickte ihm vom Cover eines Hochglanzmagazins entgegen. »WARUM ICH DAS PROJEKT ›HOFFNUNG FÜR HELDEN‹ UNTERSTÜTZE«.

»Es *gab* gar keine Lösegeldforderung, hast du das schon vergessen? Das war alles dieser Wichser von Buchan.«

»Ach so … stimmt.«

»Lass die Truppen aufsitzen. Einer bleibt hier, um das Haus zu bewachen, einer bringt die Buchans aufs Präsidium – ich will ein Phantombild von dem Typen, der Trisha Brown entführt hat. Alle anderen wieder in den Transporter. Wollen doch mal sehen, was Shuggie Webster so zu seiner Verteidigung vorzubringen hat.«

Der zivile Transporter kam ruckelnd zum Stehen. Dann ein dumpfer Schlag gegen die dünne Metallwand zwischen der Fahrerkabine und den Sitzreihen im hinteren Teil – sie waren da.

»Okay.« Logan überprüfte noch einmal seine MP5 – alle Patronen waren noch drin. »Gleiches Vorgehen wie beim letzten Mal: Niemand erschießt irgendwen, niemand lässt sich erschießen. Webster hatte mal einen riesigen Rottweiler, der ist jetzt tot. Das heißt aber nicht, dass er nicht noch einen anderen Hund hat – also nehmt euch in Acht. Wer unbedingt ein paar Tage im Krankenhaus auf der faulen Haut liegen will, kann meinetwegen morgen früh in der Dusche ausrutschen.«

PC Ferguson hob die Hand. »Sind wir sicher, dass das hier die richtige Adresse ist, Sarge? Ich dachte immer, diese GSM-Ortungen liefern nur einen Radius von circa hundert Metern?«

»Das haben wir doch schon geklärt, Greg.« Logan befestigte den Klettverschluss seiner schusssicheren Weste. »Wir wissen, dass ein polizeibekannter Komplize von Shuggie genau in der Mitte des Areals wohnt, in dem sein Handy geortet wurde. Passt doch *bitte* mal ein bisschen auf.«

Schweigen.

»Tut mir leid, Sarge.«

»Alles bereit?«

Nicken.

»Dann mal los.«

Tillydrone brütete im Licht der Abendsonne. Der Wohnblock war eine riesige u-förmige Granitschlucht mit Rauputzfassaden – vier Stockwerke hoch auf allen drei Seiten, mit einer gelblichen Rasenfläche und einem Parkplatz mit rissigem Asphaltbelag in der Mitte. Eine Handvoll Bäume mit blütenschweren Zweigen gaben sich redlich Mühe, die öde Anlage ein wenig attraktiver zu machen.

Rennie bildete die Vorhut; er sprintete auf eine braune Tür zu, schlüpfte in geduckter Haltung hindurch und hielt sie dann für die anderen auf. Einer nach dem anderen trabten sie an ihm vorbei – hinein in einen düsteren Korridor mit einem Fenster am anderen Ende, das mit Pappe und braunem Paketklebeband abgedeckt war. Rennie stürmte die Treppe hinauf, und Logan mühte sich dranzubleiben, obwohl die verschorften Wunden an seinem Knöchel bei jedem Schritt protestierten. Erster Stock. Zweiter Stock…

»He, passen Sie gefälligst auf, wo Sie hintreten!« Eine alte Dame stand gebückt auf dem Treppenabsatz und malte mit einem Gummischrubber feuchte dunkle Streifen auf den Beton. »Ich hab da grad geputzt!«

Rennie zog den schwarzen Schal vor seinem Mund herunter. »Tut mir leid.«

»Das sollte es auch! Glauben Sie, ich hätte nichts Besseres zu tun, als hinter Ihren dreckigen Springerstiefeln herzuwischen?«

»'tschuldigung, tut mir leid…« Rennie schlich auf Zehenspitzen vorbei und rannte die nächste Treppe hinauf.

Hinter ihm zuckte Logan mit den Achseln. »Wir versuchen uns zu beeilen, aber vielleicht sollten Sie erst mal eine Teepause einlegen, wie wär's?«

Sie schwenkte drohend ihren Mopp und besprenkelte seine schusssichere Weste mit Tannenduft-Putzwasser. »Erzählen Sie mir nicht, was ich zu tun habe, Sie mieser Faschist! Ich bin dreiundachtzig… Kommen Sie sofort her!«

Logan eilte hinter Rennie die Treppe hinauf, während er die Kollegen hinter sich »Sorry«, »Verzeihung« und »Sie machen das wunderbar, ehrlich!« murmeln hörte.

Dritter Stock. Rennie drückte sich flach an die Wand neben einer blauen Tür mit einer Nummer 5 aus Messing dran. Der Constable brachte seine MP5 in Anschlag. »Großer roter Nachschlüssel?«

»Wir sind hier im dritten Stock – wohin soll er denn fliehen?« Logan streckte die Hand aus und drückte auf die Klingel.

Drinnen ertönte ein dumpfes Summen.

Eine Minute später rief jemand: *»Moment noch, ich hab nichts an…«*

Endlich ging die Tür auf. Ein Mann stand im Halbdunkel des Flurs und hielt mit einer Hand einen kurzen, zerschlissenen grünen Bademantel zusammen. Er fuhr sich mit der Hand über die Stoppeln, die seinen windschiefen Schädel bedeckten, musterte Logan von Kopf bis Fuß und steckte den Kopf in den Flur hinaus. Sah den Rest des Einsatzteams und schnaubte. »Na, dann kommen Sie besser mal rein.«

Zack Aitken saß zurückgelehnt auf seinem Stuhl und klappte ständig die Oberschenkel auf und zu, auf und zu, als ob er einen Blasebalg betätigte. In der Luft hing der unverkennbare, faulig-süße Geruch von Cannabis und abgestandenem Bong-Wasser.

PC Caldwell verzog das Gesicht. »Wär's vielleicht möglich, dass Sie die Knie zusammenhalten? Oder wenigstens eine Unterhose anziehen? Das ist ja, als ob man zwei räudigen Hamstern zuschaut, die sich um ein Cocktailwürstchen streiten.«

»Also, es reicht jetzt.« Logan schnallte seinen Helm ab und warf ihn auf die Couch. »Wo ist er, Zack?«

»Wer?«

»Sie *wissen*, wen ich meine – Shuggie Webster. Wir haben sein Handy hierherverfolgt.«

»Dieser kleine Mistkerl …« Ein gequältes Lächeln. »Also, das war nämlich so – er hat mich gefragt, ob er sich mal mein Handy ausleihen könnte, um jemanden anzurufen, und ich dachte, klar, warum nicht – wozu hat man schließlich Freunde, nicht wahr?«

»Wo ist es?«

»Wa–«

»Wenn Sie jetzt ›was‹ sagen, dann schlepp ich Sie aufs Revier und lass von einem Arzt mit extragroßen Händen Ihre sämtlichen Körperöffnungen absuchen, das schwör ich Ihnen.«

»*Aye*, okay. Auf dem Fernseher. Und bevor Sie fragen – ich hab die Quittung irgendwo.«

Rennie nahm das Handy und warf es Logan zu. Er ging die Menüs durch, bis er die Anrufliste gefunden hatte. Und da war sie: eine zweiminütige Verbindung zu Logans Handy an diesem Morgen um zwei Uhr fünfundvierzig.

»Wo ist er?«

Aitken hob die Arme, bis sie auf gleicher Höhe mit seinen Schultern waren, wobei der Bademantel sich noch weiter öffnete. »Keine Ahnung. Shuggie wollte sich 'n Handy und 'n bisschen Cash borgen, nicht wahr? Ich hab keine Fragen gestellt.« Aitkens Grinsen war voller schiefer kleiner Zähne. »Wie gesagt, ich bin 'n guter Kumpel.«

Logan streifte seine Handschuhe ab und legte sie in den umgedrehten Helm. »Sie wissen, dass er Stress hat, nicht wahr?«

Das Lächeln wurde schmallippig. »Er hat 'n paar Probleme, ja.«

»Ein Zeuge sagt, dass Trisha Brown am Samstagabend auf offener Straße entführt wurde. Jemand hat sie verprügelt. Fuhr eine blaue Limousine.«

Das Lächeln verschwand ganz. »Scheiße.«

»Ja, ›Scheiße‹. Scheiße ist genau der richtige Ausdruck. Shuggie Webster sitzt ganz tief in der Scheiße. Also, wenn Sie wirklich so ein ›guter Kumpel‹ sind, dann helfen Sie *mir* jetzt, *ihm* zu helfen.«

»Im Ernst, ich hab keinen blassen Schimmer. Er stand gestern Abend bei mir vor der Tür, sah total fertig aus und fragte, ob er hier pennen könnte. Hat 'n paar Anrufe gemacht, sich zugekifft, hat sämtliche Schokopops aufgefressen und ist eingepennt. Dann ist er wieder aufgewacht, hat das ganze Brot aufgefressen und ist mit fünfhundert Pfund in der Tasche ab.«

Logan starrte ihn an. »Das ist alles?«

»Und außerdem hasst er Sie wie die Pest.«

O, welch ein Schock.

PC Ferguson klopfte an den Türrahmen. »Tut mir leid, Sarge, ich hab die ganze Bude abgesucht – keine Spur von Shuggie. Hab sogar die Abdeckung von der Badewanne abgemacht, wie du gesagt hast.«

»Dachboden?«

»Ist ein Gemeinschaftsspeicher, Zugang von der Wohnung drüber – nichts als Pappkartons, so eine Apparatur zum Weinmachen und jede Menge Spinnen.«

»Also, es tut mir leid, dass ich Ihnen nicht mehr helfen konnte, aber jetzt muss ich wirklich mal unter die Dusche hüpfen.« Zack zwinkerte PC Caldwell zu. »Wollen Sie nicht noch bleiben und mir den Rücken einseifen? Ich mag kräftige Mädels, wenn sie ganz voller Schaum sind.«

»Du widerlicher kleiner –«

Rennie und Ferguson packten Caldwell und zerrten sie hinaus, ehe sie ihn umbringen konnte.

Logan nahm seinen Helm von der Couch. »Eine Frage noch – diese Dealer, mit denen er so viel Ärger hat …?«

»Ah … ja. Robert und Jacob. Die Yardies. Also, normalerweise habe ich ja keine Probleme mit unseren stolzen jamaikanischen Brüdern, aber die zwei sind richtig miese Arschlöcher. Haben Sie gesehen, was die mit Shuggies Hand angestellt haben?« Er schüttelte sich. »Er war echt nicht bei Sinnen, als er sich mit den beiden eingelassen hat. Und wissen Sie was?« Zack wies zur Wohnungstür. »Ich werde nicht denselben Fehler machen wie er.«

34

»Pub?« Rennie mimte das Trinken aus einem Pintglas.

Caldwell nickte. »Pub.«

Ferguson: »Pub.«

Und dann stimmten alle sieben Mitglieder des AFO-Teams ein: »Pub.«

»*Nachdem* ihr eure Einsatzberichte geschrieben habt.« Logan lächelte. »Und weil niemand erschossen wurde, gebe ich einen aus.«

Es war, als hätte man einer Schar kleiner Kinder gerade erzählt, dass es den Weihnachtsmann *doch* gibt.

»Gut.« Caldwell schnupperte an ihrer Achselhöhle. »Schnelle Dusche, und dann ab ins Archies?«

»Nicht schon *wieder*!«

»Als ich das letzte Mal da war, haben mich drei Typen erkannt, die ich mal wegen Autodiebstahls einkassiert hatte. Die haben mir dauernd in mein Bier gespuckt, wenn ich nicht hingeschaut hab.«

»Wie wär's mit dem Athenaeum?«

»Illicit Still?«

Das zeichnete Aberdeen aus – man war nie weiter als fünf Minuten von mindestens einem halben Dutzend Pubs entfernt.

Logan stieß die Tür zum Umkleideraum auf. »Was ist mit dem Blackfriars? Wir könnten …«

Sergeant Gary McCormack alias »der dicke Gary« stand direkt vor ihm und versperrte ihm den Weg, einen Becher Kaffee in der einen Hand, in der anderen eine Karamell-Waffel. »Der heiligmäßige Sergeant McRae, so wahr ich hier stehe. Wie *gnädig* von Euch, uns mit Eurer hehren Anwesenheit zu beehren. Wo ist mein Einsatzwagen?«

»Der ist ein Beweismittel – Sie können ihn wiederhaben, wenn die Kriminaltechnik damit fertig ist.« Logan schob sich an ihm vorbei. »Wir gehen in einer halben Stunde ins Pub, wenn Sie –«

»O nein, nein, nein!« Der dicke Gary stopfte sich das letzte Stück Waffel in den Mund und fuhr kauend fort: »Sie gehen nirgendwo hin. Sie haben *Gäste*!«

Logan machte den Mund auf, doch der kräftige Sergeant hielt eine Hand hoch.

»Am Empfang – wenn Sie so weit sind.«

»Hmm …« Dr. »Nennen-Sie-mich-Dave« Goulding starrte auf den kleinen Bildschirm im Nachgeschalteten Beobachtungsraum, wo man eine junge Frau – eigentlich fast noch ein Mädchen – auf dem festgeschraubten Stuhl am Tisch des Vernehmungsraums sitzen sah. Sie hatte die Hände vor dem Bauch verschränkt und pfriemelte mit den Daumennägeln am Nagelhäutchen ihres rechten Zeigefingers herum.

»Ich kann nicht behaupten, dass ich mich an sie erinnere.« Der Psychologe runzelte die Stirn. »Aber ich unterrichte ja auch nur Studenten im Abschlussjahr, also …« Er blätterte die Mappe durch, die Logan ihm gegeben hatte, mit sämtlichen Vernehmungsprotokollen, den Vermerken der Universität und dem Material aus dem Polizeicomputer. »Hmm … Schon einmal als Stalkerin aufgefallen *und* einen Altar für Alison und Jenny McGregor in ihrem Zimmer –«

»Nein, nur für Alison.« Logan reichte ihm die Fotos von ihrem Zimmer, aufgenommen von den Constables, die sie abgeholt hatten: Beatrice Eastbrooks Schlafzimmerwand in all ihrer *Schweigen-der-Lämmer*-Pracht. »Gut, Jenny ist auch auf dem Gemälde und auf ein paar von den Fotos zu sehen, aber meistens ist es nur Alison. Und nur ihr hat sie einen Heiligenschein verpasst.«

»Also, das ist *wirklich* interessant …« Ein kleines Lächeln. »Die religiöse Ikonographie ist nicht das, was ich bei ihrer

Vorgeschichte erwartet hätte. Gewöhnlich weist die Heldenverehrung bei Stalkern eher fetischistische Züge auf.« Er strich mit der Fingerspitze über den Bildschirm und fuhr die Konturen von Beatrice' Gesicht nach. »Haben Sie sie verhaftet?«

»Sie ist freiwillig hier. Es ist nicht verboten, ein bisschen seltsam zu sein.«

»Nun, wenn das so ist …« Er gab Logan die Akte zurück. »Dann wollen wir die junge Dame doch nicht länger warten lassen.«

Es dauerte gerade einmal fünf Minuten, bis Logan komplett den Faden verloren hatte.

Beatrice beugte sich vor. »Im Grunde wird es in meiner Dissertation darum gehen, die Rolle von Sublimierung und Verdrängung in der Intimität-versus-Isolation-Phase der psychosozialen Entwicklung zu beleuchten, mit direktem Bezug zum Einfluss der Medien mit ihrem Fokus auf Prominenz.«

Goulding nickte. »Erikson und Freud, das finde ich gut. Haben Sie mal überlegt, auch Kohlbergs Konzept des egozentrischen Moralbewusstseins mit einzubeziehen?«

Sie lächelte. »Ja, das wäre sinnvoll. Die Celebrity-Kultur bietet viele Beispiele, die den negativen Konsequenzen eines Verstoßes gegen die anerkannten Moralgesetze zuwiderlaufen.«

»Freut mich, wenn ich Ihnen helfen konnte.«

Logan verstand nur Bahnhof – aber was ihm nicht entging, war, dass Beatrice' eigener Birmingham-Akzent immer stärker hervortrat, je länger sie sich mit Goulding unterhielt, quasi als Reaktion auf sein Liverpooler Idiom. Und zugleich klang sie immer weniger wie die gemeingefährliche Irre, die sie am Nachmittag vernommen hatten.

Goulding schlug die Mappe auf und nahm die Fotos von

ihrem Zimmer heraus. »Nachdem wir nun einen Draht zueinander gefunden haben, Beatrice, möchte ich Sie gerne nach diesen Bildern hier fragen …« Er breitete sie auf der zerkratzten Tischplatte aus.

Sie begann wieder an ihrem Zeigefinger herumzupulen. »Ich weiß, Sie denken wahrscheinlich, dass ich von der Frau besessen bin, aber es … Ich würde sagen, sie ist einfach eine Inspiration für mich. Eine liebevolle Mutter, eine alleinstehende, unabhängige Frau – und dann ist sie auch noch eine supertalentierte Sängerin und macht einen Uni-Abschluss …« Beatrice griff nach einem der Fotos, einer Nahaufnahme des Aquarells mit dem Stanniol-Heiligenschein. »Die Menschen glauben an die merkwürdigsten Dinge, nicht wahr? Manche Stammesgesellschaften verehren einen Baum; die Scientologen glauben, dass wir alle von Außerirdischen abstammen; Mormonen, Anglikaner, Katholiken, Hindus, Muslime, Buddhisten – alle haben sie ihre kleinen Ticks.« Sie zuckte mit den Achseln. »Ich ziehe es vor, meinen Glauben in ein menschliches Wesen zu investieren. Kommt Ihnen das so sonderbar vor, verglichen mit dem Glauben an einen unsichtbaren, zauberkräftigen Mann, der alles sieht, was wir tun, und uns in alle Ewigkeit verdammen kann?«

»Halten Sie das für eine normale Reaktion?«

»Sie glauben, dass ich vielleicht mein Bedürfnis nach einer vorbildhaften Mutterfigur verlagere?«

Goulding lächelte. »Glauben *Sie*, dass Sie das tun?«

Und so weiter und so fort. Der Psychologe und die Psychologiestudentin – es war, als hörte man einer Selbsthilfegruppe für Marsianer zu.

Logan klopfte auf den Tisch. »Was hat Alison dazu gesagt, dass Sie ihr an ihrer Schlafzimmerwand einen Altar errichtet haben?«

Beatrice rutschte auf ihrem Stuhl hin und her, während

sie das Foto vor sich auf dem Tisch mit beiden Händen glattstrich.

»Wusste sie davon?«

»Sie … Sie ist mal vorbeigekommen, um sich ein Vorlesungsskript auszuleihen. Es klopfte an der Tür, ich machte auf, und da stand sie. Ich meine, sie stand wirklich und wahrhaftig da, vor *meiner* Tür.« Beatrice nickte heftig, wobei ihr die blondierten Locken wie ein Vorhang über die Augen fielen. »Ich meine, *wow*, das muss man sich mal vorstellen. Direkt vor mir. Und ich konnte nichts sagen. Ich meine, ich brachte buchstäblich kein Wort heraus. Und sie sagte: ›Hi, Beatrice, darf ich reinkommen?‹«

Die Studentin blickte auf. Ein strahlendes Lächeln zog ihren Mund in die Breite, und ihre Augen glänzten. »Sie kannte meinen Namen. Alison McGregor kannte *meinen* Namen. Und ich habe sie hereingebeten, und sie hat die Wand gesehen … Und sie sagte – und das werde ich nie vergessen – sie sagte: ›Wow, das ist aber ein schönes Bild. Hast du das gemalt?‹«

Eine Träne quoll hervor und rann über die Schminke auf ihrer Wange. »Sie fand es ganz toll. Sie sagte, es sei schön zu wissen, dass jemand sie so liebte, wie ich sie liebte. Dass andere Leute sie einfach nicht verstanden. Und ich bin runter zum Laden und hab uns eine Flasche Chardonnay geholt, und dann haben wir zusammengesessen, und sie hat mir von Jennys Mumps erzählt, und ich hab ihr von meiner Mutter erzählt, und es war der beste Abend meines ganzen Lebens.« Beatrice streichelte das Foto. »Sie war einfach perfekt.«

Und da war sie wieder, die gemeingefährliche Irre.

»Ich habe mir Sorgen um sie gemacht – all die Fotografen und die durchgeknallten Fans, die sie die ganze Zeit belagert haben. Also bin ich ihr ein paar Mal mit dem Bus nach Hause gefolgt. Nur um mich zu vergewissern, dass alles in

Ordnung war, verstehen Sie? Sie wusste gar nicht, dass ich da war … Aber ich habe auf sie aufgepasst.«

Erzähl das mal Jenny mit ihren abgeschnittenen Zehen.

»Sind Sie ihr am Mittwochabend gefolgt – an dem Abend, als sie entführt wurde?«

Beatrice schlang die Arme um den Körper, als fürchtete sie, sie würde sonst platzen. »Nein … Das eine Mal, wo es drauf angekommen wäre – und ausgerechnet da habe ich sie im Stich gelassen.« Sie starrte Logan unverwandt an, während ihr die Tränen über die Wangen liefen. »Es war nicht meine Schuld. Ich habe es versucht, aber sie hat an dem Tag nicht den Bus genommen. Jemand hat vor dem Hörsaal gehalten, und sie ist zu ihm ins Auto gestiegen. Und dann sind sie weggefahren. Und ich habe sie nie wiedergesehen.«

Warum kam *niemand* mal auf die Idee, die Polizei anzurufen? Logan rückte auf seinem Stuhl vor. »Haben Sie ein Foto von dem Wagen gemacht? Wissen Sie, wer der Fahrer war? Hat sie erwähnt, dass sie sich mit jemandem treffen wollte?«

»Nein – ich meine, ja … Ich habe ihn gesehen.«

Schweigen.

Herrgott noch mal. Logan kniff sich in die Nasenwurzel. »Wie sah er aus?«

»Er hatte eine Glatze. Und so ein albernes Bärtchen am Kinn, und Koteletten, die in so einem Zickzackmuster ausrasiert waren.« Sie schlang die Arme noch fester um die Brust. »Es war dieser Gordon Maguire, dieser Fernsehproduzent, dem die Plattenfirma gehört.«

Logan unterdrückte ein Gähnen. Schüttelte sich. Legte den Hörer wieder auf die Gabel. Streckte sich und sackte dann auf seinem Stuhl zusammen. »O Mann …« Er rieb sich das Gesicht. »Was denken Sie?«

Goulding zog eine Augenbraue hoch. »Könnte Beatrice

ihnen etwas zuleide getan haben? O ja, definitiv. Sie scheint ihr Leben in Schubladen aufgeteilt zu haben – die engagierte Studentin, der besessene Fan, die pflichtbewusste Freundin, die loyale Beschützerin… Wenn sie der Meinung war, Alison McGregor habe sie zurückgewiesen, dann würde es mich nicht wundern, wenn sie wieder in ihre alten Verhaltensmuster zurückfallen würde. Mami hat mich wieder abgewiesen, also werde ich sie bestrafen. Ich werde –«

Die Tür wurde polternd aufgestoßen, und da stand DCI Finnie in seiner ganzen froschgesichtigen Herrlichkeit. »Und?«

»Die Kollegen von der Met sind auf dem Weg zum Studio.« Logan zeigte auf das Telefon. »Maguire ist noch damit beschäftigt, die Vorschau für das Halbfinale von heute Abend zu senden.«

»Hervorragend, hervorragend.« Der Leiter des CID rieb sich die Hände. »Fliegen sie ihn rauf nach Aberdeen?«

»Geht nicht. Der Kronanwalt sagt, für eine Verhaftung liege nicht genug gegen ihn vor. Ich habe darum gebeten, dass sie eine Videokonferenz einrichten, wenn sie ihn vernehmen, damit wir wenigstens auf diese Weise dabei sein können.«

Finnies Lächeln verrutschte. »Nun ja, wir sollten wohl die Tatsache nicht aus den Augen verlieren, dass es immerhin ein Erfolg ist. Und das ist alles bei der Vernehmung von dieser Eastbrook herausgekommen? Von dieser Eastbrook, die McPherson eigentlich hätte vernehmen sollen?«

»Ah…« Logan rutschte auf seinem Stuhl hin und her. »Ja, also…«

»Ich denke, ich muss wohl mal ein paar Worte mit Detective Inspector McPherson wechseln, meinen Sie nicht auch? Ich könnte vielleicht mit ›Idiot‹ anfangen und dann einfach mal sehen, was sich daraus entwickelt.« Er nickte, und dann streckte er die Hand aus und klopfte Logan auf die Schulter, wobei er sich so stocksteif hielt, als hätte er zwar schon einmal gehört, dass man so etwas machen kann, es aber noch nie selbst ausprobiert. »Gute Arbeit, Sergeant.« Eine Pause. »Übrigens, haben Sie schon diese offizielle Beschwerde aufgesetzt?«

»Nein, glaub mir …« Logan seufzte. »Ich weiß, aber was soll ich denn machen?«

Das Schweigen am anderen Ende wurde mit jeder Sekunde kälter.

Er nahm einen Schluck Tee und sah dem Nudelauflauf mit Pommes auf seinem Teller beim Erstarren zu. Da saß er nun mit Goulding und schlug die Zeit tot, bis die Metropolitan Police anrufen und melden würde, dass alles zur Vernehmung von Gordon Maguire bereit sei.

Es war nicht viel los in der Kantine; nur ein paar Kollegen von der Spätschicht versorgten sich mit Schinken-Sandwichs und starkem Kaffee.

»Sam, das ist unser erster Fortschritt in fast zwei Wochen, da kann ich doch nicht –«

»Es ist halb zehn! Wir wollten heute Abend unseren Urlaub buchen, schon vergessen?«

»Ja, aber du weißt doch, wie es in diesem Job läuft; ich –«

»Komm mir jetzt bloß nicht mit der Job-Nummer, Logan McRae. Jedes Mal, wenn ein großer Fall anliegt, verkriechst du dich da oben und kommst gar nicht mehr heim. Also, wenn du deine Zeit lieber mit deinem verrunzelten lesbischen Mutterersatz verbringst als mit mir, dann kannst du –«

»Sie ist ja nicht mal hier! Nur ich und Finnie und Goulding. Wir warten –«

»Es wär ja nicht so schlimm, wenn es nur ab und zu mal vorkäme, aber so geht es ja jedes verdammte Mal.«

»– Gordon Maguire, weil er gelogen hat und –«

»Und ich weiß, dass ein kleines Mädchen und ihre Mutter

vermisst werden, aber es hilft denen auch nicht, wenn du dich totarbeitest –«

»– Videokonferenz. Ich komme, sobald ich –«

»Und eine Flasche Wein kannst du auch gleich noch mitbringen.«

»Es ist...«

Sie hatte aufgelegt.

Wunderbar. Logan steckte das Handy wieder ein.

Goulding beugte sich vor. »Na, wie schätzen Sie die Chancen von Aberdeen gegen St Mirren dieses Wochenende ein?«

»Ach, geben Sie sich keine Mühe.« Er spießte eine Fritte auf und zog sie durch die faltige Käsesauce. »Und bevor Sie damit anfangen: Ich weiß, dass sie recht hat, okay? Ich bin fix und alle, ich hatte seit Wochen keinen freien Tag mehr, und der dicke Gary liegt mir ständig in den Ohren wegen des Überstundenkontos.« Die Fritte war kalt, die Sauce lauwarm. »Aber was soll ich denn bitte machen? Soll ich mich nach Hause verdrücken und Gordon Maguires Vernehmung verpassen?«

»Nun...« Der Psychologe tupfte sich mit der Serviette die Mundwinkel ab. »Es kommt wohl darauf an, was Ihnen persönlich wichtiger ist, meinen Sie nicht?«

Schuldgefühle – noch besser. »Ich sage ja nicht...« Sein Handy klingelte wieder. Er zog es heraus und drückte die Taste. »Sam, ich hab nachgedacht: Wie wär's –«

»Alles deine Schuld, Mann.« Shuggie Webster. *»Es ist alles deine verdammte Schuld!«*

Nicht schon wieder. »Der Witz hat allmählich einen Bart, Shuggie. Wir wissen Bescheid über Trisha, okay? Wenn deine Kumpel Jacob und Robert sie haben, dann können wir helfen. Aber du musst aufhören –«

»Ich will die verfickten Drogen wiederhaben, und wenn ihr sie nicht rausrückt...«

»Hör auf mit dem Scheiß und stell dich. Okay?«

»Ich hab dich gewarnt. Ich hab dich verdammt noch mal gewarnt!«

»Shuggie –«

»Konsequenzen …«

Konsequenzen? Blödmann, blöder. Das hier war nicht *Der Pate*, und Shuggie Webster war nicht Al Pacino. Logan legte einfach auf.

»Wissen Sie was?« Er schob seinen Teller weg. »Ich hab's allmählich gründlich satt …«

Sein Handy. Schon wieder.

Er drückte den Knopf. »Was ist denn nun schon wieder?«

»Logan?« Es war Samantha. *»Du, es tut mir leid … hatte 'nen beschissenen Tag. Ich wollte dich nicht nerven.«*

»Sam, ich –«

»Wenn ihr jemanden wegen der McGregor-Sache am Wickel habt, dann nagelt das Schwein mit den Eiern an die Wand.«

Pause. »Bist du sicher?«

»Hab den ganzen Tag damit verbracht, im Schlafzimmer von so einem armen Schwein Fetzen von Hirn und Schädelknochen von der Decke zu kratzen. Ich hasse Selbstmorde.«

Logan lächelte. »Na siehst du, jetzt hast du doch noch was gemeinsam mit Biowaffen-Bob.«

»Urgh … Na toll: Jetzt fühl ich mich schmutzig und deprimiert.«

»Wie wär's, wenn ich dich morgen Abend zum Essen einlade? Und ich komm nach Hause, sobald es geht. Versprochen.«

»Ich lieb dich.«

»Lieb dich auch.«

»Also, *ich* hasse dich, dass du's weißt!« DI Steel stand am Ende des Tischs, die Arme verschränkt, und starrte ihn mit finsterem Vogelscheuchenblick an.

»Sam? Ich muss jetzt Schluss machen...« Er steckte das Handy wieder in die Tasche.

»Was zum *Teufel* hast du dir dabei gedacht?«

Dr. Goulding setzte ein künstliches Lächeln auf. »Guten Abend, Inspector.«

»Halt's Maul, Ringo.« Sie zeigte mit dem Finger auf Logan. »Er ist weg. Hat sich aus dem Staub gemacht.«

»Wer ist –«

»Frank Baker, Mann, wer denn sonst? Ist heute Morgen nicht zur Arbeit erschienen – Ingrams Heinzelmännchen waren heute Abend in seiner Wohnung und haben nur 'ne Müllkippe vorgefunden. Hat seine Klamotten und die Zahnbürste eingepackt und sich verpisst.«

Logan starrte sie an. »Das ist doch nicht meine Schuld. Was kann ich denn dafür?«

»Du und dieses Arschgesicht von Green! Ihr seid da reingeplatzt wie –«

»O nein, so nicht.« Er stand auf, die Brust gereckt, die Schultern gestrafft.

Goulding stöhnte. »Logan, das ist jetzt vielleicht nicht der beste Zeitpunkt, um –«

»Erstens: Rumgebrüllt hat da nur einer, nämlich Green. Zweitens: Ich habe versucht, ihn aufzuhalten! Der Idiot hat einfach nicht auf mich ge–«

»Ach, komm mir jetzt nicht damit, du –«

»Ich habe offiziell Beschwerde eingelegt. Schriftlich!«

Der Psychologe hob die Hände. »Ich denke wirklich, Sie sollten beide –«

»Schnauze.« Steel rieb sich mit dem Handrücken über die Augen. »Willst du mir wirklich erzählen, dass du dich offiziell und schriftlich über Stupidintendent Green beschwert hast?«

»*Ja*. Ich hatte nichts zu tun mit –«

»Bist du bescheuert? Man meckert niemals in schriftlicher Form über seinen Vorgesetzten, und wenn er noch so ein Wichser ist!« Sie reckte die Fäuste zur Decke. »Was ist nur *los* mit dir?«

»Ich –«

»In dem Moment, wo du es offiziell gemacht hast, hast du diesem Arschloch von Green eine Zielscheibe geliefert.«

Goulding stand auf. »Ich glaube wirklich –«

Steel funkelte ihn an. »Was ist denn an ›Halt die Klappe‹ so furchtbar schwer zu verstehen?«

Der Psychologe deutete nur über ihre Schulter.

Oh … verdammter Mist. Logan drehte sich um.

Superintendent Green stand mit DCI Finnie in der Tür der Kantine. Der Mann von der SOCA rümpfte die Nase, machte kehrt und stürmte hinaus.

35

»Na ja, das ist ja nicht gerade *optimal* gelaufen, was?« Finnie setzte sich auf den Stuhl auf der anderen Seite des Besprechungstischs und rückte ihn herum, bis er den Bildschirm sehen konnte.

Logan malte einen kleinen Totenkopf mit gekreuzten Knochen in die Ecke seines Notizblocks. »Ich wusste ja nicht, dass er da war.«

»Ich glaube kaum, dass das eine Rolle spielt. Was meinen Sie, Dr. Goulding?«

Der Angesprochene zuckte mit den Achseln. »Manchmal ist es besser, wenn zwischenmenschliche Differenzen offen ausgesprochen werden. Wenn wir die anderen nie merken lassen, was wir denken, wie können wir dann erwarten, dass sie sich ändern?«

Das Fernsehbild flimmerte, und dann tauchte ein kleines Zimmer auf: ein runder Tisch mit einem Stuhl dahinter, der

Kamera zugewandt, davor zwei weitere mit dem Rücken zur Kamera.

Eine Stimme dröhnte aus den Lautsprechern. *»Wie ist das jetzt? Besser?«* Dann beugte sich eine Gestalt ins Bild und winkte ihnen zu – allerdings so dicht vor der Kamera, dass die Konturen verschwammen.

Logan drückte auf die Sprechtaste des Konferenztelefons. »Wir können Sie jetzt sehen.«

»Ich hasse diesen IT-Kram.« Der Mann setzte sich mit dem Rücken zur Kamera, sodass nur ein kleines Stück seiner Schulter im Bild war.

Logan ließ die Taste los. »Das ist DI Broddur – er ist derjenige, der für Mark über Maguire recherchiert hat.«

Finnie rutschte auf seinem Stuhl vor. »Können die uns sehen?«

»Die Videoschaltung geht nur in eine Richtung. Der Inspector kann uns hören, aber nur, wenn Sie die Sprechtaste drücken. Er hat einen Ohrhörer, sodass niemand sonst im Raum mitbekommt, was Sie sagen.«

Finnie trommelte mit den Fingern auf die Tischplatte. »Ihnen ist doch klar, dass Superintendent Green wahrscheinlich eine Entschuldigung verlangen wird?«

»Ich hab ihm doch *gesagt*, mit seinen Drohungen wird er nur erreichen, dass Frank Baker die Flucht ergreift.«

Broddurs Stimme dröhnte durch den Raum. *»Sind wir so weit?«*

Logan drückte die Taste. »Von uns aus ja, Inspector.«

Eine verschwommene Hand wischte über den Bildschirm. *»Bring ihn rein, Charlie.«*

Gordon Maguires kahler Schädel glänzte im Deckenlicht wie frisch poliert. Er nahm auf dem Stuhl Platz, der zur Kamera gewandt war, und setzte eine finstere Miene auf. *»Sie wissen schon, dass wir in fünfzehn Minuten ein Live-Update zum Voting haben, nicht wahr? Ganz zu schweigen* *von ungefähr einer halben Million Dinge, die ich noch erledigen –«*

Broddur unterbrach ihn: *»Sie sind uns gegenüber nicht hundertprozentig ehrlich gewesen, nicht wahr, Mr. Maguire?«*

Der Produzent leckte sich die Lippen. *»Das ist alles ein gewaltiges Missverständnis. Wie ich diesen Idioten in Aberdeen schon gesagt habe: Ich kann es mir nicht leisten, auf Alison und Jenny zu verzichten. Wenn ich dieses Album nicht bald rausbringe, verliere ich alles.«*

Logan drückte wieder die Sprechtaste. »Und warum hat unser Zeuge dann Alison McGregor in seinen Wagen steigen sehen, als –«

»Ja, danke – dazu wollte ich gerade kommen.« Broddur beugte sich vor und ließ die Kamera mehr von seinem Rücken sehen. *»Und wieso haben wir dann einen Zeugen, der Alison McGregor an dem Abend, an dem sie verschwand, in Ihren Wagen einsteigen sah?«*

»Ah …« Maguire sah nach links. *»Ja, nun, also wissen Sie … Wir hatten etwas Geschäftliches zu besprechen. Also habe ich sie nach Hause gefahren.«*

»Und Sie haben praktischerweise vergessen, diese Tatsache zu erwähnen, obwohl Sie dreimal dazu befragt wurden?«

»Hören Sie, es ist … Mein Gott.« Maguire rieb sich mit der Hand übers Gesicht. *»Wir … Wir hatten eine Affäre. Wir sind in mein Hotel gefahren, haben ein paar Gläser Wein getrunken und …«* Er räusperte sich. *»Verlangen Sie wirklich, dass ich noch mehr ins Detail gehe?«*

»Ein paar von meinen Kollegen nördlich der Grenze sind manchmal ein bisschen schwer von Begriff, wenn es um zwischenmenschliche Feinheiten geht, Mr. Maguire. Besser, Sie sprechen es schön deutlich aus.«

Er seufzte. *»Wir haben uns letztes Jahr bei den Vorausscheidungen für* Britain's Next Big Star *kennengelernt. Wir haben ein bisschen geplaudert, dann haben wir uns auf einen Kaffee* *getroffen und sind schließlich zusammen essen gegangen. Wir haben uns gut verstanden, ich mochte sie, und sie mochte mich.«* Er rieb sich den kahlen Schädel. *»Wenn je herauskäme, dass ich … etwas mit einer der Teilnehmerinnen hatte, würde alles natürlich gleich ›Schiebung‹ schreien; dabei stimmt das gar nicht: Ich habe die Jury nicht beeinflusst. Das war gar nicht nötig. Sie war einfach spitze.«*

Er rutschte auf seinem Stuhl vor und zurück. *»Am Mittwochabend sind wir auf mein Zimmer gegangen, und hinterher habe ich sie nach Hause gefahren und bin dann zurück ins Hotel, um zu packen. Ich musste mit der Nachtmaschine zurück nach London. Das ist alles, ich schwöre es. Ich weiß absolut gar nichts über ihr Verschwinden.«*

Er druckste eine Weile schweigend herum.

»Sie erzählen doch niemandem von ihr und mir, ja? Sie wissen doch, wie gerne die Medien solche Geschichten über die Maßen aufbauschen.«

»He, Kleine, wie geht's?« Eine Roboterstimme in der Dunkelheit.

Ihre Augen sind ganz verkrustet … Jenny wischt die Augen-Popel weg und blinzelt, verzieht das Gesicht, als das Licht sie blendet. »Ich schlafe.«

»Ich weiß, aber es ist wieder mal Zeit für deine Spritze, okay?« SYLVESTER krempelt ihren Ärmel hoch, und sein weißer Anzug raschelt. »Inzwischen müssten wir das ja schon ganz gut können, nicht wahr?«

Die stachlige Biene sticht. Jenny beißt sich auf die Unterlippe und weint nicht. Sie ist ein tapferes kleines Mädchen.

»Okay, wunderbar, jetzt nur noch rasch abtupfen …« Er wischt mit einem kleinen Läppchen über den Stich. »Und ein Pflaster drauf …« Klein und rund, und blass wie die Haut von Barbie. »Und fertig.« Er hält einen Lutscher in der lila behandschuhten Hand.

Jenny nimmt den Lutscher. Wickelt ihn aus. Schnuppert daran.

»Ist mit Colageschmack. Und mit weicher Füllung. Sag bloß deiner Mami nichts.«

Niemals Süßigkeiten von fremden Männern annehmen. Sie legt den Lutscher auf die Matratze, neben die Kette, die sie um den Hals hat.

Die anderen Monster sind in der Zimmerecke. DAVID, TOM und noch eins – eine Frau. Jenny kann das Namensschild von hier aus nicht lesen, aber das neue Monster hat eine riesige Kamera um den Hals hängen, die in einer durchsichtigen Plastikhülle steckt.

SYLVESTER beugt sich herunter und streichelt Jennys Haare, aber sie zuckt nicht einmal mit den Wimpern. Ganz tapfer. »Es wird alles gut. In ein paar Tagen ist alles vorbei, dann kannst du mit deiner Mami nach Hause. Das ist doch prima, nicht wahr?«

Die anderen Monster streiten sich.

DAVID: »… die Scheißbullen.«

TOM: »Ich weiß. Aber was sollen wir denn machen?«

Das neue Monster umarmt sich selbst. »Armer Colin. Ich kann's nicht glauben, dass er so was wirklich *getan* haben soll …« Sie klingt genauso wie die anderen.

DAVID schüttelt den Kopf, mit dem grässlichen glänzenden Plastikgesicht, ganz tot und glänzig. »Mann, jetzt reiß dich mal zusammen, Patrick. Er war ein Idiot, okay? Es ist seine Schuld, dass die Polizei jetzt rumschnüffelt.«

TOM hebt eine Schulter. »Na, komm, der Mann ist tot. Ist ja nicht so, als ob –«

»Alles, was wir bis jetzt getan haben, alles, was wir erreicht haben« – DAVID bohrt ihm einen lila Finger in die Brust –, »hat nur einen Wert, wenn kein Mensch je was davon erfährt.« Er piekst ihn noch einmal. »Hast du einen blassen Schimmer, was sie mit uns machen werden, wenn sie uns erwischen? Hast du einen blassen Schimmer, was uns im Knast blüht? Den Schweinen, die Jenny McGregor die Zehen abgeschnitten haben?«

TOM weicht einen Schritt zurück. »Ich mein ja nur, okay? Er hat sich umgebracht.«

SYLVESTER streichelt wieder Jennys Haare. »Kümmere dich nicht um die, die regen sich nur künstlich auf. Es wird schon alles gut. Niemand tut dir weh…«

PATRICK tritt von einem Fuß auf den anderen. »Was ist, wenn er einen Abschiedsbrief hinterlassen hat? Wenn er ihnen verraten hat, was wir getan haben?«

»Sei doch nicht so saublöd. Wenn er das getan hätte, würden wir jetzt alle in einer Zelle sitzen. Er hat nichts über uns verraten.«

Stille. Dann legt PATRICK den Kopf schief. »Woher willst *du* das wissen?«

Es macht Klonk, und dann kommt Mami aus dem Pipizimmer und macht die Tür hinter sich zu. Es ist kein Klo wie in einem richtigen Haus, es ist nur ein Wandschrank mit einem Eimer drin, und es riecht, wie wenn man Windeln zu lange im Mülleimer liegen lässt.

Die Kette an Mamis Bein klirrt und rasselt, als sie über den blanken Holzboden schlurft. Dann zieht sie sich stramm, und Mami muss warten, bis SYLVESTER das Vorhängeschloss aufgesperrt hat, mit dem sie am Heizkörper angeschlossen ist, und sie wieder am Bett festgemacht hat. Sie sinkt neben Jenny auf die Matratze, dreht sich auf die Seite und kuschelt sich zusammen, mit dem Rücken zum Zimmer.

SYLVESTER steht einen Moment lang vor Jenny und schaut auf sie herunter. Dann geht er rüber zu den anderen Monstern.

Jenny sieht, wie er sich am Rand der Gruppe herumdrückt, wie ein dicker Junge auf dem Spielplatz. Dann kommt plötzlich die Doctor-Who-Musik aus der Tasche von einem der Monster.

DAVID zieht ein glänzendes Handy raus. »Was? … Ja, ich weiß, sie haben auch mit uns gesprochen … Nein, das weiß ich nicht … Weil ich kein verdammter Hellseher bin, deswegen!«

Jenny macht die Augen zu, beißt die Zähne zusammen und dreht sich mühsam auf die Seite. Die Löcher, wo ihre kleinen Zehen waren, pochen und brennen. Aber sie macht keinen Mucks. Tapferes kleines Mädchen.

36

Da war jemand im Haus. Da war jemand im Haus, stand mit einem Messer vor seinem Bett, und er konnte sich nicht rühren, und –

Logan erwachte mit einem Ruck. Er lag auf dem Rücken und starrte zur Decke hinauf, während der Puls in seinen Ohren hämmerte. Er hielt den Atem an und lauschte.

Nichts, nur das leicht rasselnde Schnaufen von Samantha, die an seiner Seite schlief.

Ein schwaches orangefarbenes Leuchten drang durch die Vorhangschlitze ins Zimmer, nicht genug, um es zu erhellen; gerade so viel, dass der Kleiderschrank und die Kommode sich wie lauernde Ungeheuer im Halbdunkel abzeichneten. Große, rechteckige, hölzerne Ungeheuer voller Socken.

Die Leuchtziffern am Radiowecker zeigten 3:00 Uhr.

Er ließ den Atem mit einem langgezogenen Zischen entweichen. Verdammter Mist … Warum konnte er nicht zur Abwechslung mal von einer Hüpfburg voller nackter Supermodels träumen?

Logan ließ sich aufs Kissen zurücksinken und starrte grimmig an die Decke. Gordon Maguire – was für ein schmieriger, glatzköpfiger Kotzbrocken, der mit einer der Teilnehmerinnen seiner Show ins Bett ging. Und ein Schweineglück hatte er obendrein. Was zum Teufel hatte Alison McGregor an ihm gefunden? Abgesehen natürlich von der Tatsache, dass er Fernsehproduzent war.

Und dann dieses ganze Gerede von Insolvenz und bösartigen Investoren – dafür hatten sie nur sein Wort. Wäre vielleicht keine schlechte Idee, gleich morgen früh jemanden vom Betrugsdezernat der Met anzurufen und zu fragen, ob sie nicht mal einen Blick in die Bücher von Blue-Fish-Two-Fish Productions werfen könnten, um herauszufinden, ob Maguire die Wahrheit sagte.

Ein Klacken.

Und dann diese abartige Stalkerin Beatrice »Mutterkomplex« Eastbrook…

Wahrscheinlich sollte er auch mal Edward Buchans Grundbucheintrag überprüfen lassen, nur für den Fall, dass dieser armselige Abklatsch eines menschlichen Wesens irgendwo eine Mietgarage hatte oder vielleicht das Haus einer ältlichen Verwandten, um das er sich kümmerte. Irgendeinen Ort, wo er Trisha Brown versteckt halten konnte und wo niemand ihre Hilfeschreie hören würde.

Falls die Yardies sie nicht geschnappt hatten.

Ein dumpfer Schlag.

Und vorausgesetzt, dass Superintendent Green ihn nicht vorher feuern ließ…

Logan runzelte die Stirn. Musste er pinkeln? Möglicherweise. Aber das bedeutete, dass er aufstehen musste.

Ein gewaltiges, kieferausrenkendes Gähnen.

Es sei denn, Shuggie und Trisha versuchten *tatsächlich*, einen Schwindel durchzuziehen.

Logan wälzte sich aus dem Bett und stand einen Moment da, nackt und bleich im grünlichen Schein des Radioweckers. Wie eine abgemagerte Version von Hulk. Er beugte und streckte seinen rechten Arm einige Male – zu den schmerzenden Blutergüssen war jetzt auch noch eine unangenehme Steifheit gekommen. Dann öffnete er vorsichtig die Schlafzimmertür.

Im bleichen Licht, das durch die Glasscheibe über der Wohnungstür fiel, konnte er gerade eben genug Details erkennen, um den Weg vom Schlafzimmer zum Bad durch den dunklen Flur einigermaßen gefahrlos bewältigen zu können. Gab ja nichts Schlimmeres, als mitten in der Nacht mit nackten Füßen auf etwas Scharfkantiges zu …

Der Briefschlitz war offen. Er konnte einen schwachen Lichtschein an den Rändern erkennen. Und dann wurde es dunkel. Logan hob den Kopf. Das Licht schien immer noch durch die Scheibe über der Tür.

Er ging darauf zu.

Da ragte etwas durch den Schlitz herein – ein helles Etwas, das anschwoll und nach unten sackte, während er zusah.

»Was zum …?«

Es war ein Kondom. Ein großes, geripptes Kondom. Es wurde größer. Wieso war da ein –

Er erstarrte, als ihm der wohlbekannte süßsaure Birnen-Essig-Geruch von Benzin in die Nase stieg. »Wag es bloß nicht!«

Das Kondom sackte noch ein Stück weiter ab und fiel herunter. Es klatschte auf den Boden und machte einen Hüpfer, Benzin spritzte aus dem offenen Ende, auf die Wände, über den Teppich, über die Jacken. Logan schlug sich die Hände vor die Augen, als ein Strahl seine nackte Brust traf.

»Scheiße!«

Der Briefschlitz ging wieder auf, und ein Streichholzheftchen wurde hindurchgeschoben.

Logan wich zurück. Noch ein Stück. Fiel fast über das Schränkchen, auf dem sie die Schlüssel aufbewahrten. »SAMANTHA!«

Ein kratzendes Geräusch.

Der Mistkerl versuchte ein Streichholz anzuzünden.

Ratsch.

»SAMANTHA! WACH AUF!«

Ratsch.

Der Benzingeruch wurde stärker, als die Flüssigkeit in der warmen Luft zu verdunsten begann.

Schnell in die Küche, einen Eimer Wasser holen… Mist, er war ja über und über mit Benzin bekleckert. Wenn der Flur in Flammen aufginge, würde er brennen wie eine Fackel.

»SAMANTHA!«

Ratsch.

Logan riss die Schlafzimmertür auf, fiel fast über die Schwelle, knallte die Tür hinter sich zu.

»Herrgott… weißt du, wie spät es ist?« Sie saß im Bett, ein Auge zugekniffen, das andere auf ihn gerichtet. »Was ist denn so –«

»Da versucht jemand, die Wohnung in Brand –«

Ein lautes, knatterndes FFFUUUUUMP. Die Schlafzimmertür knallte gegen Logans Rücken. Blendend grelles, gelbes Licht. Hitze. Dunkelheit.

Er musste husten. Etwas Raues kratzte an seiner Wange. Logan blinzelte. Schüttelte den Kopf, um das klingelnde Geräusch in den Ohren loszuwerden. Und knallte gegen eine harte Holzfläche. Au…

Jemand zerrte an seinem Arm, und von der Bewegung wurde sein Gesicht über den Teppich gezogen. Ein Druck auf seinem Rücken.

»LOGAN, STEH AUF!«

Orangefarbenes Licht flackerte über die Sockelleiste. Warum lag er auf dem Boden?

»LOGAN!«

Der Druck auf seinem Rücken ließ nach.

Samantha kniete neben ihm. Im zuckenden Licht tanzten die Tattoos über ihre Haut. Er blickte auf. Sie war nackt, und sie kämpfte mit der Schlafzimmertür, die ihn unter sich begraben hatte. Mit letzter Kraft zog er die Arme unter dem Körper hervor und stemmte sich hoch, bis er auf den Knien war.

»Worauf wartest du noch?« Sie zerrte an der Holzplatte. »Hilf mir!«

Er schüttelte wieder den Kopf, doch das Klingeln hörte nicht auf. Polen – es war genau wie damals in Polen: zusammengekauert in einer demolierten Wohnung, Flammen, Trümmer, Tod und Zerst–

Ein scharfer, stechender Schmerz explodierte in seiner Wange.

»Logan!« Sie schlug ihn noch einmal.

»Au! Hör auf damit, ich bin ja nicht taub.«

»Dann *hilf* mir!«

Das Zimmer füllte sich mit Rauch – dicke, fettige, grauschwarze Wolken, erhellt von diesem schrecklichen knisternden Schein. Es war unerträglich heiß, Schweißperlen standen auf seinen Armen und seiner benzinnassen Brust …

Er wagte einen Blick um die herausgerissene Tür herum. Es war, als steckte man den Kopf in einen Ofen: eine Wand aus heißer Luft, von der seine Haut spannte. Der Lack auf der Rückseite der Tür dampfte und warf Blasen. Der Flur stand in Flammen, der Teppichboden brutzelte und knackte und gab Wellen dichten schwarzen Rauchs ab. Die Garderobe kippte krachend um, und die brennenden Jacken und Schals flammten auf wie ein Feuerwerk.

»Mein Gott …«

Samantha packte seine Schulter und schüttelte ihn. »Willst du noch eine Ohrfeige?«

»Was? Ich hab doch nur –«

»Dann hilf mir, die Tür wieder einzusetzen!«

Leichter gesagt als getan. Der aufgeplatzte Lack auf der anderen Seite war zu heiß zum Anfassen, also blieben ihnen nur die Klinke und die kleine Hakenleiste für die Bademäntel, die er im Baumarkt gekauft hatte. Er packte sie fest, holte tief Luft und richtete sich auf. Rauch hüllte seinen Kopf ein, und seine Haut prickelte vor Hitze, als hätte er einen Sonnenbrand. Er hielt die Schulter an das warme Holz gepresst und schob sich mit geschlossenen Augen Zentimeter für Zentimeter vor.

Klonk. Er stieß gegen die Wand.

Zentimeter für Zentimeter bewegte er sich seitwärts. Der Atem brannte in seiner Brust, er spürte ein schmerzhaftes Kneifen in den Ohren. Endlich gelang es ihm, das Ding wieder in die leere Türöffnung einzusetzen.

Logan duckte sich wieder, immer noch an die Tür gelehnt, und schnappte hastig nach Luft. Ein Hustenanfall beutelte ihn, ein zwerchfellerschütterndes Bellen. Kleine schwarze Punkte tanzten vor seinen Augen.

»Weg da!«

Er wankte zurück, Samantha schob die Kommode gegen die Tür, um sie damit zu verbarrikadieren. Sie trat einen Schritt zurück, die Augen weit aufgerissen. »Scheiße, Mann, was war das? Eine Bombe?«

Logan sank auf den Teppich und hustete, bis er würgen musste. »… Benzin … durch den … den Brief –« Wieder ein Hustenanfall.

Eine Jeans klatschte gegen seine Brust. »Was … machst du …« Der Rest seiner Klamotten regnete auf ihn herab.

»Wir sind nackt, und das verdammte Haus steht in Flammen. Los, zieh dich an!«

Logan zog einen gestreiften Pulli über. Mit Socken und Unterhose hielt er sich gar nicht erst auf und zwängte sich gleich in seine Jeans. »Wo sind meine Schuhe?«

Samantha schlüpfte in ein Sisters-of-Mercy-T-Shirt. »Was hast du angestellt?«

»Ich kann nichts dafür, okay?« Er kroch über den Boden zum Nachttisch und zog die oberste Schublade heraus. Der ganze Krempel, den er in weiß Gott wie vielen Jahren dort hineingestopft hatte, ergoss sich über den schwelenden Teppich, und er klaubte sein Handy aus dem Durcheinander.

Etwas krachte hinter ihm gegen die Wand.

Logan fuhr herum. Der Schrank war nach vorne gekippt, die Oberkante hatte die Tapete aufgeschrammt, und Samantha war dabei, eine der Türen abzureißen.

»Was machst du denn da?«

»Das Zeug war teuer …« Sie zog eine schwarze Lederjacke heraus, dann das Korsett, das sie im Internet gekauft hatte, dann drei Paar überknielange Stiefel, dann ein schwarzes Ballkleid.

»Sind denn alle miteinander verrückt geworden?« Das Handy piepste ihn an. Kein Netz. »Scheißteil!« Er schaltete es aus und wieder ein … und diesmal zeigte es einen Balken. Er wählte.

»Hallo?«

Er konnte die Frau am anderen Ende kaum verstehen. *»Notrufzentrale, welchen –«*

»Feuerwehr!« Er ratterte die Adresse herunter und ließ sie sich von der Frau wiederholen.

»Gut, jetzt müssen Sie vor allem Ruhe bewahren. Holen Sie ein paar nasse Handtücher und dichten Sie damit die Lücken zwischen Tür und Boden ab.«

»Aber wir sitzen im Schlafzimmer fest – wo zum Teufel sollen wir da feuchte Handtücher herholen?«

»Nun ja … Sie könnten ja stattdessen ein paar Pullover oder Bettwäsche benutzen?«

»Na super. Und wo soll ich das Wasser herkriegen? Soll ich vielleicht drauf pinkeln?«

»Ich versuche ja nur zu helfen.«

Samantha tippte ihm auf die Schulter. »Wird Zeit, dass wir verschwinden.«

Er sah sie an. »Die Feuerwehr ist unterwegs.«

»Überleg doch mal – wie lange dauert's wohl, bis die hier sind?«

»Fünf, zehn Minuten vielleicht?«

»Und dann müssen sie noch die Leitern ausfahren und alles vorbereiten. Und wir sind an der Rückseite vom Haus – wie sollen die da mit dem Löschfahrzeug hinkommen?«

Er riskierte noch einen Blick auf die stetig absinkende Rauchschicht. Sie war jetzt einen knappen Meter über dem Boden und fiel immer noch. »Wir sind geliefert, nicht wahr?«

»Wahrscheinlich.« Samantha kletterte über ihre behelfsmäßige Barrikade und zog drei Schubladen heraus, die sie dann zu ihrem Kleiderhaufen am Fenster schleifte.

Logan trennte die Verbindung und kroch Sam hinterher.

Irgendwo auf der anderen Seite der Schlafzimmertür gab es einen lauten Knall und dann ein Krachen. Wahrscheinlich war der Fernseher explodiert.

Samantha packte ihn im Nacken, zog ihn dicht heran und küsste ihn. Sie schmeckte nach versengtem Plastik und Ozon. »Du schuldest mir noch eine Essenseinladung – also wehe, du überlebst das hier nicht!«

»Bist du bereit?«

»Nein. Du?«

»Nee.« Er packte das Fensterbrett und zog sich in die Hocke hoch. Dann griff er durch die Rauchschicht nach dem Sicherheitsriegel und schob ihn auf. Und zog mit aller Kraft. Das Fenster knarrte und sprang schließlich ruckelnd auf. Uraltes Holz und mehrere Lackschichten protestierten ächzend.

Es war, als hätte jemand einen Staubsauger eingeschaltet, als die kältere Luft den wirbelnden Rauch in die Nacht hinaussog. Hinter der Schlafzimmertür steigerte sich das Knistern der Flammen zu einem Prasseln – der Luftzug fachte das Feuer noch weiter an.

Samantha tauchte neben ihm auf und starrte in die Tiefe. »Oh … Scheiße.«

Das war das Problem, wenn man im obersten Stock wohnte – der Boden war ganz, ganz weit unten. Drei Stockwerke vertikaler Granit, und dann das Flachdach des angrenzenden Gebäudes.

Sie duckte sich wieder und warf ihr Ballkleid und die Korsetts aus dem Fenster.

Logan blickte nach links und nach rechts – vielleicht könnten sie aufs Dach klettern? Sich irgendwie an der Regenrinne hochziehen. Er streckte die Hand aus und zerrte einmal kräftig daran.

Im nächsten Moment hielt er ein schwarzes, rostiges Stück Blech in der Hand.

Samanthas Stiefel segelten hinunter und klatschten auf das Flachdach, gefolgt vom Inhalt aller drei Schubladen. Unterhosen, BHs und gestreifte Kniestrümpfe flatterten herab wie Schneeflocken mit Spitzenbesatz.

Sie hustete und wischte sich mit der Hand über das rußverschmierte Gesicht. Jetzt war es an der Stelle einen Deut heller. »Soll ich vorgehen?«

»Wohin? Wo willst du denn hingehen?«

»Na schön. Du kannst ja nachkommen.« Samantha biss sich auf die Unterlippe. Holte tief Luft. Hustete. Dann hob sie vorsichtig ein Bein über das Fensterbrett, wobei sie sich weiter geduckt hielt, um unter der wirbelnden Rauchschicht zu bleiben.

Logan packte sie. »Scheiße, was machst du denn da?«

»Das Fallrohr. Wir haben eins an der Küche, und daran können wir runterklettern.«

»Du bist ja vollkommen *wahnsinnig*!«

Sie deutete mit dem Kopf zur Schlafzimmertür. Die Flammen schlugen schon durch die Lücken um die ausgeweidete Kommode herum. »Willst du hierbleiben und es einfach drauf ankommen lassen?«

Nein, das wollte er nicht. »Wart mal ...«

Logan riss die Bettdecke herunter. Der Schweiß tropfte ihm von der Stirn, und er spürte, wie er ihm auch den Rücken hinunterrann. Er zerrte das Spannbetttuch von der Matratze und drehte es zu einem lockeren Seil. »Bind dir das um.«

»Es ist nicht lang genug, wie soll ich denn –«

»Falls du auf dem Weg zu dem verdammten Fallrohr ausrutschst. Jetzt tu doch bitte *ein* Mal, was man dir sagt.«

»Übrigens, dein Gesicht sieht fürchterlich aus.« Sie nahm das Ende des Tuchs und wickelte es sich ums Handgelenk.

»Also dann ...« Samantha rutschte vorsichtig mit dem Hintern vom Fensterbrett und ließ sich auf die Ellbogen herunter. Dann noch ein Stück, bis ihre Arme den Granitsims umklammerten.

Logan stützte sich an der Wand ab, verknotete beide Hände in dem Tuch und hielt es straff. Es war eine miserable Klettertechnik, aber für alles andere war das Ding zu kurz.

Die Hitze wurde stärker, die Luft war trübe und stickig.

Sie blickte zu ihm auf. »Wenn du mich loslässt, bring ich dich um.« Dann begann sie sich ganz langsam auf das gusseiserne Fallrohr zuzubewegen, das von der Küche nach unten verlief, bis ... nun ja, bis es eben irgendwo mündete.

In der Ferne heulte eine Sirene, das Geräusch kam langsam näher. Das war immerhin etwas.

»Mist ...« Ein Ruck, und Samantha ließ den Sims mit der linken Hand los, um nach dem schwarzen Rohr zu greifen.

Hoffentlich war es in besserem Zustand als die Regenrinne …

Sie packte es, schwankte einen Moment und starrte dann hinauf in seine Augen. Befeuchtete sich die rußgeschwärzten Lippen. »Lass mich nicht fallen.«

Logan versuchte zu lächeln. »Bestimmt nicht.«

Ein Nicken, und dann ließ sie den Fenstersims los.

Und stürzte nicht in den Tod. Oh, Gott sei Dank.

»Scheiße, geht das tief runter.« Samantha seilte sich ungefähr dreißig Zentimeter weit ab. Dann noch einmal so weit, bis das Betttuch straff gespannt war. »Lass los.«

»Nein.«

»Sei doch nicht blöd – du musst loslassen, sonst komm ich nicht weiter.«

Sie hatte recht.

Er warf das Ende aus dem Fenster. Es baumelte von ihrem Arm herab, schwang im Luftzug hin und her – das Feuer sog die kühlere Luft an der Hauswand entlang nach oben. Also gut. Er konnte das schaffen. Kein Problem. Einfach ganz vorsichtig auf den Sims steigen. Keine Hektik. War ja reichlich Zeit.

Das war doch bescheuert.

Besser, er blieb in der Wohnung. Rührte sich nicht von der Stelle und wartete einfach auf die Feuerwehr.

Logan sah sich um. Der Rauch war noch dichter geworden, und die Flammen züngelten nicht mehr nur um die Kommode herum, sie verzehrten sie. Ein ächzendes Geräusch, und dann erzitterte die Schlafzimmertür, als sie von etwas Schwerem getroffen wurde.

Die Decke stürzte ein. O Gott …

Er packte den Fensterrahmen, schwang die Beine über den Abgrund. Drei Stockwerke vertikal nach unten, und dann ein Flachdach. Mist, Mist, Mist. Er streckte das linke Bein aus, tastete mit dem Fuß nach dem Fallrohr.

Durch die Rauchschicht über seinem Kopf zuckten die ersten Flammen. Das Prasseln des Feuers wurde allmählich ohrenbetäubend.

Er ließ sich hinunter, bis seine Achseln auf Höhe des Fenstersimses waren. Sein lädierter rechter Arm tat weh, die Narben in seinem linken Handteller pochten, und die in seiner Bauchdecke spannten schmerzhaft. Wo zum Teufel war dieses verdammte Rohr?

Samantha hatte es doch auch geschafft, und sie war fast einen Kopf kleiner als er!

Ihre Stimme übertönte das Tosen des Feuers. »Links, du Idiot!«

Klonk. Sein Fuß stieß gegen etwas. Okay – gut, alles klar – er konnte das schaffen.

Nein, konnte er nicht. »SCHEISSE, WAS SOLL ICH DENN MACHEN?«

»Da ist so ein kleiner Vorsprung, ungefähr fünfzehn Zentimeter unter deinem linken Fuß.«

Scheiße, Mann – Scheiße, Scheiße …

Er konnte ihn tasten. Kaum drei Zentimeter breit. Ein minimalistisches Zierelement an der Rückfront eines Mietshauses. Jetzt musste er nur noch mit der linken Hand loslassen und das Rohr packen. Genau wie Samantha es gemacht hatte. Kein Problem. Kinderleicht.

»Willst du ewig da hängen?«

Okay, tief durchatmen. Drei Stockwerke, das war doch nicht so furchtbar hoch. Nicht wirklich. Vielleicht zwölf oder fünfzehn Meter. Scheiße.

Er schwang sich so weit hinüber, wie es nur ging, und streckte die linke Hand aus. Ruderte mit dem Arm durch die Luft. Und dann bekam er das Rohr zu fassen.

Oh, Gott sei Dank.

Jetzt musste er nur noch mit der anderen Hand loslassen. Fünf, vier, drei –

Hinter ihm im Zimmer ein lautes Krachen. Rauch wirbelte über seinem Kopf.

Logan ließ den Fenstersims los und schnappte nach dem Fallrohr, klammerte sich daran fest, das Gesicht an die raue Granitfassade gepresst.

Nicht tot.

Ein dumpfes WUMM, und das Küchenfenster wurde herausgesprengt – ein Regen von Glassplittern ging auf Logan nieder, und eine Stichflamme loderte in die Nacht hinaus.

Er sah nach unten. Samantha war gut einen Meter unter ihm und stieg vorsichtig ab, wobei sie die Halteklammern, mit denen das Rohr an der Wand befestigt war, als Griffe und Tritte benutzte. Es war alles in Ordnung. Sie hatten es geschafft. Nur noch ein bisschen Klettern, und sie wären in Sicherheit.

Logans Blick trübte sich. Er blinzelte und spürte, wie ihm warme Tränen über die Wangen rannen.

Nicht loslassen.

Er ließ sich vorsichtig ein Stück herunter, tastete nach der nächsten Klammer.

Alles war okay.

Er sah nach unten. Genau im rechten Moment, um zu sehen, wie Samantha zu ihm aufblickte. Sie lächelte, und er sah die helleren Streifen in ihrem rußigen Gesicht. Wenigstens war er nicht der Einzige.

»Alles okay bei dir?«

Samanthas Lächeln wurde zu einem Grinsen. »Hab's dir doch gesagt.« Sie stieg vorsichtig noch ein Stück hinunter. »Dieses Essen, das du mir schuldest – ich will mal schwer hoffen, dass –«

Ein Knirschen. Das Rohr erzitterte. Ihre Augen weiteten sich. »Oh …«

Ein Scheppern, ein reißendes Geräusch, fast übertönt vom Prasseln der Flammen.

Das Stück Rohr, an dem sie hing, kippte nach rechts, die Klammer fiel ab und verschwand in der Dunkelheit. Samantha schnappte panisch nach dem Rest des Rohrs, der noch an der Wand befestigt war, doch ihre Finger griffen in die Luft.

37

»Logan …?«

Es geschah in Zeitlupe: Ihre Finger krallten ins Leere, als das Stück Rohr, an dem sie hinunterkletterte, aus der verrosteten Verankerung brach. Dann fiel sie, er sah ihre Arme rudern, sah ihre Beine in unsichtbare Pedale treten. Ihr Mund war zu einem kreisrunden »O« aufgerissen, und das Weiße in ihren Augen blitzte in ihrem rußverschmierten Gesicht auf.

Bruchstücke des kaputten Rohrs wirbelten um sie herum. Der Zipfel des Spannbetttuchs flatterte an ihrem Arm wie ein Wimpel.

Und dann ging alles wieder blitzschnell.

Sie krachte auf das Flachdach, drei Stockwerke tiefer, und brach glatt durch. Eine orangegraue Staubwolke wirbelte auf, hing eine Weile da und stieg dann an der Granitwand hinauf, angesogen durch das Temperaturgefälle.

»SAMANTHA!« Logan versuchte sich flach an die Fassade zu drücken, die Füße in die Klammer gedrückt, die letzte, bevor das Fallrohr abrupt endete. »SAMANTHA!«

Die Feuerwehrsirene kam näher, und zu ihrem Heulen gesellte sich das vertraute *Oueeeeeiau* eines Streifenwagens.

»SAMANTHA!«

Kotzebröckchen pladdern in eine rosa Plastikschüssel. Jenny krümmt sich und würgt noch einmal und macht die Schweinerei noch größer. So ein Happy Meal sieht gar nicht mehr so happy aus, wenn man es mal gegessen hat.

Es ist ganz düster im Zimmer, bloß ein Nachtlicht in der Steckdose, damit die Monster sie im Auge behalten können.

Sie spuckt, macht die Augen zu und legt ihren wummernden Kopf auf den Rand der Schüssel. Ihr Bauch fühlt sich an, als hätte jemand sie geboxt. Viel schlimmer als damals, als sie für die Fernsehleute abnehmen musste.

Niemand will ein dickes kleines Mädchen im Fernsehen anschauen, Schätzchen …

Sie greift nach der Wasserflasche, die neben ihr auf dem Boden liegt, zieht mit zitternden Fingern den kleinen Plastik-Nippel hoch und trinkt gierig. Es schmeckt süßer als Erdbeeren.

Mami liegt auf der Matratze, flach auf dem Rücken.

Jenny weiß, dass sie nicht schläft. Sie kann es an ihrem Atem erkennen. Mami liegt da, starrt an die Decke und wünscht sich, Papi wäre da.

Papi würde machen, dass alles besser wird.

Jenny fährt sich mit dem Handrücken über den Mund und wischt die schleimige Sauerei an ihrem Schlafanzug ab. Spült sich den Mund mit Wasser aus und spuckt es in die Schüssel. Dann tut sie den Deckel drauf, damit der Gestank drinbleibt. Sie macht die Augen zu, beißt die Zähne zusammen und zieht sich am Bett hoch wie an einem Klettergerüst. Steht schwankend auf ihren brennenden Füßen. Beißt sich auf die Oberlippe und kneift die Tränen weg.

Tapfere kleine Mädchen weinen nicht.

Aber sie *will* weinen. Sie will es so sehr, dass es mehr wehtut als ihre abgeschnittenen Zehen.

Jenny klettert auf die Matratze und kuschelt sich dicht an Mami, einen Arm um Mamis Bauch geschlungen, den Kopf in ihre weiche Armbeuge geschmiegt.

Eine kühle Hand streichelt ihre Stirn. »Hallo, du. Geht's dir besser?«

Tapfere kleine Mädchen weinen nicht. »M-hm. Die Antibotiker machen meinen Bauch ganz grummelig.«

Mami beugt sich herab und küsst sie auf den Kopf. »Ich weiß, Schätzchen, ich weiß. Aber sie helfen dir.«

Jenny blinzelt die Tränen weg. »Sind wir bald tot?«

»Schsch… Nur noch zwei Tage, dann lassen die bösen Männer uns nach Hause gehen. Dich, mich und Teddy Gordon.«

Jenny hebt den Kopf und starrt mit gerunzelter Stirn zum Fußende des Betts, wo diese scheußlichen Toter-Fisch-Gierige-Krähen-Augen im Dunkeln schimmern. Teddy Gordon will nicht nach Hause. Teddy Gordon ist genau da, wo er von Anfang an sein wollte. Wo er zusehen kann, wie sie leiden.

»Samantha? Samantha? Kannst du mich hören? Du musst jetzt meine Hand drücken, okay?«

Der Rettungswagen raste durch die Straßen, mit blitzendem Blaulicht und kreischender Sirene; ein Streifenwagen als Vorhut. Logan saß auf dem kleinen Klappsitz, klammerte sich mit einer Hand an den Sicherheitsgurt und hielt mit der anderen die Sauerstoffmaske fest. Der Wagen schaukelte, als sie von der äußersten Spur des Mounthooly-Kreisels in die Hutcheon Street einbogen.

»Komm schon, Samantha, drück meine Hand.«

Der Infusionsbeutel, von dem der Schlauch sich zu Samanthas Handgelenk zog, schaukelte hin und her. Der Herzmonitor piepste. Die Sanitäter beugten sich über sie, als ob sie beteten.

Vielleicht… Vielleicht war das ja keine so schlechte Idee.

»Weiblich, Ende zwanzig, Aufpralltrauma und Rauchvergiftung.« Der Arzt lief neben der Rolltrage her und las von einem Klemmbrett ab, als sie durch die Notaufnahme stürmten.

Unglückliche Menschen starrten sie vom Wartebereich aus an, als sie vorbeieilten und Logan humpelnd Schritt zu halten versuchte. Ein beklemmendes Gefühl in der Brust. Als hätte etwas Schweres sich daraufgesetzt.

Der Arzt blätterte weiter zur nächsten Seite. »Ihr Blutdruck gefällt mir aber gar nicht.«

Rumms, durch eine Doppeltür in einen Flur mit abgewetztem Boden, die Wände in rissigem Mintgrün gestrichen. Der Geruch nach gekochtem Kohl und Bleichmittel war so intensiv, dass er den Brandgestank überlagerte, der in Logans Kleidern und Haut hing.

Samanthas Gesicht war entsetzlich bleich und zugleich schwarz von Dreck und Ruß.

»Sir?«

Eine Hand an seinem Arm.

Logan lief weiter.

»Sir, Sie müssen mit mir kommen, okay?«

Er versuchte, seinen Arm loszureißen, aber die Hand hielt ihn fest gepackt, die Finger bohrten sich in seine wunde Haut. »Ich muss –«

»Ich weiß, aber sie ist in guten Händen. Sie müssen die Ärzte ihre Arbeit machen lassen.«

Er saß auf einer Untersuchungsliege, wo ein total übermüdet wirkender Arzt, dessen Namen Logan schon wieder vergessen hat, ihm Brust und Rücken abklopfte. »Nun ja, Sie haben wahrscheinlich so viel Rauch eingeatmet, dass es für die nächsten fünf Jahre reicht, aber abgesehen davon …«

»Wie geht es ihr?«

Er seufzte. Zuckte mit den Achseln. Unterdrückte ein

Gähnen. »Es wird eine Weile dauern. Sie sollten nach Hause gehen. Sich ein bisschen ausruhen.«

Nach Hause gehen – wie sollte er das denn bitte anstellen?

Logan blickte von dem knarzenden Plastikstuhl auf, als eine Krankenschwester vorüberhetzte. Bei jedem Schritt gaben die Sohlen ihrer Turnschuhe kleine Quiekser von sich, die die summende Stille des Krankenhauses durchbrachen. »Kann mir vielleicht irgendjemand –«

»Tut mir leid, ich weiß gar nichts.« Sie bremste nicht einmal ab.

»Aber –«

»Tut mir leid.« Und weg war sie.

Logan blinzelte. Schüttelte sich. Der Flur war menschenleer, nur die Klimaanlage surrte vor sich hin, und irgendwo hustete jemand.

Es war mitten in der Nacht, aber am Licht hätte man das nicht erkennen können. Es blieb vierundzwanzig Stunden am Tag gleich, dieses entsetzliche anstaltsmäßige Zwielicht, das zu den scheußlichen grünen Wänden und den gesprungenen Terrazzoplatten passte. Eine düstere, neonbeleuchtete Welt, die einen niemals losließ. Hier wurde man geboren, hier wurde man krank, und hier starb man.

Bären. Schutt. Selbstmord. Feuer –

»He, Alter, immer noch hier?«

Logan schüttelte sich. Reckte sich in seinem Plastikgefängnis. »Tut mir leid –«

»Alter, du solltest vielleicht mal 'ne Runde schlafen oder so.« Er sah aus, als wäre er keinen Tag über zwanzig. Lange Haare, Piercings in Nase, Ohren, Augenbrauen und Lippe, grauer Overall mit Namensschild. Er zog einen weißen Ohrhörer heraus und stützte sich auf den Stiel des großen, scherenförmigen Mopp-Besen-Ungetüms, das er über den Boden geschoben hatte. »Ich weiß, das hier ist ’n Krankenhaus und so, aber hier rumzuhängen, das ist doch nie im Leben gesund.«

Logan gab sich keine Mühe, das Gähnen zu unterdrücken. »Wie spät ist es?«

»Halb sechs. Im Ernst: Geh heim und hau dich ’n bisschen aufs Ohr.«

Aber sicher. »Kann ich nicht.«

»Haben sie dir Schlaftabletten gegeben?«

Logan lehnte sich zurück. »Was? Nein …«

»Ist echt ’ne Sauerei mit diesen Kürzungen.« Er blickte argwöhnisch den Flur hinauf und hinunter und senkte die Stimme. »Alter, wenn du dir Sorgen machst wegen Alpträumen und so, dann hab ich das perfekte Mittelchen für dich.« Er kramte in einer Innentasche seines Overalls und fischte einen kleinen Blister mit Tabletten heraus, den er Logan hinhielt. »Ich hab ’nen Kumpel, der studiert Medizin und schiebt mir ab und zu was rüber. Zwei von denen hier, und du bist weg wie nix.«

»Ich kann das nicht an–«

»Nee, im Ernst, ich will nix dafür. Nennen wir’s ’ne Anzahlung auf mein Karmakonto. Schadet ja nix, wenn man ab und zu mal einem Mitmenschen hilft, oder?«

»Laz?«

Die Welt ruckelte ein paar Mal vor und zurück.

»Laz? Lebst du noch?«

Er runzelte die Stirn. Verzog das Gesicht und grub die Fäuste in seine Augenhöhlen. »Wie geht es ihr?«

»Du siehst aus wie ein Teller Scheißesuppe. Mit Kacke-Croutons drin.« Steel ließ sich auf den Stuhl neben ihm sinken, der unter ihrem Gewicht aufstöhnte. Ihre Haare standen auf der einen Seite wild in alle Richtungen ab und waren auf der anderen plattgedrückt wie ein Pfannkuchen. Bekleidet war sie mit Rollkragenpulli und Jeans. Sie tätschelte seine Schulter. »Alles okay?«

»Samantha …«

Ein Seufzer. »*Aye*, ich weiß. Aber du hilfst ihr auch nicht, indem du hier rumhängst wie ein schlechter Geruch …« Steel schnupperte. »Und das ist keine Metapher, du stinkst wirklich wie ein Iltis.«

»Ich bleib hier.«

»Nein, tust du nicht.« Sie stand auf. »Komm jetzt, Susan bezieht dir das Gästebett.«

»Ich komm nicht –«

»Zwing mich nicht, deinen angesengten Arsch mit Gewalt hier rauszuschleifen. Das wäre doch unwürdig. Heim, unter die Dusche, und dann ordentlich ausschlafen. Ich sag dir Bescheid, sobald wir irgendwas hören. Okay?«

Logan blickte den Flur hinauf zur Intensivstation. »Ich hab nicht …« Was hatte er nicht? Gewollt, dass es passiert? Auf Samantha aufgepasst? In Panik geraten wollen? Sich wie ein Mann benommen?

»*Aye*, ich weiß. Ich weiß.« Steel drückte ihm noch einmal die Schulter. »Komm jetzt. Wir können die Flasche Isle of Jura köpfen, die ich zum Geburtstag gekriegt hab. Die machen wir alle, hm? Finnie kriegt die Dienstbesprechung auch ohne mich hin.«

Er wuchtete sich aus dem Plastikstuhl hoch. Es schien eine Ewigkeit zu dauern. »Kannst du mich fahren?«

»Klar. Ich fahr sowieso nach Hause, also –«

»Nein. Woandershin.«

Steel leckte sich die Lippen, blickte sich im Flur um und schluckte. »Du machst aber keine Dummheiten, ja?«

38

»Du bist doch nicht bei Trost. Das ist total bescheuert!«

Es war zwanzig nach sechs, und die Sonne war schon ein gutes Stück in den blassblauen Himmel hinaufgeklettert. Die Bäume saßen voller Vögel, die vor sich hin trällerten, zwitscherten und krächzten, als wäre mit der Welt alles in bester Ordnung. Als wäre es einfach nur ein Tag wie jeder andere.

»Komm schon, noch kannst du dir's anders überlegen. Wir fahren zu mir, kippen ein paar Gläschen und …«

»Es geht mir gut.« Aber er fühlte sich nicht gut. Er fühlte sich, als hätte jemand seinen Körper ausgehöhlt und nur eine brüchige Hülle zurückgelassen. Logan kletterte aus Steels kleinem Sportwagen. »Ruf mich an, wenn du irgendwas hörst.« Er schlug die Tür zu und sah zu, wie sie kopfschüttelnd den Gang einlegte und mit ihrem MX-5 in den frühen Morgen davonbrauste.

Sobald sie weg war, ließ er Mundwinkel und Schultern sinken. Samanthas Wohnwagen stand auf einem kleinen Campinggelände am Ufer des Don, gegenüber der Kläranlage. Das war allerdings nicht der Gestank, der hier in alle Ritzen kroch, es war der fettige, Übelkeit erregende Geruch, der von der Fabrik von Grampian Country Chickens herüberwehte.

Er wankte zur Tür. Sie war von zwei Gartenzwergen flankiert, einer mit Hörnern und gegabeltem Schwanz, der andere mit Heiligenschein und Flügeln. Logan hob den Teufel auf, drehte ihn um und schüttelte ihn. Ein metallisches Klappern, und der Schlüssel fiel ihm in die Hand.

Manchmal waren die Leute leichter einzuschätzen, als sie glaubten.

Er schloss die Tür auf und trat ein. Schloss hinter sich ab. Das Oberlicht im Eingangsbereich war mit grünen Algen und Moosklumpen bedeckt, sodass kaum etwas von dem unpassend heiteren Sonnenschein in das schummrige Halbdunkel drang. Die Tür zum Wohnzimmer war offen, und durch die geschlossenen Vorhänge drang ein wenig Licht ein. Er konnte ihren Duft riechen. Er hatte sich hier festgesetzt, steckte im Teppich und in den Möbeln. Sogar durch den scharfen Rauchgestank hindurch, der ihm in Kleidern und Haaren hing und an seiner Haut klebte, konnte er ihn wahrnehmen.

Wann hatten sie das letzte Mal eine Nacht hier verbracht? Oder auch nur ein paar Stunden? Das war mindestens fünf Monate her. Wahrscheinlich mehr.

Er schaltete das Dielenlicht ein. Es blinkte und summte und erwachte dann zu kaltem fluoreszierendem Leben. Immerhin war noch Strom da.

Logan schlurfte durch die Tür in die kleine Küche und schälte sich aus seinen stinkenden Kleidern, leerte die Taschen seiner Jeans und stopfte alles in den Waschtrockner. Unter dem Spülbecken fand er noch etwas Waschpulver. Er stellte die Maschine auf Waschen und Trocknen, dann ließ er sich gegen den Kühlschrank sinken und weinte.

Wo zum Teufel war… Logan starrte ins Halbdunkel und runzelte die Stirn. Das Schlafzimmer war geschrumpft, und die Bettdecke roch nach Schimmel. Er blinzelte. Nicht zu Hause. Er war in Samanthas Wohnwagen. Sein Handy klingelte.

Erst beim zweiten Versuch gelang es ihm, das Ding von dem Bücherstapel zu fischen, der als Nachttisch diente. »McRae.«

»Hallo, ist dort…« Geraschel. *»Äh, Detective Sergeant Logan McRae? Hier spricht Dr. Lewis, ich rufe an wegen –«*

Logan setzte sich kerzengerade auf. »Ist sie okay?«

Bitte, lass sie okay sein, bitte, lass sie okay sein.

»Nun ja, sie ist sehr schlimm gestürzt. Samanthas Zustand ist – wie wir Ärzte das ausdrücken – ernst, aber stabil. Es stand eine Zeit lang auf Messers Schneide, aber sie scheint auf die Behandlung anzusprechen.«

Er warf die Decke zur Seite und stand schwankend auf. »Ich bin gleich da.«

Eine Pause. *»Also, das ist vielleicht keine so gute Idee. Wir mussten sie in ein künstliches Koma versetzen –«*

»Koma …«

»Nur so lange, bis die Schwellung in ihrem Gehirn zurückgegangen ist.«

Logan lehnte den Kopf an die kühle Außenwand des Wohnwagens. »Verstehe.«

Es kam noch mehr – die Liste der gebrochenen Knochen, die inneren Verletzungen, die Operation.

»Die nächsten vierundzwanzig Stunden werden mehr oder weniger entscheidend sein, aber sie bekommt hier die bestmögliche Pflege.«

Logan schloss die Augen. »Danke, Doktor.« Er legte auf und sank wieder aufs Bett nieder. Lag da und starrte an die Decke.

Shuggie Webster und seine beschissenen »Konsequenzen«. Er sah Samantha vor sich, wie sie durch das Flachdach drei Stockwerke tiefer krachte. Die Flammen, die im Rauch über seinem Kopf prasselten und zischten. Dieser Moment, als sie nach oben schaute und *»Logan …?«* sagte. Der Geruch, als alles, was sie besaßen, verbrannte. Samantha, wie sie im Rettungswagen lag, blass und gebrochen. Shuggie Webster, du Schwein …

Logan fiel auf das muffige Kissen zurück, die Augen fest zugekniffen. Dann hämmerte er mit den Fäusten auf seine Stirn ein. Du verdammter Idiot. Du elender *Versager*.

Dann lag er nur da und atmete schwer.

Er sah noch einmal auf sein Handy. Elf Uhr. Jetzt würde

er ganz bestimmt nicht mehr einschlafen. Sein Kopf war mit brennender Watte vollgestopft. Alles stank nach Schimmel und Rauch.

Eine fette Spinne krabbelte an der Seitenwand der Badewanne hoch, rutschte wieder herunter und startete einen neuen Fluchtversuch. Logan drehte die Dusche auf. Sah, wie die Spinne vor dem Wasser davonhuschte. Warum sollte das kleine Krabbelvieh nicht ersaufen? Alles musste sterben. Vielleicht war jetzt Madame Spinne an der Reihe?

Er seufzte.

Dann riss er ein paar Blatt von der Klopapierrolle ab, angelte das Tierchen aus der Wanne und warf es hinaus in den Gang.

Als er ins Schlafzimmer zurückkam, hatte er drei Nachrichten auf der Mailbox. Eine von seiner Mutter, eine von seinem Bruder und eine von Rennie. Er hörte sie sich an und löschte dann alles.

Logan nahm seine Klamotten aus der Waschmaschine und zog sie an. Sie waren noch ein bisschen feucht. Alles, was er jetzt noch besaß, lag auf der staubigen Arbeitsplatte: eine Handvoll Kleingeld, ein Päckchen Kaugummi, das nach Rauch stank, sein Portemonnaie und sein Handy.

Shuggie Webster wollte *Konsequenzen*, nicht wahr? Na, die sollte er verdammt noch mal kriegen.

Er starrte eine Weile sein Handy an. Dann nahm er es und rief jemanden an.

»Bist du sicher, dass du klarkommst?« Rennie hörte sich an, als ob er einem Sterbenden Trost zu spenden versuchte. *»Ich meine, gibt's irgendwas, was ich tun kann oder so?«*

Logan spähte mit zusammengekniffenen Augen in den strahlend schönen Morgen hinaus. »Ja, du kannst noch mal eine GSM-Ortung beantragen.« Er las die Nummer vor, von der aus Shuggie Webster gestern angerufen hatte. »Sag Bescheid, sobald du was erreicht hast.« Das alles mit tonloser, künstlich ruhiger, toter Stimme.

»Äh … Also weißt du, Sarge, Finnie ist da ziemlich streng in dem Punkt.«

Er schloss den Mietwagen ab und ging auf das große schmiedeeiserne Tor zu. Laub und Sonnenstrahlen malten ein wirbelndes Tüpfelmuster auf die gekieste Auffahrt.

»Alle haben Anweisung, dich mit Polizeikram in Ruhe zu lassen. Du solltest eigentlich Sonderurlaub haben.«

Das war ihm neu. »Dann tu so, als hätte Steel es dir aufgetragen.«

»Ja, gute Idee. Es ist alles ihre Schuld.«

An der hohen Steinmauer war eine dieser Gegensprechanlagen mit Summer montiert. Logan drückte auf den Knopf.

»Hör zu, ich hab heute Morgen mit der Feuerwehr geredet – angeblich kann die Spurensicherung die Wohnung noch nicht betreten – ist zu gefährlich. Aber es gibt eindeutig Spuren eines Brandbeschleunigers.«

»Was du nicht sagst.«

»… M-hm. Okay, also, wir machen hier eine Sammlung für Sam. Fällt dir irgendwas ein, was wir ihr kaufen könnten? Du weißt schon, irgendwas, worüber sie sich freuen würde, wenn sie aufwacht?«

Falls sie aufwacht.

»Moment mal.« Er drückte rasch die Stummtaste. Die Gegensprechanlage summte ihn an.

Dann tönte eine Stimme mit starkem Aberdeener Akzent aus dem Lautsprecher. *»Wer is'n da?«*

»Logan McRae, ich möchte zu Mr. Mowat.«

»Sekunde.« Es war wieder still.

»Ich muss Schluss machen«, sagte er wieder zu Rennie.

»Ähm, ich hab mir gedacht – hast du das mit deiner Versicherung schon geklärt? Weißt du, Hausrat und so?«

Logan rieb sich mit dem Handballen das Auge. Noch etwas, was auf die Liste gehörte. »Sämtliche Papiere waren in der Wohnung …«

»Willst du, dass ich das für dich übernehme? Ich kann rumtelefonieren und alles organisieren. Ich meine, falls dir das hilft?«

Das Tor klickte und schwang dann auf. Hereinspaziert, sprach die Spinne zur Fliege.

»Sarge? Bist du noch da? Ich meine, viel ist es ja nicht, aber –«

»Nein, das ist ganz toll … Danke.« Der Kies knirschte unter seinen rauchgeschwärzten Schuhen. »Wirklich, ich bin dir echt dankbar.«

»Hey, kein Problem – wofür hat man schließlich Freunde, nicht wahr?« Er hüstelte. *»Und … das mit Sam tut mir wirklich leid.«*

»Ja, mir auch.«

Das Tor schwang hinter ihm zu. Logan legte auf.

»Darf ich Ihnen ein Gläschen anbieten, Logan?« Hamish Mowat, besser bekannt als Wee Hamish, deutete mit einer altersfleckigen Klaue auf eine Vitrine. Hinter der Scheibe stand eine Reihe von Kristallkaraffen mit dazu passenden Whiskygläsern. Es war Mittag, doch Wee Hamish war gekleidet, als wolle er schon zu Bett gehen – Tartan-Pyjama, graue Pantoffeln, flauschiger Bademantel.

»Für mich nicht, danke.«

»Ah, Sie wollen einen klaren Kopf behalten. Verstehe. Sie haben ein Ziel vor Augen, da müssen Sie Ihre fünf Sinne beisammenhalten.« Seine Stimme war eine heisere Mischung aus Aberdonian und Elite-Internat, kaum lauter als ein Flüstern. »Ich werde mir einen genehmigen, wenn Sie nichts dagegen haben?« Er schlurfte zum Fenster und schob dabei einen Infusionsständer vor sich her, an dem ganz oben ein transparenter Plastikbeutel aufgehängt war. Der Schlauch endete in einem Port, der mit Klebeband auf seinem linken Handrücken fixiert war.

Logan öffnete die Vitrine. »Glenmorangie, Dalwhinnie, Macallan oder Royal Lochnagar?«

»Überraschen Sie mich.«

Logan griff willkürlich eine Karaffe heraus, goss einen kräftigen Schuss ein und gab einen Spritzer Wasser hinzu. Dann trug er das Glas zum Fenster, wo Wee Hamish den Blick über seine Besitzungen schweifen ließ.

»Danke.« Der alte Mann nahm das Glas mit zitternder Hand. *»Slainte mhar.«*

Das Haus war eine riesige, weitläufige Villa am Südufer des Dee, hoch genug gelegen, um einen Panoramablick über Aberdeen zu gewähren. Wer wollte da noch behaupten, Verbrechen lohne sich nicht? Der große Garten erstreckte sich bis zu einer fernen Baumreihe, und ein schwarz-gelber Aufsitzmäher tuckerte über den Rasen wie eine tieffliegende Wespe, gesteuert von einem Berg von Mann, der mit grimmiger Miene auf dem kleinen Sitz hockte. Er war von hünenhafter Statur – nicht nur dick, sondern auch groß und breitschultrig; und sein Gesicht war ein Mosaik aus Narbengewebe und unregelmäßigen Bartflecken.

Wee Hamish seufzte. »Der Gedanke, dass Sie und er einander an die Kehle gehen, schmerzt mich. Ich wünsche mir wirklich, dass Sie beide das Kriegsbeil begraben.«

Aber sicher – und es war nicht allzu schwer zu erraten, in wessen Schädel Reuben es gerne vergraben würde.

»Ich glaube, fürs Vergeben und Vergessen ist er einfach nicht der Typ.«

Der alte Mann nickte, was den schlaffen Hautsack unter seinem Kinn erzittern ließ. »Da haben Sie vermutlich recht. Aber ich werde irgendwann nicht mehr da sein, Logan, und wenn Sie beide Ihre Differenzen nicht beilegen können, dann kann es nur auf eine Weise enden …« Er legte die Fingerspitzen an die Fensterscheibe. »In letzter Zeit habe ich viel darüber nachgedacht. Was mein Vermächtnis sein wird.«

Wee Hamish leckte sich die blasslila Lippen. »Also finanziere ich kommunale Projekte; ich richte Stipendien ein, um unterprivilegierten jungen Menschen ein Studium zu ermöglichen; ich unterstütze Familien in Afrika …« Er nahm noch einen Schluck Whisky, ohne den Blick von seinem Garten und der grimmigen mechanischen Wespe zu wenden. »Wissen Sie, sosehr ich ihn auch mag – Reuben neigt dazu, ein wenig … impulsiv zu handeln. Verstehen Sie mich nicht falsch, er ist geradezu leidenschaftlich loyal, ein Mann, wie man sich keinen besseren an seiner Seite wünschen könnte; einer, der einfach tut, was getan werden muss – aber eine gute Führungspersönlichkeit muss Optionen abwägen, muss bisweilen unangenehme Entscheidungen treffen; muss vielleicht Kompromisse eingehen. Und darf nicht einfach mit einer abgesägten Schrotflinte drauflosballern.«

Wee Hamish drehte sich um und tippte Logan mit einem krummen Finger an die Stirn. Seine Haut war trocken wie Pergament. »Zuerst der Kopf.« Der Finger bohrte sich in Logans Brust. »*Dann* das Herz.« Der alte Mann ballte die Finger zu einem lockeren Knäuel. »Und zuallerletzt die Fäuste.« Er schüttelte den Kopf und brachte damit den Kinnsack wieder ins Wackeln. »Reuben – Gott segne ihn – kennt nur Fäuste.«

»Mr. Mowat, ich –«

»Das ist natürlich das Problem, nicht wahr? An wen übergebe ich alles, wenn ich einmal abtreten muss?« Er berührte wieder die Scheibe. »Ich hatte einmal einen Sohn. Ein prächtiger Bursche, aber … von seiner Veranlagung her nicht geeignet für dieses Geschäft. Ein Motorradunfall hat ihn uns genommen, da war er achtzehn. Und für Juliette und mich war es da schon zu spät, um es noch einmal zu versuchen. Wir waren zu alt, alle beide. Keine Kraft mehr.«

»Also, eigentlich wollte ich –«

»Es hat mich betrübt, von Ihrer jungen Freundin zu hören. Ich habe Blumen geschickt – ich hoffe, Sie haben nichts dagegen. Ein Krankenhaus ist so ein hässlicher Ort, finden Sie nicht? Ein Wunder, dass dort überhaupt jemand wieder gesund wird.«

Woher zum Teufel wusste Wee Hamish von Samantha? Es stand ja noch nicht einmal in den Zeitungen.

»Danke.«

»Und wenn Sie irgendetwas brauchen …« Wee Hamish lachte in sich hinein – ein feuchtes, rasselndes Geräusch. »Natürlich brauchen Sie etwas. Sonst wären Sie ja nicht hier. Sie wollen denjenigen, der Ihre Wohnung in Brand gesteckt hat. Sie wollen Rache.«

Logan wandte den Blick ab und räusperte sich.

Wee Hamish legte ihm die Hand auf den Arm. »Oh, keine Sorge, ich bin nicht beleidigt. Warum sollten Sie sonst einen kranken alten Mann besuchen, hm?«

»Shuggie Webster. Ich will wissen, wo er ist.«

»Aha. Ja, nun, ich denke, dass wir in dieser Sache durchaus etwas für Sie in die Wege leiten können.«

»Ich … Etwas muss Ihnen aber klar sein – wenn Sie das tun, heißt das noch nicht, dass ich Ihre Marionette bin.«

Wieder dieses Glucksen. »Logan, glauben Sie mir bitte, wenn ich Ihnen versichere, dass ich nicht den Wunsch habe, irgendjemanden zu meiner ›Marionette‹ zu machen. Gewiss, der eine oder andere unter Ihren Kollegen steht auf meiner Gehaltsliste, aber sie sind nicht meine ›Marionetten‹. Sie sind geschätzte Mitarbeiter in meinem Team. Betrachten Sie es einfach als einen Gefallen, und wenn Sie je zu dem Schluss kommen sollten, dass die Polizeikarriere nichts mehr für Sie ist … Nun, wie gesagt, es wäre schön, mein

Vermächtnis in guten Händen zu wissen.« Er drückte Logans Arm. »Sagen Sie mal, wenn wir Ihnen Mr. Webster liefern, möchten Sie dann auch eine Waffe?«

Logan schluckte. »Eine Waffe?«

»Etwas Russisches: Sauber, unmöglich zurückzuverfolgen, nie benutzt.«

»Ich …«

»Sie müssen sich ja nicht jetzt gleich entscheiden.« Er trank den letzten Schluck Whisky. »Übrigens, haben Sie schon Fortschritte gemacht bei der Fahndung nach den Bestien, die Alison und Jenny McGregor entführt haben?«

»Nicht wirklich. Nun ja, wir haben die eine oder andere Spur.« Er zuckte mit den Achseln. »Ich kann nicht sagen, ob irgendetwas davon zu greifbaren Ergebnissen führen wird.«

»Die ganze Situation … bereitet mir Unbehagen, Logan. Dieses Journalistenpack krabbelt in der Stadt herum wie Fliegen auf einem Misthaufen und redet den Leuten ein, dass wir an einem schrecklichen, gefährlichen Ort leben. Es ist nicht gut für die hiesige Wirtschaft, wenn die Menschen glauben, unsere Stadt sei nicht sicher.« Er schwenkte sein Whiskyglas hin und her und ließ die letzten öligen Schlieren über die Seitenwände rinnen. »Ich habe selbst ein paar Nachforschungen angestellt, aber niemand scheint irgendetwas über diese Leute zu wissen. Das bereitet mir ebenfalls Unbehagen.«

»Diese Sache mit Shuggie Webster –«

»Oh, machen Sie sich keine Sorgen, wir werden sehr diskret vorgehen. Niemand wird auch nur erfahren, dass Sie ihn haben. Und wenn Sie Hilfe brauchen, um ihn hinterher loszuwerden – ein Anruf genügt.«

39

Eine Absperrung aus blau-weißem Polizei-Flatterband zog sich quer über die Marischal Street. Ein Streifenwagen parkte am Straßenrand, daneben der verdreckte Transit der Spurensicherung und ein weißer Fiat mit dem Wappen der Grampian-Feuerwehr auf der Seite.

»... nur noch eineinhalb Tage, bis das Ultimatum der Entführer ausläuft. Nun zu den weiteren Meldungen: Die Grampian Police bittet in einem öffentlichen Aufruf einen gewissen Frank Baker, sich dringend zu melden ...«

Das Wohnzimmerfenster war ein schwarz umrahmtes Loch, der Granit darüber rußgeschwärzt, und unter dem Sims von schmutzigem Wasser verfärbt. In der Luft hing immer noch dieser Geruch nach verkohltem Holz und geschmolzenem Plastik. Die Fenster der Wohnung darunter waren sperrangelweit aufgerissen, die Vorhänge flatterten im Wind. Wahrscheinlich ein Versuch, die Räume wieder trocken zu bekommen, nachdem die Feuerwehr weiß Gott wie viele Liter Wasser in das Gebäude gepumpt hatte. Da würde wohl nicht nur Logans Versicherung Federn lassen müssen.

»... um Mr. Bakers Sicherheit besorgt, der seit Montagmorgen vermisst wird –«

Logan zog den Zündschlüssel ab. Er blickte zu der Wohnung auf, die einmal sein Zuhause gewesen war, und stieg dann hinaus in den sonnigen Nachmittag. Er stand zwar im absoluten Halteverbot, aber wen kümmerte das? Die ganze Straße war ohnehin gesperrt. Wenn jemand ein Problem damit hatte ... wäre er nur zu gerne bereit, demjenigen die Zähne einzuschlagen.

Er schlüpfte unter der Absperrung hindurch.

»He, Sie!« Ein uniformierter Constable kletterte aus dem Streifenwagen. »Wo wollen Sie denn ...« Er hielt inne. »Tut mir leid, Sarge, ich dachte, es wäre wieder einer von diesen Journalisten.« Er betrachtete seine Füße. »Alles in Ordnung? Finnie hat gesagt –«

»Wurde sonst noch jemand verletzt?«

»Es ist nur – wir sollen nicht –«

»Sergeant McRae!« Eine Gestalt in voller Tatort-Montur winkte ihm vom Hauseingang zu.

Logan ließ den stammelnden Constable stehen und marschierte auf sie zu. Die Gestalt zog ihre Kapuze herunter und nahm die Gesichtsmaske ab – es war Elaine Drever, die Leiterin der Kriminaltechnischen Abteilung und Samanthas Chefin, eine untersetzte Frau mit graumelierten Locken.

Sie hielt Logan die behandschuhte Rechte hin. »Ich wollte Ihnen nur versichern, dass wir alle unser Bestes geben.«

Logan blickte zum Gebäude auf. »Ich dachte, Sie machen keine Tatortarbeit mehr?«

»Sam ist eine von uns. Die Feuerwehr hat uns gerade grünes Licht gegeben, und jetzt können wir endlich anfangen, Spuren zu sichern.«

»Da werden Sie nicht viel finden. Der Täter hat ein Kondom durch den Briefschlitz gesteckt, es mit Benzin gefüllt und ein Streichholz hinterhergeworfen.«

Sie lächelte und ließ dabei die Goldkrone auf einem ihrer Schneidezähne sehen. »Jaaa … aber er hat sich zu lange Zeit gelassen und das Benzin verdunsten lassen.«

Das schabende Geräusch – Shuggies wiederholte Versuche, das Streichholz zu entzünden.

Elaine formte die Hände zu einer Kugel, zog sie dann ruckartig auseinander und spreizte die Finger ab. »Der Dampf ist wie eine Bombe explodiert und hat die Wohnungstür glatt aus den Angeln gerissen.«

»Die Schlafzimmertür auch. Darf ich einen Blick reinwerfen?«

Sie zog eine Braue hoch. »Natürlich nicht. Finnie hat uns

heute Morgen die Hölle heißgemacht – Sie haben sich gefälligst von den Ermittlungen fernzuhalten.« Sie machte kehrt und ging auf die Treppenhaustür zu. »Hinten im Transporter sind noch Schutzanzüge – vergessen Sie nur nicht, eine Maske aufzusetzen, damit wir alle so tun können, als würden wir Sie nicht erkennen.«

Sie hatten einen Laufsteg aus Teetabletts ausgelegt, die alle auf kleinen Metallfüßen standen und dafür sorgten, dass Logans blaue Plastik-Überschuhe acht Zentimeter über dem verkohlten, wassergetränkten Teppichboden blieben. Und verhinderten, dass irgendwelche Spuren vernichtet wurden.

»Du liebe Scheiße …«

Er starrte durch die offene Tür in die Wohnung. Der Flur war ein einziges verkohltes Trümmerfeld. Bruchstücke der Decke lagen auf dem Boden, und über seinem Kopf konnte er die angesengten Balken sehen. Das Dach war einigermaßen heil geblieben, aber alles, was sie auf dem Dachboden gelagert hatten, war ein Raub der Flammen geworden – Fäden von geschmolzenem und erstarrtem Kunststoff und eine kleine Metallwanne waren alles, was von dem Brotbackautomaten übrig geblieben war, den er vor Jahren geschenkt bekommen und nie benutzt hatte.

Logan blieb stehen. »Ist der Boden stabil?«

Jemand – eine anonyme Gestalt in ausgebeultem Tatort-Overall, Maske, Schutzbrille und Handschuhen – nickte ihm zu. »Solange Sie nicht in der Küche auf und ab hüpfen.«

Was von der Wohnung übrig war, stank – der pfeffrige Geruch von verkohltem Holz, die bitteren, stechenden Dünste von geschmolzenem Plastik und der säuerliche, widerwärtige Gestank des verbrannten Teppichbodens.

Er fing im Wohnzimmer an. Hier brauchte es keinen Laufsteg – alles, worauf es ankam, hatte sich im Flur abgespielt. Der Fernseher war ein hohles Gerippe aus Metallstreben, das Plastikgehäuse weggeschmolzen, die Bildröhre zersprungen. In der Ecke, wo das CD-Regal in sich zusammengefallen war, lagen die rußverschmierten silbrigen Scheiben auf einem Haufen wie Fischschuppen. Vom Erkerfenster waren nur die leeren, verkohlten Rahmen übrig, die Scheiben längst herausgefallen.

Auch die Küche bot ein Bild der Verwüstung – alle Schränke mit Ruß verschmiert, die Tür der Gefrierkombination gesprungen und halb geschmolzen.

Aber das Schlafzimmer sah noch schlimmer aus. Die Matratze war nur noch ein Haufen Asche und Sprungfedern in einem verbogenen Metallrahmen. Auch hier waren Teile der Decke herabgefallen, und von dem umgekippten Kleiderschrank waren nur noch zwei Seitenwände übrig.

Logan wischte sich mit einer behandschuhten Hand über die Augen, schluckte schwer und trat an das zerborstene Fenster.

Drei Stockwerke tiefer war das Flachdach immer noch mit der Schneeschicht aus Unterwäsche bedeckt. Samanthas Stiefel, ihr Ballkleid und ihr Korsett lagen verdreht da.

Er stand da und starrte auf das Loch hinunter, das sie mit ihrem fallenden Körper gemacht hatte.

Shuggie Webster, du Mistkerl… Ganz egal, was passieren würde, dieses bekiffte Junkie-Schwein hatte es doppelt und dreifach verdient. Jeden einzelnen gottverdammten –

Logan zuckte zusammen, als eine Hand sich auf seine Schulter legte.

»Alles in Ordnung mit Ihnen? Sie stehen jetzt schon eine geschlagene Viertelstunde hier herum.« Die Stimme klang nach Elaine Drever, aber bei der Tatort-Montur war es schwer zu sagen.

»Können Sie…« Er zeigte nach unten auf Samanthas Sachen. »Ich will nicht… dass fremde Leute…«

»Ich kümmere mich drum. Ich lasse alles für Sie einsammeln.« Die zerknitterte Gestalt seufzte. »Ich weiß, Sie wollen das gar nicht hören, aber wenn Sie hier dringeblieben wären, dann würden wir jetzt Ihre Leichen unter den Trümmern rausziehen. Es braucht nicht viel Rauch, um einen Menschen umzubringen. Sie haben es genau richtig gemacht.«

Erzähl das mal Samantha.

Die Leiterin der Kriminaltechnik tätschelte seine Schulter. »Eine gute Nachricht hab ich aber für Sie – kommen Sie, ich zeig's Ihnen.«

Sie führte ihn hinaus und über den Korridor zu der anderen Wohnung. Logans Eingangstür lehnte an der Wand, der himmelblaue Lack auf der einen Seite aufgeplatzt und abgeblättert, auf der anderen dagegen wie neu. Das kleine Messingschild mit der Aufschrift »Logans und Samanthas Geheimversteck« glänzte im Sonnenlicht, doch der Briefkasten war mit einer dünnen Schicht Fingerabdruckpulver überzogen.

»Wie ich schon sagte: Unser Brandstifter hat mit dem Anzünden des Benzins zu lange gewartet. Er stand also direkt vor der Tür, als plötzlich … *Bummmm*!« Sie demonstrierte es wieder mit beiden Händen. »Glatt aus beiden Angeln gerissen. Er muss sie voll ins Gesicht gekriegt haben, und die Druckwelle hat ihn über den Flur und mit dem Rücken gegen die Wohnungstür Ihres Nachbarn geschleudert. Hat wahrscheinlich verdammt wehgetan.«

»Gut.«

»Das ist noch nicht das Beste.« Sie deutete auf die Außenseite der Tür. »Als sie ihn traf, hat sein Kopf einen Abdruck auf dem Lack hinterlassen. Sehen Sie das hier?« Sie zeigte mit einem lila behandschuhten Finger auf einen kleinen matten Fleck auf der glänzenden blauen Fläche. »Das war seine Wange, und das …« Sie beschrieb mit der Fingerspitze ein Oval, direkt links von dem Fettfleck. »Sieht aus, als hätten wir hier Speichel und vielleicht auch ein paar winzige Blutströpfchen. Ein irrsinniges Glück – bei so einem großen Wohnungsbrand versaut einem die Feuerwehr in der Regel sämtliche Spuren. Das ganze Wasser trifft auf die Flammen, es entstehen riesige Dampfwolken, und was an DNS vorhanden ist, wird restlos eingekocht.«

Samanthas Chefin lächelte. »Aber weil die Tür über den Flur geschleudert wurde und weil die Außenseite vom Feuer abgewandt war, hat sie von der Hitze und dem Löschwasser kaum etwas abbekommen. Ich glaube, wir können mit DNS rechnen.«

Logan versuchte ein wenig Begeisterung in seine Stimme zu legen. »Das ist ja großartig.«

»Keine Sorge: Wir erwischen die Typen, wer immer es war.«

»Da bin ich mir sicher.«

Aber im Moment sollte Shuggie Webster lieber beten, dass die Grampian Police ihn schnappte, bevor Logan ihn in die Finger bekam.

»Was in aller Welt haben *Sie* denn hier verloren?« DCI Finnie stand in der Tür von Logans als Büro fungierender Baustelle, die Fäuste in die Hüften gestemmt. »Sie sollten zu Hause sein und sich erholen …« Finnies Hängebacken verfärbten sich rötlich. »Ich wollte sagen … nicht *zu Hause*, sondern … Sie wissen schon, was ich meine.«

Er trat in das schummrige Zimmer und machte die Tür hinter sich zu. »Im Ernst, Logan, Sie sollten nicht hier sein. Sie haben einen furchtbaren Schock erlitten und –«

»Es geht mir gut. Wirklich, ich weiß es zu schätzen, dass Sie sich um mich sorgen, aber wenn ich noch länger untätig herumsitze –«

»Sie haben *Sonderurlaub*. Und das ist ein Befehl.«

»Ich will nicht –«

»Ein *Befehl*, haben Sie mich verstanden?« Finnie setzte sich auf die Schreibtischkante. »Ich bitte Sie, Logan, seien Sie doch vernünftig. Sie *wissen*, dass Sie sich nicht in die Brandstiftungs-Ermittlung einmischen dürfen. Es ist –«

»Das tu ich ja gar nicht. Schauen Sie –« Logan drehte den Computermonitor herum und deutete auf die Tabellenkalkulation, die dort zu sehen war. »Ich habe mir den Fall Trisha Brown noch einmal vorgenommen. Ich lasse die Finger von allem, was mit dem Brand zu tun hat. Ich will, dass die Täter geschnappt und eingelocht werden; da werde ich doch nicht die Anklage in die Bredouille bringen, indem ich der Verteidigung einen Interessenkonflikt beschere, über den sie sich ereifern kann. Ich brauche nur …« Er rieb sich die Stirn. »Ich brauche eine Beschäftigung. Ich kann nicht länger im Dunkeln hocken und mir Sorgen um Samantha machen. Das macht mich wahnsinnig.«

Finnie seufzte. »Logan –«

»Ich kann mich auch weiter mit dem McGregor-Fall befassen. Das ist vollkommen unbedenklich – nichts, womit ich irgendwem in die Quere kommen könnte.«

Der Leiter des CID verzog das Gesicht. »Ich verstehe ja Ihr Bedürfnis, etwas zu tun, aber –«

Die Tür flog auf. »Hast du sie nicht mehr alle?« Steel stürmte ins Zimmer und fuchtelte mit einer zusammengerollten Zeitung herum wie mit einer Machete. »Du wärst letzte Nacht beinahe gestorben!«

»Ich hab nicht –«

»Ich habe Sergeant McRae gerade gesagt, dass er –«

»O nein, so nicht!« Sie wandte sich zu Finnie um und piekste ihn mit ihrer Zeitung in die Schulter. »Ihre Personalprobleme sind mir egal – er geht nach Hause. Was zum Teufel ist bloß in Sie gefahren?«

Finnie reagierte empört. »Entschuldigen Sie bitte, Inspector, habe ich Ihnen *irgendwie* den Eindruck vermittelt, dass ich hier einen basisdemokratischen Laden führe? Ich brauche nicht Ihre Erlaubnis, um zu entscheiden, wer zum Dienst kommen kann und wer nicht, verstanden?«

Wunderbar. Logan fuhr sich mit der Hand über die Augen und rieb sie so lange, bis kleine gelbe Punkte in der Dunkelheit tanzten. »Mir geht es gut, ich brauche nur –«

»Herrgott noch mal, Andy, seine Freundin liegt auf der Intensivstation. Im *Koma*, verdammt noch mal!«

»Die Situation ist mir sehr wohl bekannt –«

»Dann tun Sie gefälligst etwas! Schicken Sie ihn nach Hause! Er kann bei mir pennen, Susan kümmert sich um ihn.« Sie piekste ihn wieder. »Seien Sie halt ausnahmsweise mal kein Arschloch.«

Finnies Augen weiteten sich, seine Fäuste zitterten. »Das *reicht*! Wenn Sie noch *ein Mal* so mit mir reden, hänge ich Ihnen ein Disziplinarverfahren an, ist das klar?«

»Sie werden doch nicht –«

»IST DAS KLAR?« Spucketröpfchen flogen durch die Gegend.

Steel reckte das Kinn, bis ihr Kehllappen ganz straff gespannt war. »Jawohl, Sir.«

»DS McRae« – Finnie zeigte mit dem Finger auf Logan – »Sie halten sich schön fern von der Brandermittlung. Sie werden sich auf das Verschwinden von Trisha Brown und die Überprüfung der McGregor-Ermittlung konzentrieren. Habe ich mich irgendwie unklar ausgedrückt?«

Logan schüttelte den Kopf. »Nein, Sir.«

»Wenn ich Sie auch nur bei dem *Gedanken* ertappe, sich einzumischen, haben Sie die längste Zeit hier gearbeitet.«

»Danke, Sir.«

Finnie schickte noch ein paar böse Blicke in Steels Richtung, dann machte er kehrt, stürmte hinaus und knallte die Tür hinter sich zu.

Pause.

Steel ließ die Luft mit einem langgezogenen Zischen entweichen und sank dann gegen die plastikverkleidete Wand. »Oh, Gott sei Dank… Einen Moment lang habe ich wirklich gedacht, dieser froschgesichtige Mistkerl würde mich feuern.« Sie fischte ihre E-Zigarette aus der Tasche und nahm einen tiefen Zug. »Jetzt hab ich aber echt was gut bei dir – dieser Trick mit der umgekehrten Psychologie ist gar nicht so einfach, wie man meint.«

Logan starrte sie an. »Du hast ihn *absichtlich* ›Arschloch‹ genannt?«

»Als ob ich nicht so schon genug Stress hätte.« Sie warf die Zeitung vor ihn auf den Schreibtisch. Es war die Abendausgabe des *Aberdeen Examiner*. »POLIZEI JAGT FLÜCHTIGE SEX-BESTIE.«

Das Foto von Frank Baker war nicht das neueste – wahrscheinlich hatten sie es aus DI Ingrams Kartei gezogen und als »Wer-hat-diesen-Mann-gesehen?«-Plakat herausgegeben. Ein kleineres Bild zeigte einen kräftigen Mann mit einem Walross-Schnauzer: Spike, Bakers Kumpel aus der Fertigungsanlage. Der, der gleich herbeigeeilt war, um ihn in Schutz zu nehmen.

»›KOMM JA NICHT WIEDER!‹ PÄDO-FRANKIES KOLLEGEN AHNTEN NICHTS VON SEINEN SCHMUTZIGEN VERBRECHEN.«

Steel schnipste Spike den Finger ins Gesicht. »Jetzt haben wir also eine landesweite Fahndung am Hals, nur weil dieser blöde Green unbedingt so einen Wirbel machen musste. Und jetzt stellt er sich hin und sagt: ›Seht her, ich hatte recht!‹… Wichser.«

Logan überflog den Artikel. »Glaubst du, dass Baker für die Entführung von Alison und Jenny infrage kommt?«

Es klopfte an der Tür, und Rennie steckte den Kopf ins Zimmer. »Wie ist es gelaufen?«

»Kaffee mit Milch und zwei Stück Zucker. Und bringen

Sie Laz auch was mit.« Steel nahm den Stapel mit den Vernehmungsprotokollen der Studenten vom Schreibtisch und blätterte sie durch. Dann sah sie zur Tür. »Sie stehen ja immer noch da, Constable.«

Rennie nickte Logan zu und hielt zwei prallvolle schwarze Müllsäcke hoch, beide mit gelb-schwarzem Tatort-Absperrband verknotet, wie es nur von der Kriminaltechnik benutzt wurde. »Elaine Drever sagt, du wolltest das hier haben?«

Er stellte die Säcke ab.

»Danke.«

Der Constable grinste. »Habt ihr schon von McPherson gehört? Also, passt auf, er sollte sich wohl heute früh einen Anschiss abholen, und auf halbem Weg die Union Street runter will er die Straße überqueren, weicht einem Bus aus, verliert das Gleichgewicht und fällt kopfüber die Stufen zum Correction Wynd runter. Gebrochenes Bein und Gehirnerschütterung. Es gibt ein Überwachungsvideo, wo alles drauf ist, falls ihr mal so richtig lachen wollt?«

»Und auch ein paar Schokokekse.« Steel scheuchte ihn mit einer Handbewegung hinaus. »Nun seien Sie mal ein braver kleiner Constable und laufen Sie schon los.«

Sobald Rennie weg war, warf Steel die Protokolle wieder auf den Schreibtisch. »Also, folgender Deal: Du arbeitest bis fünf, dann fahren wir zu mir, und du lässt dich von Susan verhätscheln. Du trinkst ein Gläschen Whisky oder zwei, guckst Fernsehen, isst zu Abend, putzt dir die Zähne und gehst in die Heia, immer so, dass ich dich schön im Auge behalten kann. Und du gehst nicht zurück zu diesem siffigen Wohnwagen bei der Scheißeverarbeitungsanlage, um dort im Dunkeln zu schmollen und zu brüten und vor dich hin zu gammeln.«

»Ich …« Logan spürte, wie ihm die Hitze in die Wangen stieg. »Danke.«

»Das meine ich aber auch. Anderes Thema: Wer hat denn nun deine Wohnung abgefackelt?«

Nicht wegschauen. Blickkontakt halten. »Ich habe keine Ahnung. Ich überlege schon den ganzen Tag hin und her, aber …« Stirnrunzeln. Schulterzucken. Ganz natürlich bleiben. »Muss jemand sein, den ich mal hinter Gitter gebracht habe. Kann ja kaum ein Zufall sein.«

Steel rollte die Pseudozigarette zwischen den Lippen hin und her. Das Plastikende klickerte auf ihren Zähnen. »Die Kriminaltechnik hat irgendwelches Zeug von deiner Wohnungstür abgekratzt und auf DNS untersucht. Wir landen einen Treffer, wir schnappen das Schwein, und ich sorge dafür, dass er wegen versuchten Mordes verurteilt wird.« Sie stand auf und legte ihm die Hand auf die Schulter. »Kannst dich auf deine Tante Roberta verlassen: Dieser Wichser wird dafür bezahlen.«

Logans Handy dudelte seinen taumelnden, unheimlichen Walzer. Er zog es aus der Tasche und sah aufs Display: Steel.

»Ich dachte, wir hätten einen Deal, verdammt noch mal!«

Logan drückte sich flach an die in zwei verschiedenen Grüntönen gestrichene Wand, als ein riesiges Krankenbett vorbeigeschoben wurde. Ein bleicher alter Mann mit einer Sauerstoffmaske starrte an die Decke, die Gesichtszüge erschlafft, die Haut speckig glänzend. Eine Frau in einem blauen OP-Anzug und quietschigen weißen Turnschuhen warf Logan im Vorbeigehen einen missbilligenden Blick zu. »Sie dürfen Ihr Handy im Krankenhaus nicht benutzen!«

»Tut mir leid.« Er sah ihnen nach.

»Ich habe Finnie dir zuliebe Arschloch *genannt! Ich wäre um ein Haar gefeuert worden – und kaum drehe ich dir den Rücken zu –«*

»Ich bin oben im Krankenhaus.« Er starrte wieder den

Flur hinunter. »Irgendjemand muss Trisha Browns Mutter sagen, dass ihr Töchterchen entführt wurde.«

»Du hättest wenigstens Rennie mitnehmen können!«

»Ich wollte ... Sie haben mir gesagt, dass ich fünfzehn Minuten bei Samantha sitzen darf.«

Eine Pause. *»Mensch, Laz, ich wär doch mitgekommen. Das weißt du genau. Ich hätte mich in die Cafeteria hocken und den Krankenschwestern schöne Augen machen können, während du bei ihr im Zimmer bist.«*

»Du, ich muss jetzt Schluss machen.« Er legte auf, ehe sie noch etwas sagen konnte.

Die mollige Krankenschwester musterte Logan zum dritten Mal binnen drei Minuten von Kopf bis Fuß, während sie ihn zu einem mit Vorhängen abgeteilten Bereich am hinteren Ende eines Achtbettzimmers führte. Es war drückend heiß, trotz der offenen Fenster, durch die das dumpfe Dröhnen des Verkehrs von der Straße hereinwehte, gelegentlich durchbrochen vom Sirenengeheul der Krankenwagen.

»Aber eines muss Ihnen bitte klar sein: Mrs. Brown soll sich auf keinen Fall aufregen.« Die Schwester hob die Hand an die Brust und tastete über dem mächtigen Vorgebirge ihres Busens nach der Uhr, die wie ein Orden an ihr blaues Oberteil geheftet war. »Bis zu ihrer nächsten Methadon-Dosis sind es noch zwei Stunden, und wenn sie mal in Fahrt kommt, ist sie ein echter Alptraum.«

»Ich werde mir Mühe geben.«

Die Schwester griff in den Vorhang und riss ihn zur Seite.

Helen Brown lag auf der Bettdecke, den Kopf im Nacken, und schnarchte mit offenem, zahnlosem Mund leise vor sich hin. Ein Auge war mit Verbandmull zugeklebt, der Rest ihres Gesichts war ein Flickenteppich aus Blutergüssen und genähten Wunden. Ihr rechter Arm steckte vom Handgelenk bis zum Ellbogen in einem Kunststoffgips, das linke Bein vom Knöchel bis zum Oberschenkel. Ihr rechtes Bein jedoch endete abrupt am Knie; der bloßliegende Oberschenkel war mit gelben und grünen Flecken übersät.

Logan zuckte zurück. Die Täter mussten ja mit äußerster Brutalität vorgegangen sein. »Sie haben ihr das Bein amputiert?«

»Vor ungefähr drei Jahren. Wundbrand.« Die Schwester kontrollierte das Krankenblatt, das am Fußende des Betts hing. »Das ist das Problem mit Leuten, die sich Drogen spritzen. Die wissen nicht, wann sie aufhören müssen.« Sie sah Trishas Mutter an. »Mrs. Brown? Helen? Da ist ein Polizist, der Sie sprechen will.«

Ein Murmeln war die Antwort.

»Helen?«

Trishas Mutter fixierte sie mit ihrem heilen Auge. »Verpissen Sie sich ...«

»Kommen Sie, Helen. Was haben wir über Ihre Ausdrucksweise gesagt?«

Sie wälzte sich mühsam auf die Seite. »Du fette Schlampe. Wo bleibt mein Schmerzmittel?« Es klang eher wie »Fmertfmittel«.

Die Schwester seufzte. »Sie wissen, dass Sie erst um fünf wieder etwas bekommen können. Also, hier ist ein Polizist, der Sie sprechen will. Wollen Sie ein Glas Wasser?«

»Ich brauch mein Schmerzmittel, verdammt! Ich geh hier echt ein ...«

Logan setzte sich zu ihr ans Bett. »Mrs. Brown, mein Name ist Detective Sergeant McRae. Ich muss mit Ihnen über Trisha sprechen.«

Die Schwester nickte. »Also, ich lasse Sie beide dann mal allein.« Sie trat vom Bett zurück und zog den Vorhang hinter Logan zu.

Trishas Mutter starrte ihn finster an. »Die blöde Kuh gibt mir nie was gegen die Schmerzen.«

»Sie wurde am Samstagabend gesehen, als sie in einen Wagen einstieg –«

»Ach, geht das schon wieder los.« Helen schürzte die Lippen und ließ ihr blutiges Zahnfleisch sehen. »Bloß, weil sie 'nem Kerl einen bläst –«

»Die Person in dem Auto hat sie angegriffen. Ein Zeuge sah, wie sie geschlagen wurde.«

»Oh …« Helen drehte sich wieder auf den Rücken. »Wie geht es ihr?«

»Das wissen wir nicht. Er ist mit ihr davongefahren.«

Schweigen. Helen fuhr mit den Fingern ihrer unverletzten Hand auf der Bettdecke auf und ab. Eine Träne rann über ihre lädierte Wange.

Logan sah weg. »Es tut mir leid.«

»Es tut Ihnen leid? Es tut Ihnen *leid*?« Ein leerer Plastikbecher prallte an Logans Schulter ab. »Wieso sind Sie nicht da draußen? Wieso suchen Sie nicht nach meinem kleinen Mädchen?«

»Wir tun wirklich, was wir –«

»WOHER WOLLEN SIE WISSEN, OB SIE NICHT LÄNGST TOT IST? Tot. Vergewaltigt irgendwo in einem beschissenen Straßengraben! Meine kleine Trisha …«

»Wenn Ihnen irgendjemand einfällt, der sie bedroht hat, oder –«

»Und da schicken die einen popeligen *Sergeant*? Alison McGregor kriegt den Polizeipräsidenten und die halbe Bullerei von ganz Schottland, und Trisha kriegt nix als einen popeligen Sergeant! IHR SEID JA ECHT ZU GAR NIX ZU GEBRAUCHEN!«

»Mrs. Brown, ich möchte Ihnen versichern, dass die Grampian Police diese Sache sehr ernst nimmt.«

Der Vorhang wurde aufgerissen, und die dicke Schwester stand wieder vor ihnen. »Hab ich Ihnen nicht gesagt, dass sie sich nicht aufregen darf?«

»Ich hab doch gar nichts –«

»TRISHA!«

»Kommen Sie, Helen, beruhigen Sie sich doch. Sie wollen doch nicht die anderen Patienten stören, oder?«

Helen packte eine Einweg-Bettpfanne aus grauem Pappkarton und warf damit nach der Schwester. »MEIN KLEINES MÄDCHEN IST ENTFÜHRT WORDEN! EURE SCHEISSPATIENTEN GEHEN MIR AM ARSCH VORBEI!«

»Wir tun alles, was in unserer Macht steht, um sie zu –«

»Ihr blöden Schweine. Ihr denkt, sie ist ja bloß 'ne Junkie-Nutte, nach der kein Hahn kräht. SIE IST MEIN KLEINES MÄDCHEN!« Helen Brown schlug mit ihrem Kunststoffgips nach Logans Kopf. »ICH BRING DICH UM!«

Logan wich ihr aus und sprang auf. Der Plastikstuhl kippte um und landete polternd auf dem Boden.

»So, das reicht.« Die Schwester stürzte sich auf Helen und drückte sie auf die Matratze zurück.

»LASS MICH LOS, DU FETTE SCHLAMPE! AAAAAAH!«

»Ich sagte, das *reicht*!« Die Schwester starrte mit zusammengebissenen Zähnen zu Logan auf. »Ich denke, Sie sollten jetzt lieber gehen, finden Sie nicht?«

»Gut siehst du aus. Nein, wirklich …« Logan drückte Samanthas Hand. »Sehr gothmäßig.«

Sie sah nicht krank aus – kaum ein Kratzer auf ihrer Haut. Wenigstens nicht an den Stellen, die er sehen konnte. Sie hatten ihr die Augen mit Pflastern zugeklebt. Ein Beatmungsschlauch steckte in ihrem Mundwinkel, am rechten Zeigefinger war ein Pulsoxymeter befestigt, und ein Infusionsschlauch mündete in einen Port an ihrem rechten Handgelenk.

»Ich bin wieder in den Wohnwagen gezogen. Da mieft es

schlimmer als die Füße von deinem Alten. Ganz verschimmelt …«

Wee Hamishs Blumen standen in einer großen Vase auf dem Fensterbrett. Ein riesiges Bukett mit Rosen, Nelken und irgendwelchem wuscheligem weißem Zeugs, dazu Blätter und verschlungenes Bambusrohr. Extravagant, aber geschmackvoll.

»Elaine hat übrigens deine ganzen Klamotten eingesammelt. Die Unterhosen und Stiefel und so.« Er ließ sich nach vorne sinken, bis sein Kopf auf ihrer Brust ruhte, die sich im Rhythmus ihres mechanisch unterstützten Atems hob und senkte. »Verdammt … Ich weiß nicht, ob du mich hören kannst. Aber es wird alles gut. Das verspreche ich dir.«

Elender Lügner.

»Man könnte fast meinen, Sie stellen mir nach.«

Logan rieb sich die Augen, ohne den Kopf von der Zimmerecke zu wenden. »Tut mir leid …« Es dauerte ein paar Sekunden, bis er begriff, wo er war – in einem unterirdischen Korridor tief in den Eingeweiden des Krankenhauses. Das Wummern der Belüftungsanlage, der Geruch von totgekochtem Kohl und Bohnerwachs.

Er zog die Nase hoch. Wischte sich wieder über die Augen. »Ich bin hier immer durch die Flure getigert … nach der Messerattacke, meine ich. Muss wohl drei Paar Turnschuhe durchgelaufen haben, bis sie mich endlich entlassen haben. Und immer bin ich irgendwann hier gelandet.« Er starrte die vier gerahmten Aquarelle an, die an der verschrammten cremefarbenen Wand hingen. Immer dieselbe Landschaft in verschiedenen Jahreszeiten; die Farben so lebhaft, dass es schon surreal wirkte.

Die Rechtsmedizinische Assistentin drehte sich um und musterte ihn. Ihre feuerroten Haare schwangen wie ein Pendel. »Geht es Ihnen gut?«

Er hätte fast gelacht. »Die letzten paar Tage waren ziemlich heftig.«

Schweigen.

»Wollen Sie vielleicht eine Tasse Tee oder so?«

»Milch, zwei Stück Zucker.« Sie stellte einen dampfenden Becher vor ihn auf den Tisch.

Kaffee. Er konnte ihn riechen, durch das Bleichmittel und das Formaldehyd hindurch. Durch den Geruch des institutionalisierten Todes. »Danke.«

Die RMA blickte sich um. »Machen Sie sich keine Gedanken wegen Mrs. Sawyer, es war alles sehr friedlich.« Eine alte Dame lag auf dem Obduktionstisch; nur der Kopf und die nackten Füße schauten unter dem weißen Plastiktuch hervor. »Sind Sie sicher, dass Ihnen nichts fehlt?«

»Nein.«

Ein Nicken. »Also, passen Sie auf, ich hab da was, das könnte Sie vielleicht aufmuntern …« Eine Minute später war sie wieder da, mit dem Laptop aus dem Nebenzimmer in der Hand. Sie stellte ihn neben Logans Kaffee auf den Tisch und hantierte mit dem Touchpad herum. »Sie hatten doch nach toten Mädchen gefragt, denen Morphium und Thiopental verabreicht wurden, erinnern Sie sich?«

Das Bild war irgendwie verschwommen und unscharf. Er blinzelte. Es war ein kleines Mädchen, die Augen halb geschlossen, das Gesicht mit Kratzern und Hämatomen übersät, verkrustetes Blut um die Nase herum. Prinz-Eisenherz-Frisur mit messerscharfem Pony.

Die RMA tippte auf den Bildschirm. »Olivia Brook. Fünfeinhalb. Verkehrsunfall. Ist beim Radfahren von einem VW Polo erwischt worden. Ich wollte Ihnen eine Mail schicken, sobald wir mit Mrs. Sawyer fertig sind.«

Logan starrte das Foto an. Armes kleines Ding … »Ich dachte, Sie hätten schon im Archiv –«

»Oh, sie ist nicht *gestorben.* Sie mussten ihr das linke Bein abnehmen, direkt über dem Knie. Es hing sowieso nur noch an ein paar Hautfetzen; die Blutversorgung war schwer beeinträchtigt, die Knochen völlig zertrümmert – da war nichts mehr zu machen.«

»Wo ist das Bein?«

»Die Krankenhausabfälle werden bei uns eingeäschert.« Sie hob die Hände zu den Deckenfliesen, schüttelte leicht den Kopf und zog eine Augenbraue hoch. »Sodass ...?«

»Sodass niemand einen fehlenden Zeh vermissen würde.« Diese Schweine.

»*Aber* ... wir haben Blutproben archiviert. Ich kann Ihnen eine schicken, falls Sie einen DNS-Abgleich machen wollen?«

»Ja, wenn Sie es möglichst –«

Logans Handy dudelte tief in seiner Tasche. Der voreingestellte Klingelton verriet, dass es sich um eine unbekannte Nummer handelte. Wenn es dieser verdammte Shuggie Webster war, der wieder von seinen Konsequenzen faselte, dann konnte er sich auf etwas gefasst machen. Logan fischte das Handy heraus. »Was gibt's?«

Ein kleine, von Rascheln erfüllte Pause, und dann: *»Logan?«* Eine Männerstimme, rau und heiser, eine Mischung aus Aberdonian und Elite-Internat. Wee Hamish Mowat.

Logan leckte sich die Lippen. Setzte sich gerade auf. »Hallo?«

»Ich hoffe, Sie haben nichts dagegen, dass ich einfach anrufe, aber ich dachte, es würde Sie vielleicht freuen zu hören, dass es uns gelungen ist, Ihren vermissten ... Freund ausfindig zu machen.«

40

Ein kleiner Lagerschuppen in Dyce – nicht viel größer als eine Doppelgarage; Ölflecken auf dem Betonboden, die Metallregale an den kahlen Hohlblockwänden mit staubigen Kartons beladen.

Der Boden war mit dicker, transparenter Plastikfolie ausgelegt, die Ecken mit rostigen Maschinenteilen beschwert.

Das eine Rolltor stand offen; man hörte Hämmern und Poltern, die Geräuschkulisse des Industriegebiets, und das dumpfe Dröhnen der Hubschrauber, die zwischen dem Festland und den Bohrinseln hin- und herflogen. Ein verbeulter Transit war ein Stück weit rückwärts in den Schuppen hineingefahren worden, sodass er mit den Hinterrädern auf der Plane stand und mit der Schnauze in den sonnigen Nachmittag hinausragte. Der Motor lief.

Der junge Mann mit den grünen Haaren schniefte, griff nach einem Aktenkoffer aus Metall, ließ die Verschlüsse aufschnappen und hielt Logan das Ding hin, als ob sie hier einen Agentenfilm drehten. Jonny Urquhart – *Liebesgrüße aus Mastrick.* Er grinste und ließ dabei ein makelloses Gebiss sehen. Seine Wangen waren eine Mondlandschaft aus alten Pockennarben. »Keine Sorge, ist absolut sauber, echt.«

Logan sah in den Aktenkoffer. Darin lag, in einen wiederverschließbaren Plastikbeutel gehüllt, eine große halbautomatische Pistole. In einem weiteren Beutel befand sich das Magazin, ein dritter enthielt eine Handvoll stumpfnasiger 9-mm-Patronen.

»Hohlspitzgeschosse.« Urquhart zwinkerte Logan zu. »Da siehst du echt alt aus, wenn du so eins abkriegst.«

Logans Hände waren plötzlich feucht. Er wischte sie an seiner Jeans ab. »Nein. Vielen Dank, aber die brauch ich nicht.«

»Ah, stehst wohl eher auf Handarbeit, hm? Alte Schule –

gefällt mir.« Er klappte den Koffer wieder zu und drehte an dem Kombinationsschloss herum. »Hast du Handschuhe? Nein? Kein Problem, kriegst welche von mir.«

Er zog die Hecktüren des Transit auf, kletterte hinein und zerrte einen ausgewachsenen Mann heraus, den er unter den Achseln gepackt hielt.

Shuggie Websters Hände waren hinter dem Rücken gefesselt, dafür trat er umso wilder mit den Füßen aus. Mit einem dumpfen Knall landete er auf dem Betonboden – oder vielmehr auf der Plastikplane. Ein gedämpftes Stöhnen drang durch den Knebel aus Isolierband. Er trug immer noch denselben verdreckten Kapuzenpulli wie letztes Mal, doch statt der Schuhe hatte er nur ein Paar löchrige Socken an den Füßen. Urquhart schleifte Shuggie in die Mitte der Plane und ließ ihn dann los.

Shuggie lag da, die Augen weit aufgerissen, und atmete zischend durch die Nase.

Logan schluckte.

»Bitte sehr – ein Stück Scheiße, geliefert wie bestellt. FedEx für Fixer-Abschaum, sozusagen.« Urquhart zog noch einen weiteren Plastikbeutel aus der Tasche und warf ihn Logan zu. »Kleine Aufmerksamkeit des Hauses.«

Drei Paar Handschuhe, einmal Leder, zweimal Latex – die fleischfarbene Sorte, die man an Tatorten inzwischen gar nicht mehr sah.

»Also, bist du sicher, dass du die Knarre nicht willst?«

Shuggie, der sich auf dem Boden wälzte und wand, versuchte etwas zu rufen.

»Dich hat keiner gefragt, Arschloch.« Urquhart nahm zwei Schritte Anlauf und trat Shuggie den Stiefel in die Seite.

Die Reaktion war ein gedämpftes Stöhnen.

»Siehst du? So geht's dir, wenn du deine Drogen bei Scheißausländern kaufst.« Noch ein Tritt. »Unterstützt die regionale Wirtschaft!« Urquhart klatschte in die Hände. »Gut, dann lass ich euch zwei mal allein. Klopf einfach an, wenn du die Reste entsorgt haben willst, okay?« Er schlenderte zum Transporter zurück und zerrte einen Ghettoblaster von der Größe einer Bulldogge von der Ladefläche. Er hantierte eine Weile damit herum und drückte dann einen Knopf.

Heavy Metal dröhnte aus den Lautsprechern, laut genug, um alle Schreie zu übertönen.

Urquhart stellte das Ding auf den Boden und knallte die Türen des Transit wieder zu. Der Transporter rollte anderthalb Meter vor.

Urquhart drehte sich um, hob grüßend die Hand an sein begrüntes Haupt, ging hinaus und zog das Rolltor zu. Jetzt waren sie unter sich: Logan, Shuggie und Metallica.

Shuggie hörte auf zu zappeln, lag nur reglos auf dem Rücken und starrte zu Logan auf.

Natürlich wäre es das einzig Richtige gewesen, das Ganze als eine Lehre zu betrachten und es dabei bewenden zu lassen. Zu akzeptieren, dass Shuggie Webster nur ein kleiner Versager war, der sich in jungen Jahren mit den falschen Leuten eingelassen hatte. Dessen Leben durch Drogenmissbrauch und eine zweitklassige Schulbildung versaut worden war. Dass er ein Mensch war, mit Fehlern und guten Anlagen wie jeder von uns.

Logan schob den kleinen Plastikverschluss auf und zog die Latexhandschuhe heraus.

Rache würde kein einziges seiner Probleme lösen. Damit würde er nicht erreichen, dass Samanthas Milz und ihre linke Niere nachwuchsen. Oder dass die Schwellung in ihrem Gehirn zurückging. Dass ihre kaputten Rippen heilten, die gebrochene Schulter, das zerschmetterte linke Knie oder das ausgerenkte Hüftgelenk. Dass sie wieder aufwachte.

Es würde rein gar nichts ändern.

Er streifte sich das eine Paar Latexhandschuhe über und zwängte dann die Hände in das Paar aus Leder. Er würde Shuggie einen gehörigen Schrecken einjagen, ihn dann aufs Revier zerren, ihn den Behörden übergeben und dafür sorgen, dass er für acht bis zwölf Jahre hinter Gitter wanderte. Was bedeutete, dass er in sechs bis acht auf Bewährung entlassen würde. Vier bis sechs bei guter Führung. Abzüglich der Zeit, die er bis zur Verhandlung bereits abgesessen hätte.

Logan zog das zweite Paar Latexhandschuhe über die ledernen.

Es lohnte sich ja kaum, ihn zu verhaften. Da könnte er dem Mistkerl genauso gut einen Klaps auf die Finger geben und ihn mit ein paar strengen Ermahnungen seiner Wege schicken.

Und allen Beteiligten eine Menge Mühe ersparen.

»Aufstehen.«

Shuggie starrte ihn nur an.

»AUFSTEHEN, HAB ICH GESAGT!« Logan versetzte ihm einen Tritt in den Oberschenkel.

Shuggie zischte unter seinem Knebel und wälzte sich dann schwerfällig auf die Seite. Der Verband an seiner rechten Hand war fast schwarz von Schmutz und getrocknetem Blut. Logan packte ihn an den Schultern und zog ihn auf die Knie hoch.

»Du wolltest ›Konsequenzen‹, Shuggie? Schön.« Logan griff in den Kabelbinder, mit dem die Hände des kräftigen Mannes zusammengebunden waren, und zog daran. »Dann kriegst du jetzt deine beschissenen ›Konsequenzen‹.«

Ein erstickter Schrei, doch Shuggie schaffte es irgendwie, auf die Füße zu kommen, obwohl seine Socken auf der Plastikplane ausrutschten.

Nur ein bisschen Angst einjagen …

Logan versetzte ihm einen Faustschlag in die Nieren, und Shuggie fiel wieder auf die Knie.

»Sie liegt im Koma.« Logan nahm einen Schritt Anlauf und trat Shuggie wieder in die Nieren.

»MMMMMMMMMPFFFFF!«

Shuggie kniff die Augen über dem Klebeband-Knebel zusammen, und ein grollendes Fauchen entwich seiner Kehle.

»Im Koma, hast du gehört?« Logan rammte Shuggie den Unterarm ins Gesicht, zielte mit der scharfen Knochenleiste direkt unterhalb des Ellbogens genau auf die Nase. Er selbst spürte kaum etwas, doch Shuggie fiel rücklings auf die Plane, stöhnend und jammernd wie ein kleines Kind.

Ein schneller Kick in die Eier, und Shuggie krümmte sich wieder, zuckte vor und zurück, während das Blut aus seiner zertrümmerten Nase schoss.

Logan trampelte ihm auf den linken Knöchel.

»Sag, dass es dir leidtut!« Er drehte den am Boden Liegenden mit einem Fußtritt auf den Rücken und setzte sich dann mit seinem vollen Gewicht auf seinen Brustkorb. Rammte ihm noch einmal den Ellbogen ins Gesicht. Shuggies Kopf knallte mit einem dumpfen *Klonk* auf die Plastikplane. Logan riss den Klebeband-Knebel ab, und Shuggie sog gierig die Luft ein.

Logan schlug ihn noch einmal, diesmal nicht mit dem Ellbogen, sondern mit der Faust. »Sag – dass – es – dir – LEIDTUT!« Jedes Wort mit einem Faustschlag unterstrichen. Dann lehnte er sich schwer atmend zurück.

Shuggies Gesicht schwoll bereits an, ein Auge war schon ganz zu, das andere kurz davor – die Pupille eine Insel in einem blutroten See. Die Nase plattgedrückt, die Lippen aufgeplatzt. Wahrscheinlich ein gebrochenes Jochbein.

»Urgh …« Blutblasen blubberten in seinen Mundwinkeln.

»Die ganze Arbeit, die wir haben – die ganze Scheiße, die wir über uns ergehen lassen müssen, um Dreckschweine wie dich daran zu hindern, Leuten zu schaden. Ihren Kindern Drogen zu verkaufen, ihr Leben zu ruinieren …« Logan hievte sich hoch, lockerte die Finger seiner rechten Hand, spürte die Handschuhschichten, die straff an seiner Haut anlagen. Er trat Shuggie noch einmal, diesmal seitlich gegen das Knie, wo es den größten Schaden anrichten würde.

Der kräftige Mann schrie.

»Sag, dass es dir leidtut!«

Shuggie lag nur da, gurgelte Blut und heulte.

»SAG ES!«

»Es tut mir leid! Es tut mir leid …« Seine Stimme klang feucht, erstickt von Schluchzern. »Was immer … was immer ich getan hab – o Gott – es tut mir leid.«

Logan starrte ihn an. »Was immer du *getan* hast?« Dieses Stück Scheiße. Er trat Shuggie in den Magen, und der klappte wieder zusammen wie ein Messer.

»Aaaaa! Bitte, es tut mir leid!«

»DU HAST MEINE WOHNUNG ABGEFACKELT, DU DRECKIGER WICHSER!«

»Es … Es tut mir so leid.«

»Du hast ein Kondom durch meinen Briefschlitz geschoben, hast es mit Benzin gefüllt und das Scheißding dann angezündet!« Noch ein Tritt in den Magen. »Was denn, warst du so bekifft, dass du es vergessen hast? Samantha liegt im Koma, und du bist schuld!« Und noch mal – aller guten Dinge sind drei.

»AAAAAAAGH!« Shuggie lag da, zitternd und nach Luft ringend. »Ich war's nicht, bitte, ich hab nichts angezündet!«

Logan wich ein paar Schritte zurück. »Für wie blöd hältst du mich eigentlich?«

Der Song aus dem Ghettoblaster war zu Ende, doch gleich darauf setzten wieder die stampfenden Drums und die kreischenden Gitarren ein.

»Ich kann nicht … Meine Hand. Wie soll ich … soll ich damit irgendwas irgendwo reinschieben?« Shuggie rollte sich zusammen, bis seine blutige Stirn sein eines unversehrtes Knie berührte. »Schau sie dir doch an. SCHAU SIE DIR AN!«

Logan ging auf die andere Seite und sah auf den vor Dreck starrenden Verband hinunter, der Shuggies rechte Hand vollständig bedeckte. »Das heißt ja noch nicht, dass du sie nicht mehr benutzen kannst.«

»Sie haben meine … meine Finger gehäutet.« Er hustete, und ein Sprühregen aus Blut und Zahnsplittern ging auf seine Jeans nieder.

Logan kniete sich hinter ihn und riss Shuggies Arm zurück. Der schmuddelige Verband wurde von einer Sicherheitsnadel zusammengehalten. Logan nestelte daran herum – die drei Schichten Handschuhe machten es fast unmöglich, das Ding aufzubekommen. Aber dann hatte er es geschafft; er zog die rostfleckige Nadel heraus und wickelte den Verband ab.

Shuggie schrie – der verdreckte Stoff klebte an dem rohen Fleisch, das in Fetzen daran hängen blieb wie Erdbeermarmelade. Es stank nach fauligem Fleisch.

»Mein Gott …« Nur der Daumen und der Zeigefinger waren zu sehen, doch die waren eine einzige, Übelkeit erregende lila-rot-schwarze Masse, aus der die Sehnen als graue Streifen hervorblitzten. Logan wich zum Rand der Plastikplane zurück. »Warum bist du nicht ins Krankenhaus gegangen?«

»Jeden … jeden Tag, den ich … den ich sie nicht auszahlen konnte … haben sie … haben sie mir noch einen genommen …« Der Atem entwich zischend durch die blutenden Lippen.

Gütiger Gott.

»Ich hab … Ich hab nichts abgefackelt.« Er gab einen Laut von sich, der fast wie ein Lachen klang. »Wie denn?«

Logans Magen revoltierte. Sein Kopf war voller glühender Kohlen, sein Mund voller Speichel. Er wich schwankend zurück und stieß gegen die Regale.

Er war es nicht gewesen. Shuggie war es nicht gewesen.

Logan schluckte, würgte den bitteren Gallegeschmack herunter. Auch wenn Shuggie das Benzin nicht in das Kondom gefüllt hatte, war es trotzdem seine Schuld. Es musste *Konsequenzen* geben.

»Wo sind sie? Jacob und Robert – deine Yardie-Freunde? Hast du ihnen gesagt, dass ich dir deine beschissenen Drogen nicht zurückgeben will? Hast du mir diese Kerle auf den Hals gehetzt?«

Logans Augen brannten, er sah alles nur noch verschwommen.

Er blinzelte. Schluckte.

»Wo sind sie, verdammt noch mal?«

Und Shuggie, dieses schluchzende Häufchen Elend vor ihm auf dem Boden des Lagerschuppens, sagte es ihm.

»Oh …« Jonny Urquhart sah auf Shuggie Websters misshandelten Körper hinunter. »Also, wenn du willst, kann ich natürlich gerne … du weißt schon.« Er formte Daumen und Zeigefinger zu einer Pistole.

»Nein.« Logan räusperte sich. »Er ist verhaftet.«

»Bist du sicher? Weil, du hast ihn ja wirklich ganz schön zugerichtet. Was meinst du, was passiert, wenn er seine Strafe abgesessen hat, hm? Willst du wirklich, dass dir so ein mieser Junkie-Wichser nachstellt?«

Schweigen.

Deswegen war es ja überhaupt erst zu dieser Sauerei gekommen.

»Weißt du was?« Urquhart ging neben Shuggie in die Hocke. »Hör zu, du Idiot, und pass gut auf, denn wenn ich mich wiederholen muss, bist du im Arsch. Wenn du diesem netten Polizeibeamten hier auch nur *ein* Härchen krümmst, werden wir dich finden, wo immer du dich verkriechst. Du wirst dich stellen, du wirst schön alles unterschreiben, was er sagt, und du wirst ins Gefängnis gehen und deine Strafe absitzen wie ein braver kleiner Junge. Wenn du auch nur ein Sterbenswörtchen von ›Polizeibrutalität‹ sagst, lass ich dir von einem großen, haarigen Kleiderschrank im Knast den Arsch blutig vögeln und anschließend die Kehle aufschlitzen. Haben wir uns verstanden?«

Shuggie hustete einen dunkelroten Batzen aus.

»Ich hab gefragt, ob wir uns verstanden haben?«

»Ja …« Es war kaum mehr als ein Flüstern, begleitet von einer Blutblase.

Urquhart fuhr sich mit der Hand durch das grüne Haar. »Er ist natürlich ’n Junkie, und du weißt ja, was das Wort von so einem wert ist. Willst du wirklich nicht, dass ich –«

»Nein. Nur …« Was? Ihn auf dem Präsidium abliefern, in einem Zustand, als wäre er unter einen Mähdrescher geraten? Ihn ins Krankenhaus fahren? Alles, was darauf hinauslief, dass Wee Hamish mit Shuggie Webster in Verbindung gebracht wurde, würde am Ende direkt zu Logan zurückführen.

Und vielleicht hatte er es verdient.

Er streifte die drei Schichten Handschuhe ab. Seine Hände stanken nach Gummi, die Knöchel waren rot verfärbt, die Haut geschwollen und wund. »Ich kümmere mich schon darum.«

»Okay.« Urquhart stieß den schluchzenden Shuggie mit der Stiefelspitze an. »Du hast echt ein Schweineglück, Shugs. Also, wenn du *mir* die Bude abgefackelt hättest …« Er lächelte. »Und nicht vergessen, was ich gesagt hab: ein falsches Wort, und …« Er fuhr sich mit dem Finger über die Kehle.

41

Logan hielt vor der Notaufnahme und zog die Handbremse an. Das Blut rauschte und dröhnte in seinen Ohren. »Das ist alles deine eigene Schuld. Du hättest dich verdammt noch mal stellen sollen, als ich dir die Chance dazu gegeben habe. Dann hättest du jetzt noch deine Finger, und Samantha wäre nicht…« Er biss die Zähne zusammen. Dann öffnete er die Tür und stieg hinaus in den warmen Nachmittag. »Bleib hier.«

Shuggie saß auf dem Beifahrersitz und hielt sich die gehäutete Hand, sein Gesicht eine blubbernde Masse wunden Fleischs. Hellere Tränenbahnen zogen sich über seine blutigen Wangen.

Logan ging an dem kleinen Grüppchen von Rauchern vorbei zur Automatiktür der Notaufnahme. Gleich hinter dem Eingang stand eine ganze Herde Rollstühle herum – keine richtigen, sondern schlichte braune Plastikstühle mit kleinen Rädchen unten an den Beinen. Logan schnappte sich einen und wendete ihn in sieben mühsamen Zügen, bis er endlich in die richtige Richtung zeigte.

»Schlimmer als so 'n eiernder Einkaufswagen, hm?« Es war der Typ von gestern Abend – der moppschwingende Menschenfreund mit den Wunderpillen. Jetzt schob er einen Rollwagen mit Zeitungen, Chips, Schokoriegeln und diversen Süßigkeiten vor sich her. Neben den KitKats lag ein kleiner Stapel *Evening Express*. »ABARTIG: PAAR WILL SICH AN KIDNAPPING-TRAGÖDIE BEREICHERN.« Er deutete mit einem Nicken auf die Schlagzeile. »Unglaublich, was? Manche Leute sind echt krank im Kopf –«

Er strich sich eine lange braune Haarsträhne aus dem Gesicht und grinste. Das Piercing in seiner Nase funkelte im tristen Neonlicht des Krankenhauses. »Was macht deine Freundin? Geht's ihr schon besser?«

Logan wandte den Blick ab. »Keine Veränderung.«

»O Mann, tut mir echt leid, das zu hören. Aber 'ne Runde geschlafen hast du schon, oder?«

»Ein bisschen.«

»Ja, diese Pillen sind echt die Oberbringer.« Er starrte Logan einen Moment lang an und schüttelte dann den Kopf. »Siehst irgendwie blass aus, Mann.«

»Hab 'nen harten Tag hinter mir.«

Er lachte. »Wem erzählst du das? Ich schieb Doppelschichten, damit ich mir die Eintrittskarte für *T in the Park* leisten kann… Obwohl, vielleicht sollte ich lieber alles in diesen Fonds für Alison und Jenny stecken. Noch ein Tag, bis das Ultimatum abläuft. 'n richtiger Alptraum, was?«

Einer der uniformierten Beamten, die am Krankenhauseingang postiert waren, kam aus dem Empfangsbereich marschiert und stülpte die Schirmmütze über seine kahle Stelle am Hinterkopf. »He, Sie da mit dem Stuhl!« Er deutete durch die Tür nach draußen. »Ist das Ihr Auto? In der Krankenwageneinfahrt ist Halteverbot…«

Officer Glatzkopf wurde rot und ließ die Hand sinken. »Tut mir leid, Sarge, hab Sie nicht erkannt.«

Logan schob den Rollstuhl an und ließ ihn schlingernd auf den Parkplatz zurollen. »Shuggie Webster sitzt auf dem Beifahrersitz. Er braucht einen Arzt.«

»Ja, Sarge.« Der Constable eilte hinter dem Rollstuhl her.

Der Moppschwinger räusperte sich. »Du bist 'n Cop?«

Nach dem heutigen Tag war die Antwort darauf nicht mehr so klar.

»Du… hör zu, Mann… wegen der Pillen –«

»Pillen? Was für Pillen?« Logan kramte eine Handvoll Münzen aus der Tasche. Karma. »Also, was kriegst du für einen *Evening Express* und eine Tüte Gummibärchen?«

»Wo hast du gesteckt?« DI Steel schwang sich auf die Kante von Logans Schreibtisch und musterte ihn missbilligend. »Es ist zehn vor sechs, du solltest längst zu Hause sein.«

Logan zog das nächste Blatt aus einem Eingangskorb und überflog es, ehe er es in den Papierkorb warf. »Im Krankenhaus.«

»*Aye*, hab's gehört. Wie hast du es eigentlich geschafft, Shuggie Webster zu schnappen?«

Die nächsten drei Blätter waren Phantombilder, ausgedruckt aus dem E-Fit-Programm, ohne einen Hinweis darauf, wer sie angefertigt hatte oder wer der Zeuge war. Sie lagen in einem Stapel mit Diebstahlsanzeigen und anderem unwichtigen Krempel, als ob jemand alles zusammen aus dem Druckerfach gefischt hätte, ohne es sich genauer anzusehen. Alles anonym. »Ich hab einen Tipp bekommen.«

»Und du hast beschlossen, dem auf eigene Faust nachzugehen.«

»Genau.« Logan legte die Ausdrucke auf seinen Schreibtisch – sie waren nicht einmal mit Fallnummern versehen. Das war das Problem heutzutage – Stolz auf gute Arbeit schien völlig aus der Mode gekommen zu sein, und die Fähigkeit, gute Arbeit abzuliefern, gleich mit. Nicht dass es ihm angestanden hätte, anderc über professionelles Verhalten zu belehren.

»Laz, du Dummkopf – du hast Shuggie erst gestern ein bewaffnetes Einsatzteam auf den Hals gehetzt. Kannst von Glück sagen, dass er dich nicht zu Brei geschlagen hat.«

Ja, klar … So ein Glück aber auch.

»Ich hab einen Tipp bekommen, und er hat sich ohne Widerstand festnehmen lassen. War alles kein Problem.« Als Nächstes kamen die Ergebnisse der GSM-Ortung von Shuggies Handy zum Vorschein. Wie es aussah, hielt er sich im Aberdeen Royal Infirmary auf.

Logan warf die nächsten drei Berichte in den Papierkorb.

»Weißt du irgendwas von zwei Yardies, die sich Jacob und Robert nennen?«

»Wir hatten einen Deal, Laz. Fünf Uhr – du kommst mit mir und lässt dich von Susan verwöhnen.« Steel griff nach dem *Aberdeen Examiner*, den er im Krankenhaus gekauft hatte, und blätterte ihn durch. Sie lutschte eine Weile an ihren Zähnen herum und warf dann die aufgeschlagene Zeitung vor ihm auf den Schreibtisch. »WOHNUNGSBRAND: POLIZEIHELD DURCHLEBT TRAGÖDIE.«

Sie tippte mit einem knallrot lackierten Nagel auf den Artikel. »Susan macht sich Sorgen um dich.«

Logan warf ein Memo von Superintendent Napier auf den Berg von zusammengeknüllten Berichten. »Mir geht's gut.«

»Red keinen Quatsch.« Steel richtete sich auf. »Warst du bei Samantha?«

Fünfzehn Minuten hatte er an ihrem Bett gesessen. Einfach nur dagesessen, ihre Hand gehalten und der Maschine zugehört, die ihr das Atmen abnahm. Irgendwie hatte er sich nicht dazu durchringen können, ihr zu erzählen, was er ihretwegen mit Shuggie gemacht hatte.

Wahrscheinlich wäre sie nicht so beeindruckt gewesen.

»... an Planet Laz. Planet Laz, bitte melden!«

Er blinzelte. »'tschuldigung. Hab nicht viel Schlaf bekommen. Ist Finnie in der Nähe?«

Steel kniff die Augen zusammen. »Hast du mir denn überhaupt nicht zugehört?«

»Ich muss nur noch schnell was erledigen, ehe wir fahren.« Logan ging auf die Tür zu, doch sie stellte sich ihm in den Weg.

»Laz, hör zu, ich verstehe ja, dass es –«

»Wirklich?« Er starrte auf sie hinunter. »Du *verstehst*?«

Ein Seufzer. »Scheiße, Mann, wir haben doch alle –«

»Ich ... Ich muss nur kurz mit Finnie reden.«

»… und ich stelle lediglich fest, dass wir keine Maßnahmen ergreifen können, solange wir die Bedingungen und den Ort der Übergabe nicht kennen.« Superintendent Green lehnte mit dem Hintern an der Fensterbank in Finnies Büro. Er blickte auf, als Logan eintrat, und wandte sich dann wieder dem Chef des CID zu. »Jeder Plan, den wir jetzt fassen, wird irrelevant sein, sobald die Entführer sich melden.«

»Und ich sage, es gibt Eventualitäten, für die wir *jetzt* Vorkehrungen treffen sollten.« Finnie schwenkte seinen Stuhl herum und sah Logan stirnrunzelnd an. Dann wurde seine Miene sanfter. »Wie ich höre, haben Sie Shuggie Webster gefasst. Gute Arbeit.«

»Danke, Sir, aber eigentlich wollte ich mit Ihnen über –«

»Die einzigen Maßnahmen, die Sie *realistischerweise* in diesem Stadium einer Entführung ergreifen können, sind: das Krankenhaus vorwarnen, einen Polizeiarzt in Rufbereitschaft versetzen und den Polizeihubschrauber startbereit halten.« Green verschränkte die Arme. »Aber das ist ohnehin irrelevant – wir sollten uns darauf konzentrieren, Frank Baker zu finden. Wenn wir das tun, wird er uns direkt zu den McGregors führen.«

Finnie drehte sich nicht einmal um. »Das hier ist nicht *Miami Vice*, Superintendent. Aberdeen hat gar keinen Hubschrauber.« Er hielt einen Moment inne, dann atmete er mit geschlossenen Augen tief ein und ließ die Luft ganz langsam wieder entweichen. »Also, was können wir für Sie tun, Logan?«

»Ich brauche noch einmal ein bewaffnetes Einsatzteam. Es geht um zwei Yardies namens Jacob und Robert; möglicherweise handelt es sich um die Entführer von Trisha Brown. Sie haben Shuggie Websters rechte Hand fast vollständig gehäutet, weil er seine Drogenschulden nicht begleichen konnte.«

Green schniefte. »Ich glaube, wir haben im Moment

wichtigere Sorgen als ein paar hergelaufene Drogendealer, Sergeant.«

»Wirklich, Sir?« Logan setzte ein schiefes Lächeln auf. »Oh … nun ja, wenn das so ist, soll ich dann vielleicht noch mal rasch ins Krankenhaus fahren und Trisha Browns Mutter sagen, dass ihre Tochter nicht so wichtig ist wie Alison und Jenny McGregor, weil sie nicht im Fernsehen ist?«

Die Röte schoss dem Superintendent in die Wangen. »So habe ich das nicht gemeint. Bitte, gehen Sie nur und schnappen Sie Ihre kleinen Drogendealer, aber lassen Sie uns nicht die Tatsache aus den Augen verlieren, dass die Entführer bereits ein kleines Mädchen ermordet haben und die Uhr für Alison und Jenny tickt!« Er straffte die Schultern. »Frank Baker ist der Schlüssel.«

»Frank Baker ist nicht –«

»Sie können es einfach nicht zugeben, wenn Sie sich geirrt haben, oder, Sergeant? Sie haben sich geirrt, und ich hatte recht. Baker ist schuldig – deswegen ist er davongelaufen. Die Schuldigen laufen *immer* davon. Deshalb habe ich ihn so unter Druck gesetzt, und nicht, weil ich mich für einen« – er malte Gänsefüßchen in die Luft – »›verdammten Rambo‹ halte.«

Logan ballte die Faust und spürte, wie die Haut an seinen angeschwollenen Knöcheln spannte. »Frank Baker ist davongelaufen, weil Sie damit gedroht haben, seinen Kollegen zu verraten, dass er pädophil ist.«

»Genau!« Green trat vor, bis er neben Finnie stand. »Er ist pädophil, hat Zugang zu einer Tierarztpraxis, besitzt ein eigenes Fahrzeug und –«

»Er steht auf kleine *Jungen*, nicht Mädchen!« Logan wurde immer lauter. »Und in den Tierarztpraxen, in denen er ausgeholfen hat, ist kein Thiopental verschwunden. Das wurde überprüft, und zwar *sechs Mal*. Sie haben einfach seinen Namen aus dem Hut gezaubert und beschlossen, dass er schuldig ist!«

Green wurde ganz steif. »Muss ich Sie daran erinnern, *Sergeant*, dass ich Superintendent bei der Serious Organized Crime Agency bin?«

Finnie biss sich auf die Oberlippe. Er räusperte sich und wandte sich an Logan. »Und haben Sie auch eine Adresse von diesen Marley-Brüdern?«

»Marley ...?«

»Robert und Jacob. Bob Marley, Reggaesänger; Jacob Marley, Scrooges verstorbener Teilhaber in Dickens' *Weihnachtsgeschichte*. Entweder haben Ihre Yardies einen sehr *schrägen* Sinn für Humor, oder sie hatten Besuch von der Zufallsfee, meinen Sie nicht auch?«

Logan nannte Finnie die Adresse, die er von Shuggie bekommen hatte: eine Doppelhaushälfte in Kittybrewster. Eine Adresse, herausgeprügelt aus einem Mann, dessen verkrüppelte Hände mit Kabelbinder hinter dem Rücken gefesselt gewesen waren.

»Hmm ...« Finnie lehnte sich auf seinem Stuhl zurück und schwenkte ihn langsam hin und her.

Green reckte sein männliches Kinn mit dem aparten Grübchen in die Höhe und beäugte Logan von oben herab. »Ich dachte, Sie hätten Sonderurlaub?«

Arschloch.

Der Leiter des CID tippte mit einem Finger auf seinen Schreibtisch. »DS McRae ist ein geschätztes Mitglied meines Teams, Superintendent. Wenn er meint, dass es für ihn besser ist, wenn er uns bei der Suche nach einem vermissten Mädchen und dessen Mutter hilft, anstatt zu Hause zu sitzen und zu grübeln, dann bin ich geneigt, ihn zu unterstützen.« Er schenkte Green ein Lächeln. »Engagement, Superintendent – einer der Grundpfeiler der Polizeiarbeit, finden Sie nicht?«

»Ich *finde*« – Green zupfte einen unsichtbaren Fussel vom Ärmel seines Jacketts –, »dass die Grampian Police offensichtlich Probleme hat, sich der Realität der Situation zu stellen. Das Überleben von Alison und Jenny McGregor hängt von einer koordinierten und gezielten Aktion zur Ergreifung von Frank Baker ab, und wir müssen *jetzt* handeln.«

Schweigen.

Finnie schürzte die Lippen und legte beide Hände flach auf den Schreibtisch. »*Superintendent*, ich kann Ihnen versichern, dass die Grampian Police sich der Situation sehr wohl bewusst ist. Und wenngleich ich Ihre Mithilfe *außerordentlich* zu schätzen weiß, denke ich doch, dass ich lieber versuchen sollte, meinen Job zu machen und zwei miesen Drogendealern das Handwerk zu legen, *falls* Sie nichts dagegen haben.« Er ordnete einige Papiere auf seinem Schreibtisch. »Detective Sergeant McRae, ich kann verstehen, dass Sie gerne dabei wären« – er warf Green einen Seitenblick zu –, »aber ich denke, es ist vielleicht das Beste, wenn die Nachtschicht das übernimmt.«

»Sir, wenn ich vielleicht nur –«

»Sie haben heute schon mehr als genug getan. Gehen Sie nach Hause und ruhen Sie sich ein wenig aus. Wir kümmern uns schon um die Marley-Brüder.«

»Aber –«

Finnie hielt einen Finger hoch. »Wir kümmern uns darum.«

Logan starrte auf den Bildschirm und runzelte die Stirn. »Also, dieses rote Bananen-Teil –«

»Der Ninky Nonk.« Steel goss ihm Whisky nach.

»Danke.« Es war warm im Wohnzimmer; der große LCD-Fernseher an der Wand über dem Kamin strahlte in leuchtenden Farben. »Also, der Ninky Nonk ist so eine Art Omnibus?«

»Genau.«

»Und die Porcupines –«

»*Pontipines.* Die wollen in den Ninky Nonk einsteigen, damit sie dorthin fahren können, wo Pontipines eben so hinfahren. Höchstwahrscheinlich aufs Sozialamt, ihre Stütze abholen. Arbeitsscheues Gesindel.«

»Aber immer, wenn sie es versuchen, fährt der Ninky Nonk los?«

Sie nahm einen Schluck. »Du hast es erfasst.«

Susans Stimme tönte aus der Küche. »Komm jetzt, Stinkerchen, Zeit für die Heia.«

Steel tätschelte Logans Arm. »Ist schon okay, sie meint nicht dich.«

Vor der Couch war eine Art Kleinkinder-Gefängnis aufgebaut – ein großes, kreisförmiges Gehege aus Plastikstangen und Netzen. Ein kleines Mädchen, das in einem Strampelanzug mit Totenkopf-Motiv steckte, lag mittendrin auf dem Rücken und versuchte an seinen eigenen Zehen zu lutschen, mit diesen abenteuerlichen Schlangenmenschen-Verrenkungen, zu denen sehr kleine Kinder fähig sind.

»Und warum fährt er immer weg?« Der Whisky machte alles irgendwie unscharf und verschwommen. Oder vielleicht war es auch der Schlafmangel.

»Ich schätze mal, der Fahrer ist ein Arschloch.«

»Roberta!« Susan erschien in der Tür, sie trocknete sich die Hände an einem Geschirrtuch ab. »Was habe ich dir zu dem Thema gesagt? Was sollen denn die Leute denken, wenn Jasmine in die Krippe geht?«

»Sie werden denken: ›Wer ist denn der hübsche kleine Fratz mit der blumigen Ausdrucksweise?‹« Sie wuchtete sich von der Couch hoch und befreite Jasmine Catherine Cassandra Steel-Wallace aus ihrem Baby-Alcatraz. »Oho, da hat ja jemand Windelwürstchen gemacht…«

Susan lächelte. »Alles in Ordnung, Logan? Möchtest du noch ein bisschen Eis?«

»Nein, nein, ich bin wunschlos glücklich, danke.« Jedenfalls, solange er nicht über Shuggie Webster nachdachte. Oder über Samantha. Oder darüber, dass er nicht in dem Team war, das die Marley-Brüder hochnahm. Dabei hätte er doch bestimmt einen kleinen Unfall arrangieren können …

»… Logan?«

Er blinzelte. »Bitte?«

»Ich sagte, willst du deiner Tochter einen Gutenachtkuss geben?«

»Oh, äh … ja. Sicher.« Er stand auf und drückte ihr einen kleinen Kuss auf den Scheitel. Steel hatte recht – Jasmine roch, als hätte sie sich in etwas Braunem und Klebrigem gewälzt. »Träum süß.«

»Sag Papa gute Nacht, Jasmine.« Susan fasste ein speckiges kleines Handgelenk und winkte Logan damit zu. »Er hat deinen Mamis ein kleines Döschen mit wuseligen Spermien gegeben, damit der Doktor dich in meinen Bauch tun konnte.«

»Musst du das jedes Mal bringen, wenn ich euch besuche?«

Susan lachte. »Ist es dir wirklich *so* unangenehm?«

Er spürte, wie die Röte an seinem Hals emporkroch. »Also …« Er wandte sich wieder dem Fernseher zu. »Guckt ihr wirklich die ganze Zeit diesen Mist?«

»Ich *weiß*.« Susan lachte, während Jasmine sich an ihre Brust schmiegte und mit spuckefeuchtem Mündchen gähnte. »Man gewöhnt sich dran.«

»Whisky hilft.« Steel leerte ihr Glas. »Ich sag's euch, die Hälfte von den verdammten Fernsehgebühren geht bestimmt für Heroin und Tequila drauf.«

»… bewegt sich was hinterm Haus. Sekunde …« Eine Pause, dann drang wieder das harsche Flüstern aus dem Lautsprecher des Airwave. *»Nee, Entwarnung – ist bloß 'ne Katze.«*

Logan lehnte den klobigen grauen Apparat an die Vase mit Narzissen auf der Frühstückstheke und drehte den Ton lauter.

»Meine Fresse, das is' keine Katze, das is' 'n verdammter Tiger! Hast du gesehen, was die für riesige –«

»Okay, jetzt beruhigt euch mal.« DI Bell hörte sich an, als ob er etwas äße. *»Uhrenvergleich: Es ist jetzt zwei Uhr fünfzig. In zehn Sekunden geht's los. Teams zwei und drei, Positionen einnehmen.«*

Logan warf einen Blick auf die Uhr am Herd – sie ging fast fünf Minuten vor. Das blassorange Licht des bedeckten Nachthimmels fiel durch das Küchenfenster, hinter dem der Garten sich als Dschungel aus Silhouetten und Schatten abzeichnete. Logan füllte den Wasserkocher und goss dann die Hälfte wieder aus, bevor er ihn einschaltete. Das anschwellende Grollen übertönte das Gebrabbel aus dem Airwave-Apparat, als Bell sein Team in Stellung brachte.

Becher. Teebeutel. Kochendes Wasser. Milch –

Blendende Helle erfüllte plötzlich die Küche.

Logan kniff die Augen zusammen und versuchte in dem grellen Licht etwas zu erkennen. Steel stand in der Tür. Sie trug einen karierten Pyjama und hielt einen Schürhaken aus Messing wie einen Baseballschläger in der Hand.

»Herrgott noch mal, Laz, ich dachte schon, es wären Einbrecher.« Ihre Haare sahen aus, als hätte sie sie einer Horde Brüllaffen ausgeliehen. Sie knipste das Licht wieder aus. »Kannst du nicht schlafen?«

Er fischte den Teebeutel aus dem Becher und warf ihn in den Mülleimer. »Nicht so richtig.«

DI Bells Stimme: *»Noch fünf Sekunden. Alles an seinem Platz?«*

Steel seufzte. »Was ist denn los?«

»Auch einen Tee?«

»Pfefferminz. Also, was ist los?«

»Team eins: Von uns aus kann's losgehen.«

»Team zwei: Zu allen Schandtaten bereit.«

»Logan?«

»Team drei: Alles klar zum Entern.«

»Team vier: Können's kaum erwarten.«

Er spülte den Teelöffel mit kaltem Wasser ab. »Ding-Dong macht eine Razzia bei den Yardies in Kittybrewster.«

»*Aye*, das hab ich auch schon mitgekriegt. Was ich wissen will, ist, warum du hier unten bist und mithörst, anstatt oben in deinem Heiabett zu liegen.«

Logan stellte ihren Tee auf die Frühstückstheke. Pfefferminzduftende Dampfwolken stiegen aus dem Becher auf. Das kleine Papierschildchen, das über den Rand hing, sah aus wie die Einführhilfe eines Kräuter-Tampons. »Wie gesagt, ich konnte nicht schlafen.«

Steel zog sich einen Hocker heran und setzte sich ihm gegenüber. »Seh ich etwa aus, als wär ich schwer von Begriff?«

»Also dann: fünf, vier, drei, zwo, eins – Action!«

Krachen und Splittern tönte aus dem Airwave, als der große rote Nachschlüssel auf Holz traf.

Steels Augen verengten sich zu zwei runzligen Schlitzen. »Du glaubst, das sind die Typen, die deine Wohnung abgefackelt haben, stimmt's?«

»Ich hab nicht –«

»Herr im Himmel, Laz – kannst du denn nicht *ein Mal* auf mich hören? Finnie springt im Quadrat, wenn er das spitzkriegt!« Sie vergrub ihr Gesicht in den Händen. »Warum hab ich mich von diesem Deppen Rennie dazu überreden lassen, dir zu helfen, weil du unbedingt heute schon wieder arbeiten wolltest?«

Logan starrte aus dem Fenster. Ein hohläugiges Gesicht blickte ihm entgegen. »Allein hätte ich sie nicht gepackt. Nicht alle beide …«

»Und da hast du dir gedacht, Finnie würde dich eine MP5 schnappen und die Mistkerle *abknallen* lassen?« Sie blickte auf. »Was ist mit Shuggie Webster?«

Der Geist in der Fensterscheibe zuckte mit den Achseln. »Ich glaube, ich will nicht länger Polizist sein.«

»Scheiße Mann, Laz. Hast *du* etwa die arme Sau zusammengeschlagen?«

»Ich …« Er fuhr sich mit der Hand über die Augen. »Es ist …«

»Du verdammter Idiot! Wenn sie ihn vernehmen, wird er dich voll reinreiten. Hast du vergessen, wie es Insch ergangen ist? Sie werden dich einsperren, du bescheuerter Idiot!«

»Wahrscheinlich. Mag sein. Ich weiß nicht.« Es war überhaupt nicht witzig, aber Logan konnte sich ein kleines Lachen nicht verkneifen. Es klang bitter und kalt. »Wäre vielleicht keine schlechte Idee.«

Steel beugte sich über ihren Teebecher. »Ich kann dich da nicht raushauen. Ich meine … verdammte Scheiße, Laz.«

»Ich weiß.«

»*HINLEGEN! AUF DEN BODEN, ABER DALLI!*«

Sie drehten sich beide zum Airwave um.

»Bist du sicher, dass diese Typen deine Wohnung angezündet haben?«

»Das werden wir noch früh genug erfahren.«

Sie seufzte. »Und was dann? Willst du in der Arrestzelle auf sie losgehen? Damit sie dich zusätzlich zu der Körperverletzung noch wegen Doppelmords verknacken? Glaubst du wirklich, dass Samantha das will?«

»Was würdest du denn machen, wenn jemand versucht hätte, Susan zu ermorden, oder Jasmine? Ihm einen Kuchen backen?«

»OKAY. NOCH EINE BEWEGUNG, UND ICH SCHIESS DIR DEN ARSCH WEG!«

»Ich würde …« Sie spielte mit ihrem Becher, klackerte damit auf der Arbeitsplatte herum. »Das ändert nichts daran, dass du ein bescheuerter Idiot bist.«

»Team eins: Gesichert!«

»Team vier: Gesichert!«

Er starrte auf seine Hände hinunter. »Ich glaub, ich pack das nicht mehr.«

»Team drei: Wir haben die Verdächtigen.«

»Team zwei: Chef, wir haben hier genug Heroin, Koks, Speed und Gras, um Keith Richards in Dauerdröhnung zu halten, bis er neunzig ist! Heilige Scheiße, Cath, hast du schon mal so viel Gras auf einem Haufen gesehen?«

Steel warf ihren Teebeutel auf das Abtropfbrett. »Sei doch nicht so blöd. Du kannst nicht aussteigen. Was willst du denn machen? Als Wachmann im Trinity Center anheuern? Dich mit Ladendieben und inkontinenten alten Mütterchen herumschlagen?«

»Ob du's glaubst oder nicht, ich hab heute Morgen einen Job angeboten bekommen.«

Wenn Sie je zu dem Schluss kommen sollten, dass die Polizeikarriere nichts mehr für Sie ist … Nun, wie gesagt, es wäre schön, mein Vermächtnis in guten Händen zu wissen.

Vom Polizisten zum Boss des größten Verbrecherimperiums von Aberdeen … Warum sich etwas vormachen – er hatte doch längst die ersten Schritte in diese Richtung getan.

Seltsam, wie viel sich in nur vierundzwanzig Stunden verändern konnte.

42

Logan rückte seine Krawatte zurecht. »Okay.«

Steel musterte ihn von Kopf bis Fuß. »Ich finde nach wie vor, dass du ein verdammter Idiot bist. Nimm wenigstens einen Vertreter der Polizeigewerkschaft mit!«

Die Aufforderung, sich in der Höhle des Löwen zu melden, hatte auf seinem Schreibtisch gelegen, als er ins Büro gekommen war, gähnend und mit Schlaf in den Augen, mit einem Gefühl, als hätte jemand seine Eingeweide durch glühende Schlangen ersetzt. »MCRAE – MEIN BÜRO – SCHLEUNIGST!« Unterschrieben von DCI Finnie.

»Was soll das denn bringen? Wenn Shuggie mich angezeigt hat, bin ich sowieso geliefert.«

Natürlich hatte er ihn angezeigt – Urquhart hatte recht, Shuggie war ein Junkie … Und er hatte allen Grund, Logan anzuzeigen.

Logan schloss die Augen. Sie würden ihn suspendieren, verhaften und für vier bis sechs Jahre wegsperren. Wenn sie ihn auf Bewährung freiließen, wäre Samantha vielleicht inzwischen aufgewacht.

Tief durchatmen.

Er klopfte an die Tür von Finnies Büro.

Von drinnen kam die Stimme des CID-Chefs. »Herein!«

Logan trat beherzt ein, schloss die Tür und ließ Steel draußen auf dem Korridor stehen. »Sie wollten mich sprechen, Sir?«

Finnie warf einen Blick auf die Uhr an der Wand, lehnte sich zurück und legte die Fingerspitzen aneinander.

»Sir, ich –«

»DI Bell hat letzte Nacht Ihre Marley-Brüder festgenommen. Als Dreingabe haben die Kollegen Drogen im Wert von einer halben Million Pfund sicherstellen können. Das ist ein bedeutender Erfolg.«

»Bei allem gebührenden Respekt, Sir –«

»Ich weiß, ich weiß.« Finnie hielt eine Hand hoch. »Sie wären gerne dabei gewesen, als das bewaffnete Team die Razzia durchführte; Sie hätten die Operation gerne geleitet. Aber das konnte ich nicht zulassen; nicht nach allem, was Sie gestern durchgemacht haben. Sie mussten dringend nach Hause und sich ein wenig ausruhen.«

»Aber Sir –«

»Keine Sorge. Auch wenn DI Bell die Verhaftungen vorgenommen hat, ist uns allen bewusst, dass dies nur den Informationen zu verdanken ist, die *Sie* geliefert hatten. Die Kollegen von der Nachtschicht haben die Fingerabdrücke und die DNS der Verdächtigen mit der Datenbank abgeglichen: Robert und Jacob werden im Zusammenhang mit einem Todesfall in der Region Lothian and Borders und zwei weiteren in Greater Manchester gesucht. Für die Grampian Police ist diese Festnahme ein Erfolg, auf den wir stolz sein können – und das zu einem Zeitpunkt, wo wir uns im Fall McGregor nicht gerade mit Ruhm bekleckern.«

Der Mistkerl zog es absichtlich in die Länge, um ihn zu quälen.

Logan trat von einem Fuß auf den anderen. »Ich würde gerne –«

»Und dann ist da *das* hier.« Er hielt die *Press and Journal* von diesem Morgen hoch.

»SCHANDE: EHEMALIGER POLIZEIHELD PRÜGELT DROGENSÜCHTIGEN AUS RACHE KRANKENHAUSREIF –« Doch das war gar nicht die Schlagzeile. Auf der Titelseite war zu lesen: »JUNGE MUTTER IN KINCORTH AUF OFFENER STRASSE ENTFÜHRT«. Dazu ein Foto eines lächelnden Teenagers, der mit einer Bierflasche in der Hand in die Kamera zwinkerte. Sie sah fast aus wie – Finnie wedelte mit der Zeitung. »Trisha Browns Mutter erzählt jedem, der es hören will, wir nähmen das Verschwinden ihrer Tochter nicht ernst. Während *Alison*

McGregor Benefizsendungen im Fernsehen bekomme und der Polizeipräsident Pressekonferenzen gebe, habe man für ihre Tochter nur einen einzigen *armseligen* Sergeant übrig.«

Logan betrachtete noch einmal stirnrunzelnd das Foto. Sie war es – Trisha Brown, bevor das Heroin seine schmutzigen braunen Klauen in ihr Fleisch geschlagen hatte. Sie konnte nicht viel älter als dreizehn sein.

Finnies Gesichtszüge verfinsterten sich. »Nicht gerade ein Schritt in die richtige Richtung, oder?«

»Sir, ich möchte erklären –«

»Und *dann* die Sache mit Shuggie Webster. DI Bell war letzte Nacht im Krankenhaus und hat seine Aussage zu Protokoll genommen.«

Zu langsam. Was für einen Sinn hatte es noch zu springen, wenn man schon geschubst worden war?

Logan hob das Kinn, straffte die Schultern und starrte über Finnies Kopf hinweg aus dem Fenster. »Ja, Sir.«

Adieu Karriere, hallo Suspendierung, Verhaftung, Prozess und Gefängnisstrafe.

»Mr. Webster war so freundlich, uns die Namen und Adressen von dreien seiner übrigen Lieferanten und einem halben Dutzend Dealern zu nennen, und nebenbei hat er auch noch zwanzig Diebstähle gestanden.« Finnie lächelte. »Ist das nicht *nett* von ihm?«

Logan schloss die Augen und wartete auf die Pointe.

»Wie ich höre, hat Mr. Webster DI Bell erzählt, Sie hätten ihn dazu überredet, sein Leben umzukrempeln und reinen Tisch zu machen.«

Logan riskierte einen Blick. »Hat er das?«

»Ja. Er sagt, Sie seien sehr überzeugend gewesen, als Sie ihn gestern Morgen vor den drei Kapuzentypen retteten, die ihn überfallen hatten.«

Kapuzentypen …?

»… also denken Sie daran: Die Nerven werden heute bei vielen blank liegen. Da genügt ein einziger Idiot, damit es zu Krawallen kommt.« Interims-DI Mark MacDonald sortierte die Papiere in seiner Hand und trat von einem Fuß auf den anderen. Er stand im Besprechungsraum vor der komplett angetretenen CID-Tagschicht sowie über zwei Dutzend uniformierten Constables, die ihn alle anstarrten. »Die Medien haben schweres Geschütz aufgefahren und warten nur darauf, dass jemand den Stein ins Rollen bringt, also halten Sie *bitte* Augen und Ohren offen.« Er räusperte sich, sagte »Danke« und nahm Platz.

Irgendjemand hatte den Countdown am Whiteboard hinter ihm auf den neuesten Stand gebracht. Jetzt war da zu lesen: »Deadline: MORGEN!«

Finnie stand auf. »Wie *Interims*-DI MacDonald bereits sagte – die Medien machen sich vor Vorfreude schon in die Hosen. Aber das ist *keine* Entschuldigung *hierfür*.« Er drückte auf die Fernbedienung, und die Titelseite des *Aberdeen Examiner* füllte die Leinwand aus. »Ist vermisster Kinderschänder der Entführer von Alison und Jenny?« Darunter ein Foto von Frank Baker.

Finnie blickte grimmig im Saal umher. »Wenn ich herausbekomme, welcher unprofessionelle, skrupellose *Bastard* mit der Presse geredet hat, wird Hannibal Lecter neben mir wie Tinky Winky von den Teletubbies aussehen. Habe ich mich klar ausgedrückt?«

Unbehagliches Schweigen.

Er kräuselte die Oberlippe. »Muss ich euch *Jungs* und *Mädels* daran erinnern, dass uns weniger als vierundzwanzig Stunden bleiben, um Alison und Jenny McGregor zu finden? Konzentrieren wir uns doch bitte darauf, unseren *Job* zu machen.«

Rennie hob die Hand. »Was ist, wenn die Entführer finden, dass wir nicht genug Geld gesammelt haben?«

»Mr. Maguire von Blue-Fish-Two-Fish hat mir mitgeteilt, dass der offizielle Spendenfonds momentan bei knapp über sechs Millionen Pfund steht.«

Jemand pfiff.

»Wenn es uns nicht gelingt, diese Leute zu finden, wird die Jagdsaison auf die gesamte D-Prominenz in diesem Land eröffnet sein. Denn wenn die Typen, die Alison und Jenny gekidnappt haben, sich mit sechs Komma drei Millionen Pfund aus dem Staub machen können, wieso sollte *mir* so etwas nicht auch gelingen?«

Finnie starrte wieder finster in die Runde. »Und jetzt sagen Sie mir, meine Damen und Herren: Wollen wir wirklich dafür verantwortlich sein? Ich denke nicht. Sie vielleicht?«

Darauf antwortete niemand.

Er nickte Superintendent Green zu, worauf der Mann von der SOCA aufstand. »Sobald Jenny und Alison McGregor freigelassen sind, wird unserer Kontrollinstanz, der Independent Police Complaints Commission, ein Bericht unterbreitet werden, in dem sie aufgefordert wird, die Handhabung der Ermittlungen durch die Grampian Police zu überprüfen, was bei Fällen mit hoher Medienpräsenz wie diesem hier *reine Routine* ist.« Green hob die Hände, als wolle er sie alle segnen – und ihnen nicht etwa aus großer Höhe auf den Kopf scheißen. »Die SOCA wird zu diesem Zeitpunkt von einer beratenden Funktion in eine ausführende wechseln.«

»Darf ich raten?« DI Steel zog ihre Hose stramm. »Das heißt, Sie werden das Kommando übernehmen.«

Empörtes Gemurmel wurde laut.

Finnie klopfte mit seinem Kaffeebecher auf den vordersten Tisch. »Also schön, das reicht. Wir wollen uns doch wie Erwachsene und *Profis* benehmen.«

Superintendent Green nahm wieder Platz.

»Wir haben noch einen letzten Tagesordnungspunkt.«

Ein Lächeln breitete sich auf Finnies Gesicht aus. »Wie Sie sicher gehört haben, ist es uns – dank der Vorarbeit von DS McRae – letzte Nacht gelungen, eine bedeutende Menge Drogen zu beschlagnahmen. Wir hoffen zudem, in den nächsten Tagen weitere Fortschritte bei der Aufdeckung der Lieferkette zu machen. Wie Sie *ebenfalls* gehört haben werden, hatte DI McPherson gestern einen bedauerlichen Unfall. Da er mindestens drei Wochen lang außer Gefecht sein wird, befördere ich hiermit DS McRae mit sofortiger Wirkung zum Detective Inspector. Ich bin sicher, Sie *alle* …« – er richtete sein Lächeln kurz auf Green und wandte sich dann wieder dem Plenum zu – »… werden sich mir anschließen, wenn ich ihm in dieser herausfordernden Rolle allen erdenklichen Erfolg wünsche.«

Logan starrte ihn an. »Was …?«

»Juuu-huu!« Rennie begann zu klatschen, der Applaus breitete sich aus und schwoll immer weiter an.

Logan starrte auf seine Hände. Die Knöchel waren immer noch leicht geschwollen, die Haut ringsum von leichten Blutergüssen verfärbt. *Dafür* spendeten sie ihm Beifall – dass er Shuggie Webster verprügelt hatte, einen verkrüppelten Junkie, dessen Hände hinter dem Rücken mit Kabelbindern gefesselt waren.

Bravo, Team Logan – gut gemacht.

Er hätte den Dienst quittieren sollen, als es noch nicht zu spät war.

»Ich weiß, okay?« Logan hielt sich die Hände vors Gesicht und ließ sich auf seinem Stuhl im Behelfsbüro nach hinten sinken. »Ist ja nicht so, als ob ich das geplant hätte, oder?«

Er konnte Steel seufzen hören. »Du bist ein verdammter Glückspilz, Laz. Aber wenn Shuggie es sich anders überlegt …«

»Wird er nicht.« Wenn er nicht den Zorn von Wee Hamish

Mowat zu spüren bekommen wollte. Und Jonny Urquhart hatte mehr als deutlich gemacht, was das bedeuten würde.

Es war einen Moment still. Dann wurde ihre Stimme kalt. »Ist es das, was du gestern Nachmittag im Krankenhaus gemacht hast? Ihn bedroht, damit er die Klappe hält?«

»Nein…« Logan ließ sich nach vorne sinken, bis seine Ellbogen die Schreibtischplatte berührten. »Ich habe mit Trishas Mutter geredet. Und ich habe bei Samantha gesessen. Das ist *alles*.«

»Du warst sonst immer…« Steel schnaubte. Er konnte förmlich sehen, wie sie hinter ihm stand und den Kopf schüttelte, die Augen geschlossen, auf ihrer Oberlippe herumkauend. »Scheiße, Mann, Laz.«

Die Tür flog auf. »Jetzt wird gefeiert!« Rennie kam ins Zimmer getanzt – eine Ein-Mann-Polonaise. »Da-da-dada-da, *da*! Da-da-dada-da, *da*!«

Er fasste Steel an den Hüften und tanzte weiter. »Da-da-dada-da, *da*! Da-da-dada-da, *da*!«

»Lassen Sie die Finger von mir, Sie dämlicher Sack!« Sie schlug seine Hände weg.

»Ach, nun seien Sie doch nicht so, Chefin – kommt schließlich nicht alle Tage vor, dass einer von uns auf der Karriereleiter nach oben geschubst wird.« Er deutete einen Knicks an. »Detective *Inspector* McRae, darf ich der Erste sein, der Ihnen sagt, wie gigantisch sexy Sie als DI aussehen? Und sollten Sie je einen Adlatus brauchen –«

»Danke, aber –«

»Ich finde, Detective Sergeant Simon Rennie hat irgendwie einen gewissen Klang, meinst du nicht? Und wenn du befördert wirst, brauchen sie schließlich wen, der deinen Platz im Sergeants-Kabuff einnimmt, richtig?« Er grinste, wobei seine Zähne vor dem Hintergrund seiner unnatürlichen, orangestichigen Bräune blitzten. »Dann kann *ich* zur

Abwechslung mal irgendeine arme Sau zum Teekochen schicken.«

»Gute Idee.« Steel klickte ihre E-Zigarette an und sog daran. »Latte mit drei Stück Zucker, extra Schokolade und einem Schuss von diesem Haselnuss-Sirup, wenn sie welchen dahaben. DI McRae nimmt einen Koffeinfreien: zwei Zucker und Milch.«

Rennies Grinsen verrutschte. »Kann ich nicht jemand anders schicken –«

»Wenn Sie in zwei Minuten nicht mit den Kaffees zurück sind, dürfen Sie den Rest des Tages für Biowaffen-Bob den Sklaven spielen, kapiert?«

Rennie schoss wie der Blitz zur Tür hinaus.

Steel wartete, bis sie wieder unter sich waren. »Ich sag das jetzt nicht zweimal, also sperr deine Lauscher auf: Wenn du so was noch *ein* Mal bringst, dann häng ich deinen Arsch aus dem Fenster wie eine verschissene Unterhose, kapiert?«

»Dann lass mich *kündigen.*«

Sie knuffte ihn in die Schulter. »So leicht kommst du mir nicht davon.«

Natürlich nicht.

»Und was nun?«

Steel blies einen perfekten Rauchkringel gegen seinen Computerbildschirm. »Ich mein's ernst, Laz. Ich lass nicht zu, dass Jasmine mit einem korrupten Bullen als Papa aufwächst.«

Logan rief sein Mailprogramm auf und scrollte sich durch die aufgelaufene Post. »Sonst noch was?« Er sah sie nicht an.

»Ja.«

»Was?« Er klickte eine E-Mail von DI Bell an – ein Zwischenbericht über die Vernehmungen der »Marley-Brüder« von vergangener Nacht.

»Es tut mir leid wegen Samantha. Wenn du mit jemandem reden willst …«

»Ich muss nicht darüber –«

»– dann ruf doch deinen Haus- und Hofpsychologen an. Von dieser ganzen Gefühlsduselei krieg ich das kalte Kotzen.« Sie schniefte. »Also, vielleicht sollten wir –«

Logans Handy begann zu trällern.

»Laz?« Colin Miller. *»Wir haben schon wieder eine Botschaft von diesen Wichsern in den weißen Spermienkostümen. Sitzt du an deinem Computer?«*

Das E-Mail-Signal ertönte, und in der unteren linken Bildschirmecke ging ein kleines Fenster auf: »Colin Miller. Fwd: Noch ein Tag.«

Die Tür flog auf, und Rennie stürzte herein. Er schnaufte wie ein Perverser und hielt sich die Seite. »Sie haben … Sie haben ein … ein neues … Video geschickt!«

Logan öffnete die Nachricht – ein Link zu YouTube. Er klickte ihn an.

»Nicht noch mehr Zehen, oder?« Steel nahm die Pseudozigarette aus dem Mund.

Schließlich war das Video heruntergeladen, sodass er es starten konnte. Er zog den Stecker des Kopfhörers heraus, es rauschte einen Moment in den Lautsprechern, und dann hallte diese kalte Computerstimme durchs Zimmer.

43

Steel tippte auf den Bildschirm. »Lass es noch mal laufen.«

»Sie haben noch vierundzwanzig Stunden, um Jennys Leben zu retten.«

Das verschwommene Bild wurde plötzlich scharf. Man sah Jenny McGregor zusammengerollt auf einer blanken Matratze liegen. Sie hatte eine Kette um den Hals, deren

Ende mit einem Vorhängeschloss an dem metallenen Bettgestell befestigt war. Ihr Winnie-Pu-Schlafanzug war verdreckt, doch die Verbände an ihren Füßen sahen frisch aus – nur eine leichte Verfärbung dort, wo ihre kleinen Zehen abgeschnitten worden waren.

Steel bleckte die Zähne. »Die Schweine.«

»*Manche Zeitungen machen Ihnen immer noch weis, das Ganze sei fingiert. Dem ist nicht so. Ich verspreche Ihnen: Wenn es Ihnen nicht gelingt, genug Geld zu beschaffen, wird Jenny sterben.*«

Eine Gestalt trat ins Bild. Sie trug das wohlbekannte weiße Tatort-Outfit mit Handschuhen und einer Plastikmaske, die die Gesichtszüge verzerrte, und in der Hand hielt sie ein Tranchiermesser mit zwanzig Zentimeter langer Klinge.

»*Sie wird sterben, und die Polizei wird vierzehn Tage lang jeden Tag einen anderen Teil ihrer zerstückelten Leiche erhalten: ein Stück für jeden Tag, den Sie es nicht geschafft haben, genug Geld zu beschaffen.*«

Es knackte im Lautsprecher. Eine Frau schrie: »Tut meinem Baby nicht weh!«, und die Kamera schwenkte herum, um Alison McGregor zu zeigen, wie sie mit den Fingernägeln über die blanken Bodendielen schrammte in dem verzweifelten Versuch, sich von dem Heizkörper loszureißen, an dem sie festgekettet war. Ihr Haar war wirr, ihr Gesicht rot angelaufen, Tränen strömten ihr über die Wangen. Dann war plötzlich der Ton weg, und sie sahen nur noch Alisons stumme Schreie.

Jenny kam wieder ins Bild.

»*Wenn Sie sie im Stich lassen, wird sie sterben. Dann starten wir die ganze Aktion noch einmal von vorne – mit ihrer Mutter.*«

Die weiß gekleidete Gestalt griff dem kleinen Mädchen in die Haare und zog ihren Kopf hoch. Dann hielt er ihr das Messer an die Kehle.

Die Kamera zoomte heran: Jennys gerötete, glänzende Nase, ihre zitternde Unterlippe. Ihre Augen zuckten nach rechts oben, wahrscheinlich zu dem Typen mit dem Messer, und sie nickte. Nur ganz leicht, aber es reichte, um die Klinge einen Millimeter in ihre Haut hineinzudrücken. Sie starrte direkt in die Kamera, und dicke Tränen schimmerten in ihren Augenwinkeln.

Ihre Stimme kam aus den Lautsprechern des Laptops, verzagt und zittrig. *»Ich will nicht … Ich will nicht … sterben …«*

»Sie haben Zeit bis Mitternacht.«

Der Bildschirm wurde dunkel, und dann erschien die kleine Auflistung von YouTube-Filmchen nach dem Motto: »Wenn dir das gefallen hat, wirst du die hier auch mögen«, und dazu die Option, das Video erneut abzuspielen.

»Licht an.« DCI Finnie zielte mit der Fernbedienung auf den Projektor, der an der Decke des Besprechungsraums montiert war, und hielt den Film an der Stelle an, wo der Mann im Tatort-Schutzanzug Jenny das Messer an die Kehle drückte.

Jemand betätigte den Schalter, und kaltes Neonlicht füllte den Saal. Die Zuschauer reckten sich und blinzelten. Es war ein sehr viel exklusiverer Kreis als zuvor – nur die Oberchefs und die leitenden Ermittler des CID.

Finnie legte die Fernbedienung neben sich auf dem Pult ab. »Wenigstens haben wir jetzt einen Zeitrahmen: Mitternacht.«

Polizeipräsident Anderson fluchte. Die polierten Silberknöpfe seiner Ausgehuniform funkelten, und seine Glatze glänzte im Neonlicht, als er sich vorbeugte. »Wie viel ist momentan im Topf?«

»Ähm …« Interims-DI Mark MacDonald wühlte in einem kleinen Papierstapel. »Es sind um die –«

»Sechs Komma drei Millionen.« Superintendent Green räkelte sich auf seinem Stuhl und starrte zur Leinwand hinauf. »Konservativen Schätzungen zufolge wird die Gesamtsumme um Mitternacht bei circa sieben Millionen liegen.«

»Gütiger Himmel.« Der Polizeipräsident schüttelte den Kopf. »Haben wir irgendeine Vorstellung, wie die Täter an das Geld heranzukommen gedenken?«

»Es muss über eine Online-Überweisung laufen.« Green tippte mit dem Kuli auf seinen Handteller. »Sie können es nicht in bar verlangen – so viel könnten wir bis Mitternacht gar nicht beschaffen, und dann müssten sie das Geld auch noch waschen. Ganz zu schweigen von dem Risiko, das sie bei der Übergabe eingehen würden.«

»Verstehe. Und was ist mit diesem Frank Baker?«

DI Steel musterte Green mit zusammengekniffenen Augen. »Er wurde angeblich schon an allen möglichen Orten zwischen Nairn und Portsmouth gesichtet. Sämtliche Lokalzeitungen im Land drucken sein Foto ab, und auch die meisten überregionalen. Fahndungsplakate hängen an allen Fährhäfen, Busbahnhöfen und Flughäfen.«

Green nickte. »Mir war mir sofort klar, dass er in die Sache verwickelt ist, nachdem ich mit ihm gesprochen hatte.«

»Ach ja? Und Sie sind nicht auf die Idee gekommen, *uns* zu informieren, sodass wir ihn hätten im Auge behalten können, anstatt ihn mit Ihren Drohungen zu verschrecken?«

»Sie können von mir nicht erwarten, dass ich etwas tue, was eigentlich Ihr Job ist, Inspector.«

Es folgten fünf Minuten Gezanke, Klagen und gegenseitige Schuldzuweisungen.

Logan starrte auf die Leinwand. Der Typ mit dem Messer trug ein Namensschild, wie sie bei Konferenzen verwendet wurden, genau wie die beiden in dem Entführungsvideo. Es war schwer zu entziffern, aber es sah aus wie »Sylv–« irgendwas. Sylvia? Sylvester?

Logan schrieb die Namen auf seinen Notizblock und probierte verschiedene Kombinationen aus. Sylvia, David und Tom. Sylvester, Tom und David.

Es machte eigentlich keinen Unterschied – es waren ja ohnehin Tarnnamen. Niemand machte sich die Mühe, Tatorte und Erpresserbriefe sorgfältig von allen forensisch verwertbaren Spuren freizuhalten, um sich dann einen großen Zettel mit seinem richtigen Namen an die Brust zu heften.

Nein, das hier lief eher nach dem Vorbild von *Reservoir Dogs*.

Die Namensschilder trugen sie, damit sie immer wussten, mit wem sie gerade redeten, wenn sie alle ihre Schutzanzüge und Masken trugen. Und um jede menschliche Regung zu kaschieren.

Sylvia, Tom und David.

Sylvester, Tom und David –

Jemand stieß ihm den Ellbogen in die Rippen.

Logan blickte von seinem Notizblock auf. Alles starrte in seine Richtung.

Finnie kniff sich in die Nasenwurzel und seufzte. »Ich *weiß* ja, dass das alles für Sie noch neu ist, Detective *Inspector* McRae, aber im *Allgemeinen* wird erwartet, dass man bei unseren Strategiebesprechungen bei der Sache ist.«

Logan spürte ein heißes Kribbeln im Nacken. »Ja, Sir.« Er senkte den Blick auf den Notizblock, der vor ihm auf dem Tisch lag. Er hatte geistesabwesend darauf herumgekritzelt – und herausgekommen war ein Dalek, erkennbar an seinem pümpelförmigen Schwenkarm und dem Stielauge.

Nicht Sylvester, Tom und David. In die richtige Reihenfolge gebracht –

»Herrgott noch mal, DI McRae, hören Sie mir *überhaupt* zu, wenn ich –«

»*Doctor Who.*« Logan stand auf. »Tom Baker, Sylvester McCoy und David Tennant sind alles Schauspieler, die den

Doktor gespielt haben. Das ist das Namenssystem, das sie verwenden.«

Damit erntete er nur verständnislose Blicke.

Superintendent Green zog eine Augenbraue hoch. »Tja nun, das ist ja wirklich *faszinierend*. Aber das hilft uns auch nicht, wenn wir herausfinden wollen –«

»Augenblick mal ...« Logan blätterte in seinem Notizbuch zurück.

Green schnaubte. »Sergeant – ich wollte sagen, *Inspector* McRae –, ein kleiner Tipp zu Ihrer Karriereplanung: Wenn Sie sich nicht mal zwei Minuten am Stück konzentrieren können, wie wollen Sie –«

»Hier.« Logan tippte mit dem Finger auf die Seite. »Stephen Clayton – er hat die gleiche Psychologievorlesung belegt wie Alison McGregor. Er hat sie angebaggert, aber sie hat ihn ziemlich gnadenlos abblitzen lassen. Er nannte sie – ich zitiere – ein ›arrogantes, überhebliches, verlogenes, hinterhältiges Miststück‹ und sagte: ›Entführt zu werden war doch das Beste, was diesem berechnenden Weibsstück überhaupt passieren konnte.‹ Und er ist Doctor-Who-Fan: besitzt signierte Poster, einen ferngesteuerten Dalek, das volle Programm.«

Der Polizeipräsident beugte sich vor, und die silbernen Knöpfe blitzten auf der schwarzen Uniformjacke. »Kommt er als Täter infrage?«

»Wen haben wir denn sonst?«

Niemand konnte einen hilfreichen Vorschlag beisteuern.

Steel kratzte sich unter dem Tisch. »Wie soll denn so ein mickriger kleiner Psychologiestudent so ein Riesending durchziehen?«

»Nun ja ...« Logan blickte zur Leinwand auf. »Was ist, wenn Clayton andere Studenten dazu überredet hat, ihm zu helfen? Wir wissen, dass einer der Entführer medizinische Kenntnisse besitzt – könnte ein Medizinstudent sein.«

Interims-DI Mark McDonald schüttelte den Kopf. »Ausgeschlossen. Ich habe McPhersons Fallnotizen ein halbes Dutzend Mal durchgelesen – die Krankenhäuser sagen, dass ausschließlich Ärzte und autorisierte Krankenschwestern Zugang zur Apotheke haben. Keine Ausnahmen.«

Ich hab 'nen Kumpel, der studiert Medizin und schiebt mir ab und zu was rüber.

Steel lehnte sich zur Seite und klopfte mit den Knöcheln auf Marks Kopf. »Hallo? Ist dieses Ding eingeschaltet? Test, Test.«

»Finger weg!«

»McPherson könnte nicht mal ermitteln, woher die Scheiße an seinen Schuhsohlen stammt. Medizinstudent mit langen Fingern beschafft sich ein Sortiment von OP-Medikamenten, amputiert ein bisschen rum, und fertig ist die Laube. Ist ja nicht gerade eine Operation am offenen Herzen, oder?«

»Gut. Andy« – der Polizeipräsident deutete auf DCI Finnie –, »ich möchte, dass dieser Clayton zur Vernehmung aufs Revier gebracht wird. Ich werde persönlich den Haftbefehl mit Richter McNab abklären, wenn Sie nur dafür sorgen, dass Clayton binnen einer Stunde in Untersuchungshaft ist.«

»Ja, Sir. Ich werde ein bewaffnetes Einsatzteam –«

»Wenn Sie gestatten«, unterbrach ihn Green und plusterte sich auf, die Arme vor der Brust verschränkt, »… ich halte das nicht unbedingt für die *beste* Vorgehensweise.« Er kniff die Augen zusammen und starrte ins Leere. »Wenn wir ihn einkassieren, wird er nur dichtmachen. Das Ultimatum wird verstreichen, und er muss uns gar nichts sagen, wenn er nicht will. Warum sollte er mit uns kooperieren?«

Der Polizeipräsident schüttelte den Kopf. »Die Grampian Police wird *nicht* dasitzen und die Hände in den Schoß legen, während ein kleines Mädchen und seine Mutter ermordet werden!«

»Ich plädiere keineswegs für Untätigkeit, Sir.« Er ließ sein makelloses weißes Gebiss aufblitzen. »Ich plädiere dafür, dass wir DI McRaes Studenten überwachen lassen – so, wie DI Steel es mit Frank Baker hätte tun sollen. Wenn er *wirklich* einer der Entführer ist, wird er uns auf direktem Weg zu ihnen führen. Sie werden sich schließlich vor dem Ablauf des Ultimatums um Mitternacht noch einmal absprechen wollen, nicht wahr?« Green nickte, wie um sich selbst zuzustimmen. »Und dann schlagen wir zu.«

Logan starrte ihn an.

Zuschlagen? Der Idiot kam sich wohl tatsächlich vor wie der Held eines Fernsehkrimis. »Bei allem gebührenden Respekt –«

»Sagen Sie mal ...« – Steel hantierte mit ihrer Pseudozigarette herum –, »bei dieser ›Abwarten-und-Tee-trinken‹-Strategie geht es nicht zufällig darum, die Sache in die Länge zu ziehen? Die SOCA lauert im Hintergrund, bis das Ultimatum abgelaufen ist, dann übernimmt sie die Ermittlungen; Alison und Jenny werden freigelassen; Sie ›schlagen zu‹ und greifen sich den ersten und einzigen Verdächtigen, den wir seit vierzehn Tagen haben, und streichen die ganzen verdammten Lorbeeren ein, während wir uns von sämtlichen Zeitungen im Land den Arsch versohlen lassen müssen?« Sie lächelte ihn an. »Na, lieg ich ungefähr richtig?«

Green funkelte sie an. »Sie haben äußerst merkwürdige Vorstellungen von behördenübergreifender Polizeiarbeit, Inspector.«

»Das sagen *Sie?*« Sie wandte sich an den Polizeipräsidenten. »Wir *könnten* natürlich Däumchen drehen und darauf warten, dass Clayton uns zu seinem widerlichen kleinen Doctor-Who-Fanclub führt, oder wir können tatsächlich etwas *tun*, indem wir hingehen und ihm die Tür eintreten.«

»Und was passiert, wenn der Rest der Bande erfährt, dass wir ihn gefasst haben?« Green stützte sich auf den Tisch.

»Sie lassen den ganzen Plan fallen, töten Alison und Jenny und machen sich aus dem Staub. Bei *meiner* Vorgehensweise haben wir immerhin noch eine gewisse Chance, die McGregors lebend da rauszuholen.«

Der Polizeipräsident lehnte sich auf seinem Stuhl zurück. »Ich glaube, wir müssen hier erst einmal unterbrechen und unsere Optionen überdenken. DCI Finnie, leiten Sie inzwischen umgehend die Überwachung von Mr. Clayton in die Wege. *Sollten* wir beschließen, ihn festzunehmen, will ich vorher wissen, wo er ist. Wir kommen in zwanzig Minuten wieder hier zusammen.«

Robert »Marley« lag auf der blauen Plastikmatratze in seiner Arrestzelle. Offensichtlich hatte die Nachtschicht seine Klamotten konfisziert, um sie auf Spuren untersuchen zu lassen, denn er war mit einem weißen Papier-Overall bekleidet – jedenfalls teilweise: Seine breite braune Brust und den geradezu unnatürlich perfekten Waschbrettbauch hatte er entblößt, indem er die obere Hälfte abgestreift und sich die Ärmel um die Taille verknotet hatte. Er hatte eine Hand hinter den Kopf gelegt, die andere steckte in seinem selbstgebastelten Hosenbund.

Es schien ihn nicht im Geringsten zu bekümmern, dass er in U-Haft saß und sich wegen Mordes in drei Fällen sowie Tierquälerei vor Gericht verantworten musste – ganz zu schweigen von Shuggie Websters Fingern, die er gehäutet hatte …

Und irgendwie konnte sich Logan nicht für den Gedanken begeistern, ihm dazu zu gratulieren.

Robert Marley blickte von seinem Bett auf. Er hatte die Haare rot und leuchtend orange gefärbt; es sah aus, als stünde sein Kopf in Flammen. »Ey, Mann, was glotzt du so blöd? Bin ich vielleicht 'ne Peepshow für perverse Quarkgesichter?«

Logan schlug die Klappe zu.

Die Gewahrsamsbeamtin, die neben ihm im Korridor stand, blies die Wangen auf. »Pfff… Lassen Sie sich nicht von dem aufgesetzten jamaikanischen Akzent täuschen; ich hab letzte Nacht gehört, wie die beiden in breitestem Manchester-Slang gequasselt haben – am Ende mussten wir sie auseinanderlegen. Die sind wahrscheinlich in ihrem Leben noch nicht weiter südlich als bis London gekommen.«

Logans Handy klingelte. Er ignorierte es.

»Die zwei haben ihren Termin vor dem Untersuchungsrichter um halb drei. Soll ich Bob den Pseudo-Yardie in einen Vernehmungsraum stecken?«

Er bewegte die Finger seiner rechten Hand und spürte, wie die Haut über seinen geschwollenen Knöcheln spannte. »Noch nicht.«

»Wollen Sie den anderen sehen? Wir haben ihn unten.«

Sein Telefon klingelte wieder. »Moment.« Er zog es heraus. »McRae?«

»LoganDaveGoulding.« Der Psychologe sprach es aus wie ein einziges langes Wort mit Liverpooler Färbung. *»Ich versuche schon die ganze Zeit, Sie zu er–«*

»Sie haben von dem Feuer gehört.« Natürlich hatte er das; die Abendzeitungen hatten ausführlich darüber berichtet.

»Ja, sicher, aber ich wollte einfach hören, wie es Ihnen geht. Das mit Samantha tut mir leid.«

Allen tat das mit Samantha leid. Jeder Idiot, dem er auf dem Flur begegnete, sagte, es tue ihm *leid*. Als ob das etwas ändern würde.

Logan hielt das Handy an seine Brust und wandte sich der Gewahrsamsbeamtin zu. »Danke, ich melde mich später bei Ihnen.«

Sie schlenderte davon und schwang dabei ihren großen Schlüsselring wie Charlie Chaplin sein Bambusstöckchen.

Er hielt das Handy wieder ans Ohr.

»... wäre ich auch stinksauer auf die Schweine.« Eine kleine Pause. *»Passen Sie auf, ich muss um zehn einen Vortrag zum Thema ›Pluralismus in Bezug auf das Selbst‹ halten, aber ab elf wäre ich frei, wenn das für Sie passt?«*

Logan starrte die geschlossene Zellentür an. »Ich habe gerade ziemlich viel zu tun.«

»Kann ich mir vorstellen – der Versicherungskram, die Besuche im Krankenhaus ...?«

Er rieb sich das Gesicht. »Sie wissen es, nicht wahr?«

»Dass Sie im Dienst sind? Na ja, nennen wir es eine begründete Vermutung. Sie brauchen Zeit für die Trauerarbeit, Logan.«

»Sie – ist – nicht – tot!«

»Es geht nicht um den Tod, Logan; meistens sind es Veränderungen, die Trauer auslösen. Und ich weiß, dass es ein Klischee ist, aber manchmal hilft es wirklich, *darüber zu reden. Zu toben und zu schreien. Gegenstände zu werfen.«* Goulding seufzte. *»Sie wissen, dass Sie nicht allein sind – warum schotten Sie sich dann so ab?«*

»Entschuldigen Sie, Sir ...« Die Gewahrsamsbeamtin war wieder da und zerrte einen Teenager mit eingefallenem Gesicht am Arm hinter sich her. »Das ist Emily, sie will unbedingt mit Ihnen sprechen.«

Emily sah aus, als brauchte sie eine kräftige Mahlzeit und ein Bad – und als müsste sie dringend damit aufhören, sich Heroin in jede verfügbare Vene zu spritzen. »Sie sind doch der Bulle, der hinter dieser Trisha Brown her ist, nicht?«

Logan drückte das Handy wieder an die Brust. »Sind Sie eine Freundin von ihr?«

»Es gibt doch 'ne Belohnung, nicht, für sachdienliche Hinweise und so?«

»Kommt auf die Hinweise an.«

Sie rieb sich den von der Nadel zerstochenen Arm. »Sie haben doch diese Marley-Schweine einkassiert, nicht?«

»Wieso?«

»Die werden doch verknackt, nicht? Sie lassen die Schweine nicht mehr raus?«

Logan starrte sie an. »Was wissen Sie?«

Ihr linkes Bein zitterte, als wäre es nicht richtig mit dem Rest von ihr verbunden. »Haben Sie sie nach Trisha gefragt?«

»Warum sollte –«

»Bob, nicht? So 'n großer, kräftiger Neger mit knallroten Haaren. Das war *er* …« Sie zog ihr *Britain's-Next-Big-Porn-Star*-T-Shirt hoch und ließ ihn eine Reihe xylophonartiger Rippen voller grüner und blauer Flecken sehen. »Dieses Schwein hat gemeint, ich sollte noch dankbar sein. Wenn ich nicht aufpasse, würd's mir gehen wie Trisha Brown.«

Logan starrte wieder auf die Zellentür. Dann wandte er sich seinem Anruf zu. Goulding redete immer noch wie ein Wasserfall. *»… bringt es denn, den starken, schweigsamen Typen zu markieren; das ist nicht –«*

»Wir sprechen uns später.« Er legte auf.

»Also, wie ist das, krieg ich jetzt 'ne Belohnung oder was?«

»Mal sehen …«

»Was immer du willst, es wird warten müssen. Wir ertrinken in Arbeit.« Der kriminaltechnische Assistent nahm seine staubige Plastik-Schutzbrille ab und wischte sie am Zipfel seines Laborkittels ab. Er deutete mit einer Kopfbewegung hinter sich auf einen Stapel blauer Plastikkisten voller Beweismittelbeutel. »Hast du einen blassen Schimmer, wie viele Drogen Ding-Dong letzte Nacht hier abgeliefert hat? Man kommt sich bald vor wie in Pete Dohertys Badezimmerschrank.«

»Wo ist Elaine?«

»Ah.« Der Assistent nickte. »Sekunde …« Zwei Minuten später kam er mit einer braunen Aktenmappe zurück, die er vorsichtig auf den Leuchttisch legte. »Ich geh mir mal eben einen Becher Tee holen – oder pinkeln oder irgendwas.« Sprach's, trat einen Schritt zurück, machte kehrt und ging hinaus. Die Tür des Labors fiel ins Schloss, und Logan blieb mit Drogen im Wert von einer halben Million Pfund zurück.

Er schlug die Mappe auf. Sie enthielt die vorläufigen Ergebnisse der kriminaltechnischen Untersuchungen am Tatort des Wohnungsbrands. Spuren von Brandbeschleuniger im Flur, keine Fingerabdrücke an der Tür oder am Briefkasten. Das DNS-Resultat war ganz hinten versteckt. Elaine Drever hatte recht behalten: Sie hatten einen Abstrich von der Tür gemacht und brauchbare Proben sichergestellt.

Logan las die Schlussfolgerung zweimal. Es ergab keinen Sinn – sie hatten das Profil mit der Datenbank abgeglichen und keinen Treffer bekommen. Keinen einzigen.

Das war unmöglich. Bob und Jacob Marley saßen im Gewahrsamstrakt, sie waren im System, ihre DNS war an den Tatorten von zwei Morden sichergestellt worden.

Wie konnte es da sein, dass es keinen Treffer gab?

Er stopfte das Blatt mit den Resultaten in die Mappe zurück und stürmte hinaus auf den Flur. Elaine Drevers Büro war zwei Türen weiter – er platzte hinein, ohne anzuklopfen.

Logan wedelte mit der Mappe vor ihrer Nase herum. »Wer hat das verbockt?«

Die Leiterin der Spurensicherung spitzte die Lippen. »Entschuldigen Sie, Sir, kann ich Sie später zurückrufen?« Sie legte auf. »Sergeant McRae, ich –«

»Wer war es? Wer hat sich an der DNS-Probe zu schaffen gemacht?«

Eine lange Pause. »Niemand hat sich an irgendetwas zu schaffen gemacht.«

»Wiederholen Sie den Abgleich.«

»Das wird nichts –«

Er knallte die Mappe auf ihren Schreibtisch. »Wiederholen – Sie – den – Abgleich.«

Elaine Drever starrte ihn an. »Das haben wir getan. Sechsmal. Dann haben wir noch einmal von vorne angefangen und neue Proben genommen. *Zweimal.* Es war nicht –«

»Und wieso haben Sie dann keinen verdammten Treffer bekommen?«

Ihre Augen verengten sich. »Samantha ist eine von uns; glauben Sie ernsthaft, wir würden nicht alles in unserer Macht Stehende tun, um diese Schweine zu erwischen? Es gab keine Übereinstimmung. Keinen Treffer. Null. Wer auch immer es getan hat, ist nicht in der Datenbank.«

»Er muss es aber sein! Es –«

»Wir haben den Tatort genauestens unter die Lupe genommen, aber was nicht da ist, können wir auch nicht finden.« Sie griff nach der Mappe. »Schnappen Sie den Kerl, dann wird das hier ihn hinter Gitter bringen. Hundertprozentig. Nicht einmal Sandy die Schlange könnte ihn da noch raushauen. Aber wer immer es war, er ist *nicht* im System.«

44

Sie mussten es sein. Hundertprozentig. Wenn sie es nicht waren … Logan fuhr sich mit der Hand übers Gesicht. Wenn sie es nicht waren, dann war alles, was er Shuggie Webster angetan hatte …

Der Puls pochte in seinen Ohren, sein Herz schlug so heftig, dass sein ganzer Körper davon durchgeschüttelt wurde. *Bumm. Bumm. Bumm.* O Gott.

»Alles okay, Sarge?« Jemand setzte sich ihm gegenüber an den Kantinentisch. »Ich mein' natürlich ›Inspector‹, nicht wahr?« Ein Hüsteln. »'tschuldigung, Chef.«

Logan blickte von seinem Kaffee auf, und die Konturen

in der Kantine wurden plötzlich wieder scharf. Das Geplauder und Gelächter der Kollegen drang an seine Ohren. Er blinzelte.

PC Guthrie hob die Schultern, bis sie fast seine roten Ohrläppchen berührten. »Die Macht der Gewohnheit.«

»Ja.« Logan nahm einen Schluck Kaffee. Kalt. Wie lange er wohl schon hier saß?

Der Constable wickelte einen Schokokuss aus und strich das Papier sorgfältig glatt, bis es völlig faltenfrei war. »Ich will später 'nen Rekordversuch starten, da dachte ich mir, ich trainiere besser noch ein bisschen.« Er nahm die Hände hinter den Rücken und beugte sich über den Schokokuss. Das Ding sah aus wie eine kleine braune Brust – eine runde Waffel mit einer Kuppel aus Eiweißschaum und einem Schokoladenüberzug. »Sergeant Downie hat schon vier Komma fünf Sekunden geschafft.«

Logan schob seinen Teebecher weg. »Habt ihr schon die Anwohnerbefragung gemacht?«

Guthrie leckte sich die Lippen, den Blick starr auf den Schokokuss gerichtet. »Wegen Trisha Brown? Ja – niemand hat das Phantombild wiedererkannt. Wir haben auch recherchiert, ob Edward Buchan noch Zugang zu anderen Räumlichkeiten hat – das wolltest du doch wissen. Schrebergärten, Lagerräume, Garagen, Wohnwagen, Häuser von Bekannten, die im Urlaub sind, und so weiter. Da gibt's anscheinend nichts, wo er sie gefangen halten könnte.«

»Und es hat wirklich niemand das Phantombild erkannt?«

»Tut mir leid, Chef. Wir haben nach beiden Seiten zwei Blocks abgeklappert und zusätzlich auch noch Fahndungsplakate aufgehängt. Nichts.« Er rückte den Schokokuss genau an die Tischkante. »Okay, sind wir so weit?«

Vielleicht sagte das Phantombild deshalb niemandem etwas, weil Edward Buchan sich die ganze Entführungsgeschichte ausgedacht hatte, um davon abzulenken, dass er selbst Trisha umgebracht und ihre Leiche irgendwo verscharrt hatte. Es sei denn… Logan runzelte die Stirn. Laut Aussage von »Britain's Next Big Porn Star« hatte Robert Marley ihr gesagt, wenn sie nicht aufpasse, würde sie enden wie Trisha Brown.

»Okay: Drei, zwo, eins – He!«

Logan schnappte sich den Schokokuss und biss ein großes Stück ab. »Wir haben zwei Yardies unten in den Zellen. Ich will den, der sich ›Robert‹ nennt, in zehn Minuten in einem Vernehmungsraum haben.«

»Ich sag nix ohne mein' Anwalt.« Robert Marley lehnte sich lässig auf seinem Plastikstuhl zurück. Auf der nackten Haut von Armen und Brust schimmerte ein leichter Schweißfilm, und seine Haare loderten wie Feuer im Licht, das durch das schmale Fenster des Vernehmungsraums fiel. »Ich kenn meine Rechte, *mon.*«

»Ach ja?« Logan neigte den Kopf zur Seite, starrte ihn an und ließ das Schweigen anwachsen.

Guthrie, der mit dem Rücken zur Wand stand, wickelte den Ersatz-Schokokuss aus, den Logan ihm gekauft hatte, damit er aufhörte zu meckern.

Draußen schwoll das Sirenengeheul eines Streifenwagens an und verhallte wieder.

Logan tippte auf die zerkratzte Resopal-Tischplatte. »Was ist mit Trisha Browns Rechten?«

»Eh, *mon*, hörst du schlecht? Ich sag nix ohne –«

»Oh, werden Sie endlich erwachsen, Charles – Ihren pseudo-jamaikanischen Slang nimmt Ihnen niemand ab. Sie klingen wie ein Klischee aus einer Siebzigerjahre-Comedyserie.«

Der Yardie bleckte die Zähne und ließ eine Reihe von Goldkronen aufblitzen. »Du has' kein Recht, mein kulturelles Erbe zu dissen, *Quarkgesicht*!«

»Kulturelles Erbe?« Logan konsultierte seine Notizen. »Sie sind in Manchester geboren, haben in Leeds zwei Jahre Politikwissenschaft studiert, Ihre Mutter stammt aus Wales, und Ihr Vater ist im Rotary Club. Waren Sie überhaupt schon mal in Jamaika?«

»Ich steh zu meinen Wurzeln, *mon.*«

»Und warum sind Sie dann nicht Kostenplaner geworden wie Ihr lieber Herr Papa?«

Charles Robert Collins alias Robert Marley verengte die Augen zu Schlitzen. »Ohne einen Rechtsbeistand bin ich nicht verpflichtet, irgendwelche Fragen zu beantworten.« Er hob das Kinn; der Jamaika-Slang war plötzlich wie weggeblasen. Er hörte sich aber auch nicht an wie ein Mancunian, also war dieser Akzent wahrscheinlich ebenfalls aufgesetzt gewesen. »Das ist ein Verstoß gegen meine Bürgerrechte.«

»Das ist das schottische Rechtssystem, Charlie. Hätten Sie lieber mal ein bisschen recherchiert, ehe Sie beschlossen haben, hier Drogen zu verkaufen.« Logan zog ein Foto aus einer blauen Mappe und klatschte es zwischen ihnen auf den Tisch. Ein lädiertes Gesicht blickte sie finster von einem Karteifoto an: Trisha Brown, in den Händen ein Schild, auf dem in Magnetbuchstaben ihr Name stand. »Was haben Sie mit ihr gemacht?«

Charles wandte sich ab; eine Falte bildete sich zwischen seinen Augenbrauen. »Ich habe diese Frau noch nie gesehen.«

»Wirklich nicht? Wir haben nämlich einen Zeugen, der gesehen hat, wie Sie sie auf offener Straße entführt haben.«

»Nein, den haben Sie nicht.« Aber er wollte Logan nicht in die Augen schauen.

»O doch, den haben wir sehr wohl.« Logan schlug wieder die Mappe auf. Weit und breit kein Phantombild. Er winkte PC Guthrie herbei. »Hol doch mal rasch das E-Fit.«

Der Constable trat von einem Fuß auf den anderen. »Chef?«

Himmel hilf. Logan stand auf und flüsterte Guthrie ins Ohr. »Das E-Fit. Das Phantombild, das du mit Edward Buchan angefertigt hast. Geh es holen.«

»Oh ... Aber ich hab dir doch eine Kopie auf den Schreibtisch gelegt.«

Logan sah ihn stirnrunzelnd an. »Das warst du? Die E-Fits ohne verdammte Fallnummern? Du musst doch immer alle Angaben eintragen – wie soll ein Mensch sonst wissen, was er vor sich hat?«

Die Wangen des Constable verfärbten sich leuchtend rot. »Ich dachte, die sollten anonym sein, damit die Zeugen nicht –«

»Doch nicht die internen Kopien, du Idiot!«

»Oh.« Guthrie ließ die Schultern hängen.

»Und jetzt hol mir eine Kopie von dem gottverdammten E-Fit!«

»Aber ...« Der Constable beugte sich vor, und seine geflüsterten Worte wurden von einem warmen Schokoladenhauch begleitet. »Das Bild hat überhaupt keine Ähnlichkeit mit ihm hier. Der Typ, den Edward Buchan gesehen hat, war weiß.«

»Sie haben mich wie einen Vollidioten aussehen lassen!« Logan schlug mit der flachen Hand gegen die Zellentür, und das dumpfe Dröhnen hallte in dem kleinen Raum wider, zurückgeworfen von den kahlen Betonwänden.

Emily alias »Britain's Next Big Porn Star« zuckte zusammen. Sie saß auf der blauen Plastikmatratze und hatte die Knie an die Brust gezogen, mit gesenktem Kopf in die Ecke gekauert wie ein geprügelter Hund. Wieder ein Sieg für Team Logan.

Er seufzte und versuchte, etwas weniger streng zu klingen. »Sie haben mir erzählt, die Typen hätten Trisha Brown als Drohung benutzt.«

Emily nickte, die Augen starr auf ihre abgekauten Fingernägel gerichtet.

»Was ist passiert?«

Sie streifte ihn mit einem Blick. »Es ging um Drogen, die verschwunden waren. Shuggie hatte sie auf Pump gekriegt. Dann hat ein Bulle sie bei 'ner Razzia einkassiert, und er konnte sie nicht auszahlen …«

Logan lehnte sich an die Zellentür. »Und?«

»Bob und Jacob haben gemeint, sie müssten Shuggie 'ne Lektion erteilen.«

Sie kaute wieder auf ihren Nägeln herum.

Schweigen.

»Emily, das reicht mir noch nicht.«

»So, wie ich's gehört hab, haben sie Shuggie und Trisha zu sich eingeladen, um darüber zu reden, wie er seine Schulden abstottern könnte; aber als sie dort ankamen, hat Bob sein Messer gezogen und …« Sie schüttelte sich. »… dann hat er – nicht wahr …« Emily spreizte den kleinen Finger ihrer linken Hand ab und »schälte« ihn mit einem imaginären Messer. »Und dann haben die Schweine ihn gezwungen zuzuschauen, wie sie sie abwechselnd … vergewaltigt haben.«

Emily schlang die Arme um ihre Knie und strich mit den Fingerspitzen über die blauen Flecken unter ihrem T-Shirt. »Dann haben sie ihr den Namen von dem Bullen auf die Brust geschrieben und ihr gesagt, sie soll zusehen, dass sie die Drogen wiederkriegt, wenn sie nicht mit Shuggie den Platz tauschen will.«

»Meine Fresse.« Interims-DI Mark MacDonald schloss die Tür von Logans Behelfsbüro und sank mit dem Rücken dagegen. »Da unten geht's zu wie in einer Löwengrube.« Er beäugte die Packung Butterkekse, die neben Logans Eingangskorb lag. »Dürfte ich wohl…«

»Sind nicht meine – Rennie hat sie liegen lassen.«

»Mehr wollte ich gar nicht wissen.« Er riss die Packung auf und nahm sich ein paar. »Ich hasse Pressekonferenzen.« Er hockte sich auf die Kante von Logans Schreibtisch. »Wieso bist du denn nicht mit der Kavallerie ausgerückt?«

Logan wischte die Kekskrümel von seiner Maus und scrollte zur nächsten Seite des Vernehmungsformulars, in dem er seine Begegnung mit Robert Marley festhielt. »Du saust hier alles voll.«

»Also, wenn du nicht losmusst, um diesen Clayton einzukassieren, willst du mir dann vielleicht bei der Risikoanalyse für die Geiselübergabe zur Hand gehen?«

Logan lehnte sich zurück. »Sie kassieren Stephen Clayton ein? Wer kassiert Stephen Clayton ein? *Wann?*«

»Ich dachte, du weißt Bescheid. Finnie und dieser Wichser Green sind vor einer Viertelstunde mit einem bewaffneten Einsatzteam ausgerückt.«

Diese Ärsche!

Logan zog seine Schreibtischschublade auf. Sein Airwave-Telefon lag inmitten eines Haufens Zeugenaussagen und Checklisten. Er tippte Finnies Nummer ein.

Die Stimme des CID-Chefs drang aus dem Lautsprecher, fast übertönt vom Dröhnen eines Motors. *»Ah, Inspector McRae, wie* nett *von Ihnen, sich zum Dienst zu melden. Sie waren wohl noch damit beschäftigt, Ihre Frisur zu richten, hm?«*

»Sie wollen Clayton einkassieren! Wieso zum –«

»Wo waren Sie? Wir versuchen seit vierzig Minuten, Sie ans Telefon zu kriegen.«

Logan schloss die Augen und fluchte. Dann holte er sein Handy hervor und fluchte noch einmal: Er hatte es für die Vernehmung des rothaarigen »Marley«-Bruders abgeschaltet. Jetzt schaltete er es wieder ein. Es piepste, und auf dem

Display blinkten kleine Symbole auf. »Sie haben 12 neue Nachrichten.« Wunderbar.

»Ich habe Verdächtige im Entführungsfall Trisha Brown vernommen.«

»Ich will Ihren Psychologen in einer halben Stunde hier im Präsidium haben. Er soll die Vernehmung von Clayton begleiten.«

»Ich kann in fünfzehn Minuten draußen in Hillhead sein, wenn …« Aus dem Hörer kam ein langgezogener Ton, dann war es still. Finnie hatte einfach aufgelegt. »Na prima.« Er warf den Apparat in die Schublade zurück und knallte sie zu. »Ich mach die ganze Arbeit, und dann kommen die daher und verhaften den Kerl.« Er sah Mark finster an. »Was soll denn der Blick jetzt?«

»Wieso bist du eigentlich ›Detective Inspector McRae‹ und ich immer nur ›*Interims*-DI MacDonald‹?«

»Weil Finnie ein Arschloch ist, deswegen.« Er wandte sich wieder dem Bildschirm zu. »Nicht zu fassen, fahren die einfach ohne mich los, um Clayton einzukassieren.«

»Du bist nur so lange DI, bis McPherson zurückkommt, und ich –«

»Hat vielleicht irgendjemand sonst einen Verdächtigen für die Entführung von Alison und Jenny beigebracht? Gar nix haben sie.« Logan packte den Inhalt seines Eingangskorbs, warf alles auf seinen Schreibtisch und begann in dem Haufen von Briefen und Formularen zu wühlen. »Aber darf ich bei dem Team dabei sein, das ihn einkassiert? *Nein.* Das wäre ja zu viel verlangt.«

Einbruch, Einbruch, Diebstahl, Beschwerde über einen bellenden Hund, ein Memo von Brian dem Haarlosen über das Abstellen von Privatfahrzeugen auf dem Präsidiums-Parkplatz … Wo zum Teufel war Guthries E-Fit?

Die Tür fiel mit einem Knall ins Schloss. Logan blickte auf – Mark war verschwunden. Einfach beleidigt abgezogen.

Wie konnte Finnie ohne ihn losfahren, um Stephen Clayton zu verhaften?

Das Trio anonymer E-Fits steckte zwischen einer Anzeige über einen Exhibitionisten und Beschwerden über eine Bande von Jungs in Wölflings-Uniformen, die in Bridge of Don randaliert hatten. Logan legte die drei computergenerierten Phantombilder nebeneinander auf seinen Schreibtisch. Zwei sahen aus, als hätte ein betrunkener Affe die Software bedient, das dritte jedoch hatte immerhin flüchtige Ähnlichkeit mit einem menschlichen Wesen.

Ein Mann, um die sechzig, lange Haare, Ziegenbärtchen, Brille, ein riesiger Zinken, schiefe und unterschiedlich große Ohren. Irgendwie kam er Logan bekannt vor. Er hielt das E-Fit weiter weg und betrachtete es mit zusammengekniffenen Augen, bis das Bild unscharf wurde…

Nein.

Er rollte seinen Stuhl vom Schreibtisch zurück und machte sich auf den Weg nach unten.

Ein Mann in mittleren Jahren stand auf dem grauen Terrazzoboden vor dem Empfangstresen und ruderte mit den Armen wie eine wütende Windmühle. Sein brauner Anzug war mit blutroten Flecken und Spritzern übersät. Als hätte er zu dicht neben jemandem gestanden, der explodiert war. »… diese kleinen Mistkerle! Was sind das für Leute, die solche Bälger großziehen?«

Der dicke Gary stand auf der anderen Seite des Tresens hinter der Trennscheibe und nickte; bei jeder Bewegung zitterte seine Kinnsammlung wie Wackelpudding. »Ich weiß, Sir. Wirklich furchtbar. Wenn Sie einen Moment Platz nehmen möchten – ich schicke Ihnen jemanden runter, der Ihre Anzeige aufnimmt…« Seine Augen hefteten sich auf Logan, und ein Grinsen zerrte an seinen Schweinebäckchen. »Ah, DS McRae – hier ist ein Herr, der –«

»Denen gehört mal so richtig der Arsch versohlt. Wenn ich als Junge so was gemacht hätte, dann hätte meine Mutter mich windelweich geprügelt!«

Logan schob das E-Fit durch die Lücke zwischen der gläsernen Trennscheibe und dem Tresen. »Kommt Ihnen der bekannt vor?«

»Das hat man davon, wenn man verdammt noch mal seine Bürgerpflicht tut. Wer will denn ein mit Graffiti vollgeschmiertes Wartehäuschen benutzen?«

Der dicke Gary kratzte sich den großen, pinkfarbenen Schädel. »Irgendwie schon …« Er kniff ein Auge zu. »Wer hat das gemacht?«

»Guthrie.«

»Als *ich* bei den Wölflingen war, hatten wir noch *Respekt* vor Älteren, aber heute, da geht's ja zu wie bei *Herr der Fliegen*!«

»Das erklärt es.« Gary runzelte die Stirn. »Könnte das Darren McInnes sein? Wenn er's sein soll, ist er nicht besonders gut …« Er schob Logan das E-Fit zurück. »Sie könnten's mal bei der Pädo-Abteilung versuchen, aber ich bin ziemlich sicher, dass er es ist.«

»Es ist eine Affenschande. Wer bezahlt mir jetzt einen neuen Anzug, können Sie mir das vielleicht sagen?«

»Tja nun, ich geb zu, er sieht ihm 'n bisschen ähnlich.« DC Paul Leggett hielt das E-Fit neben seinen Computerbildschirm. Vom Monitor starrte ihnen ein wohlbekanntes runzliges Gesicht entgegen: Darren McInnes (52) – Verletzung, Gefährdung/Vernachlässigung von Minderjährigen, Besitz anstößiger Fotos von Minderjährigen, Einbruchdiebstahl, Schwere Körperverletzung.

Kein Wunder, dass er Logan bekannt vorgekommen war: Er war einer der ersten registrierten Sexualstraftäter, die sie im Munro House Hotel vernommen hatten.

Leggett fuhr sich mit der Hand durch die Haare, die ihm bis über den Kragen reichten. »*Aye*, könnte sein …«

Bei der uniformierten Truppe oder beim CID wäre der untersetzte Mann mit seinem unkonventionellen Look nicht durchgekommen, aber bei der Kifi-Truppe war es ganz nützlich, wenn man nicht wie ein Polizist aussah.

Im Dezernat Täterbegleitung herrschte drangvolle Enge, jede verfügbare Fläche war mit Aktenordnern und Papieren bedeckt. In der Luft hing der bitter-verbrannte Geruch von billigem Kaffee; ein Tischventilator schwenkte surrend und klickend von links nach rechts und zurück und wirbelte den Stapel Formulare auf, der davor lag.

Leggett brummelte vor sich hin. »Die Ohren sind völlig verkehrt, und die Nase ist dreimal so groß, aber abgesehen davon ist er's.«

Logan nahm das E-Fit wieder an sich, faltete es zweimal und steckte es wieder ein. »Danke.«

»Was hat er 'n gemacht?«

»McInnes? Wir glauben, er könnte Trisha Brown in Kincorth auf der Straße entführt haben.«

»Trisha Brown?« Leggett schürzte die Oberlippe. »Die und Dodgy Darren? Nee, er steht ausschließlich auf das ganz junge Gemüse. Hat acht Jahre gesessen, weil er ein dreijähriges Mädchen unten am Strand belästigt hatte. Er wüsste gar nicht, was er mit 'nem ausgewachsenen Exemplar anfangen soll.«

»Sie glauben nicht, dass er –«

»Oh, versteh'n Sie mich nich' falsch, er ist 'n mieser, schweinischer alter Drecksack, und ich würde ihm alles zutrauen, aber …« Leggett zuckte mit den Achseln. »Sicher kann man sich da wohl nie sein. Wollen Sie vielleicht mal bei ihm auf 'n Busch klopfen?«

Die Versuchung war groß. Aber was, wenn Finnie mit Stephen Clayton zurückkam …? Nicht, dass sie Logan bei der Vernehmung mithören lassen würden – nicht, wenn Superintendent »Ich bin ein Kotzbrocken« Green dabei ein Wort mitzureden hatte.

»Geben Sie mir einen Moment Zeit.« Logan zog sich in die Ecke des engen Büros zurück und schaute aus dem Fenster, während er wählte. Drei Stockwerke tiefer, auf der gegenüberliegenden Straßenseite, pinkelte jemand in das offene Verdeck eines falsch parkenden Porsche – direkt vor dem Präsidium der Grampian Police. Ein solches Ausmaß an Dummheit konnte man nur bewundern.

Der Psychologe nahm beim dritten Läuten ab. *»Dr. DaveGoulding?«*

»Können Sie in etwa …« – Logan sah auf seine Uhr – »… fünfzehn, zwanzig Minuten im Präsidium sein? Wir sind gerade dabei, einen Verdächtigen im Fall McGregor festzunehmen.«

»Ah …« Eine Pause. *»Und was löst das in Ihnen aus?«*

»Den Wunsch, dass Sie schleunigst Ihren Arsch hierher –«

»Logan, als Psychologe lernt man nun mal, den Tonfall seines Gegenübers zu deuten.«

»Schaffen Sie es oder nicht? Finnie braucht Sie zur Beobachtung und Beratung.«

»Fühlen Sie sich nicht ausgeschlossen?«

»Ja oder nein?«

Schweigen.

»Ich habe um halb elf eine Klientin. Ich werde –«

»Verschieben Sie den Termin.«

»Das ist nicht gerade –«

»Wir reden hier davon, ein kleines Mädchen und seine Mutter zu retten, Dave.«

Diesmal dehnte das Schweigen sich noch länger aus – und noch länger … *»Unter einer Bedingung: Sie und ich setzen uns eine halbe Stunde zusammen und reden. Entweder das, oder Sie warten, bis ich mit Mrs. Reid fertig bin.«*

Unten auf der Straße blieb ein Mann in einem dunkelblauen Anzug mitten auf der Straße stehen und starrte den Porsche-Piesler an. Er ließ die grünen Marks-and-Spencer-Tüten fallen, mit denen er beladen war, und rannte auf den Typen zu, der sein bestes Stück als Urinal zweckentfremdete.

»Das ist Erpressung.«

»Was Ihnen recht ist, ist mir nur billig. Sie können es ja auch bleiben lassen.«

Der Piesler taumelte rückwärts und zur Seite; er schien seine Beine nicht so recht unter Kontrolle zu haben. Und dann landete die Faust des Porschebesitzers krachend in seinem Gesicht. Die beiden fielen zusammen auf den Gehsteig, in einem Knäuel aus Armen und widerspenstigen Beinen.

»Aber vergessen Sie nicht, am Empfang zu sagen, dass Sie hier sind, um Stephen Clayton zu befragen. Wenn ich nicht in der Nähe bin, können Sie sich ja schon mal ein paar Fragen zurechtlegen.«

»Eine halbe Stunde, Logan. Das ist der Deal.«

Zwei Uniformierte kamen über die Straße gerannt und hielten mit einer Hand ihre Schirmmützen fest. Logan beobachtete, wie sie den Piesler und den Bepieselten auseinanderzerrten.

Er sah zu DC Leggett hinüber. Der hielt einen Autoschlüssel hoch.

»Ich bin so schnell wie möglich zurück«, sagte Logan ins Telefon. »Muss nur erst noch was erledigen.«

45

»…uns bei allen unseren Hörern für die großzügigen Spenden bedanken. Ganz ehrlich – und ich sag das jetzt einfach mal im Namen von Alison und Jenny: Ihr seid fantastisch! Mit eurer Hilfe holen wir sie da raus.«

Der beigefarbene städtische Transporter kam vor einem schäbigen Bungalow in Blackburn zum Stehen.

»Bei mir im Studio ist Gordon Maguire von Blue-Fish-Two-Fish. Sie hören Original FM, und hier sind Alison und Jenny McGregor mit Wind Beneath My Wings…«

Der Motor des Transporters erstarb mit einem letzten Dieselrasseln, und dann war alles still.

DC Leggett zog den Zündschlüssel ab. »Sind Sie sicher, dass Ihr Zeuge Sie nicht verarscht hat?«

»Nein, bin ich nicht.« Logan kletterte hinaus in den warmen Vormittag.

Der graue Rauputz des Bungalows war mit grünen und braunen Flecken verunziert; der Vorgarten ein Dschungel aus kniehohem Gras mit leuchtend gelben Narzissen dazwischen, gesäumt von missgestalteten Sträuchern. Am Himmel dröhnte ein roter Hubschrauber, der auf dem Weg hinaus zu den Bohrinseln einen Schlenker über den Kirkhill Forest machte.

Logan ging den Gartenpfad entlang, hob die Hand zur Türklingel und hielt dann inne. In der Einfahrt neben dem Haus parkte ein blauer Citroën vor einer Einzelgarage mit schwerem Holztor.

Leggett schniefte. »Was is'?«

»Edward Buchan – der Typ, der seelenruhig zugeschaut hat, wie Trisha Brown verprügelt und entführt wurde – sagte, der Entführer hätte eine blaue Limousine gefahren.«

Er drückte auf den Klingelknopf, und irgendwo im Haus ertönte ein dumpfes Summen.

»Ich kann mir immer noch nicht vorstellen, dass Dodgy Darren 'ne ausgewachsene Frau kidnappen würde.« Der Constable schwang die Schuhspitze durch ein Grasbüschel und köpfte dabei ein Gänseblümchen. »Sein armer alter Papa würde 'nen Anfall kriegen, wenn er wüsste, in welchem Zustand sein Häuschen jetzt ist.«

Logan klingelte noch einmal.

»Nette Leute, seine Eltern – haben nie verstanden, womit sie es verdient hatten, einen Kinderschänder zum Sohn zu haben.«

Diesmal behielt Logan den Finger auf dem Knopf und ließ es einfach summen.

»Das erste Mal war's seine Mama, die ihn verpfiffen hat. Hatte 'nen Stapel schmutziger Fotos unter seiner Matratze gefunden, als er sechzehn war. Lauter kleine Mädchen. Nicht schön, das.«

Die Tür wurde aufgerissen, und da stand er: Darren McInnes, die Fäuste geballt, die Zähne zusammengebissen, Speicheltropfen an den Lippen, das Haupt umflattert von gelblich grauen Strähnen. »Verpisst euch!« Sein Atem stank wie ein Aschenbecher.

Er musste den Fernseher und das Radio voll aufgedreht haben – der Lärm war geradezu ohrenbetäubend: eine Fernsehwerbung für Zahnpasta, die gegen Jennys und Alisons Version von *Wind Beneath My Wings* ankämpfte.

Komisch, dass sie durch die geschlossene Tür gar nichts gehört hatten …

Logan hielt seinen Dienstausweis hoch. »Erinnern Sie sich an mich, Mr. McInnes?«

McInnes trat einen Schritt zurück. Seine Augen verengten sich zu Schlitzen, sein Ziegenbärtchen sträubte sich. »Ich hab's Ihnen doch gesagt – ich bin Alison und Jenny McGregor nie *begegnet*!«

»Deswegen sind wir nicht hier.«

DC Leggett winkte ihm zu. »Wie läuft's denn so, Darren – alles klar?«

»Was wollen *Sie* denn hier?«

Der Constable trat über die Schwelle in die Diele und zwang McInnes, noch weiter zurückzuweichen. »Sie haben doch nichts dagegen, wenn wir auf 'n schnelles Tässchen reinkommen, oder? Macht ganz schön Durst, wenn man den ganzen Tag auf registrierte Sexualstraftäter aufpassen muss.«

»Wollt wohl bei mir schnorren, was? Dann könnt ihr euch gleich wieder verpissen. Das hier ist keine Suppenküche.«

Leggett drängte ihn noch einmal zwei Schritte zurück, sodass Logan sich durch die Lücke zwängen und die Haustür hinter ihnen schließen konnte. Die Diele war vollgestellt mit staubigen Pappkartons, die sich zwischen den Türen bis fast zur Decke stapelten.

»Na, na, Darren, Sie werden doch nicht etwa die Zusammenarbeit mit Ihrer Aufsichtsbehörde verweigern, hm?«

»Sie haben kein Recht, hier einfach reinzuplatzen. Das hier ist mein Haus, ich habe auch Rechte.«

»*Aye.*« Noch zwei Schritte, und sie waren in der Küche. Ein Kofferradio, das oben auf einem verschmierten Kühlschrank stand, schmetterte gerade die Instrumentalpassage des Songs. Leggett drückte auf den Knopf und brachte das Getöse zum Verstummen. Jetzt hörte man nur noch den Fernseher, der im Wohnzimmer vor sich hin plapperte. »Und jetzt haben Sie erst mal das Recht, Teewasser aufzusetzen und uns ein paar Schokokekse anzubieten.« Er lehnte sich an die Arbeitsplatte, während McInnes einen versifften Wasserkocher mit kaltem Wasser füllte, das Ding auf die Arbeitsplatte knallte und an die Steckdose anschloss.

»Sie sollten doch erst nächste Woche wieder bei mir vorbeischauen …«

Logan starrte ihn mit unbewegter Miene an. »Wir wissen Bescheid.«

McInnes hielt einen Moment erschrocken inne, dann öffnete er einen Schrank und nahm drei angestoßene Henkelbecher heraus. »Versuchen Sie nicht, mich zu verarschen, Sergeant. Ich bin kein Halbidiot, den Sie einschüchtern und manipulieren können. Ich habe nichts verbrochen, und das wissen Sie auch.« Er ließ in jeden Becher einen Teebeutel fallen. »Sie stochern doch nur im Dunkeln.«

»Trisha Brown.«

»Nie gehört, den Namen.« Die Antwort kam wie aus der Pistole geschossen.

»Wirklich nicht? Wir haben nämlich einen Zeugen, der gesehen hat, wie Sie sie überfallen und entführt haben.«

»Ihr Zeuge lügt.« Der Wasserkocher grummelte leise.

»Wenn wir Ihren Wagen mit aufs Revier nehmen, was wollen wir wetten, dass er voll mit Trishas DNS, Haaren und Blut und Fasern von ihren Kleidern ist?«

Die Titelmelodie von *Friends* dröhnte aus dem Wohnzimmer.

McInnes räusperte sich. »Und wenn schon. Sie ist 'ne Prostituierte, nicht wahr? Vielleicht hab ich sie aufgegabelt?«

»Haben Sie nicht gerade behauptet, Sie hätten noch nie von ihr gehört?«

»Milch hab ich keine da.«

Leggett schüttelte den Kopf. »Darren, Sie Dummkopf. Sie ist ja gar nicht Ihr Typ.«

»Vielleicht schleppe ich ab und zu gerne Prostituierte ab. Ich dachte, das würde Sie freuen.«

»Wo ist sie?«

»Wäre es Ihnen lieber, wenn ich mich vor den Schultoren rumtreiben würde wie irgend so ein Perverser im Regenmantel?«

»Darren …«

Logan drehte sich um und ging zurück in die Diele. Der Fernseher und das Radio konnten noch nicht gelaufen sein, als sie geläutet hatten – das einzige Geräusch, das aus dem Inneren des Hauses gekommen war, war das Summen der Klingel. Das bedeutete, dass McInnes die Geräte eingeschaltet und die Lautstärke voll aufgedreht hatte, bevor er ihnen geöffnet hatte.

Er versuchte etwas zu verbergen…

Im Wohnzimmer zeigte der Fernseher eine Schar von Idioten, die in einem Brunnen herumtanzten. Logan griff nach der Fernbedienung und drückte auf den Stand-by-Knopf.

Stille.

Zeitungen und Zeitschriften lagen überall umher, dazwischen ein paar zerfledderte Taschenbücher. Auf Tapeten und Decke waren unregelmäßige orangebraune Flecken zu sehen. Eine Tabaksdose balancierte auf der Armlehne des durchgesessenen Sofas, leere Golden-Virginia-Beutel lagen wie Herbstlaub auf dem Teppich verstreut.

Logan schloss die Augen und horchte.

Er konnte die beiden in der Küche hören: »Wenn ich zu Prostituierten gehen will, ist das meine Sache; das geht niemanden was an.«

»Letzte Woche haben Sie Stein und Bein geschworen, Sie hätten seit drei Jahren nicht mehr gevögelt!«

»Warum sollte ich Ihnen Stoff für Ihre perversen Fantasien liefern?«

Ein Klicken, und das Radio erwachte wieder zu ohrenbetäubendem Leben. *»… nur sagen, dass wir alle bei Scotia Lift Alison und Jenny die Daumen drücken. Wir haben zweitausend Pfund für den Fonds gesammelt!«*

Logan steckte den Kopf durch die Küchentür. »Schalten Sie das verdammte Radio aus!«

»Das ist mein Haus – Sie können hier nicht einfach reinplatzen und –«

»Wo ist sie? Sie ist hier, nicht wahr?«

»*Und weiter geht es mit dem Wetter und dem Verkehrslagebericht, gleich nach* Bohemian Rhapsody …«

»Ich will, dass Sie jetzt beide gehen. Sie haben kein Recht –«

Logan öffnete die erste Tür, die vom Flur abging: ein Bad, ganz in Hellblau gehalten, mit schlammig-grünen Schlieren unter den Wasserhähnen. Hinter der nächsten Tür kam ein Schlafzimmer zum Vorschein, aus dem ihm erdig-stickiger Schimmelgeruch entgegenschlug. Dann noch ein Schlafzimmer mit einem Einzelbett, die Bettdecke ein unordentlicher Haufen auf der durchgelegenen Matratze.

McInnes kam aus der Küche gestürzt. »Was tun Sie da? Sie haben kein Recht, mein Haus zu durchsuchen! Ich verlange, dass Sie augenblicklich –«

»Warum ist die Tür hier verschlossen?« Logan rüttelte an der Klinke.

»Das ist die Garage. Ich will mich vor Einbrechern schützen.«

»Schließen Sie auf.«

»Ich … Ich hab den Schlüssel nicht mehr. Ich hab ihn verloren.«

Leggett nickte. »Kein Problem – ich kann sie für Sie eintreten, dauert nur ein paar Sekunden.«

»Nein, nein, es ist … Warten Sie …« Er ging zu einem kleinen Holzkasten an der Wand, machte ihn auf, nahm einen Yale-Schlüssel mit einem gelben Plastikanhänger heraus und drückte ihn dem Constable in die Hand. »Das ist Schikane.«

»Danke.« Ein Rasseln, ein Klacken, und die Tür schwang auf.

Es war tatsächlich eine Garage. Kahle Hohlblockwände, Betonboden, eine Neonröhre, die von den Deckenbalken herabhing. Leer. Keine Spur von Trisha Brown.

McInnes verschränkte die Arme. »Sehen Sie.« Seine

Stimme hallte von den blanken Mauern wider. »Ich hab Ihnen doch gesagt, dass sie nicht hier ist. Und jetzt möchte ich, dass Sie mein Haus verlassen, damit ich offiziell bei Ihren Vorgesetzten Beschwerde einlegen kann.«

Hervorragend – wieder so ein Desaster.

Logan drehte sich um die eigene Achse und ließ den Blick durch den mit Kartons vollgestellten Flur wandern. »Haben Sie einen Schrebergarten? Oder einen Schuppen, oder etwas in der Art?«

»Nein.« McInnes wölbte die Brust und wies mit ausgestrecktem Arm zur Tür. »Und jetzt raus mit Ihnen.«

Aus einem kleinen Lautsprecher irgendwo in Leggetts Jacke tönte blechern ein Frank-Sinatra-Song. Er fischte ein ramponiertes Handy heraus und klappte es auf. »Chef? … *Aye* … Nein, wir statten gerade Darren McInnes einen Besuch ab; er sagt, er hätte den kleinen Mädchen zugunsten von Prostituierten abgeschworen … *Aye*, das hab ich auch gesagt … *Aye* …«

Logan fuhr sich mit der Hand durch die Haare. »Wir werden trotzdem Ihren Wagen konfiszieren, um ihn auf Spuren zu untersuchen.«

»Ich sagte Ihnen doch – ich habe sie mitgenommen und für Sex bezahlt.«

Leggett runzelte die Stirn. »Was? Henry MacDonald?« Er zog sich in die Küche zurück, und seine Stimme wurde vom Radio fast übertönt. »Was denn, Würstchen *und* Eier? … Ach so, nur die Eier. Na ja, hat er wenigstens noch was übriggelassen, womit er pinkeln kann.«

Logan warf noch einen Blick in die Garage. Wie war es möglich, dass sie nicht hier war? »Gibt es hier einen Dachboden?«

»Nein. Und bevor Sie fragen, es gibt auch keinen Keller. Also, verschwinden Sie jetzt oder nicht?«

»*Aye*, denke ich auch … Ach, Sie haben –?« Leggett

steckte den Kopf zur Küchentür heraus und starrte McInnes an. »Tatsächlich? Augenblick.« Er hielt das Handy an seine Brust. »DI Ingram sagt, er kennt Sie sehr gut, Darren. Er sagt, er hätt' Sie betreut, als Sie das erste Mal aus Peterhead entlassen wurden und diese Sozialwohnung in Kincorth zugewiesen bekamen.«

Logan starrte die Küchentür an, dann das Zimmer daneben. Und dann den hohen Stapel Pappkartons dazwischen.

»Er sagt, Sie sind noch nie im Leben bei einer Nutte gewesen.«

»Woher will er das denn wissen? Der Mann ist ein Idiot. Ich bin früher ständig zu Nutten gegangen. Also, verschwinden Sie jetzt endlich, oder muss ich meinen Anwalt anrufen?«

Da stimmte etwas nicht… Logan spähte an Leggett vorbei in die Küche, dann durch die nächste Tür in das versiffte Bad. Der Zwischenraum *zwischen* den beiden Türen – das Stück Flur, das vom Boden bis zur Decke mit Kartons vollgestellt war – war zu breit. Wenn da nur eine Wand zwischen Küche und Bad wäre, hätte sie mindestens zweieinhalb Meter dick sein müssen. Er streckte sich und nahm den obersten Karton vom Stapel herunter. Dahinter kam ein Stück eines weiß gestrichenen Türsturzes zum Vorschein. Da war tatsächlich noch eine weitere Tür, versteckt hinter all den Kartons. Und diese hier sahen längst nicht so verstaubt aus wie die anderen, die sich im Flur stapelten. Als wären sie vor Kurzem bewegt worden.

Logan stellte den Karton auf dem muffig riechenden Teppich ab und griff nach dem nächsten.

»*Aye*… Ich sag ihm, dass es –«

Ein dumpfer Knall.

Er wuchtete den zweiten Karton auf den ersten und zog gleich den nächsten vom Stapel. »Helfen Sie mir mal, Leggett.« Noch ein Karton. »Leggett?«

Noch ein Karton auf den Stapel. Er konnte schon die Türklinke erkennen. »Leggett, wenn Sie gerade nichts zu tun haben, können Sie mir gerne zur Hand …« Logan drehte sich um.

Constable Paul Leggett lag ausgestreckt auf dem Küchenboden, ein Arm ragte in den Flur hinaus, dunkelrotes Blut rann ihm die Stirn herab, sein Handy lag an der gegenüberliegenden Fußleiste.

Mist …

Wo zum Teufel war –

Ein Schatten, eine blitzschnelle Bewegung. Er duckte sich, und der Gegenstand krachte in einen Pappkarton, bohrte sich tief hinein und brachte den ganzen Stapel ins Rutschen, der über Logan zusammenbrach. Das Gewicht warf ihn auf den Teppich, die Ecken und Kanten trafen seine Beine und Arme, seine Brust. Ein Karton prallte ihm gegen die Schulter, der Inhalt schepperte metallisch.

Aus einem geplatzten Karton ergossen sich Bücher über den schimmligen Teppich, und die harte Kante eines Einbands knallte Logan genau auf den Nasenrücken. Ein jäher, flammender Schmerz, ein grellgelber Lichtblitz, scharfer Pfeffergeruch.

Er robbte rückwärts, versuchte unter dem Kistenberg herauszukriechen.

McInnes packte den Griff seiner improvisierten Keule und riss sie aus dem Loch heraus. Es war eine Art Trophäe: ein Sockel aus weißem Marmor, darauf eine goldene Säule, auf der eine kleine, eingestaubte Figur montiert war. Sie sollte wohl einen Bowlingspieler darstellen.

»Ich habe Ihnen gesagt, Sie sollen mein Haus verlassen.« McInnes hielt den Pokal gepackt wie einen Hammer. »Ich habe es Ihnen gesagt, aber Sie wollten ja nicht hören. Nie hören die Leute, was man Ihnen sagt.«

Logans Nase brannte wie von Pfeffer, seine Augen tränten. »Darren McInnes, ich verhafte Sie wegen Behinderung, Belästigung oder tätlichen Angreifens eines Polizeibeamten in der Ausübung seiner Dienstpflicht. Sie sind nicht verpflichtet, eine Aussage zu machen –«

Der schwere Steinsockel schlug eine Delle in den Putz.

McInnes holte erneut mit der Trophäe aus und stürzte sich auf Logan, der sich in Richtung Haustür flüchtete. Es blieb ihm gerade noch Zeit, dem nächsten Schlag so gut es ging auszuweichen.

»Hören Sie sofort auf damit! Zwingen Sie mich nicht –« Die Kante erwischte ihn knapp über dem rechten Ellbogen. Glühende Nadeln schossen seinen Arm hinauf und hinunter. *»Ah, Scheiße!«*

»ICH HAB IHNEN GESAGT, SIE SOLLEN VERSCHWINDEN!«

Logan zog rasch einen Fuß zurück, ließ ihn nach vorne schnellen und traf McInnes mit der Ferse am Knie.

McInnes kreischte und brach auf einem Haufen Pappkartons zusammen. Er hielt sich mit einer Hand das Knie, die Finger der anderen schlaff um die Bowling-Trophäe geschlungen, das Gesicht schmerzverzerrt, die Zähne gebleckt.

Logan rappelte sich auf, griff nach dem ersten Gegenstand, auf den sein Blick fiel – William Shakespeares Gesammelte Werke –, und schmetterte McInnes das Buch ins Gesicht. Die Bowling-Trophäe fiel polternd zu Boden, Blut spritzte aus dem Mund des alten Mannes. Er hob eine Hand, doch da rammte ihm Logan den Band mit dem Rücken voran in die Nase.

McInnes ging zu Boden und hielt sich die Hände schützend vors Gesicht; er stieß einen spitzen Klagelaut aus, als Logan ihm das Buch in die Rippen knallte. Er zog ein Bein zur Brust hoch, das andere war in einem unnatürlichen Winkel ausgestreckt.

Schwer atmend ließ Logan das Buch fallen. Er spuckte aus und sah einen rot gesprenkelten Schaumbatzen an der Wand herabrinnen. Als er sich mit der Hand über den Mund und das Kinn wischte, tropfte Blut von seinen Fingern.

DC Leggett stöhnte.

Logan wankte zu ihm hin. »Paul?« Er rutschte an der Wand hinunter, bis er neben ihm auf dem staubigen Teppich saß. »Alles okay?«

»Nein…« Leggett fasste sich an den Kopf und betastete die Platzwunde an seiner Stirn. Er zuckte zusammen. »Aua, Mann…«

»Sie werden es überleben.« Die Kartonlawine hatte die verborgene Tür fast ganz freigelegt. Logan krabbelte hinüber und zerrte den letzten Karton aus dem Weg. Ein blutiger Handabdruck blieb auf der Pappe zurück. Er blickte sich zu McInnes um, der zusammengekrümmt am Boden lag und sich schluchzend das Knie hielt, dann drehte er den Türknauf um.

Verschlossen.

Beim zweiten Tritt sprang sie auf; das ganze Haus hallte von dem Krachen wider.

Logan betrat einen L-förmigen Raum mit kahlen Hohlblockwänden und verschlungenen grauen Elektrokabeln, die aus metallenen Kabelkanälen ragten; eine Ecke war mit Gipskarton verkleidet, der auf blanke Holzstreben genagelt war. Modulregale aus Metall säumten die Wände; neben einer großen Gefriertruhe standen eine Waschmaschine und ein Trockner, und dort, wo die Fenster sein sollten, waren von Feuchtigkeit aufgequollene Spanplatten an die Wand genagelt.

Er ging über den nackten Betonboden auf die Zimmerecke zu, sah sich noch einmal nach McInnes um, der nach wie vor wimmernd dalag und sein ramponiertes Knie zusammenzuhalten versuchte, und bog dann um die Ecke in den langen Schenkel des L-förmigen Raums.

Trisha Brown lehnte zusammengesunken an einem Nachtspeicherofen. Sie war nackt, ein Arm war an die Streben des Heizkörpers gefesselt. Ihr Handgelenk war ringsum aufgeschürft, der Arm von den Fingerspitzen bis fast zum Ellbogen mit Blut verschmiert. Und der andere Arm … Logan sah gleich wieder weg. Menschliche Gliedmaßen waren nicht dafür gedacht, sich so zu verbiegen. Die Beine sahen noch schlimmer aus: verdreht und gebrochen, bedeckt mit Schorf und Schwielen, die blassen Oberschenkel mit kleinen roten Brand- und Bissmalen übersät.

Ein scharfer Geruch nach Urin und Tannenduft-Desinfektionsmittel lag in der Luft, überlagert von Schweiß und Kot.

»Trisha?« Er schluckte. »Trisha, können Sie mich hören?« Er kniete sich neben sie, tastete nach einem Puls, fühlte ein kräftiges Pochen. »Trisha, es wird alles gut.« Er legte eine Hand unter ihr Kinn und hob ihren Kopf an. »Scheiße …« Ihre Nase war nach links verzogen, beide Augen zugeschwollen, das Kinn schief, die Lippen aufgeplatzt und blutig, eine Wange irgendwie verformt – wahrscheinlich gebrochen – und jeder Quadratzentimeter Haut mit einem grellen Regenbogen von Blutergüssen bedeckt. »Sind Sie –«

Ihr Kopf ruckte vor, sie riss den Mund auf, zackige Stümpfe ragten aus dem blutigen Zahnfleisch.

Logan wich zurück und zog blitzschnell die Hand weg. Trisha wankte, ihre Schultern zuckten, dann fiel sie wieder schlaff gegen den verbeulten Radiator. Ein Laut irgendwo zwischen einem Knurren und einem Zischen entwich ihren wunden Lippen.

O Gott.

Logan wandte sich ab, ging um die Ecke und zurück in den Flur.

»SIE!« Er packte ein Büschel von McInnes' langen, fettigen grauen Haaren. »Wo ist der Schlüssel?«

»Ich weiß nicht –«

Logan zerrte an seinen Haaren. »Wo ist der Scheißschlüssel?«

Der alte Mann schrie, ließ sein Knie los und packte Logans Hand, die ihn zu skalpieren drohte. »Im Kasten! Im Kasten!«

Logan zerrte ihn über den Flur zu dem kleinen Holzkasten an der Wand, in dem auch der Garagenschlüssel gehangen hatte. McInnes schrie und heulte, hoppelte mit seinem gesunden Bein über den Teppich, während das andere kraftlos durch das Kistenchaos schleifte.

Der Handschellenschlüssel war nicht schwer zu finden – Logan riss ihn vom Haken und zerrte McInnes mit sich durch die Tür in das L-förmige Zimmer.

46

»Was hätte ich denn tun sollen?« Darren McInnes saß auf dem Rücksitz des Streifenwagens, die Hände hinter dem Rücken in Handschellen, einen Eisbeutel auf das angeschwollene Knie gebunden.

Die Haustür ging auf, und eine Gestalt in einem grünen Overall schob sich im Rückwärtsgang heraus, in den Händen die Metallgriffe einer Krankentrage.

McInnes lachte kurz auf und zuckte zusammen. Er sah zu, wie Trisha zu dem wartenden Krankenwagen getragen wurde. »Sie war meine Erste, haben Sie das gewusst? Mein erstes kleines Mädchen aus Fleisch und Blut.«

Logan sah ihn an. »Seien Sie still.«

»Davor waren es nur Bilder, aber dann wurde ich aus dem Gefängnis entlassen, und sie gaben mir eine Sozialwohnung, gleich bei Trisha um die Ecke … Sie war so klein und so hübsch, und ich weiß noch, wie sie einmal vom Rad gefallen ist und sich den Arm gebrochen hat, und ich wollte ihr nur das Gefühl geben, geliebt zu werden, also hab ich –«

»Wenn Sie nicht bald von Ihrem Recht zu schweigen Gebrauch machen, dann schwör ich bei Gott …«

Ein Seufzer. »Ihre Mutter war die meiste Zeit sturzbetrunken, oder sie brauchte dringend 'nen Schuss, und dann ist sie unten am Hafen auf den Strich gegangen, um sich das nächste High leisten zu können. So eine vielbeschäftigte alleinerziehende Mutter braucht 'nen Babysitter.«

»McInnes –«

»Ich habe nicht mehr lange zu leben.« Er drehte sich zu Logan um und lächelte. Die Haut um sein rechtes Auge herum war schon dunkelblau und lila verfärbt, die Lider dick angeschwollen, das Weiße blutig rot. »Krebs – Leber und Nieren, alles voller Metastasen. Der Arzt hat mir noch drei Monate gegeben, das ist jetzt vier Wochen her. Komisch, was? Hab mein ganzes Leben geraucht wie ein Schlot; alle haben mir gesagt, ich würde irgendwann an Lungenkrebs krepieren.«

»Soll ich jetzt vielleicht Mitleid mit Ihnen haben?«

»Es ist mir egal, was Sie denken.« McInnes' Lächeln wurde zu einem Grinsen. »Oh, ich habe gewusst, dass Sie mich irgendwann erwischen würden – aber ehe es zur Gerichtsverhandlung kommt, werde ich längst tot sein. Sie können's mir kaum verübeln, dass ich noch einen stilvollen Abgang hinlegen wollte.«

»Finden Sie das etwa *komisch*?«

»Zwei Wochen hab ich nach Trisha gesucht, und dann taucht sie plötzlich auf, keine zweihundert Meter vom Haus ihrer Mutter entfernt – wankt die Straße runter und bettelt um Geld.« Er seufzte, als die Türen des Krankenwagens zugeschlagen wurden. »Ich dachte, das wäre doch irgendwie passend – mein Leben so zu beenden, wie es begonnen hatte, mit *ihr.* Aber ...« McInnes schüttelte den Kopf. »Ich hatte viel mehr Spaß mit ihr, als sie fünf war.«

Logan stieg aus in die warme Morgensonne und schlug die Tür zu, ehe McInnes noch ein Unfall passierte.

Einer der Sanitäter kam gerade hinter dem Krankenwagen hervor. Er sah Logan und ging auf ihn zu. Mit einem Nicken deutete er auf den Streifenwagen mit seiner grauhaarigen, grün und blau geschlagenen Fracht. »Haben *Sie* sein Knie so demoliert?«

Logan spürte, wie ihm die Hitze in die Wangen schoss. »Es war Notwehr. Er –«

»An die Wand stellen sollte man ihn, dieses Dreckschwein.« Der Sanitäter spähte durch die Windschutzscheibe. »Sie kann von Glück sagen, wenn die Ärzte ihre Beine retten können, von Wieder-gehen-können ganz zu schweigen. Wir mussten ihr die dreifache Dosis Morphium geben, um sie ruhigzustellen.«

Logan sagte ihm nicht, dass das wahrscheinlich mindestens so viel mit Trishas Opiattoleranz zu tun hatte wie mit den Schmerzen, die sie litt.

Die *Danse Macabre* ertönte in Logans Tasche, als der Krankenwagen mit flackerndem Blaulicht davonfuhr.

»McRae?«

DI Steels Reibeisenstimme zischte ihm ins Ohr. *»Wo zum Henker steckst du?«*

»Wir haben Trisha Brown gefunden.«

Eine Pause. *»Lebend?«*

»Gerade so.«

»Sekunde ...« Er hörte ein hallendes Pfeifen – wahrscheinlich hielt Steel die Hand über die Sprechmuschel ihres Telefons – und dann gedämpfte Stimmen.

Logan sah zu, wie eine uniformierte Beamtin dem humpelnden DC Leggett aus McInnes' Haus half. Auf seiner Stirn prangte eine Mullbinde, befestigt mit leuchtend weißem Klebestreifen. Aus unerfindlichen Gründen schienen seine Symptome sich schlagartig verschlimmert zu haben, als die hübsche Polizistin auftauchte.

»Bist du noch dran?«

»Der Verdächtige hat gestanden, sie entführt und vergewaltigt und ihr so ziemlich jeden Knochen in Armen und Beinen gebrochen zu haben. Er meint, der Krebs würde ihn holen, ehe das Gericht ihn verurteilen kann.«

Logan hörte, wie jemand im Hintergrund etwas zu ihr sagte.

»Ganz meine Meinung, Chef.« Dann war sie wieder da. *»Sieh zu, dass du hier antanzt; wir haben den Vorsitzenden des Doctor-Who-Fanclubs da, und dein Kumpel, der Hirnklempner von Liverpool, stellt sich an und sagt, er macht gar nix, solange er nicht mit dir geredet hat.«*

Logan starrte zum kristallblauen Himmel auf und fluchte. »Sag Goulding, ich bin gleich da.«

Logan rutschte auf dem knarrenden Plastikstuhl hin und her. Im Beobachtungsraum war es schummrig, die einzige Lichtquelle war der Fernsehbildschirm, der Vernehmungsraum 2 zeigte: Superintendent Green und DI Steel saßen Stephen Clayton am Tisch gegenüber.

Der Student schüttelte sich mit einer lässigen Kopfbewegung die langen blonden Haare aus den Augen. *»Noch einmal für die Armen im Geiste: Ich habe Alison und Jenny McGregor nichts getan. Ich habe Alison gefragt, ob sie mit mir ausgehen will, sie hat nein gesagt. Ende der Durchsage.«*

Goulding legte die Fingerspitzen der linken Hand auf den Monitor, als wollte er Clayton in der Bildröhre festhalten. »Achten Sie auf die Körpersprache – die Arme ausgebreitet, die Beine gespreizt, den Oberkörper zurückgelehnt, Blickkontakt mit dem Gegenüber. ›Ich bin souverän und selbstsicher. Ihr seid keine Bedrohung für mich.‹«

»Ja, nun…« Logan veränderte wieder seine Sitzhaltung, um sein Bein am Einschlafen zu hindern. »Er ist schließlich Psychologiestudent, nicht wahr? Bekommt ihr so was nicht im Studium beigebracht?«

»Was denn?« Goulding warf Logan einen Seitenblick zu. »Wie man lügt, meinen Sie?«

Logan verschränkte die Arme und nahm sie dann wieder herunter. Was Clayton konnte, konnte er schon lange. »Sollten Sie den beiden nicht die Fragen vorsagen?«

»Wie lange kennen wir uns jetzt schon, Logan?«

»Ich meine, das ist doch der eigentliche Grund, warum wir Sie hergeholt haben, oder nicht?«

»Meinen Sie nicht, dass Sie mir vertrauen können?«

»Sie hat Sie zurückgewiesen, nicht wahr?« Auf dem kleinen Bildschirm klopfte Green mit den Knöcheln auf den Tisch. *»Sie haben Alison geliebt, und sie hat Sie abblitzen lassen.«*

»Ich habe sie nicht geliebt. *Ich dachte nur, dass es ganz nett wäre, sie mal durchzuvögeln. Sie wissen ja, wie diese alleinerziehenden Mütter sind: total ausgehungert.«*

Steel nickte. *»Da hat er nicht ganz unrecht.«*

»Glauben Sie, dass ich Sie verurteile, oder dass ich schlechter von Ihnen denke, wenn Sie zugeben, dass Sie Probleme haben?«

»Ich *habe* keine Probleme!«

»Sie hat Sie abblitzen lassen, und das hat wehgetan, nicht wahr? Sie wollten sich rächen.«

Clayton beugte sich vor. *»Sie haben nicht viel Erfahrung mit Vernehmungen, stimmt's?«*

»Logan, wenn Sie nicht darüber reden wollen, wie soll es dann je besser werden?«

»Ich meine, Sie haben nicht mal versucht, eine Beziehung zu mir aufzubauen, sondern gleich losgelegt mit Ihrer Küchenpsychologie. Also, Ihre Kollegin hier« – er deutete auf Steel – *»macht sich da schon wesentlich besser.«*

»Wir haben darüber geredet – wir haben *eine halbe Stunde* lang darüber geredet. Machen Sie jetzt vielleicht mal einfach nur Ihren verdammten Job?«

Goulding lächelte. »Das versuche ich ja die ganze Zeit.« Er griff nach dem kleinen Mikrofon und drückte die Sprechtaste. »Fragen Sie ihn nach seinen Eltern – was er glaubt, wie sie reagieren werden, wenn sie hören, dass er verhaftet wurde.«

Steel kratzte sich ein Weilchen unter dem Tisch. *»Was wohl Ihre Mama und Ihr Papa dazu sagen werden, dass Sie von der Polizei einkassiert wurden, Steve?«*

Green warf ihr einen bösen Blick zu. Wahrscheinlich fand er, dass *er* hier die Fragen stellen sollte.

Clayton zuckte mit den Achseln. *»Wissen Sie, Superintendent, man ist entweder ein Alphamännchen, oder man ist keins. Ihre Kollegin hier ist eins, aber Sie …«* Er machte eine flatternde Handbewegung.

»Wenn ich Sie wäre – wenn jemand meine Wohnung in Brand gesetzt hätte, während ich schlief, und wenn meine Freundin deswegen im Koma läge –, ich hätte den Wunsch, jemanden umzubringen.«

Logan starrte Goulding an. »Hören Sie auf damit.«

»Meine Eltern haben mir immer Liebe und Verständnis entgegengebracht. Sie sind stolz auf alles, was ich erreicht habe.«

»Wenn ich da gestanden und sie fallen gesehen hätte –«

»Na schön, wollen Sie es *wirklich* wissen? Ich dachte, Shuggie Webster hätte es getan, okay? Also habe ich ihn gestellt, und dann habe ich ihm die Seele aus dem Leib geprügelt.« Logan wandte sich ab. »Ich hätte ihn umbringen können …«

»Das ist ein vollkommen natürlicher Wunsch. Wir alle –«

»Ich meine das ganz wörtlich: Ich hatte die Möglichkeit. Ich hätte ihn umbringen und die Leiche verschwinden lassen können, und niemand hätte es je erfahren.«

»Ah … *Jetzt* kommen wir der Sache schon näher.« Goulding nahm das Mikrofon zur Hand. »Wenn seine Eltern so toll sind, wieso hat er dann sein ganzes Leben lang gegen sie rebelliert?«

Auf dem kleinen Bildschirm platzte Superintendent Green mit der Frage heraus, um nur ja Steel zuvorzukommen.

»Für einen kurzen Augenblick hatten Sie also die Macht über Leben und Tod.« Der Psychologe kritzelte etwas in seinen Notizblock. »Und Sie entschieden sich dafür, Gnade walten zu lassen.« Er legte den Kopf schief. »Was war das für ein Gefühl?«

Logan sah weg. »Ein beschissenes.«

»Tatsächlich? Interessant … Interessant …«

Auf dem kleinen Bildschirm fuhr sich Clayton mit der Hand durch das lange blonde Haar. *»Sagen Sie, Inspector, wann haben Sie eigentlich entdeckt, dass Sie lesbisch sind? War es eine plötzliche Erkenntnis, ein allmählicher Prozess – oder haben Sie es immer schon gewusst?«*

Goulding lächelte. »Wissen Sie was, ich habe allmählich den Eindruck, dass Inspector Steel und DSI Green sich an Ihrem Freund Mr. Clayton die Zähne ausbeißen. Er spielt mit ihnen, als ob er alle Zeit der Welt hätte. Er hat es ganz und gar nicht eilig, uns zu den McGregors zu führen.«

Steel schüttelte den Kopf. *»Netter Versuch, Sonnyboy, aber Sie spielen nicht mal in der gleichen Liga wie Hannibal Lecter. Also, vielleicht sind Sie ja scharf auf ein Klistier aus handgenähtem Leder, Größe 42 – aber wenn nicht, dann verraten Sie uns, was Sie mit Alison und Jenny gemacht haben!«*

»Wie geht's dir, Kleine?« SYLVESTER hebt Jennys Kinn hoch, bis ihre Augen auf gleicher Höhe mit den schmalen Schlitzen sind, wo *seine* Augen sein müssten.

Sie schaut weg. »Will meine Mami.«

»Tja, nun …« Er tätschelt ihr den Kopf, als ob sie ein

Hund wäre. »Bald ist's vorbei, dann könnt ihr nach Hause. Das ist doch toll, nicht wahr?«

Es ist heiß im Zimmer. Das Sonnenlicht malt Streifen auf die blanken Bodendielen, aber sie reichen nur bis zum Fußende des Betts. Nicht ganz bis zu ihren wunden Füßen. Jenny beißt sich auf die Lippe, als er ihr mit seinen Gummifingern übers Haar fährt.

»Lässt du vielleicht mal das Kind in Ruhe?« TOM sitzt auf der Fensterbank und liest eine Zeitung mit einem Foto von Mami vorne drauf. »Man könnte meinen, du bist pädophil, so wie du sie die ganze Zeit betatschst.«

»Leck mich.« SYLVESTERs Roboterstimme wird zu einem metallischen Wispern. »Es tut mir wirklich leid wegen… na ja…« Sein Blick wandert nach unten, zu ihren verbundenen Füßen. »Na ja, wegen allem. Verstehst du?« Er zuckt mit den Schultern, und sein weißer Papieranzug raschelt.

Sie sagt nichts, sitzt nur ruhig da, als die Tür aufgeht und das Monster mit dem »PATRICK«-Schildchen reinkommt, die große Kamera über die Schulter geschlungen. Jenny kann Mami im Nebenzimmer weinen hören, doch dann macht PATRICK die Tür zu und schneidet das Geräusch ab. »Er geht nicht an sein Telefon.«

SYLVESTER streichelt immer noch Jennys Haare. »Hast du's mal per E-Mail versucht?«

»Natürlich hab ich das versucht.« PATRICK bleibt stehen und starrt herüber. »Was machst du da?«

TOM lugt über den Rand seiner Zeitung hinweg. »Kinder befummeln.«

»Ich bin kein verdammter Pädo!« SYLVESTER steht auf. »Da versucht man nur nett zu sein, einem kleinen Kind ein bisschen Mitgefühl zu zeigen, und –«

»Ich weiß genau, was *du* ihr gerne zeigen würdest. Du würdest ihr gerne deinen –«

»Das reicht!« PATRICK stampft mit dem Fuß auf. »Haltet die Klappe, alle beide!«

TOM zuckt mit den Achseln. »Was ist, wenn die Bullen ihn geschnappt haben? Ich meine, die sind schließlich heute überall rumgeschwärmt –«

»Haben sie mit dir geredet?«

»Ich war nicht da. Aber meine Mitbewohner haben sie sich vorgeknöpft, haben ihnen alle möglichen Fragen über Alison und Jenny gestellt.«

PATRICK macht eine wegwerfende Handbewegung. »Spielt keine Rolle.«

»Aber was ist, wenn –«

»Solange ihr die Klappe haltet, können sie nichts beweisen. Sie haben nichts – keine Zeugen, kein Motiv, keine DNS, keine Fingerabdrücke, nichts. Wenn wir die Bude hier abfackeln, bevor wir verschwinden, könnte nicht mal Sherlock Holmes uns schnappen.«

»Schon, aber angenommen –«

»Bist du krank im Kopf?« Sie geht auf das Bett zu, nimmt Teddy Gordon und dreht ihn um, sodass sein schrecklicher pelziger Po in die Luft ragt, mit dem weißen Etikett, das wie ein Wurm herausguckt. »Wir reden hier von über acht *Millionen* Pfund, Sylvester.«

»Nee, klar, das kriegen wir schon hin, ich arbeite dran. Niemand wird irgendwas sehen.«

»Das will ich dir auch geraten haben.« PATRICK hält Jenny den Teddy hin, und diese toten schwarzen Augen funkeln sie an. »Du willst schließlich nicht enden wie Colin, oder?«

SYLVESTER sagt gar nichts, er steht nur da und starrt PATRICK an. Sogar TOM ist still.

47

»Er hockt da drin und lacht sich ins Fäustchen!« Superintendent Green schlug mit der Faust auf den blank polierten Mahagonitisch des Besprechungsraums. »Ich habe doch gleich gesagt, wir hätten ihn beschatten sollen – er hätte uns direkt zu Alison und Jenny McGregor geführt. Ihn einfach zu verhaften und zur Vernehmung herzubringen, war *grob* fahrlässig!«

Logan sah auf seine Uhr. Die Zwischenbesprechung war gerade einmal zwei Minuten alt, und schon warf Green mit Anschuldigungen um sich.

Steel kniff die Augen zusammen. »Wir *tun* immerhin etwas. Sie würden immer noch auf Ihrem Arsch hocken und in der Nase –«

»Inspector!« Finnie ließ sich gegen seine Stuhllehne sinken. »Wir wissen Ihr leidenschaftliches Engagement zu schätzen, aber das ist jetzt nicht der passende Zeitpunkt. Vielleicht könnten wir uns darauf konzentrieren, *Lösungen* zu finden, anstatt mit dem Finger auf andere zu zeigen.«

»Also …« Interims-DI Mark MacDonald spielte mit seinem Kuli herum. »Wie wär's, wenn wir Clayton laufen lassen? So tun, als wäre alles nur ein Irrtum gewesen und wir die Anschuldigungen gegen ihn fallen lassen? Dann könnten wir ihn weiter beobachten, während er denkt, dass er aus dem Schneider ist. Das wäre doch sozusagen ein idealer Kompromiss?«

Finnie starrte ihn an, bis Marks Ohren knallrot wurden. »Seien Sie nicht albern. Was sagt die Spurensicherung?«

Logan warf einen Blick in die Mappe, die er auf dem Weg zum Besprechungsraum unter den Arm geklemmt hatte. »Sie sind noch dabei, seinen Laptop zu untersuchen – Clayton hat rund zwei Gigabyte verschlüsselte Dateien, da könnte alles Mögliche dahinterstecken. Wenn er den

Schlüssel nicht rausrückt, könnte es Monate, wenn nicht Jahre dauern.«

»Das ist *keine* Option. Anwohnerbefragungen?«

Steel fummelte an ihrem BH herum. »Laufen noch. Die Wohnheime sind riesengroß; müssen Hunderte von Studenten sein, die dort in Hillhead wohnen.«

»Verstehe …« Finnie vergrub eine Weile sein Gesicht in den Händen. Dann tauchte er wieder auf. »Vorschläge?«

»Wir lassen Clayton nicht laufen – die Medien würden uns bei lebendigem Leib häuten.«

»Superintendent Green?«

Der Mann von der SOCA verschränkte die Arme. »Ich denke, ich habe gesagt, was ich zu sagen habe.«

Finnie wandte sich wieder Logan zu. »Was ist mit dem Psychologen, Goulding?«

»Er will unter vier Augen mit Clayton sprechen; er meint, das würde ihm helfen, an ihn heranzukommen und –«

Greens Kinn schnellte in die Höhe. »Das kommt nicht infrage. Sie können nicht eine Zivilperson mit dem einzigen Verdächtigen allein lassen, den Sie haben ermitteln können: Nichts von dem, was Clayton sagt, wird als Beweis verwertbar sein. Ich werde nicht zulassen, dass Sie den Erfolg der gesamten Ermittlung gefährden. Der Unabhängige Beschwerdeausschuss der Polizei –«

»Bla-bla-bla.« Steel ruckelte noch einmal energisch an ihrer linken Brust. »Wissen Sie was, Superintendent? Sie sind hier ungefähr so willkommen wie ein Blowjob vom eigenen Opa.«

Seine Augen weiteten sich. »Wie *können* Sie es wagen –«

»Schon gut, beruhigen Sie sich.« Finnie rieb sich das Gesicht. »Können wir vielleicht wenigstens für einen Moment so *tun*, als stünden wir alle auf derselben Seite?«

Green holte übertrieben tief Luft und zupfte demonstrativ seine Manschetten zurecht. »Sie müssen Frank Baker finden. Sie müssen eine Strategie für die Rettung von Alison und Jenny erarbeiten. Sie müssen eine Strategie für die Verfolgung des Geldes nach der Übergabe erarbeiten. Sie müssen diese Dinge jetzt klären. Nicht morgen und nicht nächste Woche – *jetzt.*«

Steel ließ von ihrem BH ab. »Ich sage, wir geben Goulding fünfzehn Minuten mit Clayton. Zu verlieren haben wir schließlich nichts, oder?«

Finnie nickte. »Einverstanden. Machen Sie es in einem Vernehmungsraum, vor laufenden Kameras. Und sorgen Sie dafür, dass Clayton weiß, dass er gefilmt wird, damit seine Verteidigung sich hinterher nicht darüber beschweren kann. Irgendwelche Einwände, Superintendent?«

»Tun Sie, was Sie nicht lassen können.«

»Gut. McRae, bereiten Sie alles vor. Interims-DI MacDonald: Ich will die Risikoanalyse spätestens um drei auf meinem Schreibtisch haben. Steel: Erkundigen Sie sich, wie der Stand der Fahndung nach Frank Baker ist. Ich werde sehen, was wir wegen der Nachverfolgung des Lösegelds unternehmen können.«

Dr. Dave Goulding saß in Finnies Büro, einen Becher Tee in der einen Hand, einen Jaffa-Cake in der anderen. »Ich würde sagen, es ist … möglicherweise nicht ganz so eindeutig.«

Der Leiter des CID schloss die Augen und massierte seine Nasenwurzel. »Das ist jetzt *vielleicht* ein kleiner Schock für Sie, aber ich will einfach nur ein ›Ja‹ oder ein ›Nein‹ hören.«

Logan lehnte sich mit dem Rücken an die Aktenschränke und spürte das kühle Metall durch den weißen Baumwollstoff seines Hemds. Steel unterdrückte ein Gähnen.

»So einfach ist das nicht.« Goulding verwandelte seinen Keks in eine Mondsichel. »Stephen Clayton fühlt sich sicher, wenn er mit uns spielt, weil er nicht befürchten muss, sich zu verplappern. Das heißt, dass er entweder unglaublich arrogant ist oder dass er nichts mit der Entführung von Alison und Jenny zu tun hat.« Der Rest des Jaffa-Cakes verschwand. »Ich glaube einfach nicht, dass er von der Persönlichkeit her der Typ dafür ist. Sicher, er ist clever genug, aber er könnte es nicht für sich behalten. Er würde es von der Spitze des Marischal College rufen wollen: ›Schaut mich an! Schaut her, wie clever ich bin!‹«

Finnie spitzte die wulstigen Lippen. »Er hat *definitiv* nichts damit zu tun?«

»Unmöglich ist es nicht, aber es ist unwahrscheinlich.«

»Dann stehen wir wieder ganz am Anfang. Und wir haben einen ganzen Vormittag und *Hunderte* von Mannstunden mit einem verdammten *Studenten* vergeudet.« Finnie massierte sich wieder die Nase. »Inspector McRae, merken Sie, dass ich ein *klein wenig* enttäuscht bin?«

»Er ist Doctor-Who-Fan, es gibt eine Vorgeschichte, die ihn mit Alison McGregor verbindet –«

»Das spielt alles keine Rolle, wenn er *nicht das Geringste* mit ihrer Entführung zu tun hat!«

Nein, allerdings nicht.

Steel blies die Backen auf. »Na ja, sehen wir's positiv – wenigstens hat Green jetzt wieder was, worüber er meckern kann.«

»*... sind Sie hoffentlich auch nächste Woche dabei, wenn es wieder heißt: Wir suchen* Britain's Next Big Star*!*« Applaus vom Band hallte vom Fernseher im Wohnzimmer durch das Treppenhaus herauf.

Logan saß auf Alison McGregors Bett und starrte die Fotos an, die er in einem Schuhkarton ganz hinten im Kleiderschrank gefunden hatte: Alison im Bikini, Alison in T-Shirt und Jeans, Alison am Strand... Er hielt eines hoch, das sie in ihrer Schuluniform zeigte. Sie saß auf einer niedrigen Backsteinmauer, in der einen Hand eine Dose extra starken Cider, in der anderen eine Zigarette; die Bluse so weit aufgeknöpft, dass man ihren BH sehen konnte, während die Schulkrawatte in ihrem Ausschnitt verschwand.

Es war alles total verkorkst. Stephen Clayton *musste* in die Sache verwickelt sein. Wenn er es nicht war … was blieb ihnen dann noch?

Logan drehte das Foto um. »Mein Geburtstag – heute bin ich 14 geworden!!!«, stand in blauer Kugelschreiberschrift auf der Rückseite. Sie sah nicht aus wie vierzehn.

»*Willkommen zu* Britain's Next Big Star*!*« Applaus und Gejohle. »*Wir können Ihnen diese Woche wieder eine fantastische Show versprechen, aber vergessen Sie nicht: Nur vier der Kandidaten des heutigen Abends können die nächste Runde erreichen, also denken Sie daran, Ihre Stimme für Ihren Favoriten abzugeben!*«

Alisons DVD-Rekorder war voll von dem Zeug – *Britain's Next Big Star, X-Factor, Britain's Got Talent, Let's Dance*, drei verschiedene Sendungen mit »Andrew Lloyd Webber« im Titel …

Logan legte das Foto neben die anderen aufs Bett und nahm das nächste aus der Schachtel: Alison im Pub mit einem anderen Mädchen und zwei ziemlich beschränkt aussehenden Burschen. Das andere Mädchen … sah ein bisschen aus wie Vicious Vikki, nur viel dünner. Bei dem einen Jungen handelte es sich eindeutig um Doddy McGregor.

Logan legte es neben das Schulmädchen-Foto. Und runzelte die Stirn.

Alison McGregor sah auf jedem Foto genau gleich aus.

Ihre Kleider wechselten, ihre Frisuren, ihr Make-up, aber nicht ihr Gesicht. Es war genau das gleiche Lächeln auf jedem Bild – Mund, Zähne, Augen, Augenbrauen –, alles *exakt* gleich.

Es war kein unattraktives Lächeln: Es war offen, herzlich, natürlich und gleichzeitig ein bisschen sexy… Es stand ihr. Aber wenn man es so betrachtete, auf all den Fotos, die auf der Bettdecke ausgebreitet waren, dann sah es aus, als trüge sie eine Maske. Als ob die echte Alison McGregor verschwände, sobald jemand eine Kamera auspackte.

Logan saß da, ganz allein in einem leeren Haus, und er wusste genau, wie sie sich fühlte.

»Wo zum Teufel hast du gesteckt?« TOM steht mitten im Zimmer, die Hände in die Hüften gestemmt.

Jenny blickt vom Bett auf, als DAVID hereinkommt, lässig schlendernd wie ein Cowboy in einem Western.

»Sei doch nicht so scheißschwul.« DAVID wirft eine Plastiktüte aus dem Supermarkt auf den Boden. »Ich bin ein bisschen von unseren netten Freunden und Helfern aufgehalten worden. Hat eine Ewigkeit gedauert, bis ich die Idioten endlich los war.« Er zieht eine Zeitung aus der Tüte und wirft sie TOM zu. »Die Titelseite.«

TOM fummelt ein bisschen herum, dann entfaltet er die Zeitung und starrt sie an. »Heilige *Scheiße*.«

»Ich weiß. Wo ist Sylvester?«

»In der Vorlesung.«

»Cool. Cool.« DAVID deutet mit dem Kopf aufs Bett. »Endspiel, Alison. Bist du bereit?«

Er holt eine Flasche aus der Tüte – eine große Flasche mit einem dicken Korken. »Ich finde, das müssen wir feiern. Tom?«

»Sensationell!« TOM dreht die Zeitung um, sodass alle sie sehen können. Auf der Titelseite ist ein Foto von Jenny und Mami. »Neun Komma vier Millionen. Jackpot!!«

Mami setzt sich auf, und die Kette an ihrem Knöchel klirrt. »Wir wollen einfach nur nach Hause.«

»Tja, da liegt das Problem.« DAVID hält die Flasche im

Arm wie ein Baby. »Unsere Pläne haben sich ein bisschen geändert. Tom?«

»Was?«

»Hast du das Isolierband?«

»Bingo.« TOM hält eine dicke graue Rolle hoch.

»Cool.« DAVID schnippt mit den Fingern. »Zeig mal her.«

»Neun Komma vier *Millionen.*« TOM hüpft im Zimmer herum. »Scheiße, das ist ein Haufen –«

KLONK. DAVID schwingt die Flasche wie einen Hammer und trifft TOM genau auf den Hinterkopf.

Gehen Flaschen nicht kaputt, wenn man damit irgendwo draufschlägt? Wie im Fernsehen, wenn die Queen ein Schiff tauft – dann muss sie immer eine Flasche gegen das Schiff knallen, und dann geht die Flasche kaputt, und alles ist voller Schaum, und dann rutscht das Schiff ins Meer rein.

»Nnnnng …« TOM wankt. Das silbrige Klebeband fällt ihm aus der Hand, knallt auf den Holzboden und kullert davon.

DAVID haut ihn noch einmal mit der Flasche. *Klonk.*

TOMS Beine knicken weg, und er fällt hin. Sein linker Fuß zuckt, die Finger einer lila behandschuhten Hand zittern. Etwas Dunkles rinnt innen an seiner Maske herunter und färbt das durchsichtige Plastik rot.

Jenny robbt rückwärts, bis sie gegen den Bettpfosten knallt, ohne auf den brennenden Schmerz in ihren Füßen zu achten.

DAVID stellt die Flasche auf den Boden. Er geht zurück zu seiner Einkaufstüte und zieht einen großen schwarzen Müllsack heraus. Er schüttelt ihn, damit er auseinandergeht, und zieht ihn dann TOM über den Kopf. »Wir wollen doch kein Blut auf unseren schönen sauberen Boden kriegen, nicht wahr?«

Er zieht den Sack dicht um TOMs Hals und hält ihn ganz, ganz lange fest, bis TOM sich nicht mehr bewegt.

Dann steht er auf und dreht sich zu den anderen um. »Da waren's nur noch … vier.«

Mami schüttelt den Kopf. »Ich will nur, dass es endlich vorbei ist.«

»Was das betrifft …« DAVID greift in ihre Haare und zerrt sie vom Bett. Mami schreit und krallt mit den Händen nach ihm.

»NEIN!« Jenny kann nicht weiter zurückweichen, der metallene Bettpfosten bohrt sich in ihren Rücken. Teddy Gordon grinst sie mit seinen toten Krähenaugen an. Er lacht. Sie packt ihn an der Kehle und schleudert ihn mit aller Kraft. »TU MAMI NICHT WEH!«

Teddy Gordon prallt von DAVIDs Brust ab.

Er sieht auf den Bären hinunter, der neben TOM auf dem Boden liegt. »Echt süß, doch.«

DAVID dreht Mami auf den Bauch und kniet sich auf ihren Rücken. Dann packt er ihre Hände, hält sie mit einer großen lila Faust fest, während er das glänzende silberne Klebeband um ihre Handgelenke wickelt.

»LASS MICH LOS, DU SCHWEIN! LASS MICH LOS!«

Mit den Zähnen reißt er noch ein Stück Klebeband ab, und jetzt kann Mami nur noch murmeln und fauchen.

Jenny springt vom Bett und läuft auf ihn zu. Ihre wunden Füße schmerzen und stechen. Tapferes kleines Mädchen … Sie schnappt die Flasche vom Boden. Ich taufe dieses Schiff auf den Namen DAVID. Sie holt aus und schlägt mit aller Kraft zu.

Die Flasche prallt von seiner Schulter ab.

Er dreht sich zu ihr um, den Kopf zur Seite geneigt, wie die Nachbarskatze, wenn sie einen Vogel mit gebrochenem Flügel sieht. »Das war ein Fehler.« Seine Hand schnellt vor und kracht auf Jennys linken Fuß nieder.

Etwas Scharfes platzt in ihr drin, schießt ihr Bein hinauf, und sie macht den Mund auf, um zu schreien, aber da ist keine Luft zum Schreien. Sie fällt hin, hält sich mit beiden Händen den Knöchel und starrt auf den weißen Verband, wo sich eine rote Klatschmohnblüte bildet. Das kaputte Ding in ihr drin fängt an zu brennen. Und jetzt *kann* sie schreien, und sie hört gar nicht mehr auf. Sie schreit so laut, dass ihre Kehle rasselt.

»Scheiße noch mal, halt endlich die Klappe.« Er packt sie im Gesicht – hält ihr mit stinkigen Gummifingern den Mund zu und klatscht das Klebeband drauf. »So, das ist doch schon *viel* besser.«

Mami windet sich auf dem Boden, ihre Augen sind klein und funkeln, und sie macht Geräusche, die nicht als Wörter zählen.

Durch die Tränen sieht alles verschwommen aus. Von Jennys Verband tropft es rot. Sie rührt sich nicht, als DAVID erst ihre Handgelenke mit Klebeband fesselt und dann ihre Knöchel.

Er steht da und sieht auf sie beide herab. »Wie ich schon sagte: Es gibt einen neuen Plan. Sylvester hat eine Möglichkeit gefunden, wie wir mit der ganzen Kohle durchbrennen können. Neun Komma vier Millionen. Absolut unmöglich zurückzuverfolgen. Das heißt, dass du nicht mehr gebraucht wirst, *Alison.* Im Gegenteil, du bist nur ein Klotz am Bein. Okay, wir *könnten* dich laufen lassen und uns darauf verlassen, dass du die Klappe hältst …« Er lacht. »Eine Publicity-Hure wie du? Sobald die Leute anfangen, dich zu vergessen, sobald du nicht mehr auf dem Cover von *Hello!* bist, wirst du nicht mehr an dich halten können.« DAVID breitet die Arme aus. »›Meine Hölle in der Hand der Kidnapper!‹ Tapfere Alison McGregor enthüllt alles!«

Er lässt die Arme sinken. »Dazu wird es nicht kommen. Wir drehen noch ein letztes Video mit Jenny, und dann … Na ja, ich werde dafür sorgen, dass es schnell geht, okay? Bin ja schließlich kein *totaler* Unmensch.«

48

»Und was werdet ihr für uns singen?« Der Exmoderator des Kinderfernsehens ging in die Hocke, um mit dem kleinen blondgelockten Mädchen auf Augenhöhe zu sein.

Jenny McGregor sah ihn mit ihren großen blauen Augen an. *»Wir singen ein Lied über meinen Papa.«*

Logan lehnte sich auf der Couch zurück, die Fernbedienung auf dem Knie. Ganz hinten im Kühlschrank hatte er eine Dose Irn-Bru Light gefunden. So erging es einem, wenn man entführt wurde – dann kam die Grampian Police und plünderte einem die ganzen Lebensmittelvorräte.

Nur retten taten sie einen ganz bestimmt nicht.

Alison McGregor legte eine Hand auf die Schulter ihrer Tochter. *»Es heißt* Wind Beneath My Wings.« Sie trugen Partnerlook – Glitzerkostüme mit reichlich Pailletten.

»Okay, dann also viel Glück!« Der Moderator richtete sein Lächeln in die Kamera. *»Und vergessen Sie nicht: Wenn Sie für Alison und Jenny stimmen wollen – die Nummer wird am Ende der Sendung eingeblendet.«*

Die Musik wurde lauter, und die McGregors schritten Hand in Hand zur Rampe vor. Eine Seite der Bühne wurde von einer großen Leinwand eingenommen. Zwei Takte lang leuchteten dort die Worte »In liebevollem Gedenken an James ›Doddy‹ McGregor« auf, dann wurden sie durch das Foto ersetzt, das die Zeitungen gedruckt hatten, als sein Leichnam aus dem Irak überführt worden war.

Während sie sangen, wechselte das Bild immer wieder: Doddy mit Jenny am Strand; Doddy in einem Panzerfahrzeug in irgendeiner heißen und staubigen Gegend; Doddy mit einem kleinen rosigen Baby auf dem Arm … Und dann kam die erste Instrumentalpassage, und Doddys Bild wurde durch einen Videoclip ersetzt, in dem zwei verwundete Soldaten erzählten, wie er ihnen das Leben gerettet hatte.

Rechtzeitig zur nächsten Strophe wurde dann wieder auf die Fotosequenz umgeschaltet.

Kein Wunder, dass Alison und Jenny die meisten Stimmen in der gesamten Staffel bekommen hatten. Die Leute liebten sie einfach.

Logans Handy klingelte – die *Danse Macabre* in schrillem Kontrast zu dem kitschigen Song. Er drückte den Ausknopf an der Fernbedienung. »McRae.«

»Wo bist du?« Es war DI Steel.

Er rappelte sich von der Couch hoch und schlenderte hinaus in den Flur. »In Alison McGregors Haus.«

»Was gefunden?«

»Nein.« Er ging die Treppe hinauf, zurück in Alisons Schlafzimmer. »Wir sind am Arsch, stimmt's?«

»Hab gerade mit Tayside telefoniert.« Eine Pause. *»Frank Baker ist aufgetaucht. Liegt im Ninewells Hospital. Ist gerade mal bis Dundee gekommen, ehe er von einer Rotte jugendlicher Schläger erkannt wurde.«*

Logan zog die Spitzengardinen einen Spalt weit auf und spähte hinaus. Die beiden alten Damen kampierten immer noch auf dem Gehsteig, mit ihren Klappstühlen und ihrer Thermoskanne Tee. Bald würde man von hier aus in ein Meer von Gesichtern und Kameraobjektiven blicken, alle versammelt, um gemeinsam den Moment zu erleben, wenn das Ultimatum auslief.

»Ist er okay?«

»Was denkst du denn? Kann froh sein, wenn er den morgigen Tag noch erlebt.«

Logan ließ die Gardine los. »Auch das noch …«

Von unten kam ein dumpfes Klacken.

»Und übernimmt Stupidintendent Green vielleicht die Verantwortung für den Schlamassel, den er angerichtet hat? Von wegen – angeblich ist alles meine Schuld, weil ich Baker nicht von Anfang an habe überwachen lassen.«

Wieder ein Klacken.

»Moment mal.« Logan drückte die Stummtaste.

Nichts. Vielleicht war es nur das Haus, das sich setzte, oder irgendetwas auf der Straße, oder –

Klonk.

Da war jemand im Haus.

Er schlich die Treppe hinunter. Im Flur blieb er wie angewurzelt stehen.

Diesmal war das Klonk ein Klink, und dann kam ein scharrendes Geräusch aus der Küche.

Er griff nach dem Knauf und drehte ihn langsam. Legte die andere Hand auf die Tür und schob sie vorsichtig auf.

Ein Schatten bewegte sich durch den Raum und hielt inne. Wieder ein Klonk.

Logan ging hinein.

Eine Frau kniete neben dem Herd, auf dem Boden neben ihr stand eine offene Reisetasche. Blondiertes Haar, rosa T-Shirt, Hüftjeans mit dem Bund ungefähr auf halber Pobacke. Sie kramte gerade in einem der Küchenschränke herum. »Baked Beans, Baked Beans, Baked Beans… Wo ist denn der Kaviar und das ganze Edelzeugs?«

Logan schlug mit der flachen Hand auf die Arbeitsplatte. »Kann ich Ihnen helfen?«

Sie kreischte, zuckte zusammen und knallte mit dem Kopf an die Schrankdecke, dann fiel sie auf den Hintern und hielt sich den Mittelscheitel. Vorne auf dem rosa T-Shirt prangten die Worte »LITTLE MISS NAUGHTY«. »Au… *Scheiße.* Warum haben Sie das gemacht?«

Logan sah sie stirnrunzelnd an. »Kenne ich Sie?«

Sie blickte zu ihm auf. Ihre Augen weiteten sich, ihr Unterkiefer klappte nach unten, und das Kinn verschwand in den Hautfalten ihres Halses. »Nein.«

»Das sind Sie doch, nicht wahr? Dingsbums Wallace –

Shona – ich habe Sie vernommen –, Sie dürfen nicht mehr mit Kindern arbeiten.«

Sie errötete. Sah auf den Boden. »Ich weiß nicht, wovon Sie reden.«

»Aufstehen.«

»Ich *soll* hier sein. Ich bin nämlich sozusagen Alisons beste Freundin, und sie … hat mich gebeten, dafür zu sorgen, dass genug Essen und so im Haus ist – für wenn sie sie freilassen …«

»Sie sagen also, dass Sie nach Alisons Entführung noch mit ihr gesprochen haben?«

»Na ja … äh … Es ist …«

Idiotin.

»Ich wollte doch nur helfen!«

Der Gewahrsamsbeamte knallte Shona Wallace die Zellentür vor der Nase zu und hielt Logan das Klemmbrett zum Unterschreiben hin. »Die werden immer schlimmer, finden Sie nicht?«

Logan kritzelte seinen Namen auf das Formular und machte sich dann auf den Weg nach oben in den dritten Stock. Elaine Drever war nicht in ihrem Büro, also versuchte er es im Labor.

Sie stand am Leuchttisch in der Mitte des Raums und betrachtete stirnrunzelnd einen Stapel Ausdrucke. »Was ist mit den Fingerabdrücken?«

Ein pummeliger junger Mann mit schiefem Gesicht schob knirschend den Unterkiefer hin und her. »Mach ich als Nächstes.«

»Danke, Tim.« Elaine Drever klemmte sich den Bericht unter den Arm, drehte sich um und zuckte zusammen. »Sergeant … Verzeihung, DI McRae, wollte ich sagen …« Sie streckte die Hand aus und berührte seinen Arm. »Logan. Wie geht es Ihnen?«

»Haben Sie schon eine Übereinstimmung gefunden?«

Das Telefon im Labor klingelte, und Tim schlurfte hinüber, um den Anruf anzunehmen.

»Warten Sie.« Sie ging zu dem Eingangskorb, der oben auf der Kühl-Gefrier-Kombi stand, und begann den Inhalt zu durchwühlen. »Tim? Was ist denn aus der Blutprobe geworden, die wir gestern Abend reinbekommen haben? Aus dem Krankenhaus? Die für DI McRae?«

Tim sah vom Telefon auf. »Die Eilsache? Ben sitzt gerade dran.«

»Was?« Logan hob die Hand. »Nein – die DNS von der Wohnungstür. Haben Sie da inzwischen eine Übereinstimmung gefunden?«

»Oh.« Elaine sah auf ihre Uhr. »Wir haben die Probe ein Dutzend Mal durchgejagt und haben immer noch kein Ergebnis. Und wir bekommen auch keine Fasern von der Tür. Also, bis auf die vom Teppichboden im Flur, und bei der Wucht, mit der die Tür ihn getroffen haben muss … Es ist merkwürdig – ich hätte doch erwartet, dass wir *irgendetwas* finden würden.« Wieder ein Blick auf die Uhr. »Tut mir leid, aber ich muss zu so einer blöden Preisverleihung an der Robert Gordon University. Ich schwör's Ihnen, diese Kriminalistikstudenten werden von Jahr zu Jahr jünger. Man kommt sich allmählich vor wie in einem Kindergarten.«

»Chefin?« Tim hielt die Hand über die Sprechmuschel. »Wir haben einen Treffer.«

Elaine schüttelte den Kopf. »Also, das muss dann eben warten, bis ich zurück bin. Bin eh schon spät dran.« Sie tätschelte Logan noch einmal den Arm. »Wir tun wirklich, was wir können.« Und dann war sie weg.

»Okay, danke, Ben.« Tim legte auf. »DI McRae?«

Logan, der schon fast zur Tür hinaus war, blieb stehen.

»Diese Blutprobe: Es gibt einen DNS-Treffer für den großen Zeh, den Sie uns gebracht haben.«

Er runzelte die Stirn und trommelte mit den Fingern auf den Türrahmen. Die DNS stimmte überein … »Tim … habt ihr irgendetwas auf diesem anonymen Brief gefunden? Der, wo drinstand, Alison und Jenny seien von Pädophilen entführt worden?«

»Glaub nicht.« Er zog eine Schublade in einem blaugrauen Aktenschrank auf. »Da haben wir's …« Er nahm ein Hängeregister mit einem Beweismittelbeutel und einem einzelnen Blatt Papier heraus. »Nein, nichts.«

»Gar nichts?«

»Keine Fingerabdrücke, keine Fasern, keine DNS. Tut mir leid, Inspector.«

»… und noch mal vier Beschwerdebriefe.« Der dicke Gary legte einen Stapel Papiere in die Mitte von Finnies Schreibtisch. »Diese verdammten Jurastudenten sind die schlimmsten – sind doch nur darauf aus, einmal ihren Lebensunterhalt mit dem Verkauf von anderer Leute Häusern zu verdienen.«

Finnie nahm die Papiere und warf sie in seinen »Zuerledigen«-Korb. Dann hob er den Blick und starrte Logan finster an. »Zwei Wochen. Zwei Wochen, und was haben wir erreicht? Ein paar Studenten sind stinksauer auf uns, und ein Pädophiler liegt im Krankenhaus. *Erinnern* Sie mich doch bitte noch mal daran, wofür wir Sie eigentlich bezahlen.«

Logan trat näher. »Hat denn die Idee, es könnte ein Expolizist involviert sein, uns irgendwie weitergebracht?«

Es war einen Moment still. »Sagen Sie mal, DI McRae, glauben Sie wirklich, ich hätte *nichts* Besseres zu tun, als hier zu sitzen und irgendwelche dämlichen Fragen zu beantworten? Oder *könnte* es sein, dass ich heute doch etwas *marginal* Wichtigeres zu tun habe?«

»Tut mir leid, Sir.«

»Das will ich doch meinen.« Er drehte sich auf seinem Stuhl um. »War sonst noch was, Sergeant McCormack?«

Gary hielt ihm ein Klemmbrett hin. »Sie müssen mir bitte den Überstundenplan abzeichnen. Interims-DI MacDonald hat das halbe Präsidium für eine Doppelschicht eingetragen, als CRC-Reserve, falls es zu Krawallen kommt.«

»Gott steh uns bei ...« Er unterschrieb das Formular.

»Danke, Sir.« Der dicke Gary watschelte hinaus.

Logan machte die Tür hinter ihm zu. »Ich glaube, wir werden hier systematisch verarscht.«

Finnie blickte nicht einmal auf. »Inspector, das überrascht Sie jetzt vielleicht, aber ich habe heute einfach keine Zeit, mir Ihr Gejammer über Superintendent Green anzuhören.«

»Ich rede von dem anonymen Hinweis, aufgrund dessen wir sämtliche Sexualstraftäter in der Grampian-Region vernommen haben – ich glaube, das war ein Fake.«

Der Leiter des CID nahm den nächsten Bericht aus seinem Eingangskorb. »Manchen Leuten macht es eben Spaß, der Polizei die Zeit zu stehlen, Inspector. Wie Sie es im Moment mit mir tun.«

»Nein, ich meine, dass es die Entführer waren, die uns ablenken wollten. Der Zettel mit dem Hinweis ist frei von jeglichen forensischen Spuren, wie alles, was die Kidnapper uns bisher geschickt haben.« Logan ließ sich auf den Besucherstuhl sinken. »Und wir haben herausgefunden, wem der große Zeh gehört: Es ist ein fünfjähriges Mädchen, dem nach einem Verkehrsunfall im Aberdeen Royal Infirmary ein Bein amputiert wurde. Das Bein sollte eigentlich eingeäschert werden. Das Mädchen ist nicht tot.«

Finnie runzelte die Stirn. »Sind Sie sicher, dass es nicht –«

»Ich habe gerade das Ergebnis des DNS-Abgleichs bekommen. Wer immer die Täter sind, sie haben Zugang zum ARI.«

Finnie drückte einen Knopf an seinem Telefon. »Interims-DI MacDonald in mein Büro – *sofort.* Und bringen Sie alles mit, was Sie zu den Ermittlungen in den Krankenhäusern haben.«

»*Aber ich bin –*«

»*Sofort,* Mr. MacDonald.«

»*Ja, Sir.*«

Finnie drückte noch einmal auf die Taste, und das Telefon verstummte.

Ich schwör's Ihnen, diese Kriminalistikstudenten werden von Jahr zu Jahr jünger.

Logan rutschte mit seinem Stuhl vor, bis er halb über dem Schreibtisch hing. »Es ist ein Lehrkrankenhaus, nicht wahr? Könnte es sein, dass die Täter alle Studenten sind?«

Finnie schüttelte den Kopf. »Sowohl MacDonald als auch McPherson haben ausgeschlossen –«

»Denken Sie mal darüber nach: Der Medizinstudent besorgt ihnen Medikamente und amputiert Jennys Zehen. Der Informatikstudent sorgt dafür, dass die Videos und E-Mails nicht zurückverfolgt werden können. Und der Kriminalistikstudent bewahrt sie alle davor, erwischt zu werden.« Logan zog sein Handy heraus und wählte. »Bob?«

»*Wenn du anrufst, um dich zu beschweren – ich war's nicht, okay?*«

»Ich muss …« Er runzelte die Stirn. »*Was* warst du nicht?«

»*… Nichts.*« Ein Hüsteln. »*Womit kann ich dienen?*«

»Hast du die Dealerin gefunden, die deinem Selbstmörder das Morphium verkauft hatte?«

»*›Stumpy die Zwergenkönigin?‹ In Tayside hat noch nie jemand von ihr gehört. Woher das plötzliche Interesse an Bruce Sangster?*«

Natürlich hatte niemand von ihr gehört – weil sie gar nicht existierte. Craig Peterson, dieser arrogante, überhebliche Schnösel, hatte sie erfunden. Deswegen hatte keiner von Bruce' Freunden etwas von seinem angeblichen Drogenproblem gewusst. Sangster hatte das Morphium nicht gekauft, er hatte es im Krankenhaus gestohlen, ebenso wie das Thiopental und das amputierte Bein eines kleinen Mädchens.

»Hast du noch die Liste von seinen Freunden?«

»... Wieso?«

»Hast du dir notiert, welche Fächer sie studieren?«

»Klar hab ich das. Wieso willst du das alles –«

»Ich suche speziell nach Informatik- und Kriminalistikstudenten.«

»*Augenblick* ...« Es raschelte in der Leitung.

Die Tür von Finnies Büro ging auf, und Interims-DI Mark MacDonald kam herein, beladen mit Stehordnern. Er streifte Logan mit einem Blick und rümpfte die Nase.

»Genau, da haben wir's: Drei Informatikstudenten und eine gewisse Davina Pearce, Hauptfächer Kriminalistik und Recht. Sie studiert auch noch Medienwissenschaft.«

Mark parkte die Ordner in der Ecke des Schreibtischs. »Das ist alles. Aber ich bin das alles schon Dutzende Male durchgegangen. Da ist nichts.«

Logan steckte sein Handy wieder ein und grinste Finnie an. »Bingo.«

49

Logan stieg hinaus in den warmen Abend, das Handy ans Ohr gepresst. »Wie sieht's aus?«

Die Woolmanhill-Studentenwohnanlage war ein unsymmetrisch geformter grauer Block aus drei fünfstöckigen Gebäuden, die im schiefen Winkel zueinander um einen unsymmetrischen Parkplatz standen, gleich hinter dem Denham-Kreisverkehr.

Bob ließ einen tiefen, feuchten Seufzer vernehmen. *»Peterson ist nicht da.«*

»Weiß irgendjemand, wo er steckt?«

Rennie las die Namen an der Gegensprechanlage neben einer frisch gestrichenen Treppenhaustür und klingelte bei Apartment 6. Der Summer ertönte.

»Seine Mitbewohner sagen, er ist mit seinen Kumpels ausgegangen: Kino, Pizza, Bier.«

»Handy?«

»Ist direkt auf die Mailbox gegangen.«

Eine hohe, ein wenig leiernde Stimme kam aus dem Lautsprecher. »*Hal-loo?*« Sehr mädchenhaft.

Rennie drückte die Sprechtaste. »Hallo, ist Davina zu Hause? Hier ist Simon.«

»Wie lautet nun Euer Befehl, Euer kürzlich beförderte Inspectorschaft?«

»Stell fest, ob er ein Auto hat, und dann ruf die Kollegen von der Videoüberwachung an: Ich will, dass jede Kamera in der Region mit Automatischer Nummernschilderkennung nach ihm Ausschau hält. Und finde raus, was er die letzten zwei Wochen alles getan hat: Wohin er gereist ist, mit wem er gesprochen hat und so weiter.«

»Hi, Simon. Ja, Davina ist in ihrem Zimmer, aber sie schmollt.«

»Bist aber gar nicht anspruchsvoll, wie? Wart nur ab, bis ich mit dem DI *an der Reihe bin –«*

»Ja, ja, der ›Zorn Bobs‹, ich weiß.« Logan brach die Verbindung ab.

»Oh … Also, kann ich raufkommen?« Die Sprechanlage summte wieder, und als sich Rennie gegen die Tür lehnte, ging sie auf. Er zwinkerte Logan zu. »Auf in den Kampf.«

Eine mollige junge Frau öffnete die Tür von Apartment 6. Sie trug ein Art Heiligenschein aus braunen Löckchen, gehalten von einem goldenen Haargummi. Als sie lächelte, kam ein ganzer Mund voll Metall zum Vorschein. »Du bist

Simon, stimmt's? Freut mich echt, dich kennenzulernen. Ich bin Robin – Davina hat dir sicher schon von mir erzählt.«

»Ja, hi. Ist sie da?«

Robin rollte die Augen. »O je, du kennst sie ja – gestern ist sie in ihr Zimmer gestürmt, hat die Tür zugeknallt und ist seitdem nicht mehr rausgekommen; ich sag's dir, man kommt sich manchmal vor wie in einer Vorabend-Soap hier. Magst du einen Kaffee? Ich mach sowieso welchen – Kekse sind, glaub ich, auch noch da.« Das alles fast ohne Luft zu holen.

»Super. Kriegt mein Kumpel auch einen?«

Das Lächeln verrutschte ein wenig, als sie Logan entdeckte, doch sie fasste sich gleich wieder und säuselte munter: »Klar, immer rein in die gute Stube.« Dann machte sie kehrt und eilte geschäftig den Flur entlang, wobei sie kurz stehen blieb, um an eine der Zimmertüren zu klopfen. »Davina, deine Freunde sind hier. Davina? Ich mach ihnen Kaffee, willst du auch einen?« Pause. Sie klopfte noch einmal. »Davina?«

Keine Reaktion.

Sie verdrehte wieder die Augen. »Unmöglich, echt. In der Vorlesung war sie heute auch nicht, und das Thema war Blutspritzer-Analyse; ich find Blutspritzer ja total spannend, bin ich deswegen jetzt abartig? Okay, mag sein, aber ich bin ja auch ein bisschen *gaga*…« Sie streckte die Zunge raus, hielt den Finger an die Schläfe und ließ ihn kreisen. »Also – Kaffee!«

Logan blieb vor Davina Pearce' Tür stehen. Sie hatte sie mit Fotos einer jungen Asiatin geschmückt: strahlendes Lächeln, strenge Brille, lange schwarze Haare. Manche waren in Pubs aufgenommen, andere bei Partys, wieder andere in verschneiten Wäldern. Er klopfte an, während der menschliche Wirbelwind Rennie in die Küche mitschleifte.

»Davina? Davina, wir müssen reden.«

Immer noch nichts, doch hinter der Tür konnte er Musik hören, irgendetwas Beschwingtes, Rockiges. »Davina? Kannst du mich hören?« Er legte das Ohr an das kühle Holz. Nicht einmal ein Rascheln, nur diese fröhliche Musik, und dann schrilles, kreischendes Gelächter aus der Küche. Entweder hatte Rennie gerade etwas sehr, sehr Lustiges gesagt, oder die kleine Miss Maschinengewehr hatte es ganz dringend mal wieder nötig.

Er ging in die Küche. »Sind Sie sicher, dass sie da ist?«

»O ja, ich hab das Zimmer am Ende, neben der Wohnungstür, und ich hör immer alle kommen und gehen und kommen und gehen, und ich schwöre, sie hat ihr Zimmer seit gestern Mittag nicht mehr verlassen. Es muss ein Mann sein, oder? Nur Männer können einen *so* runterziehen.« Sie bot Rennie eine Dose Kekse an. »Nichts für ungut, du bist ganz bestimmt total lieb zu deiner Freundin – *hast* du eigentlich eine Freundin? Aber ich plapper hier vor mich hin, sollte lieber mal ein paar Tassen spülen.«

Logan deutete zum Flur. »Haben Sie einen Ersatzschlüssel für Davinas Zimmer?«

»Also ... ja, aber ich kann ja nicht einfach so bei Leuten ins Zimmer platzen, ich meine, die Schlüssel sind doch nur für Notfälle, und was würde Davina denken, wenn ich zwei Männer in ihr Zimmer lassen würde? Ich an ihrer Stelle hätte auch was dagegen, und ich bin mir nicht so sicher, ob ich es in Ordnung finde, dass ihr danach fragt, weil ich niemals ...« Sie starrte Logans Dienstausweis an. »Oh.«

»Sind Sie *sicher*, dass sie das Gebäude nicht verlassen hat? Sie könnte sich hinausgeschlichen haben, während Sie schliefen, oder während Sie bei Ihrer Blutspritzer-Vorlesung waren?«

»Wow, ihr seid *Polizisten*? Das ist ja total aufregend, ich wollte immer schon mit der Polizei zusammenarbeiten, deswegen studiere ich ja Kriminalistik, ich find's total faszinierend, was man heute alles –«

»Wohin könnte sie gegangen sein?«

»Nirgendwohin. Davina ist die größte Umweltschützerin der Welt; ich meine, sie schaltet immer *alle* Lichter aus, und wenn du die Kühlschranktür länger als drei Sekunden auflässt, hält sie dir gleich einen Vortrag über Eisbären, und sie lässt niemals die Musik an, wenn sie weggeht, so was macht sie einfach nicht, sie ist wirklich die totale Öko-Kriegerin.«

Rennie legte Robin die Hand auf die Schulter. »Und wenn ihr etwas zugestoßen ist?«

»Zugestoßen ...«

»Was ist, wenn sie gestürzt ist und sich verletzt hat? Was ist, wenn Davina deine Hilfe braucht?«

»O Gott, das wäre ja *furchtbar*; ich hol den Schlüssel.«

Rennie wartete, bis Robin in dem Zimmer am Ende des Gangs verschwunden war, und grinste dann Logan an. »Hab's dir doch gesagt – ich würde einen prima Watson für dich abgeben.«

Eine Minute später war sie zurück, in der Hand einen Schlüssel mit einem Anhänger in Form eines Trolls mit gelben Haaren. »Da.« Sie gab ihn Rennie und wurde ein wenig rot, als ihre Hände sich berührten.

Rennie steckte den Schlüssel ins Schloss, drehte ihn um und drückte die Klinke herunter. »Sesam, öffne dich!«

Logan klopfte, trat ein – und erstarrte. Das Zimmer war ein wenig größer als die in Hillhead und bot Platz für ein Einzelbett im Ikea-Stil, einen Nachttisch, einen Schreibtisch, einen Kleiderschrank und ein kleines Waschbecken in der Ecke. Die Wand über dem Bett war mit Fotos gepflastert: eine Mischung aus Landschaften, Portraits und Industriebrachen ... Die meisten in edlem Schwarz-Weiß.

Er räusperte sich »Robin, Sie sollten lieber in die Küche zurückgehen.«

»Ist sie okay? Davina? Bist du okay? Ich wollte die Tür nicht aufschließen, aber wir dachten, du bist vielleicht verletzt, und ich fand –«

»Rennie, bring sie zurück in die Küche. *Jetzt gleich.*«

»Wieso, was …« Rennie lugte über Logans Schulter und wich dann hastig zurück. »Okay, komm mit, Robin, wir wollten doch Kaffee machen?«

»Aber ich …«

»Ich weiß, aber ich hab echt Durst, du nicht? Übrigens, deine Haare gefallen mir richtig gut …«

Logan hörte, wie ihre Stimmen auf dem Gang verhallten. Dann fiel die Küchentür ins Schloss. Er tat noch einen Schritt ins Zimmer, wobei er darauf achtete, die Füße möglichst nahe an der Sockelleiste aufzusetzen.

Davina Pearce, Bachelor-Studentin der Kriminalistik und Rechtswissenschaft mit Medienwissenschaft als Nebenfach, saß auf dem beigefarbenen Teppich, ein Bein untergeschlagen, das andere zur Zimmermitte hin ausgestreckt, mit dem Rücken an die Wand gelehnt. Sie war nackt, bis auf den Ledergürtel um ihren Hals, dessen Ende am Fensterriegel befestigt war. Eine Orange steckte in ihrem Mund, ihr Kinn war klebrig von getrocknetem Saft. Auf dem Boden neben ihrem Knie lag ein schwarzer Gummi-Vibrator.

Ihre Haut war blass wie Butter, doch die Unterseiten ihrer Ober- und Unterschenkel waren dunkelrot vom Blut, das sich nach dem Tod dort gesammelt hatte. Die Augen offen, glasig und blutunterlaufen.

»Scheiße …«

Logan zog sein Handy heraus und meldete den Fall.

Sie kuschelt sich dichter ran, spürt die heißen Tränen auf ihren feuchten Wangen. Ihr linker Fuß brennt wie Feuer, es ist wie eine Million Bienenstiche, alle an der einen Stelle. Sie schmiert die ganze Matratze mit Blut voll, aber es ist ihr egal.

Goldenes Sonnenlicht malt verschlungene Muster auf den Boden, zwinkert durch die Ritzen in den vernagelten Fenstern.

Eis und Limonade im Garten – in den Ohren das Gesumme der Bienen, während Mami ein Lied singt und Papa ein Holzding für die Küche baut. Ein Sandkasten voller Burgen und Prinzessinnen und den kleinen schwarzen Kackekügelchen, die die Nachbarskatze reingemacht hat und von denen Mami nichts wissen darf, weil sie sonst böse wird. Jenny mag die Nachbarskatze. Sie will nicht, dass ihr etwas Schlimmes passiert.

Das silbrige Band auf Mamis Mund ist dick und klebrig, aber es gelingt ihr, mit den Fingernägeln eine Ecke abzubekommen.

Jenny knibbelt und zieht und zupft, und auf einmal holt Mami ganz tief Luft und hustet. Um ihre Lippen herum ist ein rosa Rechteck, und an der Unterseite des Klebebands sind winzig kleine Härchen.

»O Gott, o mein Baby, es tut mir so leid…« Mami weint. »Wir müssen hier raus, wir müssen *sofort* hier raus, bevor sie zurückkommen! Sie werden uns nicht gehen lassen…«

Jenny schmiegt ihren Kopf an Mamis Brust, nur für einen kleinen Moment, um ihren warmen, weichen Busen zu spüren, um das Bumpiti-Bum ihres Herzens zu spüren.

»Du musst Mamis Hände losbinden.«

Es dauert ewig. Immer, wenn sie ein Ende zu fassen bekommt, reißt es ein oder ab, und Mami weint, und Jenny weint auch, und es ist so schwer, und ihr Fuß tut so weh… Und dann ist das Band weg, und Mami setzt sich auf.

Jenny ist ein braves kleines Mädchen. Sie muss sich nur einen Moment ausruhen. Die Augen zumachen und warten, bis der brennende Schmerz vergeht. Braves kleines Mädchen…

»Schätzchen?«

Jemand rüttelt an ihrer Schulter.

»Komm, wir müssen gehen. Schnell.« Mami befreit Jennys Handgelenke. »Kannst du gehen?« Sie sieht nach unten. »O Gott, so viel Blut ...«

Mami reißt das Klebeband von Jennys Gesicht. Es tut eine Weile weh, aber nicht so schlimm wie ihr brennender Fuß. »Ich will, dass Papi da ist ...«

»Wir müssen hier raus.«

»Ich bin *müde*.«

Mami legt ihre Hand auf Jennys Kopf. »Du bist kalt ...«

Sie nimmt die Arme hoch, und Mami drückt sie an sich. Hält sie so fest, dass sie keine Luft mehr kriegt. Aber das ist okay. Sie will sich nur ein bisschen ausruhen. Ein bisschen Wärme spüren. Ein bisschen Liebe.

Ein klirrendes Geräusch, und dann gleitet die Kette um ihren Hals herab wie eine kalte Eisenschlange.

Wieder ein Klirren. Jenny zwingt sich, die Augen aufzuschlagen, und sieht, wie Mami einen kleinen glänzenden Schlüssel hochhält. Sie hat die Oberlippe hochgezogen und bleckt die Zähne wie ein wütender Hund.

»Sie sind doch nicht so superschlau. Oder?« Sie steht auf und hält Jenny die Hand hin. »Gehen wir.«

»Echt jammerschade.« Rennie ließ die Schultern hängen, als die Kriminaltechniker Davina Pearce in einem weißen Leichensack aus dem Zimmer transportierten. Er zupfte ein Foto von der Wand über dem Bett – Davina in edlem Schwarz-Weiß, posierend vor einem riesigen Maschinenteil. »Sie war wirklich hübsch. Also, nicht dass es okay gewesen wäre, wenn sie ein hässliches Entlein gewesen wäre, aber ... weißt schon.« Er hielt Logan das Foto hin. »Müssen wir ihre Eltern benachrichtigen?«

»Kommt drauf an, wo sie herkommt.« Logan drehte das Foto um. Vier Klümpchen Blu-Tack klebten in den Ecken und rahmten einen lasergedruckten Aufkleber ein: »SELBSTPORTRAIT, S/W, 18–55MM 1/80S, BLENDE 4 – MASCHINENPARK, INDUSTRIEGEBIET WELLSHEADS«, dazu ein Zeit- und Datumsstempel. »Ist doch irgendwie auffallend praktisch.«

»Was – autoerotische Asphyxie? Wär nicht so mein Ding.«

»Nein, du Idiot – ich meine, dass zwei von Craig Petersons Freunden innerhalb einer knappen Woche zu Tode kommen. Bruce Sangster nimmt eine Überdosis und zieht sich eine Tüte über den Kopf, Davina Pearce hat einen ›Sexunfall‹.«

»Ich hab gehört, dass jedes Jahr um die sechzig Leute beim Würgewichsen draufgehen. Diese Dödel. Ein Druck von einem halben Kilo auf den Quadratzentimeter genügt, um die Halsschlagader kollabieren zu lassen, und schon bist du weg. Ist so, echt.«

Logan klebte das Foto wieder an die Wand. Davina Pearce hatte ein gutes Auge für Licht und Schatten gehabt, und sie schien sich besonders auf düstere Schwarz-Weiß-Stimmungen spezialisiert zu haben. Ein wiederkehrendes Motiv waren Szenen städtischen Verfalls – Mietskasernen mit vernagelten Fenstern, rostende Autos, Müllcontainer, aus denen bizarre Trümmerteile ragten, durchhängende Maschendrahtzäune, eine zerbrochene Flasche, Sonnenuntergang über einem ausgebrannten VW.

Auch die Portraits waren nicht übel, aber sie besaßen nicht die gleiche Intensität wie die Landschaften und die Stillleben. Allerdings hatte Davina sich immer wieder gerne selbst ins Bild gesetzt. Es gab ein Foto von ihr in Jeans und BH, auf dem sie in irgendeinem verfallenen Gebäude über die Schulter in die Kamera blickte. Die Wände waren mit Graffiti bedeckt, die Bodendielen mit Lichtflecken getüpfelt. Kunstvoll und zugleich ein wenig unheimlich. Ein Tattoo prangte auf ihrer Schulter – ein feuerspeiender chinesischer Drache … Samantha hätte das gefallen.

Logan nahm das Foto von der Wand.

Er hatte sie heute noch nicht im Krankenhaus besucht. Hatte noch nicht den Mut aufgebracht, sich in dieses kleine Zimmer zu setzen und den Maschinen zuzuhören, die für sie atmeten. Ihre kalte Hand zu halten und so zu tun, als würde alles wieder gut werden.

So erging es einem, wenn man ein totaler Versager war. Wenn man die Menschen, die man liebte, nicht beschützen konnte. Wenn man nicht einmal die Dreckschweine finden konnte, die dafür verantwortlich …

Er starrte das Foto in seinen Händen an, und er merkte, wie seine Augen sich weiteten.

Vielleicht war er doch nicht der totale Versager.

Logan drehte das Bild um. Und dort, zwischen den Blu-Tack-Flecken, klebte ein weiterer Sticker: »Selbstportrait, S/W, 18–55mm 1/2s, Blende 16 – Stillgelegtes Industriegebäude, Gewerbegebiet Farburn«.

Er sammelte alle Außenaufnahmen ein und verglich die Zeitangaben auf den Aufklebern mit der auf dem ersten Foto.

Es gab nur eines, das in etwa zur gleichen Zeit aufgenommen worden war: ein hohes, mit einem Vorhängeschloss gesichertes Tor vor einem grauen Klotz mit vernagelten Fenstern und einem dieser großen Schwingtore, durch die man mit einem Gabelstapler fahren konnte. Der Name der Firma war teilweise von einer Birke verdeckt, die durch den Zaun wuchs. Aber das spielte keine Rolle. Sie mussten einfach nur so lange durch das Gewerbegebiet fahren, bis sie das Gebäude auf dem Foto gefunden hatten.

Er drückte Rennie die Aufnahme von Davina in dem graffitiverschmierten Raum in die Hand. »Kommt dir der Hintergrund bekannt vor?«

Der Constable beugte sich vor und kniff die Augen zusammen. »Doch … Äh, nein. Irgendwie …?«

»Ich geb dir einen Tipp: Denk an das Video, in dem Jenny McGregor die Zehen abgeschnitten bekommt.«

50

Bei jedem Schritt ist es, als ob jemand ihr einen brennenden Eiszapfen in die Füße rammt, aber sie beißt die Zähne zusammen und schluckt die Schreie hinunter, behält sie tief in sich drin, wo sie kochen und brodeln können.

Mami hält den Finger an die Lippen und macht »Schhhhhhhh«. Dann macht sie die Tür auf, ganz langsam und leise. Sie kommen in ein anderes Zimmer, wo die Wände auch so vollgemalt und -gekritzelt sind wie in dem, wo sie festgehalten wurden, nur dass hier kein Bett ist, bloß wieder ein Haufen Türen. Sie geht auf eine davon zu.

Jenny wischt sich mit einem schmutzigen Ärmel die feuchten Augen, holt tief und zittrig Luft und schlurft hinter ihr drein. Der Verband an ihrem linken Fuß ist klatschnass, als ob sie in eine Pfütze aus Tomatensauce getreten wäre, und jeder Schritt hinterlässt einen verschmierten Fußabdruck auf dem dreckigen Teppichboden.

Und es tut *weh*.

»Komm jetzt, Schätzchen; wer ist Mamis braves kleines Mädchen?«

Braves kleines Mädchen. Sie ist ein braves kleines Mädchen.

Jenny bleibt einen Moment stehen, atmet zischend ein und aus, und Tränen rinnen ihr über die Wangen.

Mami will die Tür aufmachen, und dann sagt sie ein schlimmes Wort. Sie packt den Knauf und dreht ihn nach links und nach rechts, zerrt, fletscht die Zähne, rüttelt wie wild an der Tür. Dann nimmt sie einen Schritt Anlauf und tritt mit dem nackten Fuß dagegen.

Sie versucht es mit einer anderen Tür. Verschlossen. Und der nächsten. Auch verschlossen. »Du DRECKSCHWEIN!« Mami schlägt mit der Hand gegen das Holz, und ein lautes BUMM hallt durch das düstere, stinkige Zimmer.

Dann schnarrt eine kalte Metallstimme irgendwo im Dunkel. »Ach komm, ich bitte dich: Das kann ja wohl nicht dein Ernst sein, oder?« Ein Monster tritt aus dem Schatten, sein weißer Anzug schimmert, als ein Sonnenstrahl ihn trifft. Auf seinem Namensschild steht ROGER. »Als ob ich weggehen würde, ohne abzuschließen, damit ihr einfach rausspazieren könnt. Für wie blöd hältst du mich eigentlich, Alison?«

Mami dreht sich um und drückt sich flach an die Tür. »Du musst uns gehen lassen.«

»Einen Scheißdreck muss ich.« Er hält ein glänzendes Ding hoch. Es dauert einen Moment, bis Jenny kapiert, dass es ein großes Messer ist. »Also, gehst du jetzt zurück in dein Zimmer wie ein braves kleines Mädchen, oder muss ich dich in Stücken wieder reinschleppen?«

Logan hielt sich an dem Griff über der Beifahrertür fest, als Rennie das Steuer scharf nach links herumriss. Das Heck des Vauxhall brach aus, als sie über die rote Ampel auf die George Street schossen. Ein weißer Van hupte sie an, und eine alte Dame in einem Mini machte eine Wichsgeste.

»Wiederhole, wir brauchen schleunigst ein bewaffnetes Einsatzteam draußen im Gewerbegebiet Farburn, Stoneywood!«

»Augenblick …«

Ein Klicken, eine Pause, und dann dröhnte Finnies Stimme aus dem Airwave. *»Was ist da los?«*

Logan erzählte ihm von dem Foto an Davina Pearce' Zimmerwand.

»Und Sie meinen, das reicht, um ein bewaffnetes Einsatzteam loszuschicken –«

»Wenn ich's Ihnen sage – es ist *exakt* der gleiche Raum wie in dem Video –, pass auf den Bus auf!«

»Bist du sicher, dass ich nicht die Sirene einschalten kann?« Der Wagen schwenkte jäh zur Mitte der Fahrbahn und dann wieder zurück in die Spur. Läden und Taxis und Lastwagen und Menschen zogen verschwommen am Beifahrerfenster vorüber.

»Hören Sie, es ist jetzt halb acht, wir haben keine fünf Stunden mehr bis zum Ablauf des Ultimatums. Wenn die Täter –«

»Bleiben Sie dran.« Einen Moment war es still, und dann war Finnie wieder da. *»Ich will nur hoffen, dass es nicht schon wieder viel Lärm um nichts ist, wie bei Stephen Clayton.«*

»Ich sag Ihnen was: Wenn es so ist, haben Sie gleich morgen früh meine Kündigung auf dem Schreibtisch.« Nicht, dass er damit so arg viel aufs Spiel gesetzt hätte.

Wieder eine Pause. *»Abgemacht. Ein bewaffnetes Einsatzteam ist unterwegs.«*

»Was ist mit dem da?« Rennie deutete durch die Frontscheibe auf eine stillgelegte kleine Lagerhalle.

Logan verglich sie mit dem Foto. »Fahr weiter.«

Der Einsatzwagen rollte im Schritttempo durch das Industriegebiet. Das war das Problem in einer Gegend wie dieser um Viertel vor acht an einem Mittwochabend – fast jedes Gebäude sah aus, als stünde es leer: alles verriegelt und verrammelt und dunkel hinter Maschendrahtzäunen und verschlossenen Toren.

Die lilaschwarzen Wolken hatten sich über den ganzen Himmel ausgebreitet, ein feiner Nieselregen benetzte die Scheiben. Über dem riesigen, hässlichen, leerstehenden Siebzigerjahre-Komplex aus Beton und Glas, in dem früher BP untergebracht war, stand ein Regenbogen.

»Charlie Delta Zwölf, hier Foxtrot Tango Zwo … wo zum Teufel steckt ihr?«

Logan drückte den Daumen auf die Sprechtaste. »Wellshead Road. Suchen immer noch nach dem Zielobjekt.«

»Biegen jetzt in den Riverview Drive ein.« Die Stimme am anderen Ende wurde zu einem Flüstern. *»Kleiner Tipp: Dieser Wichser von der SOCA folgt uns in einem Wagen mit DS Taylor, Steel und Finnie. Nur dass ihr Bescheid wisst.«*

Steel und Green zusammen in einem Auto – die arme Doreen, das *konnte* nicht gutgehen.

Rennie bog nach links ab, in eine Straße, die zwischen zwei riesigen Klötzen von Lagerhallen entlangführte. »Du, Chef, wir könnten doch immer noch einen kleinen *Zwischenfall* inszenieren, wo jemand aus Versehen Green in die Eier schießt. In dem ganzen Durcheinander.«

»Bring mich nicht in Versuchung … Da!« Logan schlug mit der Hand auf das Armaturenbrett. »Da drüben – das mit dem grünen Dach!«

Da war sogar der Baum, der durch den Zaun wuchs.

An der Fassade des Gebäudes hing ein großes, verblichenes Schild: »CAMBERTOOLS – DIE SPEZIALISTEN FÜR EOR-LÖSUNGEN VOR ORT«. Das Erdgeschoss war mit schmutzig grauem Rauputz versehen, ein paar vernagelte Fenster starrten blind auf den mit Unrat übersäten Parkplatz hinaus. Das Obergeschoss war mit dem gleichen grünen Wellblech verkleidet wie das Dach; die Farbe rissig und stellenweise abgeplatzt, verziert mit Möwendreck. An dem großen Tor hing ein mit Schmutzschlieren überzogenes Schild: »ZUM ABBRUCH FREIGEGEBEN. EINTRITT VERBOTEN.« UND AUF DEM AM ZAUN STAND: »WARNUNG: GRUNDSTÜCK MIT WACHHUNDEN GESICHERT.«

»Foxtrot Tango Zwo, wir haben einen Gewinner.« Logan gab dem bewaffneten Einsatzteam eine Wegbeschreibung und wies dann Rennie an, fünfzig Meter weiter am Straßenrand zu parken, hinter einem verschlossenen Imbisswagen.

»Und jetzt?« Rennie massierte das Lenkrad.

»Wir stürmen die Bude wie das A-Team, verprügeln die ganzen Bösewichte und retten Alison und Jenny.«

Rennie setzte sich kerzengerade auf, seine Augen leuchteten. »Cool! Wir können –«

Logan boxte ihn. »Sei kein Idiot. Wir warten auf das Einsatzteam, wir errichten eine Absperrung, und dann überlegen wir, wie wir die Geiseln da rausbekommen, ohne dass es Tote gibt. Sag mal, sonst geht's dir noch gut?«

»Na ja, das … Ähm …« Er stellte den Motor ab. »Ja, Chef.«

Drei Minuten später näherte sich mit Dieselgebrumm ein dreckstarrender ziviler Transit. Er rollte vor dem Einsatzwagen aus, und ein Officer in Zivil winkte Logan grinsend durch die Windschutzscheibe zu. *»Aye, aye. Schöner Tag für 'ne kleine Schießerei?«*

»Du weißt doch, was passiert, wenn Finnie dich hört, oder, Brian?«

Ein ziviler Vauxhall hielt auf der anderen Straßenseite. Das Grinsen verschwand aus Brians Gesicht. *»Wenn man vom Teufel spricht …«*

Logan sprang hinaus und lief zu dem Transit, wobei er darauf achtete, dass der Imbisswagen immer zwischen ihm und dem Cambertools-Gebäude war. Finnie, Green und Steel stiegen aus dem anderen Wagen. Doreen blieb zurück. Sie wartete, bis ihre Fahrgäste außer Sichtweite waren, und knallte dann mit der Stirn ans Lenkrad.

Der Mann von der SOCA streckte die Brust raus und schnippte mit den Fingern. »Lagebericht?«

Du bist ein Wichser. Logan deutete auf das Industriegebäude. »Wir glauben, dass sie da drin das Video gedreht haben, das nach der Amputation von Jenny McGregors Zehen entstanden ist.«

»Aha. Und haben Sie schon ermittelt, ob die Verdächtigen sich in dem Gebäude aufhalten?«

Steel drehte ihre E-Zigarette an und klemmte sie sich in den Mundwinkel. »Wann *genau* hätten sie das denn tun sollen? Sie sind doch nur eine Minute vor uns hier angekommen. Wollen Sie jetzt darüber meckern, dass wir keine hellseherischen Fähigkeiten haben?«

»Ich habe Ihren Ton allmählich gründlich satt, Inspector.«

»Sie haben schließlich auch über alles andere gemeckert.« Sie blies eine Wolke künstlichen Zigarettenrauchs in seine Richtung.

»Waren *fünf Minuten* etwa zu viel verlangt?« Finnie sah einen Moment lang zum Himmel auf und starrte dann wieder auf den Boden. »DI McRae, ich möchte eine Risikoanalyse: Wie sieht der Grundriss des Gebäudes aus, wo sind die Ein- und Ausgänge, wo werden die Opfer vermutlich festgehalten, mit wie vielen Zielpersonen haben wir zu rechnen, wie sind sie wahrscheinlich bewaffnet –«

»Dafür haben wir keine Zeit.« Green knöpfte sein Jackett auf, streifte es ab und warf es Logan zu. Darunter trug er eine schusssichere Weste und ein Schulterholster.

»Sollten wir nicht –«

»Geben Sie mir Feuerschutz!« Der Superintendent zog eine halbautomatische Pistole mit kurzem Lauf aus seinem Holster und lief geduckt auf das mit einem Vorhängeschloss gesicherte Tor zu.

»Kommen Sie zurück!« Finnies Augen quollen hervor, und er verzog angewidert die Froschlippen, während Green weiterlief. »Welcher Idiot hat ihm eine Waffe gegeben?«

Ein Klirren, und schon war Green durch das Tor geschlüpft und lief auf den Haupteingang zu.

»Oh, du armer Irrer …« Logan ließ das maßgeschneiderte Jackett auf die nasse Straße fallen und schlug an die Seitenwand des Transporters. »AUFMACHEN!« Dann lugte er um die Ecke. »RENNIE!«

»Schon unterwegs, Chef.«

Die Hecktüren des Transporters flogen auf, und ein verschwitzter Constable sprang keuchend hinaus in den Nieselregen. Er war ganz in Schwarz gekleidet, von den schweren Stiefeln mit Stahlkappen über die dicke schusssichere Weste bis hin zu seinem Schutzhelm und der Maschinenpistole, die an einem Riemen um seinen Hals hing. »Ist wie 'n Backofen da drin.«

»Geben Sie mir Ihre Pistole.« Logan streckte die Hand aus.

Der Mann in Schwarz wich einen Schritt zurück. »Was?«

»Geben Sie mir Ihre Pistole!«

Er zog seine Glock aus dem Holster, ein kompaktes, eckiges Gerät, das nach warmem Öl und Plastik roch, und hielt sie dicht an seiner Brust. »Äh … Also, ich hab dafür unterschreiben müssen, und –«

Logan schnappte sie ihm weg. Er klinkte das Magazin aus – es war voll, also schob er es wieder in den Griff, zog den Schlitten zurück und lud die erste Patrone in die Kammer.

Finnie tippte ihm auf die Schulter. »DI McRae, was *genau* wollen Sie damit bezwecken? Wir brauchen einen Plan, eine Strategie!«

Rennie tauchte schnaufend hinter Foxtrot Tango Zwo auf, in den Händen zwei schwere schwarze Schutzwesten mit unzähligen Taschen. »Hab nur eine stichfeste, ist das okay?«

»Muss wohl …«

»DI McRae!«

Logan zog eine der Westen über sein Jackett. »Wenn er allein da reingeht, wird er umgebracht. Wenn wir *Glück* haben. Wenn nicht, nimmt er Alison und Jenny gleich auch noch mit.«

»Es ist ja nicht so, als hätten wir einen endlosen Vorrat an Idioten zum Verheizen! Sie können nicht –«

»He, Sie! Geben Sie Rennie Ihre MP5.«

Der AFO zog einen Flunsch. »Aber dann hab ich ja gar keine –«

»Machen Sie schon!«

Der Mann hielt seine Maschinenpistole hin, und Rennie riss sie ihm aus der Hand. »Du hast sie doch gereinigt, ja? Wehe, es gibt eine Ladehemmung.«

»Inspector McRae, glauben Sie *ernsthaft*, dass das –«

»Welche Wahl haben wir denn? Wir gehen da rein, wir schnappen ihn uns und schleifen ihn zurück zum Wagen, ehe er uns alles vermasseln kann. Wir greifen die Zielpersonen nicht an, wir versuchen nicht, die Helden zu spielen – wir hindern nur Green daran, Dummheiten zu machen.« Logan spähte an dem Transit vorbei. Green drückte sich an die Wand neben dem Eingang des Industriegebäudes. »O Mann, der Trottel glaubt wirklich, er ist im Fernsehen …«

Rennie lud seine Heckler & Koch MP5 durch. »Ich wär dann so weit, Chef.«

Der Leiter des CID schüttelte den Kopf, dann machte er kehrt und ging zu seinem Wagen zurück. »Sergeant McIver: Ich will eine taktische Lagebesprechung, und zwar auf der Stelle!«

Logan lief auf das leerstehende Industriegebäude zu, Rennie trappelte hinterdrein.

51

Rennie blieb neben der offenen Eingangstür des aufgelassenen Cambertools-Gebäudes stehen. »Ich sag nach wie vor, wir sollten ihm in die Eier schießen – aus *Versehen*, verstehst du?«

Logan warf einen Blick zurück zu Foxtrot Tango Zwo, wo die Kollegen vom bewaffneten Einsatzteam einer nach dem anderen in den Nieselregen hinaussprangen. »Auf drei gehen wir rein.«

»Wie konnte einer wie Green zum Superintendent befördert werden?«

»Vielleicht haben sie eine Tombola gemacht. Zwei, eins …« Logan gab das Zeichen, und Rennie huschte geduckt durch die offene Tür, die MP auf Hüfthöhe.

»Gesichert!«

Logan folgte ihm in einen engen Flur mit Graffiti an den Wänden. Vier Türen gingen davon ab, alle geschlossen.

»Was denkst du?«

Logan deutete mit dem Kopf auf die nächste Tür, hob seine geliehene Knarre und brachte sich in Schussposition.

Rennie ergriff die Klinke. »Verschlossen.« Das galt auch für die nächste, und für die dritte.

Dann eben die letzte.

Rennie riss die Tür auf und stürmte tief gebückt hindurch, direkt hinter ihm Logan, der seine Glock über dem Rücken des Constable schwenkte. Es war der Raum aus dem Video, der Raum in Davina Pearce' Selbstportrait – ein graffitiverschmiertes Büro mit einem schmiedeeisernen Einzelbett an der Seitenwand, einem niedrigen Tisch in der Mitte und einer Tür in der Wand gegenüber.

Eine Spur aus verschmiertem Blut zog sich über die Holzdielen.

Superintendent Green lehnte am Bett und hielt sich mit beiden Händen den rechten Oberschenkel, wo ein dunkelroter Fleck sich auf dem Hosenbein ausbreitete. Seine Glock lag neben seinem Knie auf dem Boden. Der Trottel war nicht einmal dazu gekommen, einen einzigen Schuss abzufeuern. »O Gott, o Mann, o Scheiße …«

Alison McGregor stand ganz reglos und stumm vor dem

vernagelten Fenster, die Arme an den Körper gelegt. Sie zitterte. Eine Gestalt in voller Tatort-Schutzmontur mit Plastikmaske stand hinter ihr und drückte ihr ein Messer mit fünfzehn Zentimeter langer Klinge an die Kehle. Das glänzende Metall war mit kleinen roten Tröpfchen gesprenkelt. Mit der anderen Hand griff der Mann in Jenny McGregors blonde Locken und drückte das Mädchen dicht an seinen Körper.

Logan schob sich zentimeterweise seitwärts. »Bewaffnete Polizei – lassen Sie das Messer fallen.«

Der Mann im Schutzanzug zuckte mit den Schultern. Seine Stimme wurde von einer Art Filter in der Maske zu einem elektronischen Pseudo-Robotersprech verzerrt. »Und warum, bitte, sollte ich so etwas tun?«

»O Gott…« Greens Stimme war eine Oktave in die Höhe geschnellt. »Er hat mich *geschnitten*!«

Logan nahm die Augen nicht von dem Messer. »Was haben Sie denn erwartet, nachdem Sie hier reingestürmt sind wie ein Idiot?«

»Sie müssen mich ins Krankenhaus bringen!«

»Lassen – Sie – das – Messer – fallen!«

»Nein.« Der Mann im Overall legte den Kopf schief. »Ich sage Ihnen, wie es abläuft: Sie nehmen Ihren Schwachkopf hier und verpissen sich. Sie geben die Straße nach Norden frei. Sie besorgen mir einen Wagen, und Sie werden mir nicht folgen. Wenn Sie das tun, bleiben Alison und Jenny am Leben. Wenn nicht, sterben sie.«

»Ich blute…«

»Es ist vorbei.« Logan packte die Pistole fester. »Das Gebäude ist von bewaffneter Polizei umstellt. Sie gehen nirgendwohin.«

»Dann werden die beiden sterben.«

»Nein, werden sie nicht.«

»O Gott, ich brauche einen Krankenwagen…«

»HALTEN SIE ENDLICH DIE KLAPPE!« Logan nickte, und Rennie positionierte sich auf der anderen Seite, die MP5 an der Schulter angelegt wie ein Scharfschütze. »Jetzt legen Sie das Messer weg, und dann muss niemand sonst zu Schaden kommen.«

»Schon mal was von Sprengfallen gehört, Sergeant? Nun, ich trage in diesem Moment eine Sprengvorrichtung am Körper – eine kleine Bewegung genügt, und wir kleben alle in tausend Stücken an den Wänden, an der Decke und am Boden … Sie wissen, wovon ich rede. Also, jetzt benehmen Sie sich wie brave kleine Polizisten, und tun Sie, was ich Ihnen sage.«

Sergeant. Das bedeutete, dass der Mann im Tatort-Overall ihn kannte. Er hatte recht gehabt, es *war* Peterson.

»So läuft das nicht, Craig. Legen Sie das Messer weg.«

»Ah …« Er starrte einen Moment auf den Boden. »Ich bin nicht ›Craig‹. Mein Name ist Roger. Und wenn Sie nicht tun, was ich Ihnen sage, werden alle sterben.« Er ließ das blutige Messer hin und her wippen, und ein roter Strich blieb auf Alisons Hals zurück. »Angefangen mit unserem Lockenköpfchen hier.«

Alison bleckte die Zähne. »Er lügt.«

»Halt's Maul.«

»Er hat keine Bombe.«

Craig/ROGER lachte. »Lassen Sie sich's gesagt sein, Sie können ihr kein einziges Wort glauben.«

»Erschießen Sie ihn. Er hatte nie vor, uns freizulassen, er hat von Anfang an geplant, uns beide zu töten!«

»Ich brauche wirklich ganz dringend einen Krankenwagen …«

»Chef?« Rennie trat noch einen Schritt nach rechts. »Ich hab freie Schusslinie.«

»Kommen Sie, Craig, geben Sie auf. Niemand muss sterben.«

Der weiße Overall raschelte. »Sie haben mit Vicious Vikki geredet, stimmt's? Hat sie Ihnen die Geschichte von den Eichhörnchen erzählt? Als sie zehn war, hat unsere Alison hier Eichhörnchenfallen gebastelt und ungefähr sechs von den Viechern im Wald hinter ihrem Haus gefangen. Wissen Sie, was sie mit denen gemacht hat?«

»Legen Sie einfach das Messer weg, dann kommen wir alle lebend hier raus.«

»Sie hat sie in einem Eimer ertränkt. Eins nach dem anderen. Die Fallen hat sie davor aufgereiht, damit die Tierchen ihren Artgenossen beim Sterben zuschauen konnten. So ein Mensch ist sie – absolut krank im Kopf.«

»Er lügt.«

»Sie finden das schon schlimm? Fragen Sie sie mal, was mit Doddys Eltern passiert ist. Sie haben sie gehasst – wer will schon eine geldgierige Soziopathin zur Schwiegertochter?«

»Es war ein Unfall!«

»*Klar* war es das. Kommen Sie, Sergeant, was glauben Sie, wer David beauftragt hat, Ihre Wohnung abzufackeln?«

Logan starrte ihn an. »*Was*?«

»Sie haben richtig gehört.« ROGER legte den Kopf schief. »Jetzt verschwindet endlich hier, alle beide, und holt mir das Auto, sonst schlitz ich ihr die Kehle auf, und dann wiederholen wir die ganze Prozedur noch mal mit dem Gör.«

Er bewegte das Messer wieder hin und her, und Blut rann an Alisons Hals hinunter.

»Aaaah …«

»TU MEINER MAMI NICHT WEH!« Jenny packte die Hand, die sie an den Haaren hielt, und riss sich los. Dann schlug sie die Zähne in ROGERs Bein.

»Du Drecksluder!«

Er musste seinen Griff gelockert haben, denn Alison

drehte sich zur Seite und rammte ihm den Ellbogen in den Bauch. Ein Ächzen.

ROGER hieb mit dem Messer nach ihr, doch sie war schon außer Reichweite.

Rennie stürzte los, auf Jenny zu, doch ROGER zog sie zurück, holte sie von den Füßen, und beide krachten rücklings in das vernagelte Fenster. Jetzt war der Mann im Overall in die Enge getrieben. Die Klinge seines Messers funkelte, als ein goldener Sonnenstrahl sie traf.

Logan schob Alison hinter sich und hielt dabei die Pistole auf ROGERs Gesicht gerichtet. »Auf die Knie, *los*!«

ROGER räusperte sich, dann ließ er das Messer sinken. »Es war *ihre* Idee. Das Ganze. Sie –«

Ein lauter Knall hallte durch den Raum. Logan zuckte zusammen. Jenny schrie. Rennie fluchte.

Ein roter Fleck breitete sich in der Mitte von ROGERs Brust aus.

52

Logan entwand Alison die Waffe.

»Er wollte meinem kleinen Mädchen wehtun …«

Jenny saß auf dem Boden unter dem Fenster, die Knie an die Brust gezogen. Sie scharrte mit ihren verbundenen Füßen über die blutverschmierten Dielen und schrie und schrie.

Rennie hob sie rasch auf und wich in die Mitte des Raums zurück. ROGER lag zusammengekrümmt am Boden. Die semitransparente Plastikscheibe seiner Maske verdunkelte sich, und bei jedem Atemzug wurde der Bereich um den Stimmenverzerrer mit roten Tröpfchen gesprenkelt. Seine lila behandschuhten Finger lagen zuckend auf dem Loch in seiner Brust. Blut tränkte seinen Tatort-Overall. »Gaaachch …«

»Rennie, schaff sie hier raus.« Logan sah auf Green hinunter. »Und nimm *das da* mit.« Er zog sein Handy aus der Tasche, während Rennie Green auf die Füße hievte.

»MAMI!« Jenny streckte die Arme aus, doch Rennie hielt sie fest gepackt und trug sie zur Tür hinaus. Green humpelte schniefend und jammernd hinterdrein.

»Ich brauche sofort einen Krankenwagen – der Entführer hat eine Schusswunde in der Brust.«

Alison McGregor hob das Kinn. »Ich habe getan, was jede Mutter getan hätte, um ihr Kind zu schützen.«

»Was is' mit Alison und Jenny, sind sie okay?«

»Jetzt schickt erst mal den verdammten Krankenwagen!« Logan gab ihm die Adresse und beendete das Gespräch.

ROGER zuckte und wand sich in Krämpfen. »Scheiße, Mann ...« Die Worte wurden von blutigem Gurgeln begleitet. »Wir wollten ... das Geld in ... in einen Wohltätigkeitsfonds ... stecken und es ... und es dann abschöpfen ...«

Logan starrte Alison an. »Sie haben jemanden *beauftragt*, meine Wohnung in Brand zu stecken?«

»Er lügt.« Sie schlang die Arme um die Brust. »Er würde alles sagen, um seine Haut zu retten.«

ROGERs linker Fuß schlug in einem unregelmäßigen Rhythmus auf den Holzboden. »Gaaaaaach ...«

Logan kniete sich neben den zitternden Mann und nahm ihm vorsichtig die Plastikmaske ab.

Es war nicht Craig Peterson.

»Gibt's was Neues?« Dr. Goulding schloss die Tür.

Logan blickte sich kurz um und starrte dann wieder aus dem Fenster seiner behelfsmäßigen Einsatzzentrale. »Sie operieren noch.«

»Na, sehen Sie's mal positiv – *sollte* er durchkommen, was glauben Sie, wie lange er im Gefängnis überleben würde?«

Logan zuckte nur mit den Achseln und beobachtete weiter den Menschenauflauf vor dem Präsidium. Es mussten mindestens fünfhundert sein, die da ihre Transparente mit »WIR LIEBEN DICH, JENNY!« und »WIR HABEN NIE AUFGEGEBEN!« hochhielten oder einfach nur ihre Handys schwenkten, als wären sie bei einem Rockkonzert. Die Fernsehleute mussten begeistert sein.

Goulding klopfte ihm auf die Schulter. »Und wieso sind Sie eigentlich nicht da unten und genießen den Ruhm und die Verehrung? Das ist Ihre große Stunde.«

»Sie haben Craig Peterson gefunden.«

»Ach, tatsächlich?«

»Er saß in seinem Renault, hatte die Abgase mit einem Schlauch durchs Fahrerfenster geleitet. Bob sagt, das ganze Auto hätte nach Whisky gestunken. Auf seinem Handy war eine SMS an seine Mutter, darin schreibt er, es tue ihm leid, dass er sie enttäuscht habe. Aber abgeschickt hat er sie nicht.«

»Hmm … Ist Ihnen aufgefallen, dass es bei allen diesen Todesfällen darum geht, dass jemand keine Luft mehr bekommt? Bruce Sangster mit einer Plastiktüte über dem Kopf, Davina Pearce mit einem Gürtel um den Hals, Craig Peterson mit den Autoabgasen? Ich hoffe wirklich, dass Gordon Maguire überlebt; es wird faszinierend sein zu erfahren, was es für ihn bedeutet.« Er runzelte die Stirn. »Ich frage mich, ob diese Fantasie unter Fernsehproduzenten sehr verbreitet ist …«

»Er stand kurz davor, seine Firma zu verlieren; die Investoren haben nur darauf gewartet, dass er bankrottgeht, um die Vermögenswerte aufkaufen zu können.« Logan lehnte den Kopf an die Fensterscheibe. »Maguire sagte, es sei alles Alisons Idee gewesen. Sie habe sich das Ganze ausgedacht.«

Wie konnte ein Mensch nur so berechnend sein? So vollkommen gefühlskalt und skrupellos, dass sie bereit war, ihre eigene Tochter zu verstümmeln, nur um noch ein bisschen berühmter zu werden?

Der Psychologe strich mit den Fingerspitzen über das Glas. »Ich fand diese Sache mit den Zehen die ganze Zeit schon ein bisschen sonderbar. Warum zwei kleine Zehen amputieren, wenn es doch so viel leichter gewesen wäre, einen *großen* Zeh zu nehmen?« Er lächelte. »Wussten Sie, dass manche Frauen in den USA sich die kleinen Zehen entfernen lassen, nur damit sie teure High Heels tragen können? So gesehen ist das, was mit Jenny passiert ist, weniger eine Entstellung als vielmehr ein kosmetischer Eingriff.«

»Wie soll ich es beweisen? Es steht sein Wort gegen ihres, *falls* er überlebt. Alle anderen Mitglieder der Bande sind tot: keine Zeugen, keine gerichtsverwertbaren Spuren. Es gibt rein gar nichts, was sie mit dem Plan in Verbindung …« Er griff nach der staubigen blauen Aktenmappe, die Guthrie für ihn aus dem Archiv ausgegraben hatte. Ein Wohnungsbrand in Kincorth vor sechseinhalb Jahren. Zwei Tote – Doddy McGregors Eltern. »Vielleicht war ihr Haus deswegen so picobello – weil sie wusste, dass sie entführt werden würde. Sie wollte nicht, dass die Bude wie ein Saustall aussieht, wenn wir dort Tatortfotos machen.«

Die Menge vor dem Gebäude johlte und kreischte. Das musste Alison McGregor sein, die im Triumph das Präsidium verließ. Logan zog ein finsteres Gesicht. »Und neun Komma vier Millionen sind Peanuts im Vergleich zu dem, was sie an Sponsorengeldern, Filmrechten und Verlagstantiemen einstreichen kann.«

Von dem Büro, das er beschlagnahmt hatte, sah Logan zu, wie sie sich winkend und händeschüttelnd ihren Weg durch die Menge bahnte. Sie hätte, wenn sie es gewollt hätte, den Hinterausgang nehmen und sich von einem Zivilfahrzeug nach Hause fahren lassen können, aber nein: Sie wollte sich in der Liebe ihrer Fans sonnen.

O – mein – Gott. Sie ist da, sie ist endlich da. Gott, sie sieht so fantastisch aus, sie ist so *tapfer.*

Beatrice Eastbrook macht sich noch einmal rasch zurecht. Haare: kräuseln sich ein bisschen von dem SCHEISS-Nieselregen, aber abgesehen davon sind sie okay. Make-up: in Ordnung. Outfit: perfekt. Es ist dasselbe, das ihr Alison damals auszusuchen geholfen hat, an diesem Tag, der – ungelogen – der größte Tag ihres Lebens war.

Alison steht inmitten der Menge, umringt von Mikrofonen und Kameras. »Ich will euch allen einfach nur danke sagen, danke, dass ihr nie den Glauben verloren habt!«

Jubel brandet auf.

»Und wenn ihr damit einverstanden seid, werden wir den Spendentopf für einen guten Zweck verwenden – zur Einrichtung eines Hilfsfonds für die Familien unserer tapferen Soldaten. Um ihnen zu zeigen, dass auch *wir* immer an sie glauben werden!«

Wieder Jubelrufe.

Alison hat zwei Aufpasser dabei, hässliche Kleiderschränke in schwarzen Anzügen. Sie bahnen ihr eine Gasse, rücken nur ganz langsam vor, damit sie mit allen ihren Fans sprechen kann. Mit all den Menschen, die sie lieben.

Aber nicht so, wie Beatrice sie liebt. Niemand liebt Alison McGregor so wie sie.

Sie kommt näher. Es ist genau wie in ihren Träumen. Jede Nacht in den letzten zwei Wochen hat Beatrice dafür gebetet, dass die Schweine, die ihr Alison weggenommen haben, einen schrecklichen Tod finden sollten. So eine Freundin ist sie. Eine, die dich nie im Stich lässt.

Hier ist sie – so nah, so nah …

Beatrice drängelt sich nach vorne. Wissen diese Idioten denn nicht, wer sie ist? Sie ist Alisons beste Freundin!

Alison sieht ihr direkt in die Augen und lächelt.

Beatrice bleibt fast das Herz stehen. Um ein Haar wäre

sie auf der Stelle tot umgefallen. Zack, peng – gefällt von einem Lächeln.

Sie tritt vor und fällt Alison um den Hals. »O Gott, ich bin so froh, dass du alles heil überstanden hast!«

Beatrice hält sie fest umschlungen. Will sie gar nicht mehr loslassen. Ihre beste Freundin, für immer und ewig.

Und dann beugt Alison sich vor und flüstert ihr etwas ins Ohr.

Beatrice blinzelt. »Ich hab ein Geschenk für dich …«

Tschok tschok, tschok, TSCHOK, TSCHOK – die Klinge ist wie ein lebendiges Wesen, sie blitzt auf und beißt zu, und alles ist voller Blut, und die Leute kreischen, und die zwei Kleiderschränke in ihren schwarzen Anzügen stehen nur da und gaffen, und Beatrice lässt nicht ab von ihr, sticht wieder und wieder zu.

Dann packt jemand sie an der Kehle, ein anderer am Arm, und sie entreißen ihr das Messer. Sie zerren sie zu Boden, treten und schlagen auf sie ein, während sie nur lacht und lacht und lacht.

53

Elf Uhr. Die Geräuschkulisse im Krankenhaus war gedämpft, bis auf dieses unablässige dumpfe Brummen – als wäre das ganze Gebäude eine gewaltige Maschine, die allein dazu da war, Menschen zu zermalmen und nur bleiche Hüllen zurückzulassen.

Logan stand an Helen Browns Bett, die Hände hinter dem Rücken, und sah zu, wie eine Frau, die nur wenige Jahre älter war als er selbst, lautlos weinte, weil ihr Enkel in Pflege kam und ihre Tochter beide Beine verlieren würde.

»Die Ärzte sagen, ihr Zustand ist stabil, und –«

»Raus hier. Lassen …« Helen Brown drückte die Fäuste in ihre Augenhöhlen. »Lassen Sie mich einfach in Ruhe …«

»Darren McInnes wird im Gefängnis sterben. Ich verspreche Ihnen, dass er –«

»SIE HÄTTEN SIE EHER FINDEN MÜSSEN! SIE HÄTTEN SICH VERDAMMT NOCH MAL DRUM KÜMMERN SOLLEN!« Ihre Stimme hallte durch das Krankenzimmer.

»Ist ja schon gut, Helen, beruhigen Sie sich. Er geht ja schon.« Die Sohlen der kräftigen Krankenschwester quietschten auf dem Terrazzoboden, als sie ihr breites, rosiges Gesicht Logan zuwandte und ihn böse anstarrte. »Nicht wahr?«

Der uniformierte Constable schüttelte Logan die Hand. Mit seiner spitzen Nase und den stromlinienförmigen Wangenknochen sah er aus wie ein rasierter Windhund. »Ich weiß, Sir, es ist alles ziemlich scheiße gelaufen und so, aber ich wollte Ihnen nur sagen: Sie haben einen Spitzenjob gemacht.«

Warum fühlte er sich dann so beschissen? »Ist Mr. Webster da drin?«

»Shuggie? *Aye*, bis die seine Hand wieder hingekriegt haben, geht der so schnell nirgendwohin. Ich will gar nicht wissen, was diese Hauttransplantationen kosten – als ob der je in seinem Leben Steuern gezahlt hätte.« Constable Windhund trat von einem Fuß auf den anderen. »Sagen Sie, Sir, wenn Sie sowieso eine Weile hier sind, könnte ich dann mal eben rasch austreten?«

»Klar.« Logan trat ins Zimmer und machte die Tür zu.

Shuggie saß auf dem Stuhl neben seinem Bett. Die Blutergüsse sahen noch nicht viel besser aus, eher schlimmer – von Blau und Lila gingen sie allmählich in scheußliche Grün- und Gelbtöne über. Seine rechte Hand steckte in einer Art Käfig, vermutlich, um das wunde Fleisch und die freiliegenden Knochen darunter vor Druck zu schützen.

Logan räusperte sich. »Wie geht's denn so?«

Shuggie blickte auf – stieß einen schrillen Schrei aus und duckte sich ängstlich in seinen Stuhl. »Ich hab nichts gesagt! Ganz bestimmt nicht, ich schwör's bei Gott …« Er drückte seinen Handkäfig an die Brust.

Das also war aus Logan geworden: einer von der Sorte, die den Leuten panische Angst einjagten.

»Ich wollte nur sagen, dass es mir leidtut. Ich meine alles, was passiert ist.«

Shuggie nahm den Blick nicht von dem Käfig um seine Hand. »Ich verspreche, ich werde kein Wort sagen …«

»Tja, also …« Die Schwester schürzte die Oberlippe und ließ ihre mattweißen Schneidezähne sehen. »Keine Sorge – sie kommt schon durch. Abschaum wie sie kommt immer durch. Es sind nur die Guten, die jung sterben.«

Hinter der Trennscheibe lag Beatrice Eastbrook in einem Einzelzimmer, angeschlossen an eine Batterie von Monitoren. Ihr Kopf war dick verbunden, die wenigen Stellen, wo Haut zu sehen war, von Schorf und Blutergüssen bedeckt.

Die Schwester räusperte sich. »Wir haben … Also, irgendjemand muss Jenny sagen, dass ihre Mama tot ist.« Schweigen. Hüsteln. »Nicht wahr?«

Logan nickte.

»Hallo.« Er blieb am Fuß ihres Krankenbetts stehen.

Sie wirkte so winzig, wie sie da inmitten des riesigen Metallgestells auf der kratzigen Bettdecke lag. Man hatte die verdreckten Verbände an ihren Füßen durch frische, blütenweiße ersetzt.

Jenny starrte ihn an. Ihr Mund war ein harter kleiner Strich.

»Ja… also…« Logan griff in die Plastiktüte, die die Kollegen von der Spurensicherung ihm gegeben hatten, und nahm einen blauen Teddybären heraus. »Den haben wir gefunden, als wir… Na ja, ich dachte, du hättest ihn sicher gerne wieder. Damit er dir Gesellschaft leistet.« Er hielt ihr den Bären hin, doch sie rührte sich nicht. »Okay. Ich setz ihn einfach hierher.«

Er platzierte ihn am Fußende des Betts, wo sie ihn gut sehen konnte. Etwas Vertrautes von zu Hause. Das würde ihr gefallen. »Wie geht's dir denn?«

Jetzt starrte sie statt seiner den Bären an.

»Hör zu, ich kenne da ein kleines Mädchen, das ist von einem Auto angefahren worden, und die Ärzte mussten ihr ein Bein abschneiden; und die Leute, die dich entführt haben, haben es gestohlen. Sie haben der Polizei ihren großen Zeh geschickt und behauptet, es wäre deiner.«

Logan kratzte das Fell zwischen den Ohren des Bären. »Später wird es eine Feier geben, und der Bürgermeister wird ihr den Zeh zurückgeben. Ich glaube, ihre Eltern möchten ihn beerdigen… Also, dieses kleine Mädchen würde dich jedenfalls gerne kennenlernen, wenn du nachher Zeit hast? Würde dir das gefallen?«

Schweigen.

Er schluckte. Atmete tief aus. Dann zog er sich einen Plastikstuhl heran. »Jenny, die Ärzte wollen, dass ich dir von deiner Mama erzähle…«

»Ja, und der Polizeipräsident hat offiziell Beschwerde eingelegt, und jetzt muss sich Green durch einen Berg von Papierkram kämpfen und erklären, warum er wie Rambo ein Gebäude gestürmt hat, in dem Geiseln festgehalten wurden, und zugelassen hat, dass jemand mit der Waffe, die er eigentlich gar nicht haben sollte, jemand anderen erschossen hat.«

Keine Antwort.

Logan starrte an die Decke. »Der Wohnwagen stinkt übrigens immer noch wie ungewaschene Füße. Solltest mal die fetten Spinnen sehen, die da hausen – die beantragen demnächst noch Kündigungsschutz …«

Er drückte Samanthas Hand. Die Haut war kalt.

Die Maschine, die für sie atmete, zischte und pingte. Eine andere piepste und zeigte ihren Herzschlag an. Alles stank nach Desinfektionsmittel, gekochtem Blumenkohl und Verzweiflung. Nicht einmal Wee Hamish Mowats riesiger Blumenstrauß konnte dagegen ankämpfen.

»Sie haben rausgefunden, wer die Wohnung abgefackelt hat.« Er räusperte sich. »Als sie Craig Petersons DNS ins System eingegeben haben, stimmte sie mit dem überein, was sie von der Außenseite der Wohnungstür abgekratzt hatten. Es … Deswegen gab es keine Fasern oder Fingerabdrücke. Ich hatte ihn in die Mangel genommen, weil ich dachte, jemand müsste ihn mal ein bisschen zurechtstutzen, und er …« Ein tiefer Atemzug »Er muss geglaubt haben, ich sei ihnen auf der Spur. Also hat er versucht, uns zu beseitigen. Es war alles meine Schuld – von vorne bis hinten. All das …«

Logan beugte sich vor, bis seine Stirn auf der kratzigen Decke ruhte.

»Ich will nicht länger Polizist sein. Ich hab es verdammt noch mal nicht länger *verdient*, Polizist zu sein.«

Die Maschinen piepsten und zischten. Das Gebäude brummte.

»Es tut mir leid.«

»Ist schon okay. Schsch …« Eine Hand streichelte seinen Nacken. »Es ist okay.«

Er blickte auf, und Samantha lächelte von ihrer Kissenburg auf ihn herab.

»Mein Gott, Logan, du machst immer so ein Theater um alles.«

»Ich dachte, du wärst –«

»Mir geht's gut. Glaub ja nicht, dass du mich so leicht loswirst.« Sie riss die Schläuche und Drähte von ihrem Handgelenk und ihrer Brust ab. »Komm jetzt, schauen wir, dass wir aus diesem versifften Loch verschwinden, ehe sie beschließen, mich noch einmal in so ein Scheißkoma zu versetzen.« Samantha schwang ihre Beine über die Bettkante und sprang auf das Linoleum …

Logan blinzelte, schreckte von seinem Stuhl hoch. Fuhr sich mit der Hand über den Mund und wischte den Sabber weg.

Samantha lag einfach nur da, mit Schläuchen und Drähten an die Maschinen angeschlossen. Stumm und reglos.

Denn im wirklichen Leben gab es kein Happy End – im wirklichen Leben gab es nur Schmerzen und zersplitterte Knochen.

Danke, danke …

Wie immer haben mir eine Menge Leute sehr bereitwillig bei den Recherchen für dieses Buch geholfen – alles, was ich richtig dargestellt habe, geht auf deren Kappe, alles, was ich verbockt habe, geht auf meine.

Ein dickes Dankeschön geht an Professor Dave Barclay von der Robert Gordon University, Dr. Lorna Dawson und David Miller vom Macaulay Institute und Dr. James Grieve von der University of Aberdeen, deren Hilfe von unschätzbarem Wert für mich war. Die stets wunderbare Ishbel Gall hat sich wie üblich selbst übertroffen.

Hut ab vor Lee Carr, Xavier Jones-Barlow, Christopher MacBride, Julie Bultitude, Allan »Ubby« Davidson, John Dennis, Dave Goulding und Alex Clark für ihre fantastische Hilfe mit dem Trailer. Und an Mark McHardy, Chris Croly und Andrew Morrisson für Rat und Zeitungsausschnitte.

Ich danke Allan und Donna Buchan für Unterstützung und Curry.

Außerdem meinen tollen Redakteurinnen Jane Johnson und Sarah Hodgson, und allen bei HarperCollins, besonders Alice Moss, Amy Neilson, Julia Wisdom, Wendy Neale und Damon Greeney; und allen vom Glasgow DC Team; meinem Agenten Philip Graystoke Patterson, Isabella, Luke und allen bei Marjacq Scripts. Danke auch an Andrea Best und Susanne Grünbeck vom Manhattan Verlag, Gregor Weber, der bei meiner Lesereise mit »Blinde Zeugen« meine deutsche Stimme war, und Andreas Jäger für die Übersetzung.

Mehrere Polizeibeamte haben sich extrem hilfsbereit gezeigt; ich kann sie nicht nennen, aber danken kann ich ihnen.

Und, um das Beste bis zum Schluss aufzuheben: Fiona und Grendel.

Stuart MacBride

hat in einigen Berufen gearbeitet, bevor er sich dem Schreiben zuwandte. Doch bereits sein erster Roman mit dem Ermittler Logan McRae sorgte in Großbritannien sofort für Furore. Seither ist die Serie mit Schauplatz Aberdeen aus den internationalen Bestsellerlisten nicht mehr wegzudenken. Mit »Das dreizehnte Opfer« begann Stuart MacBride eine zweite Thrillerserie, in deren Mittelpunkt der Ermittler DC Ash Henderson steht. Stuart MacBride lebt mit seiner Frau im Nordosten Schottlands.
Weitere Informationen zum Autor und seinen Büchern finden Sie unter www.stuartmacbride.com/en

Die Logan-McRae-Thriller von Stuart MacBride:

Die dunklen Wasser von Aberdeen. Thriller • Die Stunde des Mörders. Thriller • Der erste Tropfen Blut. Thriller • Blut und Knochen. Thriller • Blinde Zeugen. Thriller • Dunkles Blut. Thriller • Knochensplitter. Thriller • Das Knochenband. Thriller

Die Ash-Henderson-Thriller von Stuart MacBride:

Das dreizehnte Opfer. Thriller

Nur als E-Book erhältlich:

Mit tödlicher Absicht. Zwei E-Book Only Kurzkrimis mit DS Logan McRae und DI Steel

Zwölf tödliche Gaben. Storys (als Einzelgeschichten erhältlich): Ein Rebhuhn in einem Birnbaum • Zwei Turteltauben • Drei französische Hühner • Vier singende Vögel • Fünf goldene Ringe • Sechs Eier legende Gänse • Sieben schwimmende Schwäne • Acht melkende Mädchen • Neun tanzende Damen • Zehn springende Herren • Elf spielende Dudelsackpfeifer • Zwölf trommelnde Trommler

Alle Romane von Stuart MacBride sind auch als E-Book erhältlich

GOLDMANN
Lesen erleben